W0416639

Dégâts des eaux

Du même auteur
dans la même collection

Aztèques dansants
Faites-moi confiance
Histoire d'os
361
Moi, mentir ?
Le Couperet
Smoke
Le Contrat
Au pire, qu'est-ce qu'on risque ?
Mauvaises Nouvelles
Moisson noire (anthologie sous la direction de Donald Westlake)

Dans la collection Rivages/noir

Drôles de frères (n° 19)
Un jumeau singulier (n° 168)
Ordo (n° 221)
Aztèques dansants (n° 266)
Kahawa (n° 277)
Faites-moi confiance (n° 309)
Trop humains (n° 340)
Histoire d'os (n° 347)
Le Couperet (n° 375)
Smoke (n° 400)
361 (n° 414)
Moi, mentir ? (n° 422)
Le Contrat (n° 490)

Sous le pseudonyme de Richard Stark

La Demoiselle (n° 41)
La Dame (n° 170)
Comeback (n° 415)
Backflash (n° 473)

Donald Westlake

Dégâts des eaux

Traduit de l'anglais (États-Unis)
par Jean Esch

Collection dirigée par
François Guérif

Rivages/Thriller

Titre original : *Drowned Hopes*

© 1990, Donald E. Westlake
© 2003, Éditions Payot & Rivages
pour la traduction française
106, boulevard Saint-Germain – 75006 Paris

ISBN : 2-7436-1178-2
ISSN : 0990-3151

Remerciements

Dortmunder et moi avons reçu plus que notre lot habituel d'aide pour ce travail. C'est ici que nos dignes collaborateurs ont droit à une chaleureuse poignée de mains EGDS : En Guise De Salaire.

Grâce aux efforts du New York Is Book Country, dont les ventes aux enchères d'objets généralement utiles soutiennent la New York Public Library, Doron Levy est venu m'apporter un coup de main en passant à un moment semi-crucial. Justin Scott a accepté un appel téléphonique de mes personnages lorsque *je* ne pouvais plus rien faire pour eux, ce qui nous a bien aidés, nous ici et les Mystery Writers of America. Bob Smith de Batesville nous a tous gardés au chaud et au sec. Et Joe Gores a même envoyé un gars de sa bande pour filer un coup de pouce. À eux, aux suspects habituels et à vous, tous mes remerciements.

Pourquoi à vous ? Parce que si vous ne lisez pas ce roman, tous ces efforts resteront inachevés. Vous bouclez la boucle. Allez en paix.

ET D'UN...

1

Alors qu'une aube grise s'étendait au-dessus de la ville, Dortmunder rentra chez lui et découvrit May toujours debout, vêtue d'un pull trop large et d'un pantalon en tissu écossais vert. Elle sortit du salon lorsqu'elle l'entendit ouvrir la porte, mais au lieu de lui demander comme elle le faisait d'habitude : « Comment ça s'est passé ? », elle dit, avec une certaine nervosité mais aussi avec soulagement : « Tu es rentré. »

Dortmunder répondit néanmoins à la question habituelle, car il était fatigué, il n'était pas trop dans son assiette, ni très observateur.

– Pas très bien, dit-il en ouvrant la porte de la penderie.

Avec des gestes lents et las, il sortit des nombreuses poches intérieures et extérieures de sa veste noire des outils qu'il déposa sur l'étagère de la penderie avec des bruits métalliques étouffés.

– Le bijoutier a déménagé à Rhinebeck ; il y a un restau italien à la place maintenant. L'antiquaire ne vend plus que des objets de collection Walt Disney. Et le type du bureau de change a pris un chien. (Il ôta sa veste et la leva à bout de bras pour regarder l'accroc tout neuf dans le bas du dos.) Un chien sacrément mauvais, précisa-t-il.

– John, dit May.

Elle paraissait tendue. Sa main gauche qui faisait semblant de tenir une cigarette fit tomber d'une pichenette des cendres imaginaires sur le sol, une chose qu'elle faisait seulement dans les premiers temps où elle avait arrêté de fumer.

Mais Dortmunder était suffisamment accaparé par ses propres problèmes. En accrochant sa veste déchirée, il dit :

– Franchement, y aurait presque de quoi renoncer à une vie de criminel. J'ai quand même raflé un petit quelque chose, après avoir mis le chien en déroute.

Il sortit de sous sa chemise des billets froissés qu'il posa sur la table de l'entrée.

– *John,* dit May avec des yeux tout ronds et tout blancs, il y a quelqu'un.

Il s'immobilisa, la main sur les billets.

– Hein ?

– Il dit...

May jeta un regard en direction de la porte du salon ; l'appréhension et la méfiance marquaient ses traits.

– Il dit que c'est un vieil ami à toi.

– Qui dit ça ?

– Cet homme.

– Al ? (La voix, rauque et fatiguée, mais pleine d'assurance, s'échappa du salon.) C'est toi, Al ?

Dortmunder parut tout d'abord perplexe, puis stupéfait.

– Non, fit-il.

Un homme apparut dans l'encadrement de la porte du salon. Aussi gris et froid que l'aube au-dehors, c'était un vieux bonhomme décharné et tendineux mesurant un peu plus de 1,80 mètre, vêtu d'un coupe-vent gris pardessus une chemise de travail bleu ciel, avec un pantalon gris qui faisait des poches aux genoux et des chaussures noires éculées. Sa tête rectangulaire taillée à la serpe était posée au sommet de son corps sec comme un fortin de rondins rempli de gardes. Ses yeux étaient froids, ses joues ravagées, son front creusé de rides ; ses cheveux gris, fins et morts pendaient sur ses grandes oreilles parcheminées.

– Salut, Al, dit-il.

Quand il parlait, ses lèvres ne bougeaient pas, mais quel ventriloque aurait voulu utiliser *ça* comme marionnette ?

– Comment ça va, Al ? demanda la voix grise et rauque entre les lèvres immobiles. Ça fait un bail.

– Ça alors ! dit Dortmunder. Ils t'ont relâché.

2

L'homme gris émit un son qui se voulait sans doute être un rire.

– Sacrée surprise, hein ? dit-il. Moi aussi, ça m'a surpris.

– Alors, tu le connais, dit May.

Elle semblait ne pas trop savoir si c'était une bonne ou une mauvaise nouvelle.

– Tom et moi, on était à l'ombre ensemble, expliqua Dortmunder, à contrecœur. On a été compagnons de cellule pendant quelque temps.

L'homme gris, qui semblait trop dur, filandreux et noueux pour porter un prénom aussi simple et chaleureux que Tom, émit de nouveau cette sorte de rire et dit :

– Compagnons de cellule. Potes. Pas vrai, Al ? Réunis par les caprices du destin, pas vrai ?

– Exact, dit Dortmunder.

– Si on allait s'asseoir dans le salon, proposa Tom, dont les lèvres n'étaient qu'un trait fin. Mon café refroidit.

– Bien sûr, dit Dortmunder.

Tom pivota et retourna au salon d'une démarche rigide, comme un homme qui a été cassé puis remonté un peu de travers, avec trop de superglu. Dans son dos raide, May agita les sourcils, les épaules et les doigts en regardant Dortmunder, pour demander : *Qui est cet individu, que fait-il chez moi, que se passe-t-il, quand est-ce que ça va s'arrêter ?* Dortmunder haussa les oreilles, les coudes et les commissures des lèvres, pour répondre : *Je ne sais pas ce qui se passe, je ne sais pas s'il y a des ennuis en perspective ou pas, il faudra attendre pour voir.* Puis ils suivirent Tom dans le salon.

Tom était assis dans le meilleur fauteuil, celui qui ne s'était pas écroulé jusqu'au sol, alors que Dortmunder et May avaient pris place sur le canapé, face à Tom, avec l'expression du couple à qui on vient de demander de réfléchir sérieusement à la souscription d'une assurance-vie. Assis au bord du fauteuil, Tom se pencha en avant pour prendre sa tasse sur la table basse et siroter son café avec une intense concentration. Il ressemblait à un personnage de second plan dans un film de la Dépression : le type penché au-dessus d'un petit feu dans un campement de vagabonds. Dortmunder et May l'observaient d'un œil méfiant, tandis qu'il reposait sa tasse, se renversait en arrière avec un léger soupir et disait :

– Je ne bois plus que ça maintenant. J'ai perdu le goût derrière les barreaux.

Dortmunder demanda :

– Combien de temps tu as passé enfermé, Tom, en tout ?

– En tout ? (Tom émit ce même son étrange.) Toute ma vie. Vingt-trois ans, la dernière fois. C'était censé être pour de bon. Vu que je suis un multirécidiviste.

– Je m'en souviens, dit Dortmunder.

– Pour répondre à ta question, dit Tom, pendant que je mangeais à des heures régulières, que je faisais de l'exercice et que je passais de bonnes nuits, pendant toutes ces années à l'ombre, le monde a réussi à empirer sans moi. Peut-être que c'est pas de moi qu'ils auraient dû protéger la société, depuis le début.

– Comment ça ?

– La raison qui fait que je me retrouve dehors, dit Tom. L'inflation, plus les coupes budgétaires, plus l'augmentation de la population carcérale. Toute seule, sans l'aide de votre serviteur, la société a réussi à élever toute une *génération* de détenus. Des je-m'en-foutistes, par-dessus le marché. Des types de quatrième zone que toi et moi, on ne voudrait même pas engager pour tenir la porte ouverte, Al.

– Oui, il y en a partout des comme ça, confirma Dortmunder.

– Ce sont des gens qui font même pas la différence entre un schéma et un papier de bonbon. Comment leur demander de réaliser un coup avec un plan ? Quand ces abrutis réussissent à faire un pas en avant avec le pied droit, ils ne savent pas trop ce qu'ils doivent faire avec le gauche.

– Il y en a des comme ça, c'est vrai, dit Dortmunder en hochant la tête. Je les vois parfois, endormis sur les échelles d'incendie, la tête posée sur un téléviseur. Ils nous font du tort.

– Avec eux, la prison ce n'est plus marrant, je te le dis. Le pire, c'est que leurs motivations sont pas les bonnes. Toi et moi, Al, on sait que si un type entre dans une banque avec un flingue et qu'il dit : « Filez-moi le fric et laissez-moi cinq minutes d'avance », il y a que *deux* bonnes raisons pour ça. Soit sa famille est pauvre, quelqu'un est malade, il a besoin d'une opération, de chaussures, de livres scolaires ou de viande au dîner plus d'une fois par semaine ; ou bien, le type veut emmener une copine à Miami pour faire la fiesta. C'est l'un ou l'autre. Pas vrai ?

– C'est généralement le cas, confirma Dortmunder. Sauf que de nos jours, c'est plutôt Las Vegas.

– Eh bien, ces crétins n'ont rien pigé, là non plus, dit Tom. La vérité, c'est qu'ils volent pour se remplir les veines, et ils continuent en taule, ils achètent leur came aux gardiens, aux avocats, aux visiteurs, entre eux, et même à l'aumônier, je parie, mais si tu leur demandes pourquoi ils ont pas écouté le conseiller d'orientation et pourquoi ils ont choisi la voie du crime, pour laquelle ils sont pas du tout faits, ils te répondent que c'est politique. Ils te disent que c'est *eux* les victimes.

Dortmunder acquiesça.

– Oui, j'ai déjà entendu ça. C'est très utile devant le juge, des fois. Ou pour obtenir une conditionnelle.

– C'est du bidon, Al!

Calmement, Dortmunder fit remarquer :

– Tom, toi et moi, ça nous est arrivé plusieurs fois de baratiner les autorités.

– O.K., dit Tom. Je te l'accorde. Toujours est-il qu'à cause de l'inflation, ça coûte plus cher maintenant de nourrir et de loger un type en taule, vu les conditions auxquelles on est tous habitués, et avec les restrictions budgétaires... Tu savais, Al, dit-il en s'interrompant lui-même, que question santé, les condamnés à des longues peines étaient les gens les mieux portants d'Amérique?

– Non, je savais pas, avoua Dortmunder.

– C'est la vérité. C'est dû à la vie bien réglée, à l'absence de stress, au régime équilibré, aux soins médicaux gratuits facilement accessibles et aux exercices physiques obligatoires. N'importe quelle compagnie d'assurances te le dira.

– C'est une sorte de consolation, je suppose, dit Dortmunder.

– Ouais, dit Tom avec cette sorte de rire. Savoir que si tu étais dehors en train de te payer du bon temps, tu mourrais plus jeune. (Il sirota une gorgée de café apparemment sans ouvrir la bouche.) Bref, tout ça cumulé, le fait que ça coûte plus cher de me loger et de me nourrir, plus les coupes budgétaires qui font qu'ils ont *moins* d'argent pour me loger et me nourrir, sans compter que tu as toute la population masculine entre dix-sept et vingt-six ans qui exige d'aller en taule pour être logée et nourrie, le gouverneur a décidé de m'offrir un cadeau d'anniversaire pour mes soixante-dix ans. (Il adressa un grand sourire à May, sans ouvrir la bouche.) Vous auriez pas dit que j'avais soixante-dix ans, hein?

– Non, répondit May.

– Je fais plus jeune qu'Al.

May regarda Dortmunder en fronçant les sourcils.

– John, dit-elle, pourquoi est-ce qu'il n'arrête pas de t'appeler Al? Si tu le connais vraiment, s'il te connaît vraiment, si vous avez vraiment vécu dans la même cellule, et si tu t'appelles vraiment John – et je sais que tu t'appelles John –, pourquoi est-ce qu'il t'appelle *Al?*

Tom émit un son qui était peut-être un petit rire.

– C'est une vieille plaisanterie entre Al et moi.

Dortmunder expliqua :

– C'est l'idée que se fait Tom du comique. Il a découvert que mon deuxième prénom était Archibald, et j'aime pas beaucoup ce prénom...

– Tu le détestes, dit May.

– C'est une des pires choses quand on se fait arrêter, dit Dortmunder. Quand ils me regardent et qu'ils me disent « John Archibald Dortmunder, vous êtes en état d'arrestation », je me dégonfle immédiatement, à cause de ça.

May demanda :

– Quand cet homme a découvert à quel point tu détestais ce prénom, il a décidé de t'appeler comme ça dorénavant ?

– Exactement, dit Dortmunder.

– C'est une plaisanterie entre nous, dit Tom, avec cette sorte de rire encore une fois.

– C'est ça l'humour, pour lui ? dit May.

– Tu commences à saisir, dit Dortmunder.

– Al, demanda Tom, est-ce que tu es très proche de cette femme ? Est-ce que je peux parler devant elle, je veux dire ?

– Tom, si tu as l'intention de parler devant *moi,* tu parleras devant May. C'est comme ça.

– O.K. Ça me pose pas de problème. Je voulais juste m'assurer que tu te sentais sûr de toi.

– Tom, tu veux quelque chose.

– Évidemment que je veux quelque chose ! Pour qui tu me prends ? Je suis du genre à organiser des retrouvailles ? Tu crois que je me balade dans tout le pays et que je débarque chez d'anciens potes de cellule pour parler du bon vieux temps ? Al, est-ce que j'ai une tronche à envoyer des cartes de vœux ?

– C'est bien ce que je disais, répondit Dortmunder avec patience, tu es ici parce que tu veux quelque chose.

– Oui. Je veux quelque chose.

– Quoi ?

– De l'aide, répondit simplement Tom.

– De l'argent, tu veux dire ?

Pourtant, Dortmunder se disait que ça ne pouvait pas être ça. Tom Jimson n'était pas du genre emprunteur ; il préférait vous flinguer et vous détrousser plutôt que de s'abaisser à supplier.

– Oui, d'une certaine façon, répondit Tom. Je vais t'expliquer.

– Vas-y

– Bon, voilà. Je t'explique. Quand je faisais un gros coup, je planquais toujours une partie du butin, je le mettais de côté quelque part au cas où j'en aurais besoin plus tard. J'ai appris ça quand j'étais môme, avec Dilly.

– Dilly ? fit May.

Ce fut Dortmunder qui répondit :

– John Dillinger. Tom a commencé avec Dillinger et c'est comme ça qu'il l'appelait.

– Devant lui ?

– Madame, dit Tom, j'ai jamais eu trop de problèmes pour me faire respecter. Si je veux appeler ce gars Al, je l'appelle Al. Je voulais appeler Dilly Dilly, alors je l'appelais Dilly.

– Très bien, dit May.

La méfiance était de plus en plus perceptible dans son regard.

– Bref, reprit Tom, Dilly et moi, on a plus ou moins commencé en même temps, façon de parler. Il est sorti de taule dans l'Indiana en 33, et c'est à cette époque-là que j'ai débuté. J'avais quatorze ans. Dilly m'a appris vachement de trucs cette année-là, avant qu'il fasse le coup de sa fausse mort, et une des choses que j'ai apprises, c'est qu'il faut toujours mettre une poire de côté pour la soif.

– Oui, je m'en souviens, dit Dortmunder. Quand on était copains de cellule, de temps en temps tu expliquais à un avocat où tu avais planqué un de tes butins pour qu'il puisse aller le déterrer et se payer ses honoraires.

– Ah ! les avocats, dit Tom d'une voix encore plus râpeuse et ses lèvres s'entrouvrirent très légèrement, juste assez pour laisser entrevoir de petites dents blanches à l'aspect aiguisé. On peut dire qu'ils ont mis la main sur une grande partie de mon fric au fil des ans. Et ils m'ont jamais rien donné en échange. Mais ils n'ont jamais pu s'emparer du *gros* butin, c'était hors de question. Celui-là, je l'ai gardé pour moi. C'est ma retraite. Je me suis trouvé un coin au Mexique, bien plus bas qu'Acapulco, sur la côte ouest. C'est là que j'irai grâce à mon fric, et une fois là-bas, je vivrai heureux, en bonne santé et longtemps, toujours grâce à ce fric. Je vais devenir un vieil homme, Al, c'est ma seule ambition dans la vie désormais.

– Ça m'a l'air chouette, dit Dortmunder, en se demandant pourquoi Tom n'était pas déjà dans l'avion. Pourquoi venir *ici ?* Pourquoi lui raconter cette histoire ? Où se cachait le hic ?

Pendant ce temps, Tom continuait sur sa lancée :

– Ce gros coup, c'était un fourgon blindé sur la voie express ; il transportait du fric entre Albany et New York. Tout s'est passé comme sur des roulettes, mais ensuite, mes équipiers ont eu des problèmes, et pour finir, je me suis retrouvé seul avec les sept cent mille.

Dortmunder le regardait d'un air hébété.

– Dollars ?

– Oui, c'était la monnaie de l'époque. Des dollars. C'était un an ou deux avant que je me retrouve à l'ombre pour la dernière fois. J'étais plein aux as et, pour un tas de raisons, j'avais plus d'associés avec qui partager le butin, alors je me suis payé un cercueil...

– Un cercueil ?

– Y a pas mieux comme boîte, Al, si tu veux mettre un truc à l'abri. C'est hermétique, étanche, blindé...

– C'est super, dit Dortmunder.

– Comme tu dis. Seulement, tu peux pas en *acheter* un comme ça. La société qui les fabrique, elle surveille de très près tous ses petits bébés.

Dortmunder plissa le front.

– Ah bon ?

– Tu peux me croire. Ils veulent pas que tu te mettes dans l'idée d'acheter un cercueil pour y coller ta grand-mère et la foutre dans un trou au fond du jardin. Le genre enterrement free-lance. La justice n'aime pas ça.

– Je m'en doute.

– Mais voilà ce qui s'est passé : il se trouve que je connaissais un entrepreneur de pompes funèbres à cette époque-là. On a fait affaire lui et moi...

Dortmunder et May échangèrent un regard.

– Il m'a refilé un cercueil en douce, dit Tom. Le modèle haut de gamme. C'est pas donné, mais ça les vaut. C'est quand même une honte de gaspiller ces belles boîtes pour des morts.

– Hmm.

– Il y avait une petite ville tout là-haut, pas très loin de la voie express. Putkin's Corners. J'y suis allé une nuit et derrière la bibliothèque, j'ai trouvé un endroit qu'on ne voyait d'aucune fenêtre. J'ai creusé un trou de plus d'un mètre, j'ai foutu le cercueil dedans, j'ai rebouché le trou et je suis reparti. Personne sur terre, à part vous deux maintenant, n'a jamais su que j'avais mis les pieds dans une ville baptisée Putkin's Corners.

– C'est pour ça que tu as besoin d'aide ? demanda Dortmunder. Pour aller récupérer ce cercueil bourré de fric à Putkin's Corners ?

– Oui, c'est pour ça que j'ai besoin d'aide.

– Ça m'a pas l'air trop compliqué, dit Dortmunder d'un ton rassurant en pensant que Tom ne se sentait pas capable, à soixante-dix ans, de creuser et de transporter le cercueil.

Mais Tom secoua la tête, en disant :

– C'est un peu plus compliqué que tu l'imagines, Al. Figure-toi que, quatre ans environ après ma petite virée, bien avant que tu deviennes mon compagnon de cellule, l'État de New York a condamné toutes ces terres, les maisons et quatre villages là-haut, dont Putkin's Corners, et ils ont expulsé tout le monde. Après ça, la ville de New York a racheté tous les terrains et ils ont construit un barrage au milieu de la vallée pour se faire un autre réservoir, pour vous autres en bas.

– Oh ! fit Dortmunder.

– Voilà pourquoi j'ai besoin d'aide, dit Tom. Parce que pour l'instant, mon butin est sous un mètre de vase et vingt mètres de flotte.

– Ah ! fit Dortmunder. Pas facile.

– Mais pas impossible, répondit Tom. Alors, j'ai une proposition à te faire. Tu as la tête sur les épaules, Al...

– Merci.

– Associe-toi avec moi sur ce coup-là. On récupère mon cercueil à Putkin's Corners, toi et moi, et je sais pas qui d'autre, et ensuite, on partage en deux. La moitié pour moi et la moitié pour toi ; et toi, tu partages comme tu veux avec ceux que tu auras choisi de mettre dans la combine. Trois cent cinquante mille. J'ai de quoi devenir un vieil homme avec ça, surtout au Mexique. Alors, qu'est-ce que t'en dis ?

– Intéressant, répondit Dortmunder, en songeant qu'il aurait aimé en savoir plus sur les problèmes qui avaient frappé les équipiers de Tom lors de l'attaque du fourgon et fait de lui l'unique propriétaire des sept cent mille dollars. Mais il se disait aussi qu'à soixante-dix ans, Tom était sans doute moins dangereux qu'à quarante-trois ou quarante-quatre, quand le braquage avait eu lieu. Et au-delà de ça, il pensait à l'argent, et au mal qu'il s'était donné ce soir pour rafler un peu de menue monnaie dans un bureau de change en affrontant un chien au sale caractère. Il ne savait pas trop comment on s'y prenait pour récupérer un cercueil au fond d'un réservoir, sous vingt mètres d'eau, mais en supposant qu'il doive faire appel à deux ou trois autres gars, trois disons, il leur resterait presque cent mille dollars chacun. Et il n'y a pas de chiens dans un réservoir.

Tom disait :

– Je suppose que tu as envie de dormir un peu...

– Oui, j'ai du sommeil en retard, avoua Dortmunder.

– Alors, peut-être qu'aujourd'hui, en début d'après-midi, on pourrait monter là-haut pour que je te montre l'endroit. C'est à deux heures de route.

– Cet après-midi ? répéta Dortmunder qui aurait aimé dormir un peu plus longtemps que ça.

Sa rencontre avec le chien du bureau de change l'avait vidé.

– Le plus tôt sera le mieux, répondit Tom.

May intervint :

– John ? Tu vas faire ça ?

Dortmunder sentait bien que May éprouvait de l'aversion pour Tom – comme la plupart des êtres humains –, mais d'un autre côté, il y avait tous ces avantages auxquels il venait de penser, alors il répondit :

– Je vais aller jeter un coup d'œil, May, pour voir comment ça se présente.

– Si tu penses que c'est bien.

Autour d'elle, l'air vibrait de tous les autres mots qu'elle ne disait pas.

– Je vais juste jeter un coup d'œil, répéta Dortmunder pour la rassurer, avant de se tourner vers Tom pour demander : Où loges-tu ?

– Eh bien, tant que j'aurai pas récupéré mon butin, ce canapé sur lequel tu es assis me semble être un endroit parfait.

– Ah ! fit Dortmunder, tandis qu'à côté de lui, le visage de May se transformait en béton. Dans ce cas, je crois qu'il vaut mieux aller jeter un coup d'œil dès cet après-midi.

3

Après la sortie de la voie express, la route traversait North Dudson, une très petite ville pleine de voitures conduites avec une lenteur extrême par des gens qui n'arrivaient pas à décider s'ils voulaient ou non tourner à gauche. Dortmunder n'aimait pas être assis au volant, de toute façon, et ces indigènes indécis n'arrangeaient guère son humeur. Dans son univers, le conducteur conduit – généralement c'est Stan Murch, parfois Andy Kelp – pendant que les spécialistes voyagent à l'arrière où ils peuvent lubrifier leurs pinces et enrouler du ruban adhésif noir autour de leurs tournevis. Installer un spécialiste au volant et lui faire parcourir des centaines de kilomètres – enfin, des dizaines de kilomètres, presque cent – cela voulait dire que vous vous retrouviez avec un véhicule conduit par une personne à la fois surqualifiée et nerveuse.

Mais cette fois-ci, l'alternative était encore pire. Si Tom Jimson avait su un jour conduire une voiture, et s'il avait possédé suffisamment d'humanité pour essayer de la conduire de manière non mortelle, ce savoir-faire et cette bienveillance avaient totalement disparu au cours de son dernier séjour de vingt-trois ans derrière les barreaux. Tom avait donc loué la voiture (une voiture de *location,* pas même empruntée dans la rue, encore un élément propre à provoquer la nervosité) et Dortmunder conduisait, malgré tout.

Au moins, il faisait beau. Le soleil d'avril faisait briller les revêtements en aluminium qui enveloppaient toutes ces drôles de vieilles maisons faisant de North Dudson un endroit si pittoresque qu'un gars de la ville pouvait avoir la migraine rien qu'en le regardant. Surtout quand il n'avait pas suffisamment dormi. Voilà pourquoi Dortmunder se concentrait sur les rares vestiges de la civilisation qu'il rencontrait en chemin – des feux tricolores, les arches McDonald, les panneaux publicitaires avec le cow-boy Marlboro – et il continuait à rouler en sachant que tôt ou tard North Dudson s'arrêterait, forcément. Assis à côté de lui, Tom regardait le paysage en souriant d'un air ironique, sans bouger les lèvres, et il dit :

– En tout cas, ce bled est toujours aussi pourri.

– Qu'est-ce que je fais en quittant la ville ?

– Tu continues à rouler.

Un restaurant tex-mex, dont la vitrine abritait une publicité au néon pour une marque de bière allemande brassée au Texas, était le dernier bâtiment de North Dudson, juste avant que les champs, les forêts et les fermes ne prennent le relais. La route se mit à serpenter et à grimper. Ici et là, des chevaux occupés à paître dans des champs jonchés de pierres levaient la tête pour leur jeter un drôle de regard lorsqu'ils passaient.

À six ou sept kilomètres de la ville, Tom brisa un assez long silence en disant, sur le ton de la conversation :

– C'était la route.

Dortmunder pila net, multipliant par la même occasion les risques d'infarctus chez le vieux bonhomme au volant du pick-up qui le suivait de près.

– Où ça ? demanda Dortmunder en regardant autour de lui sans voir aucune intersection, mais sa question fut couverte par le rugissement du klaxon du pick-up qui émit une longue protestation outragée, alors que le véhicule les dépassait et s'éloignait à toute allure.

– Où ça ? répéta Dortmunder.

– Là-bas, répondit Tom en le foudroyant du regard. Mais on peut *plus* la prendre maintenant. Putkin's Corners n'existe plus, je te le rappelle. C'est tout le problème justement.

– Tu parles de *l'ancienne* route. Pas d'une route que je suis censé emprunter maintenant.

– Tu ne peux plus l'emprunter, dit Tom. Elle est complètement envahie par la végétation. Tu vois pas ?

Dortmunder ne voyait toujours aucune route ; Tom devait donc avoir raison.

– Quand tu as dit « C'était la route », je croyais que tu voulais dire que j'aurais dû tourner là.

– Quand tu seras censé tourner, je te le dirai, répondit Tom.

– J'ai cru que tu me l'avais dit, expliqua Dortmunder.

– Eh bien, non.

– C'est l'impression que j'ai eue, dit Dortmunder, au moment où un break les dépassait en faisant aboyer son klaxon, car ils étaient arrêtés au milieu de la chaussée. Quand tu as dit « C'était la route », j'ai eu *l'impression* que tu voulais dire que c'était la route.

– Oui, *c'était* la route. Il y a vingt-trois ans, c'était la route, dit Tom d'un ton cassant. *Maintenant,* c'est beaucoup d'arbres, de buissons et de collines.

– C'était déroutant ce que tu as dit, voilà tout, déclara Dortmunder, alors qu'un gros camion chargé de troncs d'arbres faisait rugir sa corne de brume en les dépassant.

Tom se retourna à moitié pour regarder Dortmunder en face.

– Je comprends ce que tu veux dire, Al. Alors, pas la peine de le répéter. Continue à rouler, d'accord ? J'ai soixante-dix ans, je ne sais pas combien de temps il me reste.

Dortmunder continua donc à rouler et au bout de deux kilomètres environ, ils tombèrent sur un panneau qui indiquait : VOUS ENTREZ DANS LE COMTÉ DE VILBURGTOWN.

– C'est ici, dit Tom. Quand ils ont créé le réservoir, ils ont recouvert presque tout le comté. Il ne reste plus aucune ville par ici. Putkin's Corners était le chef-lieu. Et ça, c'est la route.

Une route goudronnée à deux voies partait sur la droite. Dortmunder hocha la tête et continua à rouler droit devant lui.

– Hé ! s'exclama Tom.

– Quoi ?

– C'était la route ! Qu'est-ce qui te prend ?

Cette fois, Dortmunder se rangea sur le bas-côté en gravier avant de s'arrêter. Il se tourna vers Tom.

– Tu veux dire que j'étais censé tourner là ?

– C'est ce que je t'ai dit ! (Tom était si énervé que ses lèvres remuaient presque.) Je t'ai dit : « C'est la route ! »

– La dernière fois que tu m'as dit ça, répondit Dortmunder d'un ton glacial, car il commençait à en avoir marre de tout ça, tu ne voulais pas dire « C'est la route », tu voulais dire autre chose. C'était un cours d'histoire ou je ne sais quoi.

Tom soupira. Il regarda le tableau de bord en fronçant les sourcils. Il lustra le bout de son nez avec un doigt replié. Puis il hocha la tête.

– Très bien, Al. On a perdu le contact pendant quelque temps. Il faut juste qu'on réapprenne à communiquer toi et moi.

– Oui, sans doute, dit Dortmunder, prêt à retrouver son ancien compagnon de cellule à mi-chemin.

– Cette fois, ce que je voulais dire c'est : « Tourne ici. » D'ailleurs, je regrette de ne pas l'avoir dit comme ça.

– Oui, ça aurait facilité les choses.

– Je vais te dire ce que tu vas faire, Al. Tu vas faire demi-tour, on va repartir dans l'autre sens et on va recommencer pour voir ce que ça donne, O.K. ?

– Très bien.

Dortmunder regarda des deux côtés, il exécuta un demi-tour et Tom dit :

– Tourne ici.

– Je le sais déjà, répondit Dortmunder en s'engageant sur la nouvelle route.

– Je voulais juste m'entraîner à le dire.

– Je me demande, dit Dortmunder alors qu'ils traversaient la forêt en suivant la nouvelle route, si c'est encore ton fameux humour.

– Possible, dit Tom les yeux fixés sur la route qui se déroulait devant eux et sortait des bois. À moins que ça soit de la fureur contenue, dit-il. Un jour, en taule, un psy a essayé de m'examiner, et il m'a dit que j'avais énormément de fureur contenue, alors peut-être que c'est un peu de ça qui ressort, sous une forme déguisée.

Dortmunder lui jeta un regard plein d'étonnement.

– Tu as de la fureur *contenue*? dit-il. En *plus* de toute celle que tu exprimes?

– À en croire ce psy. (Tom haussa les épaules.) Mais qu'est-ce qu'il en sait, hein? Les psys sont tous dingues, c'est pour ça qu'ils choisissent ce métier. Ralentis un peu, on approche.

Sur la droite, la forêt était interrompue par un chemin de terre accompagné d'une pancarte : RÉSERVOIR DE VILBURGTOWN-ACCÈS INTERDIT, et fermée par une simple barrière métallique. Un peu plus loin, il y avait un autre chemin de terre, du même côté, avec le même panneau et la même barrière, et un peu plus loin encore, une clôture jaillissait des bois à angle droit et courait ensuite le long de la route : une clôture grillagée de deux mètres de haut surmontée de deux rangées de fil de fer barbelé.

– Ils ont mis des barbelés autour du réservoir? s'étonna Dortmunder.

– Exact, confirma Tom.

– Les autres réservoirs ne sont pas autant protégés, non? demanda Dortmunder. Je croyais qu'on pouvait même aller y pêcher et tout ça.

– Oui, c'est juste, dit Tom. Mais à l'époque, quand ils ont créé celui-ci, c'était à une période révolutionnaire de l'histoire américaine. Y avait tous ces cinglés de l'écologie, ces cinglés contre la guerre, contre le gouvernement...

– Ça n'a pas changé.

– Oui, mais à l'époque, dit Tom, ils étaient *vraiment* dingues. Ils faisaient sauter des bâtiments dans les facs et tout ça. Ce réservoir était devenu ce qu'on appelle un point de contestation central. Tu avais des groupes qui menaçaient de déverser dans le réservoir assez de produits chimiques pour faire disjoncter tous les habitants de New York.

– Ouah! Peut-être qu'ils l'ont fait, au bout du compte, dit Dortmunder en pensant à certaines personnes qu'il connaissait en ville.

– Non, ils ne l'ont pas fait, répondit Tom, à cause de cette clôture justement, et des forces de police et de la loi qu'ils ont instaurée pour interdire l'accès de ce réservoir à *tout le monde*.

– Mais c'était il y a longtemps, fit remarquer Dortmunder. Ces produits chimiques n'existent plus. Ceux qui les avaient les ont ingurgités.

– Al, dit Tom, tu as déjà vu un gouvernement renoncer à un moyen de contrôle une fois qu'il l'a? La clôture est là, les forces de police sont là, la loi est là pour interdire l'accès, et *il y a un boulot à faire*. Alors, ils le font. Sinon, ils seraient gênés de toucher leur chèque de salaire chaque mois.

– O.K., dit Dortmunder. Ça complique les choses pour toi et moi, mais bon.

– C'est pas vraiment une complication, répondit Tom, mais malheureusement, à cet instant, Dortmunder n'eut pas la présence d'esprit d'enchaîner et de lui demander ce qu'il voulait dire par là.

En outre, ils venaient d'atteindre le réservoir. La clôture se poursuivait ; ils voyaient l'eau miroiter à travers le grillage. Un grand lac apparut, souriant placidement dans le soleil de l'après-midi, clignant des yeux et ondulant quand des brises joueuses le caressaient. Des sapins, des chênes, des érables et des bouleaux entouraient le réservoir, jusqu'au bord de l'eau. Il n'y avait ni maison, ni bateau, ni âme qui vive nulle part. La route longeait le lac. De l'autre côté derrière un autre grillage, un à-pic donnait sur une vallée profonde.

– Arrête-toi là, quelque part, dit Tom.

Il y avait un accotement étroit, puis la clôture. Si Dortmunder se garait le long de la clôture, Tom ne pourrait pas ouvrir sa portière, et de toute façon, la voiture serait encore à moitié sur la chaussée. Mais ils n'avaient vu aucun véhicule sur cette route secondaire et Dortmunder décida de s'arrêter où il était, sans s'embêter.

– Très bien, dit Tom.

Il descendit de voiture en laissant la portière ouverte.

Dortmunder descendit à son tour sur la route cimentée en laissant tourner le moteur, mais il ferma sa portière au cas où il y aurait de la circulation. Il contourna la voiture et vint se poster devant la clôture avec Tom pour contempler la surface tranquille de l'eau. Tom glissa son index noueux comme une vieille brindille à travers le grillage.

– Putkin's Corners était juste à cet endroit, dit-il.

– Pas facile d'y accéder, commenta Dortmunder.

– C'était un peu boueux, c'est tout.

Dortmunder regarda autour de lui.

– Où est le barrage ?

Tom lui jeta un regard incrédule.

– Le barrage ? Tu me demandes où est le barrage ? C'est *ça* le barrage. Tu es *sur* le barrage.

– Ah bon ?

Dortmunder regarda à droite et à gauche et vit que la route sortait des bois derrière eux et décrivait une longue courbe douce ; le réservoir se trouvait à l'extérieur de la courbe, à droite, et la vallée à l'intérieur de la courbe, à gauche, jusqu'au flanc d'une autre colline couverte d'arbres au loin, où elle disparaissait de nouveau au milieu de la végétation.

– C'est donc ça, le barrage, dit Dortmunder, émerveillé. Et ils ont mis la route sur le dessus.

– Évidemment. Qu'est-ce que tu croyais ?

– Je pensais pas que ce serait si grand.

Prenant soin de regarder à droite et à gauche, bien qu'il n'y ait toujours aucune voiture en vue, Dortmunder traversa la chaussée pour aller jeter un coup d'œil de l'autre côté et il découvrit que le barrage s'incurvait également en pente douce de haut en bas ; la surface en béton gris crémeux ressemblait à un rideau que faisait gonfler légèrement un petit vent soufflant par en dessous. Au pied de l'immense paroi de béton, un cours d'eau bien net serpentait vers le cœur de la vallée, en passant devant quelques fermes, un village, un autre village, jusqu'au fond de la vallée où s'étendait ce qui ressemblait à une grande ville, bien plus grande en tout cas que North Dudson.

D'un mouvement du pouce, Dortmunder indiqua le réservoir par-dessus son épaule.

– Ça devait ressembler à ce qu'on voit en bas, avant qu'ils construisent le barrage.

– Si j'avais su, dit Tom, j'aurais enterré ce foutu cercueil à Dudson Center tout en bas.

Dortmunder reporta son attention sur la paroi du barrage et c'est ainsi qu'il remarqua les fenêtres : deux grandes rangées près du sommet. C'étaient des vitres plates semblables à celles des immeubles de bureaux.

– Il y a des fenêtres, on dirait.

– Encore gagné, répondit Tom.

– Mais... comment ça se fait ? Il y a quelque chose à l'intérieur d'un barrage ?

– Évidemment. C'est là qu'ils ont leurs bureaux et toutes les machines pour ajouter ou enlever de l'eau, pour effectuer les tests de pureté et pour la balancer dans les tuyaux qui descendent jusqu'en ville. Y a un tas de trucs à l'intérieur.

– Je crois que je me suis jamais intéressé aux barrages, avoua Dortmunder. Là où je vis, et dans mon métier, c'est pas un sujet qui revient souvent.

– Moi, j'ai *dû* m'intéresser aux barrages, dit Tom, à partir du jour où ces salopards ont englouti mon fric.

– Évidemment, tu as une motivation particulière.

– Et j'ai étudié *ce* foutu barrage en particulier. (De nouveau, il pointa le doigt à travers le grillage, en l'orientant cette fois vers le rideau gris crémeux du barrage.) Et je peux te dire que le meilleur endroit pour placer la dynamite, c'est *là,* et *là-bas*.

Dortmunder ouvrit de grands yeux.

– La dynamite ?

– Oui, évidemment, répondit Tom. Qu'est-ce que tu crois, que j'ai des engins atomiques ? Le seul truc que j'ai sous la main, c'est de la dynamite.

– Mais... Pourquoi tu veux utiliser de la dynamite ?

– Pour enlever toute cette flotte, expliqua Tom en détachant chaque mot comme s'il s'adressait à un demeuré.

– Attends une minute, dit Dortmunder. Attends une minute, attends une minute, attends une minute... Ton idée, c'est de faire sauter le barrage pour évacuer toute l'eau et ensuite aller déterrer le cercueil, à pied ?

– Ce que je me dis, c'est que les flics et tous les autres seront rudement occupés en bas dans la vallée. Ça nous laissera le temps d'agir et de foutre le camp avant que quelqu'un s'intéresse à nous.

Il se retourna pour contempler, de l'autre côté de la route (et du barrage), l'eau paisible et ensoleillée.

– Mais il nous faudra une sorte de véhicule tout-terrain, je pense, ajouta-t-il. Ça risque d'être sacrément boueux au fond.

– Tom, fais marche arrière un petit peu. Tu veux prendre toute l'eau qui est *là* pour la mettre *ici*.

– Exact.

– Tu veux faire sauter ce barrage, avec tous les gens à l'intérieur.

– Si on les prévient, ils risquent de s'énerver. Peut-être même qu'ils essaieront de nous mettre des bâtons dans les roues ; ils nous feront un tas d'histoires.

– Combien de personnes travaillent là-dedans ? demanda Dortmunder en montrant les fenêtres qui se découpaient dans la paroi du barrage.

– La nuit ? Car on sera obligé d'agir de nuit, évidemment, précisa Tom. Je dirais sept ou huit gars, dix au maximum.

Dortmunder regarda les fenêtres. Il regarda les fermes tout en bas et les villages et la ville au bout de la vallée. Et il demanda :

– Il y a beaucoup d'eau dans ce réservoir, hein ?

– Évidemment.

– Tous ces gens en train de dormir, dit Dortmunder comme s'il réfléchissait à voix haute, essayant d'imaginer. Et soudain, toute cette eau qui arrive. C'est ça ton plan ?

Tom contemplait la vallée paisible à travers la clôture. Ses yeux gris et froids brillaient dans son visage gris et froid.

– En train de dormir dans leur lit, dit-il. Ou dans le lit de *quelqu'un* en tout cas. Tu sais qui sont ces gens ?

Dortmunder secoua la tête, en observant le profil de marbre de Tom.

– Des riens du tout. Des pères de famille qui triment pour un dollar de plus, qui mouillent leur chemise pour rien. Des femmes qui deviennent obèses. Des gamins qui deviennent idiots. Le jour ou la nuit, ça change rien de toute façon puisqu'ils vont jamais nulle part. Des pauvres malheureux qui vivent dans un trou paumé, avec leurs rêves minables. (Ses lèvres dessinèrent une sorte de sourire.) Une inondation ! C'est la chose la plus excitante qu'ils auront jamais connue dans leur vie, j'ai pas raison ?

– Non, Tom.

– Non ? répéta-t-il, incrédule. Tu crois que c'est excitant de vivre là ? Bals des classes terminales, ventes aux enchères après faillites, défilés du 4 juillet, spectacles de scouts, et ainsi de suite ? C'est ce que tu penses ?

– Je pense que tu ne peux pas faire sauter le barrage, Tom, répondit Dortmunder. Je pense que tu ne peux pas noyer un tas de gens, des centaines et des centaines de gens, dans leur lit, ou dans le lit de quelqu'un d'autre, pour sept cent mille dollars.

– Trois cent cinquante, rectifia Tom. La moitié te revient, Al. À toi et à ceux que tu voudras mettre dans le coup.

Dortmunder regarda son ancien compagnon de cellule droit dans les yeux.

– Tu ferais vraiment ça, Tom ? Tu tuerais des centaines et des centaines de personnes pour trois cent cinquante mille dollars ?

– Je les tuerais pour un dollar pièce si ça pouvait me permettre de foutre le camp d'ici et d'aller au Mexique pour m'offrir une retraite de rêve.

– Peut-être que tu es resté trop longtemps à l'ombre, Tom. Tu ne peux pas faire une chose pareille, tu sais ? Tu ne peux pas tuer des centaines et des centaines de personnes comme ça, en claquant des doigts.

– Il suffit pas de claquer des doigts, justement, répondit Tom. C'est ça le problème. S'il suffisait de claquer des doigts, je le ferais tout seul et je garderais tout le fric. Si j'ai appris un truc en taule, c'est que je peux plus être un solitaire, pas pour un truc comme ça. Sauf à mes débuts, avec Dilly, Baby et les autres, j'ai toujours été un solitaire, toute ma vie. C'est pour ça que je parlais autant quand on était dans la même cellule. Tu te souviens que je parlais beaucoup ?

– J'ai pas besoin de m'en souvenir. Je suis en train d'écouter.

Mais Dortmunder se souvenait combien il trouvait ça étrange autrefois, au bon vieux temps, qu'un type qui parlait autant soit a) réputé pour être un solitaire et b) capable de prononcer autant de mots sans remuer les lèvres.

– Si je suis aussi bavard, reprit Tom, c'est que je suis seul la plupart du temps. Alors, quand je trouve une oreille à proximité, je lui saute dessus, évidemment. Tu vois, Al, ajouta-t-il en désignant d'un large geste la vallée sans défense qui s'étendait en dessous, c'est pas des vraies gens qui vivent là. Pas comme *moi*. Pas même comme toi.

– Ah ?

– Je te le dis. Si je crève la dalle pendant trois ou quatre jours, aucun d'entre eux, en bas, aura des crampes d'estomac. Et quand la flotte leur tombera dessus un de ces soirs, bientôt, c'est pas *moi* qui étoufferai. Je serai bien trop occupé à déterrer mon fric.

– Non, Tom. Je me fous de ce que tu peux dire, tu n'as pas le droit de faire ça. Moi-même je ne suis pas très respectueux de la loi, mais là, tu vas trop loin.

– J'obéis à la logique, Al.

– Eh bien, pas moi. Je ne peux pas faire un truc pareil. Je ne peux pas venir ici et noyer délibérément un tas de gens dans leur lit, voilà tout. Je ne peux pas.

Tom réfléchit à cela, en regardant Dortmunder de la tête aux pieds. Finalement, il haussa les épaules et dit :

– O.K. On laisse tomber, alors.

Dortmunder haussa les sourcils.

– Vraiment ?

– Oui, dit Tom. Tu es une sorte de bon samaritain, en fait. Ça fait des années que tu lis le *Reader's Digest* ou un truc comme ça ; peut-être que tu fais partie d'une association paroissiale ou je sais quoi. Bref, ça veut dire que je suis pas très doué pour juger les autres.

– Non, peut-être pas.

– Aucun de vous est vraiment réel, expliqua Tom. C'est difficile de vous cerner. Je me suis trompé sur ton compte, j'ai fait une erreur, j'ai perdu deux jours. Désolé pour tout, Al, je t'ai fait perdre ton temps à toi aussi.

– C'est pas grave, répondit Dortmunder avec l'horrible sensation que quelque chose lui échappait.

– On va retourner en ville, dit Tom. Tu es prêt ?

– Oui, oui. Navré, Tom. Je ne peux pas faire ça.

– Pas de problème, dit Tom en traversant la route, suivi de Dortmunder.

Ils remontèrent en voiture et Dortmunder demanda :

– Je fais demi-tour ?

– Non. Continue jusqu'au bout du barrage. Ensuite, tu tourneras à gauche, on traversera la vallée et on rattrapera la voie express.

– Très bien.

Ils continuèrent à rouler sur le barrage et Dortmunder continua à avoir un léger et désagréable pressentiment au sujet de ce vieux type calme, gris, silencieux et dingue assis à côté de lui. À l'extrémité du barrage se dressait un petit bâtiment de pierre qui était sans doute l'entrée des bureaux situés en dessous. Dortmunder ralentit et, en jetant un coup d'œil au passage, il aperçut une grosse plaque de bronze sur laquelle était gravé : VILLE DE NEW YORK – SERVICE DES EAUX – ACCÈS RÉSERVÉ AU PERSONNEL.

– « Ville de New York » ? demanda Dortmunder. Cet endroit fait partie de New York ?

– Bien sûr, répondit Tom. Tous les réservoirs de la ville appartiennent à la municipalité.

Une voiture de police de la ville de New York faisait partie des trois véhicules garés à côté du bâtiment. Dortmunder demanda :

– Ils ont même des flics de New York ?

– D'après ce que j'ai compris, dit Tom, c'est pas un boulot qu'on file aux plus vifs d'esprit. Mais t'en fais pas pour ça, Al. Tu voulais laisser tomber, c'est fait. Laisse le suivant s'occuper de ce problème.

Dortmunder le regarda en sentant son estomac se nouer.

– Le suivant ?

– Évidemment, répondit Tom avec un haussement d'épaules. Tu n'étais pas le seul gars sur la liste. Le premier, mais pas le seul. Je vais devoir trouver un gars avec un peu plus de cran, c'est tout.

Dortmunder ôta le pied de l'accélérateur.

– Tom, tu veux dire que tu vas quand même faire le coup ?

Tom, légèrement surpris, leva les bras.

– Est-ce que j'ai récupéré mes trois cent cinquante mille dollars ? Il y a eu du changement sans que je m'en aperçoive ?

– Tu ne peux pas noyer tous ces gens, Tom.

– Bien sûr que si ! C'est *toi* qui ne peux pas. Tu te souviens ?

– Mais...

Juste après le bâtiment de pierre, alors que le réservoir était encore visible derrière eux et que la forêt recommençait des deux côtés de la route, Dortmunder s'arrêta en se rangeant sur l'accotement en gravier et il dit :

– Non, Tom.

Tom fronça les sourcils, sans remuer les lèvres.

– Al, dit-il. J'espère que tu ne vas pas me dire ce que je peux faire et ne pas faire.

– C'est pas ça, Tom, répondit Dortmunder, alors qu'en réalité, c'était bien ça, et en s'en apercevant, il s'aperçut également que c'était peine perdue.

– C'est juste que... dit-il avec un sentiment de désespoir alors même qu'il s'entendait prononcer ces mots... tu ne peux pas *faire* ça, c'est tout.

– Je peux, répondit Tom, plus glacial que jamais. Et je le ferai. (Le doigt osseux se tendit vers le nez de Dortmunder.) Et tu foutras pas mon plan en l'air, Al. T'appelleras pas je ne sais qui pour lui dire : « Dormez pas chez vous cette nuit si vous voulez rester sec. » Crois-moi, Al, t'as pas intérêt à m'entuber ? Si je pense qu'il y a le moindre risque...

– Non, non, Tom. Jamais je te dénoncerais, tu me connais, voyons.

– Toi aussi, tu *me* connais. (Tom regarda la forêt à travers la vitre.) Pourquoi on s'est arrêtés ? Comment ça se fait qu'on n'est pas en train de foncer vers la ville pour que je puisse appeler le deuxième type sur ma liste ?

– Parce que, répondit Dortmunder.

Il passa sa langue sur ses lèvres et se retourna vers l'eau paisible qui miroitait sous le soleil. Une eau paisible et meurtrière.

– Parce que... on n'est pas obligés de faire comme ça.

Tom le regarda.

– « On » ?

– Je suis ton homme, Tom. Comme au bon vieux temps. On fera le coup ensemble et on récupérera le fric. Mais on n'est pas obligés de noyer qui que ce soit pour y arriver, O.K. ? On procédera d'une autre manière.

– Laquelle ?

– Je sais pas encore, avoua Dortmunder. Mais je viens juste d'arriver, Tom, je viens juste d'embarquer. Donne-moi le temps d'analyser la situation, de réfléchir. Donne-moi deux ou trois semaines, O.K. ?

Tom lui adressa un regard sceptique.

– Qu'est-ce que tu vas faire ? Nager avec une pelle, plonger et creuser en retenant ta respiration ?

– Je ne *sais* pas, Tom. Donne-moi le temps de réfléchir. O.K. ?

Tom réfléchissait, lui aussi.

– Un moyen plus discret, ce serait bien, reconnut-il. Si c'est possible. On sera pas obligés de décamper ensuite. Ça risque moins de provoquer une gigantesque chasse à l'homme.

– Exactement.

Tom se tourna vers le réservoir.

– Il y a vingt mètres de flotte, tu sais.

– Je sais, je sais. Donne-moi juste un peu de temps pour réfléchir au problème.

Les yeux gris de Tom allaient et venaient à l'intérieur de son crâne. Il dit :

– Je sais pas si j'ai envie de coucher sur ton canapé aussi longtemps.

Oh ! Dortmunder était au supplice. L'image de May surgit dans son esprit, mais elle fut fermement repoussée, enfouie sous les centaines et les centaines de noyés.

– C'est un canapé très confortable, Tom, dit-il en sentant sa gorge se resserrer, mais il parvint quand même à faire sortir les mots de sa bouche.

Tom inspira à fond. Ses lèvres tressaillirent véritablement ; c'était un mouvement visible. Puis elles redevinrent rigides et il dit :

– O.K., Al. Je sais que tu es doué pour ce genre de trucs, c'est pour ça que je me suis adressé à toi en premier. Si tu veux trouver un autre moyen de récupérer le butin, vas-y.

– Merci, Tom.

Le soulagement faisait trembler ses mains sur le volant.

– Pas de quoi, dit Tom.

– Et d'ici là, ajouta Dortmunder, pas de dynamite. D'accord?

– Pas pour l'instant.

4

Joe le facteur descendit Myrtle Street en sifflotant, sous un soleil éclatant. Sa mélodie se mêlait aux chants des oiseaux, au sifflement des jets d'eau et au bourdonnement lointain d'une tondeuse à gazon.

– Myrtle ! s'écria Edna Street en abandonnant son poste d'observation à la fenêtre de la chambre. Voilà le facteur !

– J'y vais, maman ! répondit Myrtle Street et elle dévala l'escalier en acajou bien ciré pour courir à la porte.

Jolie personne de vingt-cinq ans – ce n'était déjà plus une jolie fille et pas encore tout à fait une jolie femme –, Myrtle avait vécu presque toute sa vie dans cette vieille maison de bardeaux, grande et informe, ici à Dudson Center, et elle trouvait à peine curieux de porter le même nom que son adresse. Une partie du courrier que Joe allait lui apporter sur la véranda cet après-midi serait adressée à :

Myrtle Street
27 Myrtle Street
Dudson Center, NY 12561

Certaines choses, comme *Maturité moderne* ou le magazine *Prévention,* seraient adressées à Edna Street, plus une tonne de trucs adressés à quelqu'un nommé CART-RT SORT, ou Résident actuel.

Joe le facteur sourit d'un air malicieux en gravissant les marches menant à la grande véranda du 27 Myrtle Street et en voyant Myrtle Street pousser la porte à moustiquaire. Il aimait la façon dont ses jambes remuaient sous ses amples robes en coton, le renflement sage mais luxuriant à l'intérieur du cardigan gris qu'elle portait en permanence, la pâle douceur de sa gorge, l'étincelle d'animal sain dans ses yeux. Joe le facteur avait quarante-trois ans et une famille à la maison, mais il avait bien le droit de rêver, non ?

– Toujours aussi jolie ! lança-t-il à Myrtle qui le saluait d'un sourire et tendait la main vers les messages en provenance du monde. Il faut qu'on s'enfuie ensemble un de ces jours.

Myrtle, qui n'avait aucune idée de la véritable dose de dépravation qui se cachait sous l'apparence banale et pataude de Joe le facteur dans son uniforme bleu-gris mal coupé, répondit par un petit rire :

– Oh ! on est bien trop occupés tous les deux, Joe.

– Qu'est-ce qu'il veut ? cria la voix stridente d'Edna au premier étage. Ne lui donne rien pour le port, Myrtle ! Oblige-le à reprendre son colis !

Myrtle leva les yeux au ciel avec indulgence et en riant.

– Maman !

– Un sacré numéro, commenta Joe.

Il imaginait sa tête entre ces cuisses.

– À demain, dit Myrtle en rentrant dans la maison et la porte à moustiquaire se referma brutalement derrière elle, interrompant Joe en pleine examen artistique de son postérieur.

Myrtle passa rapidement en revue le courrier en montant l'escalier. Myrtle Street, Myrtle Street. Sa mère et elle avaient été autrefois Myrtle et Edna Gosling quand Edna avait hérité de cette maison de son père entrepreneur de pompes funèbres où elle s'était installée avec son bébé qui n'avait pas encore deux ans. Être Myrtle Gosling de Myrtle Street n'aurait rien eu d'original ni de remarquable, mais cela n'avait pas duré longtemps. Elle n'avait pas encore quatre ans quand Edna fit la connaissance de M. Street et décida de donner à sa fille unique le nom de son nouveau mari. Myrtle n'avait pas encore sept ans quand M. Street avait fichu le camp avec Candice Oshkosh, la fille du bazar, et on n'avait plus jamais entendu parler de lui ; mais entre-temps, Edna était devenue officiellement Mme Street et sa fille était maintenant Myrtle Street, tout aussi officiellement. C'était aussi simple que ça.

En entrant dans la chambre, Myrtle trouva sa mère en train d'enfiler un de ses nombreux chapeaux noirs devant le trumeau ovale, regardant d'un air soupçonneux et méfiant ses mains qui coinçaient le chapeau au milieu de ses boucles gris acier.

– Voici le courrier, annonça Myrtle inutilement et Edna se retourna pour lui arracher des mains le mince paquet de prospectus et de factures.

Edna exigeait de regarder *tout* le courrier ; Myrtle ne devait pas jeter le moindre avis de soldes ou rapport du Congrès avant que sa mère les ait vus, touchés et peut-être même sentis.

– Il faut y aller, maman, dit Myrtle. Je ne veux pas arriver en retard au travail.

– Pfft ! fit Edna en tripotant le courrier avec avidité. Fais-les attendre. *Moi,* ils m'attendaient quand *je* travaillais là-bas. Va le *surveiller !*

Myrtle se précipita vers la fenêtre pour faire le guet pendant que sa mère examinait le courrier. Dehors, Joe le facteur traversait la rue pour commencer à distribuer le courrier sur le trottoir d'en face. Une certaine Mme Courtenay, une veuve d'une cinquantaine d'années, vivait là, à deux maisons du coin de la rue. Toujours vêtue de couleurs vives et portant des anneaux dans les oreilles, elle s'était attiré l'opprobre d'Edna. Cette dernière était persuadée qu'un jour, Joe le facteur entrerait dans cette maison – et dans la veuve, sans aucun doute – au lieu de se contenter de déposer le courrier à la porte, commettant ainsi, entre autres choses, une grave entorse à son devoir fédéral, accepté sous serment, et Edna appellerait immédiatement le bureau de poste central pour qu'on s'occupe du cas de Joe le facteur. Ce n'était pas encore arrivé, mais ça viendrait, forcément.

Évidemment, Myrtle savait que cela n'arriverait jamais. Ce n'était pas le genre de Joe. Certes, il arrivait que Mme Courtenay apparaisse à la porte quand Joe apportait le courrier, en arborant ses couleurs vives et ses anneaux dans les oreilles, et ils discutaient une minute ou deux, mais la même chose se produisait parfois entre Joe et Myrtle elle-même – comme aujourd'hui –, ça ne voulait pas forcément dire que Joe entrerait ici pour commettre... n'importe quoi. C'était idiot.

Mais il était préférable, à long terme, d'accepter les petites manies de maman.

– Il est sur la véranda de Mme Courtenay, commenta-t-elle par-dessus le bruit produit par Edna qui déchirait une enveloppe contenant une facture d'électricité. Il dépose le courrier dans la boîte... Et il repart.

– Elle n'est pas sortie ?

– Non, maman. Elle n'est pas sortie.

Edna, son chapeau sur la tête et serrant toujours le courrier dans les mains, accourut vers la fenêtre afin de regarder d'un œil noir Joe le facteur prendre un raccourci en traversant le jardin de Mme Courtenay pour poursuivre sa tournée.

– Elle doit avoir ses règles, commenta Edna en reportant son regard noir sur Myrtle. Alors, tu es prête, oui ou non ? Il ne faut pas arriver en retard au travail.

– Oui, maman.

Elles descendirent toutes les deux, sortirent par la porte de derrière et marchèrent sur le gravier jusqu'au garage qui abritait leur Ford Fairlane noire. Cette partie de la journée était une routine si prévisible qu'elles accomplissaient chacun de ces gestes sans même réfléchir : Myrtle ouvrait la porte droite du garage, pendant qu'Edna ouvrait la gauche. Myrtle entrait dans le garage, montait à bord de la Ford et sortait en marche arrière pendant qu'Edna se tenait sur le côté gauche, les mains croisées devant elle. Myrtle effectuait un demi-tour en marche arrière sur le gravier, pendant qu'Edna refermait les portes du garage. Puis Edna contournait la voiture, montait à côté de Myrtle et elles quittaient la maison.

Myrtle allait travailler. C'était une des trois assistantes de l'antenne de la bibliothèque municipale de New York à North Dudson. Edna se rendait au Club du troisième âge dans Main Street, où elle jouissait d'un certain pouvoir. À soixante-deux ans, Edna était trop jeune de trois ans pour appartenir à ce centre, mais il n'y avait rien d'autre à faire dans cette ville morte, alors elle s'était fait admettre en mentant sur son âge.

Myrtle était une bonne conductrice, ou du moins, prudente. Prudente surtout vis-à-vis de sa mère qui ne se privait pas de faire des remarques désobligeantes concernant les erreurs de jugement ou de conduite de sa fille durant tout le trajet. Mais aujourd'hui elle resta silencieuse, de Myrtle Street jusqu'à Spring Street, puis jusqu'à Albany Street, Elm Street et Main Street où elles durent s'arrêter en attendant que le feu passe au vert pour pouvoir tourner. Alors qu'elles attendaient, une voiture venant de la gauche passa sans se presser devant elles, avec deux hommes à bord ; on aurait dit qu'ils ne savaient pas trop où ils allaient.

Soudain, la main osseuse et pointue d'Edna serra le bras de Myrtle et elle s'écria :

– Mon Dieu !

Myrtle regarda immédiatement dans le rétroviseur : allait-on leur rentrer dedans ? Mais Elm Street était vide derrière elles. Alors, elle regarda sa mère, qui regardait d'un air hébété cette voiture qui venait de passer. Le blanc de ses yeux était visible autour de ses pupilles. Était-elle en train de faire une crise cardiaque ?

– Maman ? demanda Myrtle en étouffant dans l'œuf cette lueur d'espoir irrépressible. Maman ? Ça ne va pas ?

– C'est impossible, murmura Edna.

Elle avait le souffle court, la bouche ouverte et les yeux écarquillés. D'une voix rauque, elle s'exclama :

– Mais c'était pourtant vrai ! C'était vrai !

– Quoi donc, maman ?

– C'était ton *père* dans cette voiture !

Myrtle tourna vivement la tête. Elle aussi suivit du regard la voiture avec les deux hommes à bord, mais elle avait disparu depuis longtemps. Stupéfaite, elle demanda :

– M. Street, maman ? M. Street est revenu ?

– M. *Street ?* répondit Edna d'une voix débordante de rage et de mépris. Ce connard ? On n'en a rien à foutre de lui !

Myrtle n'avait jamais entendu pareil langage dans la bouche d'Edna.

– Maman ? Que se passe-t-il ?

– Je vais te le dire.

Penchée en avant et regardant à travers le pare-brise d'un air ahuri, Edna paraissait tout à coup *largement* assez âgée pour être membre du Club du troisième âge.

– C'était pas possible, mais c'est arrivé. Ce salopard de fils de pute. (Edna contemplait d'un œil morne le monde ensoleillé de Dudson Center.) Il est revenu, dit-elle.

5

– Ils n'auraient jamais dû le laisser sortir de prison, dit May.

– Ils n'auraient jamais dû le laisser sortir de sa cellule, dit Dortmunder. Du moment que je ne suis pas avec lui avec l'intérieur.

– Tu es avec lui à l'intérieur, souligna May. Il vit ici.

Dortmunder posa sa fourchette et regarda May.

– Qu'est-ce que je pouvais faire ?

Ils étaient dans la cuisine où ils partageaient un déjeuner tardif, à moins que ce ne soit un dîner précoce, composé de hamburgers, de spaghettis et de bière, en profitant de ce moment d'intimité. Après leur retour du réservoir de Vilburgtown, après qu'ils eurent effectivement rendu la voiture de location à ses propriétaires (encore une expérience totalement nouvelle pour Dortmunder), Tom lui avait dit : « Rentre chez toi, Al. Je continue. Faut que je me remplisse les poches. » Alors, Dortmunder était rentré chez lui où May l'attendait, car elle était revenue plus tôt du supermarché où elle travaillait comme caissière, exprès pour le voir et, d'un air rempli d'espoir, elle avait jeté un regard par-dessus l'épaule de Dortmunder, en demandant : « Où est ton ami ?

– Il est parti se remplir les poches. Il a dit de ne pas l'attendre. Qu'il ouvrirait la porte tout seul. »

May avait paru affolée.

« Tu lui as donné une clé ?

– Non, il a juste dit qu'il ouvrirait tout seul. May, il faut qu'on parle. Il faut aussi que je mange, mais surtout, et avant tout, il faut qu'on parle. »

Et maintenant, ils étaient en train de manger et de parler, parfois simultanément, et May n'appréciait pas plus que Dortmunder cette situation. Mais que pouvaient-ils bien faire ?

– May, dit Dortmunder, si on laisse agir Tom, il va vraiment détruire ce barrage et engloutir tous les habitants de la vallée. Et avec trois cent cinquante mille dollars à la clé, il trouvera des types pour l'aider.

– John, répondit May, où que soit ton ami Tom à cet instant, en train de se remplir les poches...

– Je t'en prie, May. Arrête de dire « ton ami Tom ». C'est déloyal.

May réfléchit à cette remarque, puis elle hocha la tête.

– Oui, tu as raison. C'est pas ta faute s'ils l'ont mis dans ta cellule.

– Merci.

– Mais dis-moi, John, qu'est-ce qu'il est en train de faire à ton avis en ce moment ? Comment est-ce qu'il se « remplit les poches » ?

– Je veux même pas y penser.

– John, tu es un artisan, tu es un travailleur qualifié, un professionnel. Ce que tu fais, ça exige du savoir-faire, de l'entraînement...

– Et de la chance, ajouta Dortmunder.

– Non, dit May. Pas quelqu'un de solide et d'expérimenté comme toi.

– Tant mieux, alors. Car ça fait un petit moment que j'en manque sérieusement.

– Allons, ne deviens pas sinistre, John.

– Pas facile en présence de Tom. Quant à savoir ce qu'il fiche dehors en ce moment, c'est son problème. Mais je suis allé sur ce barrage, j'ai vu la vallée en bas avec toutes ces maisons. Et ça, c'est mon problème, May. Je peux essayer de trouver une autre solution, un moyen d'aider Tom à récupérer son argent, ou bien alors, je peux dire : « Laissons tomber, ça me regarde pas. » Et un soir, en regardant la télé ici tous les deux, on apprendra la nouvelle aux infos. Tu vois ce que je veux dire ?

– Y a pas d'autres choix ? demanda May en piochant délicatement quelques spaghettis sans oser croiser le regard de Dortmunder. Tu es sûr qu'il y a rien d'autre à faire ?

– Comme quoi ? Telles que je vois les choses, soit je l'aide, soit je l'aide pas. Voilà l'alternative.

– En temps normal, je ne dirais pas ça, John, tu me connais. Mais des fois, très rarement mais des fois, peut-être qu'il est nécessaire de laisser la société livrer ses propres combats.

Dortmunder posa sa fourchette et son hamburger pour la regarder.

– Tu veux que je le dénonce ? C'est ça ?

– Ça vaut la peine d'y réfléchir, marmonna May, toujours sans croiser le regard de Dortmunder.

– Non, ça vaut pas la peine. Même si ça valait la peine, je dis bien *même*, ça vaut pas la peine d'y réfléchir, parce que comment tu vas faire ? Tu vas appeler le gouverneur qui lui a fait ce cadeau d'anniversaire pour qu'il reprenne Tom, sous prétexte qu'il va noyer neuf cents personnes ? Ils peuvent *pas* le reprendre ! (Dortmunder récupéra sa fourchette et son hamburger.) Un crime n'en est pas un tant qu'il n'a pas été commis.

– C'est idiot, dit May. Avec un type comme ça qui se balade en liberté...

– May, un écrivain célèbre l'a dit un jour : « La loi est une connasse. » Par exemple, si j'étais toujours en conditionnelle ? Et si Tom Jimson *habi-*

tait ici, quoi qu'on pense de lui. Si j'étais en conditionnelle et si mon contrôleur judiciaire... comment il s'appelait déjà ? Steen, oui c'est ça. S'il apprenait qu'un type avec le casier et les antécédents de Tom Jimson habitait ici, c'est *moi* qu'ils renverraient au trou. Mais lui, ils peuvent rien lui faire.

– C'est fou, dit May.

– Mais vrai. Supposons que je le fasse quand même, disons que je sois poussé par le désespoir ou je ne sais quoi et que je le fasse. Voilà, c'est fait. Je suis allé voir les flics pour leur parler de Tom et de son butin planqué au fond du réservoir. Qu'est-ce qui va se passer ensuite ? Dans le *meilleur* des cas, ils vont aller le voir pour lui dire qu'ils ont entendu parler de son projet avec la dynamite et qu'il ne doit pas le mettre à exécution. Il lui faudra environ une seconde et demie pour comprendre qui l'a mouchardé. Tu veux que Tom Jimson soit en colère après toi ?

– En fait, répondit May en marchant sur des œufs, c'est après toi qu'il serait en colère, John.

– Les gens qui jouent avec de la dynamite ne font pas de détail, répondit Dortmunder.

Il enfourna du hamburger et des spaghettis et arrosa le tout de bière avant de mastiquer pendant un moment.

May avait fini de manger. Elle n'alluma pas de cigarette, elle ne souffla pas la fumée au plafond, elle ne fit pas tomber la cendre dans son assiette, elle ne toussota pas deux fois, discrètement, mais elle dit :

– J'espère que tu trouveras une solution.

– Moi aussi, dit Dortmunder, mais il avait encore la bouche pleine de nourriture et les mots eurent du mal à sortir.

Il leva sa fourchette à la verticale pour dire *une seconde* et il mastiqua, il mastiqua, il déglutit et essaya de nouveau :

– Moi aussi.

May le regarda en fronçant les sourcils.

– Toi aussi, quoi ?

– J'espère que je trouverai une solution. Pour récupérer l'argent au fond du réservoir.

– Oh ! j'en suis sûre. Je ne m'inquiète pas pour toi, John.

– J'aimerais mieux que tu t'inquiètes, dit-il.

Son regard dériva à travers la pièce et s'arrêta sur la blancheur immaculée de la porte du réfrigérateur. Il dit :

– Je crois que le moment est venu de réclamer de l'aide.

6

Andy Kelp, un type tout maigre aux traits anguleux et au nez pointu, qui portait des chaussures noires à semelles de crêpe, un pantalon en laine gris foncé et un caban volumineux, traversa le rayon des logiciels sur la pointe des pieds en fredonnant : « Soif d'aujourd'hui, Coca-Cola. » Hmmmm, se dit-il alors que ses doigts couraient au milieu des emballages aux couleurs vives. *Wordperfect, PageMaker, Lotus, dBase III, Donkey Kong*. Hmmmmm. De temps à autre, une boîte était happée par ses longs doigts fins et elle disparaissait dans la poche spéciale dissimulée dans le dos de son caban, puis il repartait, en fredonnant et en balayant du regard tous les produits disponibles. Les éclairages des rayonnages qui restaient allumés la nuit lui offraient juste assez de lumière pour étudier les diverses possibilités et faire son choix. En outre, faire ses courses trois heures après la fermeture du magasin, c'était le meilleur moyen d'éviter la foule.

Blip-blip-blip. Le petit tintement provenait du côté gauche du volumineux caban de Kelp. Il glissa la main à l'intérieur pour en sortir un téléphone portable, dont il déplia l'antenne avant de murmurer dans l'appareil :

– Allô ?

Une voix soupçonneuse et perplexe, mais néanmoins familière demanda :

– Qui est à l'appareil ?

– John ? chuchota Kelp. C'est Andy.

– Hein ? Qui ça ?

– C'est *Andy !* chuchota Kelp d'une voix rauque, les lèvres collées contre le téléphone. Andy *Kelp*.

– Andy ? C'est toi ?

– Oui, John. C'est moi.

– Pourquoi est-ce que tu parles tout bas ? Tu as une laryngite ?

– Non. Je vais très bien.

– Alors, arrête de chuchoter.

– Ce qui se passe, John, chuchota Kelp, plié en deux au-dessus du téléphone, c'est que je suis en train de cambrioler un magasin.

– Tu *quoi ?*

– Chuuuuut, John, chuchota Kelp. Chuuuut.

D'une voix plus normale, Dortmunder dit :

– Attends un peu, je commence à comprendre. Je t'ai appelé chez toi, mais tu n'es pas chez toi. Tu as encore trafiqué ton téléphone avec un machin.

– Exact, reconnut Kelp. J'ai installé le machin qui transfère les appels de mon téléphone chez moi sur mon portable pour louper aucun appel, comme le tien maintenant, pendant que j'étais sorti et j'ai pris mon portable avec moi.

– Pour cambrioler un magasin.

– Exact. C'est ce que je suis en train de faire en ce moment même, John, et pour être franc, j'aimerais bien continuer.

– O.K., dit Dortmunder. Si tu es occupé...

– Je ne suis pas occupé *éternellement*, John ! répondit Kelp en oubliant de chuchoter. T'as un truc à proposer ? Tu vas retrouver les gars au OJ ?

Il s'était souvenu qu'il devait chuchoter.

– Non, répondit Dortmunder. Pas dans l'immédiat, en tout cas. Pas avant d'avoir trouvé une solution.

– Y a un problème ?

Sous l'effet de l'excitation, le chuchotement de Kelp s'éleva dans les aigus et devint très sifflant. Tu veux que je passe te voir quand j'aurai fini ? On peut en parler ?

Dortmunder poussa un soupir et dit :

– Oui. Tu peux passer. Si tu en as envie.

– Bien sûr que j'en ai envie, chuchota Kelp d'une voix de fausset. Tu me connais, John.

– Oui, je te connais. Mais viens quand même.

Sur ce, Dortmunder raccrocha.

– Entendu, John, chuchota Kelp dans le vide.

Après avoir rangé l'antenne, il remit son téléphone dans la poche spéciale de son caban et il reprit l'examen des divers rayonnages, comptoirs et présentoirs à l'intérieur des Grosses Affaires, c'était le nom du magasin. Les néons dans les tons pastel rose, bleu et vert donnaient à cet endroit un petit côté conte de fées et nimbaient de reflets colorés la moquette industrielle grise et les étagères blanc cassé. Depuis un quart d'heure qu'il s'était introduit ici en passant par les toilettes pour hommes de la cafétéria voisine, puis par une fenêtre située au rez-de-chaussée de ce bâtiment, avant de se tortiller à l'intérieur d'un conduit du système de climatisation (en poussant son caban devant lui), Kelp avait quasiment passé en revue tous les trésors disponibles dans cet endroit. Le moment était venu de rebrousser chemin.

John devrait avoir un ordinateur, songea Kelp, mais alors même qu'il se disait cela, il pensa que John risquait d'être dur à convaincre. Pas facile de lui faire accepter quelque chose de nouveau ; c'était comme son attitude vis-à-vis des téléphones, par exemple.

Mais un ordinateur, un bon PC à soi, c'était différent. C'était un *outil,* aussi utile, aussi indispensable, qu'un four-rôtissoire. En revenant vers le rayon des logiciels, Kelp prit au passage un exemplaire de *Savoir gérer son argent*. Même John serait capable de voir l'intérêt d'un tel programme. S'il avait l'air intéressé, ils pourraient y aller ensemble demain, ou peut-être même plus tard cette nuit, pour choisir un ordinateur avec une imprimante. Ils pourraient même revenir ici, d'ailleurs. Kelp se réjouissait d'avoir fait des bonnes affaires chez Grosses Affaires.

7

May apporta trois autres bières et ils tirèrent sur les anneaux d'ouverture des boîtes : *Pop. Pop. Pfft.*

– Ah, merde ! s'exclama Dortmunder.

– Oh ! John, quel dommage, dit May. Tu veux que j'aille chercher une serviette ?

– Non, non, pas la peine. J'en ai pas renversé beaucoup, répondit Dortmunder, avant de se tourner vers Kelp pour demander : Alors ? Qu'est-ce t'en penses ?

– Hmmm, fit Kelp et il but une lampée de bière. Si c'est pas impoli de poser la question, il était en taule pour quoi, ton copain ?

– Ce n'est pas mon copain.

– Pardon. Ton ex-compagnon de cellule. Tu sais pourquoi il était à l'ombre ?

Dortmunder but un peu de bière, en réfléchissant.

– Si je me souviens bien, dit-il, c'était pour meurtre, attaque à main armée et incendie volontaire.

Kelp parut surpris.

– Tout ça en même temps ?

– Il voulait créer une diversion pendant qu'il faisait le coup, expliqua Dortmunder. Alors, il a foutu le feu à la caserne des pompiers.

– C'est un gars direct, commenta Kelp.

– Comme avec ce barrage, renchérit May.

Kelp hocha la tête en se concentrant et en fronçant les sourcils.

– À vrai dire, John, dit-il, je comprends pas très bien pourquoi tu es mêlé à cette histoire. Ce type te dit : « Aide-moi à faire sauter un barrage », tu lui réponds : « Je veux pas tuer un tas de gens dans leurs lits » et vous vous dites au revoir, voilà tout.

– Il trouvera quelqu'un d'autre, dit Dortmunder.

– C'est son problème, non ?

– John voit pas ça de cette façon, répondit May. Et je suis d'accord avec lui.

Dortmunder finit sa bière.

– Je sais bien, avoua-t-il. Ça devrait être comme ça : je dis non et on n'en parle plus. Mais j'ai comme une impression, je me dis qu'il y a un moyen d'accéder à ce fric sans tuer tous les habitants du coin.

– Et ?

Dortmunder plissa le front de manière si exagérée qu'on aurait dit un champ labouré.

– Je vais te paraître vaniteux, dit-il.

– Vas-y, répondit Kelp.

– Eh bien, je me dis que s'il y a un moyen de récupérer tout cet argent sans vider le réservoir, c'est moi qui devrais le trouver.

– Tu es le seul qui *pourrait,* tu veux dire ?

Dortmunder ne voulait pas aller aussi loin dans la vanité.

– Le seul qui ferait l'effort, dit-il.

Kelp hocha la tête ; il acceptait cette version.

– Et qu'est-ce que tu as trouvé ?

– Rien, avoua Dortmunder. Mais ce n'est que la première journée que j'y réfléchis.

– C'est juste. (Kelp agitait la bière à l'intérieur de la boîte.) Tu pourrais peut-être creuser un tunnel.

Dortmunder le regarda.

– Dans l'eau ?

– Non, non, dit Kelp en secouant à la fois la tête et la boîte de bière. Je pense pas que ce soit possible de faire ça, en fait. Un tunnel dans l'eau. Ce que je pensais, moi, c'était de commencer sur la rive, *au bord.* Tu creuses un tunnel jusqu'à ce que tu sois plus bas que le fond du réservoir ; ensuite, tu changes de direction et tu continues à creuser vers le coffre, ou le cercueil, ou je sais pas quoi.

– Creuser un tunnel... sous un réservoir, répéta Dortmunder. Aller et venir en rampant dans la terre, sous le réservoir...

– Ouais, y a ce problème, concéda Kelp. J'ai mal aux sinus rien que d'y penser.

– Et c'est pas tout, ajouta Dortmunder. Comment tu feras pour viser ? Il y a un cercueil quelque part sous ce réservoir. Combien il mesure ? Deux mètres ? Un mètre de large, un peu moins en hauteur ? Et tu dois arriver *juste* dessus. Tu peux pas arriver au-dessus, tu peux pas arriver en dessous, tu peux pas passer trop à gauche ou trop à droite.

– *Surtout* pas au-dessus, souligna May.

– C'est ça qui file la migraine, lui dit Dortmunder, puis il s'adressa à Kelp : La cible est trop petite, Andy, et trop éloignée.

– Tu sais, dit Kelp, l'air songeur, c'est pas sans rapport avec un truc dont je voulais te causer, justement. (Il balaya la pièce d'un regard faussement désintéressé et demanda :) Tu n'as pas de PC, hein ?

Dortmunder se hérissa. Il ne savait pas ce qui l'attendait, mais il savait déjà que ça ne lui plaisait pas.

– C'est quoi ? Encore un de tes gadgets pour le téléphone ?

– Non, non, John. Rassure-toi, rien à voir avec le téléphone. C'est un ordinateur individuel, et c'est peut-être la solution à ton problème.

Dortmunder lui jeta un regard chargé de haine.

– Un ordinateur individuel ? Qu'est-ce que tu mijotes encore, Andy ?

– Laisse-moi t'expliquer, John. C'est très simple en vérité, tu vas adorer.

– Hmmm.

– Il doit bien exister des cartes, dit Kelp. Des vieilles cartes d'avant le réservoir. On s'en servira pour programmer l'ordinateur et il nous sortira un plan de la vallée. Ton vieux copain nous...

– C'est pas mon copain, dit Dortmunder.

– Oui, exact. Ton ex-compagnon de cellule nous montrera...

– Pourquoi tu ne l'appelles pas Tom, tout simplement ?

– Je le connais pas, ce gars, répondit Kelp. Bon, je peux t'expliquer oui ou non ?

– Vas-y.

– Les cartes dont je te parle, c'est pas comme celles qu'on achète dans les stations-service. Je te parle des cartes avec plein de traits partout. Comment qu'on les appelle déjà ?

– Topographiques, dit May.

– Oui, c'est ça. Merci, May.

Dortmunder la regarda d'un air hébété.

– Comment tu sais ça, toi ?

– Pourquoi je le saurais pas ?

– *J'essaye* d'expliquer ! dit Kelp.

– Oui, oui. Continue, dit Dortmunder.

– Donc, l'ordinateur crée un plan de la vallée avant l'arrivée de l'eau, avec les villes, les constructions et tout ça. Et ce plan, on peut le tourner dans le sens où on veut...

– Quel plan ? demanda Dortmunder.

Il commençait à être largué et ça le rendait fou.

– Le plan dans *l'ordinateur*, dit Kelp. Tu le verras sur ton écran.

– À la télé, tu veux dire ?

– C'est comme la télé, oui. Sauf que c'est un plan détaillé en trois dimensions que tu peux faire tourner et basculer dans toutes les directions...

– Ça a l'air amusant, ironisa Dortmunder.

– *Et en plus,* ajouta Kelp, tu peux agrandir les endroits que tu veux, pour obtenir les détails et tout ça. Et ton co... ce type qui a planqué le fric, il nous montrera sur le plan où il a enterré le cercueil, comme ça quand on entrera le réservoir pour...

– On quoi ?

– On entrera le réservoir, répéta Kelp, inutilement, avant d'expliquer. Le premier plan de notre programme, c'est la vallée du temps où il y avait les villes. Pour qu'on puisse localiser le cercueil. *Ensuite* on parle du réservoir à l'ordinateur, on ajoute le barrage et on verse l'eau ; sans doute aussi qu'on lui dira combien pèse l'eau et tout ça pour qu'il nous dise ce qui a pu changer tout au fond. (L'ombre d'un doute traversa le visage enthousiaste de Kelp.) Il va falloir rassembler un tas de données si on veut faire ça bien. GIGO, tu vois.

– Non, dit Dortmunder. Je ne vois pas. Gigot ?

– Tu n'as jamais entendu cette expression ?

Kelp n'en revenait pas.

– Peut-être que May connaît.

– Non, je ne crois pas, dit May.

– GIGO, répéta Kelp. G.I.G.O. Ça veut dire « *Garbage In, Garbage Out* », c'est les infos parasites. Qualité d'entrée égale qualité de sortie, si tu préfères.

– C'est chouette.

– Ça signifie, précisa Kelp, que l'intelligence de l'ordinateur dépend de ce que tu lui dis. Si tu lui donnes de fausses informations, il te donnera de fausses informations en retour.

– Ah ! je commence à comprendre. C'est une machine qui ne sait rien tant que je ne lui ai rien dit, et si je lui dis une bêtise, elle me croit.

– C'est à peu près ça, oui.

– Autrement dit, ta machine a beaucoup plus besoin de moi que moi d'elle.

– Ça y est, tu recommences à être négatif !

May intervint :

– John, laisse Andy terminer. Peut-être que c'est utile, *finalement*.

– Je reste assis sans bouger, dit Dortmunder en portant à sa bouche sa boîte de bière vide. Je suis assis, j'écoute et je ne fais pas d'histoires.

– Je vais chercher de la bière, décida May.

Alors qu'elle se levait, Kelp dit :

– J'attends que tu reviennes.

– Merci, Andy.

Pendant que May était absente, Kelp dit :

– Si on réussit ce coup, ça fait beaucoup d'argent.

– En effet.

– Je ne parle pas forcément d'un tunnel, dit Kelp, mais quoi qu'on fasse, y aura pas besoin d'énormément de gars. Ton vieux co... Ce type, il a soixante-dix ans, hein ?

– Oui.
– Il est costaud ?
– Très.
– Parfait. Il peut donc porter son poids. Ensuite, il y a toi et moi. Plus un chauffeur, probablement.
– Certainement, dit Dortmunder. J'ai déjà conduit une fois jusque là-bas. Ça suffit. On appellera Stan Murch, si on trouve une idée.
– Et peut-être aussi Tiny Bulcher, pour soulever et déplacer les trucs, suggéra Kelp au moment où May revenait avec trois autres bières. Merci, May.
May dit à Dortmunder :
– John, j'ai ouvert la tienne.
– Merci.
– Tu sais, reprit Kelp en décapsulant sa boîte de bière avec dextérité et décontraction, ton vieux co... Ce type...
– Tom. Il s'appelle Tom.
– D'accord, je vais essayer, dit Kelp. Tom. Ce Tom, il ressemble pas mal à Tiny, je trouve. À vrai dire, j'ai hâte de le rencontrer.
– Je te laisse ma place, marmonna Dortmunder.
– Bref. On parlait du PC.
Dortmunder fit la grimace.
– Allons, John. Il est vrai qu'il faut entrer un tas d'informations dans l'ordinateur, mais ça change pas grand-chose. Tu veux toujours te procurer le maximum d'informations, pour n'importe quel boulot. C'est ta façon de travailler.
– Exact.
– Une fois qu'on aura tout mis dans l'ordinateur, on lui dira : « Trouve-nous le meilleur chemin pour le tunnel. » On suivra ce chemin et il nous conduira direct au cercueil.
– Ça me paraît simple.
– Quand quelque chose paraît simple, dit Dortmunder, c'est qu'il y a un truc qu'on n'a pas entendu.
– Il se peut, dit Kelp, nullement découragé, il se peut qu'on entre le plan dans l'ordinateur pour qu'il indique le chemin et que l'ordinateur nous dise que le tunnel c'est pas possible. Trop d'eau tout autour, trop de boue, trop de distance, ou je ne sais quoi.
– N'oublie pas de mettre tout ça aussi, dit Dortmunder, quand tu rentreras les parasites.
– On ne rentrera pas de parasites, rectifia Kelp. On rentrera uniquement des données de qualité, John, tu peux me croire. D'ailleurs, ajouta-t-il, soudain plus énergique et enthousiaste, je connais le gars avec qui il faut travailler sur ce programme.

– Quelqu'un d'autre ? demanda Dortmunder. L'un de nous ?

Kelp secoua la tête.

– Wally est un cinglé d'informatique. Je lui dirai pas ce qu'on veut faire, je lui présenterai la chose comme un simple problème d'ordinateur.

– Je le connais, ce Wally ?

– Non, John. Vous n'évoluez pas dans les mêmes cercles. Wally est une sorte d'excentrique. Il peut communiquer uniquement par le biais de son clavier.

– Et s'il communique avec la police par le biais de son clavier ?

– Non, je te dis qu'il y a pas de problème. Wally vit dans son monde à lui. Mais il nous fera gagner des *semaines* sur ce coup-là.

– Des semaines ? répéta Dortmunder, effaré. Combien de temps ça va prendre ?

– Quelques jours, pas plus, promit Kelp. Avec Wally dans l'équipe, pas plus de quelques jours.

– Parce que tant qu'on n'a pas trouvé de solution, on a Tom Jimson comme locataire.

– Parfaitement, renchérit May.

– Et si jamais il décide de déménager, ajouta Dortmunder, ce sera pour retourner là-haut et provoquer une inondation.

– L'inondation de Jimson, dit une voix glaciale sur le seuil de la pièce.

Ils levèrent tous la tête. Tom était là, aussi froid et gris qu'à l'accoutumée, dans l'encadrement de la porte et observant les visages l'un après l'autre. Une fossette sur le sien aurait pu passer pour un sourire ironique.

– Ça ressemble à une vieille chanson country, dit-il, sans remuer les lèvres. « La célèbre inondation de Jimson. »

– Je crois que c'était plutôt Jamestown, rectifia Kelp.

Tom examina cette possibilité, en même temps qu'il examinait Kelp.

– Ouais, tu as peut-être raison. (Il se tourna ensuite vers Dortmunder.) Alors, tu prêches pour ma paroisse, Al ?

Dortmunder se leva.

– Tom Jimson, voici Andy Kelp. Andy et moi, on bosse ensemble.

Tom hocha la tête et observa Kelp de la tête aux pieds.

– Alors ? Tu vas m'aider à réaliser mon rêve d'une retraite heureuse ?

Kelp répondit par un grand sourire ; il faisait comme s'il *appréciait* Tom Jimson. Confortablement affalé sur le canapé, il dit :

– Je suis là pour ça. John, May et moi, on a évoqué différentes approches, différentes façons de faire.

– La dynamite, c'est ce qu'il y a de plus sûr, dit Tom.

– Euh, je ne suis pas convaincu, répondit Kelp. Cette eau est en place depuis vingt ans, grosso modo. Qu'est-ce qui se passera si vous provoquez une lame de fond tout à coup ? Ça risque de tout chambouler là-dessous, et ensuite, ce sera plus difficile de retrouver votre cercueil.

Debout au milieu de la pièce comme quelqu'un qui attend le bus, Dortmunder se tourna vers Andy Kelp et le regarda avec un nouveau respect.

– J'avais pas pensé à ça, dit-il.

– Moi, si, dit Tom. De la façon dont je pense faire sauter ce barrage, y aura pas de lame de fond. Pas dans le réservoir, du moins. Tout en bas, à East Dudson, Dudson Center et Dudson Falls, *là,* vous risquez d'avoir une lame de fond, mais on s'en contrefout, pas vrai ?

Nul ne jugea utile de répondre à cette question. May se leva à son tour et vint se planter à côté de Dortmunder. Elle demanda :

– Une bière, Tom ?

– Non. Je suis habitué à avoir des horaires réguliers. Bonne nuit.

Sans se départir de son sourire aimable, Kelp demanda :

– Vous allez vous coucher ?

– Seulement quand tu te seras levé, répondit Tom en toisant Kelp.

Qui finit par comprendre.

– Oh, vous dormez *là !* dit-il en tapant avec sa paume sur le coussin du canapé qui se trouvait à côté de lui.

– Oui, répondit Tom en continuant à dévisager Kelp.

May dit :

– Je vais chercher des draps et une taie d'oreiller.

– Pas besoin, dit Tom, pendant que Kelp se dépliait lentement et se levait, en souriant toujours et en tenant négligemment sa boîte de bière.

– Il vous faut bien quelque chose, insista May.

– Une couverture, dit-il. Et une serviette pour le matin.

– Je vous apporte ça, dit May en quittant la pièce avec empressement.

– Bon, fit Dortmunder qui avait du mal à s'en aller. À demain, alors.

– C'est ça, dit Tom.

– Ravi de vous connaître, dit Kelp.

Tom ignora cette remarque. Il avança vers le canapé, déplaça la table basse et commença à sortir de ses diverses poches des liasses de billets de banque entourés de bandeaux en plastique qu'il laissait tomber sur la table basse. Dortmunder et Kelp échangèrent un regard.

May revint dans la pièce, jeta un coup d'œil à l'argent sur la table basse déplacée et déposa sur le canapé une vieille couverture rongée par les mites et une jolie serviette Holiday Inn.

– Et voilà, dit-elle.

– Merci.

Tom déposa un Smith & Wesson calibre .32 sur la table basse à côté de l'argent, puis il éteignit la lampe située à une extrémité du canapé et se retourna vers les trois autres.

– Bonne nuit, Tom, dit Dortmunder.

Mais Tom avait cessé d'être poli pour aujourd'hui. Il resta planté là à les regarder tous les trois jusqu'à ce qu'ils fassent demi-tour et sortent dans le couloir. May ferma la porte derrière eux.

En murmurant, sans chuchoter tout à fait, Dortmunder dit à Kelp :

– Tu veux venir dans la cuisine ?

– Non merci, chuchota Kelp. Je t'appellerai demain matin après avoir parlé avec Wally.

– Bonne nuit, Andy, dit May. Et merci pour le coup de main.

– Je n'ai encore rien fait, fit remarquer Kelp en ouvrant la porte de la penderie pour récupérer son lourd et volumineux caban. (Il s'adressa à Dortmunder avec un grand sourire.) Mais ce vieux PC et moi, on fera tout ce qu'on peut.

– Hmmm.

Au moment où Kelp se tournait vers la sortie, la porte du salon s'ouvrit et Tom glissa sa tête grise par l'entrebâillement.

– Le tunnel, ça marchera pas, dit-il.

Il rentra la tête et referma la porte.

Les trois autres se regardèrent avec des yeux écarquillés. Ils se regroupèrent devant la porte d'entrée, aussi loin que possible du salon. May chuchota :

– Depuis quand il nous écoutait ?

– On le saura jamais, chuchota Dortmunder.

Kelp leva les yeux au ciel et chuchota :

– Espérons qu'on ne le saura jamais. Je vous appelle demain.

Après son départ, Dortmunder entreprit de fermer tous les verrous de la porte d'entrée. Puis il s'arrêta, regarda ses mains, regarda les serrures et chuchota :

– Je sais pas pourquoi je fais ça.

8

Vous déplacez les deux gros rochers et le tronc d'arbre. Vous découvrez l'entrée d'une grotte, recouverte par un rideau en fourrure. Vous l'écartez et vous découvrez la tanière de l'Ogre aux Mille Dents.

Wally essuya la sueur qui coulait sur son front. Attention, se disait-il. Il pouvait s'agir d'un piège. Ses gros doigts crispés au-dessus du clavier, il cracha :

`Décrire la tanière.`

Un cube de dix mètres sur dix avec un plafond voûté. Les parois de pierre ont été calcinées par le souffle du Dragon des Enfers. Sur des couches recouvertes de peaux de bêtes sont avachis une demi-douzaine d'Hommes-Lézards armés jusqu'aux dents, membres de la Garde personnelle du Sultan. Contre la paroi du fond, la princesse Labia est attachée à une roue géante qui tourne lentement.

`Les Hommes-Lézards sont-ils mes ennemis ?`

Pas lors de cette rencontre.

`Les Hommes-Lézards sont-ils mes alliés ?`

Seulement si vous leur montrez la bonne autorisation.

Hmmm, se dit Wally. Je ne vais pas tarder à effectuer un inventaire, je ne sais plus trop ce que j'ai accumulé comme saloperies. Mais d'abord, la question est de savoir si j'entre ou pas dans cette foutue caverne. Il le faudra bien, tôt ou tard. Je ne peux pas redescendre dans la vallée de la Sérénité et plus haut dans cette montagne, il n'y a rien. Mais ne nous jetons pas dans la gueule du loup. Les yeux brûlants, les épaules raides, il tapa :

`Ai-je encore mon Épée de Feu et de Glace ?`

Oui.

Je la plante dans l'entrée de la caverne et je la fends en deux de haut en bas, et aussi d'un côté à l'autre.

Des flèches d'acier jaillissent de tubes dissimulés de chaque côté de l'entrée. Elles n'atteignent aucune cible, sauf la paroi opposée et elles retombent sur le sol.

Ah ! ah, ! se dit Wally, c'est bien ce que je pensais. O.K. Ogre, j'arrive !

J'entre

Bzzzzzztt.

On sonnait à la porte. Sapristi ! Il était déjà si tard ? Laissant la princesse Labia tourner au ralenti à l'intérieur de la tanière, Wally fit courir ses doigts en vitesse accélérée sur le clavier, comme un numéro de chiens de cirque, pour changer le menu et faire apparaître l'heure réelle de la côte Est...

15 h 30

... et son agenda à la page du jour, qui était vierge à l'exception de : 15 h 30. Andy Kelp et son ami pour voir le réservoir. Bah, ça pouvait être amusant aussi.

En ôtant les mains du clavier, en détachant ses yeux de l'animation vidéo, en repoussant sa chaise pivotante et en se levant, Wally éprouva les habituelles douleurs dans les épaules, le cou et le bas du dos. Les douleurs provoquées par le combat, la concentration intense pendant plusieurs heures d'affilée étaient pour lui des choses familières, et il les supportait sans se plaindre, avec même une sorte de fierté intérieure.

À vingt-quatre ans, Wally Knurr était bien parti pour devenir un personnage d'une de ses fictions interactives. (En plus de les consommer, il en créait, et il en avait déjà vendu deux : *Les Sirènes de Morg* pour Astral Rainbow Productions, à Mill Valley en Californie, et *Centaure!* pour Futurogical Publishing à Cambridge, Massachusetts.) Individu tout rond et flasque, aussi blanc qu'un yaourt à la vanille, Wally mesurait 1,50 mètre et pesait 140 kilos, dont très peu de muscle. Ses yeux attendrissants, semblables à deux œufs à la coque dont le jaune aurait viré au bleu, clignaient en toute confiance derrière ses épaisses lunettes, et la seule autre tache de couleur en lui, c'était le rouge humide de ses lèvres trop généreuses. Alors que son cerveau était sans doute une merveilleuse machine, encore plus merveilleuse que tous les ordinateurs qui envahissaient le salon, l'emballage n'était pas de première qualité.

Dès l'enfance, Wally Knurr avait compris que son apparence le plaçait en dehors du spectre des physiques jugés acceptables par la majorité des gens. La plupart d'entre nous peuvent dénicher un coin de la planète où notre visage correspond plus ou moins à l'échantillon local de l'humanité, mais pour Wally, le seul espoir résidait dans le voyage spatial. Peut-être trouverait-il quelque part dans le système solaire des créatures courtes sur pattes, obèses et moites comme lui. En attendant, il menait une existence solitaire, comme s'il avait été abandonné sur terre au lieu d'y être né. La plupart des gens le regardaient, le trouvaient « bizarre » et reprenaient leurs activités.

C'est en effectuant un petit boulot de vendeur au rayon informatique de chez Macy's à Noël, quatre ans plus tôt, que Wally avait finalement trouvé le grand amour et le salut : l'ordinateur. On pouvait faire des jeux. Des jeux *mathématiques*. On pouvait lui parler, il répondait. C'était un ami qu'on pouvait installer chez soi, il restait là sans bouger. On pouvait lui demander de faire des choses frivoles ou sérieuses. On pouvait *stocker* et *récupérer*, on pouvait *composer de la musique, obtenir des projections architecturales* et *équilibrer ses comptes*. On pouvait faire de la *micro-édition*. Et grâce aux merveilles de la fiction interactive on pouvait même *participer à une histoire policière*. Pour Wally, l'ordinateur devint l'univers et il était la forme vivante de cet univers. Et là, il n'avait pas l'air « bizarre ».

À la New School, où Wally avait jadis pris des cours d'initiation à l'informatique, il donnait maintenant lui-même des cours d'un niveau plus avancé, et c'était là qu'il avait rencontré un passionné aussi réceptif que lui aux possibilités offertes par cette nouvelle merveille. Ce gars s'appelait Andy Kelp, et Wally se réjouissait d'avoir fait sa connaissance. Tout d'abord, Andy était la première personne qu'il rencontrait prête à parler d'informatique aussi longtemps que lui, sans s'arrêter. Ensuite, Andy était une des rares personnes qui semblait ne pas remarquer que Wally avait l'air bizarre. Et enfin, Andy était d'une générosité incroyable : il suffisait de lui parler d'un nouveau logiciel, d'un jeu ou d'une imprimante, *n'importe quoi*, il arrivait avec l'objet chez Wally dès le lendemain, en disant : « Non, t'inquiète pas pour le prix. On m'a fait une offre spéciale. » Wally ignorait quelle était la profession d'Andy, mais ce devait être un truc très lucratif.

Cinq jours plus tôt, Andy était venu le trouver avec ce problème de réservoir et de trésor caché (comme dans un épisode de fiction interactive !) et Wally s'était jeté sur le défi. Andy lui avait donné des cartes topographiques du territoire, avant et après, et le logiciel de Wally renfermait déjà un certain nombre de programmes utilitaires – poids et mesures, propriétés physiques, rubriques encyclopédiques, etc. –, et pour se procurer les logiciels manquants, la seule chose qu'il avait à faire, c'était de consulter le catalogue du fabricant, de donner à Andy le nom et la référence, et le lendemain, Andy, tout sourire, sortait le paquet d'une des nombreuses poches de son invraisemblable caban. (Wally avait essayé récemment de bâtir une fiction interactive retraçant un voyage à travers ce caban.)

Toujours est-il que Wally avait achevé la veille au soir le programme du réservoir et il était très satisfait. Andy lui avait dit : « Appelle-moi à n'importe quel moment, jour et nuit. Si je dors ou si je suis absent, le répondeur répondra », alors Wally avait téléphoné dès que le programme avait été fini, en s'apprêtant à laisser un message. Mais c'était Andy lui-même qui avait répondu, en chuchotant car, avait-il expliqué, « mon chat dort ».

Andy était *très* content d'apprendre que le programme était prêt et il avait voulu venir le voir immédiatement. Wally était disponible à tout moment, évidemment, mais c'était l'emploi du temps compliqué d'Andy qui l'avait empêché de venir avant 15 h 30 le lendemain après-midi. « Je viendrai avec deux copains », avait-il dit. « Ils s'intéressent beaucoup à ce projet. Sur un plan théorique. » Ce devait donc être lui. Enfin, eux.

Super. Wally appuya sur le bouton de l'interphone pour laisser entrer ses invités et il alla chercher le fromage et les crackers.

9

Dortmunder et Tom suivirent Kelp dans l'escalier métallique branlant pour monter trois étages jusqu'à une porte métallique cabossée où Kelp appuya gaiement sur une autre sonnette. En voyant les éraflures et les bosselures sur la porte, Tom demanda :

– Pourquoi est-ce que des gens prennent la peine d'entrer par effraction dans un endroit pareil ?

– Peut-être qu'ils avaient oublié leurs clés, suggéra Kelp, au moment où la porte s'ouvrait.

Et un des sept nains apparut sur le seuil. Non, plutôt un huitième nain inconnu au bataillon : Gros Tas.

– Entrez, dit Gros Tas avec un sourire mouillé en leur faisant signe d'entrer avec une main boudinée au bout d'un bras boudiné.

Ils entrèrent et Kelp dit :

– Wally Knurr, je te présente mes amis John et Tom.

– Enchanté, dit Gros Tas.

(Non, *Wally*. Si je pense Gros Tas dans ma tête, se dit Dortmunder, tôt ou tard je vais l'appeler comme ça. C'est couru d'avance. Le mieux, c'est d'évacuer le risque d'entrée de jeu.)

Le salon de Wally ressemblait au service après-vente d'un magasin discount avec des ordinateurs, des imprimantes, des claviers, des souris et des disquettes partout, sur les tables, sur les chaises en bois, les rebords de fenêtre, par terre. Seul un petit espace n'avait pas encore été envahi ; il abritait un canapé, deux chaises dépareillées, deux lampes et une table basse sur laquelle se trouvait un plateau avec du fromage et des crackers. Désignant le plateau, Wally déclara :

– J'ai préparé du fromage et des crackers. Vous voulez un Coca ? Une bière ?

– Ce que je veux, répondit Tom Jimson, c'est voir le truc du réservoir.

Wally tressaillit, ce qui était une réaction humaine normale en présence de Tom Jimson, et Kelp intervint en douceur :

– On est tous très impatients de voir ça, Wally. On s'installera après, d'accord ? Quand j'y pense, faire ça en *cinq jours !* Ouah !

Wally baissa la tête en gloussant de plaisir, avec un peu de gêne aussi. En le regardant, Dortmunder se demanda quel âge avait ce petit bonhomme. Par certains côtés, il était grand, enfin, adulte. Mais par d'autres côtés, on aurait dit un collégien. Mais quel que soit son âge, Kelp savait comment lui parler, car Wally oublia immédiatement le fromage et les crackers.

– Oh ! oui, bien sûr, dit-il. Vous voulez voir le résultat. Venez.

Il les conduisit vers un ordinateur installé sur son bureau, devant lequel se trouvait un fauteuil pivotant agrémenté d'un coussin élimé. Il prit place, massa ses doigts boudinés quelques instants à la manière d'un pianiste, et se mit à jouer.

Bon sang ! Dortmunder n'avait jamais rien vu de tel, pas même dans une agence de voyages. Le petit homme était penché au-dessus du clavier, les yeux fixés sur l'écran, pendant que ses doigts menaient leur propre existence en dessous ; ils frappaient, glissaient, sautaient, dansaient sur les touches. Des colonnes de chiffres, ou de masses de mots, s'affichèrent d'abord sur l'écran, trop rapidement pour qu'on puisse les lire, puis une image apparut.

La vallée. Telle qu'elle était avant la construction du barrage, vue du sommet de la colline la plus haute, au sud. Ce n'était pas une image réaliste, ça faisait très bande dessinée, avec des lignes de démarcation trop régulières et des angles trop nets, une perspective un peu faussée et uniquement des couleurs primaires (surtout du vert), mais c'était quand même sacrément impressionnant. Vous regardiez un écran de télé et c'était comme si vous regardiez une vraie vallée vue d'en haut.

– Hmmm, fit Dortmunder.

– Et maintenant, votre ville, dit Wally en agitant les doigts comme des saucisses sur le clavier. Putkin's Corners. La plus grande.

– Le chef-lieu, précisa Tom.

Tournant la tête pour observer le profil de Tom, Dortmunder constata que lui-même était impressionné, mais fidèle à lui-même, il préférerait tuer quelqu'un plutôt que de le reconnaître.

Sur l'écran, la vallée bougeait. Ou plutôt, c'était le spectateur qui s'approchait et plongeait, pendant que la vallée tournait légèrement, laissant apparaître des petits carrés rouges et verts qui devenaient les constructions d'une ville. Le vert prédominant ne cherchait pas à imiter les arbres, ce n'était qu'un tapis vert avec des marques topographiques à peine visibles.

J'ai déjà vu ce genre de truc à la télé, se dit Dortmunder, alors que la ville grandissait encore et encore ; et les constructions tournaient lentement sur elles-mêmes à mesure que la perspective se modifiait. Comme s'ils étaient dans un hélicoptère de dessin animé au-dessus de ce paysage de dessin animé et qu'ils descendaient vers la ville en décrivant des cercles.

– Ça ressemblait quasiment à ça, ouais, dit Tom. En moins propre.

Sans décoller les yeux de l'écran ni les doigts du clavier, Wally expliqua :

– J'ai chargé des photos prises dans le journal local. Je crois que j'ai mis à peu près tout ce qu'il nous fallait dans ce secteur de la ville. C'est vous qui avez planqué le trésor, je parie.

Les yeux froids de Tom lancèrent des éclairs.

– Le trésor ?

Avec un grand sourire, Kelp dit :

– Tu te souviens, Tom ! La chasse au trésor.

– Oh ! oui.

Kelp les avait mis au courant avant de venir. Il avait raconté à Wally qu'un de ses amis – Tom Jimson ici présent – s'était trouvé embarqué dans une chasse au trésor avec des amis dans le nord de l'État de New York il y a des années de cela, et il avait caché un indice à cet endroit, derrière la bibliothèque. La chasse au trésor s'était achevée par la découverte du trésor, mais personne n'avait jamais récupéré cet indice, qui avait été oublié à l'époque.

Peu de temps après, toujours selon cette histoire, Tom s'était absenté (quelques toussotements) et il n'était pas retourné dans cette partie du monde pendant des années. En revenant récemment et en découvrant le réservoir là où s'étendait autrefois Putkin's Corners, Tom s'était souvenu de cet indice jamais retrouvé : une bague en diamants d'une grande valeur, autour d'une feuille roulée sur laquelle figuraient des vers de mirliton sibyllins, et l'idée que la bague soit toujours cachée là, sous toute cette eau, l'avait beaucoup amusé. (*Comme si quelque chose pouvait amuser Tom Jimson !*)

Quand Tom avait raconté à Kelp l'histoire de l'indice enterré (toujours d'après l'histoire inventée par Andy), Kelp lui avait parié que la nouvelle merveille, l'ordinateur individuel, le génie de la lampe des temps modernes, saurait montrer comment récupérer l'indice. Tom avait relevé le pari, en fixant un délai de quinze jours pour trouver la solution. Si Kelp – et Wally – résolvait le problème et s'il parvenait réellement à exhumer la bague de son tombeau sous-marin, Tom la vendrait et partagerait l'argent avec Kelp, qui le partagerait avec Wally. Si Kelp – et Wally – échouait, Kelp seul devrait verser à Tom une somme d'argent non précisée, mais sans doute rondelette. Avant d'accepter le pari, Kelp en avait parlé avec Wally, qui l'avait assuré que l'ordinateur était aussi magique et utile que Kelp l'affirmait. De fait, Wally s'était porté volontaire (comme l'avait supposé Kelp) pour créer lui-même le programme. Et ils étaient tous réunis là aujourd'hui.

Dans l'hélicoptère de dessin animé qui survolait la ville de dessin animé, Wally demanda :

– C'est bien la mairie, ça?

– Exact, répondit Tom. Avec la bibliothèque juste à côté.

L'hélicoptère contourna le dôme en bois de l'hôtel de ville en effectuant un piqué et Dortmunder sentit son estomac se soulever, comme s'il était sur des montagnes russes.

– Hé! un peu moins vite, O.K.?

– Oh! pardon, dit Wally et l'hélicoptère ralentit à la verticale du dôme, le nez pointé vers le bâtiment bas, en briques rouges, de la bibliothèque. C'est derrière ça?

– Oui, répondit Tom.

Les doigts de Wally se déplacèrent, et l'hélicoptère de dessin animé aussi, pour se rapprocher de la bibliothèque.

– Je n'ai pas réussi à trouver des photos de toute cette zone derrière, expliqua Wally d'un air contrit. Alors, j'ai pas pu mettre de détails. Par contre, je connais les dimensions du champ, grâce aux relevés topographiques.

– C'était juste un champ, expliqua Tom. Ils étaient censés le bitumer pour faire un parking pour la bibliothèque, mais ça ne s'est jamais fait.

– Tom? demanda Dortmunder. Et s'ils ont changé d'avis par la suite? De l'eau et du bitume, ça fait beaucoup. D'autant plus qu'ils ont dû creuser avant de faire un parking.

– Je connaissais quelqu'un à la bibliothèque, dit Tom sans remuer les lèvres et sans détacher les yeux de l'écran de l'ordinateur, où l'hélicoptère contournait maintenant le bâtiment de la bibliothèque pour survoler le champ : un rectangle brun et vide, traversé par l'arrière des commerces. Cette personne m'a dit qu'ils avaient renoncé à l'idée du parking. Ils ont dépensé l'argent pour acheter des livres.

– Tout? s'exclama Dortmunder.

Wally pilotait son hélicoptère au-dessus de l'étendue brune et vide. Il demanda :

– Savez-vous exactement où a été enterré l'indice?

– Je peux te montrer, dit Tom, si tu mets les lampadaires.

– J'ai mis tout ce qui était sur les photos, expliqua Wally.

– Bon, d'accord. Il y a un coin là où on ne voit aucun des trois lampadaires. Celui à côté de la bibliothèque, celui devant la mairie et celui qui est de l'autre côté de la rue, devant les boutiques.

– Oh! facile, dit Wally en faisant descendre l'hélicoptère en douceur afin de se poser sur le champ, où il se redressa à quatre-vingt-dix degrés pour jouer le rôle des yeux d'une personne debout dans le champ, face à l'arrière de la bibliothèque. Wally remua les doigts et la personne se tourna légèrement sur la droite pour regarder en direction de la mairie.

– Y a le lampadaire, là, dit Tom. Avance un peu.

La personne obéit, manipulée par Wally, et le mince poteau du lampadaire – un lampadaire de dessin animé, tout juste esquissé – disparut derrière le coin de la bibliothèque.

– C'est un sacré boulot, commenta Tom en se penchant au-dessus de la tête de Wally. Voyons voir sur la gauche...

L'angle de vue se déplaça vers la gauche, au-delà de la bibliothèque.

– Très bien, dit Tom. Y a plus de lampadaire. Maintenant, dans l'autre sens.

La personne dans le champ exécuta un tour complet et les bâtiments défilèrent à toute vitesse en subissant des déformations comme dans des miroirs de foire, et Dortmunder sentit son estomac se soulever de nouveau. La rangée de boutiques se stabilisa, et entre deux, apparut un autre lampadaire.

De sa voix sombre, Tom ordonna :

– Recule un peu, sur la droite.

Wally s'exécuta. Les boutiques se déplacèrent, le lampadaire disparut.

– C'est juste *là!* rugit Tom, la bouche grande ouverte pour une fois. Juste *là,* nom d'un chien!

10

– Alors, j'avais pas raison ? demanda Kelp avec un sourire jusqu'aux oreilles, tandis que Dortmunder, Tom Jimson et lui marchaient vers l'est dans la 45e Rue Ouest, en tournant le dos à l'immeuble décrépit de Wally Knurr – ou plus exactement de l'entrepôt à demi aménagé pour un usage humain – tout près du fleuve. J'avais pas raison ? Wally est pas le génie qu'il nous faut ?

– Il dit que le coup du tunnel marchera pas, répondit Tom Jimson en gardant ses lèvres fines immobiles.

– Oui, je sais, je sais, reconnut Kelp en repoussant cette objection, ou plutôt en essayant de la repousser. Mais ce n'est pas le...

– Ces graphiques sont plutôt pas mal, ajouta Tom Jimson avec un hochement de tête de satisfaction.

En fait, les graphiques étaient même beaucoup trop précis. Wally, dont les doigts filaient sur le clavier comme des saucisses en cavale, leur avait expliqué de quelle façon il avait présenté à l'ordinateur l'opération de récupération, et comment il avait chargé ensuite l'option tunnel, puis il leur avait montré ce que l'ordinateur pensait des divers tracés potentiels.

Pas grand-chose. Dans de jolis tons bleu, marron et vert, l'ordinateur estimait que tous ces projets étaient des tombes sous-marines, tous sans exception. Le tunnel plongeait, représenté par un tube beige qui faisait son chemin en grignotant le chocolat au lait en dessous, le long de la coupe transversale bleu layette du réservoir, en avançant prudemment, mais voracement, vers le minuscule cube noir du « trésor » placé juste sous le centre de la masse bleue, comme un roman abandonné sous un gros type enfoncé dans un fauteuil en toile bleue, et tôt ou tard, à un moment effroyable de la trajectoire, une fissure apparaissait au-dessus du tunnel, une lézarde, une crevasse en forme d'entonnoir, une ouverture qui s'élargissait rapidement, et ferait qu'en moins de deux, cet œsophage écru se remplirait de bleu jusqu'en haut.

À ce stade de la simulation, Kelp sentait sa gorge se serrer, malgré lui. À chaque fois. Ce qui l'avait handicapé pour participer à la discussion qui avait immédiatement suivi concernant les alternatives sans tunnel, si bien que c'était seulement maintenant qu'il pouvait lancer, d'un air nonchalant :

– Oublions le tunnel. Ça n'a jamais été une très bonne idée. C'était uniquement pour alimenter cette bonne vieille énergie créatrice, pour nous faire réfléchir à des solutions *valables.*

– Par exemple ? demanda Tom Jimson.

– Par exemple... ce qu'on va trouver. On n'a encore rien trouvé, *pour l'instant*, c'est parfaitement vrai, mais ce vieux Wally et son ordinateur vont...

– Pffft, fit Dortmunder.

Ils avaient dû s'arrêter au bord du trottoir de la 11e Avenue pour attendre que le feu passe au rouge, alors Kelp se pencha en avant pour regarder, au-delà du promontoire rocheux du visage de Tom Jimson, les décombres du visage de Dortmunder, et ce qu'il vit lui fit comprendre que son vieil ami John n'était pas heureux.

– John ? Quel est le problème ?

– Aucun, répondit Dortmunder et il s'avança sur la trajectoire d'un taxi qui avait cru, jusqu'à ce moment, qu'il pourrait passer au vert. Alors que le chauffeur sortait la tête par la vitre pour faire des remarques virulentes, Kelp et Tom Jimson descendirent à leur tour du trottoir et Tom s'arrêta pour regarder le chauffeur de taxi, qui décida aussitôt qu'il s'était bien fait comprendre et rentra la tête à l'intérieur de son véhicule avec dignité.

Pendant ce temps, Kelp s'était élancé à la poursuite de Dortmunder.

– John ? Je comprends pas. Qu'est-ce qui ne va pas ?

Dortmunder marmonna quelque chose. Kelp accéléra pour le dépasser, ce qui lui permit d'entendre la fin :

– ... moi le planificateur.

– Le planificateur ? répéta Kelp. Ouais. Eh bien ?

Arrivé au coin de la rue, Dortmunder se retourna et répéta à voix haute :

– J'avais toujours eu l'impression, personnellement, que c'était *moi* le planificateur.

– Oui, évidemment, John, dit Kelp, alors que Tom Jimson les rejoignait et qu'ils reprenaient leur marche vers l'est. Évidemment que c'est toi le planificateur. Y en a pas de meilleur. (Kelp fit même appel au témoignage de Tom.) C'est pas vrai ?

– C'est la réputation qu'il a, dit Tom.

– J'ai monté pas mal de coups dans ma carrière, déclara Dortmunder.

– Évidemment, John.

– Parfois, il y a eu quelques problèmes, des petits. Je le reconnais volontiers.

– Le hasard, uniquement le hasard, dit Kelp.

– Mais le *plan* était bon, insista Dortmunder. Je te mets au défi de me citer une fois où j'ai monté un enchaînement d'événements qui soit pas ce qu'il y avait de *mieux* pour vous permettre d'entrer, de prendre la marchandise et de repartir.

– Je ne peux pas, reconnut Kelp. Tu as gagné, John. Je peux pas trouver un seul exemple.

– Et tout ça sans ordinateur ! conclut Dortmunder avec emphase.

– John, John, dit Kelp, alors que Tom semblait un peu dérouté par cet échange. L'ordinateur ne prend pas ta *place*. L'ordinateur n'est qu'un *outil*, c'est tout, comme une pince-monseigneur, un crochet pour les serrures, un...

– Un fusil à pompe, suggéra Tom.

– Oui, si on veut, dit Kelp à contrecœur. Un outil, répéta-t-il à l'attention de Dortmunder. Il y a certains coffres-forts où il faut percer un petit trou à côté de la combinaison, tu vois de quoi je parle ?

– Oui, je vois, répondit Dortmunder sans se départir de son visage de marbre.

– Eh bien, la perceuse que tu utilises, dit Kelp, elle prend pas ta place, c'est juste une sorte de coup de main, d'une certaine façon. Je veux dire par là que c'est plus facile que de percer un trou dans l'acier avec ton doigt. C'est tout.

– Là-bas, l'endroit d'où on vient, dit Dortmunder, ton outil branché sur la télé, il élabore des *plans*.

– Pour te les soumettre, John. Pour que tu dises oui ou non. C'est *toi* le responsable.

– Responsable de quoi ? D'une machine et d'un type qu'est même pas dans le coup, ton Wally, là, dont on sait même pas si on peut lui faire confiance.

– Oh ! tu peux faire confiance à Wally, dit Kelp. Tu peux lui faire confiance pour s'investir à fond dans le *problème,* sans se soucier de ce qui se passe dans le monde réel.

– Il a pas intérêt, dit Tom.

– C'est moi qui fais le plan, déclara Dortmunder.

Ils étaient déjà arrivés à la 10e Avenue ; on marche plus vite quand on se dispute. Ils s'arrêtèrent en attendant que le feu passe au rouge et ils en profitèrent pour souffler un peu, puis Tom dit :

– On est bien partis, alors ? Si on a trois personnes pour établir des plans, on a plus de chances de trouver le bon.

Convaincu que des bourbiers les attendaient un peu plus loin, mais incapable de s'empêcher de suivre le chemin tracé par Tom, Kelp demanda :

– Trois personnes, Tom ?

– Deux personnes et une chose, plutôt. Al va réfléchir à un plan...

– Et comment ! déclara Dortmunder.

– La machine de ton petit gars rondouillard va réfléchir à un plan..

– Pffft, fit Dortmunder.

– Et bien entendu, il y a moi, ajouta Tom d'un air presque agréable. Mais moi, j'ai déjà *mon* plan.

– C'est juste, dit Kelp en jetant un regard éloquent à Dortmunder. Le problème, John, c'est pas Wally et son ordinateur.

11

Le dénommé Tom était furieux quand j'ai dit que je savais que c'était lui qui avait caché le trésor. Commentaire.

Un secret a été dévoilé.

Mais pourquoi est-ce un secret ? Le trésor est caché, mais ce n'est plus un secret. Commentaire.

Tom plus le trésor c'est le secret.

Exact. Il est donc important pour Tom d'avoir un secret. Commentaire.

Un secret signifie plusieurs secrets.

Tom est un homme qui a de nombreux secrets. De plus, Andy et le gars appelé John avaient peur tous les deux de Tom, mais ils essayaient de le cacher. Commentaire.

Tom est le seigneur de la guerre.

Andy travaille pour Tom ?

Le seigneur de la guerre reste dans le château, entouré de ses laquais.

Andy et John sont ses laquais ?

Oui.

Quels sont les rôles des laquais ?

Garde. Soldat. Chevalier. Espion.

Andy est donc un chevalier, employé par Tom. Andy est le chevalier errant de Tom. Mais John ?

John est l'espion.

Non. La caractéristique des espions, c'est d'avoir l'air digne de confiance, alors qu'ils ne le sont pas. John n'a pas l'air digne de confiance. Commentaire.

Tom est un seigneur de la guerre. Andy est le chevalier. Il n'y a rien à garder, John est donc le soldat.

Mais que veulent-ils ?

Le trésor sous l'eau.

La cascade du destin, oui ! Mais pourquoi le veulent-ils ? Qu'est-ce que c'est ?

Plus d'informations nécessaires.

Ils ont changé la description du trésor quand on a eu besoin de précisions pour concevoir les tunnels. Au début, c'était une petite boîte de trente centimètres de côté renfermant une bague. Ensuite, c'est devenu une grosse boîte de deux mètres de long sur un mètre de large. La deuxième version doit être la bonne ; le contenu n'est donc pas une bague. Qu'est-ce qui mesure deux mètres de long sur un mètre de large ?

Une cabine téléphonique.

Non.

Une baignoire.

Non.

Un vaisseau spatial de Zog.

Non.

Un réfrigérateur.

Non.

Un isoloir.

Non.

Un cercueil.

Oui ! Le cercueil du destin ! Mais qu'y a-t-il à l'intérieur ?

Un mort.

Non. Ce n'est pas un cimetière. C'est derrière une bibliothèque.

Un livre. Le livre de l'histoire de la race/de la planète/de la rencontre.

Non. C'est trop gros pour un livre. Que peut-il bien y avoir dans le cercueil du destin ?

Des objets de valeur.

Oui. Des objets de valeur cachés avant la création du réservoir. Mais lesquels ?

Des rubis. La rose bleue. Les plans de défense. L'or des pirates. Le manteau d'invisibilité. Le royaume. Des bons au porteur. Les lettres de transit. La princesse. Le Faucon maltais. Les joyaux de la Couronne. De l'argent.

Oui ! De l'argent volé ?

Un secret signifie plusieurs secrets.

Tom, Andy et John ont enterré de l'argent volé dans le cercueil du destin. Puis on a construit le réservoir. Pourquoi n'ont-ils pas sauvé le cercueil du destin avant que le réservoir soit rempli d'eau ?

Le seigneur de la guerre était en voyage.

Andy a dit que Tom s'était absenté un long moment, mais il n'a pas dit où. Ce voyage a dû durer plus de dix-huit ans, car le réservoir a été construit il y a dix-huit ans. Quel voyage dure aussi longtemps ?

Le retour sur la planète Zog.

C'est tout ?

Pas d'autres informations sur ce sujet.

Il doit bien y avoir autre chose qui dure dix-huit ans. Commentaire.

Tom est le seigneur de la guerre.

Autre commentaire.

Tom n'est pas le héros.

Non. C'est moi le héros. Autre commentaire.

Le héros est envoyé en prison pendant dix-huit ans avec la nappe magique.

Chaque fois qu'il étend la nappe, un repas apparaît. Mais Tom n'est pas le héros, Wally est le héros. Tom est le seigneur de la guerre.

Si Tom n'a pas passé ces dix-huit ans à retourner sur la planète Zog, aurait-il pu être le prisonnier, bien qu'il soit le seigneur de la guerre ?

Variante intéressante. Possible.

Andy et John auraient-ils pu se trouver en prison avec lui ?

Le chevalier et le soldat ne peuvent rien faire sans le seigneur de la guerre.

Donc, ce n'était pas la peine de les mettre en prison. Seul Tom était en prison. Commentaire.

Tom est le seigneur de la guerre.

Tom a caché l'argent à l'intérieur du cercueil du destin dans le champ derrière la bibliothèque il y a plus de dix-huit ans. Puis Tom est allé en prison. Puis on a construit le laboratoire. Où Tom a-t-il trouvé l'argent qu'il a enterré ?

Le seigneur de la guerre pille les villages paisibles.

Tom a volé l'argent. Puis il l'a enterré. Puis il est allé en prison. Puis ils ont construit le réservoir. Puis il est sorti de prison. Puis il a demandé à Andy et à John de l'aider à récupérer l'argent au fond du réservoir. Puis Andy m'a demandé de l'aider, mais il ne m'a pas dit la vérité, car il y a une histoire de crimes là-dedans. Je l'ai aidé. Je peux continuer à l'aider. Dois-je continuer ?

Le seigneur de la guerre est dangereux quand on le défie.

Donc, je devrais continuer à aider. Y a-t-il autre chose que je devrais faire ?

Le héros est inattaquable. Le héros attend, il est patient. Le héros accumule des connaissances. Quand le héros saura tout, il saura comment agir.

Wally repoussa le clavier. Exact. Le moment était venu d'interroger le *New York Times*. Sans se lever de son fauteuil pivotant, Wally se propulsa en diagonale à travers la pièce vers une autre table sur laquelle était posé un autre ordinateur, qui constituait son principal contact avec le monde extérieur.

Accès était le maître mot. L'ère de l'ordinateur ne pourrait pas exister sans les lignes du téléphone qui relient tous les énormes cerveaux mécaniques brillants et idiots, et les lignes du téléphone sont accessibles à tous. Pour certains d'entre nous, pour quelques Wally surdoués parmi nous, l'accès aux lignes de téléphone signifie l'accès au monde et à toutes les richesses qu'il renferme. Wally avait la possibilité de se promener à sa guise à l'intérieur des ordinateurs du ministère de la Défense, d'United Airlines, d'American Express, du Trésor public, de la Citicorp, de Toys-R-Us, d'Interpol et de bien d'autres, dont celui, particulièrement utile à cet instant, du *New York Times*. Après s'être connecté sur ce M. Je-sais-tout, Wally tapa sa demande d'informations concernant tous les braquages, vols, cambriolages et autres transports de valeurs illégaux à Vilburgtown County, dans l'État de New York, en partant de dix-huit ans auparavant pour remonter jusqu'au début du XXe siècle. Puis il se renversa au fond de son fauteuil et regarda défiler sur son écran, par ordre chronologique inversé, à une vitesse permettant une lecture aisée, une succession d'articles consacrés à ce sujet.

Le comté de Vilburgtown, bien avant que la ville de New York l'engloutisse, était un territoire paisible et respectueux des lois. Le fourgon blindé attaqué par Tom Jimson sur la voie express faisait tache au milieu de toute cette tranquillité rustique, comme un vaisseau spatial venu de Zog.

12

Ce qui rendait la situation encore plus pénible pour May, c'étaient les choses qui faisaient rire Tom à la télé. Ce n'étaient jamais les choses qui faisaient rire les autres gens, ni les rires enregistrés, comme deux personnes qui veulent franchir une porte en même temps, des hommes avec de drôles de morceaux de tissu sur la tête, des perroquets... jamais des choses normales et prévisibles de ce style. Non, ce qui le faisait rire, c'étaient les soldats qui sautaient sur une mine ou le skieur unijambiste qui jurait que son handicap ne l'empêcherait pas de défendre ses chances sur les pistes, et presque tout ce qu'on voyait au journal télévisé.

Mais que pouvait bien faire d'autre May? Après une longue journée passée debout derrière la caisse du supermarché, elle n'avait qu'une envie : *s'asseoir*, dans son *salon*, devant sa *télé*. Elle n'allait quand même pas se réfugier dans la cuisine ou dans la chambre avec une pile de vieux magazines uniquement parce que ce tueur pathologique infestait son appartement en ce moment.

En vérité, dans d'autres circonstances, May aurait sans doute trouvé un certain nombre de choses à faire pour s'occuper dans la cuisine durant le siège, mais John s'y était installé et la table était couverte de cartes, de graphiques, de listes, de photos, de blocs de feuilles, de crayons de couleur, de compas et de rapporteurs; le sol à ses pieds était jonché de feuilles froissées et John affichait une expression de farouche détermination. Sans que May sache trop pourquoi ni comment, cela était devenu une sorte de compétition, un duel entre John et l'ordinateur, comme ces courses organisées au début du XIXe siècle entre une locomotive et un cheval.

Était-ce une bonne idée? May était convaincue que non.

À la télé, un petit enfant perdu rampait sur une voie ferrée pendant qu'on entendait le sifflet lointain d'un train. Et le ricanement nasillard de Tom. May soupira et leva les yeux vers la porte du salon, dont l'encadrement était occupé par la silhouette massive de John, avec l'air sinistre de l'homme déterminé à courir plus vite que les chiens de l'enfer. Et que la locomotive, si nécessaire.

– Tom, dit-il d'une voix enrouée comme s'il n'avait pas parlé depuis plusieurs jours, voire plusieurs semaines.

Tom détacha à contrecœur les yeux du petit enfant sur la voie ferrée.

– Ouais?

– Tous tes butins...

– Ceux que m'ont volés les avocats.

– Ils ne les ont pas tous pris, si? demanda John.

Il avait demandé cela comme s'il voulait véritablement la véritable réponse.

May répugnait elle aussi à quitter des yeux le bébé en péril, pour des raisons bien différentes, mais elle fut obligée de tourner la tête pour observer le visage de Tom. Quelle était donc cette expression? On aurait dit à la fois de la dyspepsie, une migraine et les effets secondaires de tranquillisants. Tom tourna ce visage étonnant vers John pour répondre :

– Ils n'ont pas pris celui qui est au fond du réservoir, évidemment, puisqu'on est là pour ça.

May comprit alors que c'était ça l'idée que Tom se faisait de l'innocence.

Mais John ne marchait pas.

– Il y en a d'autres, Tom. Peut-être pas des *gros* butins, mais des butins quand même. Les avocats n'ont pas tout pris.

– Ils ont essayé en tout cas.

– Mais ils n'ont pas réussi.

Tom poussa un soupir.

– Qu'y a-t-il, Al? demanda-t-il. C'est quoi le problème?

– Il se peut qu'on ait besoin de matériel, répondit John. Si tu veux aller vingt mètres sous l'eau, ça veut dire qu'il faudra sûrement un équipement.

Choisissant avec soin ses mots et s'exprimant comme s'il avait une constriction dans la gorge, Tom demanda :

– Tu veux que *je* paye cet équipement?

– On partagera à l'arrivée, dit John, quand on aura récupéré le gros magot. On partagera aussi les frais. Mais en attendant, qu'est-ce que tu veux faire? Allez voir un type qui prend 100 % d'intérêts? Tu pourras pas obtenir un prêt à la banque pour ça, Tom. Rien que pour remplir la demande, ça poserait un problème.

– Et si on faisait un emprunt permanent, hein? demanda Tom en haussant les sourcils pour montrer qu'il prenait tout ça avec bonne humeur.

– Un boulot à la fois, Tom. Je veux bien travailler avec toi sur cette histoire de réservoir, mais je ne veux pas faire un coup dans une banque.

Tom leva les bras.

– Tu es au-dessus des braquages de banques, Al? Tu n'as jamais dépensé le fric de la banque?

– Nous avons des façons différentes d'agir, Tom.

– Tu n'aimes pas mes méthodes, Al ?

John poussa un soupir.

– Elles manquent de... (Il regarda autour de lui, il regarda May, puis de nouveau Tom.)... finesse.

Tom laissa échapper un gloussement.

– O.K., Al. S'il faut engager des frais pour du matériel, dans des limites raisonnables, bien sûr, je ne suis pas riche, mais peut-être que je pourrai trouver le nécessaire ici et là.

– Parfait, dit John.

Il adressa un signe de tête à May comme s'il se souvenait soudain qu'il l'avait déjà vue ici, et il repartit. Ses pas lourds s'éloignèrent dans le couloir en direction de la cuisine.

May et Tom reportèrent leur attention sur l'écran de télé où deux adultes essayaient maintenant de vendre aux téléspectateurs beaucoup de mauvais vin mélangé à beaucoup de mauvaise pulpe de fruit. Tom demanda :

– Qu'est-il arrivé au môme ?

– Je ne sais pas, avoua May.

– Bah, peu importe, dit Tom d'un air dégoûté. À la télé, y a toujours quelqu'un qui se débrouille pour sauver le mouflet à temps. Vous avez déjà remarqué ?

– Oui.

– C'est leur truc, ça. (Puis son visage s'égaya quelque peu.) Mais évidemment, il y a aussi la vraie vie.

13

Dortmunder revint de la bibliothèque avec un exemplaire d'*Épaves marines* de Joseph N. Gores à l'intérieur de son manteau. Il le sortit de sous son aisselle alors qu'il passait devant la porte du salon et il entendit la voix enjouée d'Andy Kelp qui lança :

– Tu lis un bouquin ? C'est un truc bien ?

Dortmunder s'arrêta et vit Kelp assis à son aise dans le canapé, une boîte de bière à la main. Sachant que May était à son travail au supermarché et étant d'assez mauvaise humeur de toute façon, il demanda :

– Tu es entré comme ça, hein ?

– Pas du tout, répondit Kelp. Il m'a fallu au moins une minute pour crocheter ta serrure.

Balayant la pièce du regard malgré lui, Dortmunder demanda :

– Où est Tom ?

– Aucune idée. Quelque part dans un cercueil rempli de sa terre natale, je suppose.

– Il n'a pas de terre natale.

Dortmunder se rendit dans la cuisine où sa zone de travail avait débordé de la table et occupait maintenant toutes les chaises sauf une, ainsi qu'une partie du plan de travail à côté de l'évier. Des cartes étaient scotchées sur les murs et sur la porte du réfrigérateur. Sous la table, les papiers froissés montaient jusqu'aux genoux.

Kelp l'avait suivi dans la cuisine. Il regarda Dortmunder s'asseoir avec ostentation devant la table encombrée et ouvrir *Épaves marines* à la page des photos du *Empress of Canada,* couché sur le flanc dans le port de Liverpool en 1953 et à celle du *Normandie,* dans la même position, dans le port de New York en 1942. Le Chrysler Building et l'Empire State Building étaient visibles à l'arrière-plan sur la photo du *Normandie.* L'immeuble de la 19e Rue Est où vivait Dortmunder et où il devait supporter Andy Kelp ne pouvait pas se trouver sur la photo, car il était beaucoup plus bas, le *Normandie* ayant chaviré au niveau de la 48e Rue.

Dortmunder faisait de gros efforts pour montrer qu'il était absorbé par ces photos.

Mais Andy Kelp n'était pas homme à se laisser décourager par quelques signes.

– Si tu n'as rien à faire... dit-il en brandissant sa bière dans un geste amical.

Dortmunder le regarda.

– Si je n'ai *rien* à faire ?

– Je pensais qu'on pourrait faire un petit saut chez Wally, dit Kelp nullement décontenancé. Pour voir s'il avance.

– *Moi* j'avance, répondit Dortmunder. Ne t'en fais pas pour ça, j'avance très bien.

Kelp hocha la tête et montra le fouillis sur la table avec sa boîte de bière.

– J'ai jeté un coup d'œil en t'attendant.

– Je vois ça. Plus rien n'est à sa place.

– Tu as trouvé quelques idées astucieuses.

– Pas seulement, dit Dortmunder. Astucieuses et simples. Parfois, tu vois, une idée simple est trop simple, et parfois, une idée astucieuse est trop astucieuse, ça veut dire qu'il faut se concentrer dessus, lui accorder toute ton attention et la mettre au point.

– Ce qu'il faut faire ensuite, dit Kelp, c'est s'offrir une pause, laisser reposer et revenir revigoré.

– Je suis allé à la bibliothèque, fit remarquer Dortmunder. Je *suis* revigoré.

– Tu n'as pas l'air revigoré, répondit Kelp. Allez, je vais appeler Wally pour savoir si on peut passer le voir.

Dortmunder fronça les sourcils.

– Tu vas l'appeler ? Ça veut dire quoi, ça ? Est-ce que tu m'as appelé, *moi ?*

Kelp ne comprenait pas.

– Je suis venu directement. C'est toujours ce que je fais, non ?

– Oui, tu viens directement, tu fourres ton nez dans mes plans et tu ne *me* préviens pas.

– Oh ! c'est ça le problème ? (Kelp haussa les épaules.) O.K., très bien, on ne l'appelle pas, on y va direct.

Il fit un pas vers la porte, puis s'arrêta pour regarder derrière lui.

– Alors, tu viens ?

Dortmunder n'arrivait pas à comprendre comment c'était arrivé. Il regarda la table couverte de plans à moitié élaborés. Il avait des choses à *faire* ici.

Sur le seuil, Kelp s'impatientait.

– Alors, John, tu viens ? C'était *ton* idée, je te signale.

Dortmunder soupira. En secouant la tête, il se leva lentement et suivit Kelp à travers l'appartement.

– Moi et mes idées, dit-il. Je me surprendrai toujours.

14

Kelp ouvrait la voie dans l'escalier délabré conduisant à la porte délabrée de Wally Knurr.

– En tout cas, dit-il, l'intérêt de débarquer à l'improviste comme ça, c'est que Wally n'aura pas le temps de sortir son fromage et ses crackers.

Dortmunder ne répondit pas. Il regardait les petites capsules d'ampoules de crack en plastique rouge qui jonchaient les marches, en se demandant ce que signifiait la lettre *T* gravée sur chacune d'elles et pourquoi les producteurs de crack éprouvaient le besoin d'ajouter des détails décoratifs comme ce joli *T* sur leur produit. En outre, à mesure qu'ils s'approchaient du génie de l'informatique, Dortmunder se sentait d'humeur de plus en plus maussade, non pas tant parce qu'il s'était fait avoir en acceptant de venir ici, mais parce qu'il ne comprenait toujours pas comment c'était arrivé.

Mais peu importe, hein ? Car ils étaient là. Afin de réduire encore plus le délai de préparation de Wally et l'empêcher de sortir le fromage et les crackers, Kelp les avait fait entrer dans l'immeuble sans qu'ils aient besoin de sonner à l'interphone, et ils atteignaient maintenant le haut de l'escalier sans que le nain de l'informatique soit au courant de leur visite.

– J'espère qu'on va pas lui flanquer la frousse, dit Kelp en appuyant sur la sonnette.

« MAINS EN L'AIR ! » lança une voix puissante, grave, autoritaire et dangereusement énervée.

Dortmunder fit un bond de trente centimètres et quand il retomba sur le sol, ses bras levés tentaient de griffer le plafond. Kelp, blanc comme un linge, semblait sur le point de dévaler l'escalier, quand la voix rugit de nouveau, plus menaçante que jamais.

« MAINS EN L'AIR, TOI ! » Kelp leva les mains. « FACE AU MUR ! » Kelp et Dortmunder se tournèrent vers le mur. « UN SEUL GESTE ET... *tic*... Oh, salut, Andy ! J'arrive ! »

Il y eut des *chicks* et des *clonks* de l'autre côté de la porte délabrée, puis elle s'ouvrit et le huitième nain apparut sur le seuil, souriant et hochant la tête, en leur faisant signe d'entrer.

– Salut, Andy ! Je t'attendais pas. Tu n'as pas sonné en bas.

– J'aurais dû, répondit Kelp en entrant dans l'appartement, suivi de Dortmunder.

Wally jeta un coup d'œil dans le couloir derrière le coude de Dortmunder.

– Le seigneur de la guerre n'est pas là ?

Dortmunder fronça les sourcils en regardant Kelp, qui fronça les sourcils en regardant Wally.

– Hein ?

Mais Wally était occupé à refermer et à verrouiller la porte, et quand il se retourna vers eux, son gros visage moite nimbé de sourires, il dit :

– J'espère que je ne vous ai pas fait peur.

– Oh, non, tu penses ! répondit Kelp en repoussant les craintes de Wally d'un petit geste.

– C'est un quartier mal famé, vous savez, dit Wally à voix basse, comme s'il y avait des gens alentour qui l'ignoraient.

– J'en suis sûr, dit Kelp.

– Il y a des individus là-dehors, dit Wally en montrant la porte verrouillée et en secouant la tête d'un air incrédule, je crois bien qu'ils vivent dans le couloir, plus ou moins. Et des fois, ils essayent d'entrer ici.

Dortmunder, qui ne se sentait pas d'humeur plus joyeuse depuis qu'il avait été ridiculisé, demanda :

– Qu'est-ce que tu fais quand ils sont tous alignés contre le mur devant la porte. Tu leur offres du fromage et des crackers ?

– Oh ! ils restent pas devant la porte, répondit Wally. C'est de la psychologie animale. Ils s'enfuient.

– De la psychologie *animale ?* dit Kelp. Je croyais que c'étaient des gens qui vivaient là.

– Oui, plus ou moins, concéda Wally. Mais c'est la psychologie animale qui fonctionne. C'est comme une sorte d'épouvantail, ou comme quand vous sifflez pour chasser les geais ou quand vous roulez un journal pour le montrer à votre chien. Ils n'attendent pas de savoir ce que vous avez derrière la tête, ils décampent.

Dortmunder demanda :

– Ils ne finissent pas par comprendre au bout d'un moment ?

– Oh ! j'ai tout un tas de bandes enregistrées, expliqua Wally. Elles sont choisies au hasard. J'en ai une où on entend une femme armée d'un couteau et prise d'une crise de démence, sur une autre, c'est un commando israélien, ou alors...

– Je suis content qu'on ne soit pas tombés sur la femme au couteau, avoua Kelp. Je crois que j'aurais *peut-être* eu un peu peur. Pendant une minute.

– Quand même, ajouta Dortmunder. Tôt ou tard, ils vont finir par comprendre que chaque fois qu'ils appuient sur la sonnette, quelqu'un leur crie après.

– Non, jamais, répondit Wally. C'est pour ça que je parle de psychologie animale. Tout ce qu'ils savent, c'est que chaque fois qu'ils montent ici et qu'ils appuient sur la sonnette pour voir s'il y a quelqu'un, il se passe un truc qui les rend nerveux. C'est du conditionnement. Ces individus vivent en permanence sur les nerfs, de toute façon, alors ils n'aiment pas ce qui les rend *encore plus* nerveux. Si bien qu'au bout d'un moment, ils arrêtent de venir. C'est ce qu'on appelle l'association d'idées.

À contrecœur, Dortmunder résuma la chose :

– Tu veux dire qu'ils associent le fait de venir ici avec la nervosité et l'angoisse ?

– Exactement, répondit Wally en hochant la tête avec un large sourire, et en agitant ses petits doigts boudinés dans le vide.

Ayant totalement oublié sa propre nervosité et sa propre angoisse toutes récentes, Kelp se frottait les mains à l'avance.

– Moi, quand je viens ici, je me sens superbien ! Alors, Wally, tu as travaillé sur le problème du réservoir ces deux derniers jours ?

Wally se montra étrangement évasif, presque fuyant, tout à coup.

– Plus ou moins, répondit-il.

Dortmunder fut aussitôt sur ses gardes. Y avait-il un défaut quelque part chez le génie de l'informatique ?

– Andy me disait que tu aurais sans doute un tas d'idées à nous montrer, dit-il.

– On est dessus, répondit Wally pour le rassurer, en donnant cette impression indéfinissable qu'il cachait quelque chose. On y travaille. Mais c'est un peu différent pour nous, c'est pas notre... c'est pas le genre de trucs qu'on fait habituellement.

Dortmunder le regarda en fronçant les sourcils. Il y avait quelqu'un d'autre dans le coup maintenant ? Ça commençait à faire du monde.

– « On » ? répéta-t-il. C'est qui « on » ?

– Oh ! c'est *l'ordinateur,* répondit Wally, visiblement ravi de cette confusion. On fait tout ensemble.

– Ah oui ? dit Dortmunder avec un sourire aimable. Et c'est quoi son petit nom ? Ordinou ? Cyber ? Fred ?

– Oh ! je ne lui donne pas de nom. Ça ferait trop enfantin.

– Bon, fit Kelp, voyons ce que tu as trouvé.

– Oui, d'accord.

Wally continuait à afficher cette étrange réticence, mais soudain, son visage s'éclaira et il dit :

– Hé, ça vous dirait du fromage avec des crackers ? Je peux...

– On vient de manger, Wally, répondit Kelp. (Il se dirigea vers un des ordinateurs éparpillés à travers la pièce.) C'est celui-là, hein ?

– Ouais, plus ou moins, répondit Wally en rejoignant Kelp à contrecœur.

– Alors, allume-le.

– Oui, voyons ce que pense l'ordinateur, renchérit Dortmunder.

Il commençait à s'amuser.

– Ce qui se passe, dit Wally en dansant d'un pied sur l'autre, c'est que l'ordinateur est habitué à recevoir des données d'un autre genre. Résultat, certaines des solutions qu'il propose sont complètement délirantes.

– Si tu savais celles que propose *John,* répondit Kelp en riant. T'en fais pas pour ça, Wally. Voyons voir ce que tu as trouvé.

Kelp était tellement absorbé par Wally et l'ordinateur qu'il ne s'aperçut même pas que Dortmunder le foudroyait du regard, aussi celui-ci dut-il s'exprimer oralement :

– Complexes, oui. Délirantes, non.

– Oui, si tu veux, répondit Kelp avec indifférence.

Toute son attention était concentrée sur le génie rondouillard qui s'asseyait à contrecœur devant l'ordinateur. Ses saucisses caressèrent le clavier et, aussitôt, des lettres vertes lumineuses apparurent sur l'écran noir, de gauche à droite.

– Il sélectionne le menu, expliqua Kelp à l'attention de Dortmunder.

– Oui, évidemment.

La verdure continuait à se répandre sur l'écran. Kelp commenta :

– Il demande à l'ordinateur d'afficher le catalogue des solutions.

– Ah !

Sur l'écran, un nouveau bosquet de lettres vertes apparut :

1) ÉVAPORATION PAR LASER

– Euh, je crois que... bafouilla Wally visiblement très troublé, c'est pas la peine de s'attarder là-dessus, on peut..

– Attends une minute, Wally, dit Kelp. C'est ça la première des solutions ? L'évaporation par laser ?

– Euh, oui. Mais c'est pas une bonne solution, il vaut mieux continuer.

Apparemment, Kelp percevait lui aussi une certaine confusion et une gêne potentielle chez son champion.

– Wally, explique-moi ce que ça signifie. L'évaporation par laser.

Wally regardait d'un air morne les mots affichés sur l'écran.

– Ça veut dire ce que ça veut dire, voilà tout. L'évaporation, Andy, tu sais ce que c'est ? L'eau qui s'évapore.

Dortmunder intervint :

– Attends un peu, je crois que j'ai compris. Cet ordinateur veut récupérer la boîte en se débarrassant de la flotte. Comme Tom. Sauf que l'ordinateur veut la faire *s'évaporer*.

– Euh, oui, dit Wally penché au-dessus de son clavier comme pour le protéger, mais c'est juste la première idée qui lui est passée par la tête.

– Utiliser un laser, poursuivit Dortmunder qui s'amusait de plus en plus. Utiliser un très gros laser pour faire *chauffer et évaporer* toute l'eau du réservoir.

– Wally, dit Kelp. Passons à la solution numéro deux, d'accord?

– Il y a eu pas mal de problèmes, en fait, dit Wally. (Il se tourna vers Dortmunder pour lui expliquer.) L'ordinateur ne vit pas dans le même monde que nous en réalité.

– Ah bon? fit Dortmunder.

– Non. Il vit dans le monde qu'on lui *décrit*. Il connaît uniquement ce qu'on lui dit.

– Oui, je sais, dit Dortmunder en se tournant vers Kelp. C'est le mot que tu as employé l'autre jour, hein? C'était quoi, déjà?

– Gigo, répondit Kelp d'un air las.

– Oui, c'est ça! *Garbage in, garbage out.*

– Oui, oui, bien sûr, dit Wally, de plus en plus sur la défensive. Mais des fois, on croit que c'est des mauvaises données et c'en n'est pas, ça dépend ce qu'on demande à l'ordinateur.

Par-dessus la tête de Wally, Dortmunder jeta un regard hautain à Kelp. Celui-ci secoua la tête et dit :

– Allez, Wally, voyons la solution numéro deux.

Les saucisses de Wally exécutèrent leur petite danse au-dessus du clavier et une nouvelle succession de mots verts défila au milieu de l'écran noir :

2) VAISSEAU SPATIAL EN PROVENANCE DE ZOG

Il y eut un silence gêné. Dortmunder faisait tout son possible pour attirer le regard de Kelp, mais celui-ci refusait de se laisser avoir.

– Zog, dit Dortmunder.

Wally se racla la gorge; on aurait dit un écureuil qui se gargarise. Il regarda les mots sur l'écran en clignant des yeux et dit :

– En fait, ça vient d'une histoire de...

– Non, pas d'explication, dit Kelp. (Il posa sa main sur l'épaule de Wally, à la fois de manière protectrice et en guise d'avertissement.) D'accord, Wally? Pas d'explication.

Mais Wally ne pouvait pas s'en empêcher.

– L'ordinateur pense que c'est une histoire vraie.

– Tu sais quoi ? dit Dortmunder en sentant une douleur inhabituelle dans les joues ; cela signifiait sans doute qu'il était en train de sourire. J'ai hâte de découvrir la solution numéro trois.

Wally imita de nouveau l'écureuil qui se gargarise.

– Euh... il y a une solution 2A d'abord.

D'un ton fataliste, Kelp demanda :

– Wally ? Il y a un rapport avec le vaisseau spatial ?

– Oui, confirma Wally en agitant sa grosse tête brillante et idiote. Mais, ajouta-t-il avec un optimisme forcé, ça pourrait peut-être avoir une application, plus ou moins, avec certaines des autres solutions.

– Vas-y, accouche, Wally, dit Kelp.

Même ses pommettes refusaient de regarder Dortmunder.

Wally recommença la danse du clavier et le **VAISSEAU SPATIAL EN PROVENANCE DE ZOG** fut projeté dans l'oubli, remplacé par :

2A) AIMANT

– Aimant, dit Kelp.

Wally se retourna dans son fauteuil pivotant, tournant le dos à l'ordinateur pour la première fois, et il leva vers Andy un regard pétillant.

– C'est pas une mauvaise idée, Andy ! Bon d'accord, la première idée, c'était que le vaisseau spatial *trouvait* le trésor. Le vaisseau ou *quelque chose*. Mais ensuite, on fixe l'aimant dessus et il n'y a plus qu'à le tirer hors de l'eau.

– Wally, dit Kelp sans s'énerver, d'après ce qu'on a calculé grosso modo, on pense que le trésor pèse entre deux cents et trois cents kilos. C'est un gros aimant dont tu parles.

– Bah oui, bien sûr, répondit Wally. C'est ce qu'on pensait.

– On le trouve au même endroit que le vaisseau spatial, dit Dortmunder à Kelp.

Wally fit pivoter son fauteuil pour regarder Dortmunder avec une sorte de ferveur, en plissant ses yeux humides pour essayer de se faire comprendre.

– Ce ne sera pas forcément un vaisseau spatial, John. Ça peut être un sous-marin ; un sous-marin c'est exactement comme un vaisseau spatial.

– C'est juste, reconnut Dortmunder.

– Ou un bateau, renchérit Wally. Une fois que le trésor est localisé, quand vous savez exactement où il est, vous faites descendre l'aimant et vous remontez le trésor.

– Oui, mais vois-tu, Wally... dit Dortmunder beaucoup plus gentiment qu'il en avait l'intention (pas facile d'être cassant ou sardonique en toisant ce visage rond et innocent), une partie du problème vient du fait qu'on ne tient pas à être vus. Si tu mets un bateau, un gros bateau avec un gros aimant, sur le réservoir, ils vont te voir, Wally. Ça ne fait aucun doute.

– Pas la nuit, fit remarquer Wally. Vous pourriez faire ça la nuit. Et d'ailleurs, ajouta-t-il avec enthousiasme en se laissant emporter par son projet, peu importe qu'il fasse noir dehors car de toute façon, il fera noir au fond du réservoir.

– Ça aussi c'est juste, dit Dortmunder.

Il regarda le visage grimaçant de Kelp par-dessus la grosse tête de Wally. Kelp semblait victime de plusieurs bouleversements émotionnels dans son coin.

– On agira la nuit, lui dit Dortmunder avec bienveillance.

– Wally, dit Kelp, dont le désespoir commençait à poindre, montre-nous la solution numéro trois, s'il te plaît.

– O.K., dit Wally, désireux de se rendre utile.

Revenant face à son ordinateur, il chatouilla le clavier encore une fois et 2A) AIMANT disparut, remplacé par

3) BALLES DE PING-PONG

Kelp soupira bruyamment.

– Oh ! Wally...

– Hé, attendez une minute, dit Dortmunder. C'est pas mal comme idée.

Kelp le regarda d'un air hébété.

– Ah bon ?

– Oui. Moi aussi j'ai eu cette idée. (Il s'expliqua.) C'est comme un des trucs dans ce bouquin que j'ai rapporté de la bibliothèque sur les épaves marines. Évidemment, j'en ai lu qu'un petit peu dans le métro en rentrant chez moi, avant qu'Andy m'oblige à venir ici pour savoir ce que tu avais trouvé.

– John ? dit Kelp. Il est question de balles de ping-pong dans ce *bouquin ?*

– Non, pas exactement, reconnut Dortmunder. Mais ça m'a fait penser à la même chose. Pour faire remonter des bateaux coulés à la surface ils les remplissent de mousse de polyuréthane ou de billes de polystyrène, et c'est comme si des bulles d'air en plastique prenaient la place de toute l'eau qui est à l'intérieur du bateau...

– Exactement ! s'exclama Wally.

Il était tellement excité à l'idée d'avoir un véritable contact à ce niveau avec un autre être humain, de cerveau à cerveau, qu'il sautait littéralement dans son fauteuil.

– Qu'est-ce qu'une balle de ping-pong ? demanda-t-il pour la forme. Ce n'est qu'une boule d'air, pas vrai ? Enveloppée d'une pellicule de plastique toute fine qui ne pèse presque rien !

– C'est un bon moyen de faire rentrer beaucoup d'air dans le bateau rapidement et sans trop de tracas, ajouta Dortmunder à l'attention de Kelp. Alors je me disais qu'on pouvait peut-être les envoyer au fond à travers un tuyau.

Kelp regardait son vieil ami d'un air ahuri.

– John ? C'est *ça* ton type de solution ?

– En fait, non, parce que le problème, dit Dortmunder en toisant le visage transpirant de Wally, le problème, Wally, c'est qu'il ne s'agit pas d'un bateau. C'est une boîte fermée et si on l'ouvre pour mettre les balles de ping-pong à l'intérieur, on va faire rentrer de l'eau et on va abîmer le... trésor.

– Il y a encore la solution 3A ! dit Wally.

Ses doigts jouèrent un riff sur le clavier et l'écran afficha :

3A) SAC EN PLASTIQUE

– Oui, bien sûr, dit Dortmunder. C'est logique. On est sur le réservoir, d'une manière ou d'une autre, sans doute dans notre vaisseau spatial, et on trouve cette boîte de trois cents kilos, on la déterre, sans doute avec notre aimant géant, on la met ensuite dans notre sac en plastique géant, et c'est *lui* qu'on remplit de balles de ping-pong, et comme ça, il remonte à la surface. Facile.

– Oui, plus ou moins, dit Wally. (Ses pieds s'agitaient entre les roues de son fauteuil pivotant.) Il reste encore quelques bugs à régler.

– Quelques bugs, répéta Dortmunder.

– Wally, dit Kelp d'un air désespéré, montre-nous la solution numéro quatre.

– Il n'y en a pas, Andy, répondit Wally en se tournant lentement vers Kelp.

Celui-ci était atterré.

– Il n'y en a pas ?

– Pas pour l'instant. Mais on y travaille. On n'a pas encore fini.

– C'est pas grave, dit Dortmunder. T'en fais pas pour ça, Wally. C'était une expérience très éducative.

Kelp jeta un regard noir à Dortmunder pour voir s'il essayait de se montrer sardonique.

– Éducative ?

– Oh ! oui, dit Dortmunder. Ça me permet d'y voir beaucoup plus clair, entre complexe et simple. Je sais dans quelle direction aller maintenant. (Il tapota l'épaule de Wally, c'était comme tapoter un bloc de mozzarella.) Tu nous as beaucoup aidés, Wally. Comme l'a dit Andy.

15

– Tu veux y entrer *à pied?* demanda Kelp.

Présentement, ils déambulaient dans le magasin d'articles de sport Parangon situé dans Broadway, au niveau de la 18e Rue, et ils se dirigeaient vers le rayon de plongée sous-marine situé au premier étage.

– C'est la tactique la plus simple que j'ai trouvée, répondit Dortmunder alors qu'ils gravissaient le grand escalier en trottinant. Et après le petit numéro de ton copain avec son ordinateur...

– Wally m'a terriblement déçu, dit Kelp. Je dois le reconnaître. Néanmoins, la maquette originale qu'il a créée était sensationnelle.

Arrivés au premier étage, ils tournèrent à droite.

– Wally est un grand créateur de maquettes, confirma Dortmunder. Mais dès qu'il est question de *plans*, c'est comme je te le disais dès le début, j'ai pas besoin de l'aide des machines.

– Non, évidemment, John, dit Kelp. Mais quand même... *À pied ?* Tu es sûr?

– Qu'est-ce qu'il y a de plus simple? On enfile un équipement sous-marin pour pouvoir respirer en dessous. On prend une lampe, une pelle et une longue corde, on avance jusqu'au bord du réservoir et on descend. On suit la pente jusqu'à ce qu'on atteigne la ville, on cherche la bibliothèque, on déterre le cercueil et on attache la corde. Ensuite, on remonte la pente, en suivant la corde et, une fois de retour sur la terre ferme, on prend le bout de la corde et on tire. C'est simple.

– Je ne sais pas trop, John. Marcher vingt mètres sous l'eau, ça ne m'a jamais paru très *simple*.

– C'est plus simple que les vaisseaux spatiaux de Zog, répliqua Dortmunder et il s'arrêta. On y est.

Ils y étaient. Pour des raisons connues seulement de la direction de Parangon, le matériel de plongée sous-marine se trouvait dans les étages, tout en haut, à droite du grand escalier. Quand Dortmunder et Kelp entrèrent dans ce rayon et s'y arrêtèrent pour regarder autour d'eux, ils eurent l'impression de ne pas être à leur place au premier coup d'œil. Au second coup d'œil, ils n'étaient *assurément pas* à leur place, ni dans ce rayon, ni dans ce magasin, ni même dans ce quartier sans doute. Un grand type voûté et pessimiste qui marchait en traînant les pieds comme un bagnard accompagné d'un type plus petit, plus frêle, ressemblant à un oiseau en voie d'extinction, car il n'avait jamais appris à voler.

L'oiseau incapable de voler demanda :

– Alors, qu'est-ce qu'on cherche ?

– De l'aide, répondit le pessimiste et en se retournant il vit une jeune femme à l'air sain marcher vers eux avec de nombreuses questions imprimées sur le visage.

Elle choisit de commencer par :

– Vous cherchez quelque chose en particulier, messieurs ?

– Oui, répondit Dortmunder. On veut aller sous l'eau.

Elle les observa d'un air dubitatif.

– Vraiment ?

– Oui, oui, répondit Dortmunder comme si c'était la chose la plus naturelle au monde. Pourquoi pas ?

– Oui, pourquoi pas, répondit-elle avec un sourire trop éclatant. Avez-vous déjà plongé, messieurs ?

– Plongé ? fit Dortmunder.

– Vous parlez bien de plonger, n'est-ce pas ?

– On veut aller sous l'eau, répéta Dortmunder et pour bien se faire comprendre, il fit même le geste d'écarter les flots en joignant les dos de ses mains devant lui et en écartant les bras en arrière.

– Dans la mer, dit la fille, perplexe.

– Euh, non, dit Dortmunder. Sur une sorte de lac. Mais... en dessous. *À l'intérieur.*

– De la plongée en eau douce, dit la fille avec un sourire ravi, car ils réussissaient enfin à communiquer.

– En marchant, précisa Kelp qui voulait toujours mettre son grain de sel.

Adieu la communication. La fille regarda Kelp d'un air désespéré.

– Je vous demande pardon ?

– On veut pas sauter dedans, expliqua Kelp. Ni plonger. On veut y aller à pied.

– Oh ! fit-elle en retrouvant son sourire sain et joyeux. Ça ne change rien, pas au niveau de l'équipement. (Elle se tourna légèrement pour inclure Dortmunder dans son sourire.) Je crois comprendre que vous n'avez jamais plongé, messieurs ?

– Il y a un début à tout, dit Dortmunder.

– Absolument. Où prenez-vous des cours ?

– Des cours ? dit Kelp, mais la voix de Dortmunder couvrit sa question :

– Au lac.
– De quel équipement avez-vous besoin ?
– De tout, répondit Dortmunder.
Là encore, elle s'étonna.
– Tout ? Vous ne pouvez rien louer sur place ?
– Non, ça ne marche pas comme ça sur ce lac. Mais pour l'instant, on cherche juste à voir de quoi on aura besoin, quel genre de matériel et ainsi de suite.
– Les bouteilles et tout ça, ajouta Kelp en montrant les bouteilles de plongée alignées sur le mur derrière la vitrine renfermant les détendeurs, les masques et les lampes étanches.
Cette fois, la fille perdit son sourire pour de bon. Les sourcils froncés, elle regarda alternativement Dortmunder et Kelp.
– Je ne sais pas trop ce que vous avez l'intention de faire, messieurs, mais ce n'est pas de la plongée.
Dortmunder prit un air offusqué.
– Bien sûr que si ! Pourquoi est-ce qu'on aurait besoin de matériel sinon ?
– Très bien, dit-elle d'un ton sec en leur accordant le bénéfice du doute ou en choisissant la méthode de l'explication rapide pour se débarrasser au plus vite de ces clients qui n'en étaient pas. De toute évidence, vous ne connaissez rien au monde de la plongée.
– On débute, lui rappela Dortmunder. Je vous l'ai dit.
– Vous ne pouvez pas débuter sans moniteur. Et il est évident que vous n'en avez *pas*.
Dortmunder demanda :
– Pourquoi on ne peut pas apprendre dans un livre ?
– Parce que. Il n'y a que deux façons de plonger. Soit avec un moniteur diplômé à vos côtés, ou après avoir passé un brevet.
– Vous savez, dit Kelp, vous n'êtes pas censé conduire sans permis non plus, mais je parie qu'il y a des gens qui le font.
La fille lui jeta un regard sévère. La jeune femme radieuse et athlétique s'était transformée avec une rapidité stupéfiante en un redoutable professeur de catéchisme.
– Ça ne se passe pas du tout de la même manière, dit-elle, et cela semblait la réjouir. (Elle montra l'alignement de bouteilles.) Je peux vous en vendre autant que vous voulez. Mais elles sont vides. Et le seul endroit où vous pouvez les faire remplir, c'est dans un centre de plongée accrédité. Et ils vous les rempliront seulement si vous montrez votre brevet ou si vous êtes accompagnés d'un moniteur. (Son air satisfait était exaspérant.) En plongeant *ou à pied*, messieurs, vous n'irez pas très loin sous l'eau, et vous ne resterez pas très longtemps avec des bouteilles vides. Vous voulez bien m'excuser ?

Elle pivota sur elle-même pour aller vendre un gilet Dacor Seachute de 350 dollars à un Français très bronzé avec une chevelure honteusement épaisse et brillante.

Ils repartirent en douce, descendirent le grand escalier de chez Parangon d'un pas lourd et morose, se dirigèrent vers la sortie, la queue entre les jambes, et Dortmunder dit :

– O.K. Faut trouver quelqu'un.

16

Il pleuvait. Doug Berry, propriétaire, gérant et unique employé du Club de plongée South Shore à Islip, Long Island, était assis dans sa cabane en bardeaux qui prenait l'eau, construite sur son appontement au-dessus de Great South Bay, en train de lire des brochures de voyages sur les Caraïbes. Une musique calypso jouée par un steel band carillonnait dans les haut-parleurs installés sur les étagères du haut derrière le comptoir, partageant l'espace avec les cagoules Henderson pour l'eau froide et les masques avec tuba. Les murs branlants de la cabane étaient décorés d'affiches offertes par divers fabricants de matériel de plongée, qui toutes montraient des gens joyeux se trémoussant sous l'eau grâce à l'assistance des produits de ce fabricant. Du filet de pêche accroché au plafond pendaient des coquillages, des maquettes de bateau et différents accessoires de plongée, en vrai ou en miniature. Dans un coin, face à la porte, se tenait un vieux mannequin portant tout l'équipement obligatoire et superflu que pouvait désirer le plongeur élégant.

L'empire de Doug Berry s'étendait à l'extérieur. L'appontement, vieux et branlant, constitué de planches pourries clouées sur des pilotis pourris, était un mètre plus large que la cabane construite au ras de l'extrémité droite du ponton et il s'avançait de cinq ou six mètres dans la baie, vers l'arrière. Sur le pont étaient empilés, sous des bâches vertes ou grises, des bouteilles d'air, des bidons d'essence et autre matériel, le tout attaché par des chaînes pour empêcher les vols. Sur le côté gauche du pont, également sous une bâche, était amarré le Boston Whaler de Doug Berry, avec son moteur hors-bord Johnson de 235 chevaux. Le compresseur servant à remplir les bouteilles était là lui aussi, sous sa jolie bâche en plastique bleu.

Sur le côté terre du domaine de Doug Berry s'étendait le parking en graviers destiné aux visiteurs, qui n'accueillait pour l'instant que le pick-up Ford noir (avec des bandes bleues et argentées) de Berry, avec l'inévitable autocollant à l'arrière : LES PLONGEURS VONT PLUS PROFOND. Au-delà du parking, il y avait la route goudronnée creusée de nids-de-poule qui passait devant la boutique de moteurs de bateaux et la poissonnerie en gros et menait à Merrick Road. Tout cela appartenait à Doug Berry, et il était assis là, au milieu de son royaume, à rêver des Caraïbes.

Oui, c'était là-bas qu'il fallait être. Il n'y avait pas de giboulées. Uniquement le soleil chaud, l'air chaud et la mer turquoise chaude. Un gars avec le physique, l'entraînement et le savoir-faire de Doug Berry pouvait...

... pourrir sur la plage.

Merde, voilà qu'il remettait ça. Le pire défaut de Doug Berry, à ses yeux, c'était son incapacité à ignorer la réalité. Il aurait aimé pouvoir s'imaginer en roi de la plongée des Caraïbes, dieu de bronze avec des palmes, fendant les eaux émeraude, sauvant de belles héritières, découvrant des trésors enfouis, se joignant aux pirates ou combattant les pirates. Il aimerait rester assis là dans cette misérable cabane par temps de pluie, sans aucun client, et rêver qu'il est à trois mille kilomètres plus au sud, avec vingt degrés de plus, mais le poids de la réalité l'écrasait sans pitié.

Le problème, c'était que les gars dont les seuls atouts étaient la jeunesse, la santé, un joli physique et un brevet de moniteur de plongée n'étaient pas une denrée rare aux Caraïbes. (La fichue expression « on en trouve à la pelle » tournait en permanence dans la tête de Doug Berry, au-dessus de ses fantasmes mort-nés.) Et quand en plus, ce gars avait déjà quelques nuages au-dessus de la tête – il avait été accusé (mais pas condamné) de recel d'objets volés, par exemple – quand il avait déjà été renvoyé des deux plus importantes et prestigieuses associations de plongeurs, PADI (Professional Association of Driving Instructors) et NAUI (National Association of Underwater Instructors), et quand il n'était plus accepté que par le DIPS (Diving Instructor Professional Society), l'association la plus récente, la plus petite et la moins regardante, la meilleure solution pour lui – non, la seule –, c'était de rester ici à Islip pour gagner un peu d'argent l'été avec les étudiants et les habitants de Fire Island, et très peu d'argent l'hiver en vendant du matériel aux gens qui partaient en vacances (impossible de lutter directement avec les grands centres qui possédaient leurs propres piscines couvertes), et de compléter ses revenus en faisant de la menuiserie, en pêchant des palourdes et en remplissant au maximum ses étagères avec des marchandises qui tombaient de l'arrière des camions, et de rester assis sous la pluie en rêvant des Caraïbes.

Doug Berry, vingt-sept ans. Dans le temps, il avait un hobby ; maintenant, le hobby, c'était lui.

Un mouvement derrière la vitre ruisselante de pluie lui fit détacher les yeux d'Aruba – sable blond, ciel bleu ciel, mer bleu marine, *pas de pluie* – et apercevoir une voiture vaguement familière qui s'arrêtait à côté de son pick-up sur le parking. C'était une Chevrolet Impala, couleur citron vert malade. Les essuie-glaces s'immobilisèrent, puis trois des quatre portières s'ouvrirent et trois hommes portant des chapeaux et des imperméables descendirent de voiture en tressaillant comme si la pluie était empoisonnée.

En plissant les yeux, Doug finit par reconnaître un des trois hommes : le conducteur, un type au nez crochu nommé Mikey Donelli. À moins que ce ne soit Mikey Donnelly. Il n'avait jamais très bien su si l'accent était sur la première ou la deuxième syllabe, il ne pouvait donc pas savoir si Mikey était irlandais ou italien. Bien que ça n'ait aucune importance, en vérité. Doug et Mikey n'entretenaient que des relations de travail, et celles-ci ne changeraient pas, quelle que soit l'origine des ancêtres de Mikey.

En fait, Mikey était le fournisseur de cette marchandise volée que Doug avait prétendument reçue, et d'un tas d'autres choses volées également. Compte tenu de l'activité du club de plongée de Doug, Mikey était pratiquement son fournisseur le plus important.

Mais qui étaient les deux autres types ? Doug n'avait jamais rencontré aucun des associés de Mikey, et il s'en réjouissait. Ces deux-là marchaient avec les mains dans les poches de leur imperméable, le menton contre la poitrine et le chapeau enfoncé sur la tête tels des figurants dans un film sur la Prohibition. Mikey ouvrait la marche vers la porte de la cabane, pendant que Doug se levait, fermait la brochure sur les Caraïbes et essayait de prendre l'air de celui qui est prêt à accueillir les clients. Mais que venait donc faire Mikey ici ? Et qui étaient ces deux types avec lui ?

Doug passait la majeure partie de sa vie envahi par un léger sentiment de peur. À cet instant, il était monté d'un cran au-dessus du seuil normal.

Mikey entra le premier, suivi de ses amis.

– Hé, quoi de neuf, Dougie ?

– Salut, Mikey.

Personne d'autre sur terre n'avait jamais eu *l'idée* de l'appeler Dougie. Il détestait ça, mais comment dire à une personne nommée Mikey – surtout une personne *pas commode* nommée Mikey – que vous n'aimiez pas qu'on vous appelle Dougie ? Impossible.

Les trois visiteurs regardaient les étagères autour d'eux, les deux inconnus avec la curiosité de ceux qui ne sont jamais entrés dans un magasin de plongée et Mikey avec un intérêt que l'on pouvait qualifier de professionnel.

– Dis donc, Dougie, tu n'as pas vendu grand-chose, hein fiston ?

Mikey avait sans doute le même âge que Doug, à un ou deux ans près, mais il l'appelait Dougie *et* « fiston ».

– C'est le début de la saison, expliqua Doug. Ça va démarrer.

– Tu sais, fiston, répondit Mikey, peut-être que ce qu'il te faudrait, c'est un joli cambriolage. T'es sûrement assuré, hein ?

Oh! non. Doug vivait déjà au bord du drame, et il le savait. Un faux cambriolage pour toucher l'argent de l'assurance, c'était le *meilleur* moyen de se retrouver à l'ombre, et ce n'était pas dans ses projets.

– Pas pour l'instant, Mikey, répondit-il en essayant de prendre un air détendu et serein. Mais si jamais j'ai besoin d'un coup de main, c'est à toi que je ferai appel. Tu le sais.

– Bien sûr, fiston, dit Mikey avec un large sourire et en écartant les bras, comme pour dire : « Évidemment que tu feras appel à moi. »

Avec son visage rond et brutal, son nez bossu, ses cheveux bruns frisés et ses yeux noirs pénétrants, Mikey pouvait être aussi bien italien qu'irlandais. Doug n'aurait su dire pourquoi ça lui importait de connaître les origines de Mikey, mais c'était important. Peut-être parce qu'il n'était pas facile de répondre à la question.

Mikey se tourna ensuite vers ses compagnons et dit :

– Je vais te présenter deux types. Lui c'est John et lui c'est Andy. Les gars, voici Dougie. Le patron de cet endroit.

– Salut, dit Doug avec un hochement de tête.

Il n'aimait pas l'air impassible avec lequel ces deux types l'observaient.

– Très bien, dit le dénommé John. Vous êtes certifié, donc ?

C'était une question surprenante.

– Évidemment, répondit Doug. Je ne pourrais pas diriger ce club, sinon.

Il montra l'autocollant fixé dans le coin inférieur droit de la vitrine : DIPS.

– Dips, dit le dénommé Andy d'un ton songeur. Je ne connais pas.

Ne pouvant croire que quelqu'un comme Andy connaissait les associations professionnelles de plongeurs, Doug répondit, sur la défensive :

– C'est un nouveau groupe, très vivant, très entreprenant. Le meilleur, selon moi. C'est pour ça que je l'ai choisi.

Mikey laissa échapper un rire rauque.

– Et aussi parce qu'ils voulaient bien de toi, Dougie, n'oublie pas ça.

Offusqué, Doug en oublia momentanément sa peur. Il foudroya Mikey du regard et répliqua :

– Ce n'est pas exactement ça. Et d'abord, qu'est-ce que tu as raconté à tes amis ?

– Hé, du calme, Dougie, dit Mikey en riant de nouveau et en levant les mains pour faire mine de se défendre.

Il a peur ! se dit Doug avec stupéfaction, pendant que Mikey continuait :

– Ce que j'ai dit à Andy et John, c'est que tu étais peut-être le gars qui pouvait les aider à résoudre leur petit problème. Moi, je suis pas dans le coup. C'est strictement entre toi et eux.

Doug poussa son avantage inattendu en demandant :

– Qu'est-ce qui est entre moi et eux ?

– Je vous laisse en discuter entre vous, dit Mikey en reculant vers la sortie et en adressant un grand sourire à tout le monde. Dougie, je peux t'assurer que ces gars, John et Andy, seront réglos avec toi. Les gars, Dougie est un gars sûr. (Il fit un geste vague avec sa main.) J'ai quelques visites à faire dans le quartier. Je reviens dans un quart d'heure ou vingt minutes, O.K. ?

– O.K., pas de problème, répondit le dénommé John.

Il adressa un signe de tête à Mikey, mais son regard maussade resta fixé sur Doug.

– À plus tard, les gars, dit Mikey en refermant la main sur la poignée de porte. (Mais soudain, il pointa le doigt en direction d'Andy pour s'amuser.) Souviens-toi : si ça marche...

Andy hocha la tête comme si ce rappel était inutile.

– T'en fais pas, Mikey. Tu auras ta prime d'intermédiaire.

– Super, dit Mikey dont le sourire s'élargissait de plus en plus. J'adore faire se rencontrer des amis.

Sur ce, il ouvrit la porte et sortit enfin.

Les trois autres regardèrent à travers la vitre Mikey avancer d'un pas lourd sous la pluie, vers son Impala malade et s'installer au volant. Au bout de quelques secondes, les essuie-glaces se mirent en mouvement puis l'Impala recula en effectuant un demi-tour et repartit vers Merrick Road. Voilà, ils étaient seuls.

Doug observa ses visiteurs inattendus, en se demandant ce que ça signifiait. Encore de la marchandise volée ? Il devait être très prudent ; il avait à faire à des inconnus. Attention, c'étaient peut-être des policiers qui voulaient le prendre en flagrant délit.

Bon sang, oui ! Supposons que les flics aient mis le grappin sur Mikey pour une raison ou une autre – Doug ignorait quelles étaient les activités de Mikey à part trouver des marchandises tombées des camions, mais il était certain que ces activités étaient aussi étendues qu'illégales – et supposons que les flics aient proposé un marché à Mikey s'il leur livrait quelqu'un d'autre. Ça arrivait tout le temps, non ? Si.

Dans ce cas, qui Mikey trahirait-il ? Un autre dur à cuire comme lui, avec qui il avait grandi, qui le connaissait bien et qui savait où il habitait ? Ou choisirait-il Doug Berry, un gars qu'il connaissait à peine et qui n'avait aucun lien avec lui ?

Certes, ces deux types n'avaient pas l'air de flics. Mais c'était logique, non ? Observant le duo d'un œil critique et méfiant, Doug demanda :

– Vous avez un problème de plongée ?

S'il s'attendait à un *non* – et il s'y attendait – il fut à la fois surpris et déçu, car le dénommé John répondit :

– Exactement. Un problème de plongée.
– Vraiment ?
– Oui, dit John. Andy et moi, on doit aller sous l'eau, mais on n'a jamais fait ça, et visiblement, c'est pas aussi simple qu'on le croyait.
Doug avait du mal à comprendre.
– Vous voulez vraiment plonger ?
– Marcher, rectifia Andy. On veut marcher dans l'eau et descendre jusqu'à vingt mètres de profondeur.
Doug regarda à travers la vitre latérale les eaux grises grêlées de pluie de Great South Bay.
– Par ici ?
– Ailleurs, dit John.
– Où ?
– Faut qu'on parle d'abord. On a besoin de savoir si on joue tous dans la même équipe, et ensuite on parlera de l'endroit.
Andy intervint :
– Voyez-vous, Dougie, John et moi...
– Doug, dit Doug.
Ils le regardèrent en fronçant les sourcils.
– Je croyais que Mikey avait dit que vous étiez Dougie.
– C'est comme ça qu'il m'appelle, oui. Mais tout le monde m'appelle Doug.
John et Andy se regardèrent et parvinrent à une sorte de décision. Avec un petit hochement de tête, Andy dit :
– Pigé. O.K., Doug, voici le topo. John et moi, on doit entrer dans une masse d'eau, comme un lac...
– De l'eau douce, donc ? suggéra Doug.
– Ouais, c'est ça, dit Andy. Et au fond de ce lac, il y a une boîte qu'on veut récupérer. Une grosse boîte. Il faut qu'on l'atteigne, qu'on attache une corde autour et qu'on la remonte en tirant.
– On pensait que ce serait simple, ajouta John. Mais on est allés dans un magasin pour acheter du matériel et on a appris qu'il y avait une sorte de société secrète : personne n'a le droit d'aller sous l'eau sans avoir le mot de passe.
– Nous n'avons aucun accident de sport mortel aux États-Unis, voilà pourquoi, dit Doug. La sécurité avant tout.
– C'est aussi ma théorie, dit John. Je refuse d'aller quelque part où la sécurité ne passe pas avant tout. Alors, c'est peut-être aussi bien, finalement. On ne peut pas effectuer ce travail sans un pro.
– Non, pas si c'est sous l'eau, dit Doug.
– Mais il nous faut un pro très spécial, précisa John. Pas n'importe quel pro.

– Pas n'importe quel pro qu'on trouve dans n'importe quel club de plongée, renchérit Andy.

Voilà venir l'illégalité, se dit Doug. Le piège. La tentation. Ils portent sans doute des micros. Fais très attention à *tout* ce que tu dis.

– Mmm, fit-il.

– On s'est renseignés autour de nous, reprit John, parmi nos connaissances, des gens particuliers qu'on connaît...

– Il se trouve que je connais Mikey, dit Andy. On a été en affaires lui et moi deux ou trois fois. Il m'a dit que vous étiez exactement le genre de gars qu'on cherche.

– Et nous voici, dit John.

– Mmm, fit Doug.

Ils se regardèrent tous les trois pendant une minute. Finalement, Andy demanda :

– Vous ne voulez pas savoir ce qu'on veut ?

– Je croyais que vous alliez me le dire, répondit Doug en essayant de ne pas paraître trop impatient de commettre un acte illégal.

Andy et John se regardèrent encore une fois, puis John hocha la tête et dit :

– O.K. Voici ce qu'on veut. On veut de l'expérience et du matériel pour pouvoir descendre dans ce rés... ce lac et récupérer cette boîte. Voilà ce qu'on veut.

– Mmm, fit Doug.

Ils restèrent là tous les trois à se regarder, bouches bées, et cette fois, ce fut Andy qui demanda :

– Vous êtes d'accord ?

Doug était obligé de poser la question, sans laisser entendre qu'il était ouvert à toute suggestion d'ordre criminel. D'un ton neutre, il demanda :

– Qu'est-ce qu'il y a d'illégal ?

Les deux autres semblèrent surpris.

– Illégal ? dit John. À moins que vous vouliez nous vendre de la marchandise que vous avez eue par Mikey, je ne vois pas ce qu'il y a d'illégal dans ce qu'on vous demande.

– Vous êtes le pro, c'est tout, dit Andy.

Doug secoua la tête, stupéfait, mais redoutant toujours de s'exposer au danger.

– Pourquoi moi, alors ? demanda-t-il. Je ne veux pas dire que je fais des choses illégales ni quoi que ce soit. Je ne veux pas laisser entendre que je suis ouvert à... des entreprises criminelles ou quoi que ce soit, mais pourquoi avez-vous besoin d'un pro *particulier ?*

Ils le regardèrent, aussi hébétés que lui.

– Des entreprises criminelles ? répéta John.

Mais Andy éclata de rire et frappa dans ses mains en s'exclamant .

– Il a peur qu'on ait des micros cachés !

John parut d'abord surpris, puis vexé.

– Des micros ? Comme des agents du FBI ? Est-ce qu'on a l'air d'agents du FBI ?

– Euh... non, mais c'est normal, non ? répondit Doug. Peu importe, remarquez, vu que je ne propose aucune...

– Entreprise criminelle, suggéra John.

– Écoutez, Doug, dit Andy. Faut bien que quelqu'un commence à faire confiance à quelqu'un, alors je vais commencer par vous faire confiance. Vous avez une tête d'honnête homme. Alors, voilà : il y a un type qu'on connaît qui est allé en prison il y a longtemps, et il vient juste de sortir, et il se trouve qu'avant d'aller à l'ombre, il a enterré de l'argent...

– De l'argent d'une entreprise criminelle, précisa John.

– Exact, dit Andy. On parle ici de biens mal acquis. Bref, il est sorti et il veut récupérer ces biens, mais il se trouve que maintenant, il y a un réservoir à cet endroit.

Doug ne put s'en empêcher : il éclata de rire.

– Un réservoir ? Votre ami a enterré l'argent et maintenant, il est *sous l'eau ?*

– C'est pour ça qu'on est ici, lui dit Andy. Et pour être franc, Doug, il sera bien question d'entreprise criminelle dans cette histoire. Par exemple, quand on franchira la clôture qui entoure le réservoir, ce sera déjà un délit. Violation de propriété privée ou un truc comme ça. Ensuite, quand on entrera dans le réservoir, c'est-à-dire dans l'eau, ça fera encore une loi de violée.

– Et quand on aura récupéré la boîte avec l'argent à l'intérieur, on le rendra pas à la banque, ça fait un délit de plus. On va le donner au type qui l'a enterré et il nous en donnera un peu pour l'avoir aidé et on *vous* en donnera un peu pour nous avoir aidés.

– Combien ? ne put s'empêcher de demander Doug.

– Mille dollars, dit John. En plus de vos honoraires habituels, des frais et du coût du matériel qu'on utilisera.

– Doug, ajouta Andy d'un ton très solennel et confidentiel. En toute honnêteté et sincérité, Doug, jamais dans ma vie je n'ai même *songé* à devenir agent du FBI.

Doug avait envie de croire ces deux gars – et Dieu sait qu'il aurait bien besoin de mille dollars –, mais de nombreux membres du Congrès avaient cru dans le temps que deux types dans le même genre étaient des cheikhs arabes.

Il dit :

– Si on doit commencer à se familiariser avec l'équipement et tout ça, vous allez devoir ôter vos vestes... vos chemises. Vous mettre torse nu, quoi.

Andy, un sourire jusqu'aux oreilles, dit à John :

– Il croit encore qu'on a des micros.

– Non, non, dit Doug. C'est juste pour... choisir les bonnes tailles, c'est tout.

John secoua la tête d'un air quelque peu dégoûté, et il ôta sa veste, imité par Andy. Sans aucune hésitation, ils se déshabillèrent, dévoilant des physiques dont personne au cours de l'histoire n'aurait pu être fier. Mais il n'y avait ni micros, ni magnétophones, ni fils.

Les bras écartés et tournant lentement sur lui-même, Andy demanda, toujours avec son grand sourire :

– Ça va comme ça, Doug ?

– O.K., répondit-il en masquant sa confusion sous une épaisse couche de professionnalisme. Avez-vous déjà respiré à travers un détendeur ?

Andy et John se regardèrent.

– O.K., dit Doug en se tournant vers ses étagères bien garnies. On va commencer dès maintenant.

17

– J'aimerais que tu retires ce machin, John, dit May. Tu ressembles à un personnage de science-fiction.

Dortmunder ôta le détendeur de sa bouche, non pas pour accéder à la requête de May, mais pour pouvoir lui répondre.

– Je suis censé m'habituer à respirer à travers ce truc, dit-il, avant de le remettre dans la bouche.

Mais il oublia aussitôt et se remit à respirer par le nez, comme d'habitude. Sous l'eau, il se serait noyé déjà une demi-douzaine de fois.

Heureusement, il n'était pas sous l'eau. Il était dans son salon avec May et il regardait le journal télévisé de 19 heures (c'est-à-dire qu'il regardait les publicités pour les maux de tête et les laxatifs) en attendant que Tom Jimson revienne de là où il allait quand il n'était pas ici. Il attendait Tom depuis qu'il était rentré de Long Island, de chez Doug Berry et du merveilleux monde sous-marin en fin d'après-midi.

– John, dit May, tu ne respires pas à travers.

– Mmm ! fit-il, surpris, et il se pinça le nez entre le pouce et l'index de la main droite pour *s'obliger* à bien respirer. Par la bouche, nom d'un chien ! Elle devient sèche presque immédiatement, mais c'est normal. C'est mieux que d'avoir les poumons mouillés.

Assis sur le canapé à côté de May et de son silence réprobateur, Dortmunder continua à respirer par la bouche en regardant le journal télévisé entre les jointures de la main qui pinçait son nez. Il était encore dans cette position quand Tom apparut sans bruit sur le seuil juste au moment où le présentateur lançait son dernier sourire. (Pourtant, compte tenu de tous les événements qu'il venait de rapporter, on avait du mal à comprendre ce qui le faisait sourire.) Tom Jimson était là tout à coup, dans l'encadrement de la porte, et il regardait Dortmunder en haussant un sourcil.

– Y a un truc qui pue, Al ?

– Mmm ! répéta Dortmunder en ôtant le détenteur de sa bouche et en éternuant. C'est le machin pour aller sous l'eau.

– Pas très loin sous l'eau, fit remarquer Tom en observant le détendeur d'un œil critique.

– C'est juste une partie, expliqua Dortmunder. D'ailleurs, Tom, il faut que je te parle de ça. Le moment est venu d'allonger le fric.

Le visage, qu'on ne pouvait pas qualifier de « mobile » en temps normal, se figea à tel point qu'il ressemblait maintenant à une photo de lui-même mal reproduite. Quelque part des profondeurs de la photo monta un son caverneux :

– Le fric ?

– Allons, Tom. On était d'accord là-dessus. Tu devais piocher dans tes autres butins pour financer ce coup-là.

La photo se froissa légèrement.

– Combien ?

– On a compté entre sept et huit mille.

Une sorte de vie réapparut sur le visage de Tom. C'est-à-dire que ses sourcils escaladèrent son front comme s'ils voulaient aller se cacher dans ses cheveux.

– Des *dollars ?* Pourquoi autant ?

– Je t'ai expliqué qu'il nous fallait un pro.

Tom avança dans la pièce et jeta un rapide coup d'œil à la télé où les infos avaient cédé la place à une série humoristique consacrée à une bande d'adolescents très riches et extrêmement spirituels qui passaient leurs journées dans la même confiserie.

– Oui, je me souviens, dit-il. Pour l'air. On peut pas avoir d'air sans un pro. Mais j'ai jamais entendu parler d'air à sept ou huit mille dollars.

May se leva.

– Personne ne regarde la télé, dit-elle comme si cela la contrariait quelque peu. (Alors qu'elle s'approchait du poste pour l'éteindre, elle demanda :) Quelqu'un veut une bière ?

– Je crois que j'en ai bien besoin, répondit Tom et il alla prendre la place de May sur le canapé pendant qu'elle se rendait dans la cuisine. (Ses sourcils étaient toujours accrochés au sommet de son front.) Parle-moi un peu de cet air riche, Al.

– Pour commencer, dit Dortmunder, il fallait trouver le pro. Un gars avec qui on puisse traiter. Le gars qui a trouvé le bon gars, un type que connaît Andy, a réclamé une prime d'intermédiaire. Cinq cents dollars.

– Pour trouver le pro.

– C'est donné, Tom. Tu avais un meilleur moyen de trouver le gars exact qu'il nous faut ?

Tom secoua la tête ; c'était une façon d'ignorer la question plus que d'y répondre. Et il demanda :

– Donc, on a le bon gars, exact ?

– Oui. Et il ne réclame pas sa part, juste un versement fixe d'avance. On l'a eu pour mille dollars, et franchement, c'est *donné.*

– Si tu le dis, Al. C'est l'inflation, hein ? Je n'en reviens pas du prix des choses. Quand je suis allé derrière les barreaux il y a vingt-trois ans, tu sais combien coûtait un steak ?

– Je m'en fiche, Tom, répondit Dortmunder au moment où May revenait avec deux bières.

Dortmunder regarda les deux boîtes. Il demanda :

– Tu n'en bois pas, May ?

– La mienne est dans la cuisine. Je vous laisse parler affaires tous les deux.

Elle leur adressa un sourire vide et retourna dans la cuisine, qui était redevenu son domaine maintenant que Dortmunder avait retiré tous ses livres, ses feuilles, ses crayons, ses stylos et ses photos, et fourré cette montagne de choses dans le tiroir du bas de la commode dans la chambre.

Tom but une gorgée de bière et dit :

– On en est donc à mille cinq cents dollars.

– Le reste, c'est pour le matériel et des bricoles, expliqua Dortmunder. Plus la formation.

Tom fronça les sourcils.

– La formation ?

– On va pas sous l'eau comme ça, Tom.

– Moi, j'y vais même pas du tout. Tu feras ça avec ton pote Andy si c'est la solution que vous avez choisie.

– Oui, c'est ce qu'on a choisi, confirma Dortmunder pour ne pas laisser le doute pointer le bout de son nez. Et pour faire ça bien, reprit-il, on doit s'entraîner et apprendre. On va prendre des cours avec ce type et c'est pour ça que je m'exerce à respirer par la bouche. Et ça coûte de l'argent. Ensuite, il y a l'air, les bouteilles, la tenue, les lampes sous-marines, plus la corde dont on aura besoin et un tas d'autres trucs. À l'arrivée, ça fait sept ou huit mille.

– C'est cher, commenta Tom et il but une gorgée de bière.

– Forcément. C'est pas un endroit où tu peux aller comme ça, à pied.

– Et le petit bonhomme avec son ordinateur ? demanda Tom. Il a rien trouvé ?

– Wally ? (Dortmunder ne fit aucun effort pour masquer son mépris.) Il a eu un tas d'excellentes idées : des vaisseaux spatiaux, des aimants géants, des lasers géants... Ça coûtait encore plus cher qu'avec moi, Tom. (Dortmunder haussa les épaules et ajouta :) Quelle que soit la méthode, ce ne sera pas donné.

– Oh ! pas forcément, dit Tom. La dynamite et la vie humaine, ça coûte pas cher.

– On était d'accord, Tom. On commence par ma méthode. Et tu la finances avec tes butins.

Tom secoua lentement la tête.

– Tous ces avocats m'ont lessivé, Al. Il me reste plus grand-chose.

Dortmunder écarta les bras en signe d'impuissance. Assis sur le canapé, sa bière à la main, Tom ruminait et se débattait avec le problème. Dortmunder n'avait rien à ajouter, Tom comprendrait tout seul ou pas, alors il remit son détendeur en place et s'entraîna à respirer par la bouche sans se pincer les narines. Sous l'eau, évidemment, il aurait un masque qui ferait le vide autour de ses yeux et de son nez, et il ne pourrait pas se pincer les narines de toute façon. Il avait un masque de plongée pour s'entraîner, que Doug Berry lui avait loué, mais il se serait senti idiot assis à côté de May avec un masque de plongée pour regarder la télé, alors le masque était posé sur la commode dans la chambre.

– Il y en a un, dit Tom d'un air songeur. Dans le même secteur.

– *Ouleérouar*, dit Dortmunder. (Il ôta le détendeur de sa bouche.) Sous le réservoir ?

– Non, non, Al, tout près. Dans une des villes qu'ils n'ont pas englouties. On pourra aller le chercher demain. Tu loueras une voiture et tu conduiras.

– Non, dit Dortmunder. Je conduis plus jusque là-haut. Et fini les locations de voiture. Je vais appeler Andy, il se chargera du transport.

18

– En vérité, Andy, avoua Wally, je me sens un peu gêné.

– Oui, logique, répondit Andy Kelp en hochant la tête.

Assis sur le canapé Naugahyde marron dans le salon encombré de Wally, Andy grignotait des crackers et du fromage pendant que Wally, installé en face de lui, se rongeait les sangs.

– Je me sens un peu gêné moi aussi, dit Andy. J'avais dit le plus grand bien de toi à John. Et voilà que tu nous sors Zog et tout le reste.

Wally se trémoussa sur son siège. Ses gros yeux humides ne cessaient de cligner. Ses petites mains potelées esquissaient des gestes vagues. Cette situation le mettait terriblement mal à l'aise.

– Bon sang, Andy, je crois... je crois que je ferais mieux de te dire la vérité.

Andy haussa un sourcil et regarda Wally par-dessus un cracker tapissé d'une épaisse couche de fromage.

– La vérité, Wally ?

Wally sembla hésiter. Il détestait être obligé de faire confiance à son instinct, particulièrement quand cela signifiait contredire l'ordinateur. Mais d'un autre côté, c'était un ordinateur qui ne connaissait pas la différence entre Zog et la Terre, ce qui était très bien pour certaines applications, mais qui pouvait poser un problème dans certains cas. Alors, peut-être que Wally avait raison de passer outre l'avis de l'ordinateur pour une fois. D'un *autre* côté, se dévoiler devant ces individus était tout à fait terrifiant. « Le seigneur de la guerre n'a aucune pitié », lui avait rappelé à plusieurs reprises l'ordinateur.

Andy avait-il de la pitié ? Ses yeux qui le regardaient étaient brillants, très vifs, ils attendaient la vérité, mais ils n'avaient pas vraiment l'air... (Wally était bien obligé de se l'avouer, à contrecœur.)... *compatissants.* Tandis que Wally continuait d'hésiter, Andy reposa dans l'assiette sur la table basse le cracker et sa cargaison de fromage, et il demanda :

– Quelle vérité, Wally ?

Il n'y avait d'autre solution que d'aller de l'avant. Wally inspira à fond, déglutit encore une fois et dit :

– Le trésor, c'est sept cent mille dollars en liquide volés dans un fourgon blindé Securivan lors d'une audacieuse attaque en plein jour sur la voie express New York State près de la sortie de North Dudson, le 26 avril...

Andy le regardait avec des grands yeux.

– *Quoi ?*

– Tom faisait partie des braqueurs, s'empressa d'ajouter Wally. Et depuis, il était en prison, mais pas pour ça, parce qu'ils n'ont jamais retrouvé ceux qui ont attaqué le fourgon.

Les yeux de Wally clignaient de plus en plus rapidement, il se renversa au fond de son fauteuil, épuisé. Son regard se posa sur l'assiette de crackers et de fromage, et il eut soudain envie de tout manger, mais il avait peur. Il fallait qu'il garde la bouche vide au cas où il devrait parler, au cas où il devrait, par exemple, supplier qu'on lui laisse la vie sauve. Malgré lui, hésitant, il leva les yeux vers le visage d'Andy pour découvrir un large sourire d'admiration mêlée d'étonnement.

– Wally ! s'exclama Andy avec une satisfaction évidente. Comment tu as *fait* ça ?

Wally déglutit et sourit à son tour, avec un soulagement mêlé de joie.

– Facile, dit-il.

– Allons, Wally. Ne fais pas le modeste. Comment tu as fait ?

Wally lui expliqua le raisonnement qu'il avait bâti avec l'ordinateur, puis il lui montra comment il accédait à la banque de données du *New York Times* et il imprima même l'article de l'époque consacré à l'attaque du fourgon blindé, qu'Andy lut avec beaucoup d'attention et d'intérêt, en commentant comme pour lui-même :

– Quel manque de finesse.

– Je voulais t'en parler pour qu'on ait une meilleure communication, dit Wally. Et de meilleurs *inputs* pour trouver la solution du problème. Mais j'avais peur. Et l'ordinateur me l'avait déconseillé.

– L'ordi... (Andy sembla étonné, mais son sourire réapparut.) Pourquoi ça ? demanda-t-il en regagnant le canapé. L'ordinateur ne m'aime pas ?

Wally le suivit et ils reprirent leurs places.

– C'est pas tellement toi, Andy. C'est surtout Tom qui inquiétait l'ordinateur.

– Malin, cet ordinateur, commenta Andy. (Puis il fronça les sourcils pendant qu'il réfléchissait.) Faut-il mettre Tom au courant ? se demanda-t-il.

D'un air absent, il prit un cracker et du fromage, fourra le tout dans sa bouche, et continua à parler :

– D'une certaine façon, c'est plus simple, dit-il de manière plus ou moins intelligible. On pourra parler ouvertement les uns devant les autres. D'un autre côté, je crains que Tom le prenne mal.

– Oui, c'est qu'on pensait, l'ordinateur et moi.

Andy avala le cracker et le fromage, en réfléchissant.

– Je vais te dire ce qu'on va dire, décida-t-il.

Wally se pencha en avant, tout ouïe.

Andy reprit un cracker au fromage, avec lequel il se désigna comme on montre du doigt.

– C'est *moi* qui te l'ai dit. J'ai décidé que la seule façon d'obtenir un bon *input* de ta part, c'était de te mettre au courant. Alors, je t'ai expliqué comment Tom avait été mêlé à ce braquage il y a des années, entraîné par de mauvais compagnons et ainsi de suite. Mais maintenant il est vieux et il n'a plus envie d'être un voleur. Il vient de sortir de prison et tout ce qu'il veut, c'est prendre sa retraite. Cet argent, c'est tout ce qui lui reste pour ses dernières années, alors on s'est tous rassemblés pour l'aider à le récupérer. Car à qui appartient cet argent maintenant, hein ? Voilà ce que je t'ai dit. O.K. ?

Wally hocha la tête.

– O.K., Andy, dit-il. Mais...

– Quoi ?

– Est-ce que... (Il mourait d'envie d'avaler un cracker avec du fromage.) Est-ce que... il y a du vrai là-dedans ?

Andy répondit par un petit rire.

– Mon vieux Wally, j'ai omis de préciser que Tom restait un fou dangereux, mais à part ça, *tout* est vrai.

19

Myrtle Street tournait lentement la molette de la vieille visionneuse de microfilms et sur l'écran défilait avec langueur tout le passé de Vilburgtown County, enregistré pour la postérité dans les pages du *County Post*. De l'année précédant la naissance de Myrtle jusqu'à l'année où Mère avait épousé M. Street, les ventes de gâteaux pour les œuvres de bienfaisance, les bals du lycée et les rassemblements de boy-scouts se succédaient inéxorablement ; les réunions du conseil municipal, les élections du maire, les collectes des pompiers se déroulaient tranquillement ; les incendies, les inondations et les violentes tempêtes hivernales traversaient les mois (débarrassés de tout caractère d'urgence) ; les accidents de voiture, les cambriolages et la grande attaque du fourgon blindé sur la voie express surgissaient puis disparaissaient comme des nuages de fumée. Mais au milieu de tout cela, pas la moindre allusion à l'identité du père de Myrtle Street.

Depuis une semaine qu'Edna avait laissé échapper cette phrase stupéfiante – « C'était ton *père* dans cette voiture ! » –, Myrtle ne pensait plus qu'à ça. Soudain, elle brûlait du désir – non, du *besoin* – de connaître ses véritables origines. Mais Edna ne lui était d'aucun secours. Après cette sortie soudaine et ce chapelet de jurons (tout aussi stupéfiant), Edna s'était fermée comme un coffre-fort, elle refusait d'aborder ce sujet, elle interdisait même à Myrtle de l'aborder. De toute évidence, elle regrettait cet emportement, cette fenêtre sur le passé qu'elle avait ouverte brièvement par inadvertance, et elle espérait que ce court moment de relâchement serait vite oublié.

Eh bien, non. Pas question d'oublier. Myrtle avait planté ses dents dans la proie et elle était bien décidée à connaître la vérité. Après n'avoir *rien* su, elle voulait *tout* savoir. L'indifférence dont elle avait fait preuve l'étonnait. Évidemment, elle avait toujours su que Gosling était le nom de jeune fille de sa mère, que Street était le seul autre nom qu'ait jamais possédé Edna, et qu'elle-même était venue au monde bien avant qu'Edna et M. Street se soient rencontrés. Elle le savait, mais elle n'y avait jamais pensé, elle ne s'était jamais interrogée, elle n'avait jamais suivi les implications. Et maintenant ?

Maintenant, il fallait qu'elle sache. La fenêtre était ouverte, impossible de la refermer. Si Edna ne voulait pas parler, il existait forcément un autre moyen. Myrtle avait deux cousines âgées dans les environs, une veuve qui vivait dans une maison de retraite de Dudson Falls, et l'autre, une vieille fille qui habitait toujours la ferme familiale (mais sans les terres), à la sortie de North Dudson. Myrtle avait essayé de les interroger toutes les deux cette semaine, mais sans résultat. Ce qu'il y avait de plus frustrant quand on essayait de questionner des vieillards tremblotants, c'était qu'on ne savait jamais s'ils mentaient ou si leur esprit défaillait. Les deux vieilles dames avaient juré tout ignorer de l'hérédité masculine de Myrtle. Et voilà.

Quel autre moyen existait-il de connaître le passé ? Un passé vieux de vingt-six ans. Qui fréquentait en ce temps-là Edna Gosling, déjà âgée de trente-six ans et chef bibliothécaire à la bibliothèque municipale de Putkin's Corners ? Dommage que le réservoir de Vilburgtown ait submergé Putkin's Corners quelques années plus tard ; il aurait pu y avoir des indices là-bas. Ils étaient inaccessibles désormais.

Et le *County Post* semblait ne contenir aucune information. Aucune photo de la jeune Edna Gosling au bras de tel ou tel monsieur lors d'un barbecue de fruits de mer organisé par l'Association des anciens combattants ou d'une réunion à l'école de Dudson, pas de « passagère nommée Edna Gosling » dans les récits d'accident de voiture, pas de « accompagné par miss Edna Gosling » dans les comptes rendus de mariage de la rubrique mondaine.

Qu'avait donc ajouté Edna après avoir reconnu avec stupéfaction cet homme qu'elle affirmait être le père de Myrtle ? « C'est pas possible, mais c'est arrivé », avait-elle dit, pour signifier, sans doute, qu'elle n'aurait jamais pensé que cet homme voudrait – non, *pourrait* – revenir un jour dans cette partie du monde. Parce qu'elle l'avait cru mort ? Parti à l'étranger ? Hospitalisé de manière permanente ? Mais ensuite, elle avait traité cet homme, si Myrtle avait bonne mémoire, de « salopard de fils de pute ». Était-ce parce qu'il l'avait abandonnée, enceinte et célibataire, il y a si longtemps ?

Ah, si *seulement* Edna acceptait de parler !

Mais elle refusait, un point c'est tout. Il était bientôt 18 heures, l'heure pour Myrtle de quitter son travail pour aller chercher Edna au Club du troisième âge. Ayant fini de passer en revue pour la troisième fois les journaux qui couvraient l'année précédant sa naissance, Myrtle poussa un soupir, rembobina à toute allure le microfilm, le rangea dans sa boîte, dit bonsoir à Janice (l'employée qui veillerait aux destinées de la bibliothèque jusqu'au crépuscule), sortit sur le parking du personnel derrière le bâtiment, s'installa au volant de la Ford Fairlane noire, traversa la ville et descendit Main Street où Edna l'attendait au bord du trottoir d'un air agacé.

La pendule du tableau de bord de la Fairlane indiquait que Myrtle n'était pas en retard ; l'agacement d'Edna ne dépassait donc pas son niveau habituel et permanent, Myrtle n'avait pas à s'inquiéter. C'est pourquoi elle afficha un grand sourire en s'arrêtant devant la vieille femme austère, en ouvrant la portière du passager et en lançant :

– Hello, maman !

– Hmm, répondit Edna.

Elle s'avança pour monter dans la voiture, mais elle jeta un coup d'œil par-dessus le toit au moment où passait un véhicule et elle s'exclama :

– Nom de Dieu !

« Nom de Dieu ! » était une chose que ne disait jamais Edna. C'était assurément une chose qu'elle ne criait jamais, et surtout, c'était une chose qu'elle ne criait jamais en pleine rue. Hébétée, Myrtle regarda sa mère monter dans la voiture, claquer la portière et pointer un doigt tremblant et décharné vers le pare-brise en s'exclamant :

– Suis ce fils de pute !

Elle comprit alors. Apercevant la voiture crème, toute neuve et toute propre, qui s'éloignait dans Main Street, Myrtle demanda :

– C'est encore mon père ?

– Suis-le !

Myrtle n'avait pas besoin de se faire prier. Elle enclencha la marche avant et déboîta dans Main Street à une centaine de mètres derrière la voiture crème, séparée d'elle par un seul autre véhicule. En zigzaguant pour essayer de voir au-delà de cet intrus, elle remarqua que la voiture était maintenant une Cadillac Sedan de Ville neuve, avec un caducée. Myrtle, qui attendait impatiemment une occasion de doubler la voiture importune, demanda :

– Mon père est médecin ?

– Ah ! ah ! dit Edna. Il aimait bien *jouer* au docteur en tout cas. Ne le perds pas de vue !

– Promis, promit Myrtle.

– Qu'est-ce qu'il manigance ? marmonna Edna en martelant le tableau de bord avec son poing décharné.

Quatre personnes se trouvaient dans la Cadillac : deux à l'avant et deux à l'arrière. « Peut-être vais-je enfin connaître mon père, après toutes ces années », se disait Myrtle.

– Sale enculé de mes deux.

Et nul doute qu'elle allait mieux connaître sa mère.

20

– Y a une bagnole qui nous suit, déclara Kelp.

Dortmunder, assis à l'arrière avec Wally, se dévissa le cou pour regarder à travers la vitre. Ils venaient de laisser une autre petite ville derrière eux et trois véhicules les suivaient en file indienne sur cette route de campagne flanquée d'une forêt et de petites clairières où se dressaient de minuscules maisons aux cloisons en aluminium avec des automobiles mortes dans leurs jardins.

– Laquelle ? demanda Dortmunder.

– La Fairlane noire. Celle qui est juste derrière.

La Fairlane se trouvait à environ trois longueurs de voiture ; c'était sacrément près pour une filature. Dortmunder plissa les yeux pour essayer d'apercevoir les personnes se trouvant à l'intérieur, à travers le pare-brise qui reflétait le ciel.

– Tu es sûr ? demanda-t-il à Kelp. J'ai l'impression que c'est deux femmes.

– Cette bagnole nous colle au train depuis plusieurs bornes.

– Elles n'ont pas l'air de pros.

Wally, qui avait les yeux et la bouche encore plus humides qu'à l'accoutumée sous l'effet de l'excitation, demanda :

– Tu crois que c'est vrai, Andy ? Elles nous suivent ?

Tom, assis à l'avant à côté de Kelp, dit :

– Y a qu'un moyen de le savoir. On fait un tour complet. Si elles nous suivent toujours, on les liquide. Quelqu'un a un feu ?

– Non, dit Dortmunder.

Wally, très enthousiaste, demanda :

– Un feu ?

– Tu n'en as pas, lui dit Dortmunder. Laisse tomber.

– Mais pourquoi un feu ? insista Wally. Pourquoi j'en ai pas, moi ?

– C'est un flingue, expliqua Dortmunder pour le faire taire et les yeux de Wally devinrent encore plus énormes, plus humides.

Pendant ce temps, à l'avant, Tom disait :

– Il y a un virage à gauche un peu plus loin. On va tourner là, et ensuite encore à gauche, ça nous ramènera sur cette route, juste après la ville qu'on vient de traverser. Si ta Fairlane est toujours derrière nous, il faudra s'en débarrasser. (Il se retourna et regarda Dortmunder d'un air lourd de reproches.) Toi et tes tendances pacifistes, Al. Tu les laisses diriger ta vie. Tu peux pas te balader comme ça sans feu.

– C'est pourtant ce que je fais.

Tom grimaça en secouant la tête et se retourna. Ils bifurquèrent à gauche sur une route plus étroite et plus sinueuse.

– La Fairlane a tourné, dit Kelp en regardant dans son rétroviseur.

Ils continuèrent à rouler tranquillement, tous les quatre dans la Cadillac qui ronronnait. Kelp leur avait déniché, ainsi que Dortmunder l'avait prédit, un excellent véhicule. Et un passager supplémentaire également, car Kelp avait décidé de son propre chef que ce serait une bonne idée de raconter la vérité à Wally (ce que n'avait pas du tout apprécié Tom, mais le mal était fait, alors...) et il avait demandé au patapouf de les accompagner pour qu'il voie de ses yeux le terrain, afin de les aider, son ordinateur et lui, à mieux réfléchir au problème. Et voilà comment le quatuor improbable roulait en pleine campagne.

Et il roulait, il roulait. Au bout de quelques kilomètres sur cette route secondaire, juste après une descente raide et un pont à une voie bordé de murets en pierre, ils atteignirent le deuxième virage à gauche, comme le fit remarquer Tom. Kelp prit le virage et regarda dans son rétroviseur.

– Toujours là, commenta-t-il.

– Un feu réglerait le problème, répliqua Tom.

– Le feu appelle le feu, déclara Dortmunder derrière la tête de Tom.

Celui-ci ne prit pas la peine de répondre.

– Je vais refaire un tour, annonça Kelp. Et quand on arrivera au pont à une voie qu'on a traversé, je les coincerai.

– Une Cadillac peut distancer une Fairlane, souligna Tom. Pourquoi ne pas appuyer sur le champignon plutôt ?

– Je ne dépasse jamais les limitations de vitesse à bord d'une voiture empruntée, répondit Kelp.

Tom renifla avec mépris mais s'abstint de tout commentaire sur les avantages des voitures de location.

Dortmunder se retourna : la Fairlane était toujours sur leurs talons, beaucoup trop près pour quelqu'un qui s'y connaissait en filature. À moins que ce quelqu'un *veuille* qu'ils sachent qu'ils étaient suivis. Mais pourquoi ? Et qui étaient ces deux femmes ?

– Tom, dit-il, pourquoi est-ce que quelqu'un voudrait te suivre ?

– Moi ? dit Tom en regardant par-dessus son épaule. Qu'est-ce que tu veux dire, Al ? C'est peut-être des vendeurs d'informatique qui veulent parler à Wally.

– Nous autres, on n'est pas connus par ici, dit Dortmunder.
– Moi non plus, répondit Tom. Pas après vingt-six ans.
– J'aime pas ça, avoua Dortmunder. Juste ici, dans le coin où on est censés faire le coup, on se retrouve avec deux nouveaux joueurs dans la partie.
– Voici le virage, annonça Kelp, et il le prit.
Puis il regarda dans son rétroviseur et dit :
– Elles continuent tout droit !
Dortmunder se retourna : il n'y avait plus personne derrière eux.
– Je comprends pas.
Wally, qui hésitait à faire des suggestions au milieu de ces gens, dit :
– Peut-être qu'elles étaient perdues.
– Non, dit Dortmunder.
– Attends une minute, dit Kelp. C'est pas totalement idiot, John.
– Ah bon ? (Dortmunder observait l'oreille droite de Kelp.) Juste un peu, alors ?
– Il arrive que des gens se perdent. Surtout à la campagne. Surtout dans des coins comme ici où tout a le même nom.
– Dudson, dit Tom.
– Oui, exactement, confirma Kelp. Combien y a-t-il de Dudson au fait ?
– Voyons voir, dit Tom qui prenait cette question très au sérieux. North, East, Center et Falls. Quatre.
– Ça fait beaucoup de Dudson, dit Kelp.
– Dans le temps, y en avait trois de plus, dit Tom. Dudson Park, Dudson City et Dudson tout court. Mais maintenant, ils sont tous au fond du réservoir.
– Tant mieux, dit Kelp. Alors, John, qu'est-ce que tu en dis ? Tu pars faire une jolie balade à la campagne et soudain, où que tu regardes, tu tombes sur un Dudson. Tu es paumé, tu sais plus comment rentrer et tu tournes en rond.
– C'est *nous* qui tournons en rond, souligna Dortmunder.
– J'y viens, promit Kelp. Donc, disais-je, tu tournes en rond alors tu décides de choisir une voiture et de la suivre jusqu'à ce qu'*elle* arrive quelque part. Seulement, c'est nous qu'elles ont choisis. Et en voyant qu'on commence à tourner en rond, elles se disent qu'on est perdus nous aussi à cause de tous ces Dudson, et elles s'en vont.
– Ça se tient, dit Tom.
Timidement, Wally dit :
– C'est logique, John.
– J'ai jamais cru à la logique, répondit Dortmunder, mais bon, vous avez peut-être raison. Personne par ici ne connaît aucun de nous, ces deux femmes ne semblaient pas douées pour la filature et elles sont parties.

– Qu'est-ce que je disais ! s'exclama Kelp.

– La même chose, reconnut Dortmunder en fronçant les sourcils.

Tom intervint :

– Est-ce qu'on peut aller récupérer mon butin *maintenant ?*

– Oui, dit Kelp.

– Quand même, ajouta Dortmunder, comme s'il se parlait à lui-même. Quelque chose me dit qu'on va revoir cette Ford.

21

– Maman, dit Myrtle en gardant son attention fixée sur le pare-brise alors qu'elles traversaient côte à côte le crépuscule en direction de Dudson Center, tu *dois* me dire la vérité.

– Je ne vois pas pourquoi, répondit Edna. Regarde plutôt la route !

– Je regarde la route ! Je t'en supplie, maman. J'ai le droit de savoir qui est mon père.

– Le droit ! s'exclama Edna avec une fureur surprenante, même venant d'elle. Est-ce que j'ai eu le droit de le connaître, *moi ?* Je croyais, mais je me trompais. Mais lui, il *me* connaissait, Dieu m'en est témoin, et te voilà.

– Tu ne m'as jamais parlé de lui.

Myrtle découvrait qu'elle était à la fois impressionnée et effrayée par ce constat, par les années de silence d'Edna, par son propre consentement joyeux face à ce *statu quo* : jamais une question, jamais une interrogation.

– Se peut-il qu'il soit aussi mauvais ? demanda-t-elle, convaincue que la réponse serait forcément *non.*

Mais la réponse fut :

– Il est encore pire que ça. Crois-moi sur parole.

– Comment veux-tu ? répondit Myrtle. Comment pourrais-je te croire sur parole alors que tu ne me parles pas ? Je me suis toujours efforcée d'être une bonne fille, maman. J'ai toujours...

– Je sais, dit Edna d'un ton beaucoup plus calme tout à coup.

Myrtle risqua un coup d'œil en biais. Edna regardait le tableau de bord d'un air songeur. Myrtle était surprise et émue de découvrir soudain une telle douceur sur le visage de sa mère, même si ses traits étaient en partie masqués par le crépuscule. Comme si une certaine dose de réserve ou de défense s'était soudain volatilisée.

Pour revenir aussitôt.

– Regarde la route !

Myrtle tourna brusquement la tête. La route goudronnée à deux voies passait maintenant devant le restaurant mexicain situé à l'orée de Dudson Center ; elles étaient à moins d'un quart d'heure de la maison.

Myrtle n'avait eu aucune envie d'abandonner la poursuite. Certes, les hommes assis à l'arrière de la Cadillac ne cessaient de se retourner pour la regarder ; certes, la Cadillac tournait en rond dans la campagne ; certes, cela indiquait qu'ils avaient conscience d'être suivis et donc nullement l'intention de se rendre à leur destination première tant qu'elles continuaient à les suivre, mais quelle importance ? Myrtle se fichait de savoir où ils allaient, ce qui l'intéressait, c'était de savoir *qui ils étaient*. Même pas tous, juste un : son père. Dans son esprit, si elle les suivait assez longtemps, si elle rendait sa présence à la fois évidente et inévitable, tôt ou tard ils seraient bien obligés d'arriver quelque part, ou du moins de *s'arrêter* quelque part, non ? Elle pourrait alors descendre de voiture et les regarder, les voir, leur parler, *lui* parler.

Mais Edna avait dit non.

« Ils nous ont repérées, avait-elle grogné entre ses dents, dévoilant encore un autre aspect inconnu de sa personnalité. Laisse tomber, Myrtle. On rentre. »

« Mais on est tout près ! Si on les perd... »

« On ne risque pas de perdre ce salopard, avait répliqué Edna d'un air mauvais. S'il est de retour – et il est de retour, c'est sûr, maudit soit-il ! – il pointera le bout de son nez un jour ou l'autre, tu verras ce que je te dis. Ce n'est qu'une question de temps. Myrtle, s'ils prennent encore ce foutu virage à gauche, tu ne les suis *pas !* Tu continues tout droit ! »

La Cadillac avait effectivement pris ce *f...* virage à gauche, et Myrtle, comme une fille obéissante, avait continué tout droit. Et maintenant, elles étaient presque arrivées à la maison, l'aventure était presque terminée, bien avant d'avoir véritablement commencé. Myrtle n'était pas convaincue, contrairement à sa mère, que son père « pointerait le bout de son nez un jour ou l'autre ». Pourquoi le ferait-il, après tant d'années ?

Et il avait été si près !

« Dès que maman sera descendue de voiture, songea Myrtle, j'aurai laissé échapper la vérité à tout jamais. »

– S'il te plaît, dit-elle d'une voix si faible qu'elle n'était pas sûre qu'Edna pouvait l'entendre.

La réponse fut un soupir, encore un étrange exemple de mollesse. D'une voix si douce qu'elle en était presque méconnaissable, Edna dit :

– Ne me pose pas ce genre de questions, Myrtle.

D'une voix aussi douce que celle de sa mère, Myrtle dit :

– Mais ça fait mal de ne pas savoir.

– Ça ne t'a jamais fait mal, répondit sa mère avec sa sécheresse habituelle.

– Eh bien, maintenant, si. Le fait de savoir que tu refuses d'en *parler*.

– Bon sang, Myrtle ! Tu crois que ça ne me fait pas mal *à moi ?* Tu ne penses pas que c'est pour ça que je ne *veux pas* parler de ce sale type ?

– Tu as dû l'aimer énormément, dit Myrtle d'un ton doux et consolateur comme au cinéma dans ce genre de scènes.

Jamais elle n'aurait imaginé que viendrait un jour où elle tiendrait ce rôle.

– Dieu peut en témoigner, répondit Edna avec amertume. Sans doute qu'à l'époque je pensais que je... (Elle secoua la tête, ses yeux lancèrent des éclairs et d'un ton cassant, elle s'exclama :) Et qu'est-ce que ça m'a apporté, hein ?

– Euh... moi, lui rappela Myrtle et, en risquant un petit sourire, elle ajouta : Ce n'est déjà pas si mal, non ?

– À l'époque ? (Le sourire d'Edna était un peu forcé et visible d'un seul côté de son visage.) Ce n'était pas non plus merveilleux, pas à ce moment-là. Pas à North Dudson.

– Je ne peux même pas imaginer.

Edna la regarda en fermant un œil, alors que Myrtle s'arrêtait à un feu rouge dans Main Street. Devant elles, les fenêtres de la bibliothèque brillaient d'une lueur jaune entre chien et loup.

– Non, certainement pas, dit Edna. Est-ce que je t'ai fait ça ? Oui, sans doute.

– Quoi donc ?

– Le feu est vert.

Sentant en elle une impatience et un agacement rares, Myrtle leva les yeux vers le feu vert et colla le pied au plancher. La Ford bondit à travers le carrefour en manquant de caler, puis Myrtle retrouva sa conduite habituelle.

D'un air songeur, sans avoir remarqué le *démarrage de sauvage* de Myrtle, comme elle l'aurait qualifié d'un air réprobateur en temps normal, Edna dit :

– Je t'ai élevée comme une fille prudente, attentive, obéissante, douce...

– À t'entendre, je suis une vraie girl-scout, dit Myrtle avec un rire gêné qui sonnait faux.

– Tu es une girl-scout, confirma sa mère sans joie. Je n'ai pas été élevée de cette façon. J'ai été élevée pour être indépendante, pour faire des choix, prendre des risques. Et qu'est-ce que ça m'a rapporté ? Tom Jimson. Voilà pourquoi j'ai suivi la direction opposée avec toi.

Excitée, Myrtle demanda :

– Tom Jimson ? C'est son nom ?

– Je n'en suis même pas sûre. C'est un des noms qu'il m'a donnés. Celui qu'il m'a donné le plus souvent, alors c'est peut-être le vrai.

– Il était comment ? demanda Myrtle.

– Comme Satan.

– Oh ! maman, dit Myrtle avec un sourire condescendant.

Elle connaissait cette histoire. Edna était follement amoureuse de... Tom Jimson... et il l'avait abandonnée, enceinte et célibataire, et la douleur était toujours vivace. *Maintenant* Edna le comparait à Satan. Mais *dans le temps*, elle l'aimait. Alors, pouvait-il vraiment être si mauvais ?

Myrtle tourna dans Elm Street, puis dans Albany Street. Devant se trouvait Spring Street, puis Myrtle Street.

– Myrtle Jimson, dit-elle à voix basse pour voir si ça sonnait bien.

– Ah ! s'exclama Edna avec mépris. Ça n'a *jamais* été à l'ordre du jour, crois-moi !

– Je me demande où ils allaient.

– Pas à l'église, c'est certain.

22

L'église était magnifique dans la lumière déclinante du jour. La petite bâtisse en bardeaux blancs, surmontée d'un clocher gracieux, était nichée au creux de son environnement rustique comme un diamant dans des replis de velours vert. La colline située derrière déversait une luxuriante cascade d'arbres à feuilles persistantes, auxquels se mêlaient des bosquets de hêtres, de bouleaux et de chênes, qui descendait jusqu'à une pelouse bien entretenue, semblable à un épais tapis entourant l'église bien propre avec ses vitraux en ogive placés à intervalles réguliers sur les deux murs latéraux.

La route, baptisée Church Lane, qui partait de la nationale 12 et gravissait en serpentant ces collines, ne conduisait qu'à cet endroit, à l'église réformée congrégationaliste unitarienne du Mémorial Elizabeth Grace Dudson de la commune de Putkin (cinq églises et cinq congrégations différentes avaient été réunies en une seule, absorbant les vestiges des églises inondées par le réservoir ou vidées par une fréquentation en diminution). Étant donné que Church Lane prenait fin à cet endroit, la route enflait à son extrémité pour devenir un vaste parking, d'où un chemin bitumé gravissait en ligne droite la pente raide conduisant au porche de l'église. La blancheur de l'édifice, les riches indigos, bordeaux, ors et vert olive des vitraux, les diverses nuances de verts de la pelouse et de la colline, le noir profond du bitume n'étaient jamais plus beaux qu'à cet instant, dans la lumière déclinante de la fin d'une nouvelle journée idéale.

Plus belle encore que l'église et que son décor, il y avait la mariée, rosissante dans son emmaillotement d'organdi blanc, qui descendait du break familial avec ses parents et sa petite sœur. Ils étaient les premiers arrivés, une demi-heure avant le début de la cérémonie. Le père semblait mal à l'aise et empoté dans son costume sombre qui ne lui allait pas, avec sa cravate rouge mal nouée ; la petite sœur était un bonbon surexcité enveloppé de pêche cotonneuse ; la mère enrubannée de lavande tamponnait ses yeux larmoyants avec un mouchoir lavande, en se lamentant :

– Je t'avais bien dit de ne pas aller jusqu'au bout, sale petite traînée ! Tu n'avais qu'à le contenter avec ta *main,* pour l'amour du ciel ! Oh, moi qui rêvais d'un mariage au mois de juin !

– *Maman !* répliqua la mariée avec un agacement très étudié. Ça se *verra* d'ici là !

– Allons-y, qu'on en finisse, déclara le père et, d'un pas lourd, il gravit le chemin pour pénétrer dans l'église.

Les cousins et les cousines ricanants de la mariée arrivèrent ensuite, certains pour servir de placeurs, d'autres encore pour accompagner les demoiselles d'honneur, d'autres pour rester là sans rien faire, plus deux types à la forte carrure, vêtus d'épaisses vestes en laine, qui s'étaient portés volontaires pour s'occuper du parking et veiller à ce que toutes les voitures de tous les invités trouvent une place à l'extrémité de Church Lane.

La famille de la mariée continua à dominer pendant les dix premières minutes environ : des individus aux articulations épaisses, gloussant d'un air gêné et portant leurs « beaux » vêtements, ceux qu'ils gardaient pour les mariages, les enterrements, Pâques et les convocations au tribunal. Mais très vite, ce groupe fut rejoint par des membres de la famille du marié : plus maigres, plus petits, des personnes aux hanches étroites et aux nez en forme de décapsuleur, sans fesses, vêtus de vestes Naugahyde, de chemises en polyester, de pantalons en vinyle et de chaussures en plastique. S'y mêlaient, en vestes de survêtement et en jeans bien repassés, les copains du marié, des jeunes garçons ravagés par l'acné, débordants de regards en biais et de rires nerveux, conscients qu'il s'agissait d'un avant-goût de leur propre destin funeste. Les amies de la mariée arrivèrent toutes en même temps dans une voiture surchargée et restèrent collées les unes aux autres comme des particules de fer aimantées, véritable défilé des dernières tendances de la mode des *soap operas* ; chacune d'elle était une bulle hermétique de timidité et d'égocentrisme. Le marié, une marionnette nerveuse en smoking de location, un garçon au teint pâle et aux yeux exorbités avec des cheveux hérissés et des oreilles décollées, fit son apparition aux côtés de ses parents maussades et méfiants, et il pénétra dans l'église avec toute la fausse assurance virile de Jimmy Cagney marchant vers la chaise électrique. La porte de l'église se referma derrière eux en résonnant plus fort que derrière n'importe qui.

Alors que l'heure de la cérémonie approchait, les dernières voitures, transportant chacune un couple en train de se disputer d'un ton hargneux pour savoir qui était responsable du retard, gravirent à toute allure Church Lane et se virent attribuer une des dernières places restantes par les gardiens de parking bénévoles. Puis ce fut L'HEURE. Les deux gardiens de parking échangèrent des sourires, fiers de leur travail, et ils s'apprêtaient à tourner le dos pour entrer à leur tour dans l'église quand des phares annoncèrent l'arrivée d'une dernière cargaison d'invités.

– Ils vont *vraiment* être en retard ! dit un des gardiens à l'autre et tous les deux s'avancèrent au milieu de la route pour faire de grands signes à la voiture qui approchait afin qu'elle se dépêche.

Au lieu de quoi, elle commença par ralentir, comme si le conducteur hésitait tout à coup.

– Vite ! Vite ! cria un des deux bénévoles du parking et il courut vers la voiture, sans cesser d'agiter les bras.

La voiture était une Cadillac toute neuve – bien plus belle que la plupart des autres voitures présentes –, et le chauffeur avait un nez étroit et un air hébété qui laissaient deviner aux gardiens du parking (des cousins de la mariée) que ces gens étaient des invités du côté du marié.

– Garez-vous là-bas ! hurla le bénévole en désignant une des rares places restantes.

Le conducteur avait baissé sa vitre, comme pour mieux afficher sa confusion. Il demanda :

– L'église... ?

– Oui ! C'est ça ! L'église est juste là, il n'y a rien d'autre sur cette route ! Dépêchez-vous, vous êtes en retard !

Quelqu'un dans la voiture s'adressa au conducteur, qui hocha la tête et dit :

– Je crois qu'on ferait aussi bien.

Alors, la Cadillac se glissa enfin dans son emplacement, les quatre portières s'ouvrirent et un groupe d'improbables invités en descendit. Les deux gardiens de parking, qui les attendaient, échangèrent un regard entendu qui disait en silence : « Du côté du marié, sans aucun doute. » Le conducteur au nez pointu était accompagné d'une sorte de troll obèse, d'un type à l'air sinistre et aux épaules voûtées et d'un vieux bonhomme à l'air mauvais. Conduits par les gardiens du parking, les quatre invités gravirent le chemin et entrèrent dans l'église à présent pleine, où la cérémonie n'avait finalement pas encore débuté, ayant été retardée simultanément par une perte soudaine de courage chez le marié (soigné présentement à l'aide de la flasque d'un oncle) et un crêpage de chignons entre la mariée et sa mère.

Un placeur en smoking s'approcha des retardataires pendant que les gardiens de parking s'asseyaient aux places que leur avaient gardées d'autres cousins. Se penchant vers les nouveaux venus, le placeur demanda :

– La mariée ou le marié ?

Ils le regardèrent avec de grands yeux. L'homme au nez pointu fit :

– Hein ?

Le placeur était habitué aux invités qui n'avaient pas suffisamment répété. Patiemment, en montrant les rangées de bancs des deux côtés de l'allée centrale, il demanda :

– Êtes-vous avec les invités de la mariée ou avec ceux du marié ?

– Oh ! fit le type au nez pointu.

– La mariée, dit le vieil homme à l'air mauvais.

– Le marié, dit en même temps le type à l'air pessimiste.

Franchement, ce manque de préparation était grotesque.

– Allons, dit le placeur. Vous savez bien avec...

– *Nous,* on est avec le marié, expliqua le pessimiste. *Eux,* ils sont avec la mariée.

– Oh ! fit le placeur en cherchant du regard des places vides des deux côtés de l'allée. Il y a deux places ici pour les invités de la mariée, dit-il. Et deux là-bas...

Il s'interrompit, stupéfait, car le petit groupe semblait se disputer farouchement, et presque en silence, pour déterminer qui était avec qui. Remarquant qu'il les avait remarqués, ils s'interrompirent aussitôt et se répartirent sans faire d'histoires, hormis quelques échanges de regards noirs. Le placeur fit asseoir le pessimiste et le petit rondouillard parmi la famille et les amis de la mariée, puis il plaça le vieil homme à l'air mauvais et le gars au nez pointu parmi les supporters du marié.

Pendant ce temps, l'oncle à la flasque (soigneusement dissimulée maintenant) émergea par une porte latérale au pied de l'autel et se dirigea d'une démarche légèrement chancelante (il s'était auto-administré un petit remontant, puisque la flasque était débouchée de toute façon) vers son siège situé presque devant, du côté des invités du marié. Il était encore en train de s'installer et de décrire à ses voisins, avec un grand sourire, l'état du marié, quand la mère de la mariée, le visage assez rouge et l'air assez crispé mais la poitrine gonflée triomphalement, apparut au fond de l'église escortée par un placeur et descendit d'un pas décidé l'allée centrale pour aller s'asseoir au premier rang.

Il s'ensuivit un moment de silence chargé d'un lourd suspens, pendant lequel l'épouse du pasteur, dissimulée dans la sacristie, déposa l'aiguille de l'électrophone sur le disque et une version pleine de crachotements, mais retentissante, de la *Marche nuptiale* de Mendelssohn jaillit des haut-parleurs placés en hauteur aux quatre coins de la nef.

Alors que la musique enflait et que le pasteur sortait de la sacristie pour s'arrêter devant la balustrade du chœur, le vieux bonhomme à l'air mauvais, assis parmi les invités de la mariée, jeta un regard plein de dégoût au pessimiste, assis dans le camp du marié. Le pessimiste lui rendit son regard plein de dégoût, puis il secoua la tête et concentra son attention sur la cérémonie.

La musique s'arrêta. Les haut-parleurs installés dans les coins de la nef dirent : « Tic... tic... ti... » Et s'arrêtèrent.

De l'autre côté de la balustrade, le pasteur s'avança dans le chœur, en adressant un sourire d'encouragement vide aux parents et à la famille proche assis au premier rang. C'était un homme mince et aimable au visage rond, aux épaules rondes, avec une tête ronde parsemée de cheveux rares, et des lunettes rondes qui faisaient énormément de reflets; il portait des chaussures noires à semelles épaisses comme les flics et une soutane noire à manches longues ornée d'un plastron blanc. La soutane laissait voir sa bedaine ronde alors qu'il se dirigeait vers la chaire et empruntait le petit escalier en spirale.

Du côté de la mariée, le vieux bonhomme à l'air mauvais se pencha en avant et regarda avec insistance, de l'autre côté de l'allée, le pessimiste qui semblait ne pas avoir envie qu'on capte son regard. Mais le vieux bonhomme continua à hocher la tête, à écarquiller les yeux et à hausser les sourcils jusqu'à ce que toutes les personnes qui l'entouraient finissent par le remarquer, alors le pessimiste se tourna enfin et hocha la tête – « Je sais, je sais » –, ce qui n'empêcha pas le vieux bonhomme de désigner de manière très appuyée, avec ses sourcils, ses oreilles, ses coudes, son nez et ses tempes, la direction de la chaire et le pasteur qui y montait. Le pessimiste poussa un soupir, croisa les bras et regarda droit devant lui avec détermination. Le petit patapouf assis à côté de lui ne cessait de regarder alternativement le pessimiste et le vieux bonhomme, bouche bée et excité. À côté du vieux bonhomme, le type au nez pointu, indifférent à tout cela, était concentré sur le décolleté d'une amie de la mariée assise près de lui.

Pendant ce temps, le pasteur avait atteint la chaire, d'où il contempla ses fidèles d'un air rayonnant et aimable. Après avoir réglé la hauteur du micro qui se dressait devant lui sur une tige flexible, il dit enfin :

– Remercions tout d'abord Felix Mendelssohn pour nous avoir fait partager cette merveilleuse musique. Veuillez vous lever.

Chckr – chckr – chck*roup*.

– Très bien, très bien. (Le visage et le sourire du pasteur étaient dans la chaire, mais sa voix sortait des quatre coins de la nef.) Et maintenant, dit-il, nous allons tous nous tourner vers notre voisin et nous allons le saluer en lui donnant une poignée de mains et une accolade.

Des rires gênés et des raclements de gorge envahirent l'église, mais tout le monde (à l'exception du vieil homme à l'air mauvais) obéit. Le type au nez pointu étreignit avec énormément d'enthousiasme l'amie de la mariée qui était à côté de lui, pendant que le pessimiste et le patapouf s'étreignaient de manière beaucoup plus réservée.

– Très bien, très bien. (La voix du pasteur leur tomba dessus des haut-parleurs.) Reprenez vos places, reprenez vos places.

Schlff – schlff – *fflrp*.

– Très bien.

Les lunettes du pasteur reflétaient l'intérieur de l'église et créaient des merveilles gothiques là où il n'en existait pas. Il promena son air rayonnant sur les fidèles, leur renvoyant ce reflet d'eux-mêmes bien plus intéressant, et il dit :

– Nous sommes réunis ici ce soir, sous l'œil de Dieu et des hommes, soucieux des lois de Dieu et des lois de l'État de New York, pour unir par les liens sacrés du mariage Tiffany et Bob.

Il s'arrêta. Il lança son sourire chaleureux vers le coin le plus reculé de son domaine. Et il reprit :

– Comme vous le savez, la bénédiction du mariage...

Il continua ainsi pendant un certain temps, mais ses paroles ne pénétraient dans aucun des cerveaux de cette église. Un puissant état comateux s'était emparé de la congrégation, une torpeur enchantée comme dans la forêt du *Songe d'une nuit d'été*. Tels les habitants de Brigadoon, les personnes présentes dans l'église dérivaient dans un long sommeil sans rêves, un monde sans combats et sans attentes.

– ... avec Bob. Bob ?

Un lent soupir monta de l'assemblée assoupie, un souffle diffus et persistant. Des épaules remuèrent, des mains s'agitèrent sur des genoux, des fesses glissèrent sur les bancs en bois. Des yeux commencèrent à faire le point, et Bob était là tout à coup, comme par magie, une grande perche pliée en deux, en smoking noir, au début de l'allée centrale, à côté de son témoin sosie, un peu plus épais, souriant avec un soulagement nerveux tandis que sa main gauche malaxait sa poche de veste (certainement pour vérifier que l'alliance s'y trouvait toujours). Tous les deux se tenaient de profil par rapport à l'assistance ; Bob clignait des yeux comme une victime kidnappée par des terroristes, ce qu'il était, pendant que le pasteur descendait de chaire et se dirigeait à grands pas vers le lutrin installé juste derrière la balustrade du chœur. Dans les coins les haut-parleurs dirent : « Tic... tic... tic... », puis une version orchestrale, lente et pesante, de *Here Comes the Bride* assaillit les gens assis en dessous.

Soudain, tout se mit en mouvement. Tiffany, pendue au bras de son père, et sa suite descendirent l'allée d'un pas hésitant, en essayant, sans y parvenir, de marcher au rythme de la musique ; ils trébuchèrent plusieurs fois en chemin, tellement concentrés sur leurs pieds qu'ils en oubliaient leur timidité. Bob les observait comme si c'était un camion qui fonçait vers lui.

La mariée et le marié se retrouvèrent devant le lutrin et se tournèrent vers le pasteur, qui regarda l'assemblée par-dessus leurs têtes et annonça, avec son visage rayonnant :

– Bob et Tiffany ont rédigé eux-mêmes leurs vœux de mariage.

Et tout le monde se rendormit.

Quand les gens se réveillèrent, le mal était fait.

– Vous pouvez embrasser la mariée, dit le pasteur.

Et un petit malin dans l'assistance, un copain du marié, dit :
– C'est bien la seule chose qu'il ne lui a *pas* faite.
Peut-être un peu plus fort qu'il ne l'aurait souhaité.
La mariée et le marié s'empressèrent de remonter l'allée avec de grands sourires, pendant que les gens se levaient, s'étiraient, bavardaient et les encourageaient. Et des haut-parleurs, tout en haut, jaillit soudain le *I Want to Hold Your Hand* des Beatles. Le vieux bonhomme à l'air mauvais se tourna vers le gars au nez pointu et dit :
– Si j'avais un flingue, je tuerais quelqu'un.
– Moi, je ne saurais pas par qui commencer, répondit le gars au nez pointu.
– Pourquoi pas ces deux-là ? suggéra le vieux bonhomme à l'air mauvais, au moment où l'heureux couple passait rapidement.
De l'autre côté de l'allée, le troll rondelet tamponnait ses yeux humides.
– Ah ! c'était beau. Encore mieux que le mariage de la princesse Labia.
Le pessimiste poussa un soupir.
La plupart des mariages se déroulent en plein jour, mais celui-ci avait été planifié avec une certaine précipitation et tous les créneaux de la journée à l'église réformée congrégationaliste unitarienne du Mémorial Elizabeth Grace Dudson de la commune de Putkin étaient déjà pris. La mère de la mariée avait décidé que sa fille se marierait à l'église, et une femme qui réussit à baptiser sa fille Tiffany a généralement tendance à avoir gain de cause, ce fut donc un mariage en soirée. À la fin de la cérémonie, des projecteurs avaient été allumés à l'extérieur, si bien que lorsque les invités de la noce sortirent, en riant, en criant et en jetant du riz inutilement (inutile de formuler des vœux de fécondité pour Tiffany et Bob), la scène ressemblait plus à un film qu'à la vraie vie. Conscient de ce phénomène, un grand nombre de convives se mirent à *jouer* aux invités au lieu *d'être* des invités, ce qui accrut encore l'impression d'irréalité.
À l'intérieur, l'église était quasiment vide. Le pasteur bavardait sur le parvis avec un petit groupe de dames, quelques parents et amis se dirigeaient lentement vers la sortie, et les quatre derniers arrivants étaient toujours assis sur leurs bancs, sans bouger, comme s'ils attendaient le deuxième spectacle. Une tante qui s'en allait leur demanda :
– Vous ne venez pas à la réception ?
– Si, si, répondit le pessimiste.
Elle continua son chemin.
– Alors, venez, leur dit une autre dame de la famille.
– Oui, on arrive tout de suite, lui répondit le gars au nez pointu.
– C'est terminé, vous savez, ironisa une grand-mère avec un regard pétillant de grand-mère.
Avec le même regard pétillant, le patapouf dit :
– On regarde les jolis vitraux.

Le pasteur, qui passait à ce moment-là avec les dernières dames, regarda le quatuor en souriant et dit :

– On ferme maintenant.

Le vieux bonhomme à l'air mauvais hocha la tête.

– On veut prier encore un peu.

Le pasteur parut surpris par cette idée, mais il s'y rallia.

– Nous devons tous prier, dit-il, pour souhaiter à Tiffany et Bob une longue vie et du bonheur.

– C'est ça, dit le vieux bonhomme à l'air mauvais.

Le pessimiste tourna lentement la tête (son cou produisit de légers craquements) pour regarder le pasteur et les dernières brebis du troupeau marcher d'un pas tranquille vers la sortie.

– Mon Dieu, dit-il.

Ce qui ressemblait à une prière.

23

– Mon Dieu ! dit Dortmunder.

De l'autre côté de l'allée, Kelp demanda :

– C'est bon, Tom ? On peut le récupérer maintenant ?

L'air morose, Tom dit :

– C'est pas moi qui ai eu l'idée d'assister à un *mariage*.

– C'est toi qui as eu l'idée de planquer ton butin dans une église, lui rappela Kelp.

– Tu connais un meilleur endroit ? répliqua Tom.

Dortmunder se leva ; toutes ses articulations grincèrent, craquèrent et le firent souffrir.

– Vous allez rester là à *bavarder* tous les deux ?

Tout le monde se leva alors. Leurs genoux, leurs hanches et leurs coudes émirent des bruits semblables à des coups de feu. Et Tom dit :

– Maintenant que tout le monde a foutu le camp, y en a pour deux minutes.

Il sortit dans l'allée et alors qu'il se dirigeait vers le fond de l'église, une voix retentit à la porte :

– Messieurs, je suis vraiment obligé de vous demander de partir. Une prière silencieuse chez soi ou dans sa voiture, c'est tout aussi efficace.

C'était encore le pasteur, qui descendait l'allée dans leur direction. Tom lui jeta un regard dégoûté et dit :

– Trop, c'est trop. Occupez-vous de ce lourdaud.

– Entendu, dit Kelp.

Alors que Tom s'éloignait dans l'allée et que Wally regardait tout autour de lui d'un air hébété et fasciné, Dortmunder et Kelp s'approchèrent du pasteur qui, s'inquiétant trop tardivement, se mit à reculer. D'une voix qui montait vers les aigus, il bredouilla :

– Qu'est-ce que... ? Vous ne pouvez pas... C'est un lieu de culte !

– Chut, lui conseilla Kelp d'un ton apaisant, en lui posant la main sur le bras.

Celui-ci voulut se dégager, mais l'étau de la main de Kelp se resserra et Dortmunder saisit l'autre bras du prêtre, en disant :

– Du calme, l'ami.

– Petit homme, ajouta Kelp, vous avez eu une dure journée. Détendez-vous maintenant.

Le pasteur regardait fixement le fond de son église à travers ses lunettes rondes.

– Que fait donc cet homme ?

– Y en a pour une minute, expliqua Dortmunder.

Tom s'était approché de la chaire qui ressemblait à un panier en bois octogonal ou à un poste de vigie campé sur des pieds robustes. Le dessous était orné de panneaux à claire-voie insérés entre les pieds, le tout teinté et verni dans les tons brun foncé. Tom se mit à genoux pour introduire ses doigts dans les trous en forme de losange du panneau latéral, à demi caché par l'escalier en colimaçon. Il poussa et tira dessus, mais la dernière fois que ce panneau avait été déplacé, c'était trente et un ans plus tôt, par Tom lui-même. Dans l'intervalle, la chaleur, le froid, l'humidité, la sécheresse et le temps lui-même avaient fait leur travail et le panneau était désormais bel et bien coincé. Tom avait beau tirer, pousser, secouer, rien ne se produisait.

À l'autre bout de l'église, le pasteur continuait à dévisager ces participants à la noce devenus hostiles, en essayant de se remémorer les techniques d'urgence qu'il avait apprises. Il connaissait un certain nombre de moyens pour calmer une personne dans une situation de traumatisme ou de panique, mais ils reposaient tous sur le principe que c'était *lui* l'observateur extérieur, un observateur expérimenté, attentionné et compatissant, certes, mais *extérieur*. Aucune des techniques ne semblait très utile si c'était *lui* qui paniquait.

– Hmm, fit-il.

– Chut, dit Kelp.

Mais il ne pouvait pas se taire.

– La violence n'est pas une solution, leur dit-il.

– Ah bon ? répondit Dortmunder. Elle ne m'a jamais fait faux bond.

Comme pour souligner cette affirmation, un fracas retentit au fond de l'église : exaspéré au-delà du supportable, Tom s'était redressé et il donnait maintenant de grands coups de pied dans le panneau en treillis qui se transformait en petit bois. Le pasteur sursauta comme la mère de Bambi entre les mains de Kelp et de Dortmunder. Ils l'immobilisèrent, tremblant, pendant que Wally, que l'excitation faisait paraître plus grand, mais aussi plus large hélas, se précipitait en se dandinant vers l'autel pour voir ce qui se passait.

De nouveau agenouillé, Tom extrayait de sous la chaire une vieille sacoche de médecin en cuir noir craquelé, munie d'un fermoir rouillé.

– Le voilà, ce petit salopard ! s'exclama-t-il.

– Ouah ! s'exclama Wally. Le trésor de la chaire !

Tom le foudroya du regard.

– Exact, dit-il en remontant l'allée avec la sacoche pour rejoindre les autres.

Wally le suivit en bondissant comme un ballon de plage humain.

– C'est ça ? demanda Dortmunder. On peut partir maintenant ?

– Oui, c'est ça, répondit Tom, et on va pouvoir partir dans une minute. Attendez un peu. (Il déposa la sacoche de médecin sur un banc bien pratique et s'énerva pendant quelques instants sur le fermoir.) Ce putain de truc est tout rouillé !

Outré, le pasteur s'exclama :

– Quel langage !

Tout le monde le regarda, y compris Wally. Tom demanda :

– Comment ça se fait qu'il parle ?

– Je ne sais pas, dit Kelp en observant le pasteur avec un intérêt qui n'avait rien d'amical. Mais je crois que ça ne se reproduira plus.

Tom sortit de sa poche un grand couteau pliant, qu'il déplia.

– Si je l'entends encore, je lui coupe la langue.

– C'est radical, dit Kelp, mais sans doute efficace.

– Très.

Le pasteur regardait avec des yeux exorbités le couteau, dont Tom se servait pour découper le cuir desséché de la vieille sacoche, tout autour du fermoir. Ayant enfin libéré la sacoche, il l'ouvrit et rangea son couteau. Le pasteur poussa un soupir sonore en voyant disparaître le couteau et ses yeux se levèrent brièvement vers le ciel.

Plongeant la main dans la sacoche, Tom en sortit une liasse de billets de banque, dont il préleva quelques-uns, puis il remit le reste dans la sacoche et se retourna pour claquer les billets dans la main affaiblie du pasteur. Comme celui-ci semblait incapable de le faire lui-même, Tom lui referma les doigts sur les billets, en disant :

– Voilà cinq cents dollars pour réparer la chaire. Et tenez-vous à carreau.

Il s'adressa ensuite aux autres :

– *Maintenant* on peut y aller.

Dortmunder et Kelp lâchèrent le pasteur qui recula en titubant, jusqu'à un banc. Sans se soucier de lui, les autres se dirigèrent vers la sortie. Dortmunder dit à Tom :

– Tu es un gars généreux. Je savais pas ça.

– Eh oui, je suis comme ça. Plein de surprises.

Alors qu'ils atteignaient la porte, le pasteur, qui commençait à se remettre de sa frayeur, leur lança :

– Vous ne voulez pas un reçu ? Pour les impôts ?

Il n'obtint pas de réponse.

24

Tout était calme à East Amity, une minuscule commune dortoir située sur la rive sud de Long Island. Bien après minuit, tous les banlieusards douillettement couchés dans leur lit rêvaient d'embouteillages, tandis qu'au même moment les rues de la commune étaient vides de toute circulation. La voiture de police descendait Bay Boulevard, sans se presser; l'agent Pohlax bâillait au volant, à peine conscient de la présence des boutiques et des magasins de pneus qu'il devait protéger. Devant lui, sur la gauche, se dressait la silhouette massive du lycée de Southern Suffolk, là où l'agent Pohlax avait fait ses études quelques années plus tôt seulement.

Comme il se sentait vieux maintenant, alors qu'il n'avait même pas la trentaine, en regardant son ancienne école et en repensant à ce sentiment de possibilités infinies qui l'habitait alors, cette absolue conviction qu'un type déterminé, s'il se maintenait en forme et ne buvait pas trop, pouvait tôt ou tard coucher avec toutes les filles de la terre. Différentes filles avec qui il avait couché ou pas au cours de ces jours heureux traversèrent son esprit, chacune avec le même sourire, tandis que sa voiture de police et lui passaient lentement devant le lycée, poussés par des rafales de souvenirs imparfaits.

Doug Berry, au volant de son pick-up noir orné de décorations bleues et argentées, regarda passer cette foutue voiture de police qui roulait au ralenti, en pianotant nerveusement sur son volant. Il était garé dans une rue perpendiculaire sombre, en face du lycée; le moteur tournait, mais les lumières étaient éteintes. Il attendait que la côte se dégage. C'était sûrement ce vieux Billy Pohlax qui conduisait; ils étaient allés à l'école ensemble, cette même école située juste en face, et il savait que Billy ne repasserait pas par ici avant une heure. Ce qui laissait largement assez de temps, si ses élèves étaient exacts au rendez-vous.

À trois rues de là, des feux de stop brillants comme des rubis s'allumèrent à l'arrière de la voiture de police, qui tourna à droite pour descendre vers les quais et les marinas en bordure de mer. Doug enclencha la marche avant, sans allumer les phares, et traversa rapidement Bay Boulevard pour s'engager dans l'allée conduisant au grand parking qui enveloppait la moitié du lycée, sur le côté gauche. Doug contourna le bâtiment, faisant s'entrechoquer le matériel entassé à l'arrière du véhicule, et il s'arrêta tout près de la porte de derrière dont il avait acheté la clé, pas plus tard que la veille, à un autre ancien camarade de classe, aujourd'hui gardien adjoint du bâtiment (c'est-à-dire concierge).

Doug ouvrit la portière du pick-up et le plafonnier s'alluma. Il la referma aussitôt avec une peur bleue. La lumière ! Il avait oublié la lumière ! Si quelqu'un l'avait vu...

Y avait-il un moyen d'éteindre cette foutue lumière ? En essayant d'examiner le tableau de bord dans l'obscurité, il ne parvint qu'à allumer les phares, très brièvement. Finalement, il se dit qu'il n'y avait qu'une seule chose à faire : courir le risque, en agissant le plus vite possible. Ouvrir la portière (*la lumière s'allume !*), descendre précipitamment, refermer aussitôt la portière, sans la claquer (*la lumière s'éteint*) et se laisser aller contre l'aile du pick-up en poussant un soupir de soulagement.

O.K., O.K. Pas de problème. Aucune lumière ne s'alluma aux fenêtres des maisons de Margiotta Street, derrière le lycée. Personne ne l'avait vu. Il n'y avait pas à s'inquiéter.

Tout en essayant de se rassurer au maximum, Doug se dirigea vers la porte, essaya la clé et fut soulagé, légèrement surpris également, et même légèrement déçu, de constater qu'elle fonctionnait et de voir la porte s'ouvrir. Arrêté sur le seuil, il s'apprêtait à consulter sa montre/boussole/calendrier étanche, antichocs, à affichage lumineux, quand un mouvement lui fit dresser la tête. Il aperçut alors une longue voiture noire – une Mercedes, remarqua-t-il, – qui avançait sans lumière et s'arrêta finalement à côté du pick-up. Dans cette obscurité presque complète, il remarqua néanmoins le caducée sur le pare-brise de la Mercedes. En voilà une surprise. Ces types n'étaient pas médecins. Le niveau n'avait quand même pas baissé à ce point.

Les portières avant s'ouvrirent, sans que le plafonnier s'allume. (Comment faisaient-ils, nom d'un chien ?) Andy était le conducteur, John le passager. Ils refermèrent les portières sans bruit et approchèrent.

– Pile à l'heure, déclara Andy.

– J'ai ouvert la porte, annonça Doug, inutilement puisqu'il se tenait à l'intérieur.

Il montra le pick-up en disant :

– Tout le matériel est là. Ça pèse une tonne.

En effet. Portant la moitié de l'équipement sur eux et le reste à la force des bras, les trois hommes pénétrèrent en titubant à l'intérieur du lycée. Après avoir refermé la porte derrière eux, Doug ouvrit la route avec son stylo-lampe dans le grand couloir vide et obscur – Ah, cette odeur inoubliable de l'école ! –, puis le grand escalier, puis le couloir suivant – moins large à cet endroit – jusqu'à la porte à double battant qui s'ouvrait sur le vestiaire des garçons, et de là, jusqu'à la piscine. Située en sous-sol, la piscine était dépourvue de fenêtres, il n'y avait donc aucune raison de ne pas allumer les lumières, ce que fit Doug. Toutes. Faisant apparaître une étendue de carrelage beige et d'eau fortement chlorée. Les voix et les pas résonnaient de manière humide, si bien qu'on avait toujours l'impression qu'il y avait quelqu'un d'autre dans les parages, juste derrière vous ou de l'autre côté du bassin.

Les deux élèves contemplèrent ce vaste océan au fond du lycée, et Andy demanda :

– Où est le petit bassin ?

– C'est le grand bassin qui nous intéresse, répondit Doug. Juste là. Équipons-nous.

– Quand ce sera pour de vrai, on entrera dans l'eau en marchant, précisa Andy.

– Écoutez, les gars, dit Doug. C'est vous qui n'avez pas voulu que j'aille sur place avec vous. Je me suis débrouillé pour qu'on puisse utiliser cette piscine. Et croyez-moi, que vous entriez en marchant ou pas, quand vous serez à vingt mètres sous l'eau, ce sera beaucoup plus profond que le grand bassin.

Andy et John prirent le temps de scruter le fond de la piscine, en contemplant cette vérité. John soupira, secoua la tête et dit :

– O.K. On est venus jusqu'ici. Allons-y.

– Très bien, répondit Doug. On va se déshabiller, enfiler nos maillots de bain, puis nos combinaisons et tout notre équipement et se jeter à l'eau.

Doug n'avait encore jamais eu d'élèves aussi peu athlétiques et aussi récalcitrants. Ils n'aimaient pas leurs combinaisons, ils n'aimaient pas les ceintures de plomb autour de la taille (il leur avait donné sept kilos à chacun), ils n'aimaient pas les masques et ils détestaient leurs gilets.

Au bout d'un moment, Doug dit :

– Écoutez, les gars, c'est vous qui vouliez faire ça, vous vous souvenez ? Je ne vous force pas.

John brandit son gilet, un machin qui ressemblait à un gilet de sauvetage en plus gros et en plus élaboré.

– C'est *quoi,* ce truc ?

– Un BCD [1], lui répondit Doug.

Ils n'étaient pas plus avancés.

– C'est pour apprendre l'alphabet, dit Andy.

1. Buoyancy Control Device : gilet stabilisateur qui se gonfle avec l'air de la bouteille. (*N.d.T.*)

– Non, non ! Pas *A* BCD ! Un BCD. C'est simple : la quantité d'air que vous mettez dans le gilet détermine à quel niveau vous flottez quand vous êtes sous l'eau.

– Quand je suis sous l'eau, répondit John, je flotte au fond généralement.

– Pas avec le BCD, répondit Doug. Je vais vous montrer.

– Voyons voir, dit John.

Doug entra dans la piscine avec tout son équipement et le BCD suffisamment gonflé pour se maintenir à la surface. La tête hors de l'eau, il dit :

– Je vais lever le bras et appuyer sur le bouton en haut du flexible pour enlever un peu d'air du BCD. Cette piscine ne fait que trois mètres, je ne peux donc pas descendre très profond, mais je vais flotter dans l'eau, *au-dessus* du fond. Ensuite, j'ajouterai un peu d'air de la bouteille dans le BCD, et ça va me faire remonter. Regardez bien.

Andy et John se regardèrent.

– Regardez-*moi !* dit Doug.

– On regarde, répondit John.

Doug fit exactement ce qu'il avait annoncé, en relevant les genoux pour que ses pieds ne touchent pas le fond pendant la descente. Il demeura en suspension au-dessus du fond pendant un instant, puis il s'allongea et traversa la piscine en battant des pieds, alors que son BCD le maintenait à environ 1,50 mètre de profondeur. Durant le retour, il remit de l'air dans son gilet et remonta à la surface. Face à deux visages sceptiques, il dit :

– Vous voyez, c'est facile.

– C'est sûr, dit John.

– Alors, allons-y, dit Doug. Plongez-vous dans le bain !

Non. Il n'était pas question qu'ils « plongent » ; même s'il leur assurait qu'ils ne risquaient pas de couler, ils insistèrent pour marcher jusqu'au petit bassin afin de descendre par l'escalier. Et malgré cela, ils avaient à peine de l'eau jusqu'aux genoux lorsqu'ils s'arrêtèrent tous les deux. Aussi hébété que peut l'être un individu encombré par un masque et un détendeur, Andy s'écria :

– Cette combinaison ne marche pas bien !

– Mais si ! répondit Doug. (« J'aurai bien mérité mes mille dollars », pensa-t-il.) Allez, venez, les gars.

– C'est tout mouillé à l'intérieur de ma combinaison !

John, plus calmement et de manière plus fataliste, ajouta :

– À l'intérieur de la mienne aussi.

– C'est normal, expliqua Doug, accroché au rebord de la piscine à l'autre bout du bassin. C'est une combinaison en Néoprène. Elle laisse passer une petite quantité d'eau. Votre corps la réchauffe, la combinaison la retient et comme ça, vous êtes au chaud.

– Mais *mouillés !* protesta Andy.

Doug secoua la tête ; il perdait courage.

– Franchement, les gars... Peut-être que vous n'êtes pas faits pour ça.

– Non, non, dit John, pas de problème. On voulait juste se renseigner. Si c'est comme ça que ça doit se passer, c'est très bien. Allez, viens, Andy, dit-il en avançant dans l'eau avec la tête d'un type qui goûte la spécialité aux aubergines de sa tante.

Une fois que Doug eut réussi à faire entrer ses élèves dans l'eau, c'est alors que ses problèmes débutèrent *réellement*. Ces deux gars refusaient tout simplement de respirer sous l'eau. Ils étaient descendus, en serrant le détendeur entre les dents, les yeux écarquillés derrière leurs masques, et *ils avaient retenu leur respiration*. Finalement, au bord de l'asphyxie, ils étaient remontés à la surface pour avaler d'énormes bouffées d'air.

– Oh ! allons, les gars, ne cessait de répéter Doug. Cet *air* qui est dans la bouteille que vous avez sur le dos. *Utilisez-le !*

Rien à faire.

Finalement, Doug comprit que des mesures draconiennes étaient les seules mesures possibles avec ces gars-là. Sortant de la piscine, mais conservant tout son équipement au cas où, il parvint à les convaincre de se diriger vers le grand bain. Leurs BCD étaient gonflés à bloc, évidemment, ils ne risquaient donc pas de couler, et ils se tenaient au bord, mais au moins, théoriquement, ils étaient à un endroit où ils n'avaient plus pied.

Le moment était venu de transformer la théorie en pratique. Avec douceur mais fermeté, Doug les obligea à ôter leurs doigts agrippés au bord de la piscine et il les poussa vers le milieu du bassin. Tétanisés, ils dérivèrent en lui jetant des regards affolés à travers leurs masques.

– Très bien, dit Doug, debout au bord de la piscine. Détendeur en bouche. Est-ce que vous respirez à travers le détendeur ?

Ils hochèrent la tête.

– Très bien. Nous allons maintenant tester une autre partie de l'équipement. Ne vous inquiétez pas, il ne va rien se passer. Levez le bras gauche. Vous voyez le bouton gris en haut du flexible ? Bien. Appuyez dessus.

Confiants, ils appuyèrent. Stupéfaits, ils coulèrent à pic.

Doug vit leur image tremblotante s'éloigner sous l'eau. Debout au fond de la piscine, ils se regardaient avec un mélange de stupeur et de terreur. À ce stade, soit ils paniquaient et il faudrait les secourir, auquel cas tout le monde rentrerait à la maison, car ce n'était pas la peine de continuer, soit ils apprenaient à *respirer*. Doug les observait et attendait...

Des bulles. D'abord chez John, puis chez Andy. Des bulles : ils respiraient !

Doug sourit en sentant en lui cette bouffée de fierté que les professeurs ne connaissent que trop rarement, et une voix derrière lui cria :

– *AAAAKKK ! Pas un geste, toi là-bas, la créature !*

Doug faillit sauter dans l'eau. Il sauta effectivement, mais sur place, en faisant un demi-tour, et il se retrouva face à Billy Pohlax, l'agent de police William Pohlax, le flic qui faisait sa ronde et qui n'était pas censé revenir dans les parages avant une demi-heure, mais qui était là, dans cette école, sur le seuil, à moins de dix mètres de la piscine, et qui pointait son arme dans la direction de Doug, d'une main tremblante. Billy paraissait si terrorisé, si incapable de se contrôler, que le coup risquait de partir à tout moment.

– Billy ! Billy ! C'est moi, Doug !

– Pas un geste ! Pas un geste !

Heureusement, la peur maintenait Billy en retrait, à l'intérieur du couloir, et il ne pouvait pas voir les personnes qui se trouvaient dans la piscine.

Doug se figea.

– Je veux juste te montrer mon visage, Billy. Tu te souviens de moi ? Doug Berry ?

– Doug ?

Les tremblements de Billy diminuèrent de manière perceptible.

Doug se risqua à lever les mains pour ôter son masque et son détendeur, afin de montrer son visage livide au visage livide de Billy.

Et Billy s'affaissa avec un soupir de soulagement.

– Bon Dieu, Doug, je t'ai pris pour un Martien ou je sais pas quoi. Ils ont passé ce film à la téloche l'autre soir, *La Féline,* tu l'as vu ?

– Non.

Billy regarda autour de lui.

– Y a quelqu'un d'autre avec toi ?

Il avança d'un pas.

– Euh... non, répondit Doug en avançant rapidement, mais d'un air nonchalant, pour rejoindre Billy à l'entrée de la piscine. Je vais t'expliquer pourquoi je suis ici. C'est Jack Holsem qui m'a filé une clé, tu te souviens de Jack ?

Discrètement, il décrivit un demi-cercle, de façon à éloigner Billy de la piscine.

– Évidemment, répondit le policier. C'était le plus débile du lycée. Il travaille ici maintenant.

Trois quarts de tour, c'était le maximum que Doug pouvait faire effectuer à Billy.

– En fait, il est toujours au lycée, dit-il en essayant un sourire décontracté, juste pour voir s'il en était capable. Bref, je n'avais aucun endroit pour tester du nouveau matériel. À cette époque de l'année, il fait trop froid dans la baie.

– Oui, je m'en doute.

– Écoute, Billy, reprit Doug sur le ton de la confidence en jouant à fond la carte de leur vieille amitié. Je ne suis pas censé être ici, tu le sais. Et Jack n'était pas censé me donner une clé. Mais je ne *vole* rien, ni quoi que ce soit, je ne...

– Oui, oui, je comprends, dit Billy en baissant les yeux pour se regarder remettre son arme dans son étui avec une intensité maladroite.

– Je ne veux pas que Jack ait des ennuis, ajouta Doug, et par-dessus l'épaule de Billy, il vit émerger les têtes de John et d'Andy, vers le petit bassin. Ils ressortaient en marchant ! Mais ils se retournèrent et le virent discuter avec un policier, et sans même s'arrêter, ils firent demi-tour et repartirent sous l'eau en marchant d'un pas décidé.

Oh, excellent ! Très astucieux ! Transformant son soulagement en sentiment de camaraderie, Doug dit :

– Billy ? Tu peux fermer les yeux pour cette fois, hein ? Fais ça pour Jack.

– Pas de problème. On va pas s'embêter pour ça. Mais au sujet de la voiture volée garée dehors ?

– La voiture volée, répéta Doug pendant que son estomac partait rejoindre John et Andy au fond de la piscine.

– Une Mercedes. Avec un caducée. Déclarée volée en ville il y a une heure environ. Je suis passé derrière le lycée... (Il esquissa un sourire honteux.) Pour être franc, Doug, je voulais piquer un roupillon.

Doug ne connaissait pas cette expression.

– Piquer quoi ?

– Faire un petit somme, si tu préfères, traduisit Billy. Derrière le lycée, c'est peinard comme endroit. Bref, j'ai reconnu ton pick-up, à cause de l'autocollant, et juste à côté, y avait cette Mercedes volée. (Billy prit un ton délibérément plus officiel, plus solennel.) Tu as un truc à me dire à ce sujet, Doug ?

– Une Mercedes volée ?

L'esprit de Doug était assailli d'un million de pensées inutiles.

– Avec un caducée, ajouta Billy. Alors ?

– J'en sais rien, répondit Doug en pleine panade.

– Tu ne sais rien sur cette voiture ?

– Non, dit Doug, en toute innocence. Elle n'était pas là quand je me suis garé. Je suis ici depuis une demi-heure environ. Ils ont dû la laisser là après que je sois entré.

– Oui, ils l'ont abandonnée, confirma Billy en hochant la tête. O.K., Doug. Faut que j'aille faire mon rapport. Tu es prêt à partir ?

– Euh... écoute, Billy. J'en ai encore pour... je sais pas, dix minutes ou un quart d'heure pour... tester tout le matériel. Ça t'embête si je...

– Le problème, dit Billy, c'est que la fourrière va venir chercher la Mercedes. Et s'ils voient ton pick-up, je serai obligé de te coller une amende, au minimum. C'est interdit de se garer derrière l'école après 22 heures. Sauf les soirs de match.

– Euh...

Il ne pouvait pas laisser John et Andy au fond de la piscine toute leur vie !

– Accorde-moi juste cinq minutes, O.K. ?

– Quelques minutes, pas plus, répondit Billy à contrecœur. Mais je ne peux pas rester éloigné de mon poste, de ma radio...

– Retourne près de ta radio. Je finis ici et je te rejoins tout de suite.

– Ne tarde pas trop, hein ?

– Non, non. Promis.

Billy se tourna vers la piscine, comme s'il avait décidé d'aller y jeter un coup d'œil, finalement.

– Ça fiche la trouille cet endroit en pleine nuit. Comme dans *La Féline*. Faut que tu voies ce film, Doug. L'original, pas le remake débile.

– J'y penserai, Billy. N'oublie pas ta radio qui t'attend.

– Exact. (Il pointa un doigt sévère sur Doug en reprenant son air officiel.) Cinq minutes.

– Merci, Billy.

Sur ce, Billy s'en alla enfin, et dès qu'il fut parti, Doug courut vers le bassin et sauta dans l'eau, à l'endroit où John et Andy se tenaient debout, comme s'ils attendaient d'être pris en stop par un sous-marin. Avec des gestes frénétiques, il leur montra comment remettre de l'air dans leur BCD pour augmenter leur flottabilité et ils remontèrent tous les trois. Dès que leurs têtes crevèrent la surface, ils se mirent à hurler, mais l'affolement de Doug l'emportait et il réduisit les deux autres au silence en beuglant :

– On n'a pas le *temps !*

– C'était un flic ! cria Andy.

– À la recherche de ceux qui ont volé la Mercedes !

Andy et John se turent. Flottant dans la piscine, ils échangèrent un regard, puis John s'adressa à Doug :

– Tu n'as pas dit qu'on était au fond de la piscine, par hasard ?

– Ne vous en faites pas, j'ai dit que j'étais seul. Mais il faut que je m'en aille, je dois déplacer mon pick-up avant que Billy appelle la fourrière pour venir chercher la Mercedes.

– Billy ? dit John.

– Le flic. J'étais à l'école avec lui. Dans ce lycée.

– Ah ! les premières amitiés, dit Andy, c'est capital.

– Oui, dit Doug. Bref, faut que je m'en aille, mais vous deux, vous ne pouvez pas. Alors, voici ce qu'on va faire. Je vais attendre qu'ils soient venus enlever la Mercedes et que tout le monde soit parti, et ensuite, je reviendrai vous chercher, avec tout le matériel.

– Dans combien de temps ? demanda John.

– Qu'est-ce que j'en sais, moi ? Une heure peut-être.

– Et qu'est-ce qu'on va faire ici pendant une heure ?

Doug balaya du regard la piscine, avant de revenir sur ses élèves.

– Vous pourriez vous entraîner, dit-il. Franchement, vous en avez besoin, les gars.

25

Tom Jimson était un criminel ! Telle était la première pensée qui surgissait dans l'esprit de Myrtle Street chaque matin quand elle se réveillait et la dernière pensée qui l'accompagnait chaque soir quand elle plongeait – de plus en plus tard, semblait-il – dans le sommeil. Et elle était toujours tapie quelque part dans un coin de sa tête durant toute la journée : à la bibliothèque, dans sa voiture, dans les magasins, partout. Tom Jimson, son père, était un criminel notoire.

Elle le savait depuis presque quinze jours maintenant, et cette nouvelle continuait à la stupéfier, à l'effrayer et à l'exciter. Dès le matin suivant cette vaine poursuite de son père dans la voiture qui n'arrêtait pas de tourner en rond, quand Myrtle était allée travailler, elle avait commencé à chercher le nom de Tom Jimson dans tous les ouvrages de référence qui lui venaient à l'esprit, et il était là, devant ses yeux, parmi l'élite, dans l'index du *New York Times !*

Alors qu'elle était âgée de deux ans et qu'elle s'apprêtait à entrer à la crèche, Tom Jimson, lui, entrait à Sing Sing, sans doute pour la dernière fois comme le précisait le journal : « ... sept condamnations à perpétuité cumulées, sans possibilité de remise de peine. »

Elle comprenait pourquoi sa mère avait été si étonnée quand elle avait vu pour la première fois Tom Jimson passer dans une voiture en plein jour, et pourquoi, sous l'effet de la surprise, Edna s'était laissée aller à un langage et à un comportement aussi inhabituels. Tom Jimson était censé se trouver en prison pour toujours !

S'était-il échappé ? Il n'aurait pas l'audace de se montrer dans son ancien quartier, si ? Et est-ce que les journaux n'en auraient pas parlé s'il s'était évadé ? Pourtant, cet article vieux de vingt-trois ans, consacré à sa condamnation et à son emprisonnement, marquait la dernière apparition de Tom Jimson – né dans l'Oklahoma, résident de Californie, de Floride et de plusieurs autres États – dans la presse.

Alors, qu'avait-il pu se passer ? Peut-être que... (c'était une pensée palpitante)... peut-être qu'ils l'avaient libéré ! Peut-être que tout cela n'était qu'une erreur : il n'avait pas commis tous ces crimes, finalement ; la vérité avait éclaté et son père était maintenant un homme libre, blanchi.

Mais est-ce que les journaux n'en auraient pas parlé ? Et un homme innocent injustement condamné ne serait-il pas revenu auprès de sa famille ? Savait-il seulement qu'il avait une famille ? Edna lui avait-elle parlé de l'existence de Myrtle ? (Edna refusait catégoriquement d'aborder ce sujet et elle se mettait en rogne dès que Myrtle osait l'interroger.)

Myrtle passait presque chaque moment de sa vie, désormais, à ressasser ces questions, à envisager les hypothèses et à penser à son *père !* Ce matin, en se rendant à la bibliothèque en voiture, elle était tellement concentrée sur l'énigme de Tom Jimson qu'elle ne remarqua pas la vieille Coccinelle cabossée, jaune rouille, qui était garée précédemment devant chez elle et qui l'avait suivie jusque dans le centre, n'hésitant pas à se garer quelques emplacements plus loin sur le parking situé derrière la bibliothèque. Pas plus qu'elle ne sentit peser le regard du conducteur de la Coccinelle quand elle entra dans le bâtiment.

Myrtle avait commencé sa journée depuis une demi-heure quand un petit homme obèse aux yeux humides s'approcha de son guichet et demanda s'ils avaient des ouvrages sur les ordinateurs.

– Oh ! nous en avons beaucoup, répondit-elle et elle désigna le fichier situé au fond de la salle. Regardez dans les tiroirs par sujets, à la rubrique *informatique*, et vous...

– Mais... l'interrompit-il, d'un air à la fois timide et déterminé en pointant le doigt, lui aussi, vers l'ordinateur posé sur le comptoir à la droite de Myrtle. Vous n'avez pas tout là-dedans ?

Myrtle regarda avec une sorte de mépris lointain cet ordinateur, un des quatre dont on avait équipé la bibliothèque dans le cadre d'un vaste programme éducatif, quelques années plus tôt. En dépensant de l'argent qui aurait pu servir à acheter des *livres*, comme le faisaient souvent remarquer les bibliothécaires entre eux.

– Oh, *ça,* dit-elle. Désolée, la personne qui se sert de l'ordinateur n'est pas là aujourd'hui.

En vérité, il n'y avait personne pour se servir de l'ordinateur, et c'était comme ça quasiment depuis l'installation des quatre machines. À l'époque, une demi-journée de formation avait été offerte à Albany, et la seule personne disposée à y consacrer un peu de son temps avait été une employée arrivée depuis peu, une jeune femme inconstante nommée Duane Anne, qui voulait juste profiter d'un jour de congé, et de toute façon, peu de temps après, elle s'était engagée dans la Navy.

Généralement, le fait de dire à quelqu'un que « la personne qui se sert de l'ordinateur » n'était pas là suffisait à régler le problème, mais pas cette fois. Le petit homme grassouillet posa ses yeux humides sur la machine en battant des paupières, et il dit :

– Oh ! c'est tout simple, c'est un VDT compatible IBM !
– VDT ?
Déjà, Myrtle n'aimait pas le *nom* de cette chose.
– Video Display Terminal. (Ses grands yeux humides et peu appétissants – on aurait dit des œufs sur le plat avec des jaunes bleus – revinrent vers elle.) Le serveur est à Albany, non ?
– Ah bon ?
– Le catalogue des ouvrages de tout l'État se trouve là-bas, dit-il comme si c'était une chose absolument merveilleuse. Tous les livres dans tous les domaines !
– Oh, vraiment ?
Myrtle s'en fichait complètement, mais elle faisait de son mieux pour paraître polie.
Mais soudain, le petit homme se déplaça, en disant : « Vous permettez ? », alors qu'il contournait l'extrémité du guichet pour venir se placer devant l'ordinateur, qu'il regardait d'un air *radieux*, en frottant ses petites mains boudinées l'une contre l'autre, et son gros nez court *remua* véritablement, comme un lapin qui se retrouve soudain face à une laitue.
Désorientée, sachant qu'elle avait perdu le contrôle de la situation, mais sans trop savoir ce qui devait l'inquiéter, Myrtle dit :
– Euh, excusez-moi, mais je ne crois pas que...
– Ça s'allume *ici*, dit-il avec un grand sourire et sa petite main jaillit. Il se produisit un léger *tic* et l'écran de l'ordinateur passa du gris terne et mort normal à un noir sans fond, animé et virulent. Les mains du petit homme effleurèrent les touches du clavier et des lettres vertes surgirent de manière effrayante dans cet abîme de ténèbres.
– Oh, je vous en prie ! s'écria Myrtle en tendant le bras vers lui. Vous ne devriez pas...
Il se tourna vers elle, en souriant de bonheur, et elle vit que son visage était doux et inoffensif, presque béat.
– Ne vous en faites pas, lui dit-il. Il ne faut pas avoir peur des ordinateurs.
Cette phrase modifia l'attitude de Myrtle en un instant.
– Je n'ai pas *peur* d'eux ! répliqua-t-elle, insultée par cette accusation d'ignorance primitive.
Si elle avait décidé de ne pas toucher aux ordinateurs, ce n'était pas à cause d'une peur ancestrale. Simplement, elle ne voyait pas l'utilité de ces choses, voilà tout.
Mais de toute évidence, le petit homme n'envisageait pas la situation sous cet angle. Il secoua la tête, en lui souriant d'un air triste avec sa grande bouche ridicule, et il dit :
– Ça vous apporte une aide formidable. C'est un *outil,* comme ce crayon.

Myrtle regarda le crayon qu'elle tenait à la main ; elle ne voyait aucun lien entre ce crayon et la machine que le petit homme aimait tant caresser.

– Sincèrement, je pense que vous ne devriez pas faire ça, dit-elle. Réservé au personnel... assurance... ma responsabilité...

Il lui sourit, sans écouter un seul mot de ce qu'elle disait apparemment.

– Voyons voir, dit-il en la dévisageant, mais de manière nullement offensante. Puisque les ordinateurs ne vous intéressent pas, quel accès pourrait-on choisir pour vous ?

– Un accès ?

Ce mot fit chou blanc dans le cerveau de Myrtle.

– Vous avez de très jolies fleurs autour de chez vous, reprit le petit homme, et avant que Myrtle ait le temps de lui demander comment il *savait* qu'elle avait de très jolies fleurs autour de chez elle, il ajoutait : Voyons voir ce que les autres bibliothèques de l'État ont sur les fleurs.

– Mais... (Elle essayait de rattraper son retard.) Chez moi ?

– Regardez ! s'exclama-t-il en faisant un geste vers l'écran tel un hôte affable qui accueille un invité privilégié à la plus grande fête de l'année. Je parie que vous ne saviez pas qu'il y avait tout *ça* ici.

Elle regarda l'écran. Elle n'avait pas d'autre choix que de regarder, même si au début, elle eut du mal à obliger ses yeux à faire le point sur ces lettres vertes aux bords tranchants. Puis soudain, tout devint plus net, comme si on avait ôté une sorte de brouillard ou de fin grillage devant elle, et elle garda les yeux fixés sur le grand écran d'un air abasourdi. Jardinage, arrangements floraux, albums sur les fleurs, histoires des fleurs... Les titres défilaient l'un après l'autre, à foison.

– Mais... mais... bafouilla-t-elle, on n'a pas tous ces livres ici.

– Vous pouvez les *obtenir !* répondit le petit homme. Vous voyez ? Ces symboles vous indiquent quelles bibliothèques possèdent ces ouvrages, et ce code vous indique comment les réclamer en passant par l'ordinateur central à Albany, et ensuite ces bibliothèques vous prêteront leurs livres.

– C'est formidable !

Myrtle était émerveillée par cette corne d'abondance sortie de nulle part ; cette boîte magique inattendue.

– Attendez ! cria-t-elle ! Ils vont trop vite ! Je veux voir les... Comment je fais pour commander.

– Je vais vous montrer. C'est très simple.

Les quarante minutes suivantes se dissipèrent dans une brume de technologie florale. Avec l'aide du petit homme rondouillard (il ressemblait aux elfes qui fabriquent les chaussures dans les contes de fées), Myrtle apprit à domestiquer l'ordinateur, le VDT, à lui poser des questions, à lui donner des ordres et à *l'utiliser* comme... comme... comme un crayon ! C'était stupéfiant ! Quelle liberté nouvelle ! Quelle surprise !

Au bout des quarante minutes, quand il lui demanda si elle pensait pouvoir l'utiliser toute seule désormais, Myrtle répondit :

– Oh, oui ! Je saurai ! Oh, merci ! Je n'avais pas idée !

– Les gens pensent que les ordinateurs sont mauvais, dit le petit homme, car chaque fois que quelqu'un veut s'en servir, il y a toujours quelqu'un qui dit : « C'est pas possible, l'ordinateur est en panne. » Mais quand vous savez ce que vous faites, c'est simple. Regardez les crayons, leurs mines se cassent des fois, et pourtant, les gens ne paniquent pas, ils ne disent pas que les crayons ne servent à rien.

– C'est juste, reconnut-elle en se prenant de sympathie pour lui ; elle voulait être d'accord avec lui.

Redevenant timide tout à coup, il détourna la tête et dit :

– On discute depuis tout ce temps et on n'a même pas été présentés. Je m'appelle Wally Knurr.

Pourquoi dit-elle ce qu'elle dit alors ? Myrtle fut incapable de l'expliquer par la suite. Peut-être parce que ce nom occupait toutes ses pensées ces derniers temps. Peut-être parce que après tout ce temps elle voulait qu'il y ait sur terre quelqu'un qui ne pense pas à elle comme étant Myrtle Street de Myrtle Street. Peut-être, tout simplement, parce que c'était la première fois qu'elle se présentait à quelqu'un depuis qu'elle avait appris la véritable identité de son père. Quelle que soit la raison, Myrtle tendit la main pour que les doigts boudinés et mous du petit homme la serrent, et elle dit :

– Enchantée. Je m'appelle Myrtle Jimson.

Il la regarda d'un air radieux.

– Acceptez-vous de déjeuner avec moi, mademoiselle Jimson ?

26

`La fille du seigneur de la guerre !`

Le but de la Princesse est d'être sauvée.

Wally s'éloigna de l'ordinateur en faisant rouler son fauteuil sur le parquet éraflé. Ses mains tremblaient, tandis qu'il contemplait la dernière réponse de la machine. Exit le programme. Retour au temps réel, aux conséquences réelles, au défi réel. À la vie réelle.

Wally inspira lentement et profondément. Autant que cela était possible pour lui, il crispa la mâchoire. La vie réelle. La plus grande de toutes les fictions interactives.

27

À 3 heures du matin, l'unique animation de Ganesvoort Street, au milieu du quartier des abattoirs de Manhattan, au sud de la 14e Rue, dans le West Village, est le Florent, un bon bistrot français ouvert jour et nuit, installé à l'intérieur d'un ancien *diner* tout en chrome poli. Le long comptoir et les tables s'étirent en file indienne sous des éclairages violents et les parois renvoient et amplifient le vacarme des conversations joyeuses. Alors que tout autour de ce bâtiment les abattoirs et les boucheries en gros sont fermés, silencieux et éteints, que les camions à bestiaux ont été vidés et nettoyés au jet pour la nuit, que les grilles sont retombées sur les quais de chargement, des voitures et des limousines attendent regroupées devant les lumières vives et chaudes du bistrot, qui semble rempli en permanence de personnes discutant avec animation et riant, heureuses d'être debout à *cette heure-ci*. Des taxis vont et viennent, et cette nuit-là, l'un d'eux transportait Dortmunder et Kelp.

– Vous allez au restaurant, c'est ça ? demanda le chauffeur en les regardant dans son rétroviseur, car sinon que pouvaient-ils bien venir faire dans Ganesvoort Street à 3 heures du matin ?

– Exact, répondit Dortmunder.

D'immenses limousines occupaient l'espace devant le Florent, certaines avec leur chauffeur à l'intérieur, d'autres vides. Le taxi s'arrêta au milieu de la rue pavée et bosselée ; Dortmunder et Kelp payèrent la course et descendirent. Ils se faufilèrent entre les limousines jusque sur le trottoir en marchant vers le restaurant, tandis que le taxi repartait vers le coin de la rue. Quand il tourna à droite, Dortmunder et Kelp firent de même, s'éloignant de la porte ouverte et accueillante du bistrot pour se diriger vers l'est, en passant devant les boucheries sombres et vides.

Kelp demanda :

– Tu sais lequel c'est ?

Dortmunder secoua la tête.

– Il a juste dit : ce pâté de maisons.

– Je le vois, dit Kelp en regardant droit devant. Et toi ?

– Non, répondit Dortmunder en plissant le front et les yeux pour scruter la nuit déserte, fâché que Kelp ait trouvé la réponse le premier, si tel était le cas. Et qu'est-ce que tu crois voir ?

– Je *crois* voir un camion garé là-bas, de l'autre côté de la rue, avec un type au volant.

Dortmunder le vit à son tour.

– Oui, exact.

Alors qu'ils traversaient la rue, Kelp dit :

– Après avoir parlé à Tiny, on pourrait peut-être retourner là-bas, dans ce restau, pour manger un morceau. Ça a l'air sympa.

– Manger ? Qu'est-ce que tu veux manger à *cette heure-ci ?*

– Demande aux gens qui sont dans le restaurant, suggéra Kelp. Ils mangent bien, eux.

– Peut-être qu'ils ont une horloge biologique différente.

– Et peut-être que *moi aussi* j'ai une horloge biologique différente, répondit Kelp. Méfie-toi des apparences, John.

Dortmunder secoua la tête, mais heureusement, il ne fut pas obligé de répondre car ils venaient d'atteindre le camion, une grande boîte en aluminium anonyme avec une cabine cabossée, sur la portière de laquelle le nom d'une société avait été grossièrement masqué par de la peinture noire en bombe. Le chauffeur était un type tout sec et nerveux avec une tête de chouette, qui ne s'était pas rasé depuis soixante-douze heures, ce qui ne constituait pas un record pour lui. Penché au-dessus du volant, il s'agitait fébrilement sur son siège ; le moteur ronronnait en sourdine, comme un animal endormi au fond d'une grotte. Il regardait fixement devant lui, comme si une loi dans cet État vous obligeait à garder les yeux fixés sur la route même quand votre véhicule était à l'arrêt.

Dortmunder approcha de la vitre ouverte et demanda :

– Alors ?

Alors, rien. Pas de réponse. Pas de réaction. Le chauffeur observait le vide devant son camion immobile.

Dortmunder décida alors d'en venir directement à l'essence des choses.

– On veut parler à Tiny.

Le chauffeur cligna des yeux, très lentement. Sa main gauche trembla sur le volant, tandis que sa main droite disparaissait.

– Hé, attends un peu ! dit Dortmunder. On est des amis de...

Le camion fit un bond en avant. Dortmunder se recula, par réflexe, juste au moment où l'aluminium crasseux du camion filait devant son nez, à moins d'un centimètre.

Kelp, qui se tenait en retrait derrière Dortmunder, s'écria :

– Hé, abruti ! Qu'est-ce...

Mais le camion était parti, en filant dans un bruit de ferraille ; il passa devant le Florent en titubant, trébucha jusqu'au coin et tourna à droite en chancelant, avant de disparaître

– La vache ! Pourquoi il a fait *ça ?* demanda Kelp.

– Je pense qu'il était un peu nerveux, répondit Dortmunder, au moment où un grognement s'élevait derrière eux.

– Où est mon camion ?

Ils se retournèrent et se retrouvèrent face à une tête ronde sur un corps de missile balistique intercontinental engoncé dans une chemise noire et un pantalon marron pleins de bosses. C'était comme si King Kong avait pris la fuite et essayait de rentrer en douce sur son île déguisé en être humain. Pour compléter le tableau, ce prodige portait sur l'épaule une demi-vache, une demi-vache nue plus précisément, sans peau ni tête.

– Tiny ! s'exclama Dortmunder sans ironie [1]. On te cherchait !

– Moi, je cherche mon camion, répondit Tiny, car c'était effectivement ainsi qu'on l'appelait.

Tiny Bulcher, le haut fourneau à l'apparence humaine.

Un peu dérouté, Dortmunder dit :

– Euh, ton chauffeur... il est très nerveux.

Tiny fronça les sourcils et son front ressembla au dessin de l'océan dans un livre pour enfants.

– Vous lui avez flanqué la frousse ?

Kelp intervint :

– Il avait la frousse bien avant qu'on arrive. Des *années* avant. Il ne nous a pas dit un mot.

– C'est vrai, confirma Dortmunder.

– On lui a juste dit qu'on était tes amis, qu'on te cherchait et *hop,* il a fichu le camp !

– Si on t'a causé des ennuis, Tiny, je suis désolé, dit Dortmunder.

– Tu fais bien, répondit Tiny. Vous avez appelé chez moi, hein ? Vous avez parlé à Josie ?

– Exact.

– Et elle vous a dit que j'étais ici, c'est ça ?

– Oui.

Tiny semblait fort mécontent.

– Quelqu'un appelle cette nana, il lui demande : « Où est Tiny ? », et elle lui répond : « Oh ! il est dans le centre, en train de commettre un délit. »

– Elle me connaît, Tiny, fit remarquer Dortmunder. Toi et moi, on a connu J.C. Taylor ensemble, tu te souviens ?

Kelp ajouta :

---

1. Tiny : minuscule. (*N.d.T.*)

– On en a vécu des trucs ensemble, J.C. et nous. On a sauvé la nonne et tout ça.

Ignorant la remarque de Kelp, Tiny s'adressa à Dortmunder :

– Josie te connaît, tu dis ? (Il était le seul sur terre à appeler J.C. Taylor « Josie ».) Au téléphone ? Ça pourrait être un flic qui dit : « Salut, J.C., c'est John Dortmunder. Ton copain Tiny serait pas en train de commettre un délit au moment où je te parle ? » « Si, si, bien sûr », répond Josie.

– Allons, Tiny, dit Dortmunder. J.C. a reconnu ma voix. J'ai même pas dit mon nom, elle m'a reconnu. Et j'ai juste dit que je voulais te voir immédiatement ; c'est là qu'elle m'a dit que tu étais ici. Elle a bien fait, non ?

Tiny réfléchit. Il fit passer la demi-vache de son épaule droite à son épaule gauche.

– O.K., dit-il finalement. Je fais confiance au jugement de Josie. Mais le camion ?

– Le type a foutu le camp, expliqua Kelp. Qu'est-ce qu'on était censés faire, hein ? Venir avec des fléchettes anesthésiantes ? Il était mort de trouille, voilà tout. On s'est pointés et il s'est barré.

– Je vous explique la situation, dit Tiny. J'ai accepté de venir pour un type, avec le camion du type et le chauffeur du type ; je devais m'introduire dans cet endroit et rafler six quartiers de bœuf, vu que je peux faire ça rapidement et facilement.

– C'est vrai ça, Tiny, dit Kelp, admiratif.

– *L'autre* truc, ajouta Tiny, furieux d'être interrompu, c'était que j'embarque un septième quartier de barbaque pour le rapporter à la maison. Une demi-vache pour une demi-heure de boulot.

– Pas mal, reconnut Dortmunder.

– Le camion du type et le chauffeur ont foutu le camp, reprit Tiny. Tant pis pour ses six quartiers de bœuf. *Moi !* (Il frappa du plat de la main sur la demi-vache posée sur son épaule.) *Clac !* J'ai le mien !

– C'est très bien, Tiny, dit Dortmunder. Tu as eu ta part.

– J'ai *toujours* ma part, répondit Tiny. C'est comme ça. Mais maintenant, comment je vais rapporter ce quartier chez moi ? Tôt ou tard, je vais arriver dans des coins plus peuplés et je vais attirer l'attention.

– Oui, je vois ce que tu veux dire, Tiny, compatit Kelp. C'est un vrai problème.

– Telles que je vois les choses, dit Tiny, c'est *votre* problème.

Dortmunder et Kelp échangèrent un regard. Kelp haussa les épaules, leva les bras et se retourna vers Tiny.

– On pourrait en discuter, Tiny, mais disons que je me sens d'humeur à te filer un coup de main. Attendez-moi ici, vous deux.

Il fit un pas en avant, mais s'arrêta lorsque Tiny dit :

– Andy.

Il se retourna, sur ses gardes, et Tiny ajouta :

– Pas une de tes bagnoles de médecin.

– Les médecins ont les meilleures voitures, expliqua Kelp. Ils connaissent l'aspect éphémère de la vie et ils ont les moyens d'atténuer les obstacles de la vie. Je fais toujours confiance aux médecins.

– Pas cette fois, dit Tiny et il frappa de nouveau sur sa vache. Moi et Elsie, on veut pas de Porsche, ni de Jaguar. On n'aime pas se sentir à l'étroit.

Kelp poussa un soupir ; il reconnaissait sa défaite. Il regarda d'un bout à l'autre de la rue, en réfléchissant, et ses yeux furent attirés par la lumière qui se déversait du Florent. Son regard s'illumina et il adressa un grand sourire à Tiny.

– O.K., Tiny. Elsie et toi, que diriez-vous d'une limousine ?

28

Sur le chemin du retour, alors que Kelp était au volant de la limousine Cadillac extra-longue gris métallisé avec une plaque personnalisée du New Jersey (KOKAYIN), et que Dortmunder et Tiny étaient enfoncés dans les sièges moelleux à l'arrière, avec la demi-vache étendue devant eux telle une nouvelle victime de la pègre, à cheval sur la console du bar et de la télé et les sièges d'en face, Dortmunder expliqua la situation :

– Tu te souviens de Tom Jimson ?

Tiny réfléchit.

– Derrière les barreaux ?

– Exact. C'est là qu'on l'a connu tous les deux. C'était mon compagnon de cellule.

– Un vieux salopard méchant et désagréable.

– C'est bien lui, confirma Dortmunder.

– Un serpent sur pattes.

– Tout juste.

– Aussi charmant qu'une fouine et souriant comme un furet.

– C'est bien Tom.

– Il boufferait ses propres petits, même s'il n'avait pas faim.

– Il a toujours faim, dit Dortmunder.

– C'est vrai. (Tiny secoua la tête.) Tom Jimson. C'était ce qu'il y avait de pire en taule.

Kelp le regarda dans le rétroviseur et dit :

– Tiny, je ne t'ai jamais entendu parler de cette façon. Comme s'il y avait une personne quelque part qui pouvait t'inquiéter.

– Ah ouais ? répondit Tiny avec un énorme froncement de sourcils, à l'idée qu'un autre être humain puisse lui donner à réfléchir. T'as de la chance de pas connaître ce type, crois-moi.

– Je le connais, rectifia Kelp. John me l'a présenté. Et je suis d'accord avec toi à cent pour cent.

– Il te l'a présenté ? (Tiny n'en revenait pas.) Comment il a fait ?

Calmement, Dortmunder expliqua :

– Ils l'ont laissé sortir.
Tiny reporta son froncement de sourcils sur Dortmunder.
– Ils l'ont laissé sortir *où ?*
– Dehors.
– Impossible. Même les flics sont pas idiots *à ce point.*
– Ils l'ont fait, Tiny. À cause de la surpopulation. Comme cadeau d'anniversaire pour ses soixante-dix ans.
Tiny regarda sa vache, comme pour dire : *Tu te rends compte ?*
– Tom Jimson ? Il est en liberté ? Il se balade dans les rues ?
– Sans doute, dit Dortmunder. Généralement, il rentre assez tard à la maison.
– À la maison ? Il habite où ?
– Euh... chez moi, pour l'instant.
Tiny était consterné.
– Dortmunder ! Et que dit May ?
– Rien de bien.
– En vérité, dit Kelp au volant, John a accepté que Tom reste jusqu'après le coup.
Tiny secoua lentement sa tête massive.
– C'est un coup à la Tom Jimson ? Laissez tomber. Arrête cette bagnole, Andy. Elsie et moi, on descend ici.
– Attends, c'est pas ce que tu crois, dit Dortmunder.
Mais Tiny demeurait extrêmement négatif.
– Là où passe Tom Jimson, dit-il, plus rien ne repousse.
Kelp intervint :
– Tiny, laisse John t'expliquer toute l'histoire, O.K. ? C'est pas du tout ce que tu crois. *Aucun* de nous n'accepterait de faire un coup à la Tom Jimson.
Tiny réfléchit à cette affirmation.
– O.K. Je promets de pas dire non d'emblée.
– Merci, Tiny, dit Dortmunder.
– Je vais vous écouter. Vous allez me raconter l'histoire. Et *ensuite* je dirai non.
Dortmunder et Kelp échangèrent un regard dans le rétroviseur. Ils n'avaient pas d'autre choix que de continuer d'avancer, péniblement, alors Dortmunder dit :
– En fait, il s'agit d'un trésor enfoui.
Et il expliqua tout le contexte : le réservoir, les détails de l'opération et le partage du butin, qui devrait se monter à environ cent vingt mille dollars pour chacun des trois occupants de cette voiture.
Arrivé là, Tiny intervint :
– Tom Jimson a la sale manie de ne laisser derrière lui aucun complice avec qui partager.

– Oui, on sait, répondit Dortmunder. On l'aura à l'œil.

– Comme l'oiseau surveille le serpent, répliqua Tiny. Mais vas-y, continue, raconte-moi la suite.

Alors, Dortmunder raconta la suite et Tiny ne l'interrompit plus, jusqu'à la partie sous-marine. Il se redressa vivement, l'air abasourdi.

– Dortmunder ? *Tu* vas *plonger* sous l'eau ?

– Non, non, on ne plongera pas, précisa Kelp. On va *descendre en marchant.*

– Dans un réservoir, dit Tiny.

Kelp repoussa cette remarque d'un haussement d'épaules.

– On prend des cours, dit-il. Avec un vrai professionnel.

– Tiny, dit Dortmunder pour remettre la conversation sur les bons rails, l'idée c'est de descendre sous l'eau, en partant de la rive, et en emportant une corde. À l'autre bout de la corde, il y aura un cabestan.

– Et toi, ajouta Kelp, tu seras au bout du cabestan.

Tiny émit un grognement. Dortmunder reprit :

– Une fois arrivés au bon endroit, on déterre le cercueil, on attache la corde autour d'une des poignées, on tire sur la corde pour te signaler qu'on est prêts, et toi, tu sors le cercueil avec le cabestan. Et nous, on marche à côté pour empêcher qu'il se coince quelque part.

Tiny secoua la tête.

– Y a au moins quatre-vingt-dix trucs qui clochent dans ce plan, dit-il, mais je n'en citerai qu'un : Tom Jimson.

– Il a soixante-dix ans, dit Dortmunder.

– Il pourrait en avoir sept cents, il resterait la plus grosse erreur de conception de Dieu. Il serait toujours capable de te piquer tes dents dans ta bouche pour te mordre avec.

– J'avoue, dit Kelp, que tu connais très bien Tom.

– Tiny, dit Dortmunder, je vais être honnête avec toi.

– Ne te force pas trop, surtout.

– Avec Andy et moi au fond du réservoir, et Tom Jimson sur la rive avec le cabestan et la corde, je me sentirais beaucoup plus à l'aise en sachant que tu es là-haut avec lui. Et pas uniquement pour actionner le cabestan.

– Je crois que tu devrais plutôt faire appel à la Garde nationale si tu veux vraiment te sentir *à l'aise,* répliqua Tiny. Mais je suis d'accord : vous ne pouvez pas descendre dans ce truc sans assurance.

– Exactement, dit Dortmunder. Alors, tu acceptes ?

– On peut acheter pas mal de quartiers de bœuf avec cent vingt mille dollars, Tiny, souligna Kelp.

Tiny ruminait, en regardant sa vache. Cette chose avait l'air de plus en plus morte et de plus en plus nue.

– Chaque fois que je m'associe avec toi, Dortmunder, y a un truc qui déraille. La dernière fois, tu m'as obligé à me déguiser en bonne sœur.

– Il fallait échapper aux flics, Tiny. Et ça a marché, non ? On s'est retrouvés avec presque tout le butin cette fois-là. Et toi, tu t'es retrouvé avec J.C.

– Il faut voir les choses sous un angle positif, ajouta Kelp d'un air enjoué et déterminé, comme un entraîneur de basket au lycée. Dis-toi que c'est une aventure, d'une certaine façon. Tu vas quitter la ville et respirer le bon air sain de la campagne...

– Le bon air sain, répéta Tiny.

– C'est comme une expérience primitive, conclut Kelp. L'homme contre les éléments !

Tiny regarda la nuque de Kelp en fronçant un sourcil.

– Tom Jimson est un élément ?

– Je pensais à l'eau.

– Tiny ? dit Dortmunder. J'ai vraiment besoin de ton aide sur ce coup-là.

Tiny secoua la tête.

– Quelque chose me dit que si je m'engage dans ce projet farfelu, je vais finir comme Elsie.

Dortmunder attendit, sans rien ajouter. La décision appartenait à Tiny désormais, et il ne fallait pas le brusquer. Même Kelp restait silencieux, bien que regardant plus souvent dans le rétroviseur qu'à travers le pare-brise.

Finalement, Tiny poussa un soupir.

– Et puis zut ! Si j'avais un peu de bon sens, je n'aurais jamais fait votre connaissance, pour commencer.

29

Minuit. Le camping-car Dodge avec un caducée sur le pare-brise quitta en douceur la route de campagne pour s'arrêter sur le bas-côté en graviers, avant d'éteindre ses phares. La lune commençait juste à se lever au-dessus de la montagne Shawangunk et dispensait une vague lumière ambrée qui transformait en cuivre la barre de fer qui fermait le petit chemin de terre et se reflétait faiblement, de manière presque confidentielle, sur le panneau planté en bordure du sentier : ACCÈS INTERDIT – PROPRIÉTÉ DU RÉSERVOIR DE VILBURGTOWN.

La porte du salon du camping-car s'ouvrit et Tiny Bulcher en descendit, muni d'une grosse cisaille à métaux. Il marcha vers la barrière, coupa d'un coup sec la chaîne cadenassée qui la maintenait fermée, souleva la barrière et la fit pivoter sur le côté. Puis, avec la cisaille, il fit signe au camping-car qui s'engagea sur le chemin de terre au ralenti, en tanguant dangereusement. Quand il s'arrêta après avoir franchi la barrière, les feux de stop conférèrent brièvement à la scène un aspect dramatique. Tiny remit la barrière en place et remonta à bord du véhicule.

À l'intérieur, Kelp était assis devant le grand volant de type autocar, pendant que Dortmunder et Tom Jimson étaient assis face à face et en silence dans le coin salon plongé dans l'obscurité. Tiny déposa bruyamment la cisaille à métaux sur les autres outils ; il s'assit sur le siège pivotant à la droite de Kelp, regarda au-dehors à travers le pare-brise et demanda :

– Tu vois quelque chose ?

– Par moments, répondit Kelp. La lune aide un peu.

En entendant cette conversation, Dortmunder se leva du canapé convertible et s'avança, tandis que le camping-car tanguait comme un bateau dans la tempête en avançant centimètre par centimètre sur le chemin de terre creusé d'ornières. En scrutant l'obscurité droit devant, par-dessus l'épaule de Tiny, Dortmunder dit :

– Andy ? Tu ne vois absolument rien.

– Je me débrouille très bien, répondit Kelp. Si tout le monde arrêtait de me distraire. C'est vous qui m'empêchez d'allumer les phares.

– Ne le prends pas mal, Andy, dit Tiny, mais pourquoi est-ce qu'on n'a pas engagé un chauffeur pour faire ce coup? Où est Stan Murch?

– On n'a pas besoin de chauffeur, expliqua Dortmunder, car *a priori*, il n'y aura pas de poursuite. Et plus on est nombreux sur le coup, plus la part de chacun sera réduite.

Un ricanement s'éleva au fond du camping-car. Tiny et Dortmunder échangèrent un regard.

Kelp baissa sa vitre pour laisser entrer une bouffée d'air frais et humide.

– Ah! C'est mieux, commenta-t-il.

Tiny le regarda en fronçant les sourcils.

– En quoi c'est mieux?

– Quand on frotte contre les buissons, je l'entends, expliqua Kelp. Comme ça, on reste sur la route.

Tiny fit pivoter son siège pour regarder Dortmunder.

– Stan Murch me coûterait trente mille dollars, c'est ça?

– Oui, environ, répondit Dortmunder.

– Je m'en souviendrai, dit Tiny et il pivota dans l'autre sens.

Le camping-car progressait en cahotant et en titubant au milieu de la forêt; Kelp écoutait les buissons, Tiny et Dortmunder plissaient les yeux en regardant à travers le pare-brise, pendant que Tom, assis seul à l'arrière, dans le noir, était plongé dans ses pensées.

Soudain, Dortmunder demanda :

– C'est quoi, ça?

– Ça quoi? répondit Kelp.

– Arrête-toi, ordonna Tiny.

– Si tu y tiens, dit Kelp avec nonchalance et il arrêta l'avant du camping-car à un centimètre d'une autre barrière métallique.

– Alors, tu la vois maintenant? demanda Tiny.

Kelp se pencha en avant pour regarder à travers le pare-brise, trop haut ou trop loin.

– Quoi donc? dit-il.

– Il peut juste l'entendre, suggéra Dortmunder.

Tiny secoua la tête d'un air dégoûté et se leva de son siège pivotant pour aller chercher sa cisaille. Kelp pencha la tête par la vitre ouverte, regarda un peu partout et aperçut enfin le grillage coiffé de fil de fer barbelé, planté au cœur de la forêt et qui s'étendait vers le néant à droite et à gauche, en reflétant par endroits l'éclat assourdi de la lune.

– Hé, regardez-moi ça! s'exclama-t-il.

– C'est déjà fait, répondit Dortmunder.

Tiny descendit du camping-car et se débarrassa de cette barrière comme la première. Le camping-car s'avança alors, majestueusement, et franchit le grillage pour pénétrer sur la propriété du réservoir de Vilburgtown avec la dignité d'un grand paquebot. Puis il s'arrêta et Tiny remonta à bord, en disant :

– J'en ai vu un petit bout. Droit devant nous.

– Un bout de quoi ? demanda Kelp.

– De réservoir.

– Ne tombe pas dedans, suggéra Dortmunder.

– Aucun risque, dit Tiny. Il entendra le « plouf ».

Devant eux, à travers les arbres, alors que Kelp continuait d'avancer lentement, ils apercevaient des petits scintillements d'or et de safran là où le clair de lune se reflétait sur la surface instable du réservoir. À environ cinq mètres du bord de l'eau, ils atteignirent une clairière au sol en terre et Kelp s'arrêta.

– Et voilà ! dit-il. À travers le doute et le mépris, j'ai tracé mon chemin.

– Tu n'aurais pas réussi sans les buissons, souligna Tiny.

Ils descendirent tous du camping-car et s'approchèrent du bord de l'eau pour regarder la surface légèrement ridée. Ça *semblait* profond. Ça ne semblait pas du tout créé par l'homme. Dans la lueur orangée de la lune enflée juste au-dessus des cimes des montagnes, le réservoir de Vilburgtown paraissait très ancien, sans fond, noir et menaçant. Des choses devaient vivre là-dessous, de grandes choses silencieuses avec de gros yeux, des dents pointues et de longs bras blancs décharnés.

– Hmmm, fit Dortmunder.

– Bon, bah... on y est, dit Kelp. On devrait s'y mettre.

– Il ne faut jamais remettre au lendemain... dit Tom.

– Exact, confirma Dortmunder.

Traînant légèrement les pieds, Dortmunder et Kelp retournèrent au camping-car pour décharger tout leur équipement : combinaisons, bouteille d'air, torches sous-marines, tout l'attirail. Alors qu'ils commençaient à ôter leurs vêtements civils dans l'air froid de la nuit, Tiny tourna la tête vers la gauche en fronçant les sourcils et il dit :

– Le barrage est quelque part par là, hein ?

Tom pointa le doigt.

– On aperçoit la courbe, là-bas.

Tiny demanda :

– Y a personne qui risque de nous voir à l'intérieur ?

Tom agita ses mains osseuses pour chasser ce problème.

– Non. Toutes les fenêtres donnent sur la vallée. T'en fais pas, Tiny, on est seuls.

Juste à côté, Dortmunder et Kelp, en train d'enfiler leurs combinaisons, entendirent cette remarque et se regardèrent. Mais ils ne dirent pas un mot.

– Hé, voilà le jeune marié !

– Alors, cette nuit de noces ? Tu as de sacrées valises sous les yeux !

– Faut que tu dormes un peu, mon pote ! T'inquiète pas, il sera toujours là à ton réveil ! Il a pas maigri ?

– Maigri ? Il est presque transparent ! Il n'a plus d'encre dans son stylo !

– Il n'a même plus de stylo !

– Assieds-toi, Bobby, assieds-toi. Faut que tu reprennes des forces.

– Oui, oui, répondit Bobby en hochant la tête face à ses bourreaux et en gardant pour lui ses pensées amères.

Il savait bien que lorsqu'il reprendrait son boulot, ici au barrage, il aurait droit à une mise en boîte, et la meilleure chose à faire, c'était de jouer le jeu et d'attendre que ces crétins se lassent de leurs plaisanteries.

Mais ce n'était pas facile, étant donné les circonstances, de la fermer. En vérité, il avait beaucoup plus baisé avec Tiffany *avant* le mariage que durant la prétendue lune de miel. Les deux premiers jours de leur vie maritale, elle avait été d'une humeur *vraiment* merdique ; elle pestait contre tout : le trajet en avion, l'hôtel, l'île d'Aruba. Bob s'était montré très patient et raisonnable, tout compte fait, et le troisième jour enfin, Tiffany s'était détendue ; elle était dans de meilleures dispositions et ils avaient passé quelques heures très agréables ensemble, avant que ne débutent les nausées matinales, un désagrément que Tiffany allait semble-t-il subir au cours des cinq prochains mois. (Le pire jusqu'à présent, et de loin, pour toutes les personnes concernées, et toutes les personnes *dans les parages*, avait été le voyage du retour en avion.)

Voilà pourquoi toutes ces railleries se trompaient de cible. Mais inutile de le dire à ces imbéciles, inutile de leur dire quoi que ce soit. Ses trois collègues de l'équipe de nuit au barrage de Vilburgtown n'étaient pas réputés pour leur empathie et leur profondeur d'esprit. (Pour être franc, Bob non plus.) Alors, pendant qu'ils lançaient des remarques de plus en plus vulgaires, motivés par une volonté pseudo-amicale de se payer sa tête, Bob se dirigea d'un air sombre vers son poste de travail pour se réinstaller dans sa routine. Il y avait des formulaires à remplir, des données informatiques en retard à saisir, des contrôles de sécurité et d'entretien qui n'avaient pas été effectués durant son absence, des rapports de consommation destinés à la compagnie des eaux de New York, des documents concernant la retraite, les assurances, les heures supplémentaires, le syndicat et les impôts pour le détachement de quatre hommes de la police de New York affectés à la surveillance du barrage, des factures d'électricité et de téléphone...

Et les autres qui n'arrêtaient pas. Ils se sentaient obligés de continuer à faire des remarques spirituelles, alors qu'il essayait de *travailler*. Ces trois idiots, employés de maintenance comme lui, domestiques au service du barrage, sans ancienneté dans la fonction publique, étaient tombés sur ce travail de nuit mortellement ennuyeux et répétitif lorsqu'ils avaient fait connaissance avec le monde des adultes, et ils resteraient ici pendant des *années*, jusqu'à ce que des jeunes encore plus inexpérimentés soient engagés par la municipalité et fourrés à l'intérieur de ce barrage comme des vers de terre dans un réservoir hydroponique, pour que Bob et ses copains puissent enfin accéder à une vie d'inactivité en plein jour, et passer leurs journées à surveiller les formations nuageuses et à protéger le réservoir contre les pêcheurs, les plaisanciers, les baigneurs naturistes, les dysfonctionnements et les fous transportant assez de LSD pour rendre fou tout l'État.

Travail de jour : quand parfois le téléphone sonnait, quand parfois un automobiliste passant par là avait envie de s'arrêter pour discuter des merveilles de la technologie, quand parfois il *arrivait* quelque chose. Mais en attendant ce jour béni, ils étaient coincés tous les quatre dans cet ennui absolu, et n'importe quel événement, y compris (et peut-être même surtout), le retour d'un collègue après sa lune de miel, était une chose à savourer, sur laquelle on pouvait s'appesantir, à consommer lentement et jusqu'au bout, à ressasser jusqu'à plus soif.

– Je reviens, déclara finalement Bob en sentant qu'il n'en pouvait plus.

Il se leva, en tournant le dos à ses formulaires, à son ordinateur et à ses meilleurs amis, et il marmonna :

– J'ai besoin de prendre l'air.

– Tu as surtout besoin de manger des huîtres !

– Non, ce qu'il lui faut, c'est une attelle ! Une toute petite attelle. Quelle taille, Bobby ? Environ huit centimètres ?

– Cette Tiffany est une veinarde. Bobby peut lui faire des cochonneries avec sa petite quéquette, elle s'en rend même pas compte. Elle continue à dormir !

Nom d'un chien ! Bob sortit et gravit les marches menant à la passerelle du barrage, située du côté du réservoir, juste sous le bord de la route. C'était beau, par là. Depuis son séjour à Aruba, Bob était devenu une sorte d'observateur de la beauté, et il était capable de dire que ce paysage, ce paysage de printemps, avec les silhouettes des sapins, la grosse lune orange, les montagnes en dents de scie et cette étendue d'eau paisible, c'était *la beauté*.

Et il était seul face à elle. En bas, sur la gauche, là où la route qui longeait le haut du barrage rencontrait la terre à l'autre bout, se dressait l'unique construction visible, un bâtiment bas et carré d'une seule pièce, construit avec des pierres locales, qui abritait les bureaux du détachement de police, mais qui, présentement, était vide. Il n'y avait aucun policier en poste la nuit, mais ils étaient de garde chez eux, tout près, en cas de problème. Et la police d'État était toute proche elle aussi, prête à intervenir en cas de *gros* problème.

Si toutefois on ignorait cette petite construction de pierre et si on tournait le dos au barrage pour contempler la surface de l'eau, c'était presque comme au temps des Indiens, avant que les Européens remontent l'Hudson River pour installer leurs colonies. En plissant les yeux, on pouvait presque imaginer des Indiens silencieux glissant sur l'eau à bord de leur canoë. Évidemment, cette étendue d'eau n'existait pas à l'époque des Indiens ; en ce temps-là, le canoë imaginé par Bob se serait trouvé à vingt mètres du sol, au milieu des cimes des arbres, mais *l'idée* était juste.

Et il était l'unique observateur. Ce léger « plouf » au loin sur la droite, par exemple. S'il voulait imaginer que c'était une pagaie indienne, où était le mal ? Même s'il savait bien, en vérité, que c'était juste un poisson.

Pendant que Kelp trempait ses doigts dans l'eau (et grimaçait) pour voir si elle était froide, Dortmunder ajusta son masque et inspira par le nez comme Doug Berry le lui avait appris, afin de créer l'effet ventouse qui rendrait le masque étanche. Puis il mit le détendeur dans la bouche, et commença à respirer l'air contenu dans la bouteille, et une fois de plus, il éprouva un sentiment de claustrophobie. Quand il avait la tête emprisonnée par le masque et le détendeur, cela lui rappelait toujours la prison, pour une raison quelconque.

– Tu es prêt ? demanda Kelp, ce qui signifiait évidemment que lui-même n'était *pas* prêt, car s'il pouvait parler, ça voulait dire qu'il n'avait pas mis son détendeur dans la bouche. En guise de réponse, Dortmunder se dirigea vers l'eau d'un pas lourd.

Étant donné qu'ils avaient décidé d'entrer non pas en plongeant mais en marchant et qu'ils n'avaient nullement l'intention de nager pendant qu'ils seraient là-dessous, uniquement de marcher, ils ne portaient pas de palmes, mais des sortes de petites bottes souples à fermeture Éclair. De ce fait, leur entrée dans l'eau était un peu plus digne que celle du plongeur muni de palmes. Un peu plus digne, mais pas beaucoup.

Ou plutôt, leur entrée aurait été plus digne si l'eau n'avait pas été aussi froide, obligeant Dortmunder tout d'abord, puis Kelp, à faire un bond en arrière au moment où ils y mettaient un pied. Se regardant avec des yeux écarquillés à travers leurs masques, serrant dans leur main leur torche sous-marine, chacun ayant une petite pelle pliante accrochée à sa ceinture de plomb, l'extrémité de la longue corde blanche entourant, de manière lâche, la taille de Dortmunder, ils firent une nouvelle tentative.

Elle était *froide*. Entrer en marchant était la pire façon de procéder. Chaque centimètre du corps avait l'occasion de grelotter de froid, individuellement, successivement. Quand il eut de l'eau jusqu'à mi-cuisse, Dortmunder décréta qu'il ne pouvait plus supporter ce supplice mortel, alors il s'assit dans l'eau, tout simplement, et celle-ci envahit l'intérieur de sa combinaison jusqu'au cou. « Mon cœur va s'arrêter ! » se dit-il, mais la combinaison commença à remplir son rôle en réchauffant l'eau contre sa peau comme toutes les fois où il s'était immergé dans la piscine de Long Island ; les tremblements se calmèrent, la terrible douleur dans les dents s'atténua et ses cheveux se replantèrent dans son cuir chevelu.

À côté de lui, Kelp, qui l'avait vu faire, venait de l'imiter, et sans doute subissait-il les mêmes tortures. C'est extrêmement désagréable, se dit Dortmunder, mais je survivrai. Il y avait une sorte de satisfaction sinistre dans cette pensée.

Il était temps de repartir. Non sans mal, Dortmunder se remit sur ses pieds, mais sans se lever totalement. Il demeura accroupi pour garder son corps sous l'eau et il se retourna vers la rive, où Tiny et Tom se découpaient sur la masse plus claire du camping-car : Tiny était appuyé sur le cabestan posé sur un trépied, tandis que Tom se tenait debout sur le côté, tel l'esprit maléfique du lac.

« Tiny est capable de s'occuper de Tom, se dit Dortmunder. Tiny est capable de veiller sur lui-même. Aucun doute. Tiny est grand, il est vif, il saura maîtriser la situation. » En se disant cela, Dortmunder se retourna et continua d'avancer en canard.

Sous ses pieds, le sol était très boueux et comme visqueux. À mesure qu'il s'enfonçait dans l'eau, le fond tirait sur ses bottes pour essayer de les lui arracher, ce qui l'obligeait à marcher de plus en plus prudemment, en *décollant* ses talons de la boue à chaque pas, alors qu'en dessous des doigts invisibles agrippaient ses semelles.

Et soudain, l'eau glacée caressa son menton, sous le détendeur. « Ça y est, je vais sous l'eau ! Maintenant ! Je vais aller sous l'eau. » Il tourna la tête et jeta un ultime regard désespéré vers la rive, mais il était trop loin désormais, il ne distinguait presque plus rien. Tiny, Tom et le camping-car avaient disparu dans l'obscurité sous les arbres.

« Tout va bien. Je vais descendre sous l'eau. » Et il le fit.

La torche. Bon sang, comment on allume la torche ? Il doit bien y avoir un bouton, il...

Une légère lueur s'alluma sur sa droite : la torche de Kelp. C'est donc faisable, aucune raison de paniquer ; il suffisait de baisser les yeux dans l'obscurité et d'essayer de deviner où était le bouton de la torche. Concentré sur ce problème, Dortmunder en oublia de respirer par la bouche ; il essaya d'inspirer par le nez et ses narines se pincèrent, tandis que les contours de son masque appuyaient douloureusement sur ses joues et sur son front.

« J'étouffe ! » Terrifié, il avala de grandes bouffées d'air par la bouche et s'aperçut qu'il respirait. Puis il trouva le bouton de la torche, alluma cette saloperie et... il ne voyait *toujours* rien.

C'était de l'eau très sale. Beaucoup plus sale que la chose qui coule des robinets de New York. Cette eau était *marron.* Avec des millions de minuscules atomes de saleté poilus qui flottaient et renvoyaient le faisceau de la torche sous forme d'un halo sépia.

Il ne voyait même pas le fond. Il braqua la torche vers le bas et parvint à distinguer ses genoux, mais pas plus loin. Ses pieds bottés se perdaient dans la pénombre brune. Derrière lui, la grosse corde blanche, assez légère pour flotter juste sous la surface, se dressait en biais et disparaissait au bout de cinquante centimètres.

L'idée de départ, c'était qu'en marchant droit devant, ils finiraient par atteindre la vieille route qui allait de Dudson Park à Putkin's Corners; pour ce faire, ils devaient descendre la colline vers la droite. D'après l'ordinateur de Wally Knurr, la vieille route goudronnée devrait toujours être là, mais peut-être était-elle en partie recouverte de vase. Évidemment, s'ils ne voyaient pas *du tout* le fond, ce serait un peu plus difficile de la trouver. Sauf qu'une route goudronnée, même sous l'eau, n'essaierait pas de lui arracher ses bottes à chaque pas; ce serait donc un indice.

Donc, la solution c'était de rester ensemble et d'avancer. Rester ensemble. Dortmunder regarda autour de lui; il ne voyait plus la torche de Kelp. Était-ce à cause du faisceau de sa propre lampe? Après avoir retrouvé ce foutu bouton – pourquoi faisaient-ils un bouton aussi difficile à trouver? –, il éteignit sa lampe et tourna lentement sur lui-même en scrutant le néant à travers son masque. Rien. Le noir complet. Aucune lumière. Les ténèbres. L'obscurité. Une obscurité froide et humide qui l'écrasait de tous les côtés, qui appuyait sur sa poitrine, sur son front et la mince épaisseur de verre entre ses yeux et..

Le bouton!

La lueur floue et brune réapparut, recréant le tube étroit de lumière tamisée dans lequel il se tenait; ce placard sombre entouré de tout ce noir.

Où était Kelp? Bon sang, c'était un coup à se perdre.

« J'espère qu'il ne va pas paniquer », songea Dortmunder, craignant que Kelp ne possède pas les mêmes nerfs d'acier que lui, et sachant avec certitude que Kelp n'avait pas la longue corde blanche qui, quoi qu'il puisse arriver, reliait Dortmunder par la taille au cabestan, à Tiny, à la rive et à la totalité du monde de là-haut, d'air et de lumière.

Continuer d'avancer droit devant, voilà ce qu'il fallait faire. Avancer droit devant. Laisser la torche allumée pour guider Kelp, tenir fermement la corde qui le reliait à la vie et avancer, à tâtons, en attendant cette foutue route goudronnée.

« Pourquoi est-ce que je *fais* ça? »

Son pied heurta quelque chose de dur. Cette chose était dure et son pied l'avait heurtée durement. Merde! Quoi encore?

Dortmunder se pencha en braquant le faisceau de la lampe dans la boue, et il découvrit une souche d'arbre, juste devant lui. La majeure partie de l'écorce s'était décomposée, l'intérieur du tronc ressemblait à de la rouille friable, et une partie des racines avait été mise au jour par la vase mouvante. Des racines crochues et sombres comme des doigts de sorcière, tout autour de ses pieds.

Dortmunder se déplaça vers la droite et heurta autre chose. C'était encore une souche, d'environ trente centimètres de hauteur, un peu plus épaisse que la première. Il resta penché pour décrire des arcs de cercle avec la torche, faisant apparaître de plus en plus de souches dans l'obscurité : une armée de troncs sectionnés, certains épais, d'autres plus maigres, tous décatis, formant des rangs inégaux et incapables de se tenir au garde-à-vous, aucun ne dépassant les trente centimètres. Il se retourna à moitié en balayant les environs avec la torche. Ils étaient derrière lui également, par milliers, les uns contre les autres ; leurs racines se chevauchaient, comme s'ils se prélassaient à leur aise, en l'attendant depuis toutes ces années, sans se presser, sachant que par une nuit noire Dortmunder descendrait parmi eux et...

« Bon, ça va comme ça. Ils ne sont pas vivants, O.K. ? Ce sont des souches, rien d'autre. Ressaisis-toi, nom d'un chien ! »

C'est alors qu'il repensa à un des éléments intégrés dans le plan de la vallée inondée représenté par l'ordinateur de Wally Knurr. La plupart des arbres avaient été coupés avant l'arrivée de l'eau. Et la plupart des constructions avaient été déplacées, à l'exception de celles qui étaient totalement inutiles ou faites de grosses pierres ou de briques, comme deux églises, des casernes de pompiers et la bibliothèque derrière laquelle Tom avait enterré son foutu butin. Ces bâtiments avaient été dépouillés de leurs portes, de leurs fenêtres, de leurs planchers et de tout ce qui était récupérable.

Il n'avait pas réfléchi à ce que ça signifiait. Il n'avait pas imaginé qu'il serait très difficile de descendre la colline au milieu d'une forêt de troncs d'arbre sectionnés. D'un autre côté, même s'il avait réfléchi au problème des souches, il ne pouvait pas savoir qu'il se retrouverait dans cette obscurité boueuse, incapable de voir quoi que ce soit à plus de quelques dizaines de centimètres devant la lumière d'une torche. Et il ne pouvait pas savoir combien ce serait difficile de se déplacer dans cette boue.

Penché en avant, la corde et la ceinture de plomb lui rentrant dans le ventre, Dortmunder essayait de trouver un chemin parmi les souches en se cognant contre les racines et les pierres – il y avait des *pierres* maintenant ! –, obligé de tourner par ici ou par là pour progresser, et il s'aperçut rapidement qu'il avait perdu toute notion du *devant*.

Droit devant ça voulait dire descendre, pas vrai ? Mais c'était par où pour descendre ? Avec seulement cette minuscule et étroite zone de lumière en guise de repère, avec toutes ces saletés qui flottaient dans l'eau, impossible de dire où était l'amont, où était l'aval.

C'était où pour aller vers l'avant ? Plus important : c'était où pour aller vers l'arrière ? Il pointa le faisceau de la torche sur la corde qui flottait derrière lui en serpentant, emportée par les faibles courants, dessinant des demi-boucles, venant de partout et de nulle part.

Les yeux levés pour essayer de suivre les cheminements de la corde, Dortmunder continua d'avancer ; c'est alors qu'il heurta *autre chose*, perdit l'équilibre, se rétablit aussitôt, mais laissa échapper sa botte droite.

Oh, merde ! Son pied nu s'enfonçait maintenant dans la boue visqueuse, froide et mouillée. Il tira sur sa jambe et sentit une racine épaisse faire pression sur son cou-de-pied. Elle le retenait !

Il se pencha rapidement en avant et agita la torche dans tous les sens pour voir ce qui se passait en bas, mais il la cogna par inadvertance contre une souche. Elle lui échappa. Et s'éteignit.

L'obscurité. Les ténèbres. « Pas de panique. La torche est là quelque part dans le noir. La botte est là quelque part dans le noir. Le pied est là quelque part dans le noir, emprisonné par les racines. Pas de panique ! »

« Depuis combien de temps suis-je là-dessous ? J'ai de l'air pour une heure ! Suis-je ici depuis une heure ? Est-ce que cet air a un drôle de goût ? Pas de panique ? Pas de panique ? *Et pourquoi ça ?* »

Accoudé au garde-fou de la passerelle, contemplant la beauté immobile et silencieuse du réservoir dans la lumière de plus en plus pâle de la lune montante, Bob se surprit à réfléchir aux changements survenus récemment dans sa vie, et pour la première fois, il regretta de ne pas avoir véritablement un *ami*. Pas les soi-disant amis qu'il avait eus toute sa vie, à l'école primaire et au lycée, pas des connards à l'air demeuré comme les trois guignols à l'intérieur du barrage, mais un *ami*, un vrai ami, quelqu'un à qui il pourrait confier ses pensées les plus intimes.

Par exemple. Avec les trois crétins du barrage, il ne pouvait absolument pas parler du fait de *se réveiller* avec une femme ; ils manquaient de maturité pour aborder ce sujet. En vérité, bien que Bob possède ce qu'il considérait comme une grande expérience dès qu'il s'agissait de *coucher* avec des femmes, le phénomène qui consistait à *se réveiller* avec l'une d'elles, à se réveiller le matin avec une autre personne juste à côté, une femme, une femme grandeur nature, dès que vous ouvriez les yeux, était une chose à laquelle il n'avait pas suffisamment réfléchi avant qu'elle survienne.

Et c'était comment ? C'était ça le plus bizarre ; ça n'avait rien de particulièrement agréable. En tout cas, ce n'était pas sexy. C'était comme si vous aviez une sorte de gros animal dans la chambre avec vous, un cerf ou un mouton, voire une chèvre, parfois plutôt un cheval. Il était là à tousser, à se moucher, à se gratter, à aller et venir, en ouvrant et en fermant les tiroirs, aussi pâle et exsangue que la victime d'un vampire sans son maquillage. C'était comme...

Un monstre marin ! Les yeux exorbités, à la fois excité et effrayé, Bob vit la chose crever la surface du réservoir ; une énorme tête de saurien avec de longues oreilles pendantes et des yeux de reptiles qui lançaient un reflet blanc au clair de lune. C'était un animal écailleux, presque métallique. Un monstre marin, sans aucun doute.

La chose se déplaçait vers le rivage. Bob l'observait, le souffle court, au bord de l'évanouissement. Ici ! Ici au réservoir de Vilburgtown ! Comme au Loch Ness ! Comme... comme... comme dans Stephen King ! Juste là, devant ses yeux !

Arrivé près de la rive, le monstre marin (le monstre du lac ? le monstre du réservoir ?) replongea et disparut sous l'eau en laissant un cercle grandissant d'ondulations. Bob garda les yeux fixés sur la surface, mais il ne réapparut pas. Et voilà, pensa-t-il avec un mélange de stupeur et d'amertume. Encore une chose dont il ne pourrait parler à personne. Pas même à Tiffany.

Surtout pas à Tiffany.

Hmmm.

Kelp refit surface à proximité de la rive et il aperçut Tiny et Tom qui l'observaient du bord, avec l'intérêt de ceux qui ne sont pas impliqués. Ah ! la vache, se dit-il. C'est comme ça qu'on découvre qui sont ses amis.

Il avait passé quelques minutes désagréables, là au fond du lac. Après avoir perdu le contact avec John, il s'était retrouvé coincé dans la boue, au milieu de toutes ces souches, et il avait totalement perdu le sens de l'orientation. Il n'avait même pas une corde pour le relier à la rive : c'était John qui l'avait. S'il n'avait pas repensé au BCD, il aurait commencé sérieusement à se faire du souci.

Mais juste au moment où il se disait qu'il allait peut-être devenir très nerveux, il s'était souvenu que le BCD permettait de flotter et il s'était même souvenu de la manière dont fonctionnait ce machin : il fallait appuyer sur le bouton situé *dessous*. Pas sur celui du dessus.

Ah ! quelle magnifique sensation de monter, monter, d'échapper à la boue et à la fange, en traversant l'eau remplie de saloperies, et de flotter vers le haut comme un oiseau, comme un ballon, comme Superman, avant de *transpercer* la peau de l'eau pour déboucher à l'air libre, découvrir la lune plus haute, plus brillante, plus blanche, et le grand bol noir de la vallée, rempli d'eau, qui le tenait de manière réconfortante entre ses mains vert foncé, et lui qui flottait au milieu de tout cela, en sécurité et serein, *maître* de son destin !

Là-bas, il y avait la rive. Et là-bas sur la rive, il y avait la tache claire du camping-car. Kelp n'était pas vraiment un nageur olympique qui fendait l'eau avec grâce. Il était plutôt du genre à laisser pendre ses bras et ses jambes dans l'eau et à les agiter au hasard pour avancer peu à peu. Il essaya donc de regagner la rive en employant la méthode habituelle, mais le BCD le faisait si bien flotter que Kelp ballottait à la surface de l'eau comme une boîte de bière abandonnée.

Finalement, il expulsa un peu d'air du BCD, juste assez pour redescendre légèrement sous la surface, et à partir de là, sa méthode habituelle retrouva son efficacité habituelle. Il progressa de cette façon pendant un certain temps, jusqu'à ce qu'un de ses pieds qui traînaient heurte le sol, et il termina en marchant, émergeant du réservoir tel le dernier représentant de commerce de l'équipe, celui à qui on a donné le plus mauvais itinéraire.

Tout en se débarrassant du détendeur et du masque, Kelp regagna la rive, pendant que Tiny descendait à sa rencontre en demandant :

– Alors, raconte !

– C'est pas bon, dit Kelp. (Il se dirigea vers le camping-car dans le but de se débarrasser de tout son équipement.) On n'y voit *rien*. Et il y a des souches d'arbre partout. Impossible de se déplacer là-dessous.

Tom les rejoignit tandis qu'ils marchaient vers le camping-car. D'un air soucieux, il demanda :

– Vous pouvez pas récupérer mon argent ?

– Je vois pas comment, dit Kelp. John et moi, on... (Il s'interrompit et regarda autour de lui.) Où est John ?

– Où est John ? répéta Tiny. Il était avec toi !

– Mince. Je pensais qu'il ressortirait avant moi. Il avait la corde, il avait...

La voix de Kelp mourut. Il se retourna et contempla l'eau noire silencieuse. C'était aussi profond que l'enfer là-dessous, il le savait maintenant. Tiny et Tom scrutaient eux aussi la surface du réservoir, en écoutant, en guettant, en attendant...

– Nom de Dieu, dit Tiny.

Le cabestan et son trépied basculèrent.

Surpris par le bruit, ils se retournèrent vivement tous les trois pour voir le cabestan et le trépied dévaler la rive en raclant le sol, comme s'ils étaient bien décidés à s'offrir un bain de minuit.

– Il tire sur la corde ! s'écria Tiny.

– Il faut l'arrêter ! hurla Kelp.

Tiny se précipita et bondit pour sauter à pieds joints sur la corde blanche qui serpentait et la plaquer au sol, juste devant le cabestan suicidaire, pendant que Kelp jetait son masque et sa torche pour courir jusqu'au bord du réservoir, où il observa la corde tendue qui s'enfonçait dans l'eau.

Tiny ramassa un bout de corde lâche, entre son pied et le cabestan, et il l'enroula autour de son poignet.

– Je tire ?

– Évidemment ! répondit Kelp, survolté et soulagé. Doit y avoir John à l'autre bout !

Alors, Tiny commença à ramener la corde, en tirant une main après l'autre.

– C'est lourd, commenta-t-il, mais il continua à tirer.

Tom approcha de la corde tendue et la suivit du regard jusqu'à l'endroit où elle disparaissait dans l'eau sombre. Il demanda :

– Tu penses qu'il l'a ?

– Bon sang ! s'exclama Kelp. Ça se pourrait ? Il a continué jusqu'au bout ! On s'est perdus, mais lui il a continué, il est descendu jusqu'au fond, il a trouvé le cercueil et maintenant il...

Soudain, le doute plissa le front de Kelp et il secoua la tête.

– Non, je suis descendu, dit-il. C'est impossible.

Ils restèrent là sur la rive, tout près des clapotis de l'eau, à attendre avec angoisse, pendant que Tiny ramenait la corde avec force, une main après l'autre, penché en arrière. Et soudain, il tomba à la renverse, avec un grand bruit sourd ; ses grosses jambes se dressèrent pour attraper la corde devenue folle, et quelques secondes plus tard, Dortmunder qui avait lâché la corde lorsqu'il avait enfin aperçu la surface de l'eau, se précipita sur la terre ferme en balançant à droite et à gauche le reste de son équipement.

(Si Bob avait vraiment voulu voir un serpent de mer, il aurait dû rester pour voir ça. Malheureusement, l'honneur d'avoir aperçu le premier serpent de mer l'avait amené à s'apercevoir qu'en vérité il haïssait sa femme, détestait ses amis et collègues et méprisait son travail, alors il avait quitté son job, il s'était rendu dans la ville la plus proche où il y avait un kiosque ouvert toute la nuit pour acheter un numéro de *Soldier of Fortune*. Le bonheur, il le savait maintenant, il le trouverait dans la peau d'un mercenaire sur un autre continent.)

Après avoir été traîné dans la boue la tête la première au milieu des souches et des racines, Dortmunder n'était pas des plus présentables. Il avait perdu ses deux bottes, plus la ceinture de plomb, plus la pelle pliable ; et plusieurs fois il avait failli perdre à la fois la corde et la raison. Sa combinaison s'était ouverte et elle était remplie de vase. Tout comme son masque.

Cette créature, qui ressemblait moins à un serpent de mer qu'à un personnage en terre cuite de la mythologie maya ou de la série *Flash Gordon*, émergea du réservoir d'un pas pesant et se dirigea droit vers Tom, qui semblait quelque peu surpris par cette approche brutale et demanda :

– Al ? Ça va ?

– J'ai un mot à te dire, Tom, déclara Dortmunder en pointant sur lui un doigt boueux. Et ce mot, c'est *dynamite !*

Tom ouvrit de grands yeux.

– Al ?

– Fais tout sauter ! s'écria Dortmunder en agitant la main en direction du réservoir. Fais comme tu veux ! Moi, j'ai terminé !

Tiny demanda, tout en se relevant de sa position allongée :

– Tu renonces, Dortmunder ?

Celui-ci se retourna vivement pour le foudroyer du regard. Dans un effort visible et digne d'éloges pour demeurer plus ou moins calme et maître de lui, il désigna de nouveau le réservoir avec son doigt dégoulinant de boue, et dit :

– Je ne retournerai pas là-dedans, Tiny. C'est fini.

Sur ce, il se dirigea vers le camping-car dans un bruit de succion.

ET DE DEUX...

30

May enfila ses gants, ouvrit la porte du four et sortit le grand plat en terre, blanc avec de minuscules fleurs bleues, qui contenait sa célèbre cassolette de thon. Elle était parfaite, elle le savait déjà. L'odeur suffisait à s'en rendre compte. Des petites bulles d'arôme divin traversaient la croûte dorée et croustillante (composée de fromage râpé et de pommes de terre écrasées répandus généreusement sur des macaronis) et emplissaient la cuisine de promesses de futurs plaisirs culinaires. May espérait que John le sentait du salon.

À vrai dire, c'était la promesse de la cassolette de thon qui avait convaincu John d'autoriser cette réunion au départ. « Je ne veux pas en parler ! » répétait-il d'un ton hargneux au début. « Je ne veux plus être mêlé à cette histoire ! Je ne veux plus qu'*il* vive sous mon toit ! Je ne veux plus jamais *aller* sous l'eau, ni même *parler* d'aller sous l'eau, ni même *penser* à aller sous l'eau, jusqu'à la fin de mes jours ! »

Difficile de triompher d'une attitude aussi négative, mais la célèbre cassolette de thon de May avait déjà fait des miracles, aussi avait-elle promis de la cuisiner et de la servir lors d'une soirée entre amis au cours de laquelle il se *pourrait* qu'on discute de la possibilité d'essayer encore une fois de récupérer le trésor enterré/noyé de Tom. Ce ne serait rien d'autre, une simple discussion, juste pour parler de la *possibilité,* juste pour voir si, véritablement, il n'y avait aucun espoir pour que Tom Jimson puisse retrouver ses sept cent mille dollars sans faire sauter le réservoir de Vilburgtown, ou si au contraire, quelqu'un, *par hasard,* n'aurait pas une autre idée.

« Ils ont pas intérêt », avait dit John, mais finalement, il avait accepté ce dîner. Et maintenant, tout ce que pouvait faire May, c'était de présenter sa cassolette de thon et espérer que tout se passe au mieux. Désormais, c'était aux autres de jouer.

Quand ils recevaient quatre personnes à dîner, comme ce soir, ils sortaient la table basse du salon pour la mettre dans la chambre, et ils sortaient la table de cuisine de la cuisine pour la mettre dans le salon, et les quatre chaises de cuisine allaient elles aussi dans le salon, avec la chaise de la chambre, et John s'asseyait dans son fauteuil de salon habituel, sur un annuaire du téléphone ; il était encore plus petit que tout le monde, mais au moins, il pouvait voir dans son assiette et participer à la conversation. La table de cuisine était assez grande si on tirait les deux allonges et quand on mettait un dessous de nappe matelassé, on n'entendait pas le bruit caractéristique du Formica chaque fois qu'on posait son verre ou son couteau.

Quand May fit son entrée dans le salon en portant la cassolette comme une offrande dans ses mains gantées, bras tendus, ils étaient tous déjà assis à table, mais compte tenu de l'exiguïté de la pièce, et la manière dont la table de cuisine la remplissait et la dominait, ils ne pouvaient pas faire grand-chose d'autre. D'un autre côté, May savait fort bien que même si le salon avait été aussi grand qu'un terrain de base-ball, deux des personnes présentes seraient assises à table malgré tout.

– Le dîner, annonça-t-elle en déposant le plat au centre de la table, avant de distribuer les feuilles de route à ses troupes : John, demande si quelqu'un veut boire quelque chose. Andy et Tiny, vous deux...

– Quelqu'un veut une bière ?

– Pas de refus.

– Ouais.

– Évidemment.

– *Andy et Tiny,* allez chercher les légumes, ils sont à côté de l'évier. Tom, vous voulez bien apporter le pain et le beurre, s'il vous plaît ?

– Vous savez, dit Tom en se levant, je commence à m'habituer à la vie au-dehors, avec d'autres gens et tout ça. Comme à la télé.

John jeta un regard à May qui partait chercher des bières, mais elle fit comme si elle n'avait rien remarqué.

Le petit Wally Knurr leva la tête, et avec son sourire humide, il demanda :

– Que puis-je faire pour aider, Miss May ?

– Vous êtes un invité particulier, lui dit May. C'est la première fois que vous venez.

– Je veux quand même faire ma part, dit Wally, d'un ton inquiet, en plissant son large front.

– Vous aiderez pour le dessert, lui promit May, et Wally retrouva son sourire.

Wally constituait une expérience nouvelle pour May ; différente de tout ce qu'elle avait connu jusqu'à présent, y compris les amis bizarres de John et certains des clients du supermarché où elle travaillait. Tout d'abord, il y avait son apparence ; on en a assez parlé. Ensuite, il y avait sa façon de se comporter avec elle, avec une sorte de politesse enfantine : quand il était arrivé ce soir, en l'appelant Mme Dortmunder, et qu'elle lui avait dit qu'elle n'était *pas* Mme Dortmunder (sans lui donner son vrai nom) et qu'il devait l'appeler May, il avait bégayé et pataugé pendant un moment, et finalement, il avait opté pour « Miss May ». Ensuite, il y avait sa taille : si large horizontalement et si petit verticalement. En fait, pour la première fois dans cet appartement, *deux* personnes seraient assises sur des annuaires pour dîner : John sur les pages blanches et Wally sur les jaunes afin qu'il se retrouve à la hauteur des autres.

Nourriture et boissons furent rapidement rassemblées sur la table et chacun reprit sa place. May était assise près de la porte, car elle devait aller dans la cuisine de temps à autre, et John était assis en face d'elle, à l'autre bout de la table. Tiny était assis à gauche de May, Wally à sa droite ; Andy était à côté de Tiny et Tom à côté de Wally. Quand ils furent tous installés et servis, ils goûtèrent la célèbre cassolette et l'habituelle salve de compliments, sincères mais précipités, s'ensuivit. Une fois les politesses évacuées, le silence s'installa, pendant que tout le monde s'empiffrait.

Il n'y avait eu aucune allusion au butin enfoui de Tom avant le dîner, et presque aucune discussion, sur aucun sujet, au cours du dîner ; ce fut donc seulement quand May et Wally eurent apporté le café accompagné de deux sortes de glaces, d'un quatre-quarts et des framboises avec de la crème chantilly que quelqu'un aborda la question du jour, et cette tâche revint à May.

– Tout le monde sait, dit-elle dans le murmure des cinq convives occupés à se frayer un chemin à travers la profusion d'excellents desserts, que John estime qu'il n'y a aucun moyen de descendre dans ce réservoir pour récupérer l'argent de Tom, sauf en faisant exploser le barrage.

Les grands yeux humides de Wally devinrent encore plus grands et humides.

– Faire exploser le barrage ? Mais c'est affreux ! Il y aura des gens blessés !

– Pas uniquement blessés, souligna May en douceur. C'est pourquoi John refuse de participer.

– Exactement, confirma Dortmunder, la bouche pleine de quatre-quarts.

– Moi aussi, déclara Andy.

Tom, qui avait fourré différents desserts dans sa bouche sans desserrer les lèvres, s'exprima de la même manière.

– Quelqu'un le fera. Il y a beaucoup d'argent au fond. Tiny ?

– Sans moi, répondit Tiny.

– Mais Tom a raison sur un point, dit May à la tablée. Il est prêt à le faire et il y aura des gens prêts à l'aider.

– La vache ! dit Wally qui découvrait apparemment les profondeurs de la dépravation humaine, ignorées jusqu'alors de lui comme de son ordinateur.

– La question, reprit May, est donc de savoir s'il existe un autre moyen de descendre au fond pour récupérer cet argent. Un moyen qui plairait à John.

– Si c'est ça la question, dit celui-ci, j'ai une réponse toute prête.

– Attends une minute, John, dit Andy, avant de se tourner vers May. Je suis descendu sous l'eau moi aussi, May, et je suis désolé de dire ça, mais je pense comme John. Le problème principal, c'est qu'on ne *voit* rien. C'est pas comme de l'eau normale.

– Ils doivent sacrément la nettoyer avant qu'elle arrive dans nos lavabos, commenta John.

– Ça me fait penser à un bouquin que j'ai lu un jour, dit Andy.

John lui jeta un regard dubitatif.

– Tu vas encore nous parler de *Child Heist ?*

– C'est pas le seul bouquin que j'ai lu, répondit Andy. Je suis un très gros lecteur, figure-toi. C'est une habitude que j'ai prise derrière les barreaux, quand j'avais pas mal de temps à tuer.

– Moi, dit Tom, je passais mon temps à penser au fric.

– Bref, dit Andy, pour en revenir à ce bouquin, ça parle du *Normandie,* le navire qui a coulé dans le port de New York en...

– Oui, j'ai des photos, dit John, dans le bouquin sur les épaves maritimes.

– Je parle d'un autre bouquin, dit Andy. C'est pas une histoire vraie, c'est un autre genre. Un roman.

– Le *Normandie*, c'est une histoire vraie, insista John. J'ai des photos.

– N'empêche ! dit Andy. Je te parle d'un *roman* sur *l'histoire vraie* du *Normandie.* O.K. ?

– O.K., dit John. Je voulais être bien sûr qu'on se comprenait.

Sur ce, il remplit sa bouche de quatre-quarts, en ajoutant un peu de glace moka au caramel et aux noix de cajou sur les côtés.

– Ce *roman,* reprit Andy d'un ton un peu plus sec que nécessaire, parle des plongeurs qui sont entrés à l'intérieur du *Normandie* pour essayer de le réparer afin de le remettre à flot. Et pendant que j'étais au fond de ce lac, je me suis dit que ce qu'on avait là, c'était exactement pareil que ce que décrivait le type dans le bouquin.

John le regarda d'un air incrédule.

– Tu pensais à *un bouquin* quand tu étais au fond de l'eau ?

– Entre autres choses.

– Moi, je me concentrais sur les autres choses, dit John.

May intervint :

– John, laisse Andy nous parler de son livre.

– Merci, May. Ce qui est intéressant dans ce bouquin, c'est que ça parle des plongeurs qui descendent à l'intérieur du *Normandie,* tout au fond de l'Hudson River, au niveau de la 44e Rue, et qu'ils ont le même genre de problème que nous. C'est palpitant, très spectaculaire. Ça ferait un superfilm, sauf qu'on verrait rien, évidemment.

– À la radio, peut-être, suggéra Tiny.

– Oui, peut-être, concéda Andy. Bref, pour eux, au fond de l'Hudson River, c'était exactement comme pour nous. Tout est noir et sale, l'eau est pleine de *boue* épaisse, et si vous allumez une lampe, c'est comme quand on allume les phares en pleine purée de pois, ça vous renvoie la lumière.

– C'est affreux, commenta May.

John fit passer la nourriture dans une seule joue pour pouvoir parler.

– Je t'ai *dit* que c'était affreux, May. Tu crois que j'abandonne aussi *facilement ?*

– Non, John, l'assura May. C'est pour ça qu'on est en train d'en parler.

– On parle de bouquins, dit John.

Tiny demanda :

– Andy ? Est-ce que ce bouquin raconte ce qu'ils ont fait, comment ils ont réglé le problème ?

– Je m'en souviens pas, dit Andy. Je me souviens juste qu'ils étaient au fond, à l'intérieur du *Normandie* et aussi autour et en dessous du *Normandie*, dans toute cette eau noire et sale.

– Pas pendant que je mange, dit John pendant qu'il mangeait.

May dit :

– Ce qu'on pourrait faire, c'est regarder dans ce livre pour voir quelle solution *ils* ont trouvée.

– Ça peut pas faire de mal, dit Tiny. Andy ? Tu as toujours le bouquin ?

– Je crois pas.

Wally, qui s'agitait sur son annuaire des pages jaunes tant il était impatient d'apporter son aide, dit :

– Je peux le trouver, moi ! Je pourrais en avoir un exemplaire pour chacun !

– Andy, dit May, c'était quoi le titre ?

– Aucune idée. Y avait le mot *Normandie* dedans.

– Tu sais qui est l'auteur ?

Andy secoua la tête.

– Je me souviens jamais des noms des auteurs.

– C'est pas grave, dit Wally. Je peux me débrouiller.

John intervint :

– Je ne voudrais pas jouer les rabat-joie, mais...

– C'est pas ton genre, ironisa Andy.

John le foudroya du regard.

– *Mais*, répéta-t-il, même si on découvre qu'il existe un moyen magique de voir à travers la boue, ce que personnellement je ne crois pas, mais admettons que ça existe, un truc spécial qui permette de voir comme en plein jour à travers *la boue*, il est hors de question que je redescende là-dedans. Et je vais vous dire pourquoi.

– Pas de problème, dit Tom. Avec la dynamite, c'est facile.

– Le *pourquoi*, reprit John avec obstination, c'est les souches d'arbre. Même si on pouvait voir quelque chose au fond, c'est *ça* qu'on verrait. Des souches. Et en plus, on peut pas faire la différence entre l'amont et l'aval...

– C'est juste, confirma Andy. Je l'ai moi-même remarqué. On appelle ça la « désorientation ».

– Moi, j'ai d'autres noms pour ça, dit John. Et c'est pour cette raison que je ne veux plus descendre. Les souches, et le fait qu'on sache pas où sont le haut et le bas. Et on ne peut pas *marcher* dans ce truc. Et même si on pouvait passer à pied, ce qui n'est pas possible, on ne peut pas tirer un cercueil rempli.

Wally intervint :

– Ça marcherait peut-être mieux si vous preniez la ligne de chemin de fer.

Tout le monde le regarda.

Gêné d'être soudain le pôle d'attraction, Wally devint aussi rouge que les framboises qui se trouvaient dans sa cuillère, ce qui ne lui donnait pas l'apparence d'une framboise, mais plutôt d'une tomate hyperactive. John dit :

– Le chemin de fer? Aucun train ne va jusqu'à Putkin's Corners, Wally.

– Non, évidemment! répondit Wally en secouant sa tête de tomate et en renversant ses framboises. Mais la *ligne* existe toujours.

Très alerte tout à coup, Andy demanda :

– Tu en es sûr, Wally?

– Certain. Ça faisait partie des données que j'ai rentrées dans l'ordinateur quand j'ai établi le schéma. La vieille ligne DE&W traversait...

– DE&W? répétèrent May et Andy.

– Dudson, Endicott & Western.

– C'est formidable! s'exclama Andy. Si on réussit à trouver le tracé de l'ancienne voie, il n'y aura pas de souches; ce sera comme une route dégagée, jusqu'au bout.

Tiny intervint :

– Et vous pourrez marcher jusqu'en ville. C'est ça l'astuce, Wally? La ligne allait jusqu'à Putkin's Corners?

Ce fut Tom qui répondit :

– La gare était située en face de la bibliothèque. Les rails passaient derrière la gare et la route d'Albany devant.

– Ça veut dire, résuma Andy, qu'on pourrait suivre la ligne jusqu'au centre-ville.

– Si on voyait quelque chose, dit John, ce qui est impossible. Et si je retournais sous l'eau, ce que je ne ferai pas. Et si on pouvait retrouver l'ancien tracé, ce qui est impossible.

– Euh... fit Wally, hésitant. *Ça*, ce serait facile. Les rails sont toujours là.

De nouveau, il attira l'attention générale; et de nouveau, il devint écarlate.

Cette fois, ce fut Andy qui réagit le premier.

– Ça ne tient pas debout.

– C'est pourtant la vérité, dit Wally.

– Wally, dit Andy, ils ont démonté et emporté tous les bâtiments qu'ils pouvaient réutiliser. Ils ont coupé tous les arbres. Et tu me dis qu'ils ont laissé les rails? Des centaines de kilos... Non, qu'est-ce que je raconte? Des *milliers* de kilos d'acier réutilisable et ils les ont abandonnés là, au fond du réservoir?

– C'est intéressant ce qui s'est passé, expliqua Wally. C'est à cause des groupes écologistes. Je crois que dans le temps, quand la ville de New York avait des besoins en eau supplémentaires, ils allaient dans les collines, ils choisissaient une vallée, ils évacuaient tout le monde et ils construisaient un barrage. Mais maintenant, il existe un tas de groupes de pression, des enquêtes d'intérêt public et tout ça, alors ils sont obligés de faire des compromis, et cette fois-là, il y avait un des groupes qui se battait pour préserver les vieilles lignes de chemin de fer, car il y a des gens qui veulent que les trains reviennent à cause des embouteillages sur les autoroutes et de la pollution, alors...

– Abrège, Wally, suggéra Andy.

Wally parut gêné une fois de plus. Ses pieds, qui ne touchaient pas le sol, se balancèrent dans le vide.

– C'était ça le compromis, dit-il. Ces gens essayent de maintenir les lignes de chemin de fer; ils empêchent qu'on les arrache ou qu'on construise des lotissements à la place, pour qu'on puisse les utiliser à nouveau, un jour.

– Sous l'eau? demanda Dortmunder.

– Il n'y avait que cette portion sous l'eau, précisa Wally. Et ça faisait partie d'une grande négociation plus générale, avec toutes sortes de problèmes, des projets de construction et ainsi de suite. Le compromis, c'était que ces groupes ne disaient rien au sujet du réservoir et deux ou trois autres choses, et en échange, le gouvernement n'arrachait pas la voie ferrée, d'Endicott jusqu'à la frontière du Vermont. Résultat, elle est toujours là.

– Même la partie immergée, dit May d'une petite voix.

– C'était ce qui était marqué dans l'accord, répondit Wally, toute la ligne devait rester intacte. Je suppose que personne n'a pensé au réservoir quand ils ont rédigé le compromis. Et par la suite, ils se sont dit qu'ils ne pouvaient pas aller à l'encontre de ce qui était écrit.

– Et dire, commenta John, que mon ancien contrôleur judiciaire... comment il s'appelait déjà ? Steen... voulait que je devienne un membre productif de la société.

– Tu comprends pourquoi je préfère la dynamite, dit Tom. L'action directe, ça leur fait un choc.

Tout le monde paraissait mal à l'aise, mais personne ne répondit à Tom. Après un court silence embarrassé, Andy dit :

– Voilà qui va faciliter les choses. On descend dans le réservoir...

– Hmmm, fit John.

– ... et on marche entre les rails, poursuivit Andy. Comme ça, on ne se perd pas.

– Non, dit John.

– Je te comprends, John, dit Andy. Si on ne voit *rien,* on n'y va pas. Mais si ce bouquin sur le *Normandie...*

– Je vous le trouverai ! s'exclama Wally, plein d'énergie et de bonne volonté. Comptez sur moi.

– Si ce bouquin nous explique comment régler le problème de visibilité, ajouta Andy, peut-être qu'on a encore une chance, tu sais John.

Celui-ci entreprit de racler le reste de glace dans son bol avec le bord de sa petite cuillère. Le bruit de la cuillère résonnait bruyamment dans le salon exigu.

May dit alors :

– John, tu as déjà investi tant de temps et tant d'efforts dans tout ça. Tu as appris un tas de choses sur la plongée sous-marine. Ce serait un gâchis de ne pas t'en servir.

John la regarda.

– May, dit-il. Tu veux que je retourne là-dessous ? Alors que j'en suis *ressorti* de justesse la dernière fois ? Et que si j'y retourne, je risque d'être enseveli par les eaux ? Tu veux vraiment que je recommence, May ?

– Non, bien sûr que non, John. Pas si on ne peut pas résoudre les problèmes. Je ne veux pas te *perdre*, John. Je ne veux pas que tu risques ta *vie.*

– C'est justement ce que j'ai risqué, répliqua John. Plus que je ne l'imaginais. Mais c'est terminé.

– Tout ce que je te demande, John, c'est de garder l'esprit ouvert.

– Pour laisser entrer toute cette eau boueuse.

– Non, juste pour voir, insista May. Juste pour voir si c'est possible, pour explorer toutes les options. Et si c'est pas possible, tant pis. Tom se débrouillera autrement.

– Boum ! s'exclama joyeusement celui-ci.

– O.K., May, dit John. Mais si on continue, si on cherche des espèces de lunettes magiques en 3 D pour voir à travers la boue, pendant ce temps-là, où.. (D'un mouvement du pouce, il désigna Tom confortablement installé à sa gauche.)... où est-ce qu'*il* va habiter ?

May savait qu'elle devait avoir l'air aussi abattue qu'elle l'était.

– Euh... eh bien...

Elle se tourna vers Tiny, sur sa gauche, en haussant les sourcils, dans l'espoir de trouver un volontaire.

Mais Tiny semblait gêné ; il tripotait sa cuillère sans oser croiser son regard.

– Josie, marmonna-t-il, elle ne... Ça ne se passerait pas très bien.

Le regard suppliant de May glissa vers Andy, qui lui décocha trois ou quatre petits sourires paniqués.

– Oh ! May, ce serait avec grand plaisir, mais tu sais, c'est petit chez moi, j'ai déjà du mal à me caser. Ça fait longtemps que j'ai l'intention de trouver un truc plus grand.

May poussa un soupir et se tourna vers Wally sur sa droite, mais celui-ci secouait déjà la tête.

– J'aimerais beaucoup vous aider, Miss May, sincèrement, mais mon appartement est rempli d'électronique, d'ordinateurs et tout ça. John et Andy vous le diront, c'est tellement encombré qu'on peut à peine s'asseoir et, euh...

May soupira de nouveau et regarda John à l'autre bout de la table. Celui-ci soutint son regard avec une sorte de satisfaction sinistre et il dit :

– Je te laisse choisir, May. Tu veux que je laisse tout tomber et que je renvoie tout le monde ? Ou tu veux que je continue à chercher des chiens d'aveugle sous-marins ?

May refusa de se tourner vers Tom, en sachant qu'il afficherait son air le plus terne et le plus indifférent, assis sur sa chaise en train de jouer avec sa cuillère. Sentant la cassolette de thon tourner dans son estomac, elle reporta son attention sur Wally et lui demanda :

– Il vous faut combien de temps pour trouver ce livre ?

31

Le livre s'appelait *Le Triangle du Normandie*, et l'auteur s'appelait Justin Scott, et d'après le livre, les plongeurs n'avaient *pas* résolu le problème de l'eau dégueulasse, noire et sale, qui portait également le nom de « turbidité ». Ce qu'ils avaient fait, c'était de construire une maquette des parties du navire qu'ils voulaient explorer, et ils s'étaient entraînés avec la maquette jusqu'à ce qu'ils puissent effectuer le travail les yeux fermés, et *ensuite,* ils étaient redescendus dans l'eau pour de bon; c'était comme s'ils avaient les yeux fermés.

Bref, le livre en soi n'était pas très utile. Toutefois, Wally avait découvert, grâce à son incroyable accès informatique illimité à toutes les connaissances du monde, que Justin Scott vivait dans l'État de New York et qu'il possédait le téléphone. Wally connaissait le numéro.

– On l'appellera de chez moi, décréta Kelp. J'ai un amplificateur.

– Forcément, répondit Dortmunder d'un ton ironique.

Andy était réputé pour s'entourer des toutes dernières nouveautés dans le domaine de la téléphonie, et Dortmunder était trop fier pour reconnaître qu'il ignorait ce qu'était un amplificateur.

Au moins, Kelp n'était pas du genre à sortir les crackers et le fromage, mais quand Dortmunder arriva chez lui – ce n'était pas si petit que ça, en vérité, il y avait une chambre et une cuisine –, il eut l'impression que Kelp s'attendait visiblement à recevoir du monde, car il jeta un coup d'œil dans le couloir derrière Dortmunder et demanda :

– Où sont les autres ?

– Quels autres ? répondit Dortmunder en entrant dans le salon.

– Eh bien, Tiny, dit Kelp en restant planté avec la porte ouverte. Et peut-être aussi Tom ou Wally. Ou bien May.

Arrêté au milieu du salon, Dortmunder dit :

– Si tu fermais la porte, Andy ?

– Oh, oui ! bien sûr.

Il s'exécuta.

– Tout le monde se laissera guider par mon jugement, déclara Dortmunder, ils n'avaient donc pas besoin de venir. Si je décide que je suis assez fou pour redescendre dans ce lac, tout le monde me laissera faire.

– *Nous* laissera faire, rectifia Kelp.

Dortmunder le regarda en secouant la tête.

– Je ne comprends pas pourquoi tu es aussi enthousiaste, dit-il.

– Je ne suis pas vraiment *enthousiaste*. Mais je me suis souvenu du coup du BCD quand j'étais au fond...

– Quand tu ne pensais pas à des bouquins.

– Le BCD ! C'est ça qui fait toute la différence, John ! Je commençais à m'inquiéter, comme toi, puis j'ai repensé à ce bon vieux BCD. Une petite pression sur le bouton et hop, tu remontes ! Quand tu sais que tu peux sortir de là en cas de besoin, ça facilite les choses.

– Ouais, ouais, dit Dortmunder.

Ça l'énervait de ne pas avoir pensé au BCD au moment le plus critique, et ça l'énervait doublement que Kelp, *lui*, y ait pensé.

– BCD ou pas BCD, dit-il, si je ne peux pas y aller à pied et si je ne vois rien, j'y vais pas.

– Buvons une bière, proposa Kelp. Et on appellera ce gars pour en savoir plus.

Ce qu'ils firent. Alors qu'il composait le numéro, Kelp dit :

– Je brancherai l'amplificateur quand on aura commencé à parler.

– D'accord, dit Dortmunder.

Il y eut un petit moment de silence, puis Kelp fit la grimace.

– C'est le répondeur.

– Tu es mal placé pour te plaindre, rétorqua Dortmunder.

Kelp ignora cette remarque.

– Je vais laisser mon numéro, décida-t-il et il attendit que le message du répondeur se termine. Bonjour, je suis un admirateur, je m'appelle... Hein ? Oh, bonjour ! Vous êtes là !

Un petit silence. Kelp hochait la tête avec un grand sourire.

– Oui, je fais pareil moi aussi, des fois, dit-il. Filtrer les appels, c'est très... Oh ! attendez une seconde.

Il tendit le bras pour abaisser un petit interrupteur situé sur le côté du téléphone et, soudain, la pièce fut envahie par une voix qui disait :

« ... impossible de travailler. »

– Je suis tout à fait d'accord, dit Kelp au téléphone, pendant que Dortmunder jetait des regards affolés autour de lui pour déterminer l'origine de cette voix.

Qui disait maintenant : « Que puis-je faire pour vous ? »

Le téléphone ! Dortmunder comprit enfin. Il y avait un haut-parleur à l'intérieur. C'était l'écrivain qui parlait.

Non, maintenant c'était Kelp qui parlait, et qui disait :

– Je m'appelle Andy... Kelly, et je voulais vous dire que je viens de relire *Le Triangle du Normandie,* ça fait la troisième fois, je crois, et je trouve ça vraiment formidable.

– Merci, dit le haut-parleur. Merci beaucoup.

– En fait, si je l'ai relu, reprit Kelp, c'est que j'ai un ami qui a acheté une maison de campagne à Parmalee Pond dans le nord. Vous connaissez ?

– Il se trouve que oui, répondit le haut-parleur. J'ai moi aussi un ami qui...

– Mon ami à moi, s'empressa d'ajouter Kelp, vient d'acheter sa maison. Il est nouveau là-bas. La première fois qu'il y est allé, il a pris sa barque pour photographier sa maison vue du lac, avec un appareil Nikon qui coûte très cher...

– J'ai compris, dit le haut-parleur. L'appareil est tombé à l'eau.

– Forcément.

– Si je le sais, c'est que mon roman *Le Tueur de bateaux* n'arrête pas de tomber par-dessus bord. Ça parle de bateaux et les marins le font tomber dans l'eau accidentellement. Je sais que c'est accidentel parce qu'ils me téléphonent pour en avoir un autre exemplaire. Ils ne le trouvent pas dans le commerce. Moi non plus je ne le trouve pas dans le commerce, alors...

– Un excellent roman, dit Kelp pour faire taire l'auteur. Mon ami de Parmalee Pond l'a adoré, mon ami qui a fait tomber son appareil photo. Dans l'eau.

Dortmunder observait Kelp avec admiration, à contrecœur. Tout ce baratin sortait de sa bouche sans aucune difficulté.

– Et il a essayé de le récupérer, reprit Kelp en brodant sur son histoire. Il a enfilé son équipement de plongée sous-marine et il a marché jusqu'à l'endroit où il l'avait fait tomber. Mais il s'est retrouvé au milieu de toute cette turbidité.

– Oui, forcément, dit le haut-parleur. Surtout qu'en marchant, il remue tout le fond.

– Oui, c'est exactement ça, confirma Kelp. Je me suis souvenu de votre bouquin, alors je l'ai relu pour savoir comment vos plongeurs avaient contourné le problème.

– Ils n'ont pas réussi, dit le haut-parleur. Ceux qui n'ont pas été lessivés ont travaillé entièrement au toucher.

– Lessivés ? répéta Kelp. Vous voulez dire qu'on peut lessiver la turbidité ? Avec de l'eau propre ?

– Non, non. Lessivés par les examens qu'ils ont dû passer avant d'être engagés, pour savoir comment ils se comportaient sous l'eau dans l'obscurité absolue ; 80 % ont échoué aux tests.

– Ah bon ? fit Kelp pendant que Dortmunder le regardait en haussant un sourcil. Et pourquoi ils ont échoué ?

– La claustrophobie les a rendus fous.

– Fous ? répéta Kelp et il ricana en essayant de paraître détendu et insouciant. Vraiment ?

– Comment ne seraient-ils pas devenus fous ? demanda le haut-parleur. (Question pertinente aux yeux de Dortmunder.) Songez à la terreur sous l'eau, dans l'obscurité totale. Le froid, le silence, vous ne voyez même pas vos bulles d'air. Vous ne faites plus la différence entre le haut et le bas. (Dortmunder hocha la tête vigoureusement.) Vous n'entendez que les battements de votre cœur. Alors, vous commencez à imaginer des choses.

À ce stade, Dortmunder partit chercher deux autres bières, et quand il revint, Kelp était en train de dire :

– L'eau pourrait *peut-être* être utile.

– C'est une drôle d'idée, répondit Justin Scott. Utiliser de l'eau pour laver de l'eau. Ça peut arranger les choses, ou au contraire les aggraver. En tout cas, vous avez intérêt à vous cramponner au moment où vous ferez sortir le jet.

– Oui, je m'en doute. Merci beaucoup, monsieur Scott.

Quand Kelp eut raccroché, Dortmunder déclara :

– Bref, ça ne marchera pas. Je suis désolé de lâcher Tom Jimson dans la vallée, mais on ne peut rien y faire.

– Il reste cette idée d'utiliser l'eau contre l'eau.

– C'est quoi, cette idée ? J'étais parti chercher des bières.

– Tu descends avec un tuyau, expliqua Kelp, et tu balances un jet d'eau propre devant toi pour disperser l'eau sale.

– Faut une sacrée lance à incendie, commenta Dortmunder.

– On peut en assembler plusieurs.

– Et où est-ce qu'on la branche ?

– Il y a une bouche d'incendie à l'extrémité du barrage. Tu n'as pas remarqué ?

– Non, dit Dortmunder. Par contre, j'ai remarqué que ton ami l'écrivain a dit que l'idée de l'eau pouvait aggraver les choses au lieu de les améliorer.

– Ça peut aussi nous aider à déterrer le butin de Tom, répliqua Kelp. En utilisant de l'eau sous pression à la place des pelles.

– Sauf qu'on n'ira jamais jusque-là, dit Dortmunder, car on deviendra dingues à cause de la claustrophobie, comme tous ces autres plongeurs. Laisse tomber. C'est impossible.

– Seulement 80 % des plongeurs, souligna Kelp. Peut-être qu'on fait partie des 20 % restants.

– Je me connais, répondit Dortmunder.

32

Il fut décidé que Tom pourrait rester encore une nuit, mais dès le lendemain, il serait obligé de prendre d'autres dispositions.

– Je veux que tu saches, Al, dit Tom quand Dortmunder rentra de sa conversation téléphonique chez Kelp, que je te donne un A pour tous tes efforts. J'aurais aimé que ça marche, sincèrement. Un bon petit casse tranquille, ç'aurait été beaucoup mieux, sur bien des plans.

– Oui, c'est sûr, confirma Dortmunder.

– Mais bon, dit Tom en haussant les épaules, on peut pas gagner à tous les coups.

Tout le monde était déprimé ce soir-là, personne n'avait envie de parler. Dortmunder alla se coucher de bonne heure et resta éveillé un moment, à penser à de l'eau : une eau sombre et sale qui entourait sa tête ou des milliards de litres d'eau qui s'abattaient comme une lame de fond sur Dudson Falls, Dudson Center et East Dudson. Au bout d'un moment, il s'endormit, et il rêva d'eau, d'un tas de manières différentes et désagréables.

Et soudain, au milieu de la nuit, il se réveilla, les yeux fixés au plafond.

– Merde ! s'exclama-t-il.

– Hmm ? fit May à ses côtés.

Dortmunder se redressa dans l'obscurité de la chambre et foudroya du regard le mur d'en face.

– Saloperie de fils de pute de bordel de merde.

Parfaitement réveillée, May se dressa sur un coude.

– John ? Qu'est-ce qui ne va pas ?

– Je sais comment faire, voilà ce qui ne va pas ! Tom va rester ici et, moi, je vais redescendre dans ce foutu réservoir. Merde !

33

La vraie vie. Assis *à l'avant* de la Lincoln Continental bleu ciel, les cartes routières étalées sur ses genoux ronds, Wally dirigeait tout. Andy était au volant, à ses côtés, pendant que John, affalé à l'arrière, fronçait les sourcils tout seul comme quelqu'un qui fait des multiplications dans sa tête. Et juste devant Wally, il y avait le pare-brise, tel l'écran d'ordinateur le plus grand et le plus fidèle qui existe, qui diffusait en permanence... *le monde réel.*

Un téléphone portable était fixé sur la console centrale, entre les genoux de Wally et ceux d'Andy, et depuis un certain temps, alors qu'ils quittaient la ville en direction du nord, il sonnait par intermittence : quinze ou vingt sonneries, puis de nouveau le silence, puis encore six sonneries, puis le silence, et ainsi de suite. Quand ça s'était produit pour la première fois, Wally avait dit :

– Andy ? C'est quoi, ça ? Faut que je réponde ?

– D'après mon expérience, avait dit Andy, c'est généralement le médecin qui appelle pour récupérer sa voiture. Alors, j'ai tendance à laisser sonner.

Wally avait digéré cette réponse, pendant que le téléphone cessait de sonner, pour recommencer ensuite. Mais aucun Grec n'a jamais été autant obsédé par le chant des sirènes qu'un Américain moyen par la sonnerie du téléphone, n'importe quel téléphone, n'importe où. À cet égard au moins, Wally était un authentique Américain. Il était impossible que cet appel lui soit destiné étant donné que ce n'était ni son téléphone ni sa voiture, et pourtant, l'envie de décrocher démangeait sa main gauche. Au bout d'un moment, d'un ton légèrement plaintif, il dit :

– Andy ? Tu es sûr ? C'est peut-être important.

– Important pour qui ?

Wally demeurait songeur. Andy haussa les épaules.

– À toi de voir, Wally. Si tu veux entendre un médecin furieux lancer des menaces dans le vide, vas-y, décroche.

Wally imaginait plus ou moins le médecin. Vêtu d'une longue blouse blanche, il tenait le téléphone d'une main et un scalpel dans l'autre, et il était sacrément en colère ! Après réflexion, Wally décréta qu'il n'avait sans doute pas besoin d'entendre ce que cet homme avait à dire, et peu de temps après, le téléphone cessa de sonner pour de bon. Le médecin avait renoncé ou bien ils se trouvaient hors de la zone de réception.

Ils étaient assez loin au nord désormais. De grands panneaux verts annonçaient que la prochaine sortie était North Dudson. Nerveux tout à coup, Wally se mit à faire du bruit avec ses cartes. Il avait des cartes de la région telle qu'elle était maintenant et des cartes de la région datant d'avant le réservoir, et le réservoir était l'unique changement survenu durant toutes ces années. Wally sentait peser sur ses épaules le terrible poids de la responsabilité : il devait guider ces gens et cette voiture grâce à la carte contemporaine vers un endroit spécifique de la carte ancienne. Et cela sans dévoiler sa connaissance particulière du terrain.

Car aucun des autres ne savait qu'il s'était rendu sur place. Ne rien leur dire faisait partie des conseils délivrés par l'ordinateur. En vérité, c'était l'ordinateur lui-même qui avait conseillé ce voyage. Après que Wally eut introduit dans la machine l'histoire des femmes inconnues qui les avaient suivis en tournant en rond, l'ordinateur avait déclaré que Wally devait impérativement découvrir qui étaient ces personnes.

Le héros doit identifier ses alliés.

Le héros doit connaître ses ennemis.

Chacun des joueurs doit surveiller les autres.

Alors, il avait pris sa vieille Coccinelle jaune qu'il conduisait seulement quatre ou cinq fois par an et qui dormait le reste du temps dans un garage gratuit de la 12e Avenue appartenant au ministère des Transports (grâce à ses connexions informatiques), et il avait roulé – teuf-teuf – jusqu'à North Dudson (jamais encore il n'était allé aussi loin avec cette voiture), et il avait tourné en rond à la recherche d'une Ford Fairlane noire, en sachant que même dans une ville comme celle-ci, il ne devait pas y avoir deux véhicules de ce type, et quand il l'avait enfin aperçue (entr'aperçue plus précisément) au fond d'une allée, devant la porte à double battant d'un vieux garage, en train de se faire laver par une vieille dame à l'air renfrogné, le reste avait été un jeu d'enfant.

Wally, presque toujours muet et timide face à d'autres personnes – surtout avec les filles –, avait choisi, en partie grâce à la chance et en partie grâce à un instinct de conservation, d'engager la conversation avec Myrtle Jimson en évoquant l'unique sujet qui lui permettait de s'exprimer avec aisance, voire éloquence : les ordinateurs. Le temps qu'ils aient épuisé le sujet, un certain niveau de relations s'était établi entre eux et Wally se sentait suffisamment en confiance et détendu pour lui proposer de déjeuner avec lui.

Durant tout le repas au Kitty's Kountry Kitchen dans Main Street, ils n'avaient cessé de bavarder. Wally lui parla de son enfance en Floride et elle lui parla de son enfance à North Dudson, mais il n'y avait rien dans tout ce qu'elle lui raconta qui pouvait expliquer l'épisode de la poursuite en voiture.

Était-elle seulement parente avec Tom Jimson? Ce nom ne pouvait *pas* être une coïncidence; impossible. D'abord, les coïncidences n'existent pas dans le monde informatique. (Les éléments aléatoires – également appelés « hasard » – ont été introduits dans certains des jeux les plus sophistiqués, mais les coïncidences sont une violation du besoin impérieux d'ordre. C'est pourquoi les jeux de mots sont la pornographie des mathématiciens.) Mais le fait de savoir que l'ordinateur serait tout aussi perplexe que lui quand il lui ferait son rapport (et ce fut effectivement le cas) n'aidait guère Wally.

Myrtle avait insisté pour payer son repas et il l'avait raccompagnée à la bibliothèque, où elle avait promis de continuer à utiliser son ordinateur désormais. Puis il avait repris sa Coccinelle jaune et il était rentré – teuf-teuf – en ville. Aujourd'hui, c'était la première fois qu'il revenait parmi les Dudson.

– C'est la prochaine sortie, Andy, déclara-t-il en faisant du bruit avec ses cartes.

– Je sais, Wally, répondit Andy d'un ton assez aimable. L'État de New York a dépensé trois cent mille dollars pour installer un panneau chargé de me l'annoncer.

– Oh! fit Wally. Je n'étais pas sûr que tu l'aies vu.

– Merci quand même, Wally.

Alors, Wally se replia de nouveau sur lui-même, tandis que la Lincoln Continental quittait de façon experte la voie rapide, suivait la bretelle de sortie et descendait la route étroite qui s'enfonçait dans North Dudson.

Comme toujours, les rues étaient pleines de gens qui avaient oublié pourquoi ils se trouvaient dans leur voiture. Sur un ton agréable, Andy émit quelques suppositions concernant les ancêtres de ces personnes, leur niveau d'éducation, leurs capacités cérébrales et leurs penchants sexuels, pendant que Wally, scandalisé et les oreilles en feu (ses lobes injectés de sang, tellement il rougissait, étaient effectivement brûlants), regardait fixement ses cartes en clignant des yeux; il revérifiait, il re-revérifiait l'itinéraire. Sur la banquette arrière, John laissait parfois échapper un long soupir. Ces soupirs semblaient moins provoqués par le langage d'Andy ou la qualité des conducteurs de North Dudson que par l'existence elle-même.

– Pilote à navigateur, dit Andy, sur le même ton agréable.

Wally sursauta ; les cartes étalées sur ses genoux glissèrent par terre.

– Hein ? Moi ?

– On a quitté ce charmant village, fit remarquer Andy. Il est temps de m'indiquer la direction, Wally.

Celui-ci se débattait avec ses cartes.

– Tu suis cette route jusqu'à... euh...

– Prends ton temps, dit Andy et John soupira.

Wally récupéra enfin ses cartes et ses esprits.

– Il faut tourner à droite au... euh... là où est indiquée la route de Dudson Falls.

– Noté, dit Andy et au bout de quelques kilomètres, il tourna à l'endroit en question et à tous les autres embranchements que lui indiqua Wally ensuite.

Ils serpentèrent ainsi au cœur de cette toile d'araignée de routes secondaires qui constituaient déjà un salmigondis au milieu du xxe siècle, avant que l'apparition du réservoir en plein milieu ne vienne encore compliquer les choses.

– Ça devrait être quelque part par ici, non ? demanda Andy au moment où ils tressautaient sur une vieille voie ferrée.

Wally le regarda pour s'assurer qu'il ne plaisantait pas.

– Andy ? C'était ça !

Andy regarda le rétroviseur en fronçant les sourcils.

– Quoi donc ?

– On cherche la voie ferrée, lui rappela Wally. On vient de passer dessus, Andy.

– Bon sang, tu as raison, dit Andy. (Il fit faire une embardée à la Lincoln et attendit que passe un imposant camion de lait venant en sens inverse.) Ce qui s'est passé, je crois, c'est que je n'ai jamais cherché un truc aussi *court*.

– Oui, je m'en doute, dit Wally.

Andy fit demi-tour derrière le camion de lait, revint vers la ligne de chemin de fer et s'arrêta de nouveau sur le bas-côté où poussaient un million de fleurs des champs. Ils descendirent tous, s'étirèrent et secouèrent leurs jambes comme pour récupérer une pièce de monnaie qui aurait glissé par un trou au fond de leur poche, et ils allèrent examiner la voie ferrée.

C'était une voie unique, une paire de rails rouillés qui s'enfonçaient au milieu des bois dans les deux directions, recouverts ici et là de mauvaises herbes et de ronces envahissantes. La section qui traversait la route goudronnée était moins rouillée que le reste qui avait pris une couleur rouge très sombre et terne avec le temps. Des deux côtés de la route, des barrières constituées de deux larges plaques métalliques fixées à des piquets en fer plantés dans des socles en béton, coupaient la voie. Ces barrières étaient autrefois peintes en blanc, mais la rouille avait rongé presque toute la peinture. On y avait vissé des pancartes qui indiquaient : ACCÈS INTERDIT.

Andy regardait la voie ferrée d'un air rayonnant.

– Tu sais à quoi ça me fait penser, John ?

– Oui, répondit celui-ci. À Tom Pouce.

Cela ne semblait pas le mettre particulièrement en joie.

Contrairement à Andy.

– Exactement !

John regarda à droite et à gauche, puis il demanda à Wally :

– De quel côté est le réservoir ?

Wally tendit le doigt vers la droite.

– À trois kilomètres par là.

– Trois kilomètres, répéta John et il soupira.

– C'est pas si loin, dit Andy. Trois kilomètres, c'est une bonne petite promenade de santé. En route !

Il contourna la barrière.

– Je suppose, dit John, qu'il n'y a aucun moyen de mettre la voiture sur les rails ?

– Même si c'était le bon écartement, John, répondit Andy, accoudé à la barrière, de l'autre côté, on serait obligés d'abattre ces trois ou quatre arbres pour faire passer la voiture.

John le foudroya du regard.

– Pourquoi tu me parles d'écartement ?

Andy montra la voie ferrée.

– Si la largeur entre les deux rails était la même qu'entre les roues de la voiture, on pourrait dégonfler légèrement les pneus, mettre la voiture sur les rails et rouler. Mais ce n'est certainement pas la même largeur, et de toute façon, on ne peut pas faire passer la voiture, alors pourquoi est-ce qu'on en parle ? Si on marchait tout simplement ?

– J'ai pas mis les bonnes chaussures, dit John en secouant la tête, mais il fit le tour de la barrière et ils se mirent en route tous les trois vers le réservoir en suivant l'ancienne voie ferrée.

Alors qu'ils avançaient en essayant de calquer leurs pas sur la distance entre les vieilles traverses à moitié pourries, Wally demanda :

– Andy ? Pourquoi tu parlais de Tom Pouce ?

– C'était une locomotive, expliqua Andy. Un jour, John, moi et d'autres personnes, il fallait qu'on entre dans un endroit avec une clôture électrifiée et il y avait une vieille voie ferrée comme celle-ci. On a pris une locomotive qui provenait d'un cirque – une jolie locomotive, peinte de toutes les couleurs et baptisée Tom Pouce – et on a foncé dans la clôture. (Andy se tourna vers John.) Le plan a fonctionné cette fois-là.

– Oui, par la suite, reconnut John à contrecœur. Plus ou moins.

Wally aurait voulu savoir quel était cet endroit avec une clôture électrifiée où ils devaient entrer et *pourquoi* ils devaient y entrer, mais il ne savait pas comment poser la question, et de toute façon, il sentait qu'Andy ne lui répondrait pas. Andy était toujours joyeux, ouvert et tout ça, mais avec le temps, vous vous aperceviez qu'il vous disait seulement ce qu'il voulait vous dire et il se taisait ensuite. Wally imaginait la locomotive aux couleurs vives pulvérisant la clôture électrifiée.

– Il y a eu des étincelles ?

– Pas qu'un peu ! répondit Andy en riant. Les fous couraient dans tous les sens !

– Oui, j'imagine, dit Wally qui espérait en savoir plus.

Mais John intervint :

– Ça fait pas trois kilomètres ?

– Allons, John, dit Andy. On voit encore la barrière derrière nous.

– Je ne sais pas pourquoi j'ai mis ces chaussures.

Après cet échange, ils marchèrent en silence. Wally repensait à cette histoire de train et de clôture électrifiée. Pourquoi avait-il parlé de « fous » ?

– Clôture droit devant, annonça Andy.

C'était une clôture grillagée d'environ trois mètres de hauteur, surmontée de fil de fer barbelé, qui traversait la voie ferrée. En s'en approchant, ils découvrirent l'inévitable pancarte :

ACCÈS INTERDIT
RÉSERVOIR DE VILBURGTOWN

– Mince alors ! dit Wally. On fait quoi maintenant ?

– Moi, je m'assois, déclara John et il se dirigea vers un tronc d'arbre couché pour s'y asseoir.

Pendant ce temps, Andy se rapprocha de la clôture, sortit de sa poche intérieure de veste une pince coupante, mit un genou à terre et entreprit de découper le grillage en partant du bas. Wally roulait de gros yeux ronds.

– Tu coupes la clôture !

– On ne va pas sauter par-dessus, répondit Andy en poursuivant son travail. Et je n'ai pas apporté de pelle pour passer par en dessous. C'est à peu près tout ce qui reste comme solution.

Wally regarda la pancarte officielle : ACCÈS INTERDIT. Parfois, dans les jeux, il était nécessaire de quitter les routes normales pour emprunter des raccourcis ; ce devait être l'équivalent dans la vie réelle. Et, à bien y réfléchir, ce qui étonnait surtout Wally, ce n'était pas ce que faisait Andy, mais le *calme* avec lequel il le faisait. Quand Wally se lançait dans une aventure avec son ordinateur, c'était pour *l'excitation*, mais avec Andy et John, on aurait dit que l'aventure ressemblait à *un boulot*.

– Voilà, dit Andy en se relevant et en rangeant sa pince. John ? Tu veux passer le premier ?

John soupira, se leva du tronc et s'avança pour examiner la clôture. Andy avait fait une entaille verticale d'un peu plus d'un mètre, à peine visible. John dit :

– C'est pas suffisant.

– Mais si, répondit Andy. Wally, appuie sur ce côté. Moi, je vais tirer de l'autre côté. Y a largement assez de place pour passer.

Il y avait tout juste assez de place, en fait. Avec Wally qui poussait et Andy qui tirait, c'était comme ouvrir une enveloppe. John se glissa par l'interstice en ronchonnant, puis il prit la place de Wally pendant que celui-ci passait en force et en grognant, sans trop déchirer ses vêtements ; puis Wally et John écartèrent la clôture pour Andy et ils se retrouvèrent de l'autre côté.

Mais encore loin du réservoir. Ils reprirent leur longue marche, avec John qui se plaignait de temps en temps et Andy qui montrait les jolies fleurs ou les branches d'arbres aux formes insolites, puis enfin ils virent la lumière éclatante du soleil se refléter à la surface de l'eau droit devant.

C'était très étrange. La voie ferrée pénétrait directement dans le réservoir et disparaissait sous l'eau. Des deux côtés, un entrelacs de broussailles et d'arbustes formait un obstacle infranchissable jusqu'au bord de l'eau.

Andy tendit le doigt vers la gauche du rivage envahi de végétation.

– C'est là-bas qu'on est entrés la dernière fois. On est plus loin du barrage maintenant.

– Ne me parle pas de la dernière fois, dit John. (Il se tourna vers Wally.) Tu es sûr que ce truc descend jusqu'à la ville tout au fond ?

– Oui, oui. Et ça ressort de l'autre côté, promit Wally en montrant du doigt la rive opposée. Mais là-bas, c'est beaucoup plus loin de Putkin's Corners.

Visiblement dubitatif, Andy dit :

– Écoute, John... On *pourrait* aller jeter un coup d'œil à la voie ferrée de l'autre côté, si tu penses qu'on devrait.

– Non, répondit John. Ce qui compte, c'est ce qui se passe sous l'eau, et ça, on peut pas le savoir avant de... (Nouveau long soupir accompagné d'un mouvement de tête dépité.)... de descendre.

– Bon, dit Andy, le but de cette expédition était de voir si la voie ferrée était toujours là et si elle allait sous l'eau. Elle y est et elle y va.

– Et elle traverse tout sous l'eau, confirma Wally.

– Bien, fit John. Je regarde, je regarde et je ne vois aucune raison de ne pas le faire. Alors, je crois que c'est bon.

L'excitation fit un bond dans la poitrine de Wally. Ils allaient essayer de nouveau ! Et peut-être que cette fois, ils le laisseraient venir avec eux. Pas pour descendre au fond du réservoir, il n'avait *aucune* envie de faire ce genre de choses, mais simplement pour être là sur la rive avec les autres, donner un coup de main, attendre, faire ce que faisaient les autres pendant que John et Andy étaient au fond, dans le froid et l'obscurité, tout mouillés. Essayant de masquer son enthousiasme, il demanda :

– Alors, John ? Et maintenant ?

– Maintenant, dit John, je vais encore réclamer de l'argent à Tom.

34

Dortmunder ne cessait de plisser les yeux. Il ne pouvait pas s'en empêcher. Ce n'était pas à cause de l'éclairage *à l'intérieur,* qui était tout à fait ordinaire, c'était le fait d'imaginer tout cet espace *au-dehors,* de le sentir, juste derrière ces grands murs vides. Ici, *à l'intérieur,* dans ce terminal d'aéroport, dans cet État inutilement vaste, plat et couleur *terre* de l'Oklahoma, Dortmunder était adossé à un des murs, avec deux petites valises posées à ses pieds, obligeant les voyageurs pressés à faire un écart, pendant que Tom, planté devant un des comptoirs situés à l'autre bout de la salle, louait une voiture (encore !) à un robot ressemblant à une fille petite et souriante. Dortmunder avait montré son permis de conduire à cet automate, car c'était lui qui conduirait la voiture une fois qu'elle serait louée, mais ensuite, il avait regagné son point d'observation éloigné, le temps que Tom règle les pénibles aspects commerciaux de la transaction.

Quand il eut enfin terminé, Tom traversa le flot de voyageurs comme s'ils n'existaient pas, forçant plusieurs personnes à se rentrer dedans, plutôt que de *lui* rentrer dedans, et il reprit son bagage posé près du pied gauche de Dortmunder.

– Il faut sortir pour attendre le bus, dit-il.

– Y a pas de bagnole ? demanda Dortmunder.

Tom le regarda en fronçant les sourcils.

– Le bus pour aller à la voiture, dit-il. Commence pas, Al !

– J'y connais rien à tout ça, moi, lui rappela Dortmunder en récupérant son bagage et ils sortirent du terminal, surveillés par tous les policiers, tous les agents fédéraux, tous les agents de sécurité privés présents, qui tous étaient convaincus, au plus profond d'eux-mêmes, que ces deux énergumènes mijotaient *quelque chose.* Quand un avocat regardait Dortmunder et Tom Jimson, surtout quand ils étaient ensemble, il pensait aussitôt : « Quel est leur mobile ? »

Dehors, c'était encore de l'aéroport, de l'aéroport normal, avec du béton horizontal entre des barres de béton vertical, mais Dortmunder *savait* que l'Oklahoma était juste là, à quelques pas, derrière un coin en béton.

– Y a du soleil, gémit-il.

Chaque société de location de voitures possédait ses propres minibus et ils avaient *tous* un drôle d'aspect, avec des couleurs et des motifs farfelus, des excroissances ressemblant à des chapeaux et des ailerons étrangement placés, comme s'ils avaient été dessinés par ceux qui créaient les vaisseaux spatiaux dans les bandes dessinées. Tom en refusa plusieurs, sans raison apparente aux yeux de Dortmunder, puis il en accepta enfin un et ils montèrent à bord en même temps qu'un tas de Blancs en costumes portant des petites valises. Au milieu de ces bons citoyens, Dortmunder et Tom ressemblaient exactement à ce qu'ils étaient : deux anciens taulards qui préparaient un sale coup. Le chauffeur du minibus fut le seul néanmoins à les remarquer et il les surveilla dans son rétroviseur durant tout le trajet, le temps de sortir de l'aéroport et de rouler sur la grande route écrasée de soleil jusqu'au parking du loueur de voitures.

Le chauffeur avait ramassé l'enveloppe épaisse que lui avait tendue chaque passager en montant dans le minibus et, maintenant, il déposait chacun devant la voiture qui lui avait été attribuée par la grande loterie. Tom et Dortmunder étaient tombés sur un petit véhicule blanc qui ressemblait à une machine à laver avec quatre portières minuscules.

– J'aime mieux les voitures d'Andy, dit Dortmunder, alors qu'ils fourraient leurs bagages sur le siège arrière où il n'y avait aucune place pour les jambes.

– Moi, j'aime mieux une voiture qui n'attire pas l'attention des flics, répliqua Tom.

Ils montèrent à l'avant. Dortmunder avait pris le volant et tandis qu'il conduisait la petite machine en suivant la succession de panneaux indiquant la sortie, Tom s'intéressa à la radio et découvrit qu'il avait le choix entre trente-sept stations diffusant du rock, quatre programmes religieux et une station tout info qui fonctionnait selon le principe qui voulait que « tout info » signifie « sports ». Tom opta finalement pour un des programmes religieux et il se rassit au fond de son siège, satisfait.

« Le méchant homme est parmi nous, mes amis, il est dans nos cœurs et dans nos esprits. Notre Seigneur et Créateur le *voit*, mes amis, il *voit* que *nous* l'abritons... »

– Hi hi, fit Tom.

Très vite ils eurent quitté l'aéroport pour déboucher sur le néant. *Le vide*. Aussi loin que portait le regard.

– Tu pourrais pas imaginer comme tout ça était vide avant l'arrivée de l'homme blanc, commenta Tom en regardant tout ce vide autour de lui.

– Hmmm, fit Dortmunder.

Pour un homme qui avait passé toute sa vie dans des villes ou des paysages accidentés de montagnes et de collines, ce vide était extrêmement effrayant. Si quelqu'un à un millier de kilomètres tirait accidentellement un coup de feu dans *cette* direction, il pouvait vous faire sauter la cervelle. Dortmunder conduisait la petite machine à laver blanche sur la large route blanche au milieu de la circulation « fluide à modérée », en essayant de se persuader qu'il avait des problèmes de vision périphérique et qu'il y *avait quelque chose* à droite et à gauche : une construction, une colline, quelques arbres, *quelque chose*. Au moins, il se félicitait d'être assis ; en restant debout, il courait le risque de perdre l'équilibre.

– Tu prendras la direction de Norman, indiqua Tom alors qu'ils approchaient d'un échangeur en forme de trèfle.

Les toboggans ressemblaient à des arceaux de croquet sur une pelouse.

– Je pourrai le voir, non ? demanda Dortmunder.

– De quoi ? Norman ? Non, on tournera avant d'y arriver et on prendra vers Chickasaw à l'ouest.

– Non, je voulais dire : voir que j'aurai tourné dans la bonne direction, dit Dortmunder.

Tom plissa le front ; il essayait de comprendre, pendant qu'à la radio le prédicateur décrivait avec des détails délicieux les diverses activités qui se déroulaient en enfer au même moment.

– Ah ! d'accord, dit Tom. Tu veux dire que c'est plutôt plat par ici.

– Quelque chose comme ça, oui.

– J'ai grandi dans ce territoire, dit Tom. J'étais un Okie. Mais pas comme dans ce film, là.

– Non ?

– Tu t'assois autour d'un feu de camp, tu chantes des chansons. Tu te pointes dans une station-service avec ton gros vieux pick-up, rempli de matelas, de femmes, de vieillards en train de clamser, qu'est-ce que tu fais ?

– Je fous le camp, répondit Dortmunder.

– Dans le film, dit Tom, ils ont *acheté de l'essence*. Ils ont payé.

– Toi, tu loues bien des voitures, souligna Dortmunder.

– C'est pas la même chose. Je fais tout ce que je peux pour me faciliter la vie. Je loue des bagnoles parce que je *peux* le faire.

– Qu'est-ce que tu aurais fait à l'époque, dans cette station-service ?

– J'aurais mutilé le gamin jusqu'à ce qu'il se souvienne de la combinaison du coffre, répondit Tom. Tiens, c'est là que tu tournes.

35

Il s'avéra que le butin planqué à l'intérieur de l'église était le seul coffre-fort officieux de Tom à se trouver dans le nord-est. Tom admit à contrecœur qu'il existait d'autres butins qui avaient échappé aux mains avides des avocats, mais tous étaient très loin, dans différentes parties du pays. Il n'avait pas envie de voyager, il n'aimait pas l'idée de se débarrasser de ses derniers butins, il ne voulait pas se rendre utile, si bien que Dortmunder avait fini par proposer qu'ils aillent tous les deux là où il fallait aller, en emportant un petit sac de voyage s'ils étaient obligés de rester quelque temps, mais avec l'intention de faire le plus vite possible. Aller sur place, effectuer le retrait et rentrer.

« Mais un butin facile, hein, Tom ? » avait dit Dortmunder. « Fini les mariages, d'accord ? Évitons les foules de gens tout autour. »

« Que dirais-tu d'un endroit sans *personne* autour ? Une ville fantôme, par exemple ? »

C'était là qu'ils se rendaient maintenant, et pendant le trajet, Tom expliqua ce qui s'était passé à Cronley dans l'Oklahoma et avait transformé une ville d'éleveurs animée, une plaque tournante au début du XXe siècle en une carcasse vide, desséchée et délabrée comme aujourd'hui.

– C'est à cause du chemin de fer, principalement.

– Le chemin de fer, répéta Dortmunder en roulant sur une route à deux voies déserte au cœur de l'Oklahoma, mais en pensant à la voie ferrée qui s'enfonçait dans l'eau, là-haut dans les montagnes verdoyantes du nord de l'État de New York. Il y a des chemins de fer partout dans cette histoire, tout à coup.

– À Cronley, c'est l'inverse qui s'est passé, dit Tom. Tout à coup : plus de chemin de fer.

– La même chose est arrivée partout.

– Non, pas comme ça, dit Tom. Au départ, Cronley était une petite ville de fermiers, au bord d'un petit cours d'eau entre les Canadian et Cimarron Rivers, c'était là que les gens venaient acheter leur sel et vendre leur lait. Ensuite, quand le chemin de fer est arrivé, après la guerre de Sécession,

Cronley s'est agrandi, c'est devenu le chef-lieu de comté, on a construit plein d'entrepôts, des bureaux pour les hommes d'affaires, un grand hôtel de quatre étages en bordure de la voie ferrée pour les représentants de commerce, le plus grand immeuble de la ville.

– Quatre étages ?

Tom ignora la remarque de Dortmunder.

– Dans les années trente, la sécheresse a frappé durement Cronley, et comme tous les fermiers du coin ont fichu le camp, la population a diminué. Pourtant, la ville a continué à se développer jusque dans les années cinquante, et c'est à ce moment-là que l'Oklahoma a commis sa grosse erreur.

– L'Oklahoma tout entier ?

– Parfaitement, dit Tom. L'Oklahoma a décidé de rester un État « sec », c'est-à-dire sans alcool, après la Prohibition. C'est toujours comme ça. Tu prends des gens, tu leur infliges un tas de problèmes et de souffrances, ils réagissent *toujours* de la même manière, à tous les coups, tu peux parier ce que tu veux, Al : ils se disent que *Dieu* leur a imposé tous ces problèmes et ces souffrances parce qu'ils ont fait quelque chose de mal, et s'ils *s'infligent eux-mêmes* encore plus de problèmes et de souffrances, peut-être que Dieu sera moins dur avec eux. On voit ça partout. Au Moyen Âge, c'est un gars qui m'a raconté ça en taule, la meilleure façon de ne pas choper la peste, c'était de se frapper avec un fouet. Alors, l'Oklahoma, pauvre, triste et sec comme la poussière, a décidé d'être encore plus sec, comme ça peut-être que Dieu leur foutrait la paix. Conclusion : plus d'alcool.

– C'était ça, l'erreur ? demanda Dortmunder. C'est ce qui a tué Cronley ? Plus d'alcool ?

– Ça a créé le contexte, répondit Tom. Ce qui se passe, quand tu fais une nouvelle loi, aussi stupide soit-elle, c'est que tôt ou tard, il y aura toujours un gars assez stupide pour la faire appliquer. C'est ce qui s'est passé dans les années cinquante. Des flics de l'Oklahoma sont montés dans un train et ils ont arrêté le barman de la voiture-bar parce qu'il avait servi de l'alcool dans un État « sec ».

– Attends une minute, dit Dortmunder. Dans le *train ?*

– Oui, le train direct, qui entrait dans l'État de ce côté-ci et qui ressortait de ce côté-là. Ils ont fait descendre le barman, ils l'ont mis en taule pour la nuit, et le lendemain, les gens de la compagnie sont venus le chercher. (Tom fit son espèce de sourire, sans remuer les lèvres.) Sacrée nuit pour le barman, hein ? Al, tu vas prendre cette route de campagne un peu plus loin.

Un peu plus loin, un petit panneau indiquait une petite route sur la gauche. Alors que Tom leur avait fait quitter la nationale depuis maintenant un certain temps, chaque route qu'il leur faisait prendre était de plus en plus petite et de moins en moins fréquentée, et voilà qu'il disait à Dortmunder de quitter une route goudronnée à deux voies déserte pour une route de graviers à deux voies *étroite* et sinueuse qui traversait un paysage de broussailles comme si elle avait été tracée par un serpent assoiffé.

Au moins, la campagne était un peu moins plate au centre de l'État : des collines basses, pelée et brunes se dressaient maintenant autour d'eux, et d'autres, plus hautes et plus escarpées (mais aussi pelées) se dessinaient un peu plus loin. Cette nouvelle route montait légèrement et elle devenait plus cahoteuse, parsemée de pierres et d'ornières comme s'il pleuvait parfois par ici. Tenant fermement le volant à deux mains pour serpenter au milieu des bosses et des trous, Dortmunder dit :

– Aux dernières nouvelles, le barman avait passé la nuit en prison.

– Exact, dit Tom. Alors, qu'est-ce qu'ont fait les chemins de fer ? Ils ont construit de nouveaux itinéraires pour contourner l'État, et à la fin, il ne passait *plus un seul* train dans l'Oklahoma.

Surpris, mais aussi ravi par l'ampleur de cette vengeance, Dortmunder demanda :

– Et maintenant ?

– C'est toujours pareil. Aujourd'hui encore, quand tu regardes une carte d'Amtrak, les lignes de chemin de fer contournent l'Oklahoma, sans jamais y *entrer*. Et c'est ça qui a tué Cronley. Plus de train, plus de raison d'aller dans ce trou. Attention, il va y avoir un embranchement quelque part, Al, mais sans doute qu'ils l'ont pas bien entretenu, alors faut ouvrir l'œil.

– À gauche ou à droite ?

– À droite.

Dortmunder roulait au ralenti avec la petite machine à laver blanche en collant le bord droit de la route étroite, et malgré tout, ils faillirent louper l'embranchement.

– Merde, Al ! s'écria soudain Tom. C'était là ! C'est ma faute, cette fois. J'aurais dû la voir.

Dortmunder pila net et regarda Tom.

– Ta faute, *cette* fois ?

– Oui, c'est ce que je viens de dire, confirma Tom en regardant pardessus son épaule droite la route derrière eux. Allez, Al, recule.

Dortmunder inspira une grande bouffée d'air et la garda. Puis il hocha la tête, relâcha sa respiration, enclencha la marche arrière et fit reculer la machine à laver en projetant des graviers dans tous les sens.

– Tout doux, Al, dit Tom d'un ton calme, la tête penchée à la vitre et le doigt tendu. Tu la vois ? Tu la vois, là ?

Dortmunder finit par la voir : une route goudronnée délabrée couverte de terre et de mauvaises herbes.

– C'est ça ?

– C'était la route secondaire, dans le temps, dit Tom. Celle sur laquelle on roule était pavée elle aussi.

– Bon sang, pourquoi on prend pas la route principale ? demanda Dortmunder.

– Elle n'existe plus. Ils en ont arraché une partie quand ils ont construit une des nationales, et ils en ont vendu une autre partie à l'agro-industrie. Et maintenant, il n'y a plus que ça.

– C'est loin d'ici ?

– Une douzaine de kilomètres.

– Je me dis que... On aurait peut-être besoin d'une Jeep. Ou bien d'un char.

– Ça va aller, dit Tom. Continue à rouler, Al.

Alors, Dortmunder continua à rouler, en pilotant ce petit appareil électroménager blanc sur une surface qu'il n'aurait jamais dû connaître. La majeure partie de la route s'était effritée ou bien avait été ravinée par la pluie, et le reste disparaissait à moitié sous les mauvaises herbes qui traversaient le macadam. Initialement, il s'agissait d'une route à deux voies sans doute assez large, mais les pires dégâts s'étaient d'abord produits sur les côtés avant de progresser vers le centre, si bien que par endroits, la chaussée n'était pas plus large que la voiture, et *jamais* dans le domaine du civilisé ou de l'acceptable.

Ce qui ne semblait pas gêner Tom. Alors que le véhicule progressait à environ 8 kilomètres à l'heure (une heure et demie pour atteindre Cronley à ce rythme) et que Dortmunder, couché au-dessus du volant et le front collé contre le pare-brise, guettait les nids-de-poule capables de briser un essieu, Tom, lui, bavardait tranquillement.

– C'est un de mes plus vieux butins, figure-toi. Ça remonte à juste après la guerre. De partout les GI rentraient au pays ; les rues étaient pleines d'escrocs qui attendaient, les cartes à la main. Il y avait un type à Cronley qui logeait à l'hôtel avec une fille prénommée Myra. Un tas de soldats descendaient du train à cet endroit, pour retourner dans leur ferme ou alors pour changer de train. À cette époque-là, on pouvait prendre le train à Cronley pour descendre jusqu'à Wichita Falls ou monter jusqu'à Whichita ou Amarillo, ou à plein d'autres endroits. Ce gars-là... C'était quoi son nom déjà ?... Peu importe. Myra et lui, ils arnaquaient les soldats ; le type organisait des parties de poker dans sa chambre d'hôtel, avec Myra qui restait là, supersexy. Je suis sorti avec Myra pendant quelque temps et je lui ai demandé de me faire signe quand il y aurait un gros paquet de fric dans la chambre, et de laisser la porte ouverte. Je me suis pointé avec deux autres types et on a tout raflé. (Tom hocha la tête et, sans bouger les lèvres, il fit « hi, hi ».) Les deux autres types, ils étaient pas au courant pour Myra et moi. Quand ils ont foncé dans l'ascenseur, j'ai refermé la porte sur eux, j'ai coupé le jus et j'ai foutu le fric dans la chambre que m'avait louée Myra.

– Coupé le jus ? Tu veux dire que tu as coupé l'électricité dans tout l'hôtel ?

– Oui, pour semer la panique, expliqua Tom.

– Avec tes associés dans l'ascenseur ?

– Ex-associés, rectifia Tom avec son ricanement sinistre. Les soldats n'ont pas été tendres avec eux jusqu'à ce que les flics rappliquent.

– Ils n'ont pas fouillé l'hôtel ? demanda Dortmunder.

– Si, bien sûr. Mais Myra m'a déguisé pour me faire passer pour sa sœur et...

– Sa sœur ?

– Myra avait le charme, dit Tom, mais c'était moi qui avais la matière grise, et quand le tricheur professionnel a découvert que Myra était de mèche avec les braqueurs...

– Comment il l'a découvert ?

– À ton avis, Al ?

– Ah ! oui, bien sûr, dit Dortmunder en zigzaguant pour éviter les dangers de la route.

– À ce moment-là, j'avais déjà foutu le camp. Mais je ne pouvais pas emporter une grosse partie du fric, alors je l'ai laissé à l'hôtel, en lieu sûr.

– Combien ?

– On avait raflé seize mille dollars. J'en ai emporté deux, il en restait quatorze.

– Et maintenant, dit Dortmunder, alors que les petits pneus de l'engin plongeaient dans les trous et ressortaient de l'autre côté en s'accrochant, tu penses que ces quatorze mille dollars sont toujours là, quarante ans plus tard.

– Absolument. Je ne suis pas venu jusqu'ici pour profiter du grand air, Al. Ni pour retrouver Myra.

– Ça lui ferait quel âge maintenant ?

– Aucun, répondit Tom. Les nanas comme Myra, ça ne vit pas vieux.

Dortmunder se surprit à se demander, et ce n'était pas la première fois, pourquoi diable est-ce qu'il se retrouvait associé avec Tom Jimson. Jadis, en taule, il n'avait pas eu le choix (ce n'était que bien plus tard que l'attribution des cellules avait pu faire l'objet de négociations), et de toute façon, en ce temps-là, il pouvait toujours se rassurer en se disant qu'il y avait en permanence des secours armés à portée de voix.

« Qu'est-ce que j'en ai à foutre des habitants de cette vallée ? » se demanda Dortmunder, alors que le petit LEM blanc progressait vers Cronley la morte. Si j'allais là-bas, si je me baladais dans l'une ou l'autre de ces

Dudson, les gens à leurs fenêtres appelleraient les flics en me voyant passer. Je ne suis pas obligé de protéger cette vallée du danger nommé Tom Jimson, nom d'un chien ! Je me suis lancé dans ce truc-là parce qu'il m'a foutu la trouille, voilà tout, et parce que ça ne paraissait pas aussi compliqué, aussi long, avec autant de problèmes. Et maintenant, je suis dans le coup, et je me retrouve en *Oklahoma,* comme une sorte de pionnier ou je ne sais quoi, en train de conduire ce tonneau de bière à roulettes. Ça ne tient pas debout.

– C'est là, déclara Tom en brisant le long et inhabituel silence.

Dortmunder ralentit presque jusqu'à l'arrêt complet du véhicule, pour pouvoir prendre le risque de lever la tête et de regarder à l'extérieur. Ils venaient de franchir une minuscule crête et devant eux s'étendait désormais plus de verdure qu'il n'en avait vue depuis la salade sur le plateau-repas de l'avion. Une verdure composée principalement de petits arbres trapus d'un vert soutenu, dont un bataillon clairsemé s'étirait sur la gauche et sur la droite. Ils avaient passé la majeure partie de l'après-midi à rouler sur ce misérable ersatz de route, et maintenant, les ombres des arbres dessinaient de longs doigts effilés tendus vers la droite, comme pour suggérer aux visiteurs de faire un détour. Au-dessus de cette forêt linéaire se dressaient deux ou trois constructions et un clocher d'église.

Dortmunder demanda :

– Les arbres, ça veut dire qu'il y a une rivière ?

– Ah ! tu es un vrai homme des bois, Al.

– Et ça, c'est ta ville, hein ?

– C'est mon *butin,* Al. Le grand bâtiment, là, c'est l'hôtel.

– Le grand bâtiment.

– Oh ! tu peux rire, Al, dit Tom bien que Dortmunder n'ait rien fait de tel. Mais de la fenêtre de la chambre de Myra au dernier étage, on voyait à des kilomètres.

– Vous voyiez *quoi* à des kilomètres ?

Tom émit son petit ricanement.

– Nous, par exemple.

36

Guffey regardait la petite voiture blanche rouler lentement vers la ville. Les jumelles la faisaient paraître plus proche qu'elle n'était en réalité, mais elles aplatissaient tout. La lunette du 30-03 était meilleure ; il y avait plus de définition. À cette distance, il pouvait tirer une balle à travers le pare-brise dans une de ces deux têtes qui tressautaient. S'il le voulait. Mais il n'avait aucune raison particulière d'abattre ces deux étrangers comme des chiens galeux ; pas pour l'instant du moins. Pas avant qu'ils se soient suffisamment approchés, pas avant qu'il puisse voir qui ils étaient.

Et si jamais c'était... Les vieilles mains parcheminées de Guffey tremblaient sur la crosse de son fusil. Et si jamais l'un des deux était... *lui ?*

Tim Jepson. Enfin.

– Le gars qui a gâché ma vie, murmura Guffey entre ses lèvres sèches et gercées.

Il baissa son fusil et ses vieux yeux chassieux observèrent sans aide extérieure la petite voiture blanche qui approchait en se balançant et cahotant lentement. Tim Jepson.

Sauf que ça ne serait pas lui, évidemment. Ça n'avait encore jamais été lui, il avait pourtant attendu longtemps, il avait pourtant cultivé sa patience. En vingt-six ans, ça n'avait jamais été Tim Jepson qui revenait à Cronley pour récupérer ses quatorze mille dollars.

Mais il reviendrait ! Un jour ! Un jour, ce serait lui ! Mais jamais aujourd'hui.

Dans les premiers temps, au début des années soixante, les rares visiteurs (intrus ? envahisseurs ? gens de passage ?) qui se rendaient dans la ville de Cronley, morte depuis peu, étaient essentiellement des pillards espérant trouver des accessoires de plomberie ou des poignées de porte en cuivre oubliés par les précédents pillards. C'étaient des gens de la ville, coriaces, déterminés, désagréables, avec des vêtements de travail kaki graisseux, qui conduisaient des breaks avec des plateaux en bois et qui fumaient des cigares. Ils rappelaient à Guffey les pires éléments de la prison, c'est pourquoi il les évitait, en se déplaçant avec tout ce qu'il possédait, et aucun d'entre eux n'avait jamais su que Cronley comptait encore un habitant.

À la fin des années soixante, une nouvelle espèce de visiteurs avait fait son apparition : de jeunes marginaux aux vêtements bigarrés, avec des bandeaux dans les cheveux comme des Indiens dérangés. Ils arrivaient dans des bus Volkswagen déglingués, ils allumaient un tas de feux de camp, ils écoutaient de la musique débile sur des électrophones portables et ils plantaient du maïs, des tomates et de la marijuana. Seule la marijuana poussait et, bientôt, chaque groupe plein d'espoir décidait de rentrer à la maison. Guffey regardait leurs minibus disparaître en bringuebalant derrière la crête.

Rares furent les marginaux qui eurent conscience de l'existence du vieil ermite de Cronley, mais quelques filles l'avaient surpris en train de les mater pendant qu'elles se baignaient nues dans la rivière. La plupart prenaient peur et devenaient hystériques; elles informaient leurs petits copains et Guffey devait retourner se cacher dans les bois pendant plusieurs jours jusqu'à ce qu'ils cessent de le chercher, mais une fois, une des filles lui avait fait signe d'approcher avec son petit doigt et un petit sourire et *oh, la vache !* Ce fut l'unique expérience sexuelle de Guffey depuis qu'il était allé en prison – il y a plus de quarante ans maintenant, *a priori* –, mais c'était génial. Ça valait la peine de s'en souvenir. Ça vous aidait à tenir quand les nuits devenaient froides.

Les hippies, les yippies, les trippies et les flippies s'étaient raréfiés au début des années soixante-dix, et pendant quelque temps, Guffey avait eu Cronley pour lui tout seul. Puis, vers la fin des années soixante-dix, les professeurs avaient commencé à arriver : archéologues, anthropologues, ethnologues, sociologues. Hommes et femmes, ils portaient tous des pantalons kaki, de grosses chaussures et beaucoup de vêtements avec des étiquettes L.L. BEAN. (Guffey avait volé une partie de leur équipement pour rafraîchir sa garde-robe.)

Mais au bout d'un moment, les subventions avaient dû prendre une autre direction. Cela faisait presque dix ans maintenant que Guffey n'avait pas revu dans les parages un professeur avec un chapeau de safari et de grosses chaussures. Plus récemment, il y avait eu une série de charpentiers, d'architectes et de décorateurs d'intérieur qui cherchaient du bois : des planches de grange, des pilastres d'escalier, des vieux panneaux intéressants. Ils avaient largement contribué à la détérioration de Cronley, mais l'engouement fut de courte durée et il prit fin alors qu'il y avait encore pas mal de bois de bonne qualité en ville. Guffey estimait que trois ou quatre années s'étaient écoulées depuis qu'un être humain ne s'était pas aventuré par ici.

Et aujourd'hui, il voyait arriver cette petite voiture blanche. Avec sa prudence naturelle, Guffey rassembla ses quelques affaires, quitta sa chambre au dernier étage du Cronley Hotel et emprunta le couloir pelé et délabré jusqu'à l'escalier. L'ascenseur n'avait pas fonctionné depuis des années, évidemment, et de toute façon, Guffey n'y remettrait jamais les pieds. Dans cet ascenseur ou n'importe quel autre, mais surtout *celui-ci*. Car c'était dans *cet* ascenseur que ses ennuis avaient commencé.

Au départ, il y avait Eddie Hobbs, Tim Jepson et lui. Jepson était plus âgé qu'Eddie et lui. Ils savaient que c'était un dur à cuire et ils voulaient devenir un dur à cuire comme lui, et quand il leur avait proposé de participer au braquage avec lui, ça ressemblait plutôt à une farce, en quelque sorte. Ils n'allaient pas *vraiment* détrousser quelqu'un, ils allaient braquer un joueur de cartes professionnel qui avait profité des GI qui revenaient au pays. C'était comme ça que Jepson leur avait présenté la chose, et Eddie et lui, dix-neuf ans, idiots, tout juste sortis de leur ferme, avaient accepté sans hésiter.

Et Jepson les avait trahis. Il les avait bloqués dans un ascenseur sans électricité et avait fichu le camp avec le butin. Eddie et lui étaient comme des fous dans cet ascenseur, dans le noir, et la situation ne s'était pas améliorée quand la lumière était revenue et que l'ascenseur s'était remis en marche. Quand il arriverait en bas, ils le savaient, quand il arriverait en bas et que la porte s'ouvrirait, l'enfer se déchaînerait.

En effet. Le problème, c'est que *personne d'autre* ne voulut croire qu'Eddie et lui avaient détroussé un joueur de cartes professionnel. Aux yeux de tout le monde, y compris des soldats qui se trouvaient dans cette chambre en train de jouer aux cartes quand Eddie, Tim et lui avaient fait irruption avec des armes, les victimes de ce vol, c'étaient des *soldats*.

De courageux soldats tout juste rentrés chez eux après avoir fait la guerre. Ceux qui osaient détrousser des soldats n'avaient pas droit au bénéfice du doute en ce temps-là.

Au cours des années qui suivirent, Guffey se fit *beaucoup* tabasser. Ça commença au moment où la porte de l'ascenseur s'ouvrit : tous les soldats qui, un peu plus tôt, jouaient au poker dans cette chambre là-haut étaient là. Les flics étaient arrivés entre-temps, mais ils n'étaient pas pressés d'interrompre une bonne raclée et un long moment s'écoula avant qu'Eddie et lui soient transférés de l'hôtel à l'hôpital.

Ce fut la dernière fois que Guffey vit Eddie, qui avait une sorte de tante qui connaissait un magistrat ou un truc comme ça et son cas avait été disjoint de celui de Guffey. Celui-ci avait finalement été jugé et il avait écopé du maximum : de vingt-cinq à quarante ans de prison, parce que c'étaient des soldats, parce qu'il avait une arme et parce qu'il avait déjà un petit casier judiciaire à cause d'un acte irréfléchi dans sa jeunesse (voilà pourquoi il n'était pas dans l'armée), mais surtout parce que Tim Jepson avait fichu le camp avec tout l'argent.

La réputation de Guffey l'avait précédé au pénitencier, où les gardiens furent les premiers à le tabasser, avant que les autres prisonniers le tabassent à leur tour, avant que les gardiens remettent ça. Au bout d'un moment, ça s'était un peu calmé, jusqu'à ce que d'anciens soldats viennent grossir la population carcérale. La plupart d'entre eux estimaient avoir été victimes d'une injustice quelconque quand ils portaient l'uniforme, et Guffey était un moyen bien pratique d'obtenir réparation.

À un moment donné, un dénommé Mitch Lynch arriva au pénitencier, condamné à une lourde peine à la suite d'une escroquerie visant un industriel du pétrole de Tulsa. Guffey ne reconnut pas en Lynch l'arnaqueur qu'Eddie, Tim et lui avaient braqué, mais Lynch, lui, reconnut un des salopards qui avaient fait irruption dans sa suite, pistolet au poing, et Lynch se fixa comme objectif de tabasser Guffey, pour finalement s'apercevoir que cela avait déjà été fait. Frapper ce petit bonhomme, c'était comme se défouler sur une serpillière. Lynch lui courut après deux ou trois fois dans la cour, sans en tirer une véritable satisfaction, et peu à peu, aussi curieux que cela puisse paraître, Guffey et Lynch devinrent amis. Enfin, des connaissances.

C'est par Lynch que Guffey apprit comment la petite amie de celui-ci, Myra, avait trahi Lynch au profit de Tim Jepson, et comment ensuite, Tim avait trahi Myra au profit de Lynch, avant de foutre le camp avec tout le pognon. Mais pas forcément avec le pognon, et c'était ça le plus intéressant.

Myra avait juré à Lynch que Tim avait planqué la majeure partie des seize mille dollars qu'il avait volés – quatorze mille dollars précisément, elle en était sûre – quelque part en ville, car il ne voulait pas attirer l'attention en voyageant avec une telle somme sur lui, et son intention était de revenir chercher l'argent quand il en aurait besoin.

Lynch avait interrogé Myra de manière très rigoureuse pour savoir *où* Tim avait caché les quatorze mille dollars, et il était tout à fait convaincu que Myra ne le savait pas, car sinon, elle le lui aurait dit. « Un jour, je sortirai d'ici », répétait souvent Lynch. « Et ce jour-là, je retournerai à Cronley et j'attendrai. Je trouverai un boulot, je ferai n'importe quoi, je m'en fous. Car un jour ou l'autre, ce fils de pute reviendra. »

Jusqu'à présent, Lynch s'était trompé sur toute la ligne. Il n'était jamais sorti de prison, pas sur ses deux jambes du moins : une dispute dans la cour de promenade en 1952 s'était achevée par une petite cuillère aiguisée plantée entre ses côtes, en plein cœur. Et même s'il avait vécu assez longtemps pour retourner à Cronley, il aurait trouvé une ville abandonnée, sans aucun travail pour lui. Et jusqu'à ce jour, Tim Jepson n'était jamais revenu chercher ses quatorze mille dollars.

Quand Guffey avait été libéré de prison, après avoir purgé une peine de dix-huit ans, l'homme qui était sorti dans la rue en clignant des yeux était beaucoup plus âgé que ses trente-sept ans officiels. Plus aucune de ses dents n'était à lui et ses os avaient été cassés si souvent qu'il se déplaçait à la manière d'un arthritique de quatre-vingts ans. Il avait perdu toute capacité à vivre comme un être social ; c'était un animal solitaire qui tremblait de peur ou qui rugissait. Il était incapable de conserver un travail ou d'entretenir un lieu pour vivre ; il ne pouvait pas prendre le bus sans provoquer un incident. Son contrôleur judiciaire le haïssait, et pourtant, son contrôleur judiciaire avait la réputation d'être un saint.

C'est lorsqu'il se surprit à envisager quel genre de crime il pouvait commettre pour être sûr de retrouver sa cellule que Guffey comprit qu'il devait réagir, et vite. Il repensa alors à Tim Jepson, l'homme qui avait détruit sa vie, et à Mitch Lynch, l'homme qui s'était juré d'être patient et solitaire jusqu'au jour de sa vengeance. Le souvenir de ces deux hommes, ajouté au fait qu'il n'y avait *plus personne* à Cronley, fut suffisant. En car, sur un vélo volé, puis à pied, Guffey mit son plan à exécution.

Depuis vingt-six ans, Guffey était l'unique habitant de Cronley, et il attendait, en alimentant son ressentiment, en reconstruisant son ego détruit, en espionnant les rares visiteurs, dans l'attente *du* visiteur.

Pendant tout ce temps également, Guffey avait cherché les quatorze mille dollars. Il n'avait jamais découvert le butin, mais il savait qu'il était ici. Tim Jepson avait fait preuve d'intelligence pour le cacher, et cette démonstration d'intelligence *prouvait* que l'argent était ici, quelque part. Et un jour, Tim Jepson viendrait le chercher.

Aujourd'hui ?

La marquise du Cronley Hotel était tombée depuis longtemps. Le trottoir, où dans les années quarante et cinquante les chasseurs empochaient les *quarters* des représentants de commerce pour qu'ils leur hèlent des taxis qui les conduiraient dans les bordels illégaux situés en dehors de la ville, n'était plus qu'un amas de gravats au milieu desquels Guffey serpentait et se faufilait, en trimbalant son fusil et son sac de toile, avec son sac à dos (volé à un professeur) sur ses épaules maigres. Les derniers rayons de soleil scintillaient dans California Street. Tout au bout, là-bas, la petite voiture blanche avançait en cahotant, dans cette direction, et le pare-brise renvoyait l'éclat jaune et aveuglant.

Ce n'étaient pas des professeurs, ces deux types-là, ni des hippies. Non, ni des récupérateurs à la recherche de robinetterie du XXe siècle ou de moulures du XIXe.

Tim Jepson ? Venu enfin chercher son butin ? Guffey serra son fusil et se faufila dans la ruelle derrière l'hôtel.

37

Dortmunder était énervé, écœuré, irrité, agacé et en rogne.

– Maintenant, dit-il, je vais devoir me retaper cette putain de route *dans le noir.*

– Ils auront bien une chambre pour nous à l'hôtel, répondit Tom. Aucun problème de ce côté-là.

– Ah bon ? Moi, j'en vois *des* problèmes.

Ils étaient arrivés en ville, dans l'artère principale, et des deux côtés de la rue se dressaient des constructions en brique d'un ou de deux étages avec des boutiques au rez-de-chaussée. Toutes les vitrines avaient été cassées depuis des années, et ici et là, quelques maisons avaient été partiellement consumées par des incendies anciens. Le béton de la chaussée et des trottoirs avait été brisé en énormes blocs qui se dressaient tels des icebergs, couverts de poussière et de débris, entre lesquels Dortmunder était obligé de zigzaguer. Quelques enseignes peintes au-dessus des vitrines étaient encore en partie visibles.

ZOMONSKI : CONFECTION FÉMININE
PHILCO * ÉLECTROMÉNAGER
OLEKSIUK RADIO ET TÉLÉ
TAXIS VICTORY
RESTAURANT NEW ATOMIC

– Pour commencer, dit Dortmunder, il n'y a rien à manger. Le restaurant est fermé.

– C'est pas grave, on y mangeait mal, répondit Tom. Hé, vise un peu ! La marquise de l'hôtel s'est écroulée.

– Ah bon ?

– Dans le temps, y avait une grosse marquise au-dessus de la porte à tambour, précisa Tom. Il y avait écrit « Cronley Hotel » des deux côtés, avec un gros *C* superchic devant.

– Ce tas de gravats, là-bas ? C'est là que je vais ?

– Exact, répondit Tom. Mais franchement, Al, j'ai voyagé avec des gens qui étaient dans de meilleures dispositions, je suis obligé de te le dire.

– Non, pas sur cette route, répliqua Dortmunder, et il s'arrêta devant un amas de décombres au pied d'une construction en brique de quatre étages constellée de fenêtres sans vitres. Tu es sûr de toi, Tom ?

– Le plus grand immeuble de la ville, Al. Marquise ou pas marquise, c'est le Cronley Hotel.

– Tom, demanda patiemment Dortmunder, tu es sûr que ton butin est toujours planqué là ? Après tout ce temps ?

– Absolument, répondit Tom en ouvrant sa portière. Et on va aller le chercher.

Ah ! ça faisait du bien de descendre de voiture, même ici à Cronley. Campé sur ses deux pieds, Dortmunder appuya sur ses reins avec ses poings et il s'étira en disant :

– J'ai l'impression qu'il y a eu de la casse par ici, et dans toute la ville. Sans doute du pillage. Quarante ans, Tom, c'est long. Tu es sûr que personne n'a trouvé ton butin pendant tout ce temps, qu'il ne lui est rien arrivé ?

– J'en suis sûr.

Tom avait ouvert la portière arrière de son côté et il essayait d'extirper son sac. Il s'arrêta pour regarder Dortmunder par-dessus le toit de la petite poubelle blanche.

– On aura besoin de nos torches à l'intérieur, Al. Ces gens n'ont pas payé la facture d'électricité depuis longtemps.

– O.K., O.K. (Dortmunder ouvrit sa portière arrière pour tirer sur son sac.) Tu parles d'une chasse au trésor.

Ils ouvrirent leur sac ensemble, de manière plus ou moins sociable, sur le capot, pendant que Tom expliquait :

– Tu comprends, j'étais obligé de planquer le fric à l'intérieur de l'hôtel. Je pouvais pas en sortir pendant plusieurs jours, tant que j'étais Melissa, la sœur de Myra. Et je me suis dit que tôt ou tard, ils comprendraient que je l'avais planqué, et ils devineraient que c'était forcément dans l'hôtel. Je devais donc trouver un endroit où ils n'iraient pas chercher. Donc, pas derrière un tableau qu'on pouvait décrocher, pas à l'intérieur d'un volet qu'on pouvait fermer, ni à l'intérieur d'un pied de lit en cuivre qu'on pouvait démonter. Il fallait un endroit où personne n'irait fourrer son nez et qui ne pouvait pas être déplacé, et j'ai fini par trouver un endroit qui ne bougera jamais, à moins qu'ils transforment aussi *cette* ville en réservoir, et vu à quoi ressemblent les environs, Al, je suis pas trop inquiet à ce niveau-là. Bon, voyons voir, j'ai besoin de ma pince et de mon marteau, et c'est tout.

Tandis qu'ils remettaient leurs sacs sur la minuscule banquette arrière, Dortmunder demanda :

– Alors, où est cet endroit magique que tu as trouvé ?

– Tu verras bien, Al. (Tom claqua sa portière.) Pas la peine de fermer à clé, je pense.

Lentement et prudemment, ils progressèrent parmi les décombres jusqu'à l'entrée béante de l'hôtel. Des années et des années plus tôt, la porte à tambour tout entière avait quitté Cronley sanglée à l'arrière d'un pick-up, si bien que l'entrée paraissait beaucoup moins imposante qu'à l'époque où la chambre de commerce de Cronley avait souhaité que la ville soit surnommée : « La porte de la superrégion Washita-Kiowa-Jackson. » En franchissant l'entrée, Dortmunder et Tom allumèrent leurs torches et les braquèrent sur la poussière, la terre, les gravats et la pourriture. Les tapis et les appliques murales, les revêtements des colonnes de briques et même la totalité du bureau de la réception avaient disparu depuis longtemps ; il ne restait plus qu'une coquille nue et crasseuse.

– Le hall a une sale gueule, commenta Tom. On va passer par là, derrière le bureau du directeur. Il faut trouver l'escalier qui conduit au sous-sol.

Alors qu'ils progressaient au milieu des débris en contournant les monticules de poussière de plâtre, les porcs-épics de morceaux de bois aux ongles dressés et les entrelacs de fils électriques aux extrémités crépues, Tom poursuivit son récit :

– Ce que j'ai fait, j'ai demandé à Myra de me trouver quelques bouteilles de vin vides dans les cuisines. *Avec* les bouchons.

– Des bouteilles de vin ? répéta Dortmunder. Je croyais que c'était un État sans alcool. Et je croyais que tout le problème venait de là.

– Tu comprends pas, Al. C'est l'hypocrisie qui fait tourner le monde. L'Oklahoma était un État « sec », mais tu pouvais boire dans un club privé si tu étais membre. Résultat, tous les hôtels et les restaurants étaient des clubs privés.

– Mon Dieu, pria Dortmunder.

– Eh, ouais, fit Tom. Et pour devenir membre du club dans un restaurant, il suffisait de commander à manger, et pour devenir membre du club dans un hôtel, il suffisait de prendre une chambre.

– Je pige pas. Pourquoi se donner tout ce mal ?

– Sans doute qu'ils avaient leurs raisons, dit Tom. L'escalier devrait être par... Merde ! Quelqu'un a même piqué les portes. J'espère qu'ils ont laissé l'escalier.

– J'espère surtout qu'ils ont laissé ton butin.

– Ils n'y ont pas touché, Al. Tu peux me croire. Bon, une de ces portes devrait donner sur... C'est ici !

Les faisceaux de leurs lampes éclairèrent des marches en métal rouillé qui s'enfonçaient dans l'obscurité la plus complète. En scrutant le vide, Dortmunder dit :

– Où que j'aille avec toi, Tom, tôt ou tard, j'ai droit à une plongée dans les profondeurs.

– C'est une construction très solide, Al. Elle ne peut absolument pas s'écrouler sur nous.

Dortmunder n'avait même pas pensé à ça, jusqu'à maintenant.

– Merci, Tom.

– Pas de quoi.

Tom commença à descendre l'escalier en tenant sa clé et son marteau dans une main et sa torche électrique dans l'autre. Dortmunder le suivit à contrecœur. Tom dit par-dessus son épaule :

– Pour en revenir aux bouteilles de vin, j'ai roulé les liasses de biffetons et je les ai enfoncées dans les bouteilles ; il m'en a fallu trois. Et une nuit, je les ai descendues sous ma jupe.

– Sous ta jupe ? Tu jouais encore le rôle de la sœur ?

– Al, j'ai joué le rôle de la sœur jusqu'à Nogales, au Nouveau-Mexique. Voyons voir, c'est par où...

Ils avaient atteint le bas de l'escalier et ils se trouvaient dans un petit espace dégagé avec des portes qui s'ouvraient de tous les côtés. Monticules de débris anonymes, murs de briques effrités, sol en ciment grêlé. Tom tournait lentement sur lui-même en pointant sa lampe ici et là, essayant de s'orienter après toutes ces années, et il dit :

– Quand tu es dans une chambre d'hôtel, Al, et que tu tires la chasse, tu t'es jamais demandé où allait toute cette eau ? Toutes ces toilettes, tous ces lavabos, des centaines dans un seul immeuble, des centaines de personnes qui pissent, qui chient, qui se brossent les dents et qui balancent des objets dans les chiottes, alors qu'on leur a dit de pas le faire, tu t'es jamais demandé où allaient toute cette flotte et le reste ?

– Jamais, répondit Dortmunder.

– C'est par là, décréta Tom et il s'engagea dans un large couloir bas de plafond et sale. (Dortmunder lui emboîta le pas.) La flotte arrive ici, poursuivit Tom, pendant qu'ils avançaient. Les tuyaux deviennent plus gros et il y a des siphons pour empêcher certains trucs de boucher toutes les installations, et pour finir, il y a un seul gros tuyau qui passe sous la rue et qui va jusqu'aux égouts. Et juste à l'entrée de ce dernier tuyau, il y a le dernier siphon avec un puisard. Il y a un accès pour qu'un plombier puisse descendre s'il se passe un truc vraiment horrible, mais en général, personne s'en occupe.

– *Moi,* je m'en occuperais pas en tout cas, dit Dortmunder.

– Crois-le si tu veux, Al, mais des gens qui recherchent quatorze mille dollars feront exactement comme toi. Garanti.

– C'est là que tu as planqué les trois bouteilles de vin ?

– Je sens le pognon d'ici, dit Tom en secouant la tête à l'évocation de ce souvenir.

Ils avaient franchi une autre porte sans porte pour déboucher dans une zone plus vaste. Le faisceau de la lampe de Dortmunder fit apparaître les squelettes éparpillés de deux petits animaux sur le sol. L'air à ce niveau était à la fois sec et rance, comme si on vous frottait le nez contre un morceau de bois pourri.

– Je crois que je le sens, moi aussi, dit Dortmunder.

Tom émit son petit ricanement.

– Ça fait longtemps que personne n'a tiré la chasse d'eau dans cette ville, Al. Ça devrait pas être trop affreux. C'est un peu plus loin.

Un peu plus loin, il y avait un autre mur de briques. Sur le sol, juste devant, la lampe de Tom éclaira une plaque de métal d'environ un mètre sur cinquante centimètres, fixée par des boulons à chaque coin. Tom s'agenouilla devant un des coins, se pencha en avant pour souffler sur la poussière et les détritus, et il déclara :

– Ça va faire du boucan.

En effet. Tom referma la pince autour du boulon et se mit à cogner sur le manche de la pince avec son marteau. BANG ! BANG ! BANG ! Et pendant les pauses, *bang... bang... bang...* de l'écho qui se répercutait, résonnait et rebondissait à l'intérieur de cet espace clos.

Après cinq minutes de folie furieuse, Tom se redressa, s'épongea le front et dit :

– Remplace-moi un peu, Al.

Alors, Dortmunder se mit à faire lui-même ce bruit effroyable et ce fut durant son quart que le premier boulon commença enfin à tourner, à contrecœur, ajoutant son CRIIIC CRIIIC-CRIIIC aux BANG ! BANG ! BANG ! *bang... bang... bang...*

Mais le boulon continua à faire de la résistance. Il fallait frapper sur la pince pour le faire tourner d'un millimètre. Enfin, le long et gros boulon rouillé sortit entièrement, bascula sur le côté et tomba, avec la pince toujours accrochée à sa tête, sur la plaque métallique, en produisant un autre bruit charmant.

– Formidable, Al ! dit Tom. Plus que trois. À moi, maintenant.

En tout, calcula Dortmunder par la suite, ils s'acharnèrent pendant presque une heure avant que le dernier boulon consente, par la force, à lâcher prise et à tomber sur le côté. Puis ce fut cette foutue plaque elle-même qui refusa de bouger, jusqu'à ce que Tom et Dortmunder lui assènent cent millions de coups de tous les côtés. Et finalement, lourde, lente, rouillée et récalcitrante, elle se souleva et s'écarta.

Oh, la vache ! Quarante années n'avaient rien fait pour atténuer l'odeur.

– Aaaah ! fit Dortmunder en lâchant la plaque, qui tomba sur le dos.

Sous l'œil intrigué de Tom, il recula en titubant, les mains plaquées sur le nez, comme si quelqu'un venait de le frapper au visage avec un vieux linceul usagé.

– C'est même pas encore là, Al, dit Tom d'un air détaché. Les bouteilles sont au fond, à l'intérieur du siphon, attachées par du fil électrique. Tu vois le siphon ?

Dortmunder ne voulait même pas regarder à l'intérieur de ce machin.

– Je te crois, parvint-il à articuler, malgré sa gorge qui n'avait plus envie de respirer si l'air était devenu *ça*. Je te crois.

Tom pointa sa lampe dans le trou.

– Hmmm, fit-il, c'est beaucoup plus sec que dans le temps.

– Tom, dit Dortmunder entre ses mains, je suis désolé, mais je ne peux pas rester ici plus longtemps.

À la recherche de sa lampe torche, il jeta des regards affolés autour de lui, en regardant par-dessus ses mains protectrices et essayant de respirer sans inhaler. Ah ! elle était là, la torche, par terre, pointée vers cet endroit effroyable. Alors qu'il s'approchait pour la récupérer, Dortmunder dit :

– Je t'attends en haut. Tu n'as plus besoin de moi, hein ?

– Tu vas louper quelque chose, Al. Ces bouteilles de vin, pleines de billets de banque. Après plus de quarante ans là-dessous.

– Si c'est ça que je vais louper, répondit Dortmunder en pointant, d'une main tremblante, sa lampe vers la porte située à l'autre extrémité, je me ferai une raison. Je t'attends là-haut.

– Tu vas retrouver ton chemin ?

– Oui.

Dortmunder s'empressa de quitter cet endroit pour retrouver un environnement plus adapté à l'homme. Son sens de l'orientation, parfois approximatif, le fit hésiter une ou deux fois face à un embranchement, mais tant qu'il restait éloigné de cette odeur, il savait que tout allait bien. Malgré tout, il aurait bien aimé avoir cette corde autour de la taille, avec Tiny à l'autre bout pour tirer.

Encore un couloir, mais celui-ci ne sentait que la poussière de brique et le bois vermoulu. Dortmunder l'emprunta, franchit la porte à l'autre bout, et l'escalier était là pour remonter ! Quelle étonnante métamorphose il avait subie : ce qui, en descendant tout à l'heure, était rongé par la rouille, cabossé et couvert de crasse était maintenant, aux yeux de Dortmunder, tout en marbre et or, parsemé de pétales de fleurs et scintillant de rosée, et il conduisait au paradis. Ou du moins, dans un endroit où l'air était normal.

En haut de l'escalier, si sa mémoire était bonne, se trouvaient les bureaux, derrière la réception. C'étaient des pièces intérieures sans fenêtres, et Dortmunder voulait des fenêtres, alors il prit la direction du hall, tourna au coin dans un couloir, et sa lampe éclaira un vieux sauvage décharné qui pointait un fusil sur lui.

– Chut ! fit le gars.

Dortmunder hocha la tête. Quand une personne pointe un fusil sur vous en vous disant « Chut ! », vous ne répondez pas à voix haute, vous hochez la tête.

– Braque ta lampe sur le sol !

Dortmunder braqua sa lampe sur le sol.

– Passe devant moi et marche vers le hall.

Dortmunder le fit également. Pas de problème, c'était là qu'il voulait aller justement.

Le crépuscule de l'ouest s'en était venu et s'en était allé, en laissant une lumière argentée vert-de-gris, faible mais nette, sur tous les rectangles extérieurs, qui rendait à ces anciennes fenêtres et à ces anciennes portes un peu de leur dignité passée.

– Braque ta lampe sur la gauche.

Dortmunder s'exécuta et il découvrit un autre encadrement de porte qui donnait sur ce qui avait été jadis le bar de l'hôtel (réservé aux membres).

– Vous voulez que j'aille là ?

– Chut !

Dortmunder hocha la tête.

Quelque chose (sans doute pas le doigt du vieux bonhomme) s'enfonça dans son dos, et la voix râpeuse et rauque, presque un chuchotement, du vieux bonhomme, demanda :

– Où est ton associé ?

– En bas, répondit Dortmunder sur le même ton. Au sous-sol. Il inspecte... la plomberie.

– La plomberie ?

Cette remarque sembla dérouter le vieux bonhomme, mais une seconde seulement, car il ajouta, avec un autre petit coup dans le dos de Dortmunder :

– Avance par là.

Dortmunder s'exécuta encore une fois et il entra dans une des pièces les plus nues de l'hôtel. Les tables, les chaises, les banquettes, les tabourets de bar, le miroir du bar, les miroirs, les placards, les éviers, les réfrigérateurs, les tapis, les lampes, les interrupteurs, les gravures, les rideaux, les voilages, la caisse, les verres, les cendriers, les pompes à bière, les caillebotis derrière le bar, les deux pendules et la batte de base-ball sciée : tout cela avait disparu.

La lampe de Dortmunder éclaira le plancher écaillé et pourrissant, les murs de briques et, au centre de la salle, sur le sol, une boîte noire d'environ un mètre de haut sur trente centimètres de côté. En pointant sa lampe dessus, Dortmunder constata qu'il s'agissait d'un haut-parleur faisant partie d'un vieux système de sonorisation ; il n'avait pas été pillé, car quelqu'un, un jour, lui avait balancé un coup de pied en pleine figure, avait arraché la toile noir et argenté devant et transpercé le diaphragme. Peut-être quelqu'un qui avait écouté *Rock Around the Clock* une fois de trop.

– Assis, ordonna la voix de râpe rouillée.

– Sur quoi ?

En guise de réponse, il eut droit à un autre coup dans le dos avec ce qui n'était pas le doigt du vieux bonhomme. Alors, il se dirigea vers le haut-parleur, le retourna et s'assit dessus en prenant bien soin de pointer le faisceau de sa lampe vers le bas et non pas directement vers son ravisseur.

– Voilà, dit-il.

– Pointe la lampe sur ton visage.

Dortmunder obéit, ce qui lui fit plisser les yeux. Appuyant le bout de la lampe sur son genou, il pointa le côté lumineux sur son nez et dit :

– C'est assez désagréable.

– Pointe-la légèrement sur le côté, dit la voix dans l'obscurité, avec une sorte d'irascibilité soudaine. C'est pas un interrogatoire de police.

– Ah bon ?

Dortmunder pointa la lampe par-dessus son épaule droite, ce qui était beaucoup mieux.

– Je veux juste voir ton visage, expliqua le vieux bonhomme, pour que je sache si tu dis la vérité.

– Je dis toujours la vérité, mentit Dortmunder et, en disant cela, il montra clairement son visage pour savoir ce qu'il pouvait espérer de ce côté-là. Parfait.

– T'as intérêt, répondit le vieux bonhomme qui venait d'échouer au test. Dis-moi ce que tu sais sur... (Une pause théâtrale.)... Tim Jepson !

Ah ! ah ! À la vitesse de la lumière d'un ordinateur central, en une nanofraction de nanoseconde, Dortmunder comprit la situation. Tim Jepson = Tom Jimson. Le vieux bonhomme avec le fusil = l'ex-associé coincé dans l'ascenseur. La vengeance à long terme d'un dingue. Un dingue armé d'un fusil. Un dingue avec un fusil et des griefs justifiés contre le type qui avait déjà été qualifié de « ton associé ». Visage impassible dans la lumière de la lampe :

– J'ai jamais entendu parler de lui, dit Dortmunder.

– Il vous a pas envoyés ici tous les deux pour... quelque chose ?

– Non, pas nous, dit Dortmunder, en sachant que le vieux bonhomme faisait allusion aux quatorze mille dollars, et sachant (ce brave cerveau-ordinateur continuait à cogiter à toute allure) que ce vieux bonhomme avait dû chercher le fric de bas en haut, mais pas suffisamment en bas. Tom avait raison sur ce point : quatorze mille dollars, ce n'était pas une somme suffisante pour inciter la plupart des gens à plonger dans le gros intestin du Cronley Hotel.

Combien de temps faudrait-il à Tom pour en finir en bas ? Et quand il remonterait, qu'allait-il se passer ? Le vieux bonhomme ne l'avait pas encore reconnu, mais est-ce que ça ne risquait pas d'arriver tôt ou tard ?

– Si c'est pas Jepson qui vous envoie, demanda la voix hargneuse dans l'obscurité, qu'est-ce que vous foutez ici ?

Oh ! bonne question.

– Mission d'inspection, répondit Dortmunder en bredouillant légèrement. (L'ordinateur commençait à avoir des ratés. Qu'est-ce qu'il foutait ici ?) On nous a dit que plus personne ne vivait à... euh, Cronley, répondit-il pour gagner du temps, en attendant que l'ordinateur intervienne.

– *Qui* vous a dit ça ?

– Euh.. l'État, répondit Dortmunder comme si c'était la chose la plus évidente au monde. Le Département de la récupération.

– Le quoi ?

– Vous n'avez jamais entendu parler du Département de la récupération ? (Dortmunder secoua la tête, stupéfait qu'on puisse vivre aussi détaché du monde.) Vous êtes au courant qu'il y a une pénurie de logements ?

– Vous voulez dire... (La voix du vieil homme tremblait.) *Ici ?*

Ça marche ! Dortmunder garda une expression neutre, et en même temps pleine d'innocence, pour ajouter :

– C'est ça qu'on vient vérifier. On vient voir si les... euh, vous savez, les... infra... infra... infra...

Bon sang, c'était quoi le mot ? Conscient de perdre son public, conscient que sa main droite, et donc le faisceau de la lampe, commençait à trembler, conscient que son expression de pure honnêteté était en train de se lézarder parce qu'il n'arrivait pas à se souvenir d'un simple *mot,* conscient que le superordinateur dans sa tête était *kapout,* Dortmunder demeura bouche bée dans la lumière, en se débattant... infra, infra, infra *quelque chose*, puis il renonça.

– Bon, bah... salut ! dit-il gaiement et il éteignit la lampe tandis qu'il se jetait à terre.

– Infrastructure ! cria-t-il.

Ce foutu mot venait de lui traverser le cerveau, mais trop tard. Sa voix fut couverte par le rugissement du fusil.

38

– Infrastructure ! cria l'intrus dans le noir.

Ça voulait dire que Guffey l'avait manqué, mince ! Pointant son arme sur l'endroit d'où semblait provenir la voix – pas facile à dire dans cet espace clos, avec le *baaaang* du premier coup de feu qui résonnait encore dans ses oreilles – Guffey tira de nouveau.

– Infrastructure ! Infrastructure !

C'était quoi ça, un nouveau mot pour dire « Je me rends ! » ? Guffey baissa son arme et scruta les ténèbres d'un air mauvais. Il ne savait plus trop ce qu'il devait faire, et il n'aimait pas ça. Que se passait-il ? Pourquoi cet inspecteur envoyé par l'État – si c'en était un – avait-il éteint brusquement sa lampe pour se mettre à courir dans le noir en criant des mots étrangers ?

Et si son collègue et lui n'étaient *pas* des inspecteurs du Département de la récupération, qui étaient-ils alors ? Tim Jepson enverrait-il d'autres personnes pour récupérer ses quatorze mille dollars, ou viendrait-il lui-même ? Si Guffey connaissait Tim Jepson, et il pensait bien le connaître depuis le temps, Tim Jepson n'était pas du genre à faire confiance aux autres. Pas suffisamment en tout cas pour dire à d'autres personnes où il avait planqué du fric. Et encore moins pour envoyer ces personnes chercher *seules* le butin.

Un de ces deux intrus serait-il Tim Jepson déguisé ? Les traits de l'homme qui avait détruit sa vie étaient gravés pour toujours dans le cerveau de Guffey, nullement atténués par les quarante ans, et plus, qui s'étaient écoulés depuis la dernière fois où il avait posé les yeux sur ce diable à forme humaine. Des cheveux noirs séparés par une raie centrale et plaqués sur son crâne avec de la gomina. Des yeux sombres et perçants sous de fins sourcils de jais. Un sourire cruel et dur qui dévoilait de grandes dents blanches. Une sorte de démarche bondissante, avec les épaules relâchées. Une large ossature, mais un corps décharné. Il était impossible que Tim Jepson se déguise sans que Guffey le reconnaisse.

Alors, ce n'étaient que deux pillards, c'est ça ? Et non pas des fonctionnaires qui cherchaient à faire revenir des habitants dans cette vieille ville. Ni des individus liés à Tim Jepson. De simples pillards, venus chercher des *équipements de plomberie* après tout ce temps ! Aussi idiots qu'ils en avaient l'air, autrement dit.

– Infrastructure !

– Oh, la ferme ! s'écria Guffey, qui essayait de réfléchir.

Curieusement, l'idiot se tut. Il cessa également de courir dans tous les sens et s'immobilisa. Guffey le savait, car le type s'était arrêté juste devant une fenêtre, sans se rendre compte que sa silhouette se découpait dans la lumière des étoiles en toile de fond. Il ne se doutait donc pas que Guffey pouvait maintenant l'abattre d'une seule balle ; c'était simple comme bonjour.

Sauf que Guffey n'avait plus envie de l'abattre. Il se disait qu'il était déjà dans le pétrin pour avoir seulement tiré sur cet idiot, et il devrait sans doute se cacher dans les bois pendant *un an* avant que la police de l'État renonce à le pourchasser. S'il tuait deux voleurs de plomberie, les flics le traqueraient jusqu'à ce qu'ils le trouvent.

Et si jamais ils le trouvaient, il savait ce qu'ils feraient. Ils le renverraient derrière les barreaux. *Là-bas*. Ses mains tremblaient à cette seule pensée, si violemment qu'il faillit lâcher son fusil.

– Vous voulez pas rallumer votre lampe ? demanda-t-il en maudissant ce tremblement dans sa voix.

– Hein ? Pour me faire tirer dessus ?

– Vous êtes devant *une fenêtre,* répondit Guffey, oubliant sa peur et son exaspération. Si j'avais voulu vous abattre, vous seriez déjà mort.

Il vit la silhouette se retourner pour regarder la fenêtre, il entendit la silhouette émettre un petit hoquet, puis la torche électrique se ralluma, pointée sur la fenêtre, éclairant la rue juste devant et leur petite voiture qui était garée là.

Une petite voiture. Hmmm...

– Hé, attendez un peu ! dit Guffey.

La lampe pivota et se pointa dans sa direction. Ignorant la lumière aveuglante, Guffey dit :

– Les gens qui viennent ici pour voler des toilettes et des lavabos, ils ont pas des petites bagnoles comme ça.

– Je vous l'ai dit, répondit l'intrus, on est envoyés par le Département de la récupération. On vient inspecter *l'infrastructure* pour décider si...

– Tu parles, Charles ! répliqua Guffey. Les gens du gouvernement viennent ici des fois. Ils ont des grosses Ford LTD avec la clim' et un gros écusson de l'État sur le côté. Ou des Chrysler LeBaron. Les gens du gouvernement conduisent pas des bagnoles japonaises miniatures comme ça.

– Euh... c'est parce qu'on est des consultants extérieurs, dit l'intrus.

Ah ! comme c'était exaspérant d'avoir affaire aux êtres humains. Avec eux, Guffey était constamment furieux, effrayé, désorienté ou triste.

– Nom de Dieu, dit Guffey à ce spécimen de la race humaine, arrêtez un peu de me mentir ou je vous flingue, et tant pis pour ce qui m'arrivera ensuite !

– Pourquoi je vous mentirais ? demanda bêtement l'intrus en braquant de nouveau la lampe sur son visage.

Un sourire idiot et complètement faux y était accroché, comme un panneau à moitié arraché par un ouragan.

– C'est ce que je voudrais savoir, rétorqua Guffey.

Il coinça la crosse du fusil contre son épaule et pointa l'autre extrémité sur ce sourire insultant. Mettant en joue ce visage qui se trouvait tout au bout du canon, il dit :

– Vous êtes pas des pillards et vous êtes pas envoyés par le gouvernement. Et je sais que vous avez rien à voir avec Tim Jepson. Je sais que je vais devoir continuer à attendre qu'il vienne, mais il *viendra,* et je serai là. Votre copain et vous, vous me ferez pas d'ennuis, car je vais vous buter. Je vais vous buter tous les deux et je vous enterrerai là où ils vous retrouveront jamais, et je balancerai votre petite voiture dans la rivière. Personne n'en saura jamais rien. Alors, vous avez intérêt à me dire la vérité.

Il s'ensuivit un court silence, pendant lequel le sourire mal accroché se détacha du visage de l'intrus qui clignait des yeux frénétiquement, mais sa main tremblante continuait à braquer la lampe sur son visage : il acceptait la domination de Guffey. Il y avait une mauvaise odeur dans l'air tout à coup. Ce type avait-il la frousse à ce point ? Tant mieux, il finirait par dire la vérité.

– Allez, crache le morceau ! ordonna Guffey d'un ton cassant en essayant de prendre l'air aussi bourru que certains des types les plus redoutables de la prison. Accouche !

L'intrus regardait par-dessus l'épaule de Guffey d'un air hébété.

– Frappe-le, Tom !

– Tu abuses de ma patience, dit Guffey.

– Frappe-le avec la *bouteille !*

– C'est la plus vieille ruse de...

39

– Je me demande lequel c'était, dit Tom.
– Ce fric pue, dit Dortmunder.
– L'argent n'a pas d'odeur, Al.
La petite voiture blanche se faufilait dans la nuit. Les faisceaux parallèles des phares balayaient la terre nue, bondissaient et se cabraient, en s'éloignant de Cronley et de son unique habitant qui avait mal à la tête.

40

Quand Andy Kelp entra au Bar & Grill O.J. d'Amsterdam Avenue à 18 heures, les habitués discutaient de l'hypothèse selon laquelle les nouveaux immeubles qu'on avait construits dans Broadway, à une rue d'ici vers l'ouest, seraient en fait des vaisseaux spatiaux conçus par des extraterrestres et leur appartenant.

– C'est pour un zoo, suggérait un des habitués.

– Non, non, dit un deuxième habitué, c'est pas ça que je voulais dire. (Apparemment, c'était donc lui qui avait émis cette hypothèse au départ.) Je voulais dire que c'est fait pour que les extraterrestres viennent *ici.*

Un troisième habitué fronça les sourcils en entendant cela.

– Des extraterrestres vont venir ici ? Quand ?

– Maintenant, répondit le deuxième habitué. Ils y sont déjà.

Le troisième habitué regarda autour de lui dans le bar et vit Kelp qui essayait d'attirer l'attention de Rollo le barman, occupé à rincer méthodiquement sept cent millions de verres, perdu dans son propre monde. L'habitué regarda Kelp en fronçant les sourcils et Kelp en fit autant. L'habitué se retourna vers ses amis.

– Je vois pas d'extraterrestres, dit-il.

– Les yuppies, dit le deuxième habitué. Ils viennent d'où, à ton avis ? De la Terre ?

– Les *yuppies ?* (Le troisième habitué fronçait beaucoup les sourcils.) Comment tu sais ça ?

– Moi, dit le premier habitué, je continue à dire que c'est pour un zoo.

– Tu aurais bien besoin d'un zoo, toi, lui lança le deuxième habitué. Va donc te faire enfermer. (Il s'adressa ensuite au troisième habitué.) Les yuppies, parfaitement. Ils ont débarqué tout à coup, il y en a partout et ils se ressemblent tous. Franchement, est-ce que de vrais êtres humains adultes peuvent se nourrir indéfiniment de glace et de cookies ? Non. Et tu as déjà vu ce qu'ils *boivent ?*

– Des trucs qui moussent, répondit le troisième habitué, songeur. Et des machins verts. Et aussi des machins verts qui moussent.

– Exactement ! dit le deuxième habitué. Et tu as remarqué leurs chaussures ?

Le premier habitué demanda, d'un ton menaçant :

– Ça veut dire quoi « Fais-toi enfermer » ?

– Pas ici, déclara Rollo d'un air absent.

Il semblait regarder Kelp qui lui faisait de grands signes, mais apparemment, les yeux de Rollo n'étaient pas reliés à son cerveau à cet instant, et il continua à rincer ses verres.

Pendant ce temps, le deuxième habitué avait ignoré l'intervention du premier habitué, et il poursuivait :

– *Tous* les yuppies, hommes et femmes, portent les mêmes chaussures bizarres. Tu sais pourquoi ?

– C'est la mode, répondit le troisième habitué.

– Dans un *zoo,* tu veux dire ? demanda le premier habitué. Je dois me faire enfermer dans un zoo ? C'est ça que tu veux dire ?

– La mode ? répéta le deuxième habitué. Comment est-ce que ça pourrait être la mode de porter en même temps un *costume* et ces grosses *baskets* en toile horribles et bizarres ? Comment est-ce qu'une femme peut être à la mode en se mettant tout plein de maquillage, en se coiffant, en enfilant une *robe,* avec des boucles d'oreilles et des machins autour du cou, et en mettant ensuite des *baskets ?*

– Et alors, qu'est-ce que tu en conclus ? demanda le troisième habitué, pendant que le premier habitué, le partisan du zoo, descendait lentement et avec détermination de son tabouret pour ôter sa veste.

– Leurs pieds sont différents, expliqua le deuxième habitué. Parce que c'est des extraterrestres. Des pieds humains peuvent pas entrer dans ces chaussures.

Le premier habitué prit une pose de pugiliste du XIXe siècle et dit :

– Mets-toi en garde.

– Pas ici, dit Rollo calmement, en continuant à rincer les verres.

– Rollo ? dit Kelp en agitant les doigts, mais Rollo n'était toujours pas connecté sur les perceptions ordinaires.

Pendant ce temps, les autres habitués observaient le pugiliste avec intérêt et étonnement.

– Qu'est-ce que ça veut dire ? demanda le deuxième habitué.

– Tu dis que c'est pas un zoo, répondit le pugiliste, tu dois t'expliquer. Et si tu fais encore des plaisanteries sur *moi* et les *zoos,* on verra bien ce qui arrivera.

– Hé ! attends un peu, dit le troisième habitué. Tu as une théorie avec un zoo ?

– Exact, répondit le pugiliste en conservant sa position : poings levés, poignets repliés, coudes décollés et un pied devant l'autre.

– Vas-y, lâche-toi, l'encouragea le troisième habitué. Tout le monde peut donner sa théorie.

– Naturellement, dit le deuxième habitué.

Il regardait ces poings levés avec intérêt, mais sans inquiétude particulière.

Le pugiliste baissa à peine les poings.

– Naturellement ?

– Rollo... dit Kelp.

– Tu as une meilleure idée que les yuppies ? demanda le deuxième habitué au pugiliste. Vas-y, on t'écoute.

L'ex-pugiliste baissa les bras.

– C'est des yuppies, dit-il. Mais c'est différent.

Les autres habitués étaient tout ouïe.

– O.K., dit le partisan du zoo, un peu intimidé d'avoir obtenu l'écoute respectueuse qu'il exigeait. En fait, vous avez raison au sujet de ces nouveaux immeubles en disant que c'est des vaisseaux spatiaux.

– Merci, dit le deuxième habitué avec dignité.

– Mais c'est comme des motels à cafards, ajouta l'ex-pugiliste. Ils *attirent* les yuppies. Petites pièces minuscules, lits géants, pas de moulures ; c'est ça qu'ils aiment. Vous voyez, les extraterrestres, ils ont des zoos dans tout l'univers, avec toutes sortes de créatures, mais ils ont encore jamais eu d'êtres humains, parce qu'il y avait pas d'êtres humains qui pouvaient vivre dans les conditions d'un zoo. Mais les yuppies, ils font ça naturellement !

– Rollo ! insista Kelp.

– Alors, comment est-ce que *toi* tu analyses la situation ? demanda le troisième habitué.

– Une fois que tous les appartements seront loués, leur expliqua l'ex-pugiliste, les immeubles décolleront et ils livreront des yuppies dans tous les zoos à travers l'univers.

– Je marche pas, déclara le deuxième habitué. Je continue à préférer mon idée. Les yuppies *sont* les extraterrestres. Ça se voit à leurs pieds.

– Hé, hé ! attendez un peu, dit le troisième habitué. Ces deux théories, elles conduisent au même résultat. Et ça me plaît bien, ce résultat. À l'arrivée, les nouveaux immeubles et tous les yuppies, ils ont *foutu le camp !*

L'air étonné, le deuxième habitué dit :

– C'est exact, non ?

– Des immeubles vaisseaux spatiaux, ajouta l'ex-pugiliste, remplis de yuppies, *disparus !*

L'idée était si réjouissante que la conversation s'interrompit brièvement pour qu'ils puissent tous contempler ce monde futur – très proche, Seigneur – où les yuppies et leurs terriers se retrouveraient expédiés dans quelque coin reculé de l'univers.

Kelp profita de ce silence pour dire, très fort :

– Hé, regarde-moi ça, Rollo ! Tu as un client !

En entendant cela, Rollo leva la tête, enfin, mais son regard fila au-dessus de Kelp, en direction de la porte, et il dit :

– Tiens ! Voilà Bière-et-Sel !

– Non, moi c'est... commença Kelp, mais il fut interrompu par une voix qui disait :

– Hé, salut, Andy ! Quoi de neuf ?

Kelp se retourna pour découvrir Stan Murch, un gars trapu à l'air franc, avec des cheveux couleur carotte, qui venait d'entrer. Stan s'approcha du bar en adressant un signe aimable à Rollo et il dit :

– Ne me dis pas que le pont de Williamsburg est ouvert.

– Je n'ai jamais dit ça.

Rollo apporta à Stan un verre de bière (fraîchement rincé), prit une salière derrière lui et la posa avec un bruit mat à côté de la bière, en disant :

– Plus de problème de fin de mois. M. Bière-et-Sel est là.

Stan ne s'offusquait pas de ces moqueries.

– Une pincée de sel dans la bière, expliqua-t-il, ça lui redonne du tonus quand elle est éventée.

– La plupart des gens finissent leur bière avant qu'elle soit éventée, fit remarquer Rollo. Et ils en commandent une autre.

– Je conduis, moi, dit Stan. Faut que je surveille ma consommation.

– Hmmm, fit Rollo. (Enfin il regarda Kelp et il lui dit :) L'autre bourbon est déjà au fond. Je lui ai donné ton verre.

– Un joli verre bien propre, je parie, dit Kelp.

– Hmmm, répéta Rollo.

Stan prit son verre et sa salière, et Kelp et lui longèrent le bar, en passant devant les habitués qui discutaient pour savoir si les yuppies extraterrestres étaient venus sur terre pour le tofu ou s'ils l'avaient apporté avec eux.

En chemin, Stan déclara :

– Le pont de Williamsburg est une menace. Si je suis en retard, c'est que j'ai dû venir à Manhattan *deux fois.*

Alors qu'ils dépassaient l'extrémité du bar et passaient devant les deux portes sur lesquelles on avait fixé des silhouettes de chien accompagnées des mentions REX et LASSIE, et devant la cabine téléphonique avec la ficelle qui pendait de la fente pour mettre les pièces, Kelp dit :

– Deux fois ? Tu avais oublié quelque chose ?

– Oui, j'ai oublié le pont de Williamsburg, répondit Stan. J'ai pris le pont de Manhattan... bien vu, non ?

– Oui.

– Mais j'ai *pas* pu atteindre le nord de Manhattan, dit Stan. À cause du merdier autour du Williamsburg. Alors, j'ai pris vers le sud, j'ai traversé le pont de Brooklyn pour retourner à Brooklyn, j'ai pris la voie express jusqu'au Midtown Tunnel, et c'est comme ça que je suis arrivé ici.

– Belle présence d'esprit, dit Kelp en ouvrant la porte verte au fond du couloir.

– C'est mon boulot, dit Stan. Je conduis.

Ils franchirent la porte ensemble pour pénétrer dans une petite pièce carrée au sol en ciment. Des caisses de bouteilles de bière et d'alcool entassées jusqu'au plafond et de tous les côtés cachaient les murs, ne laissant qu'un petit espace vide au centre. Dans cet espace se trouvait une vieille table ronde cabossée avec un tapis en feutre vert taché. Une demi-douzaine de chaises étaient disposées autour et la seule source de lumière provenait d'une ampoule nue entourée d'un réflecteur rond en fer-blanc, qui pendait au-dessus, au bout d'un long fil électrique noir.

Autour de la table étaient assis Dortmunder, Tom et Tiny, qui disait :

– En fait, il avait raison. Sa tête était *effectivement* trop large pour passer à travers les barreaux. Entièrement, en tout cas.

– Hi hi, fit Tom.

– C'est pas à toi que je parlais, dit Tiny.

Tiny et Tom se regardèrent. Dortmunder se tourna vers la porte avec l'expression de celui qui espère un coup de téléphone urgent pour pouvoir ficher le camp.

– Ah, vous voilà, les gars ! dit-il. Vous êtes en retard.

– Ne demande pas pourquoi, dit Kelp.

– Le pont de Williamsburg, expliqua Stan.

– Installez-vous, dit Dortmunder, qu'on puisse commencer. Stan Murch, tu connais Tiny.

– Évidemment, répondit Stan. Comment ça va, Tiny ?

– On se maintient en forme.

– Et là, ajouta Dortmunder à contrecœur, c'est Tom Jimson. Il est à l'origine de ce coup.

– Salut, dit Stan.

– Le chauffeur à trente mille dollars, dit Tom avec son ricanement aigu.

Stan regarda Dortmunder d'un air aimable.

– Je suis censé comprendre ?

– Non.

– Tant mieux.

Kelp et Stan prirent place autour de la table. Kelp s'assit à côté de Dortmunder, qui avait devant lui deux verres – dont un d'une propreté étincelante – et une bouteille remplie d'un liquide trouble, avec une étiquette sur laquelle on pouvait lire AMSTERDAM LIQUOR STORE – BOURBON DE LA MAISON. Kelp prit la bouteille, le verre propre et se servit un remontant.

Pendant ce temps, Stan disait :
– Alors, tu prépares un coup, John ? Et tu as besoin d'un chauffeur ?
– Cette fois-ci, répondit Dortmunder, on fera ça bien.
Stan prit un air affolé.
– Cette fois-ci ?
– Disons que c'est un peu une histoire qui se répète.
Kelp posa son verre, se lécha les babines et dit à Stan :
– C'est encore une histoire de train.
Dortmunder intervint :
– Commençons par le commencement, d'accord Andy ?
– Pas de problème.
Stan versa un peu de sel dans sa bière et jeta un regard autour de lui, tout ouïe.

41

Stan Murch et sa maman circulèrent toute la matinée dans Brooklyn à bord du taxi de Maman, dont le signal lumineux indiquait qu'il n'était pas en service. Être obligée de conduire son taxi durant ses heures de loisirs, alors qu'elle passait déjà huit à dix heures par jour derrière ce foutu volant, rendait Maman d'humeur grincheuse.

– Je comprends pas, ne cessait-elle de répéter tandis qu'ils roulaient par cette belle journée ensoleillée de printemps. Je comprends pas pourquoi tu es si difficile. Une voiture, c'est une voiture.

– Pas cette fois, répondit Stan. Cette fois, c'est un *cadeau*. Un cadeau, faut que ce soit spécial, Maman, tu le sais bien. Des Honda et des Acura, il en a déjà. Des Toyota et des Datsun d'occasion, il en a plein son parking. Chaque fois que je lui apporte une Isuzu ou une Hyundai, il hoche la tête d'un air las, il soupire et il dit : « Fous-la là-bas. »

– Il te *paye*, Stanley, fit remarquer sa maman. Vous avez une relation de travail. Tu lui apportes des voitures que tu trouves dans la rue et il te les achète. La lassitude ou l'excitation n'ont rien à voir là-dedans.

– Mais *cette fois,* dit Stan, je ne veux pas être payé. Cette fois, j'ai besoin d'un service. Ça veut dire que je peux pas me pointer avec une Chevrolet Celebrity Eurosport ou une Saab. Cette fois, je dois attirer l'attention de Max.

Après avoir regardé de tous les côtés pour s'assurer qu'il n'y avait pas de policiers dans les parages, sa maman tourna dans Flatbush Avenue en grillant un feu rouge.

– D'un autre côté...

– Tu n'es pas obligée de griller les feux, Maman. On n'est pas pressés.

– *Moi,* si. Je suis pressée de descendre de cette bagnole pour prendre le métro. Et tu m'as coupé la parole, je te signale.

– Pardon.

– Ce que je voulais dire, reprit la maman de Stan, c'est que, d'un autre côté, tu peux pas non plus offrir à ton ami Maximilian une voiture *si* spéciale, différente et personnalisée que son propriétaire la reconnaîtra *si* facilement que Max se retrouvera en taule. C'est un cadeau dont il se passera volontiers.

– T'en fais pas, Maman. Je saurai que c'est la bonne voiture quand je la verrai.

– Alors, regarde, dit sa maman en freinant et en tendant le doigt.

Ils venaient de passer devant Grand Army Plaza et ils roulaient dans Prospect Park West, avec le parc sur leur gauche et les jolis immeubles de pierre sur leur droite. Quelques personnes aisées vivaient dans ce quartier et l'une d'elles – ou plus probablement une personne venue rendre visite à l'une d'elles – avait laissé son Aston Martin gris perle garée le long du trottoir en plein soleil.

– Hé, hé, fit Stan, alors que sa maman arrêtait son taxi derrière le cadeau. Tu as raison, Maman.

– Va jeter un œil, Stanley.

Stan descendit du taxi et la première chose qu'il remarqua, c'était que l'Aston Martin était garée devant une bouche d'incendie. La deuxième chose qu'il remarqua, ce fut la plaque d'immatriculation tricolore. Comme le savaient tous les policiers frustrés, l'immunité diplomatique s'étendait jusqu'aux bouches d'incendie.

Stan regarda la plaque en souriant et se retourna vers le taxi pour se pencher à l'intérieur par la vitre du passager.

– Pas de problème, maman. C'est une bagnole diplomatique. Les flics n'enregistreront même pas le vol.

– On se retrouve chez Maximilian, dit sa maman et elle repartit aussitôt, pendant que Stan sortait de sa poche son jeu de clés et reportait son attention sur l'Aston Martin.

La cinquième clé fut la bonne, et ce fut elle également qui mit le contact. Stan démarra sur les chapeaux de roues, effectua un demi-tour, repassa devant Grand Army Plaza et prit la direction du nord-est en traversant Brooklyn et le Queens, jusque chez « Maximilian Voitures d'occasion », près de la limite de Nassau County. Arrivé sur place, il prit la rue perpendiculaire qui longeait le côté du parking orné de drapeaux aux couleurs criardes et s'engagea dans l'allée anonyme juste derrière. Il s'arrêta dans une zone envahie de grandes herbes en bataille, entre l'arrière des garages en bardeaux blancs. Il descendit de l'Aston Martin, lui donna une tape affectueuse sur le capot, franchit une clôture grillagée en poussant une porte non verrouillée, suivit un chemin au milieu d'autres mauvaises herbes et de buissons jusqu'à l'arrière du bureau de Maximilian, une petite construction en stuc rose à l'aspect vaguement californien miteux. Il poussa la porte, entra dans une pièce aux murs lambrissés, salua d'un signe de tête une femme décharnée et sévère au visage taillé à la serpe, qui tapait à la machine assise à un des deux bureaux de style indéfinissable, et il lui dit :

– Salut, Harriet. Où est Max ?

La femme continua à taper, comme si ses mains étaient des créatures dotées d'une existence propre, pendant qu'elle tournait la tête, souriait et disait :

– Bonjour, Stan. Votre maman vous attend devant. Et Max est dehors, en train de vendre.

– Pas à Maman, j'espère ?

Harriet rit de bon cœur.

– Il n'oserait même pas essayer, dit-elle, et elle se remit à observer ses mains qui tapaient toutes seules.

Stan ouvrit la porte de séparation qui donnait sur le bureau d'accueil, le traversa et contempla par la fenêtre le parking rempli de Colt et de Golf. Derrière, le taxi jaune de Maman attendait le long du trottoir, au soleil. Max était sur la droite, dans le coin où se trouvaient les voitures les plus pourries et les moins chères, les cas les plus désespérés, les véhicules qui arboraient sur leur pare-brise des inscriptions comme ULTRASPÉCIAL !!!, OCCASION DU TONNERRE !!!, VOLEZ CETTE VOITURE !!! tracées à la peinture blanche. Max était un gros type âgé avec de lourdes bajoues et de fins cheveux blancs qui donnaient l'impression qu'on l'avait mis là, au soleil, par erreur ; une pièce sans fenêtre au sol recouvert d'une moquette industrielle humide semblait plus appropriée. Et pourtant, il était là, éblouissant, les poings sur les hanches, portant son habituel gilet noir qui bâillait sur sa chemise blanche pleine de taches à force d'être frottée contre des voitures d'occasion, et un pantalon noir trop large et informe, ainsi que des chaussures ressemblant à des miches de pain noir.

Comme l'avait dit Harriet, Max était en train de vendre, ou d'essayer de vendre, un objet de sa collection de boîtes de conserve à deux clients. Appuyé contre le rebord de la fenêtre, Stan observa ces deux types qui semblaient aussi déplacés que Max dans la saine clarté de cette journée. Ils étaient petits, jeunes, à peine vingt ans, avec d'épais cheveux noirs, des moustaches touffues et tombantes et des visages basanés aux yeux noirs. Ils portaient des pulls noirs très amples, des pantalons de velours et des chaussures en toile, et pendant que l'un des deux parlait avec Max, l'autre ne cessait d'observer la rue. Puis ils changeaient de rôle et le deuxième écoutait pendant un instant le baratin de Max.

Stan les regarda rejeter d'emblée une Honda avec un hayon, puis, tout aussi rapidement, une Renault Le Car et une American Motors Hornet. Ils s'attardèrent brièvement devant un break Subaru, mais l'un des deux montra le pare-brise arrière et l'autre hocha la tête pour confirmer que ce n'était pas la voiture qu'il leur fallait. Max, qui avait mal interprété ce geste, leur montra deux fois comment fonctionnait le hayon, mais ils n'étaient pas intéressés. Max finit par renoncer dans un haussement d'épaules, et ils passèrent à une Chevrolet Impala vert vomi qui emballa immédiatement les deux clients ; ils faillirent se mettre à danser en la voyant.

Ce qui n'était pas normal. L'Impala avait au moins dix-huit ans d'âge ; c'était probablement la plus vieille voiture du parking. Les ailes étaient à moitié rongées par la rouille, ainsi que le contour des phares, et l'antenne était un cintre déplié. C'était également une des plus grosses voitures encore de ce monde, un mastodonte, un goinfre en carburant : un tiers moteur, un tiers coffre, un tiers d'espace pour les passagers.

Mais les deux jeunes gens à grosses moustaches en étaient fous. À tel point qu'ils cessèrent tous les deux d'observer la rue pour pouvoir reluquer en même temps cette beauté. Pendant que l'un des deux passait devant pour vérifier la solidité des pare-chocs, l'autre avait demandé à Max d'ouvrir le coffre et il avait sorti un mètre enrouleur de sa poche pour avoir confirmation de l'immensité de l'espace intérieur.

Quand Max mit le contact et les laissa prendre le volant tour à tour – la seule chose qui les intéressait, c'était la maniabilité, et ils faisaient de petits allers-retours sur le parking en donnant de grands coups de volant à droite et à gauche –, Stan décida que le moment était venu d'intervenir. De toute évidence, Max s'apprêtait à vendre une voiture à ces guignols, et il serait préférable qu'il s'abstienne.

Pour commencer, Stan revint vers la porte de séparation, l'ouvrit, glissa la tête à l'intérieur et dit :

– Harriet, vous voulez bien appeler le poste de police pour leur demander d'envoyer une voiture par ici ? Juste pour passer devant, sans s'arrêter.

– Entendu, répondit Harriet sans poser de questions et en décrochant le téléphone.

Stan referma la porte, retraversa la pièce, sortit dans le soleil et adressa à sa mère un petit signe de la main tandis qu'il se dirigeait vers Max et ses clients. Ceux-ci étaient descendus de l'Impala et ils hochaient la tête avec impatience pendant que Max récitait la fin de son laïus, le baratin incompréhensible concernant les garanties et ainsi de suite qu'il débitait à toute allure quand il était certain d'avoir conclu la vente. Stan s'approcha de lui en disant :

– Max, il faut que je te...

– Une minute, répondit Max en jetant un regard étonné et furieux à Stan, qui devrait pourtant savoir que la bienséance interdisait d'interrompre une vente.

Mais Stan continua allègrement, comme s'il n'avait jamais entendu parler de la bienséance :

– Le poste de police vient d'appeler.

Max le foudroya du regard de plus belle, tandis que les deux clients échangeaient un regard stupéfait.

– La police ? dit Max. Qu'est-ce qu'ils me veulent encore ?

– Je ne sais pas, Max. J'ai cru comprendre qu'ils recherchaient des terroristes ou un machin comme ça.

– Des terroristes ? Sur un parking de voitures d'occasion ?

Les deux clients étaient moins basanés tout à coup. Sans faire attention à eux, Stan, image même de la franchise et de l'innocence, ajouta :

– Je crois que c'est une histoire de voiture explosive. Tu vois ?

– Non, je ne vois pas, répondit Max en essayant de se débarrasser de lui.

Mais Stan refusait de le laisser poursuivre son laïus.

– Je parle des voitures-suicide qui explosent, tu sais bien. Y a un gars qui entre quelque part et qui fait tout sauter. Généralement, ils utilisent une vieille épave, une grosse bagnole avec de la puissance sous le capot, un engin costaud capable de défoncer une barricade, et maniable pour contourner les obstacles, avec un grand coffre pour contenir un maximum de dynamite.

Comme s'il venait de remarquer l'Impala, Stan la désigna d'un geste négligeant, en ajoutant :

– Ce genre de voiture.

Max ne dit rien. Les deux clients se regardèrent une fois de plus, puis ils tournèrent la tête en même temps pour voir passer au ralenti une voiture de police à l'intérieur de laquelle les deux agents regardaient en direction du parking. Les clients échangèrent quelques mots dans une langue quelconque.

Max passa sa langue sur ses lèvres.

– Stan, sois sympa, va m'attendre dans mon bureau. (Il se retourna.) Je vous prie de m'excuser, messieurs...

Mais les messieurs s'éloignaient entre les rangées d'épaves irrécupérables de la section Ultraspéciale de chez Maximilien, sans hâte excessive, mais d'un pas soutenu, jusqu'à ce que Max leur lance :

– Vous ne voulez pas cette voiture, messieurs ?

Ils pressèrent le pas, sans se retourner.

Stan demanda :

– Ils allaient payer en liquide, je parie ?

– Exactement ! répondit Max. Jusqu'à ce que tu rappliques !

– Tu n'as pas encore compris ? Tu ne sais pas qui sont ces types ?

– Des clients, répondit Max.

Avant que Stan ait le temps d'ouvrir la bouche, Max leva une main noire aux ongles rongés, montrant sa paume calleuse à Stan, et il dit :

– Même si tu as raison, et alors ? Si tu as raison, tu sais ce que ça veut dire ? J'étais tombé sur les clients *parfaits*. Non seulement ils payent en liquide, autrement dit pas de problème avec les papiers, les autorisations de crédit, les escomptes avec la banque qui m'obligera à reprendre la bagnole le jour où ils paieront pas ; non seulement ça, mais en plus, c'est des clients qui rapporteront *jamais* la voiture pour se plaindre, comme tous les autres, pour des histoires de transmissions, de freins et tous ces machins-là. C'était pas le genre de ces clients. Alors, même en supposant que tu aies raison, Stan, et je ne dis *pas* que tu as raison, ces clients-là, c'était ce qu'on pouvait trouver de mieux. C'est comme l'armée. Ils achètent le produit, ils le font sauter et tout le monde est content.

– Sauf toi, dit Stan.

Max le foudroya du regard.

– Le soleil t'a fait fondre le cerveau, conclut-il. Viens dans mon bureau, tu m'expliqueras comment tu m'as rendu service.

– J'arrive tout de suite, répondit Stan en se dirigeant vers le taxi de sa maman, à l'intérieur duquel celle-ci le regarda approcher par la vitre ouverte.

– C'est long, dit-elle.

– Il y a des petites complications. Je te raconterai en rentrant à la maison.

– Tu as terminé ? Il a dit oui ?

– J'arrive dans quelques minutes, promit Stan et il retourna à l'accueil où Max était assis derrière son bureau, en train de mâchonner un cigare imaginaire, le seul modèle que lui autorisait son médecin.

– Tiens, tiens, fit-il en regardant Stan comme s'il avait supposé que celui-ci prendrait la fuite plutôt que de l'affronter. Le livreur d'emmerdements. Vas-y, aboule.

– Le FBI, dit Stan.

Max fit passer son cigare imaginaire d'un coin à l'autre de sa bouche.

– Le FBI ? Quel rapport avec moi ?

– Tes clients. Tes clients *parfaits* de tout à l'heure, suppose qu'ils repartent avec ce tas de ferraille, et dans une ou deux semaines, une ambassade explose, ou bien le bureau d'une compagnie aérienne, ou même un poste de police ou le bâtiment des Nations unies.

– Parfait, répondit Max. Je me suis enfin débarrassé de cette bagnole. Pour de bon.

– Mais suppose qu'il en reste assez pour l'identifier et retracer son histoire. Le FBI aime affirmer qu'il vérifie toutes les pistes, et cette voiture est une piste, une piste qui conduit *ici*.

– Et alors ? répondit Max en ôtant son cigare imaginaire de la bouche pour l'agiter dans sa main. Il se trouve que pour une fois, je suis innocent ! Je connais pas ces gens ! Je leur ai vendu une voiture. C'est tout ce que j'ai *fait !*

– Max, Max. N'emploie pas le mot « innocent », tu veux ? Si je regarde par la fenêtre, je vois une demi-douzaine de voitures que *je* t'ai vendues et je sais d'où elles viennent. Tu tiens à attirer l'attention de la police, Max ? Quelle que soit la raison ?

Max ne répondit pas. Il regardait Stan avec des yeux écarquillés. Le cigare imaginaire s'était éteint.

Stan enchaîna :

– Les gars du FBI se pointent ici à la recherche de preuves liées à l'attentat, ils se renseignent sur toi, ils fouillent dans tes paperasses. Mais ils ne trouvent aucune preuve concernant l'attentat, car tu es innocent, tu n'es pas impliqué. Est-ce qu'ils laissent tomber pour autant ? Est-ce qu'ils ferment les yeux sur toutes les *autres* preuves ? Ou est-ce qu'ils remettent leur bon gros rapport à la police locale ?

– Tu as raison, dit Max.

Il semblait abasourdi. Il secoua la tête, laissa tomber le cigare imaginaire dans un cendrier imaginaire et dit :

– Je suis pas habitué à être innocent, ça a obscurci mon jugement. Tu m'as sauvé, Stan, ajouta-t-il et l'exaltation l'obligea à se lever. Je te revaudrai ça. Je te dois une fière chandelle.

Stan semblait intéressé.

– Ah oui ?

Max écarta les bras.

– Demande-moi ce que tu veux. Je sais que tu es venu ici pour me vendre une voiture, mais...

– Oui, plus ou moins, dit Stan en passant à la vitesse supérieure pour embrayer sur le plan B. Une petite merveille, bien plus belle que...

– Ça peut attendre, déclara Max avec fermeté. Je vois bien que tu as autre chose en tête. C'est quoi ?

– En fait, Max... Je voulais te demander un service.

– Demande.

– J'ai besoin d'une voiture et...

– *Toi* tu as besoin d'une voiture ?

– C'est une voiture spéciale, expliqua Stan, avec des modifications spéciales. Alors, je me suis dit que les gars de ton atelier...

– Ils peuvent tout faire, dit Max. Du moment que tu n'as pas besoin d'un véhicule plus de... deux ou trois semaines disons, mes gars peuvent te donner tout ce que tu veux.

– C'est une utilisation à court terme.

– Tout ce que je vends ici est à court terme, dit Max. C'est ce que le client refuse de comprendre. Qu'est-ce qu'ils espèrent pour ce prix-là ? Est-ce qu'ils iraient acheter une télé aussi vieille que ces voitures ?

– Bien vu, dit Stan. Peut-être que tu devrais mettre ça dans ta pub.

– Il y a des subtilités du commerce que tu ne comprendras jamais, Stanley. Parle-moi plutôt de cette bagnole qu'il te faut. Tu veux gonfler le moteur ?

– Non, non. En fait, un des trucs qu'on voudrait, c'est enlever le moteur.

Max l'observa.

– C'est de l'humour ? demanda-t-il. Harriet n'arrête pas de me parler de ce truc, l'humour. C'en est, ça ?

– Pas du tout, répondit Stan et il sortit de sa poche la liste des modifications à apporter. Le plus important, c'est l'écartement entre les pneus, il doit être exactement de 1,43 mètre, du milieu du pneu à l'autre milieu du pneu. Les pneus avant doivent être écartés de cette distance et les pneus arrière aussi.

– O.K.

– Ensuite, ajouta Stan, pas de moteur. Et soit une décapotable, soit on découpe le toit.

– On découpera le toit.

– Tiens, voici la liste. Tu veux voir la beauté que je t'ai apportée ?

– Une minute. (Max examina la liste en hochant lentement la tête.) Mes gars n'ont pas fini de se marrer.

– La question c'est : est-ce qu'ils peuvent le faire ?

– Ils peuvent tout faire, répéta Max. T'en as besoin pour quand ?

– Très vite.

– Sans blague ? (Max glissa la liste dans sa poche.) Allons voir cette « beauté » que tu m'as apportée.

– En remerciement de ce que vous faites, tes gars et toi, dit Stan alors qu'ils traversaient le bureau de Harriet et qu'ils sortaient par-derrière pour admirer l'Aston Martin, je te laisse fixer le prix. C'est *presque* un cadeau que je te fais, Max !

42

– Il est quelle heure ? murmura Judy à l'oreille de Dong Berry.

Celui-ci se dressa sur les coudes, posa son poignet sur le nez de Judy et consulta sa montre/boussole/calendrier waterproof/anti-chocs/fluorescente.

– Trois heures moins cinq, dit-il.

– Oh ! s'exclama-t-elle en s'agitant soudain sous lui, sur les gilets de sauvetage étendus au fond du Boston Whaler, avec beaucoup plus d'enthousiasme qu'elle ne l'avait fait jusqu'à présent. Merde ! La leçon est terminée ! On rentre !

– Judy, Judy, Judy, dit Doug en agrippant ses épaules nues. Je savais pas que j'avais terminé.

– Peu importe que *tu* aies terminé ou pas, répondit-elle. C'est moi qui paye les leçons. Et j'ai rendez-vous pour une épilation à la cire cet après-midi. Debout, mon grand !

– Attends une seconde !

Doug regarda autour de lui. Il lui suffisait de trente secondes, même moins, il en était sûr.

– Tes cheveux sont coincés ! déclara-t-il en se laissant retomber de tout son poids sur elle et en collant son visage contre le sien, comme pour l'aider. Ils sont pris dans cette boucle, fais attention, tu vas te f-f-f-faire *mal,* je vais les dé-dé-dé-coincer et tu p-p-p-pourras, oh... oh... oh... AH !

Quand les spasmes eurent cessé, il se dressa de nouveau sur les coudes, avec un grand sourire, face au regard sceptique de Judy, et il dit :

– Voilà. C'est fait.

Il roula sur le côté et ils se redressèrent tous les deux dans le soleil. Doug contempla le rivage lointain de Long Island, à l'autre bout de Great South Bay, pendant que Judy demandait, d'un ton sarcastique :

– Tu es satisfait maintenant ?

– Oui, si toi aussi, Judy, répondit-il avec son grand sourire, car il n'en avait plus rien à foutre. C'est toi qui payes les leçons.

En effet. Judy était l'épouse d'un ophtalmologiste de Syosset et c'était la troisième année qu'elle prenait des leçons de plongée avec Doug.

Toutes sortes de leçons de plongée. À chaque 1er mai, elle apparaissait, réglée comme une horloge, et elle l'aidait à payer le loyer et à tuer le temps trois jours par semaine jusqu'au 15 juillet, quand son mari et elle partaient passer un mois à St. Croix.

C'était une jolie femme proche de la quarantaine dont le corps ferme était sévèrement maintenu en forme à coups d'aérobic, de jogging, d'appareils de musculation et de régimes draconiens. Son caractère impitoyable se voyait sur son visage, dans la forme brutale de son nez, dans la froideur de ses yeux sombres et la finesse de ses lèvres ; il était donc peu probable qu'un individu autre que l'ophtalmologiste, qui n'avait pas le choix, s'engage délibérément à rester avec elle pendant une certaine période sans en tirer *autre chose* que le plaisir de sa compagnie. Doug ignorait qui assouvissait les besoins de Judy le reste de l'année, mais ces deux mois et demi de présence par an, c'était à peu près le maximum qu'il pouvait supporter.

En mai, il y avait encore peu de circulation maritime dans la baie, surtout en pleine semaine, exception faite des pêcheurs de palourdes omniprésents et de quelques ferries qui ralliaient Fire Island. De ce fait, il était facile à cette période de l'année de trouver un point de mouillage dans les eaux peu profondes de la baie, à l'écart des autres bateaux, pour plonger un peu, baiser un peu, histoire d'occuper les deux heures de leçon. Doug aurait été ravi de faire des heures sup' aujourd'hui, gratuitement, car il n'avait rien prévu d'autre cet après-midi, mais comme d'habitude, le programme d'entretien de Judy passait en premier. Épilation à la cire. Pffft.

Doug mit le moteur en marche et conduisit le petit bateau vers Islip. Très vite, il aperçut sa cabane et l'appontement droit devant. Judy n'était pas trop du genre à parler pour ne rien dire, surtout par-dessus le rugissement d'un moteur hors-bord Johnson de 235 chevaux, et ils continuèrent ainsi jusqu'au rivage, dans un silence qui n'était pas particulièrement amical. Ils étaient presque arrivés quand Doug aperçut, derrière la cabane, une Jaguar V12 gris métallisé sur son parking, garée à côté de la Porsche noire de Judy.

Un client ! Riche par-dessus le marché, à en juger par la voiture. L'épilation à la cire de Judy était un bienfait caché, finalement, et Doug éprouvait presque de la tendresse pour cette salope tandis qu'il amarrait son bateau au quai et offrait sa main à Judy pour l'aider à débarquer.

– À mercredi, lui dit-il avec son sourire professionnel.

– Hmmm, répondit-elle en pensant déjà à autre chose.

Et elle s'éloigna d'un pas énergique pendant que Doug finissait d'attacher le bateau et qu'il sortait les bouteilles utilisées.

Elle était déjà partie, dans un nuage de poussière, quand Doug fit le tour de la cabane et découvrit les deux derniers types qu'il s'attendait à revoir un jour. Surtout dans une voiture comme cette Jag.

Oh ! Le caducée sur le pare-brise.

– Ah, vous voilà ! dit Andy.

John montra la porte d'un doigt accusateur.

– Y a marqué : « De retour à 15 heures. »

– Et me voici, répondit Doug en ouvrant la porte de sa boutique et en entrant le premier. Alors, vous avez décidé de ne pas faire la plongée, finalement ?

– Oh ! si, on l'a faite, répondit John d'un ton dégoûté, pendant qu'Andy refermait la porte.

Doug n'en revenait pas.

– Vraiment ?

Il aurait parié que ces deux types, malgré la formation de professionnel et d'expert qu'il leur avait donnée, ne survivraient pas à une véritable plongée dans le monde réel avec des conditions incontrôlables. Mais ils l'avaient fait, nom d'une pipe, et ils avaient survécu.

Et maintenant ? Espérant qu'ils ne revenaient pas dans l'espoir de lui revendre leur matériel, Doug demanda :

– Tout s'est bien passé, alors ?

– Pas tout à fait, répondit Andy avec un sourire et un haussement d'épaules. On a eu quelques imprévus.

– La turbidité, dit John comme si c'était le mot le plus dégoûtant qu'il connaissait, et c'était peut-être le cas.

– Oh ! la turbidité, répéta Doug qui voyait où était le problème maintenant. Je suis un plongeur en mer, en eau profonde, alors ça ne m'arrive pas souvent. Mais dans un réservoir, évidemment, ça peut arriver. Ça a tout fait foirer, hein ?

– Vous avez bien résumé, dit John.

– Si vous êtes venu me demander des conseils, dit Doug, je suis navré, mais je suis pas le gars qu'il vous faut. Comme je vous le disais, la turbi...

– On a déjà eu des conseils, dit Andy. D'un célèbre écrivain spécialiste de ces choses-là. Vous connaissez le gros bateau qui s'appelait le *Normandie ?*

– Peu importe, intervint John. Ce qui compte, c'est qu'on pense savoir comment faire cette fois...

– En partant du dessus, suggéra Doug. Je vous l'avais dit. Vous prenez un bateau et...

– Impossible, dit John. Mais on a une autre idée. Ce qui nous manque, c'est de l'air.

– Ah ! je vois, fit Doug.

– On a pensé, dit Andy, que vous pourriez remplir nos bouteilles, comme la dernière fois.

– Faut voir... répondit Doug qui se demandait combien il pouvait leur réclamer.

– On paiera le double, pour deux bouteilles, dit Andy.

– En fait... dit Doug lentement en songeant vaguement qu'il y avait peut-être un truc à gagner quelque part dans cette histoire, ce qu'il vous faudrait, c'est un pro avec vous, quelqu'un pour régler les problèmes sur place, au moment où ils surviennent.

– Non, pas besoin, répondit John.

– Merci infiniment, Doug, dit Andy en lui adressant un grand sourire et en secouant la tête en même temps. J'apprécie la pensée qui se cache derrière votre offre. Mais on pense avoir tout mis au point cette fois.

– On espère, dit John.

– On est très confiants, lui rappela son associé, avant de se retourner vers Doug. Tout ce qu'il nous faut, c'est de l'air.

– Alors, vous en aurez, répondit Doug, mais tandis qu'il les précédait à l'extérieur pour se diriger vers le compresseur caché sous la bâche bleue brillante sur l'appontement derrière la cabane, il continuait à penser : « J'ai peut-être un truc à gagner dans cette affaire. Quelque part. »

43

Le problème, c'est que les trains n'ont plus de wagons individuels. Ces formidables vieux wagons avec cette sorte de double poignée comme un tapecul qui faisait qu'un gars pouvait pousser vers le bas pendant qu'un autre gars en face tirait vers le haut, et vice versa, alors que le wagon continuait à filer sur les rails; le genre de wagon dans lequel voyageait Buster Keaton, ça n'existe plus. Toutes les bonnes choses ont disparu : les maisons en bois du Monopoly, Red Ryder et les wagons individuels.

C'est pourquoi l'énorme semi-remorque que Stan Murch arrêta dans un toussotement de freins à air comprimé à l'endroit où la voie ferrée croisait l'ancienne route à l'ouest du réservoir de Vilburgtown, à 1 heure du matin, par une nuit sans nuages, mais sans lune, ne transportait pas de vieux wagon. Ce qu'il transportait, en plus de l'équipement de plongée, d'un cabestan et de matériel divers, c'était un étrange véhicule hybride qui avait été, avant l'opération chirurgicale, une Hornet American Motors de 1976. Une Hornet verte, à vrai dire, preuve que tout n'avait pas encore disparu.

Si c'était toujours une petite voiture deux portes avec une banquette minuscule à l'arrière et un petit coffre séparé (pas un hayon), cette Hornet n'avait plus de moteur, plus de transmission, plus de radiateur, de radio, de capot, d'enjoliveurs, de pare-chocs, de phares ni de feux arrière, de pneu de secours, d'essuie-glaces, de tableau de bord ni de toit. Elle avait encore la direction (sans moteur), les freins *(idem)*, les sièges, le pare-brise, les vitres et l'autocollant du contrôle technique de l'État de New York de 1981. Elle avait également de nouveaux essieux, à l'avant et à l'arrière, et de nouvelles roues, dont les vieux pneus avaient été dégonflés à moitié, ce qui donnait l'impression qu'elle était encore plus affalée sur le sol, comme si cette transfiguration l'avait plongée dans la morosité.

Dortmunder lui aussi semblait plongé dans la morosité. Il avait fait le trajet dans la cabine du poids lourd avec Stan, prétendument pour le guider, puisque c'était la première fois que Stan effectuait le voyage dans le nord, mais en vérité, il voulait se reposer et être seul pour se lamenter en songeant qu'il allait *retourner sous l'eau,* car, de toute façon, Stan suivait la Cadillac beige conduite par Kelp et transportant Tom et Tiny.

– *PfffffrAAGH!* dirent les freins.

– On est arrivés, dit Stan.

– Oui, je crois, dit Dortmunder.

– De quel côté tu veux que j'aille ?

Dortmunder regarda autour de lui. La nuit, tout était différent.

– À gauche, décida-t-il.

– Parfait, dit Stan. Ce sera plus facile. Je recule juste un peu pour m'arrêter près du garde-fou, hein ?

– Oui, c'est ça, répondit Dortmunder.

Il poussa un soupir et descendit du poids lourd. C'était sans doute la première fois que la préparation du coup était plus agréable que sa réalisation. Beaucoup plus. À quoi n'ai-je pas pensé cette fois ? se demanda Dortmunder. Chut ! répondit-il.

Kelp s'était garé sur le bas-côté, au-delà de la voie ferrée, et il revenait maintenant vers Dortmunder, accompagné des deux autres, en disant :

– Comme sur des roulettes, hein ?

– Si une voiture passe maintenant, ça risque de tout foutre en l'air, dit Dortmunder, plein d'espoir.

– T'en fais pas pour ça, John, répondit Kelp. Il n'y a pas de circulation par ici à cette heure.

– Tant mieux, dit Dortmunder avec désespoir.

– À cette heure-ci, tous les gens du coin sont dans leur lit, ajouta Kelp.

– Hmmm, fit Dortmunder en pensant à son propre lit.

À force de manœuvres, Stan avait placé le semi-remorque en travers de la route déserte, le pare-chocs arrière à une cinquantaine de centimètres de la barre inférieure de la clôture en métal blanc rouillé. Penché par la vitre, Stan lança :

– Dépêchez-vous, les gars ! Si quelqu'un vient, il risque de me percuter par le flanc.

– Personne ne viendra, répondit Dortmunder d'un ton amer.

– Par ici, les bars ferment à minuit, expliqua Kelp.

Tout le monde, à l'exception de Stan, se plaça à l'arrière du semi-remorque. Tiny ouvrit les énormes portes, puis Kelp et lui grimpèrent à l'intérieur pendant que Dortmunder et Tom passaient de l'autre côté de la barrière. Tom promenait sa torche électrique ici et là ; Dortmunder attendait la sortie des planches.

Cette partie risquait d'être délicate, bien que simple. Le haut de la barrière dépassait d'environ vingt centimètres la hauteur d'un quai de chargement standard, et donc d'autant le plancher du semi-remorque. Ils devraient sortir un véhicule de ce camion et lui faire franchir cette barrière ; une rampe normale ne leur servirait donc à rien. Ils devraient inventer.

Tiny et Kelp poussèrent la première planche à l'extérieur du camion ; elle était longue et lourde. Lorsqu'elle heurta la barrière avec fracas, Dortmunder cria « Stop ! » et avec Tom, ils la hissèrent sur le dessus de la barrière et aidèrent les autres à la faire glisser. La planche était vraiment très lourde.

– C'est là que ça devient délicat, commenta Kelp à l'intérieur du camion.

– O.K., O.K., dit Dortmunder. Faites-la glisser !

– Pas la peine, répondit la voix de Tiny à l'intérieur du camion. Elle glisse *toute seule !*

En effet. Déséquilibrée, la planche bascula sur le point d'appui de la barrière métallique et, juste au moment où Dortmunder et Tom se jetaient à l'écart, le bout de la planche s'écrasa sur le sol dans les parages de la voie ferrée. L'autre bout, qui se trouvait encore légèrement à l'intérieur du camion, se dressait vers le haut, à peu près à la hauteur de la tête de Kelp. C'est ainsi qu'ils découvrirent qu'elle était attachée par une charnière à une autre planche glissée dans les profondeurs obscures du camion.

– Prêts, les gars ? s'écria Kelp.

– Oui, oui, attends une minute, répondit Dortmunder. (Il s'adressa ensuite à Tom :) Sers-toi de ta lampe. Où est le bout de la planche ?

– Ici, dit Tom debout devant la planche, en pointant sa lampe vers le sol.

Dortmunder le rejoignit et, à eux deux, ils déplacèrent l'extrémité de la lourde planche le long de la voie ferrée, en la soulevant, en la faisant pivoter et en la reposant. Ils répétèrent plusieurs fois le cycle, jusqu'à ce que Dortmunder s'aperçoive que c'était lui qui faisait presque tout le travail, car il utilisait ses deux mains et Tom une seule.

– Sers-toi de tes deux mains, Tom.

– Faut bien que je tienne la lampe.

– Mets-la dans ta bouche.

– Jamais de la vie, Al.

La voix de Tiny résonna à l'intérieur du camion.

– Pourquoi vous arrêtez ?

– Passe-moi la lampe, dit Dortmunder.

À contrecœur, Tom lui tendit la torche électrique et Dortmunder la coinça entre ses dents et dirigea le faisceau en bougeant la tête.

– Drrr, dit-il. Var drr drr...

– À tes ordres, Al.

C'était un peu plus facile avec quatre mains, et finalement, Kelp s'écria :

– Ça y est !

Ils soulevèrent la planche une dernière fois pour la poser sur un rail, avant de revenir vers la barrière.

La charnière qui maintenait les deux planches ensemble était désormais à cheval sur la barrière ; la deuxième planche, plus courte, plongeait à l'intérieur du camion. Kelp et Tiny étaient déjà en train de la pousser par l'autre côté et cela leur parut plus facile cette fois, maintenant qu'ils avaient tous un peu d'entraînement.

Ce fut ensuite au tour de la voiture. On entendit Kelp haleter et grogner (aucun bruit de la part de Tiny), puis le visage sans yeux et sans nez de la Hornet verte apparut ; ses pneus à demi dégonflés gravissaient la pente des deux planches en se dandinant, pendant que Kelp et Tiny poussaient derrière.

Le véhicule maltraité escalada et descendit ainsi la planche articulée, avec des petits coups et des tapes affectueuses de ses serviteurs humains, tels des hommes à tout faire dans un cirque qui déchargent un bébé éléphant. Quand les roues avant atteignirent les rails, les pneus mous épousèrent la forme du métal comme un étau lâche qui les maintint en place pendant que le reste de la voiture continuait à descendre sur les planches. Quand les quatre roues se retrouvèrent sur les rails, l'élan fit avancer la Hornet pendant trois ou quatre mètres, avant qu'elle ne s'immobilise en s'affaissant.

Les planches ne servaient plus à rien. Ils les poussèrent sur le côté et les laissèrent tomber derrière la barrière, parallèlement à la route. Après quoi, tout le matériel fut déchargé du semi-remorque et chargé à bord de la Hornet sans toit : combinaisons de plongée, bouteilles, sacs poubelle remplis de balles de ping-pong, cabestan, corde, pelles, perches (pour pousser), cisailles et tout le reste.

Quand ce fut terminé, Kelp et Stan remontèrent à bord des véhicules qui les avaient amenés jusque-là et ils repartirent pour abandonner le semi-remorque, trop gros pour pouvoir être caché et qui était devenu inutile de toute façon. Kelp ramènerait Stan ensuite et ils planqueraient la Cadillac sur un chemin de terre voisin qu'ils avaient repéré au préalable.

Pendant ce temps, Dortmunder, Tiny et Tom commencèrent à pousser la Hornet sur les rails. Ils avaient cru que l'un d'eux devrait se mettre au volant, mais grâce aux pneus dégonflés, ce n'était pas nécessaire. La voiture avançait en ligne droite et la masse molle des pneus l'empêchait de dérailler. En revanche, leur faible pression augmentait la friction et la voiture était plus difficile à pousser. Voilà pourquoi ils progressaient au pas.

Si ça n'avait pas été aussi dur, le voyage aurait été agréable : une promenade le long de la voie ferrée dégagée au milieu de la forêt, sous un ciel étoilé qui s'étendait au-dessus de la voûte des arbres dans ce ciel pur de la campagne, d'un noir profond. Les faisceaux de leurs lampes balayaient les troncs et les fourrés, ouvrant des allées de lumière dans la forêt sombre où le vert plus clair des jeunes pousses ressortait comme de la peinture fraîche. Vers les 2 heures du matin, la forêt était silencieuse et paisible ; les seuls bruits étaient leurs pas sur le gravier, et parfois quelques remarques prononcées dans un grognement : « Saloperie de fils de pute ! », etc.

Quand Kelp et Stan les rejoignirent, le trio et la voiture avaient atteint la clôture grillagée qui marquait la limite du réservoir et dans laquelle Tiny était en train de découper une *énorme* ouverture.

– Pas de problème, commenta Kelp.

– Ne dis pas ça, s'il te plaît, lui dit Dortmunder.

– C'est ton plan, John, fit remarquer Kelp. Qu'est-ce qui pourrait aller de travers ?

Dortmunder répondit par un grognement.

Bob braqua le faisceau de sa torche sur le cadenas qui fermait la barrière dressée en travers de la route qui conduisait au réservoir. Comme d'habitude, personne n'y avait touché. Évidemment. Cela n'était arrivé qu'une seule fois, c'est tout, et ça ne se reproduirait plus jamais. L'obliger à descendre jusqu'ici tous les soirs pour inspecter tous les cadenas de toutes les barrières de toutes les routes autour du réservoir, ce n'était qu'une façon mesquine de le punir parce qu'il avait été incapable de comprendre ce qui s'était réellement passé le soir où ça s'était passé.

Le soir où *ça* s'était passé. Ce n'était pas un monstre marin, finalement, mais une forme bizarre d'effraction. Qui pouvait bien s'introduire par effraction dans un réservoir, et pour quelle raison ? Ça ne tenait pas debout, et pourtant, quelqu'un l'avait fait ; les cadenas sectionnés retrouvés le lendemain matin et les traces laissées par un gros véhicule conduisant jusqu'au bord du réservoir étaient là pour le prouver.

Hélas, ces mystérieux rôdeurs nocturnes avaient choisi de frapper juste au moment où Bob était à bout de nerfs ; il venait de rentrer de voyage de noces et de reprendre le travail, c'est pourquoi il avait réagi de manière excessivement émotive quand, en regardant la surface du lac, il avait aperçu ce qui devait être en réalité une personne en train de nager, mais qui, à ses yeux à bout de nerfs et excessivement émotifs, ressemblait à, euh...

... un serpent de mer.

Bob et le psychologue avaient longuement travaillé là-dessus le mois dernier. D'ailleurs, Bob commençait à se dire que les terribles expériences de cette nuit d'avril au clair de lune étaient un bienfait déguisé, car elles lui avaient permis de rencontrer Manfred, le psychologue qui avait un effet absolument considérable sur la vie de Bob.

Mais quel gâchis il avait fait sur son chemin, en commençant par se montrer incapable de trouver le magazine *Soldier of Fortune* ce soir-là, quand il avait quitté pour toujours le barrage, son foyer et Tiffany. Sans *Soldier of Fortune,* son plan pour devenir un mercenaire endurci sur un autre continent, plus intéressant, était tombé à l'eau, alors il avait acheté un pack de bière à la place et il avait passé la nuit dans sa voiture, seul sur Ten Eych Hill, à contempler le réservoir, à attendre le retour du serpent de mer.

Il n'était pas revenu, évidemment, et au bout d'un moment au cours de sa nuit de veille, Bob avait fini par perdre connaissance sous l'effet de l'épuisement et de la bière (et aussi, comme Manfred et lui l'avaient compris, de la tension nerveuse et des émotions excessives), et quand il avait repris sa vie normale le lendemain, bouffi et sale, il avait découvert que plus personne ne voulait de lui. Furieuse, Tiffany était retournée chez ses parents. Au barrage, ils parlaient d'abandon de poste. C'est seulement après que Bob eut accepté d'aller voir un psychologue que son patron décida de ne pas le renvoyer.

Ayant appris qu'il était sérieusement prêt à résoudre ses problèmes et qu'il avait commencé à voir quelqu'un, Tiffany était revenue à la maison – ce qui avait des bons côtés et des mauvais, il fallait bien le dire – et au cours du mois écoulé, Bob avait senti que Manfred et lui progressaient à grands pas tous les deux. Bob avait vraiment le sentiment de se retrouver ces derniers temps, aussi bien sur le plan intellectuel qu'émotionnel. Présentement, il se sentait bien dans sa peau, à l'aise dans son environnement.

Certes, il faudrait encore un certain temps pour que les choses retombent au travail, pour que ses collègues oublient le passé et acceptent le nouveau Bob. En attendant, la plupart des gars ne lui parlaient plus – ce qui n'était pas grave, vu ce dont ils parlaient quand ils parlaient – et il devait accomplir cette tâche supplémentaire et ridicule chaque soir : vérifier tous les cadenas de tous les accès pour s'assurer que les mystérieux nageurs n'étaient pas revenus.

Mais qui étaient-ils ? Qu'est-ce qui les poussait à faire ça ? Sectionner des cadenas, détruire une propriété officielle, c'était du sérieux. Personne ne ferait une chose pareille uniquement pour pouvoir se baigner à poil avec sa petite amie. Alors qu'il y avait une quantité de lacs et d'étangs tout autour. Et certainement pas en avril, il faisait beaucoup trop froid. Une sorte de Club des ours polaires, rattaché aux anciens druides, c'était la seule possibilité qu'avait trouvée Bob jusqu'à présent, et ça ne paraissait guère probable, même à ses yeux.

Ce soir-là, comme tous les autres soirs, le cadenas de la barrière installée à proximité de la route nationale était intact. Néanmoins, Bob avait ordre de l'ouvrir, de déplacer la barrière, de remonter dans sa voiture, de rouler jusqu'à la clôture de la propriété privée et jusqu'à la deuxième barrière cadenassée, d'inspecter *ce* cadenas, de l'ouvrir, de rouler jusqu'au réservoir et jusqu'à l'endroit où *ça* s'était passé.

Les criminels ne reviennent pas sur les lieux de leur crime. Manfred disait que c'était de la superstition. D'un autre côté, Manfred disait aussi que Bob devait accepter tout ce que disaient les autres désormais, avec leurs mythes et leurs rituels, jusqu'à ce que la communauté dans son ensemble ait le sentiment qu'il avait expié pour les avoir abandonnés, eux et leurs valeurs. Alors, il obéirait.

Après avoir décadenassé et ouvert la barrière, Bob poussa un soupir et remonta dans sa voiture ; il redémarra et suivit le chemin de terre, au milieu des arbres, dans le noir, vers le réservoir.

En l'absence de lune, l'eau semblait plus sombre. Plus sombre et plus froide, et encore plus inhospitalière. Alors qu'il enfilait sa combinaison, ses chaussons, ses gants, sa ceinture de plomb, son BCD et sa bouteille, Dortmunder marmonna :

– Dernière chance pour tout laisser tomber.

– Quoi ? demanda joyeusement Kelp à ses côtés.

– Rien, répondit Dortmunder d'un ton bourru.

Car évidemment, ce n'était pas la *dernière* chance pour changer d'avis ; cette chance il l'avait laissé passer il y a longtemps. Maintenant, il était là avec Kelp, Tiny, Tom et Stan Murch, avec la Hornet charcutée, ce cabestan et toute cette corde, et il n'avait plus de chance. À la flotte.

– J'aimerais mieux un remontant, marmonna-t-il.

– Quoi ?

– Rien !

– On est parés, annonça Stan, debout à côté de la voiture.

Parés. Tiny avait brisé quelques branches de sapin pour bloquer les roues de la Hornet, même si celle-ci ne manifestait apparemment aucun désir farouche de dévaler la pente jusqu'à l'eau. La longue corde qui partait du cabestan était attachée par l'autre extrémité à une partie du châssis où se trouvait jadis le pare-chocs arrière, non pas qu'ils espéraient ramener la voiture à la surface grâce au cabestan, mais simplement parce que c'était le moyen le plus simple et le plus sûr de traîner la corde derrière eux. Les deux énormes sacs poubelle remplis de balles de ping-pong se trouvaient dans le coffre, fermé uniquement par un simple crochet afin qu'il soit plus facile de l'ouvrir sous l'eau dans le noir. Les torches sous-marines attendaient sur le siège avant, les pelles et le tisonnier d'un mètre de long étaient sur la banquette arrière, ainsi qu'un deuxième rouleau de corde, dont une extrémité était solidement attachée à la colonne de direction. Les deux grandes perches destinées à les propulser en cas de besoin se dressaient derrière les sièges avant.

L'idée, c'était de faire rouler la Hornet sur les rails sous l'eau, en descendant la pente de la colline presque jusqu'à Putkin's Corners. Si le véhicule s'arrêtait de temps à autre, ils se mettraient debout dans la voiture, tels des gondoliers, et ils pousseraient avec les perches. Étant donné que seules les extrémités des perches seraient en contact avec le fond, ils pourraient minimiser les problèmes de turbidité.

Une fois arrivés à Putkin's Corners, ils seraient bien obligés de descendre de voiture et de marcher, ce qui remuerait un peu le fond, mais ils ne pouvaient pas faire autrement. Ils se serviraient alors de la deuxième corde pour rester en contact l'un avec l'autre, et avec la voiture, tandis qu'ils contourneraient la bibliothèque – située juste en face de la gare, enfin une chose qui leur faciliterait la tâche – pour pénétrer dans le satané terrain de Tom. Ils enfonceraient le tisonnier dans le sol sablonneux, à l'endroit approximatif où Tom avait enterré le cercueil et, une fois qu'ils l'auraient localisé, ils le déterreraient et le traîneraient jusqu'à la voiture. Ce serait la partie la plus délicate, pleine d'efforts et de turbidité. Ensuite, ils attacheraient la longue corde à une des poignées du cercueil, puis ils ouvriraient le coffre de la Hornet – prudemment ! il ne fallait pas que les sacs de balles de ping-pong s'échappent et remontent à la surface –, ils attacheraient les sacs de chaque côté du cercueil pour l'alléger et ils tireraient trois coups secs sur la corde, conformément au signal décidé avec Tiny, puis ils remonteraient à pied avec le cercueil en suivant les rails, pendant que Tiny actionnerait le cabestan.

Ce n'était pas exactement un jeu d'enfant, mais ce n'était pas non plus totalement impossible. Et cette fois, en cas de problème, Dortmunder se souviendrait qu'il avait un BCD et il sortirait de là-dessous en flottant. Vous pouviez en être sûr.

– Je suis prêt, annonça Kelp. Tu viens, John ?

– Naturellement, répondit Dortmunder et, d'un pas pesant, il monta à bord de la Hornet et s'assit au volant, sa torche sous-marine sur les genoux. Kelp prit place à ses côtés, avec un large sourire autour de son détendeur. Qu'est-ce qui le faisait sourire ?

Dortmunder plaça son détendeur dans la bouche et adressa un hochement de tête à Tiny, qui ôta les branches servant de cales... et rien ne se produisit. Dortmunder fit signe qu'il fallait pousser.

– Je sais, je sais, dit Tiny en venant se placer derrière la voiture.

Pendant que Tom restait près du cabestan, Tiny et Stan poussèrent la Hornet qui roula lentement sur les rails, puis moins lentement, dans la pente qui menait au réservoir.

– Mmmmm ! fit Kelp avec bonheur au moment où l'avant du véhicule s'enfonçait dans l'eau noire.

Les roues avant firent jaillir une petite gerbe. Dortmunder avait cru que la force de l'eau arrêterait cette foutue bagnole, mais non, du moins pas tout de suite. Roulant lentement, mais roulant toujours, la Hornet descendit sans peine dans le réservoir. L'eau s'engouffra en faisant des bulles dans l'habitacle, autour de leurs pieds, en entrant par les trous où se trouvaient autrefois les pédales de frein et d'accélération, avant d'envahir l'espace plus large réservé autrefois au tableau de bord tandis que l'avant de la voiture, privé de capot, s'enfonçait sous la surface. La présence du pare-brise et des vitres latérales donna naissance à une petite vague passant de chaque côté dans un bouillonnement de bulles qui s'écrasaient contre le verre. Il n'y avait plus de vitre arrière (elle avait disparu en même temps que le toit) et l'intérieur fut *plein* immédiatement ; ils avaient de l'eau jusqu'à mi-poitrine maintenant et après quelques secondes de paralysie glacée, comme Dortmunder l'avait prévu, tout rentra dans l'ordre.

Respire par la bouche.

Respire par la bouche

Respire par la bouche

Respire par la bouche.

Kelp arracha son détendeur, le temps de crier : « Ça marche ! » et il s'empressa de le remettre dans sa bouche au moment où l'eau se refermait au-dessus de leurs têtes. Elle se déversa en cascade autour de leurs masques. Des bulles d'air emprisonnées dans les portières, le coffre et le châssis commencèrent à se libérer pour foncer à travers l'eau noire, vers la surface tourbillonnante.

Deuxième cadenas : intact. Personne au bord du réservoir au bout de la route. Évidemment.

Bob éteignit ses phares, descendit de voiture et appuya ses fesses maigres contre l'avant du capot, les bras croisés, pour contempler l'eau. Personne ne pouvait dire combien de temps lui prendrait cette inspection inutile chaque nuit, étant donné que personne n'avait été obligé de se livrer à cette absurdité avant lui. Dès lors, rien ne l'empêchait de s'offrir une petite pause en chemin.

Il faisait plus sombre cette nuit, sans la lune, mais il y avait tous les minuscules points blancs des étoiles qui formaient des grappes, des lignes et des motifs dans l'immensité du ciel noir, comme s'ils signifiaient réellement quelque chose. Si seulement ces milliers de points blancs étaient numérotés, on pourrait les relier entre eux et, alors, on découvrirait tout. Le secret de l'univers. Mais personne ne sait où est le point numéro un.

Le soleil, peut-être ? Notre propre étoile ? Sans doute qu'on ne voit pas le schéma d'ensemble parce que nous sommes *dans* le schéma. Il faudra que j'en parle à Manfred.

Depuis qu'il avait commencé ses séances d'aide psychologique, Bob avait découvert qu'il y avait en lui des profondeurs et des complexités que ni son éducation ni sa famille – et encore moins ses copains d'enfance demeurés – n'avaient jamais évoquées. Des façons de voir les choses. Des façons de se situer par rapport au monde, à l'univers et au temps lui-même.

Quelle importance tout ça, finalement, face à l'immensité de l'univers, à l'amplitude du temps ? Peut-être que Tiffany n'était pas exactement la personne idéale avec qui passer le restant de ses jours, mais après tout, peut-être que *lui* non plus n'était pas l'idéal de quelqu'un.

Regarde un peu tous ces petits points lumineux, toutes ces étoiles, des milliards et des milliards, avec tant de planètes tout autour, tant de planètes sur lesquelles existait une *quelconque* forme de vie. Pas des êtres humains, évidemment, ni le genre d'aliens, de monstres et d'ET qu'on voit dans la science-fiction. Une vie fondée sur le méthane peut-être, à la place de l'oxygène, une vie peut-être plus proche de nos plantes que de nos animaux, mais une vie intelligente, ou bien une vie sous forme d'ondes radio. Et tout cela durant des milliards d'années, de la naissance inimaginable de l'univers jusqu'à sa fin impensable. Qu'étaient donc Bob et Tiffany dans tout cela ? Pas très importants, hein ?

Alors, reste calme, telle était la réponse, ne t'excite pas sans raison. Ne t'excite pas à cause du sexe – c'est justement ça qui t'a conduit là où tu es aujourd'hui – ni à cause de ton avenir, de ton boulot, des serpents de mer ou de la *bêtise* stupide, idiote, crétine et débile de tes copains et de tes collègues. Accepte ta vie telle qu'elle est. Une toute petite vie dans l'immense océan tumultueux de l'espace et du temps, dans *l'immensité* de l'univers.

Pense à toutes ces vies là-haut dans l'espace, ces vies qu'on ne peut imaginer, à des millions de millions de millions de kilomètres. Ces vies uniques, indépendantes, qu'on ne peut pas copier, très vite achevées, un bref éclat de lumière.

– C'est la mienne, murmura Bob.

Et il l'acceptait, il l'acceptait tout entière, avec lui-même, Tiffany, Manfred, ses copains débiles, son minuscule destin dans ce lieu sans importance sur cette planète mineure qui tournait autour de ce soleil médiocre dans cette banlieue prolétarienne de l'univers.

– J'accepte, répéta Bob à l'adresse de l'univers.

Des bulles. Des petites bulles d'air qui brisaient la surface paisible de l'eau, sur la droite tout là-bas. Pas faciles à apercevoir dans cette frêle lumière d'étoile qui frôlait l'étendue noire du réservoir. Juste quelques bulles qui ridaient la surface de l'eau. Bob sourit, avec sérénité, il acceptait ce qu'il voyait. Sûrement des poissons qui bougent.

Dortmunder bougea lorsque la Hornet s'immobilisa. Leur progression s'était ralentie depuis qu'ils étaient complètement immergés ; ils avançaient au pas sur les rails, mais dans l'ensemble, ça s'était plutôt bien passé. En fait, leur descente progressive avait permis de contrôler la turbidité, si bien que lorsque Dortmunder pointait sa lampe sur les rails devant eux, l'eau était fort peu agitée.

Ce qui ne voulait pas dire que cette saloperie était propre. Loin de là. Les faisceaux de leurs torches se reflétaient toujours de manière blafarde dans cette eau brune pleine de vrilles velues qui dérivaient et d'amas de matière indéfinissable dont Dortmunder pouvait seulement espérer que ce n'était pas ce à quoi ça ressemblait. Mais la visibilité était bien meilleure que la fois précédente, c'est-à-dire qu'*il y avait* de la visibilité. Le faisceau de la torche réussissait au moins à transpercer une partie de la vase et des particules en suspension de cette eau marron pour laisser entr'apercevoir les graviers et les rails rouillés sur lesquels ils avançaient et les souches d'arbres touffues de chaque côté.

À un moment, Kelp avait donné un coup de coude dans le bras de Dortmunder pour lui faire remarquer un muret de pierres qu'ils longeaient sur leur droite, et d'autres murs qui disparaissaient à angle droit dans l'opacité, des deux côtés. Des fondations. Ça fichait la trouille : des gens avaient vécu ici. Tout au fond, dans l'obscurité.

La Hornet avançait encore à ce moment-là et les vieilles fondations de pierres avaient disparu peu à peu derrière eux. Mais maintenant, elle était immobilisée, et il n'y avait aucune ville en vue dans la courte et incertaine étendue de leurs torches. Comme la première fois où ils étaient descendus jusqu'ici, un phénomène de désorientation spatiale s'était produit, si bien qu'ils ne pouvaient dire s'ils étaient encore dans la pente ou s'ils avaient atteint le sol plat. Alors, comment savoir s'ils étaient encore loin de Putkin's Corners ?

Bon. Le moment était venu de se mettre au boulot. Dortmunder se leva en posant un pied sur le siège imbibé comme une éponge pour se retourner et en tenant sa torche dans la main gauche pour pouvoir saisir avec la main droite la perche qui se trouvait derrière. À ses côtés, Kelp faisait la même chose, en se déplaçant plus aisément, car il n'était pas gêné par ce volant inutile.

Avec tout son corps, il mima de manière précise un rythme en trois temps : Un, deux, *trois*. À vos marques, prêt, *partez !* Sur les deux premiers temps, ils positionnèrent leurs perches, plus ou moins au niveau des roues arrière, en appuyant sur le ballast en graviers. À *trois*, ils poussèrent et la voiture avança, mais seulement tant qu'ils poussèrent.

Un, deux, *trois ;* en avant.

Un, deux, *trois ;* en avant.

Un, deux, *trois ;* en avant.

Un, deux, *trois ;* en l'air.

Un... *en l'air ?*

Dortmunder et Kelp se regardèrent d'un air interrogateur et affolé, les yeux exorbités à l'intérieur de leurs masques. D'une main tremblante, Dortmunder braqua sa lampe vers le sol, qui s'était éloigné.

Nom de Dieu ! Quoi encore ?

Seules les roues avant étaient encore en contact avec les rails. L'arrière de la Hornet se balançait doucement, en continuant à se soulever et à les faire basculer vers l'avant. Les deux passagers, hébétés, se tournaient dans tous les sens ; ils lâchèrent leurs perches et se percutèrent. Déséquilibré, le véhicule basculait de plus en plus vers l'avant, et aussi vers la gauche maintenant. Le pneu avant droit se décolla du rail avec la légèreté d'une patte de mastodonte.

Les balles de ping-pong ! Ils n'avaient pas tenu compte de la flottabilité des deux gros sacs remplis de balles de ping-pong, voilà ce qui arrivait. Prisonnières à l'intérieur du coffre, maintenant que la pression s'était accrue sous l'effet de la profondeur, elles soulevaient l'arrière de la voiture.

Et si Dortmunder et Kelp essayaient de continuer à pousser en direction de Putkin's Corners, malgré les balles de ping-pong ? Impossible. Mais que faire d'autre ? Faut réfléchir. Faut réfléchir. Une minute pour réfléchir !

Dortmunder faisait des gestes frénétiques à l'attention de Kelp : Assis ! Assis ! Tu fais tanguer la voiture ! Ne comprenant pas ce qu'il attendait de lui, Kelp s'agitait dans tous les sens. Il trébucha vers l'avant et s'écrasa contre Dortmunder, mais il agrippa le volant, derrière le coude de son acolyte, pour retrouver son équilibre.

Tout le poids pesait maintenant sur le côté gauche de la Hornet et, soudain, la voiture bascula cul par-dessus tête, emprisonnant les deux passagers sous elle, comme un râteau à palourdes qui accroche deux crustacés. Leurs torches leur échappèrent et disparurent dans la vase.

BCD ! C'était la seule chose à laquelle pensa Dortmunder lorsqu'il se retrouva une fois de plus dans le noir, sous l'eau et totalement perdu, enfermé à l'intérieur de la Hornet. À force de palper tout son corps, il trouva enfin le bon bouton, il parvint à introduire son bras dans l'espace dégagé autour de la colonne de direction, il appuya *fort* sur le bouton, et le BCD se remplit d'air comme il était censé le faire, augmentant merveilleusement la flottabilité de Dortmunder et le plaquant contre le siège avant renversé de la Hornet, ce qui eu pour effet d'augmenter également la flottabilité du véhicule et toute la masse remonta lentement, avec lourdeur, au milieu de l'eau noire.

Toutes ces étoiles. Si on observait très attentivement, on les voyait se refléter sur la surface noire et calme du réservoir, comme si ce petit bol d'eau conçu par la main de l'homme sur la planète Terre renfermait en lui l'univers tout entier.

Ouah ! se dit Bob. Je suis assailli de perceptions profondes. Il faudra que je note tout ça quand je reviendrai au bureau pour pouvoir en parler à Manfred la prochaine fois que...

Quelque chose venait de crever la surface immobile. Tout là-bas, sur la droite, dans le coin où il avait aperçu les bulles. Quelque chose... Quelque chose difficile à identifier.

Bob se redressa et fit un pas en avant en plissant les yeux dans la direction de cet objet inconnu qui émergeait du réservoir. Ce n'était *pas* un serpent de mer, se dit-il pour plaisanter ; il avait bien compris comment ça marchait maintenant, il avait pris conscience de cette profonde réserve de mécontentement intérieur qui l'avait conduit à commettre cette erreur. C'était simplement une sorte de poisson, rien d'autre, qui remontait brièvement à la surface, sans doute celui-là même qui avait provoqué les bulles un peu plus tôt.

Mais non. Ce n'était pas un poisson. Ce n'était pas un serpent de mer, mais ce n'était pas non plus un poisson. La lumière des étoiles se reflétait faiblement sur le métal. Une sorte de machine. Avec des formes rondes sur le dessus et une surface métallique plus large en dessous, inclinée, et qui plongeait dans l'eau. Difficile de voir les détails dans l'obscurité, mais c'était en métal, assurément. Un engin quelconque.

Un sous-marin ? Dans le *réservoir ?* Ridicule. Ça ne pouvait pas...

Soudain, Bob sentit son cœur faire un bon dans sa poitrine et il *sut*. Un vaisseau spatial ! Une soucoupe volante ! Un vaisseau venu des étoiles, *venu des étoiles !* Il explorait la Terre en secret, la nuit, caché dans le réservoir, pour prendre des mesures ou faire ce qu'il avait à faire, et maintenant, il ressortait de l'eau, il repartait, il remontait vers les étoiles. Vers les étoiles !

Bob s'élança, les bras levés en signe de supplication.

– Emmenez-moi avec vous ! cria-t-il.

Il trébucha sur une racine et s'effondra sur le sol au bord de l'eau, en s'assommant.

– Si tu veux aller à South Jersey *l'après-midi,* disait Stan, le Verrazano et le Outerbridge Crossing, c'est encore ce qu'il y a de mieux. Simplement, y a la traversée de Staten Island qu'est un peu délicate. Ce qu'il faut faire...

– Un jour, j'ai dû enterrer un soldat à Staten Island, se souvint Tiny, penché au-dessus du cabestan.

Tom, accroupi au bord des rails comme un réfugié qui fait une pause, dit :

– Parce qu'il était mort, je suppose.
– Pas quand on a commencé, répondit Tiny. En fait, il...
Stan, qui observait la surface du réservoir, s'exclama :
– Hé, c'est quoi, ça?
Ils tournèrent tous la tête. Tom se leva lentement en faisant craquer et grincer bruyamment ses articulations.
– Des pneus, dit-il.
– C'est la Hornet, ajouta Tiny. À l'envers.
– Elle flotte, précisa Stan.
– À mon avis, c'était pas prévu, dit Tiny.
Stan demanda :
– Où sont John et Andy?
– Dans le réservoir, répondit Tom.
– Je crois que je ferais bien de la treuiller.
Stan demanda :
– Vous n'avez pas entendu un cri?
Ils tendirent l'oreille. Silence absolu. Les roues, l'essieu, le pare-chocs arrière et une partie du coffre de la Hornet surgirent dans la nuit.
Tiny dit :
– Je continue à penser que je devrais la treuiller.
– Je vais t'aider, proposa Stan.
Tiny tourna rapidement la manivelle au début, le temps d'enrouler le mou de la corde, pendant que la voiture restait là à la surface de l'eau, telle une île qu'on vient de découvrir, puis la corde se tendit, le cabestan résista et la Hornet se traîna à contrecœur vers le rivage.
Elle était encore à plusieurs mètres au large, mais dans moins de deux mètres d'eau, lorsqu'une effervescence soudaine se produisit sur le côté gauche, puis Dortmunder et Kelp apparurent. On aurait dit qu'ils livraient un combat à mort : ils se débattaient, se griffaient, décochaient de grands moulinets à droite et à gauche. Mais non. En fait, ils essayaient de se dépêtrer en séparant tous les tuyaux, le matériel et leurs pieds.
Pour finir, Kelp décolla cul par-dessus tête et Dortmunder décrivit un grand cercle en piqué, puis il repéra le rivage et avança d'un pas pesant et d'un air menaçant, en balançant un tas de choses sur son passage : masque, détendeur, bouteille, BCD. Il émergea enfin de l'eau, avec un regard si halluciné que nul n'osa lui parler, il ouvrit sa combinaison, s'assit sur un rail pour enlever les chaussons et se débarrasser de la combinaison comme on enlève une chaussette, puis, vêtu de son seul caleçon, il lança les chaussons et la combinaison dans le réservoir (loupant de peu Kelp qui continuait à lutter et à se débattre pour essayer de se remettre debout, avant de retomber et de ramper vers le rivage) et il fit demi-tour pour remonter en marchant entre les rails.

– Ouille ! Ouille ! Ouille !

Il s'arrêta, émit un grognement guttural, serra les dents et fit demi-tour pour redescendre vers le réservoir. « Ouille ! Ouille ! Ouille ! » Il avança dans l'eau glacée, chercha ses chaussons à tâtons, les trouva, les emporta jusqu'au rivage – « Ouille ! Ouille ! » – se rassit sur le rail, enfila les chaussons et se releva, vêtu seulement de son caleçon et de ses chaussons, et cette fois, il repartit en suivant la voie ferrée.

D'un ton nonchalant, Tom dit :

– Si j'avais tout fait sauter dès le départ, on aurait gagné du temps et on aurait évité pas mal d'ennuis. On apprend tous les jours.

Sur ce, il emboîta le pas à Dortmunder qui marchait vers la route.

ET DE TROIS...

44

May descendit du trottoir pour faire signe à un taxi. Bien que ce taxi ne soit pas en service, il fit immédiatement une queue de poisson à une camionnette de boulanger et à une TransAm noire immatriculée dans le New Jersey pour couper les voies et piler net devant May. Étant donné qu'il y avait déjà trois personnes assises à l'arrière, May ouvrit la portière avant et se glissa à côté du conducteur, qui n'était autre que la maman de Murch.

– Pile à l'heure, commenta-t-elle en refermant sa portière.

– Évidemment, répondit la maman de Murch et elle reprit sa place dans le flot de la circulation, déclenchant derrière elle une immense vague d'imprécations.

– On aurait été en retard, dit Stan à l'arrière, si je n'avais pas dit à Maman de prendre *Lex* et de laisser tomber *Park.*

– M. Je-sais-tout, grommela sa maman.

May se retourna sur son siège afin de voir en même temps la maman de Murch, Stan, Andy et Tiny.

– Je vous remercie tous d'être venus, dit-elle.

– Pas de problème, May, répondit Tiny d'une voix qui ressemblait à un tremblement de terre lointain. Suffit de demander.

May lui sourit.

– Merci, Tiny. (Elle s'adressa ensuite à la maman de Murch.) Et merci de me laisser utiliser ton taxi.

– C'est avec plaisir, répondit celle-ci en klaxonnant furieusement un touriste du Maryland qui admirait le paysage par la vitre de son Acura.

– Le problème, reprit May, c'est que John ne veut plus parler de ça. Pas même en parler. On ne pouvait donc pas se retrouver à la maison. S'il savait que je...

– Crois-moi, May, dit Andy, je comprends la position de John. Moi aussi je me suis retrouvé coincé dans cette voiture. D'accord, je ne suis pas du genre pessimiste, toujours à broyer du noir, tu me connais, mais franchement, May, pendant une minute ou deux, là au fond de l'eau, j'ai sérieusement réfléchi aux différentes options de mon existence. « Qu'aurais-je pu faire à la place ? » je me demandais. « Quelle autre voie aurais-je pu choisir, peut-être au lycée, ou bien l'année dernière, qui aurait fait qu'aujourd'hui, je serais au vidéoclub en train de louer *La Main au collet*, au lieu de me retrouver là ? » Ce genre de situations, ça te fait penser à des machins comme ça.

– Je sais, dit May. Je sais que John et toi, vous avez vécu une terrible expérience. Mais c'était il y a quinze jours, Andy, et *tu* as eu le temps de t'en remettre.

– Pas entièrement, May. À vrai dire, je continue à prendre une lampe de poche avant d'ouvrir ma penderie. Mais au moins, j'arrive à me laver le visage maintenant, y a déjà du progrès.

– John se lave le visage lui aussi, pas de problème, mais il *refuse* de parler du réservoir, de l'argent, et du plan de Tom pour tout faire sauter.

– Je pense, dit Andy en marchant sur des œufs, qu'il essaye de limiter son implication dans ce problème.

– Quand Tom a quitté la maison, dit May, je lui ai fait promettre de me dire où on pouvait le contacter, au cas où John trouverait une autre idée. Tom est parti à East St. Louis, dans l'Illinois, pour récupérer de l'argent dans une autre de ses planques, et il a dit qu'il m'appellerait dès qu'il rentrerait à New York. C'est *demain.* Si je n'ai rien à lui proposer demain, il trouvera d'autres gars pour l'aider, et ce ne sera pas long...

– Avec tout cet argent, dit Tiny. C'est l'affaire d'une heure, à moins qu'il fasse le difficile. Dans ce cas, ça prendra deux heures.

– Avant la fin de la semaine, reprit May, il risque d'avoir fait sauter le barrage, inondé la vallée et tué tout le monde.

– En fait, dit Stan d'un air songeur, j'ai observé le terrain pendant qu'on était là-haut et je ne suis pas sûr que Tom puisse s'échapper s'il se sert de la dynamite. Vu la disposition des routes et des collines, il risque de se retrouver coincé. Il va descendre au fond avec un tracteur ou un véhicule tout-terrain ou même une pelleteuse, il va sortir le cercueil et il va remonter la pente boueuse, mais en arrivant sur la route, je pense qu'il l'aura dans l'os. Je pourrais retourner étudier le terrain, mais c'est la première impression que j'ai eue.

– Tom n'écoutera pas cet argument, dit May. Il foncera tête baissée, il se fera pincer et ils le renverront en prison, d'où ils n'auraient *jamais* dû le laisser sortir, mais tous ces pauvres gens dans la vallée seront *morts*. Et peu importe si Tom dit ensuite : « Stan, je crois que t'avais raison. »

– C'est juste, reconnut Stan.

– Il nous faut un autre plan, déclara May. Il faut trouver un autre moyen de récupérer cet argent, qui ne soit pas la dynamite et qui plaise à Tom Jimson. Mais John refuse même d'en parler, et il ne veut absolument pas y *penser*. C'est pourquoi j'ai organisé cette réunion en espérant que l'un de *nous* trouverait quelque chose que je pourrais répéter à Tom, quelque chose qui le ferait patienter un peu, une sorte de plan, ou même une idée de plan. *Quelque chose*.

Un silence gêné s'installa dans le taxi, ponctué par les malédictions que lançait la maman de Murch sur les automobilistes, les piétons et les conditions de circulation à New York en général. Finalement, Tiny écarta ses mains semblables à des gants de base-ball en disant :

– C'est pas ma spécialité, May. Moi, je soulève les trucs lourds, je les déplace, je les repose. Voilà mon boulot. Parfois, je persuade des gens de changer d'avis sur certaines choses. Je suis un spécialiste, May, et c'est ça ma spécialité.

Stan enchaîna :

– Moi, je suis chauffeur. Je suis le meilleur de la profession...

– C'est vrai, ajouta sa maman en doublant une immense limousine qui se traînait, conduite par un réfugié du Moyen-Orient ayant franchi les contrôles d'immigration un peu plus tôt dans la matinée. Je suis sa mère, mais je dois reconnaître que mon Stan est un bon chauffeur.

– Le meilleur, rectifia Stan. Mais je ne construis pas de plans, May. Échapper à une poursuite, je peux le faire. Et il n'existe pas sur terre un seul engin avec des roues et un moteur que je ne puisse pas conduire. Je pourrais expliquer à Tom de manière très professionnelle pourquoi il ne réussira jamais à quitter le comté s'il fait sauter ce barrage, mais c'est à peu près tout.

– Et toi, Andy ? demanda May. Tu as toujours des millions d'idées.

– C'est vrai, confirma Andy. Mais une à la fois. Et jamais rattachées les unes aux autres. Un plan, c'est un tas d'idées qui s'enchaînent et je suis désolé, May, j'ai jamais été doué pour ça.

– Maudit soit l'État de New York ! rugit la maman de Murch en faisant une embardée pour dépasser un psychiatre qui fumait la pipe au volant de sa Mercury. Ils donnent le permis de conduire à n'importe qui !

– Et ils ont relâché Tom Jimson, souligna May.

Tiny se racla la gorge.

– Généralement, dit-il, à ce stade je vais voir le gars qui pose problème et je l'envoie en vacances à l'hôpital pendant trois mois. Mais la vérité, c'est que Tom Jimson est le type le plus méchant que j'aie jamais rencontré, et je me fous de savoir qu'il a soixante ou sept cents ans. Je dirais ça de personne d'autre, mais je suis pas sûr à cent pour cent que c'est lui qui finira à l'hôpital. Et ensuite, vous pourrez plus le faire changer d'avis. Il exécutera son plan pour se venger.

Le front plissé, May demanda :

– Tiny, comment peut-il être aussi dangereux ?

– Il s'en fout. C'est ça le truc. Il sait tout ce qu'il faut savoir pour buter un gars sans se faire buter. Il est le seul type que je connaisse, du temps où on était en taule, qui pouvait dormir tranquille avec un billet de vingt dollars dans la main. Moi, ajouta-t-il en toute franchise, si je dois exercer une petite pression ici ou là, je fais ce que je dois faire et c'est tout. Et sauf si on m'énerve vraiment, je vais pas casser des os si c'est pas nécessaire. Tom, lui, il *aime* aller trop loin. Pas facile pour un être humain normal d'être à la hauteur de ce genre de cruauté.

May soupira.

– Que va-t-on faire ?

Stan intervint :

– Je pense qu'on devrait éviter de regarder les infos à la télé pendant quelques semaines.

Ils furent tous projetés vers l'avant quand la maman de Murch dut freiner des deux pieds pour éviter d'écrabouiller deux coursiers à vélo qui zigzaguaient au milieu de la circulation avec leurs gros sacs carrés sur le dos. L'un des deux jeta un regard par-dessus son épaule à travers ses lunettes protectrices et son masque chirurgical et il lâcha le guidon d'une main pour adresser un doigt d'honneur à la maman de Murch. Celle-ci sortit la tête par la vitre et répliqua par un doigt d'honneur verbal, avant de se retourner vers May pour la foudroyer du regard.

– Tu veux des vacances ?

May la regarda d'un air hébété.

– Des vacances ? Non, je veux..

– C'est pareil. Tu veux régler le problème du barrage. *Moi,* je veux des vacances. Si tu as un cerveau dans ton crâne, May, tu veux des vacances toi aussi.

May se demandait si les problèmes de circulation n'avaient pas fini par faire basculer la maman de Murch de l'autre côté.

– Je ne comprends pas ce que tu veux dire. Quel est le rapport ?

– Je vais te dire quel est le rapport. J'ai une idée, moi. Je sais comment arrêter Tom Jimson.

45

Quand Dortmunder ouvrit la porte de chez lui et entra en s'exclamant : « May ! C'est moi ! », une voix lui répondit : « Je suis ici, John ! » Tout cela était normal, sauf qu'il y avait deux problèmes : 1) Ce n'était pas la voix de May. 2) Ce n'était même pas une voix de femme.

Sur ses gardes, Dortmunder avança jusqu'à la porte du salon, où il découvrit Stan Murch assis sur le canapé, une boîte de bière à la main, visiblement soucieux.

– Je ne veux pas en parler, déclara Dortmunder.

– Je comprends, répondit Stan, mais la situation a changé.

– *Moi,* je n'ai pas changé.

– Tu devrais peut-être aller te chercher une bière, suggéra Stan.

Dortmunder l'observa. La personnalité de Stan le chauffeur correspondait habituellement à la couleur de ses cheveux poil de carotte : optimiste, directe, un peu agressive. Mais à cet instant, il paraissait sombre, inquiet, presque morose : un nouveau Stan, mais pas un Stan amélioré.

– Je vais me chercher une bière, décréta Dortmunder.

Ce qu'il fit. De retour de la cuisine, il s'assit dans son fauteuil habituel, porta la boîte à sa bouche, but une gorgée de bière, s'essuya le menton et dit :

– Bon. Je t'écoute.

– May est partie.

C'est bien la *dernière* chose à laquelle s'attendait Dortmunder. Il s'était préparé à subir une nouvelle offensive au sujet de ce foutu réservoir, en se disant que May avait persuadé Stan d'aborder la question avec lui, mais...

May ? Partie ? Impossible.

– Impossible, dit-il.

– Je t'assure, dit Stan, sans aucune satisfaction. Le taxi est parti il y a une vingtaine de minutes. Jette un coup d'œil dans la penderie, si tu me crois pas. Ou dans la commode.

– Mais... (Dortmunder était incapable de forcer son esprit à accepter cette idée.) Elle m'a quitté ? May m'a *quitté ?*

– Non, non, répondit Stan. Elle dit que tu peux venir vivre avec elle si tu en as envie. Avec elle et Maman.

Dortmunder avait beau se concentrer, tout cela n'avait pas la moindre parcelle de sens.

– Ta maman ? Qu'est-ce qu'elle a à voir là-dedans ?

– Elles vivent ensemble, dit Stan. C'était ça le taxi de May, la dernière course de Maman. C'est même une idée de Maman, ajouta-t-il, amer. Elle a demandé un congé exceptionnel à la compagnie de taxis en prétextant le surmenage dû aux embouteillages, et May a dit qu'elle avait droit à un congé sabbatique au supermarché, alors elles ont fichu le camp. Mais elles ont dit qu'on pouvait venir vivre avec elles quand on voulait.

Dortmunder s'était levé en renversant un peu de bière.

– *Où ça ?*

Il était prêt à y aller, n'importe où. Il irait là-bas pour obtenir une explication qu'il pourrait comprendre, et ramener May à la maison.

– Où ça, Stan ?

– À Dudson Center.

Stan poussa un long soupir, secoua la tête et précisa :

– Au pied du barrage. C'est là qu'elles vivent maintenant.

46

On n'imaginerait jamais qu'il y a autant de réservoirs, là-haut, dans le nord de l'État de New York, qui tous déversent leur eau vers le sud. La ville de New York n'a pourtant pas l'air particulièrement propre ; à croire qu'ils boivent toute cette eau. Ou ils la mélangent avec quelque chose. Ou peut-être qu'ils laissent les robinets ouverts.

Bref, outre le grand nombre de réservoirs, il y avait également le problème posé par le travail de Doug Berry et sa vie de tous les jours. Il avait eu du mal à trouver du temps libre pour s'arracher pendant plusieurs jours à la routine, fermer la boutique, prendre son pick-up aménagé et foncer vers le nord chaque matin afin d'inspecter les réservoirs des monts Berkshire et Catskill, Shawanguck, Adirondack et Helderberg. Ce n'était donc que maintenant, presque deux semaines après avoir rempli les bouteilles d'air de John et d'Andy, que Doug arrivait enfin à North Dudson pour s'intéresser au réservoir de Vilburgtown.

Arrivait-il trop tard ? John, Andy et leur ami mystérieux avaient-ils déjà récupéré le trésor enterré et englouti ? Ils avaient eu grandement le temps depuis qu'il avait rempli leurs bouteilles. Mais peu importe, même s'ils avaient de l'avance sur lui, s'il réussissait à localiser le bon réservoir, la bonne piste, il était convaincu qu'il pourrait, d'une manière ou d'une autre, jouer un rôle dans cette affaire. Mais avant cela, il devait découvrir au fond de quel réservoir, parmi la myriade de réservoirs de l'État de New York, était ou avait été caché le butin.

Son raisonnement était le suivant : quand vous volez une grosse somme d'argent (une chose qu'il avait souvent rêvé de faire dans sa vie) soit vous cachiez le butin, soit vous l'emportiez, mais pas les deux. Par conséquent, le vol avait probablement eu lieu dans les environs du réservoir, mais il s'était produit *avant* que le réservoir existe.

Ainsi, pour chaque cas, il commençait par découvrir de quelle époque datait le réservoir, et s'il avait plus de cinquante ans, il le rayait immédiatement de la liste, car le vol ne pouvait quand même pas remonter à la nuit des temps. Ensuite, il consultait les journaux locaux pour savoir si un vol important avait été commis dans la région quelques années avant la construction du réservoir. Les vols majeurs ne sont pas si fréquents dans les zones rurales qui succombent sous les réservoirs ; cela signifiait qu'il n'avait pour l'instant que deux solutions possibles, aussi peu vraisemblables l'une que l'autre, mais il retournerait dans ces deux endroits s'il ne trouvait rien de mieux.

Pour l'instant, il se trouvait à North Dudson, et il venait de se garer sur le parking derrière la bibliothèque, prêt à effectuer ses recherches sur le réservoir de Vilburgtown. En descendant de son pick-up noir étincelant, dans le soleil chaud de juin, il offrait une belle image qui venait compléter cette belle journée. Avec sa grande et forte carrure, son pantalon de toile décontracté et son polo bleu ciel, ses lunettes de soleil style aviateur, son teint bronzé et buriné, ses cheveux blond foncé coiffés négligemment en arrière. Il n'y avait qu'un seul problème : il ne ressemblait pas du tout à un type qui va à la *bibliothèque*, surtout avec un temps pareil. Mais c'était quand même là qu'il allait, en gravissant les marches avec une grâce athlétique, repoussant ses lunettes de soleil sur le dessus de son crâne au moment où il entrait dans le bâtiment frais et sombre.

La fille postée à l'accueil était assez jolie, mais pas aussi jolie que lui, une chose dont il avait conscience sans s'en vanter ; sa beauté n'était qu'un caprice de la nature, une partie de sa personnalité. (Les hommes beaux n'ont pas le même rapport à leur beauté que les belles femmes ; ils en sont moins fiers, ils la protègent moins et sont moins prêts à l'afficher. Leur attitude ressemble un peu à celle des vieilles fortunes vis-à-vis de l'argent : elles sont contentes d'en avoir, mais trouvent vulgaire d'en parler, même mentalement.)

Doug s'approcha de cette fille assez jolie en lui adressant un sourire charmeur.

– Bonjour, dit-il.

– Bonjour. (Comme la plupart des femmes, elle s'égaya en le voyant.) Vous désirez ?

– Je m'intéresse à deux choses, dit-il, puis il se reprit en secouant la tête et en se souriant à lui-même. Non, je vais formuler ça différemment. Dans *l'immédiat*, il y a deux choses qui m'intéressent.

– Deux choses à la bibliothèque, renchérit-elle en flirtant très légèrement.

– Exactement. Je m'intéresse à votre réservoir...

– Le réservoir de Vilburgtown.

– Oui. Et je m'intéresse à la presse locale. Avez-vous des microfilms ?

– Ça dépend jusqu'où vous voulez remonter, dit-elle. Avant 1920 environ, nous n'avons pas grand-chose.

– C'est parfait, répondit-il dans un large sourire qui dévoila ses dents blanches. Pour commencer, je voudrais me renseigner sur la construction du barrage, il faut donc que je sache de quand il date.

– Dix-huit ans, répondit-elle aussitôt. Je le sais parce que j'étais au cours élémentaire. C'était un sacré événement par ici.

– Il y a dix-huit ans? (Il fit mine de se creuser la cervelle.) Je devais être au cours moyen. J'ai donc deux ans d'ancienneté par rapport à vous.

– Oui, *sir,* dit-elle en mimant un petit salut militaire.

– Repos, dit-il. Il me faudrait les numéros du journal local de l'année où le barrage a été construit, et une dizaine d'années avant.

Elle le regarda d'un œil méfiant tout à coup.

– C'est étrange comme demande.

La curiosité des bibliothécaires des petites villes de province ne connaissait pas de limites. Mais Doug avait eu grandement le temps d'inventer une histoire afin de justifier son intérêt pour les faits divers locaux antérieurs à la construction des barrages.

– Je travaille pour l'Alliance pour la protection de l'environnement, expliqua-t-il. Vous avez certainement entendu parler de nous.

– Non.

Elle paraissait dubitative.

– Nous sommes un petit groupe, mais on grandit, dit-il avec son plus large sourire. Nous sommes un groupe de bénévoles, préoccupés par l'environnement.

– Ah!

– Ce qu'on essaye de faire, reprit Doug en agrémentant son baratin d'un petit scintillement oculaire et d'un éclat dentaire, c'est d'aider les petites communautés à ne pas se laisser écraser par des réservoirs ou des choses comme ça. C'est pourquoi je recherche les facteurs locaux qui pourraient constituer un dénominateur commun avant que la ville soit perdue. L'emploi, les élections locales, et ainsi de suite.

Analysée de manière réfléchie, l'histoire de Doug ne tenait pas debout, mais qui savait encore réfléchir dans ce monde? Cette fille, à l'instar des victimes précédentes, distraite par le charme de Doug, son assurance et son sourire honnête, n'entendait qu'un bourdonnement de mots : environnement, bénévoles; dénominateur commun, communautés, emploi... et elle hocha la tête, lui rendit son sourire et dit :

– Je vous souhaite bonne chance. Ça a été un véritable traumatisme par ici quand toutes ces villes ont été englouties.

– Je m'en doute. C'est justement ce que nous voulons empêcher à l'avenir.

– Ma mère travaillait à la bibliothèque de Putkin's Corners. C'est la plus grande des villes qu'on a fait évacuer. Et mon grand-père tenait le funérarium.

Autant d'informations dont Doug n'avait pas besoin pour le but qu'il poursuivait.

– Dans ce cas, vous comprenez mon point de vue, dit-il en baissant un peu l'intensité de son sourire.

– Évidemment.

– Bon, je ferais bien de me mettre au travail...

– Oh ! Oui, bien sûr ! fit-elle comme si elle se réveillait en sursaut. (Il tendit le doigt vers le fond de la salle.) Le lecteur de microfilms est là-bas. Désolée, ce n'est pas un appareil très moderne. Rien à voir avec notre VDT.

Regard hébété de Doug.

– VDT ?

– Video Display Terminal, expliqua-t-elle en montrant un joli petit ordinateur posé de son côté du comptoir. (L'écran noir était terne et vide.) C'est une aide précieuse pour nous tous. Hélas, nous n'avons pas encore de lecteur de microfilms moderne. Celui-ci fonctionne avec une mollette.

– J'ai pris mes vitamines ce matin, répondit Doug avec un large sourire en gonflant ses muscles.

Elle fit semblant de ne pas regarder son bras.

– Je vous apporterai les microfilms, dit-elle et elle s'éloigna.

Doug traversa la salle aérée et calme, jusqu'à la vieille table sur laquelle était installé le vieux lecteur de microfilms. Il était quasiment seul ce matin-là, à l'exception de deux ou trois vieilles personnes qui lisaient de vieux magazines et d'un *state trooper* seul, assis à une table, penché au-dessus d'un livre épais bourré de petits caractères, le visage marqué par la concentration et la souffrance.

Doug eut un moment de faiblesse en voyant l'uniforme, puis il se ressaisit en constatant que le *trooper* était trop absorbé par son livre pour se soucier des autres lecteurs. De plus, qu'avait-il à craindre de la police ? À ce stade de la partie, rien.

Il s'installa devant le lecteur et quelques minutes plus tard, la fille lui apporta quatre bobines de microfilms en disant :

– Celle-ci, c'est pour l'année où ils ont construit le barrage, et celles-ci, c'est pour les trois années précédentes. Quand vous les aurez visionnées, rapportez-les-moi, j'irai vous chercher la suite.

– Merci infiniment. (Doug se pencha vers elle et baissa la voix pour demander :) Dites, je peux vous poser une question ?

– Sur la bibliothèque ?

– En quelque sorte. Que fait ce policier ?

Elle se retourna comme si elle n'avait pas encore vu le *state trooper*, puis elle laissa échapper un petit rire plein d'indulgence.

– Oh, Jimmy ! Il étudie pour passer l'examen d'entrée dans la fonction publique. (À son tour, elle se pencha vers Doug, un délicieux parfum, frais et discret, émanait d'elle, et elle baissa la voix elle aussi.) Il n'est pas très doué pour étudier. Ça le rend fou.

– Oui, ça se voit sur son visage. (Doug plaqua un grand sourire sur son visage et tendit la main.) Je m'appelle Doug, au fait. Doug Berry.

Elle avait une petite main douce, mais étrangement osseuse.

– Myrtle, dit-elle, puis elle sembla hésiter ou trébucher ou quelque chose comme ça, juste une seconde, avant d'ajouter : Myrtle Street.

– C'est un joli nom, Myrtle, dit-il en continuant à lui tenir la main, car il commençait à s'y habituer. On ne rencontre plus souvent des Myrtle.

– Je trouve que ça fait un peu démodé, dit-elle en libérant délicatement sa main. Mais je n'ai pas le choix, hein? Il ne faut pas que je vous empêche d'effectuer vos recherches.

Elle montra le lecteur de microfilms, sourit et retourna vers son comptoir.

Doug la regarda s'éloigner, enchanté. Puis il commença ses recherches. Comme la plupart des quotidiens des petites villes, celui-ci ne possédait pas d'index thématique; cela voulait dire passer laborieusement en revue toutes les unes, jour après jour. Le genre de vol auquel il songeait avait forcément fait la une, et sans doute même plusieurs jours de suite.

Rien dans les quatre premières bobines. Rien non plus dans la première bobine du deuxième lot. Mais soudain, cinq ans avant la construction du barrage, c'était là, devant ses yeux : une attaque de fourgon blindé sur la voie rapide aux abords de la ville. Sept cent mille dollars dérobés! Deux convoyeurs tués. La police avait plusieurs pistes. Au cours des semaines suivantes, des membres du gang furent retrouvés morts. Le cerveau de l'opération et l'argent avaient tous deux disparu. La police avait plusieurs pistes. Puis l'histoire était retombée dans l'oubli. La police n'avait plus de piste. Le cerveau avait l'argent.

C'était ça! Il n'y avait pas le moindre doute dans l'esprit de Doug. Sept cent mille dollars! De quoi pousser deux individus pas du tout sportifs comme Andy et John à enfiler du matériel de plongée pour descendre à pied au fond d'un réservoir. Et il existait un moyen de savoir s'ils avaient réussi à récupérer le butin.

Allons vérifier. Il rapporta les bobines de microfilms à Myrtle – un assez joli prénom pour une assez jolie fille, se dit-il sans aménité, mais il regretta aussitôt d'avoir eu une telle pensée, car il aimait foncièrement les filles, et il trouvait que Myrtle était agréable, d'un abord facile – et il dit :

– Myrtle, j'ai presque trouvé tout ce qu'il me fallait, mais il faut que je jette un coup d'œil aux journaux du mois dernier.

– De cette année, vous voulez dire? demanda-t-elle, visiblement désorientée par ce saut brutal dans le temps.

– Oui, c'est ça. J'en ai terminé avec le passé ancien, je suis prêt à me mettre à la page, comme votre VTT là.

– VDT.

– Oui, si vous voulez.

– Les journaux les plus récents, expliqua-t-elle, ceux des six derniers mois ne sont pas encore sur microfilms. Ils sont sur les étagères, dans cette allée là-bas. Vous voyez ?

– Fichtre, Myrtle ! s'exclama-t-il en tournant la tête dans cette direction. La technologie est omniprésente ici. Je vais pouvoir lire un vrai *journal ?*

En riant, elle répondit :

– Il va falloir vous y faire, j'en ai peur.

– Je serai à la hauteur.

– Tant mieux. (Elle récupéra les bobines des microfilms qu'il avait rapportés.) J'espère que ça vous a aidé.

– Votre bibliothèque et vous avez été formidables, Myrtle, répondit Doug en toute franchise.

Elle regarda les bobines en fronçant les sourcils, et demanda :

– Vous n'avez pas visionné ces deux-là ?

– Pas la peine.

– Vous vous êtes arrêté à cette année-là ?

– Exact.

Elle continua à froncer les sourcils en regardant les petits boîtiers contenant les microfilms. Était-elle soupçonneuse ? Aurait-il dû faire mine de visionner la totalité des bobines ? Finalement, elle secoua la tête, lui adressa un sourire vague et repartit pour aller ranger les microfilms.

Doug se dirigea vers la section où étaient conservés les quotidiens les plus récents et, là, il tomba sur un vieux bonhomme qui avait monopolisé la moitié des journaux : il parcourait lentement les colonnes interminables de petites annonces locales en conservant les autres journaux sous celui qu'il avait étalé sur la table pour l'éplucher. Doug dut se contenter des exemplaires que le vieux chnoque n'avait pas accaparés, mais il n'y trouva aucune allusion à un quelconque incident survenu au réservoir. Or, il se disait qu'une effraction laisserait des traces qui mériteraient un article dans le journal local. Doug se tourna alors vers le vieux croulant qui n'avait pas encore fini de lire *un seul* journal en une demi-heure.

– Excusez-moi, dit-il en prenant la pile de journaux glissés sous celui que ce vieux salopard essayait d'apprendre par cœur.

Mais ce vieux saligaud se coucha sur ses journaux en les protégeant avec ses bras.

– Je suis en train de les lire !

– Pas tous, répondit Doug en agrippant les journaux du dessous et en tirant. Vous lisez celui du dessus.

– Attendez votre tour ! grogna le vieux monopolisateur et il appuya ses coudes osseux sur les journaux.

Doug se pencha en avant et plongea son regard dans les yeux globuleux de son vénérable adversaire.

– Quand les vieux os se cassent, dit-il sans élever la voix, ils mettent *très longtemps* à se recoller.

Le vieil emmerdeur tressaillit, passa sa langue sur ses lèvres et regarda autour de lui.

– Je connais ce policier, déclara-t-il.

– Qui ça, Jimmy ? dit Doug avec un grand sourire qui n'avait rien d'amical. Tout le monde connaît Jimmy. C'est un de mes meilleurs potes. Je pourrais peut-être lui parler de vous.

Le vieux morveux battit furieusement des paupières, puis il repoussa la pile de journaux devant lui en s'écriant :

– Prenez-les donc, si vous y tenez à ce point !

– Merci.

Doug fit glisser les journaux sur la table pour aller s'installer à un endroit plus calme, pendant que le vieux débris partait dans un autre coin en clopinant.

C'était dans le cinquième journal de la pile :

DEUXIÈME EFFRACTION
AU RÉSERVOIR :
Une épave automobile abandonnée

Il y avait presque quinze jours. Ils n'avaient pas perdu de temps après qu'il les avait réapprovisionnés en air.

Doug s'installa plus confortablement pour lire l'article, qui était assez curieux, car personne ne savait vraiment ce qui s'était passé. D'après le journaliste, quelqu'un ou plusieurs quelqu'uns plus vraisemblablement avaient découpé un gros trou dans la clôture qui entourait le réservoir sur le site d'une ancienne ligne de chemin de fer désaffectée, qu'ils avaient apparemment utilisée pour conduire une carcasse d'automobile sans moteur jusqu'au réservoir. Ils avaient ensuite poussé l'épave dans l'eau, avant de l'abandonner.

Pourquoi se donner tant de mal pour se débarrasser d'une vieille voiture, voilà ce que personne n'arrivait à comprendre, mais d'après la police, les auteurs de ce délit étaient probablement les mêmes individus qui, un mois plus tôt, avait brisé des cadenas afin de pénétrer dans un autre secteur du réservoir. Lors de cette première visite, les intrus s'étaient contentés visiblement de prendre un bain de minuit dans l'eau glacée.

L'abandon d'une épave dans le réservoir était considéré comme un délit beaucoup plus grave, même si les officiels tenaient à rassurer l'opinion en affirmant que la pureté de l'eau du réservoir ne serait nullement affectée.

Comme c'était la fin de l'année scolaire dans la plupart des universités de la région, l'éventualité d'une blague d'étudiants, une séance de bizutage ou ce genre de choses, n'était pas exclue.

Ah bon ? Doug se renversa sur son siège en souriant intérieurement. Il avait trouvé ! L'endroit était le réservoir de Vilburgtown et les sept cent mille dollars constituaient le butin.

Maintenant, il fallait trouver le moyen de remonter la piste. Doug se leva, en laissant les journaux sur la table – le vieux... papivore n'avait qu'à les ranger puisqu'il les aimait tant – et il se dirigea vers la sortie, mais il fut intercepté à mi-chemin par Myrtle Street, qui avait retrouvé son sourire.

– Alors, vous avez trouvé ce que vous cherchiez ?

– Je vais pouvoir remettre un formidable rapport au bureau.

– Je parie que vous cherchez un endroit pour déjeuner maintenant, suggéra-t-elle. Voulez-vous que je vous recommande un endroit ?

Elle me drague ! se dit Doug, à la fois surpris et ravi.

Constatant, à la pendule fixée au mur, qu'il était un peu plus de 13 heures et ne voyant aucune raison de refuser de se faire draguer par une fille assez jolie, il lui décocha son sourire et dit :

– Seulement si vous vous joignez à moi. À quelle heure est votre pause-déjeuner ?

– Maintenant. (Elle sourit pour ne pas être en reste.) Si on partage l'addition, je serai ravie de venir avec vous.

– Passez devant.

Elle passa devant et, en jetant un sourire par-dessus son épaule, elle dit :

– Vous pourrez me parler de vos recherches.

Tu parles !

– Je vais vous faire mourir d'ennui.

– Je conduis, vous me suivez.

– Où vous voudrez.

Ils sortirent ensemble dans le soleil éclatant. Doug descendit les marches en trottinant et en plissant les yeux jusqu'à ce qu'il se souvienne qu'il avait ses lunettes noires sur la tête, et c'est alors qu'il vit passer John dans une voiture. Il s'arrêta net, trébucha et faillit dévaler les marches de la bibliothèque. Ayant retrouvé l'équilibre, il demeura ébahi, les yeux écarquillés.

C'était bien John, aucun doute, assis à la place du passager dans une Buick Century Regal. Heureusement, il regardait droit devant lui, et non pas sur le côté, par la vitre. Doug se pencha pour voir au-delà de ce profil sinistre et il lui sembla que le conducteur n'était *pas* Andy. Et la voiture n'avait pas de caducée. Mais c'était bien John. Personne sur terre n'avait une tête aussi lugubre.

Arrêtée au pied des marches, Myrtle levait la tête vers Doug en protégeant ses yeux avec sa main.

– Vous venez? demanda-t-elle.

– Oui, oui, j'arrive.

Souriant de nouveau, décontracté et beau dans la lumière éclatante, Doug descendit les marches au trot.

Ils n'avaient pas le butin. Ils étaient toujours dans les parages. Ils avaient encore échoué.

47

– Oak Street, dit Stan en tournant à gauche. Numéro 46... 46...

– C'est là, dit Dortmunder en tendant le doigt. C'est rudement chouette, grommela-t-il.

En effet. Derrière une pelouse bien verte et bien entretenue se dressait une maison blanche à bardeaux, un bungalow à un étage, avec des finitions et des volets jaunes. Sur le devant, des rosiers grimpants rouges, roses, crème et blancs s'enroulaient autour de la balustrade de la grande véranda à l'aspect douillet, sur laquelle étaient disposés deux rocking-chairs et une véritable balancelle, une sorte de canapé sans pieds suspendu par des chaînes au plafond de la véranda. Des rideaux de dentelle blanche faisaient de chaque fenêtre un arc de scène et le numéro *quarante-six* était écrit en lettres de fer sur la contremarche supérieure du perron. On avait planté récemment des impatientes de chaque côté de l'allée en ciment ; elles étaient encore petites, mais elles grandiraient bientôt et les visiteurs entreraient en franchissant un champ de fleurs.

– Comment est-ce qu'on peut vivre dans un endroit pareil ? demanda Dortmunder.

– On va le savoir, répondit Stan.

Une allée récemment tapissée de graviers longeait le côté de la maison jusqu'à l'arrière, devant une clôture grillagée. Il n'y avait donc pas de garage – dur en hiver, hein ? –, mais le jardin de derrière était entièrement clos. Pour les animaux domestiques, certainement. Alors que Stan s'engageait dans l'allée et s'arrêtait à la hauteur de la véranda, le visage de Dortmunder commençait à ressembler à une journée d'orage.

Ils descendirent de la Buick, empruntèrent le petit chemin en ardoise qui traversait la pelouse devant les rosiers, jusqu'au perron, et montèrent sur la véranda. La boîte aux lettres installée à côté de la porte d'entrée était un simple panier en osier, sans couvercle, et encore moins de cadenas forcément. Stan appuya sur le bouton blanc à côté de la porte, *des* portes : celle en bois (avec une grande fenêtre encastrée, masquée par un rideau) et la porte à moustiquaire, et à l'intérieur des carillons retentirent. Dortmunder émit un grognement venu du fond de la gorge.

Ce fut May qui vint ouvrir les deux portes en souriant.

– Ah, vous voilà ! Entrez, entrez. Vous êtes en avance.

– On a pris le pont George Washington et Palisades, expliqua Stan, alors qu'ils pénétraient dans le bungalow. Comme ça, on a évité tous les problèmes avec le Tappan Zee.

May portait un tablier. Elle embrassa John sur la joue et dit :

– Bonjour, John. Je suis vraiment contente que tu sois venu.

– Obligé, répondit Dortmunder, puis il fit tout son possible pour adoucir son visage avec un sourire.

S'il voulait faire entendre raison à cette femme, s'il voulait la convaincre de quitter cet endroit de fou pour réintégrer l'appartement où était sa véritable place, il savait qu'il devait se montrer agréable, raisonnable, calme, patient, compréhensif et bienveillant. Autrement dit, il allait devoir être tout ce qu'il n'était pas.

– Il fallait que je te parle, ajouta-t-il, et il essaya de sourire de nouveau.

On aurait dit que son visage était sculpté dans le bois.

Stan demanda :

– Où est Maman ?

– Elle conduit son taxi, répondit May. Elle ne va pas tarder. Allons dans le salon.

Ils se trouvaient dans une sorte de vestibule avec un tapis sur le plancher, des photos de fleurs sur les murs et une sorte de lustre alambiqué au plafond. Alors qu'ils suivaient May sous la voûte qui se découpait dans le mur de gauche pour pénétrer dans le salon – canapé, fauteuil, fauteuil lampe, lampe, lampadaire, table basse, table d'angle, meuble télé, tapis, guéridon en faux marbre pour les plantes vertes, fougère, tableaux champêtres sur les murs –, Stan demanda :

– Maman a recommencé à conduire son taxi ? Elle fait l'aller et retour entre ici et New York ?

– Non, elle travaille pour la compagnie de taxis locale, répondit May. Asseyez-vous, asseyez-vous.

Dortmunder regarda autour de lui : tout lui paraissait trop confortable. Alors, il s'assit au milieu du canapé, mais c'était encore trop mou et confortable.

Pendant ce temps, May expliquait à Stan :

– Elle adore conduire ici. Elle dit que personne ne riposte.

Dortmunder ouvrit la bouche pour dire quelque chose de gentil à propos des rosiers, histoire de briser la glace.

– May, dit-il... Qu'est-ce que tu *fous* dans cette baraque ?

Elle lui sourit.

– C'est ici que je vis, John.

– Pourquoi ? demanda-t-il, en connaissant déjà la réponse.

Le sourire de May était serein, mais ferme. Dortmunder connaissait ce sourire, il avait vu May l'utiliser avec des livreurs, des policiers, des conducteurs de bus, des ivrognes, des vendeurs et des inspecteurs des douanes, et il savait que c'était une arme imparable.

– Parfois, c'est bon de changer un peu, John, dit-elle, avec un calme absolu. Aller vivre ailleurs, avoir un regard différent sur la vie.

– Et quand Tom fera sauter le barrage ?

– On peut juste espérer qu'il ne le fera pas.

– Il le fera, May.

Stan semblait un peu impressionné et inquiet.

– On le voit d'ici, dit-il. Par la fenêtre.

Le canapé sur lequel était assis Dortmunder était placé devant la fenêtre, mais face au côté opposé, face au téléviseur : le paradigme de l'Amérique. Il se retourna pour regarder entre les rideaux, par la fenêtre propre, au-delà de la rue propre, au-dessus des cottages propres de l'autre côté, le grand mur gris au loin qui s'incurvait au milieu des collines vertes. À cette distance, le barrage paraissait petit et insignifiant : ce n'était qu'un muret gris cerné de collines plus hautes que lui. Mais il était pointé dans cette direction, ça ne faisait aucun doute.

Cette vision donna la migraine à Dortmunder. Il se retourna pour revenir sur May et dit :

– Tom est rentré à New York. Il est en train de monter une équipe. Il m'a rendu une visite de politesse, comme il dit, pour me laisser une dernière chance de faire équipe avec lui quand il dynamitera le barrage.

– Que lui as-tu répondu ?

– J'ai dit non.

Sans cesser de sourire, May haussa un sourcil et demanda :

– Tu lui as dit que j'étais ici ?

– Non.

– Pourquoi ?

– Je ne voulais pas le voir rire. (Dortmunder se pencha en avant sur le canapé trop confortable.) May, Tom s'en fiche complètement. Toute sa famille, s'il en avait une, pourrait venir s'installer dans cette ville, il continuerait à s'en foutre. Il va faire sauter le barrage. Tu ne le feras pas changer d'avis.

– Je ne cherche pas à *le* faire changer d'avis.

C'était donc ça. Dortmunder hocha la tête ; il venait de comprendre.

– May, dit-il. Je ne peux rien faire. J'ai déjà essayé deux fois, c'est fini, je suis vidé. Je ne retournerai pas au fond.

– Tu n'abandonnes jamais, John.

– Parfois, ça m'arrive. Et je ne veux pas retourner au fond parce que je ne *peux pas* y retourner, un point c'est tout.

– Il doit bien y avoir un autre moyen.

– Je le connais pas.

– Tu n'essayes même pas d'y réfléchir, dit May.

– C'est juste, répondit-il. J'essaye au contraire de ne pas y penser. Que veux-tu que je fasse, hein ? Que je demande au copain de Stan de nous bricoler une autre voiture, que je réclame beaucoup plus de matériel de plongée au type de Long Island, que je fasse encore un trou dans la clôture, qui doit être surveillée maintenant, et que je redescende au fond, *sans* balles de ping-pong cette fois ? Il y aura autre chose, May. Ce machin essaiera de nous tuer d'une manière différente, à laquelle on n'a pas encore pensé. Et même si on réussit à atteindre cette satanée ville, il faudra se balader au fond, en remuant toute cette vase, pour essayer de trouver un petit cercueil enterré au milieu d'un grand champ où, même si les repères sont toujours là, on ne pourra pas les voir de toute façon. Ou ce sera autre chose.

– Si c'était un problème facile, John, fit remarquer May avec beaucoup de bon sens, on n'aurait pas besoin de toi pour le résoudre.

Dortmunder se renversa contre le dossier du canapé en écartant les bras.

– May, je peux venir m'installer ici avec toi, si tu y tiens. Comme ça, on sera ensemble quand Tom fera sauter le barrage. Mais c'est tout ce que je peux faire. Tom et moi, on s'en tient là.

– Je suis sûre que tu peux réussir, insista May. Si seulement tu t'autorisais à réfléchir à la question.

– Voici Maman, annonça Stan.

Dortmunder se tourna de nouveau pour regarder par la fenêtre et il vit la Plymouth vert et blanc garée le long du trottoir. La maman de Murch en descendit, vêtue de son habituelle tenue de travail : casquette à carreaux en cuir, blouson par-dessus une chemise en flanelle, pantalon de toile et paire de bottes. Mais elle se déplaçait avec une sorte de langueur inhabituelle ; elle ferma la portière de son taxi au lieu de la claquer et elle se dirigea vers la maison d'un pas normal, en balançant très légèrement les coudes, la mâchoire à peine crispée.

– La vache, commenta Stan d'un air inquiet. Qu'est-ce qu'elle a ?

– Elle est détendue, répondit May.

Effectivement. Une fois entrée dans la maison, elle ne claqua pas la porte derrière elle, elle ne marcha pas en frappant du talon sur le sol, elle ne pesta même pas. Elle se contenta *d'accrocher* son blouson et sa casquette dans le vestibule, et elle entra *d'un pas nonchalant* dans le salon, en disant d'un ton doux :

– Oh ! bonjour, Stanley. Je suis contente que tu aies pu venir. Comment ça va, John ?

– Impec.
– Tant mieux.
Elle traversa la pièce et offrit sa joue à son fils pour qu'il y dépose un baiser. Visiblement surpris par cette idée, il s'exécuta et sa maman l'observa d'un œil critique, mais affectueux, en demandant :
– Tu as mangé ?
– Oui, bien sûr, répondit Stan. Comme toujours.
– Tu peux rester ici ?
Dortmunder se racla la gorge.
– Euh, en fait... on est venus pour vous ramener.
La maman de Murch se retourna pour jeter un regard noir à Dortmunder. Retrouvant un peu de son ancienne pugnacité, elle répondit :
– Nous ramener *en ville ?* Là-bas, avec tous ces maboules et ces demeurés ?
– Exactement.
La maman de Murch pointa un doigt potelé sur le nez de Dortmunder.
– Sais-tu, demanda-t-elle avec des trémolos dans la voix, ce que font les gens d'ici quand tu mets ton clignotant ?
– Non, reconnut Dortmunder.
– *Ils te laissent tourner !*
– C'est chouette.
La maman de Murch planta ses pieds sur le plancher, les poings sur les hanches, les épaules à l'ouest et à l'est, la mâchoire tendue vers Dortmunder.
– Tu as quelque chose qui peut rivaliser avec ça à New York ?
– Tu ne risques pas d'avoir la tête sous l'eau.
La maman de Murch hocha lentement la tête, une seule fois, de manière éloquente.
– Ça dépend de toi, John.
Dortmunder poussa un soupir.
Ayant visiblement pitié de lui, May se leva à ce moment-là et dit :
– Vous devez avoir soif tous les deux après une si longue route.
– C'est sûr, répondit Stan.
– J'ai préparé du thé, dit May en se dirigeant vers la porte.
Comme un seul homme, Dortmunder et Stan s'exclamèrent :
– *Du thé ?*
May s'arrêta sur le seuil de la pièce, elle se retourna en haussant un sourcil.
Hésitant, Stan dit :
– En fait, je me réjouissais de... boire une petite bière.
May et la maman de Murch secouèrent la tête toutes les deux. Ce fut sa maman qui dit :
– Tu ne peux pas boire de bière, Stan, si tu dois conduire pour rentrer.

– *Moi*, je ne conduis pas, dit Dortmunder.

Pendant que Stan lui jetait un regard mauvais, May lui répondit :

– Ce ne serait pas juste, John. Je vais chercher le thé. Il est prêt.

Et elle quitta la pièce.

Durant son absence, Stan essaya de convaincre sa maman de renoncer à cette idée ridicule et de rentrer à la maison. Ses arguments étaient nombreux et, de l'avis de Dortmunder, fort convaincants :

1) L'attrait de ces petites vacances finirait par retomber et elle commencerait à regretter l'agitation de la ville.

2) Plus elle resterait ici en pleine cambrousse, plus elle perdrait cet esprit de compétition sans lequel on ne peut pas espérer réussir dans la Grande Ville.

3) La déco n'allait pas tarder à lui taper sur le système, et sacrément, car elle n'avait rien à voir avec le chouette appartement de Brooklyn, au-dessus du garage, où ils avaient été si heureux durant toutes ces années.

4) On ne gagne pas autant d'argent en poussant une charrette qu'en conduisant un taxi à New York et en faisant tourner le compteur.

5) Tom Jimson allait faire sauter le barrage.

« Ça dépend de John », répétait la maman de Murch à chaque fois qu'était évoqué le point n° 5 ; les quatre autres, elle les rejetait d'un haussement d'épaules, sans même répondre. Tout cela était extrêmement déprimant.

Puis May revint avec les *mugs* de thé sur un plateau publicitaire pour la bière Rheingold. (Au moins, se dit Dortmunder, elle n'était pas allée jusqu'au service à thé avec les petites tasses, les soucoupes et les sandwichs riquiqui dont on a enlevé la bonne croûte difficile à mâcher. Alors, il restait peut-être un espoir.)

Ou peut-être pas. Ils étaient tous assis dans le salon avec leurs tasses de thé, comme dans une dramatique télé fauchée, et May dit :

– Si tu veux t'installer ici, John, il y a de la place. Pour toi aussi, Stan.

– Respire le bon air, ordonna la maman de Murch à son fils.

– Je n'ai jamais eu autant d'espace, John, ajouta May, avec un enthousiasme exaspérant. Et toutes les pièces étaient déjà meublées avec de très jolies choses, en haut comme en bas.

– Pour un prix incroyable, renchérit la maman de Murch. À côté des loyers de New York.

– Maman, répondit Stan d'une voix où perçait un nasillement plaintif. Je ne veux pas vivre à Dudson Center. Qu'est-ce que je ferais ici ?

– Tu travaillerais avec John, suggéra sa maman, pour récupérer le fric de ce salopard de Jimson.

Dortmunder soupira.

May intervint :

– John, j'espère que tu ne m'en veux pas. Je fais ça autant pour toi que pour moi.

– C'est gentil.

– Si Tom fait sauter le barrage...

– Il le fera.

– Tu t'en voudras jusqu'à la fin de tes jours, dit May. En sachant que tu aurais pu l'empêcher.

– Je ne retournerai pas au fond. Même pour toi, May. Je préfère m'en vouloir jusqu'à la fin de mes jours plutôt que de passer *une minute* dans ce truc.

– Dans ce cas, il faut trouver un autre moyen.

– Tu veux dire une autre personne. *Je* n'irai pas. *Andy* n'ira pas. (Dortmunder se tourna vers Stan.) Qu'est-ce que tu en penses ? Tu veux tenter ta chance ?

– Je passe, dit Stan.

Sa maman le foudroya du regard.

– Ça ne te ressemble pas, Stanley.

– Si, ça me ressemble. C'est exactement moi. Je me suis reconnu au moment même où j'ouvrais la bouche. Maman, ils m'ont *raconté* comment c'était au fond. Et je les ai vus ressortir la dernière fois.

May demanda :

– Il n'existe pas une solution sans être obligé de descendre à pied dans le réservoir ?

– Si, bien sûr, dit Dortmunder. Wally a des milliers de solutions. Des aimants géants. Faire évaporer l'eau avec des lasers. Mais la meilleure, c'est le vaisseau spatial de la planète Zog.

– Je ne parle pas des idées de Wally, dit May patiemment, ni de son ordinateur. Je parle de *tes* idées.

– Mon idée, dit Dortmunder, c'est de rester à l'écart de ce réservoir.

Il se retourna de nouveau pour lancer un regard noir par la fenêtre en direction de ce mur gris et lointain, dans les collines.

– Il va le faire sauter dans une semaine, ajouta-t-il. Même moins. Tu ne peux rien y changer.

Le mur semblait trembloter et enfler au loin. Dortmunder sentait la pression de l'eau sur lui, tout autour, noire, lourde, l'emprisonnant comme une camisole de force. Une pensée délirante traversa son cerveau comme un éclair de chaleur : voler deux mille BCD, les distribuer à tous les habitants de la vallée ; il imaginait les gens flottant au milieu du déluge.

Il se retourna vers les autres.

– May, je ne peux pas retourner dans l'eau.

– Et moi, je ne peux pas partir d'ici, dit-elle.

Dortmunder soupira, une dernière fois.

– Je vais parler à Tom, déclara-t-il. Je ne sais pas ce que je vais lui dire, mais je vais lui parler.

48

Tom Jimson n'était pas un gars facile à attraper. Le numéro de téléphone qu'il avait donné à May était celui d'un bar de Brooklyn dont le barman n'avait, dans un premier temps, aucune envie de se montrer coopératif.

– Jamais entendu parler de ce type, dit-il.

– Vous avez bien de la chance, répondit Dortmunder. Regardez donc sous les tables, si vous voyez quelqu'un en train de planquer un cadavre, c'est Tom.

Le barman sembla réfléchir pendant une ou deux secondes, puis il demanda :

– Vous êtes un ami?

Dortmunder répondit par un sourire qui sonnait faux.

– O.K., dit le barman, je pense que vous êtes réglo. Filez-moi votre nom et votre numéro. Si un gars nommé Tom Jimson se pointe, je ferai la commission.

– Dites-lui que c'est urgent, précisa Dortmunder.

Cette fois, ce fut le barman qui émit un petit ricanement, et il dit :

– Je croyais que vous connaissiez ce Jimson.

– Ouais, vous avez raison, reconnut Dortmunder d'un air morose.

Au cours de la journée et demie qui suivit, Dortmunder resta enfermé chez lui, de peur de manquer le coup de téléphone, en essayant de se convaincre que Tom n'avait pas *encore* eu le temps de réunir une équipe, de se procurer de la dynamite plus un véhicule tout-terrain et de monter dans le nord. Non, il n'avait pas eu le temps. Il n'avait pas pu faire tout ça.

Stan Murch, Tiny Bulcher et Andy Kelp téléphonèrent ou passèrent pour savoir s'il y avait du nouveau.

– Je peux pas te parler, dit Dortmunder à Kelp au bout du fil. Je veux pas que ça sonne occupé si Tom cherche à me joindre.

– Je te l'ai déjà dit, John, il te faut le signal d'appel.

– Non, Andy.

– Plus un téléphone portable que tu pourras prendre avec toi si tu veux sortir.

– Non, Andy.

– Et aussi un deuxième poste dans la cuisine. Je pourrais...

– Fous-moi la paix, Andy.

Dortmunder raccrocha.

Enfin, le deuxième jour, tard, Tom appela. Il semblait loin.

– Où tu es ? demanda Dortmunder, imaginant Tom à North Dudson, juste à la sortie de l'autoroute.

– Au téléphone, répondit Tom. Et c'est à *toi,* Al, de me dire ce que je fous au téléphone.

– Eh... fit Dortmunder et il s'écouta parler pour savoir ce qu'il allait dire ensuite, mais il n'entendit rien du tout.

– Allô ? On a été coupés ?

– Non, Tom. Je suis là.

– Tu vas te retrouver tout seul dans une seconde, Al, je te préviens. J'ai un tas de.... Ah, nom de Dieu ! cria-t-il en se détournant, semble-t-il, du téléphone pour s'en prendre à quelqu'un d'autre, là où il se trouvait.

Des éclats de voix jaillirent en fond sonore, puis Tom, tournant toujours le dos au téléphone, aboya :

– Parce que c'est moi qui décide, abruti ! Tu restes assis là tant que j'ai pas fini de téléphoner ! (Puis sa voix résonna dans l'oreille de Dortmunder.) Al ? T'es toujours là ?

– Oui, oui, évidemment. Dis voir, Tom... tu es avec tes... tu as trouvé des types pour t'aider à...

– Naturellement, répondit-il d'un ton enjoué. Et on est tous impatients de s'y mettre. En fait, j'ai un petit problème de discipline pour l'instant avec cet emmerdeur. Alors, si tu voulais bien cracher le morceau, on pourrait lever le camp.

– Ce qui se passe, Tom... dit Dortmunder en serrant le téléphone dans sa main et en s'obligeant à continuer à parler, même s'il n'avait rien à dire. Ce qui se passe... c'est que je regrette d'avoir laissé tomber le coup du... réservoir. Tu me connais, Tom, je suis pas du genre à baisser les bras.

– Y a beaucoup d'eau, Al, répondit Tom d'un ton presque compatissant, pour lui s'entend. Tu avais raison : y a trop d'eau. Mais y a pas de lézard, t'as pas à t'en faire pour ça. Ça m'a fait perdre deux mois, mais c'est tout. C'était intéressant de vous voir à l'œuvre, tes potes et toi.

– Le truc, Tom, c'est que...

– Mais *maintenant,* Al, *maintenant,* faut plus que je me plante. Le Mexique m'appelle, Al.

– Tom, je veux...

Mais Tom avait disparu encore une fois à l'autre bout du fil, pour engueuler son ou ses compagnons. Dortmunder attendit qu'il ait terminé, en passant sa langue sur ses lèvres et en broyant le téléphone, et quand Tom eut enfin réglé son problème de discipline, Dortmunder ajouta, très vite :

– Tom, tu connais May. Elle est partie s'installer là-haut, à Dudson Center. Et elle veut y rester.

« Était-ce une erreur ? Peut-être n'aurais-je pas dû lui dire que j'étais personnellement impliqué. Bah, c'est trop tard maintenant, hein ? »

Après une très courte pause, Tom dit :

– Tiens, tiens. Elle te met la pression, pas vrai, Al ?

– En quelque sorte, reconnut Dortmunder.

C'était une erreur.

– Tu sais, Al. J'ai une philosophie qui pourrait peut-être t'aider sur ce coup-là.

– Tu crois ?

– Oui. Il n'y a pas qu'une seule femme sur terre, Al, par contre, il n'y a qu'un seul *toi*.

C'était une *grave* erreur.

– Tom, j'ai vraiment envie d'essayer encore une fois. Accorde-moi une dernière chance, ne fais pas sauter le bar...

– À cause de May.

La voix de Tom était toujours glaciale, mais curieusement, elle semblait l'être encore plus à cet instant.

– À cause de ma fierté... professionnelle qui est en jeu, dit Dortmunder. Je refuse de m'avouer vaincu devant un problème. Et tu l'as dit toi-même, tu te passerais volontiers d'une immense chasse à l'homme.

– C'est vrai, Al, répondit Tom, toujours avec cette voix qui ne dépassait pas zéro degré. Mais supposons, c'est une simple hypothèse, Al, supposons que j'aille jusqu'au bout de mon plan pour qu'on en finisse. Et supposons que, quoi que tu fasses, tu n'arrives pas à faire déménager ta bonne femme. Toujours sur un plan théorique, Al, est-ce que tu serais tenté de passer un petit coup de téléphone anonyme à la police ?

La main de Dortmunder, moite de sueur, tremblait autour du téléphone.

– Ça m'embêterait d'être confronté à ce problème, Tom. Et je pense qu'il existe encore un moyen de réussir le coup sans... toutes ces complications.

– Oh ! oh ! Ne quitte pas, Al.

Dortmunder attendit en tendant l'oreille. Bruit sourd du téléphone qu'on pose sur une surface dure. Des voix au loin, des cris de colère. Soudain, un bruit de meuble qui se brise et des objets lourds – des corps ? – qui s'écroulent ou se percutent. Puis, tout aussi soudainement : le silence.

– Al ? Tu es toujours là.

– Je suis là, Tom.

– Faut croire que je me fais vieux, dit Tom. Bon, je vois quel est ton problème, Al.

– C'est pour ça que je veux...

– Et je vois *mon* problème.

Dortmunder attendit, en respirant par la bouche. « C'est *moi* son problème. » À l'autre bout du fil, derrière Tom, des voix geignardes se plaignaient.

Celle de Tom ressemblait maintenant à un rasoir tranchant.

– Peut-être qu'on devrait avoir une petite conversation tous les deux, Al. Toi et moi. Peut-être que tu devrais venir ici.

« Il faut que j'arrive à le convaincre. D'une manière ou d'une autre. » Sachant très bien ce que Tom avait en tête, Dortmunder répondit :

– Oui, c'est une bonne idée.

– Je suis dans la 13e Rue.

C'était approprié.

– Hmm, fit Dortmunder.

– Près de l'Avenue C.

– Dangereux comme quartier, commenta Dortmunder.

– Ah bon ? fit Tom comme s'il n'avait rien remarqué. Je suis entre la C et la D. 499, 13e Rue Est.

– Je sonne à quel nom ?

Tom ricana. On aurait dit des glaçons qui s'entrechoquent.

– Y a plus de serrures aux portes par ici, Al. Tu entres et tu montes au dernier étage. On va avoir une longue conversation, toi et moi, rien que nous deux.

– O.K., Tom, dit Dortmunder entre ses lèvres sèches. À tout de suite.

49

Dortmunder gravissait d'un pas lourd les marches en ardoise noire ; sa main gauche tenait la rampe en fer et la droite serrait un tasseau de cinquante centimètres de long qu'il avait ramassé dans une benne à ordures dans la rue, à quelques pâtés de maisons d'ici. Pas pour Tom, mais pour celui ou ceux qu'il risquait de rencontrer en chemin.

C'est-à-dire personne jusqu'à présent. Des bruits de pas précipités le précédaient dans l'escalier, des bruits de frottement le suivaient, mais nul ne surgit alors que Dortmunder montait d'un pas pesant et régulier dans un immeuble qui aurait pu servir de décor à un film sur la Seconde Guerre mondiale en Europe, à supposer que personne ne pique la caméra. De gros morceaux de plâtre s'étaient détachés des murs, laissant des plaies blanches et friables sur la peau vert-de-gris. À tous les étages, les fenêtres du couloir étaient brisées ; certaines avaient conservé sur les côtés des dents de verre tranchantes, tandis que d'autres étaient masquées par des cartons de pack de bière ou d'épaisses bandes de ruban adhésif. Sur le sol, les dalles blanches hexagonales semblaient avoir été frappées systématiquement à l'aide d'une masse, pendant plusieurs mois, avant d'être aspergées de fluides organiques et jonchées de déchets médicaux. Les ampoules électriques nues qui pendaient aux plafonds avaient été jadis protégées par des globes opaques, à en juger par les morceaux de verre pilé qui se mélangeaient aux autres débris sur le sol.

Les portes en métal des appartements étaient cabossées ; certaines étaient peintes en marron, d'autres en gris ; un grand nombre d'entre elles n'avaient plus ni poignées ni serrures. D'après les odeurs qui filtraient à travers, la plupart des locataires avaient prévu de manger du rat ce jour-là. En atteignant le palier du deuxième étage, Dortmunder entendit un bébé pleurer dans un des appartements.

– Tu as raison, petit, murmura-t-il.

L'immeuble comportait six étages, la hauteur maximale autorisée pour une construction sans ascenseur. La cage d'escalier, un puits carré creusé dans le cœur gangrené, se composait de deux demi-escaliers par étage conduisant à un palier. Dortmunder négociait le tournant du cinquième et demi lorsqu'une fusillade éclata au-dessus de lui. Il poussa un grand cri et se coucha sur les marches crasseuses, en protégeant sa tête avec le tasseau. Tom ne voulait même pas le laisser parler *une minute ?*

Les coups de feu continuèrent à faire rage pendant encore quelques secondes, puis ils diminuèrent. Un cri retentit, suivi d'une nouvelle rafale. Dortmunder risqua un coup d'œil derrière le tasseau, mais il ne voyait que les marches et le mur de la cage d'escalier.

Le silence se répandit, englobant tout le quartier ; quand les armes parlent, il n'y a plus personne. Puis il entendit le bruit distinctif d'une porte en fer qui cogne contre un mur en plâtre, et une voix énervée qui était assurément celle de Tom.

– Ah ! les connards. Regardez ce que vous m'avez obligé à faire !

Des pas résonnèrent dans l'escalier. Dortmunder ramena ses jambes sous lui pour se relever prestement et, les yeux écarquillés, il vit Tom descendre les dernières marches jusqu'au palier, concentré sur le chargeur plein qu'il introduisait dans le .45 automatique bleu acier qu'il tenait négligemment dans sa main droite.

Dortmunder garda les yeux fixés sur le pistolet automatique. En relevant la tête, Tom l'aperçut et s'arrêta net ; l'adrénaline du combat brillait dans son regard. Les deux hommes se firent face sur le palier ; Dortmunder serrait le tasseau dans sa main, Tom haussait un sourcil. Autour d'eux, c'était le silence.

Finalement, Tom se détendit et continua d'avancer ; le pistolet disparut sous ses vêtements. La tension s'était envolée. D'un air décontracté, il dit :

– Alors, Al, quoi de neuf ? Content que tu aies pu venir.

– Je suis venu tout de suite.

Dortmunder avait encore les poings et la gorge serrés.

Le regard de Tom se posa sur le tasseau. Sur le ton de la conversation, il demanda :

– C'est pour quoi faire ça, Al ?

Dortmunder esquissa un geste vague avec son tasseau.

– Pour les gens.

– Hmm, dit Tom. Faut espérer pour toi que personne n'ait besoin d'un bout de bois. Allez, viens, tirons-nous d'ici.

Dortmunder ne put s'empêcher de lever les yeux vers le haut des marches.

– Et tes nouveaux associés ?

– J'ai été obligé de m'en séparer. Viens, Al.

Tom commença à descendre l'escalier ; Dortmunder lui emboîta le pas, sans se retourner.

En chemin, Tom dit :

– Franchement, Al, la qualité du personnel de nos jours, c'est un vrai scandale.

– Oui, sûrement.

– Toi et tes potes, vous avez un peu de mal à régler le problème visiblement, mais au moins, vous êtes sérieux et fiables.

– C'est juste.

– Et vous ne vous mettez rien dans le nez, à part vos doigts.

– Hmmm.

– Et rien dans les veines, non plus.

– Mon sang et moi, on a fait un pacte, dit Dortmunder alors qu'ils atteignaient le rez-de-chaussée et marchaient vers la porte d'entrée défoncée. Il fait son boulot et je ne l'emmerde pas.

– Tu as parfaitement résumé le problème, Al. (Ils émergèrent dans la lumière du soleil, qui semblait déplacé dans ce décor.) Il ne faut pas jouer avec son corps, tout est là. Mes anciens associés, là-haut, ils n'ont pas compris ça. Ils se sont mis dans un tel état qu'ils ont fini par se persuader qu'ils n'avaient plus besoin de *moi* maintenant qu'ils savaient où se trouvait le réservoir. (Le rire de Tom avait quelque chose de sinistre, comme le tocsin sonnant durant une épidémie de peste.) Ils ont perdu le contact avec la réalité.

– Oui, sûrement. (Dortmunder leva les yeux vers les fenêtres du dernier étage de cet immeuble en décomposition.) C'était leur appart' ?

– C'est le leur maintenant, répondit Tom en chassant toute association antérieure d'un haussement d'épaules, avant de se tourner vers Dortmunder, arrêté à côté de lui sur le trottoir. Alors, tu as un nouveau plan, il paraît ?

– Euh... non.

Tom fronça un sourcil en direction de Dortmunder. Loin de Tom, c'était facile d'oublier combien il était grand, et maigre.

– Tu n'as pas de plan, Al ?

– Pas pour le moment, expliqua Dortmunder. Je voulais être sûr que tu serais d'accord pour me suivre avant de...

– Je vais être franc avec toi, Al. Je suis déçu.

– Désolé, Tom.

– Il y a de quoi. Moi qui croyais que ton amour pour une femme bien t'avait inspiré pour pondre un plan de première et que tout se passerait bien...

– Tout va bien se passer, Tom. Maintenant que...

– Je ne me serais pas débarrassé aussi rapidement de ces trois types là-haut si j'avais su que tu racontais des bobards.

– Je ne raconte pas des... *Trois* types ?

Et un vieux bonhomme de soixante-dix ans fait de barreaux en fer et d'antigel.

– C'est le nombre dont je pensais avoir besoin, dit Tom. Deux pour transporter la dynamite et pour se faire sauter avec, et un troisième pour conduire la pelleteuse et faire le boulot à Putkin's Corners.

– Avant d'être laissé sur place, dit Dortmunder.

Les lèvres de Tom semblèrent s'étirer, comme s'il riait quelque part tout au fond de lui.

– Tu me connais bien, Al. (Mais le sourire fantomatique se volatilisa.) C'est pour ça que je suis surpris que tu viennes comme ça, les mains vides.

– Non, pas les mains vides. Je vais...

– Justement, en parlant de ça, dit Tom. Peut-être que tu ferais mieux de balancer ce bout de bois. J'entends des sirènes qui se rapprochent.

Dortmunder était trop accaparé par Tom pour faire attention au monde extérieur, mais en tendant l'oreille, il constata qu'en effet des sirènes se rapprochaient. Rapidement. Et elles n'étaient pas très loin.

– Tu as raison.

Il lança son tasseau dans le caniveau.

– Allons faire un tour, dit Tom. J'ai sur moi un flingue qui intéresserait beaucoup les flics. Et pendant qu'on marche, tu pourras me parler de tes idées et on discutera de l'endroit où je vais habiter maintenant.

Ils prirent la direction de l'Avenue C.

– L'endroit où tu vas habiter ? répéta Dortmunder.

Devant eux, la première voiture de police tourna au coin de la rue dans un hurlement de sirène.

– Mon ancien logement risque d'être indisponible quelque temps, expliqua Tom.

Dortmunder regarda autour de lui. Il vit la voiture de police piler net devant l'ancienne adresse de Tom. Des flics en descendirent, pendant que deux autres voitures de patrouille, dont une avait pris la rue à contresens, se joignaient à la fête.

– Je comprends, dit-il.

– Cet endroit où s'est installée May, là-haut à Dudson Center, dit Tom. Y a beaucoup de place ?

– Elle dit qu'elle n'en a jamais eu autant, répondit Dortmunder qui sentait venir la suite, mais ne voyait aucune échappatoire.

– Sans doute que ça la rassurerait de m'avoir sous les yeux, dit Tom. Elle pourrait me surveiller. Si je suis devant elle, elle saura que je ne suis pas en train de faire sauter le barrage.

– Oui, sans doute.

– Oui, c'est sûr, reprit Tom en hochant la tête alors qu'ils tournaient au coin de la rue, loin de toute cette agitation. May sera contente de me voir, en fait. Elle sera ravie de m'accueillir.

– Oui, sans doute, dit Dortmunder.

50

– Si, j'aime bien que tu me touches, dit Myrtle à Doug Berry en le repoussant. C'est justement pour ça que je ne dois pas te laisser faire.

– Ça n'a aucun sens, répondit Doug en continuant à se frotter contre elle.

– Pour moi, si, dit Myrtle en reculant le plus possible sur le siège du pick-up, les bras croisés sur la poitrine et le regard obstinément fixé sur l'immense écran de cinéma en plein air, où Dumbo chancelait sur une branche d'arbre. Regarde le film. Tu disais que tu n'étais jamais allé dans un drive-in, nous y sommes, alors regarde le film.

– Dans un drive-in ? Ah ! Myrtle, dit Doug en rangeant enfin ses mains, tu me rends fou.

Si c'était vrai, se dit Myrtle, ils étaient quittes, car Doug Berry la rendait folle lui aussi. Mais pas de la même façon, évidemment, pas sur le plan sexuel, ni même romantique. Pourtant Doug était sexy, assurément, et il faisait de son mieux pour se montrer romantique, et si le reste avait été parfait, qui sait ce qui aurait pu arriver.

Seulement, le reste n'était *pas* parfait. Et le reste n'était pas parfait parce que Doug Berry était un imposteur ; il mijotait quelque chose, cette chose avait très certainement un rapport avec son père, mais Myrtle était bien incapable de deviner de quoi il s'agissait.

En revanche, que Doug soit un imposteur, voilà qui ne faisait pas le moindre doute. Quand il avait débarqué à la bibliothèque, elle avait accepté cette histoire de recherches sans poser de questions, mais quand il avait cessé brusquement de visionner le vieux microfilm trois ans avant la fin de la période qui l'intéressait prétendument, et quand il était brusquement revenu au présent sans explication, elle avait commencé à soupçonner qu'il se passait quelque chose. Mais quoi ?

En déjeunant avec lui, à sa propre instigation, elle n'avait rien appris de plus, si ce n'est qu'il avait de l'humour, qu'il était dragueur et qu'il souhaitait la revoir, ce qui était très bien, mais pas suffisant. Ce soir-là, en prenant sur son temps libre, elle avait visionné le microfilm de l'année où

Doug s'était arrêté, celle où il avait, semble-t-il, trouvé ce qu'il cherchait *réellement*. Et quand elle était tombée sur l'attaque du fourgon blindé, toutes les pièces du puzzle s'étaient assemblées. Ce « braquage » était certainement un des « coups » que son criminel de père avait « montés » avant d'être envoyé en prison pour un autre « coup » quelques années plus tard. Et Doug Berry était certainement sur la « piste » du vieux Jimson pour une raison quelconque. Heureusement qu'elle avait résisté à l'envie d'utiliser le « blaze » de Jimson avec Doug, comme elle l'avait fait – en se procurant de délicieux frissons – avec le gentil petit Wally Knurr. (C'était la télévision, évidemment, qui avait donné à Myrtle cette connaissance de l'argot criminel.)

Soupçonneuse et craignant tout d'abord que Doug soit en réalité un policier en civil traquant son père, comme Javert (ce qui expliquerait sa question concernant le *state trooper*, Jimmy), Myrtle avait cherché à en savoir plus sur cette Alliance pour la protection de l'environnement, la prétendue organisation pour laquelle Doug effectuait prétendument des recherches, et évidemment, elle n'existait pas. (Le VDT de la bibliothèque, maintenant que Wally Knurr lui en avait dévoilé tous les mystères, lui avait apporté une aide précieuse dans l'étude du cas Doug Berry.)

Cet homme était donc un imposteur ; une sorte d'imposteur, les détails n'étant pas encore connus. Mais il s'appelait bien Doug Berry, c'était écrit sur la carte de crédit qu'il avait utilisée la première fois qu'il l'avait invitée à dîner, c'est-à-dire la deuxième fois qu'ils se voyaient, celle-ci étant la troisième fois, dans ce drive-in de North Dudson, un des rares existant encore en Amérique. Il s'appelait Doug Berry et ce pick-up ridicule et puéril, avec cet autocollant choquant et puéril au sujet des plongeurs, était immatriculé dans le comté de Suffolk à Long Island. Non seulement l'annuaire du comté de Suffolk, qui se trouvait à la bibliothèque, possédait bien un Berry Doug, mais en plus, il donnait un numéro de téléphone professionnel qui, lorsqu'elle l'avait composé, l'avait mise en contact avec un répondeur sur lequel on reconnaissait la voix de Doug :

« Magasin de plongée du South Shore. Désolé, nous sommes fermés. La boutique est ouverte du mardi au samedi, de 10 heures à 17 heures. Cours d'initiation et de perfectionnement tous niveaux. Location et vente de matériel. Remplissage et tests de bouteilles. Tout pour les plongeurs sous le même toit. Nous espérons vous voir bientôt ! »

Quel était donc le lien entre un moniteur de plongée de Long Island et un criminel (supposé) à la retraite, l'ancien « taulard » Tom Jimson ? Le fait que la première question de Doug, à la bibliothèque, ait concerné le réservoir avait certainement une signification – réservoir, eau, plongée –, mais Myrtle ne voyait pas du tout laquelle. Cependant, une chose semblait certaine : elle devait entretenir cette relation avec Doug Berry, sans perdre le contrôle de la situation.

À elle de prendre les choses en main.

D'où leur présence au drive-in ce soir ; leur troisième rendez-vous, qui ne menait à rien, pour l'un comme pour l'autre. Myrtle savait que Doug était frustré, mais elle aussi, nom d'une pipe ! Elle aurait eu naturellement tendance à trouver cet homme irrésistible, mais comment se jeter dans ses bras sans savoir dans quel camp il se trouvait ? Supposons qu'il soit, d'une manière ou d'une autre, un ennemi de son père ? (D'un autre côté, il pouvait très bien être du côté de son père, auquel cas se serait un double plaisir de se jeter dans ses bras. Peut-être même représentait-il – espoir lointain – le moyen pour elle de rencontrer *enfin* son père.)

Ses recherches lui avaient simplement prouvé que Doug Berry n'était pas celui qu'il prétendait être ; elles ne pouvaient pas la conduire plus loin, elles ne pouvaient pas lui apprendre qui il était réellement. Myrtle avait le sentiment que des questions subtiles et discrètes au cours de ces rendez-vous pourraient lui fournir les indices dont elle avait besoin pour découvrir ce qui se passait, mais elle était incapable de savoir quelles pouvaient bien être ces questions subtiles et discrètes. Au cinéma et à la télé, les gens posaient toujours la bonne question, avec doigté, mais...

Oups ! En parlant de ça...

– Ça suffit, Doug ! dit Myrtle en prenant sa main pour la reposer sur *son* genou.

Doug laissa échapper un long soupir de souffrance, très étudié.

Dommage que je ne sache pas comment contacter Wally Knurr, se dit Myrtle, je parie qu'il pourrait m'aider à comprendre ce qui se passe. Mais à part ce jour à la bibliothèque où il avait ouvert devant ses yeux émerveillés la corne d'abondance du VDT, elle n'avait jamais revu Wally. C'était sans doute un quelconque représentant, se dit-elle, qui voyageait un peu partout pour vendre des ordinateurs ou des trucs comme ça. Son itinéraire le ramènera-t-il un jour à North Dudson ? Et aura-t-il une raison de revenir à la bibliothèque ?

– Doug, *je t'en prie !*

– *Myrtle,* je t'en prie.

– Regarde le film, Doug. C'est un joli film, hein ?

– Je ne rate jamais une occasion de le voir, répondit Doug d'un ton amer.

51

Tom Jimson monta à bord du train Amtrak à Penn Station, en tenant à la main le même petit sac en cuir noir avec lequel il avait fait plusieurs allers et retours entre l'extérieur et la prison, ce sac qui serait la seule chose qu'il emporterait quand il aurait enfin récupéré son argent, éliminé ses derniers associés et pris l'avion pour le Mexique. Le Mexique de ses rêves.

Mais pour l'instant, il partait dans la direction opposée. Le criminel revient toujours sur le lieu de son crime, pensa-t-il en promenant le bout de sa langue sur ses dents du haut, un geste qu'il faisait chaque fois que son monologue intérieur l'amusait. (Un homme à qui personne ne peut faire confiance est un homme qui ne peut faire confiance à personne, et donc enclin à se tourner vers le monologue intérieur pour se distraire.) Il dénicha un coin confortable avec quatre sièges face à face et il s'installa : le cul sur un siège, son sac sur un autre, ses pieds sur un troisième et sa main sur le dernier. Il faudrait que le wagon soit nettement plus bondé qu'il ne risquait de l'être en cette heure creuse de milieu de semaine pour que quiconque tente d'envahir la principauté que venait d'instaurer Tom.

Avant que le train démarre, un gros adolescent lourdaud vint s'asseoir de l'autre côté de l'allée. Il mesurait environ trois mètres, avec une grosse tête carrée couverte de cheveux blonds bouclés; il avait une vingtaine d'années et portait de lourdes chaussures de marche, de grandes chaussettes de laine blanches, un short kaki – ses genoux étaient énormes, noueux et couverts de duvet, comme le reste –, un T-shirt frappé d'une citation philosophique stupide, un bandeau rouge et un *monstrueux* sac à dos qui dépassait derrière sa tête.

Tom regarda avec un intérêt plein de mépris le jeune gars défaire toutes les sangles pour se débarrasser de son sac, qui occupa à lui seul deux sièges. Le gamin jeta un regard à Tom avec l'assurance de celui qui ne connaît encore rien et il lui demanda :

– Vous surveillez mon sac?

– O.K., répondit Tom.

Le gamin s'éloigna d'un pas lourd dans l'allée; ses gros genoux remuaient comme des marionnettes. Tom le regarda disparaître, puis il se leva pour fouiller rapidement et efficacement le sac à dos. Il transféra les deux cents dollars en liquide et les six cents dollars en traveller's cheques, ainsi que l'exemplaire illustré du *Kama Sutra* dans son propre sac en cuir (qu'il ne faisait jamais surveiller par personne), mais il laissa les chaussettes sales et le reste du bordel. Après s'être rassis à ses quatre places, il sortit son livre de poche, *Dark Hazard* de W.R. Burnett, et s'installa confortablement.

Quelques minutes plus tard, l'idiot revint avec un sandwich et une boîte de bière.

– Merci, dit-il.

– De rien, répondit Tom.

Il se replongea dans son livre et quelques minutes plus tard, le train s'ébranla.

Tom continua à lire pendant que le train franchissait les tunnels qui passent sous le bas de Manhattan, et il continua à lire alors que le train émergeait au nord de la ville pour s'arrêter à la gare de la 125e Rue, où personne ne monta ni ne descendit. Le décor de taudis céda place à un décor industriel qui devint, très progressivement, un décor de campagne, et pendant ce temps-là, Tom continuait à lire. Il n'avait jamais été très porté sur la nature.

Presque deux heures s'étaient écoulées et Tom avait presque fini son livre – cette histoire allait mal se finir, il le sentait – lorsque la voix du contrôleur résonna bruyamment dans les haut-parleurs : « Rhinecliff ! Rhinecliff ! »

Parfait. Tom rangea son livre, ferma son sac – deux lanières et des boucles, pas de fermeture Éclair – et se leva. Le crétin assis dans l'allée voisine lui adressa un petit signe de la main en disant :

– Bonne journée.

– On va essayer.

Tom s'éloigna, mais une envie diabolique le poussa à revenir sur ses pas pour dire :

– Vous aussi.

Le sourire idiot du gamin était encore plaqué sur son visage quand le train s'arrêta et que Tom en descendit.

« Ma maman sait à quoi tu ressembles », lui avait dit Stan Murch à New York. « De plus, c'est sûrement la seule femme chauffeur de taxi là-bas. »

« Je ne suis pas inquiet », avait répondu Tom.

D'ailleurs, c'était certainement elle, là-bas, petite et grassouillette, avec une casquette en toile, un blouson à fermeture Éclair et un pantalon de velours à grosses côtes, les bras croisés, appuyée contre une voiture blanc et vert, avec le mot TAXI sur la portière.

Elle était en train de faire « non » de la tête quand Tom la vit. Apparemment, elle se disputait avec un autre passager descendu du train qui voulait monter dans son taxi. Alors que Tom approchait, le client frustré haussa le ton :

– Nom d'un chien, vous êtes taxi ou pas ?

– Non, répondit la maman de Murch. Je suis une statue de Duane Hansen.

Tom s'interposa entre la statue et le passager en disant :

– Me voici.

La maman de Murch le reconnut aussitôt, comme promis.

– Très bien, dit-elle. Montez.

Et elle se retourna pour ouvrir sa portière.

– Hé ! s'écria le non-client en voyant Tom ouvrir la portière arrière. J'étais là avant !

– Faites pas attention à lui, dit la maman de Murch.

Pas la peine de le dire. Tom haussa les épaules et s'apprêtait à monter à bord du taxi quand le non-client se précipita en projetant son attaché-case devant lui, dans l'ouverture de la portière, empêchant ainsi Tom d'entrer, tout en continuant à brailler. Alors, Tom le regarda.

Il ne savait pas trop ce que son visage avait de si particulier, mais généralement, quand un problème superflu se présentait, il n'avait qu'à regarder la personne à l'origine de ce désagrément, et c'était suffisant pour régler le problème. Qu'est-ce qui, dans son regard ou dans ses traits, produisait cet effet, il l'ignorait, et il s'en foutait. Du moment que ça marchait.

Et ça marcha une fois de plus. Tom regarda le non-client et celui-ci cessa de brailler. Puis il ouvrit de grands yeux. Puis il eut l'air inquiet. Puis il rentra le menton dans la poitrine comme s'il essayait de se cacher derrière sa pomme d'Adam. Puis il retira son attaché-case qui bloquait le passage. Puis Tom monta dans le taxi.

Ils étaient du mauvais côté de l'Hudson River. La voie ferrée courait le long de la rive est, offrant par moments de superbes paysages qui auraient pu dater d'avant l'incursion européenne sur ce continent, même si Tom n'en avait que faire. La voie rapide, le réservoir de Vilburgtown, la cité engloutie de Putkin's Corners, tous les Dudson vivants et morts, se trouvaient de l'autre côté du fleuve dans la partie principale de l'État de New York.

Il se trouve justement qu'un pont traverse l'Hudson à cet endroit, à Rhinecliff. Alors qu'ils le traversaient, la maman de Murch observa Tom dans le rétroviseur : il avait sorti son livre de son sac et il lisait.

– Vous avez fait bon voyage ?

Tom leva le nez de son livre, croisa le regard de la maman de Murch dans le miroir. Il marqua sa page avec son doigt et répondit :

– Oui, j'ai fait bon voyage. Il fait beau pour cette époque de l'année. Je n'ai pas faim, merci. Je n'ai pas suivi les résultats sportifs ces temps-ci. Et je n'ai aucune opinion politique.

Sur ce, il baissa les yeux, rouvrit son livre et reprit sa lecture.

La maman de Murch inspira à fond et elle retint sa respiration un moment. Le visage marbré de petites taches blanches, elle se concentra sur la route devant elle, en cherchant qui pourrait lui faire une queue de poisson.

Personne. Frustrée, la maman de Murch rongea son frein pendant plusieurs minutes jusqu'à ce que, après avoir traversé le fleuve pour prendre la voie rapide, elle aperçoive devant elle une voiture de Brooklyn et toute sa rage se reporta sur ce pauvre véhicule innocent. Qui pouvait bien venir de Brooklyn, de *la maison?* Il y avait forcément une bonne raison.

Elle savait que cette Fort LTD bordeaux venait de Brooklyn grâce à la plaque d'immatriculation : 271 KVQ. La première lettre des plaques new-yorkaises indique le comté : Kings en l'occurrence, c'est-à-dire Brooklyn. (Queens, c'est le Queens; il n'y pas de Valets.)

Le conducteur du véhicule incriminé était un jeune type frisé qui roulait tranquillement sans embêter personne, lorsque soudain, un taxi surgi de nulle part lui coupa la route, à quelques micromillimètres de son pare-chocs, et s'éloigna en zigzaguant comme pour lui faire un bras d'honneur avec son pot d'échappement. À part freiner des deux pieds, agripper le volant à deux mains et ouvrir de grands yeux, il n'offrit aucune réplique satisfaisante à cette entrée en matière, alors la maman de Murch lambina sur la voie de gauche jusqu'à ce que l'autre voiture l'ait presque rattrapée, et à cet instant, elle traversa de nouveau les voies, en passant encore plus près du pare-chocs avant de la Ford. *Et voilà! Tout ça pour le plaisir! Réagis maintenant!*

C'est à ce moment-là que la voix dénuée de toute émotion s'éleva à l'arrière du taxi :

– Si ce type vous embête, je peux le liquider.

La maman de Murch retrouva aussitôt ses esprits.

– Hein? Quel type? demanda-t-elle.

Et elle accéléra pour éloigner tout le monde du danger. Une demi-heure plus tard, sans nouveaux incidents, elle s'engagea dans l'allée qui longeait sa nouvelle maison et pila net à quelques centimètres de la clôture.

– On est arrivés.

Tom avait terminé *Dark Hazard* depuis une dizaine de kilomètres et il avait passé le reste du temps à regarder la nuque de la maman de Murch. (Il connaissait ce coin, il savait à quoi il ressemblait, il se fichait de savoir si des changements étaient survenus récemment et il ne risquait pas d'essayer d'apercevoir de vieux amis.) Il regarda la maison et dit :

– Très bien. Ça a l'air grand.

– Ça l'est.

Le style un peu trop mignon qui avait gêné Dortmunder ne dérangea pas Tom, car il ne le remarqua même pas. Il récupéra son sac en cuir, descendit sur le gravier et claqua la portière du taxi.

La maman de Murch lui jeta un regard noir par la vitre (ce qu'il ne remarqua pas non plus) et dit, sur un ton sinistre :

– À ce soir, au dîner.

Elle recula dans l'allée, en faisant jaillir des graviers, et repartit jouer son rôle d'entreprise à but lucratif.

Tom marcha jusqu'à la véranda et gravit les marches ; May lui ouvrit la porte en demandant :

– Bon voyage ?

Elle était décidée à se montrer aimable, à faire comme si Tom était un être humain normal.

– Oui, répondit Tom. (Il adressa un sourire à May et ajouta :) Vous menez Al à la baguette, hein ?

Le visage de May se ferma.

– John ne voit pas les choses de cette façon, dit-elle.

– Tant mieux. (Tom balaya du regard le petit vestibule.) Où est-ce que je pieute ?

– Tout en haut, la deuxième porte sur votre droite. La salle de bains est de l'autre côté du couloir.

– O.K.

Tom monta et trouva une jolie petite chambre ensoleillée avec deux fenêtres donnant sur le jardin clos et l'arrière des maisons de Myrtle Street. Le lit était fait (May regrettait maintenant de s'être donné ce mal) et des serviettes bleu ciel en éponge étaient posées dessus, bien pliées. Les tiroirs de la grosse commode ancienne étaient tous vides, et ils étaient encore presque vides quand Tom eut défait ses bagages. Après avoir rangé ses quelques vêtements, il déposa ses affaires de toilette sur la commode et suspendit dans la penderie sa vieille veste de costume, dans une splendeur solitaire.

Pour finir, il épiça un peu le décor. Si certaines armes demeuraient dans le double fond du sac en cuir, d'autres furent réparties de la manière habituelle : le pistolet automatique .45 scotché sous le sommier pour se trouver à portée de main quand Tom était couché ; le couteau à cran d'arrêt, glissé à l'intérieur d'un store de manière qu'il lui tombe dans la main quand il baissait le store, et le petit calibre .22 à canon court, scotché sous le couvercle des W.-C. dans la salle de bains à l'ancienne, mais impeccable.

Voilà. *Home sweet home*.

52

Quand on sonna à l'interphone, Wally s'assura que c'était bien John qui se trouvait devant la porte de l'immeuble avant d'appuyer sur le bouton pour le laisser entrer, puis il se précipita dans la cuisine pour aller chercher l'assiette de fromage et de crackers qu'il tenait prête depuis le coup de téléphone de John.

« Tu es libre cet après-midi ?

– Oui, bien sûr.

– Je pensais venir te voir pour... discuter de certaines choses.

– Oui, bien sûr !

– À tout de suite.

– Oui, d'accord. »

De quoi pouvait-il s'agir ? En déconnectant le signal d'alarme aléatoire, Wally se demanda pour la millième fois pourquoi John tenait à venir lui parler. Ça faisait longtemps qu'il n'avait pas eu de nouvelles de John, ni d'Andy, ni de *personne d'autre*, et il avait fini par se demander s'ils n'avaient pas terminé leur aventure sans lui.

Était-ce possible ? Et la princesse, alors ? La fille du seigneur de la guerre. Il ne l'avait vue qu'une seule fois ; elle s'appelait Myrtle Jimson, Wally la revoyait encore, comme si c'était hier, sauf que dans son imagination elle portait une grande coiffe en dentelle et une longue robe sortie tout droit de la cour du roi Arthur. Mais il ne l'avait sauvée d'aucun danger, et il n'y avait eu aucune suite. Ses relations avec le seigneur de la guerre, le soldat et les autres n'avaient pas dépassé le premier chapitre. Se pouvait-il que ce soit déjà terminé, comme ça ? La caravane avait-elle poursuivi son chemin sans lui, en l'abandonnant dans cette oasis, seul ?

Ses doutes s'étaient accrus à mesure que le temps passait, bien que l'ordinateur n'ait cessé de le rassurer :

L'histoire ne peut s'achever tant que le héros n'est pas satisfait.

C'était très bien tout ça, à supposer que leur postulat était correct.

Et si je me trompe ? Si je ne suis pas le héros ?

Dans ce cas, il n'y a pas d'histoire.

Wally avait commencé à se dire que, peut-être, l'ordinateur ne comprenait pas très bien comment fonctionnait la réalité et les secousses sismiques du doute avaient commencé à ébranler son petit univers compact, lorsque soudain... ta ta ta ! John avait *téléphoné !* Heureusement, les ordinateurs ne faisaient pas de remarques du genre : « Je te l'avais dit. »

La sonnette retentit. Wally s'empressa d'aller ouvrir et il fut surpris de découvrir John tout seul. Il balaya le palier du regard et demanda :

– Andy n'est pas venu ?

– Euh... non.

John paraissait mal à l'aise, moins sûr de lui que d'habitude.

– Je suis tout seul. Andy ne sait pas que je suis ici. Je suis venu pour... bavarder.

– Entre, entre, dit Wally. Il y a du fromage et des crackers.

– C'est gentil, dit John d'un ton neutre en regardant l'assiette posée sur la table basse.

Wally referma la porte, fit signe à John de s'asseoir dans le fauteuil confortable et il demanda :

– Tu veux une bière ?

– En fait... je veux bien.

– Je crois que je vais en prendre une moi aussi, dit Wally et il s'empressa d'aller chercher deux boîtes de bière dans la cuisine. Quand il revint, John était assis dans le fauteuil que Wally lui avait indiqué et grignotait du fromage et des crackers d'un air morne. Wally lui donna sa bière et s'assit sur le canapé, l'œil alerte, pour attendre la suite.

John regarda dans sa direction en plissant les yeux à travers ses sourcils. Pour une raison quelconque, il semblait avoir du mal à le regarder en face.

– Eh bien voilà... dit-il. On essaye encore de récupérer cette boîte au fond du réservoir.

– Le trésor, dit Wally.

– Tom tient à récupérer son argent.

– Oui, je m'en doute.

– Il veut faire sauter le barrage, dit John.

Wally hocha la tête en réfléchissant.

– Oui, ça pourrait marcher, dit-il. Mais comment il compte faire pour enlever l'eau ?

– C'est pas prévu au programme.

Cette fois, Wally ouvrit de grands yeux.

– Mais... il a pensé aux villes qui sont en dessous ? Il y a des tas de gens qui vivent là ! John, il faut lui parler de...

– Il le sait.

Wally observa le visage sinistre de John. Le seigneur de la guerre n'a pas de pitié. À voix basse, il demanda :

– Tom serait prêt à faire une chose pareille ?

– Il l'aurait déjà fait, dit John, si je ne l'avais pas convaincu de me laisser essayer encore une fois.

Soudain, John regarda Wally droit dans les yeux et, à cet instant, Wally comprit à quel point c'était difficile de venir ici pour réclamer de l'aide. « C'est pour ça qu'il est venu ! pensa-t-il avec un frisson d'excitation. Il est venu me demander mon aide ! À moi ! » Il demeura bouche bée, abasourdi par l'importance de cet instant.

– May est allée s'installer là-bas, dit John. À Dudson Center. J'ai laissé tomber, je n'en pouvais plus, alors elle a pris cette décision.

Horrifié, Wally s'exclama :

– Tom ne fera pas sauter le barrage si Miss May est là-bas !

– Il le ferait sauter même s'il y avait la Vierge Marie.

– Dans ce cas, il faut récupérer le trésor ! s'exclama Wally en sautant sur le canapé tant son excitation était grande. Avant qu'il agisse !

– C'est exactement ça, confirma John. Mais ce n'est pas tout. Andy et moi, on est déjà descendus deux fois au fond du réservoir, c'est deux fois de trop. Je ne peux pas recommencer. Crois-moi sur parole, je ne peux pas. Il faut donc trouver autre chose. Il doit bien y avoir un moyen de sortir l'argent sans que *je* retourne *là-dedans*.

Wally hocha la tête ; il essayait de réfléchir, mais il était déstabilisé par le miracle de la situation. John est venu *me* voir !

– Oui, mais quoi ? dit-il.

– Je ne sais pas, avoua John en posant sa boîte de bière pour pouvoir se tordre nerveusement les mains. J'ai réfléchi, réfléchi, réfléchi et je n'ai rien trouvé. Et je n'ai rien trouvé, car je n'arrive même pas à m'obliger à *penser* à cet endroit. Mais Tom ne veut plus attendre.

– Je m'en doute.

Wally avait adopté un air très solennel.

John se pencha vers lui.

– Alors, voici l'idée...

– Oui ? Oui ?

Le visage humide de Wally brillait d'excitation.

– Notre part du butin, expliqua John, le bénéfice pour tout le monde, à part Tom, est de trois cent cinquante mille dollars.

– C'est beaucoup !

– Pas tant que ça dès qu'on commence à partager, dit John. Mais c'est quand même une somme, et on partagera à parts égales. En supposant, évidemment, qu'on puisse empêcher Tom de nous doubler et de tout garder pour lui.

Wally hocha la tête.

– Il en est capable, hein ?

– Le contraire ne l'effleurerait même pas. Bref. Pour l'instant, on est quatre dans le coup : moi, Andy Kelp, Tiny Bulcher et un chauffeur nommé Stan Murch que tu ne connais pas. (John se racla la gorge, hésita, sembla sur le point de changer de sujet, puis il lâcha d'une traite :) Si tu trouves une solution, Wally, tu peux faire partie des associés.

– Moi ? Associé ?

– Oui, toi. Ça nous fera soixante dix mille chacun, y compris pour toi.

– Ouah !

– Mais tu dois trouver quelque chose, ajouta John. *L'un de nous* doit trouver une idée et je ne crois pas que ce sera moi. Plus maintenant.

Wally se leva d'un bond ; l'excitation bouillonnait en lui comme du caramel sur le feu.

– Voyons ce que propose l'ordinateur ! s'exclama-t-il.

John paraissait déçu.

– C'est obligé ?

– L'ordinateur est très intelligent, John. On va voir.

John haussa les épaules et ils s'approchèrent de l'ordinateur afin d'avoir une petite conversation avec lui. Wally prit place dans son fauteuil pivotant, John resta debout.

– Pour commencer, dit Wally, on va afficher le schéma de la vallée qu'on a réalisé, avec le réservoir, et demander à l'ordinateur de nous montrer différentes façons de faire sauter le barrage. Peut-être qu'il existe un moyen d'évacuer l'eau dans la vallée en évitant les villes et le reste.

– Je ne vois pas comment, dit John.

– On ne sait jamais.

Wally fit courir ses petits doigts potelés sur le clavier et sur l'écran apparut une vue en coupe de la vallée envahie de bleu profond qui s'estompait pour céder la place à une surface verte constellée de taches marron et noires ; c'étaient les villes.

John posa le doigt sur une des taches.

– C'est là que se trouve May.

– Bon, on va voir, dit Wally.

Et il entreprit d'engloutir Miss May et un grand nombre d'autres personnes, sept fois de suite. À chaque fois, la surface bleue se mettait à trembler sur l'écran, puis elle se répandait, enflait et effaçait toutes les taches marron et noires, sans exception.

Au bout de la septième fois, John dit :

– Ça suffit, Wally. Je n'en peux plus.

– Oui, tu as raison, John. Il n'y aucun moyen de faire couler cette eau petit à petit. Tout part d'un seul coup.

– C'est ça, la dynamite, Wally.
– Laisse-moi expliquer la situation une dernière fois à l'ordinateur. On verra bien s'il trouve quelque chose.
– Arrange-toi pour qu'on n'ait plus cette marée bleue mortelle.
Wally posa sa question à l'ordinateur et, après une courte pause, celui-ci répondit par une série de propositions qui défilèrent lentement sur l'écran, de bas en haut. Wally et John les regardèrent passer devant leurs yeux, sans dire un mot jusqu'à la fin. Et à ce moment-là, John dit calmement :
– Cet ordinateur a un penchant pour la planète Zog, hein ?
Wally se racla la gorge.
– Je n'ai pas le courage de lui dire que Zog n'existe pas vraiment.
– Wally, j'ai l'impression de perdre mon temps. Je suis venu ici en espérant parler à une personne, mais je me retrouve en train de bavarder avec une machine qui croit que la planète Zog est un endroit réel.
– Oui, tu as raison, reconnut Wally, honteux tout à coup.
Il s'apercevait qu'il s'était servi de l'ordinateur comme d'une béquille et qu'il se cachait derrière. John était venu réclamer son aide et Wally s'était précipité vers son ordinateur. Ce n'était pas une façon de traiter les gens, se dit-il, et il tendit la main pour appuyer sur le bouton qui éteignait l'ordinateur. Puis il se leva, se retourna et dit :
– Je suis navré, John, c'est une sale manie. Je discute *toujours* des problèmes avec l'ordinateur. Je ne sais pas pourquoi.
– Moi, je discute toujours avec May, dit John. Mais vient un moment où il faut savoir prendre une décision, seul.
– C'est ce que je vais faire, dit Wally.
L'excitation qu'il éprouvait maintenant était différente, plus timide, plus inquiétante. Il allait se retrouver seul ! Dans *le monde réel !*
– Parlons-en tous les deux, John. Sans l'ordinateur.
– Très bien.
Ils s'installèrent devant le fromage et les crackers, sans leur prêter attention, et John lui raconta comment il avait appris à faire des choses sous l'eau avec un type de Long Island, et comment ils avaient essayé d'entrer dans le réservoir, une première fois à pied et ensuite en voiture, et comment le réservoir avait failli le noyer à chaque fois ; il lui parla de la turbidité et de la flottabilité des balles de ping-pong, et au bout de vingt minutes, Wally dit :
– Hé, John, pourquoi tu ne demandes pas à ce type de Long Island ?
John ouvrit de grands yeux.
– Demander quoi ?
– C'est un plongeur professionnel. Et tu me dis que vous êtes allés le voir parce qu'il faisait déjà des trucs qui n'étaient pas tout à fait légaux.
– Et alors ? fit John en haussant les épaules.

– Je sais bien qu'on devrait partager l'argent en six et non plus en cinq, mais ça nous ferait quand même environ soixante mille dollars chacun et...

– Attends une minute. Tu parles de mettre Doug dans la combine?

– C'est comme ça qu'il s'appelle? Oui, c'est ça, mets Doug dans la combine. *Lui,* il saura comment faire pour récupérer le trésor au fond du réservoir.

John regarda Wally pendant un long moment sans parler. Finalement, il se renversa dans le fauteuil, secoua la tête et demanda :

– Tu sais pourquoi *je* n'ai pas pensé à ça?

– Euh... non.

– Parce que quoi que je fasse, dit John, je suis habitué à ce que ce soit moi qui le fasse. Je trouve comment faire et je le fais. Je prends des gens pour m'aider, mais c'est juste pour *m'aider,* pas pour faire les choses à ma place.

Wally n'était pas sûr de comprendre.

– Tu veux dire, demanda-t-il en marchant sur des œufs, que ça irait à l'encontre de tes principes ou je ne sais quoi si quelqu'un faisait les choses à ta place?

– Non, c'est pas ce que je veux dire. J'essaye simplement de t'expliquer pourquoi je suis aussi stupide.

– Oh!

– Pourquoi je n'ai pas pensé un seul instant que quelqu'un d'autre que *moi* pouvait descendre dans ce foutu réservoir! Et en même temps, je savais bien que ça ne pouvait pas être *moi,* pas encore une fois. Voilà pourquoi j'étais bloqué.

– Je vois, dit Wally.

– Mais toi, tu as juste jeté un coup d'œil, après avoir laissé tombé ta machine, tu as juste jeté un coup d'œil sur ce que *je* n'arrivais pas à voir, et tu as dit que c'était évident. Et ça l'est.

Wally ne savait pas jusqu'où il devait encourager John sur la voie de l'autoflagellation, c'est pourquoi il adopta rapidement une tactique défensive en se fourrant du fromage et des crackers dans la bouche, afin de pouvoir uniquement hocher la tête en disant : « Mmm Mmm. »

C'était suffisant, apparemment. John était affalé dans le fauteuil; son corps tout entier était un modèle d'abandon et de soulagement. Il tendit le doigt vers l'ordinateur et dit :

– Revends ce truc, Wally. Tu n'en as pas besoin.

53

« Magasin de plongée du South Shore. Désolé, nous sommes fermés. La boutique est ouverte du mardi au samedi, de 10 heures à 17 heures. Cours d'initiation et de perfectionnement tous niveaux. Location et vente de matériel. Remplissage et tests de bouteilles. Tout pour les plongeurs sous le même toit. Nous espérons vous voir bientôt ! »

Dans le nouveau salon de May, tout le monde observait le visage de Dortmunder alors qu'il écoutait une fois de plus cette foutue annonce interminable et stupide. À la fin, il aboya dans le téléphone :

– Vous n'écoutez jamais vos messages ? Vous êtes pire qu'Andy !

– Oh ! allons, fit Kelp perché sur le bras du canapé, à côté de May.

Sans faire attention à lui, Dortmunder dit dans l'appareil :

– C'est John, encore une fois. Rappelez-moi, nom de Dieu ! Je suis allé à votre boutique, vous n'y êtes jamais. Le temps presse !

– C'est pas un mensonge, ajouta joyeusement Tom, assis sur la chaise en bois, dans le coin de la pièce qui était devenu son endroit préféré pour attendre.

La maman de Murch lui jeta un regard mauvais, qu'il sembla ne pas remarquer.

Lentement, Dortmunder laissa le nouveau numéro de téléphone de May sur le répondeur de Doug Berry, avec l'indicatif et tout, et il dit :

– Appelez en PCV si vous voulez, mais *appelez*, bordel ! Appelez ! Ça fait trois jours qu'on essaye de vous joindre !

Et il raccrocha violemment.

Dans le silence qui s'ensuivit, Dortmunder, Kelp, May, Stan Murch et la maman de Murch – c'est-à-dire tout le monde à l'exception de Tom – restèrent immobiles, assis ou debout, à ressasser rageusement la même question : où est donc passé ce crétin détrempé ?

54

Oh ! Comme la vieille balancelle grinçait sous leur poids ! Ou était-ce Doug qui gémissait en enfouissant son nez dans son cou, là où la peau était la plus douce ? Ou était-ce... – Dieu du ciel ! – *elle* qui perdait tout contrôle et qui s'abandonnait aux sensations, à la chaleur qui envahissait tout son corps sous l'effet des lèvres de Doug, de sa langue, de son corps pressé contre le sien à moitié renversé dans la balancelle ?

La balancelle se balançait sur la véranda en plein jour, en rythme et de manière suggestive, au gré de leurs mouvements, et quand Myrtle ouvrit les yeux, quand elle regarda au-delà de l'oreille de Doug, au-delà de ses cheveux blonds ondulés, sa vision se troubla et elle eut du mal à discerner Myrtle Street et les maisons d'en face, puis celles qu'on entr'apercevait un peu plus loin dans Oak Street. La balancelle se balançait dans cette journée somnolente, aucune voiture ne passait dans la rue et Myrtle sentit de nouveau les palpitations d'un gémissement sourd qui montait dans sa gorge, franchissait sa bouche chaude et s'échappait entre ses lèvres tremblantes.

Elle était censée être en sécurité ! En plein jour ! Elle n'avait rien à craindre, elle en était pourtant persuadée tout à l'heure. Assise là avec lui sur cette véranda, en pleine journée, aux yeux du monde entier, avec le soleil qui les éclairait. Voilà pourquoi elle avait accepté.

Suggéré. Ohhhhhhh...

Edna n'était pas là.

La maison vide se dressait derrière eux, menaçante.

– Myrtle, murmura-t-il en promenant ses lèvres dans son cou. Myrtle, Myrtle, Myrtle...

Elle ferma les yeux. La chaleur qui émanait de leurs deux corps montait autour d'eux et les enveloppait comme un sauna, une boule invisible, remplie de vapeur, qui les enfermait. Ses forces la quittaient, par les épaules et les bras, par les genoux et les jambes, pour se concentrer sur son ventre. Sa tête, incapable de soutenir son poids, ballottait contre la douceur soyeuse des cheveux de Doug. Son souffle se déversait tel du jasmin à travers sa bouche entrouverte, ses lèvres étaient gonflées et rouges, ses paupières lourdes...

– Doug...

Non. Ce devait être un avertissement, une protestation, un ordre pour les obliger à arrêter tous les deux, mais elle savait bien qu'elle n'avait pas obtenu l'effet souhaité : la syllabe s'était étirée pour se faire langoureuse et accueillante, au lieu de le repousser, elle l'avait attiré. Elle avait peur de dire autre chose, n'importe quoi, peur d'être trahie par sa voix encore une fois. Mais si elle ne disait rien, si elle ne faisait rien, il continuerait, avec sa bouche, ses mains...

– Myrtle, dis oui.

– Doug...

– Dis oui.

– Doug...

– Dis oui.

– Ouououououohhh...

– Dis ouiiiiiiii...

– Ouiiiiiiiii...

Il s'était levé d'un bond, en lui prenant la main, et il la tirait pour l'amener contre lui. Son sourire était doux et affectueux, et son corps si robuste.

– Oui, dit-il et il l'obligea à se diriger vers la porte de la maison.

– Ah, vous êtes là, nom de Dieu !

Ils se retournèrent brutalement et le cœur de Myrtle fit un bond dans sa poitrine. Un homme extrêmement en colère, un *étranger*, se tenait en haut des marches, et il foudroyait Doug du regard.

Et Doug le connaissait.

– John ! s'exclama-t-il d'un air totalement stupéfait.

– Je déteste votre répondeur, Doug, dit l'homme en colère. Je veux que vous le sachiez. J'ai un profond mépris pour ce répondeur, et si jamais je m'en approche avec une batte de base-ball, *c'est fini !*

– John, je... je... je...

Que se passait-il ? Myrtle ne pouvait même pas poser la question ; elle pouvait seulement rester plantée là, en ne pensant plus à l'amour, ni à son corps, en regardant tour à tour le visage livide et hébété de Doug et le visage plus sombre, plus en colère et peu affectueux de l'autre homme.

– Pas de « je... je... je... », dit ce visage peu affectueux et l'homme fit un petit geste d'impatience comme un policier qui règle la circulation. Venez, faut qu'on se parle.

– John, je... *Maintenant ?* Je ne peux pas... je...

– Oui, maintenant ! Qu'y a-t-il donc de si important pour que vous...

– John, bon sang !

Oh ! Le visage en feu, Myrtle libéra sa main de celle de Doug, se retourna, se jeta sur la poignée de la porte à l'aveuglette, ouvrit la porte et s'engouffra dans la maison, tandis que derrière elle, Doug disait à l'homme en colère :

– John, jamais je ne vous pardonnerai...

Bang ! D'un pas chancelant, Myrtle zigzagua jusqu'au salon et se laissa tomber dans le fauteuil le plus proche. À travers les fenêtres de devant, elle les voyait tous les deux sur la véranda en train de gesticuler. L'homme en colère semblait intraitable et finalement Doug céda, il haussa les épaules, secoua la tête et se retourna pour lancer un ultime regard en direction de la porte – Oh ! Doug, comment as-tu pu ? Comment as-tu pu laisser un intrus nous interrompre et briser *cet instant ?* – avant de suivre, visiblement à contrecœur, l'homme en colère qui descendait les marches du perron, traversait Myrtle Street, remontait l'allée des Fleischbaker là-bas et disparaissait.

C'est seulement vingt minutes plus tard, quand elle eut retrouvé un peu de son calme après avoir bu une première tasse de thé et alors qu'elle en sirotait une deuxième, quand elle se fut souvenue qu'elle avait noué des relations avec Doug au départ parce qu'il symbolisait un mystère qu'elle essayait de résoudre, qu'une pensée la frappa soudain : j'ai déjà vu cet homme quelque part.

55

Doug se sentait comme quelqu'un qui souffre de maladie des caissons. Cela ne lui était jamais arrivé personnellement, car il s'était toujours comporté en plongeur prudent et professionnel, mais on lui avait décrit les symptômes, et ceux-ci correspondaient pile à son état présent : nausées, angoisse, désorientation et douleurs. C'était tout lui.

Et dire qu'il était si heureux quelques instants plus tôt, dans les bras de Myrtle Street ; il avait franchi le dernier obstacle et il chevauchait enfin vers la ligne d'arrivée. Quelle merveilleuse distraction lui avait offerte Myrtle dans sa recherche de John et d'Andy, dans son observation du réservoir de Vilburgtown ; comme excuse pour répéter ses visites à Dudson Center, on ne pouvait pas faire mieux.

D'une certaine façon, la quête de Myrtle Street était devenue aussi importante à ses yeux que la quête de John et d'Andy et des sept cent mille dollars du braquage du fourgon blindé. Et puis, juste au moment où une des quêtes semblait sur le point de connaître un tendre et magnifique dénouement, l'autre quête avait effectué une volte-face totalement inattendue, le poursuivant était devenu le pourchassé ; au pire moment de toute l'histoire de l'humanité, *John avait surgi !*

Rétrospectivement, Doug n'avait conservé de cette journée traumatisante que quelques flashs, de courtes périodes de lucidité durant lesquelles il flottait dans un tourbillon de malaise et de panique, sombre et menaçant. À commencer par ce salon rempli de gens, des hommes et des femmes qui étaient des étrangers pour lui, à l'exception de John et d'Andy, et qui tous, pour une raison quelconque, semblaient très en colère après lui.

Surtout un vieux bonhomme à l'air mauvais, assis sur une chaise dans un coin. Pendant que les autres braillaient, ce type ne cessait de répéter, d'un ton calme dénué de toute passion : « Tuons-le. »

Le tuer ? *Me* tuer ? Doug balayait du regard ces visages inamicaux en déglutissant régulièrement, car il craignait de leur donner une raison supplémentaire de le tuer s'il vomissait par terre.

Finalement, ce fut Andy qui, le premier, réagit au leitmotiv du vieux type :

– Pour une fois, je suis presque d'accord, Tom.

Oh, Andy ! s'exclama mentalement Doug. Il était bien trop effrayé pour crier quoi que ce soit à voix haute, même pour sauver sa peau. Andy, Andy, Andy, criait-il en lui-même. Moi qui t'ai appris à plonger !

Mais John disait :

– On a besoin de lui, Tom.

Dieu soit loué. Même si John ne semblait pas très heureux de devoir dire ça, et même s'il ne semblait pas très convaincu.

Le vieux type – Tom – répondit alors :

– Qu'est-ce qu'il foutait par ici, hein ? Un gars de Long Island ! Il vous a suivis, John. Toi et Andy. Il est dans le coup. Il veut mettre le grappin sur le pognon.

Doug retrouva enfin sa voix et, en claquant des dents, il dit :

– Je... je... j'ai une petite amie... M-M-Myrtle Str-st-street.

– C'est la rue d'à côté, déclara d'un ton brutal une petite femme en colère, vêtue d'une chemise en flanelle.

– Non, non, non, bafouilla Doug. C'est elle, c'est elle...

– Sa petite amie ira mettre des fleurs sur sa tombe, dit Tom. (Il adressa un sourire fort désagréable à Doug puis se retourna vers les autres.) C'est un plongeur, non ? Emmenons-le au réservoir, on verra comment il plonge avec des plombs autour du cou.

– On a besoin de lui pour récupérer l'argent, dit John.

– Pas moi, dit Tom.

L'autre femme qui se trouvait dans le salon, plus grande que l'autre, plus calme aussi, intervint :

– Tom, vous avez promis de laisser faire John, vous vous souvenez ?

Tom haussa les épaules.

– Tu aimes ce plongeur, John ? demanda-t-il. Tu veux faire entrer ce plongeur dans nos vies ?

L'autre gars présent, un type enjoué aux cheveux roux qui aurait sans doute fait un excellent combattant de rue, dit :

– Voyons si l'arrangement lui convient. Fais-lui la proposition, John.

Une proposition ?

– J'accepte ! s'exclama Doug.

Ils le regardèrent tous, tellement surpris qu'ils en oublièrent leur colère. Même Tom parut quasiment humain pendant une seconde.

– C'est ce que j'appelle une réaction enthousiaste, commenta Andy.

John dit, d'un ton presque compatissant :

– Écoutez d'abord la proposition, Doug.

– O.K.

Il était encore obligé de déglutir et des petits soleils s'étaient mis à danser à la périphérie de son champ de vision. Mais il était prêt à écouter la proposition, s'il le fallait. Écoutons d'abord la proposition.

– Vous savez ce qu'on cherche au fond du réservoir, dit John.

Retour de la panique !

– Oh ! Euh...

– On *sait* que vous savez, dit John d'un ton moins avenant. Ne me faites pas perdre mon temps.

– O.K., dit Doug. O.K.

– Bon. Alors, voilà...

John lui fit la proposition. Il était question de ceci et cela, de pourcentages, de plongée, et pendant tout ce temps, Doug hocha la tête, et quand John s'arrêta enfin de parler pour observer sa réaction, Doug adressa un grand sourire à toute l'assemblée, malgré sa nausée, et il dit :

– O.K. Très bien. Je suis d'accord. Où dois-je signer ? Ça me semble bien. Pas de problème. Je vous suis. Sans hésiter. D'accord ! Avec plaisir. Il n'y a rien à redire. Tapez là ! Je suis...

– Oh, la ferme ! s'écria la femme trapue à la chemise en flanelle.

Puis il y avait eu le trajet jusqu'en ville. Le type aux cheveux roux, qui s'appelait Stan, conduisit le pick-up de Doug qui, lui, était assis à la place du passager, et ils suivaient Andy et John qui se trouvaient à bord d'une Cadillac Sedan da Fe, avec un caducée sur le pare-brise. (« Je peux conduire », avait dit Doug. « Non, vous ne pouvez pas », avait répondu John, et ça s'était arrêté là.) Avant de quitter la maison d'Oak Street, ils avaient appelé un certain Wally, et maintenant, ils retournaient tous en ville pour que ce Wally montre quelque chose à Doug. Pas de problème, les gars, je ferai tout ce que vous voulez.

En chemin, Doug essaya de sympathiser avec le dénommé Stan, mais ça ne se passa pas très bien. En guise d'ouverture, il demanda :

– Vous connaissez John et Andy depuis longtemps ?

– Hmm, fit Stan.

Il conduisait avec les deux mains sur le volant et les deux yeux sur la route.

– Moi, je viens de les rencontrer, dit Doug. Y a pas longtemps. Je leur ai appris à plonger.

– Hmmm.

– Je pourrais vous apprendre à vous aussi, Stan, si vous voulez. En tant qu'ami de John et Andy, je ne vous ferai pas payer le...

– Vous avez déjà vu un 360 ? le coupa Stan.

Doug regarda le profil impénétrable de Stan.

– Un quoi ?

– Un 360.

– Je ne sais pas ce que c'est, avoua Doug, sentant renaître dans son estomac les palpitations de la panique.

– Ah bon ? Je vais vous montrer, dit Stan.

Il accéléra brusquement, le pick-up dépassa comme un éclair la Cadillac de médecin pour s'engouffrer dans une petite portion d'autoroute déserte ; il y avait des voitures devant et derrière, mais pas *là*. Stan tourna *légèrement* le volant à gauche et *brusquement* à droite, tout en faisant un truc rapide et délicat avec la pédale de frein, le frein à main et l'accélérateur. Le pick-up se mit à tourner sur lui-même au milieu de la route – *en continuant à rouler à 100 kilomètres à l'heure en direction de New York* – pour finalement se retrouver dans le bon sens et repartir, après un petit tremblement.

Doug ne respirait plus. Il avait la bouche ouverte, mais il ne respirait plus. Il avait vu défiler à toute allure le monde extérieur à travers le pare-brise – l'herbe du terre-plein central, la route derrière eux avec la Cadillac, la forêt au bord de la route, puis la bonne direction de nouveau – tout ça en l'espace d'une seconde ; cela avait été trop rapide pour pouvoir paniquer *pendant*, c'était donc maintenant que Doug craquait.

Stan le chauffeur ralentit pour laisser passer la Cadillac, sans rien dire. Andy, qui était au volant, lui adressa un grand sourire et un signe de la main. Stan lui répondit d'un air digne. Et Doug n'avait toujours pas recommencé à respirer.

Quand il y songea enfin, il prit une longue inspiration rauque par la bouche qui lui brûla la gorge de haut en bas. Et Stan parla enfin :

– Voilà, c'est ça un 360, dit-il. Si vous continuez à me parler, je vous montre d'autres trucs que je connais.

Doug resta très silencieux durant tout le reste du trajet.

Le dénommé Wally était une sorte d'erreur de la nature : petit, obèse et moite. Sa seule qualité, apparemment, c'était qu'il ne semblait pas en colère après Doug. Il l'accueillit même chaleureusement dans son étrange appartement – on aurait dit un atelier de réparation de matériel électroménager –, avec un sourire amical, une poignée de main humide, en disant :

– Vous voulez des crackers et du fromage ?

– Euh...

Doug n'était pas sûr que les autres soient d'accord.

Non, ils ne l'étaient pas.

– On n'a pas le temps, Wally, dit John. Montre-lui la maquette.

– O.K.

La « maquette » n'était pas du tout un truc comme un petit train électrique, c'était une série d'images sur un écran de télé relié à un ordinateur. Il y avait même une séquence animée et l'ensemble était très joli à regarder.

Doug demeura debout derrière Wally, conscient d'une seule chose : il devait faire ce qu'on lui demandait. Regarder la maquette en l'occurrence. Après cela, si on lui demandait de faire autre chose, il le ferait. Il gardait les yeux fixés sur l'écran donc, ignorant totalement John, debout à côté de lui, qui observait son profil en fronçant les sourcils. Il ne vit pas non plus John secouer la tête d'un air agacé, lever la main et serrer le poing, en faisant saillir la jointure du majeur. En revanche, il sentit la présence de John lorsque celui-ci lui donna un coup sur le crâne.

Ouille ! Ça faisait mal ! Doug recula instinctivement, les yeux écarquillés, et lançant un regard noir à John. Trahi ! Il faisait pourtant ce qu'ils lui demandaient !

Mais visiblement, John n'était pas satisfait.

– Vous rêvez ! dit-il. Vous dormez debout ! Vos yeux regardent dans le vide !

– Pas du tout ! Pas du tout !

De nouveau en proie à la panique, Doug se réjouissait que Tom, le méchant vieux, ne les ait pas accompagnés. Nul doute que s'il était là, il se remettrait à aboyer pour réclamer son sang.

Mais les autres n'étaient pas plus agréables pour autant. Andy s'approcha de lui, de l'autre côté.

– Qu'est-ce que t'a montré Wally ?

Doug le regarda en réprimant un hoquet.

– Hein ?

– Qu'est-ce que tu as vu sur l'ordinateur ?

Doug cherchait désespérément une réponse.

– La maquette !

– La maquette de quoi ?

Doug regardait les deux visages glaciaux et le visage moite. Aux abois, il bredouilla :

– Je... je savais pas qu'il y aurait un test.

John et Andy se regardèrent, comme s'ils se demandaient quelle était la meilleure façon de se débarrasser du corps. Assis entre eux devant son ordinateur, mais se dévissant la tête pour regarder Doug, Wally dit soudain :

– Vous savez ce qui lui arrive ? Il est en état de choc.

John regarda Wally en plissant le front.

– En quoi ?

– État de choc. Regardez ses yeux. Tâtez son front, je parie qu'il est froid et moite.

Andy posa la main sur le front de Doug, fit une grimace – *beurk* – et s'empressa de retirer sa main.

– Exact, dit-il en essuyant sa paume sur son pantalon.

Wally se leva, prit le bras docile de Doug et dit :

– Venez par là vous asseoir.

Doug se laissa conduire jusqu'au canapé et s'y assit comme le lui demandait Wally. Celui-ci dit alors :

– Penchez-vous en avant. Et mettez votre tête entre vos genoux.

– Pourquoi ? demanda Doug, de nouveau inquiet. Qu'allez-vous me faire ?

– Rien, dit Wally en l'obligeant délicatement à pencher la tête en avant, puis il se tourna vers les autres. Que lui avez-vous fait ?

– Rien, répondit Andy, mais il paraissait sur la défensive.

– On lui a offert soixante mille dollars, ajouta John d'un ton maussade.

– Presque rien, répondit Stan.

Penché en avant, la tête entre les cuisses, regardant les boulons, les disquettes, les piles, les clés à six pans, les pinces de courant et autres débris électriques et électroniques oubliés sous le canapé, Doug se sentait étrangement protégé, comme s'il était caché dans une caverne, à l'abri. Il trouva même le courage de dénoncer Stan.

– 360, murmura-t-il.

Wally se pencha tout près de lui ; Wally étant ce qu'il était, il n'eut pas à se pencher beaucoup.

– Qu'avez-vous dit, Doug ?

– 360.

– Oh, pour l'amour du ciel ! s'exclama Stan. C'était rien du tout. J'ai fait ça pour l'amuser.

Sur le ton du scientifique intéressé, Andy demanda :

– Tu crois que c'est ce qui l'a mis en état de choc ? Quand Stan a fait son numéro ?

– Tom, murmura Doug.

– Qu'est-ce qu'il a dit ? demanda Stan.

Wally servait de traducteur.

– Il a dit : « Tom. »

– Ah ! oui, fit Andy. Y a des fois où Tom me met en état de choc, moi aussi.

– Myrtle, murmura Doug.

– « Myrtle », traduisit Wally.

– C'est la rue où habite sa copine, expliqua John.

– C'est son *nom,* murmura Doug, mais Wally n'écoutait plus.

Il disait :

– Il lui est arrivé un tas de trucs à ce pauvre gars. Pas étonnant qu'il soit en état de choc.

– Dans combien de temps il sera de nouveau en état de marche ? demanda John.

– Oh ! j'en sais rien, John, répondit Wally. Le temps qu'il s'en remette, je suppose.

Doug roula sur le canapé, ramena ses jambes en position fœtale et ferma les yeux. Sans faire attention à lui, les autres continuèrent à discuter. C'était un bruit apaisant. Très apaisant. C'est étonnant comme un bruit apaisant peut être apaisant. Totalement apaisant.

Doug ouvrit les yeux. Le temps s'était écoulé. Il faisait plus sombre dans la pièce. La pièce était *vide*.

Il se redressa ; les souvenirs explosèrent dans sa tête comme une grenade à fragmentation. Myrtle. John. Le salon en colère. La voiture-toupie. La maquette à la télé. Le bruit apaisant. Et maintenant : seul.

Seul. Même les crackers et le fromage avaient disparu. La porte était là-bas. L'appartement était silencieux.

Doug, concentre-toi. La *porte* est *là-bas.*

Avec prudence, il se leva, puis se dressa sur la pointe des pieds. Aussi silencieux qu'une mite dans un pull, il traversa la pièce en désordre jusqu'à la porte, il tendit la main vers la poignée en silence, la tourna en silence, ouvrit la porte en silence.

– *Attention !* hurla une voix. *Elle a un couteau !*

Doug poussa un cri strident et s'écroula au sol.

– *Espèce d'enfoiré d'ta mère, j'vais te couper les COUILLES, putain d'enfoiré !*

Wally, surpris alors qu'il dînait dans la cuisine par le vacarme de son alarme hurlante (voilà bien longtemps qu'il n'avait pas entendu la folle au couteau, se dit-il), se précipita dans le salon pour découvrir la porte d'entrée grande ouverte et Doug allongé dans le couloir à plat ventre. Wally s'approcha de lui et lui tapota l'épaule : Doug poussa un hurlement et s'évanouit.

Une lumière. Des voix. Gardant les yeux fermés, Doug se réorienta peu à peu, dans l'espace et dans le temps, et soudain, les souvenirs revinrent comme un agneau qui gambade, doux et joyeux. Il se souvenait de tout et il comprenait même pourquoi il était couché sur le sol. Une seule chose l'intriguait : pourquoi cette folle ne l'avait-elle pas taillé en lanières avec son couteau ?

Ne discute pas, Doug ; accepte les choses telles qu'elles sont.

Il roula sur le dos, ouvrit les yeux, les plissa à cause de la lumière et se redressa en position assise. Et la voix d'Andy s'éleva :

– Voici la Belle au bois dormant.

– La Belle au bois dormant, répéta John.

Doug regarda en direction du canapé et de la chaise : ils étaient là tous les quatre, autour des crackers et du fromage : Wally, John, Andy et Stan. Aucun signe de la folle au couteau.

– O.K., dit-il. Très bien. Ça suffit.

– Je suis d'accord, répondit John. Vous êtes redevenu normal?

– Je crois, dit Doug. Je vais conclure un marché avec vous. Je ne sais pas qui était cette femme, j'ignore quel est son problème et où elle se trouve maintenant, mais je promets de faire tout ce que vous voulez si vous l'empêchez de m'approcher. Je ne veux plus jamais la revoir. D'accord?

Ils se regardèrent tous les quatre d'un air interloqué. Finalement, ils hochèrent les épaules. Puis John dit :

– Marché conclu.

– Excellent, dit Doug avec un immense soulagement. Maintenant, je peux y aller. Je serai attentif à la maquette et je me concentrerai sur l'opération de récupération...

– La quoi? demanda John.

– L'opération de récupération. C'est bien ce que vous comptez faire, non? Remonter un truc qui se trouve au fond du réservoir. On appelle ça une opération de récupération.

Avec un sourire jusqu'aux oreilles, Andy ajouta :

– Vous voyez? C'est ça les professionnels. Dès que vous faites appel à la bonne personne, vous apprenez du vocabulaire et ainsi de suite.

– Oui, je me souviens des opérations de récupération, dit John, qui avait retrouvé sa mauvaise humeur. Dans ce bouquin : *Épaves maritimes.*

– Ah! superbouquin, commenta Doug.

– Vous aviez mal articulé tout à l'heure, c'est tout, dit John. C'est donc une opération de récupération. Mettons-nous au boulot.

Ils s'y mirent et, cette fois, Doug put enregistrer le schéma de l'ordinateur, constater combien c'était astucieux et remarquer certains problèmes à venir.

À un moment, il demanda :

– Comment comptiez-vous faire pour retrouver une petite boîte enterrée dans un champ? Vous aviez l'intention de tout retourner? Sous l'eau?

D'un ton un peu agacé, John répondit :

– On connaissait l'emplacement grâce à Tom. Et on avait emporté un tisonnier pour nous aider.

– Super, ironisa Doug.

Maintenant qu'ils étaient entrés dans *son* domaine, il se débarrassait des derniers vestiges de panique et d'insécurité et il devenait inconsciemment un peu arrogant et méprisant. Il secoua la tête, puis s'adressa à Wally :

– Comment est localisé l'emplacement?

Wally lui parla des trois lampadaires qu'avait utilisés Tom comme point de repère pour savoir où était enterré le cercueil. Alors, Doug demanda :

– Pouvez-vous me donner une estimation précise de la distance entre le mur de l'arrière de la bibliothèque et la boîte ?

– Bien sûr.

D'un ton un peu caustique, John demanda :

– Qu'allez-vous faire ? Compter les pas sous l'eau ?

– J'emporterai un fil, expliqua Doug. De la même longueur que la distance du mur à la boîte. Vous comprenez ?

– Grrmmm, fit John et après cela, il cessa d'interrompre Doug, ce qui permit à celui-ci de se concentrer sur le problème.

Quand Wally lui eut montré tout ce qu'il possédait, Doug s'éloigna de l'ordinateur et déclara :

– O.K. Je vois le topo.

– C'est faisable ? demanda Andy.

– Oui.

– Tant mieux.

– Mais, ajouta Doug, pas sans bateau.

– Hé, Doug ! dit Andy. C'est un réservoir, je vous signale ! Interdiction de faire du bateau.

Doug le regarda en plissant le front.

– J'ignorais que vous étiez si respectueux des lois, vos camarades et vous.

John intervint :

– Ce que veut dire Andy, c'est qu'on ne peut pas être vus dans un bateau.

Doug haussa les épaules.

– On attendra une nuit nuageuse. Il suffit d'un petit canot pneumatique avec un moteur de dix chevaux.

– Un moteur ? dit John. On ne doit pas non plus être *entendus* à bord d'un bateau.

– On ne l'entendra pas, promit Doug. La chose la plus importante, c'est d'arriver par au-dessus, ça veut dire en bateau.

– C'est cher, dit John.

Doug repoussa cet argument d'un geste.

– Deux mille dollars environ. Pour le canot plus le moteur. Sans parler du reste, évidemment. C'est un coup de quatre ou cinq mille dollars en tout.

John hocha la tête.

– Le moment est venu d'aller annoncer la bonne nouvelle à Tom. On a encore besoin d'argent.

56

– Bon Dieu, Tom, dit Dortmunder en fixant son baudrier. Pourquoi tu ne planquais jamais ton fric dans des endroits *simples ?*

– Si c'est trop simple, les autres le trouvent, fit remarquer Tom.

Il était assis par terre à côté de la corde enroulée.

– Qu'est-ce que tu foutais dans le Dakota du Sud, d'ailleurs ? demanda Dortmunder.

Toute cette histoire le rendait dingue.

– Je braquais une banque. Bon, tu es prêt ?

– Non. Je ne serai *jamais* prêt à sauter dans le vide du haut d'une montagne.

Il avança d'un pas prudent sur le front de Lincoln et regarda en bas, *tout* en bas, les cimes des hauts sapins. Le monde entier était là, sous ses pieds.

– Quelqu'un va me voir, dit-il.

– Ils te prendront pour un *ranger*.

– J'ai pas de chapeau.

– Ils penseront que tu es un *ranger* dont le chapeau s'est envolé, répondit Tom. Allez, Al ! Finissons-en. Faut encore qu'on retourne jusqu'à Pierre, qu'on rende la voiture et qu'on reprenne l'avion.

– Pierre, dit Dortmunder en regardant d'un air dégoûté les sourcils de Lincoln. (Offriraient-ils des prises ?) Qui peut bien appeler une ville Pierre ?

– C'est leur problème. Allez, Al, vas-y.

Dortmunder s'accroupit et se laissa glisser vers l'avant pour sortir des cheveux de Lincoln, et ses pieds atteignirent les sourcils broussailleux. Derrière lui, Tom déroulait la corde.

– Mais comment as-tu fait, nom de Dieu, pour planquer le fric à cet endroit ? gémit Dortmunder.

– J'étais beaucoup plus jeune, Al. Plein d'entrain.

Dortmunder s'arrêta pour regarder au-dessus de lui.

– Je ne vois pas comment...

– Tu cherches à gagner du temps, Al.

C'était exact. Bon, allez... Ses pieds s'agitèrent dans le vide et trouvèrent les sourcils ; il continua à se laisser glisser et se retrouva à cheval sur le nez bosselé.

Il était maintenant caché aux yeux de Tom, assis bien tranquillement là-haut et qui s'écriait :

– Alors, tu y es ?

– Non !

– C'est la narine gauche !

– Oui, oui, je sais.

Dortmunder glissa le long du nez en se balançant au-dessus du vide pendant un court instant – les pitons qu'ils avaient plantés dans le sol avaient intérêt à tenir bon – il s'accrocha au bout du nez et prit pied sur la lèvre supérieure de Lincoln.

La narine gauche. La vache, ça ressemblait à une caverne là-dedans, c'était gigantesque. Dortmunder grimpa à l'intérieur, centimètre par centimètre et il finit par apercevoir le paquet enveloppé de toile cirée et coincé derrière une aspérité de la roche. En voulant le saisir, il délogea quelques pierres et souleva de la poussière. À l'intérieur de la narine de Lincoln, Dortmunder éternua.

– À tes souhaits ! lança Tom.

– Oh ! la ferme, marmonna Dortmunder.

Il récupéra le paquet et s'empressa de sortir de ce nez.

57

Par une matinée du mois de juin, le gang du réservoir se réunit au 46 Oak Street dans la paisible communauté rurale de Dudson Center au nord de l'État. Sur place se trouvaient déjà, à demeure, May Bellamy, Tom Jimson et la maman de Murch. Venant d'Islip, Long Island (capitale de la lobotomie, connue dans les milieux psychiatriques sous le nom de Ice-pick), il y avait Doug Berry et son pick-up customisé chargé de matériel destiné au travail qui les attendait : des équipements de plongée, un moteur hors-bord de dix chevaux, un canot pneumatique dégonflé et un tas d'autres choses. Dans une camionnette de boulanger, empruntée, venant de New York, il y avait Stan Murch et Wally Knurr, et le matériel informatique de celui-ci, sanglé sur les étagères à pain à l'arrière. Venant également de la grande ville, à bord d'une Cadillac gris métallisé arborant un caducée sur le pare-brise, équipée d'un système de contrôle de vitesse, de la climatisation, d'un lecteur de cassettes, de petites lampes pour lire et d'un tableau de bord extrêmement semblable à du bois, il y avait Andy Kelp (chauffeur), John Dortmunder (passager avant) et Tiny Bulcher (occupant toute la banquette arrière). De tous ces véhicules, seule la Cadillac était suivie, par un costaud mal dégrossi nommé Ken Warren, coincé avec sa barre de remorquage à l'intérieur d'une petite Toyota deux portes rouge.

Les passagers de la Cadillac n'avaient pas conscience du vif intérêt qu'ils provoquaient un plus loin sur la route, à bonne distance, et ils discutaient du travail qui les attendait.

– Je me suis déjà trompé, reconnut Dortmunder, mais j'ai un bon pressentiment. Cette fois, on va récupérer le cercueil.

– Si tu te sens aussi bien dans ta peau, lui dit Kelp en ignorant la Toyota rouge visible dans les trois rétroviseurs, c'est pour la même raison que moi. On n'est pas obligés de descendre dans le réservoir. Ni toi, ni moi.

– À Doug de s'y coller.

– Exact.

– Il aime ça.
– Exact.
– Pas nous.
– Non, pas nous.

À l'arrière, Tiny s'agitait sur la banquette comme s'il était mal assis ; finalement, il glissa sa main sous ses fesses et la ressortit avec un tambourin, qu'il regarda avec un mélange de colère et d'étonnement.

– Hé, dit-il. Y a un tambourin dans cette bagnole !

– Un quoi ? Tu es sûr ?

Kelp jeta un coup d'œil dans le rétroviseur, tandis que Tiny brandissait l'objet en question, masquant ainsi la Toyota rouge.

– Oui, on *dirait* un tambourin, reconnut-il.

– *C'est* un tambourin, dit Tiny et en guise de preuve, il se mit à le secouer.

Le son du tambourin envahit l'habitacle.

– Je me souviens de cette musique, dit Dortmunder. Y avait la même chose dans les films, avant.

– Hé, attendez voir, dit Tiny. (Glissant la main entre le siège et le dossier, il fit apparaître une petite boîte en carton.) Un jeu de tarot maintenant !

Il posa le tambourin (*jing !*), sortit les cartes et les passa en revue.

– On dirait un jeu biseauté.

Dortmunder s'adressa à Andy :

– À quel genre de médecin as-tu emprunté cette voiture ?

– J'en sais rien. Il faisait une visite à domicile, à mon avis. Elle était garée devant un centre de parapsychologie de Bleecker Street.

– J'aimerais pas me faire opérer par ce médecin, dit Tiny. (Il battit le jeu de tarot.) Hé, John, tu veux que je te prédise l'avenir ?

– J'aime mieux pas, dit Dortmunder.

La Toyota rouge, toujours pas repérée, était à une centaine de mètres derrière la Cadillac quand celle-ci bifurqua dans Oak Street et s'engagea dans l'allée de graviers derrière la maison. Kelp s'arrêta juste devant le grillage et annonça :

– On est les premiers, on dirait.

– Ah bon ? fit Dortmunder. Et qu'est-ce qu'on gagne ?

– La gloire.

Ken Warren passa devant le 46 Oak Street au volant de la Toyota rouge et vit le trio de la Cadillac décharger les bagages qui étaient dans le coffre. Il continua sans s'arrêter, prit la première rue à droite, puis la première à gauche, pour s'engager dans Myrtle Street et stoppa à l'autre bout. Laissant la barre de remorquage à l'arrière (il serait plus facile de remorquer la

Toyota avec la Cadillac que l'inverse), il verrouilla les portières et revint sur ses pas en traînant les pieds, le dos voûté et la mâchoire en avant comme un ours de mauvaise humeur.

Les portières de la Cadillac étaient restées ouvertes et Ken Warren se trouvait assis au volant, cherchant parmi son trousseau de clés celle qui convenait pour mettre le contact, lorsqu'une camionnette de boulanger se gara derrière lui, emplissant les rétroviseurs et bloquant toute fuite.

Ken était du genre gros type silencieux, non pas parce qu'il n'avait rien à dire, mais à cause de sa voix nasillarde et d'un sévère problème de glotte. Il préférait passer pour un dur de dur peu causant que pour un crétin incapable de parler correctement. Toutefois, il y avait des moments dans la vie où le langage était nécessaire, comme maintenant.

– Salut ! lança Ken en se penchant par la portière pour se retourner vers le conducteur de la camionnette qui, pensait-il, venait juste livrer son pain.

Stan Murch, qui n'était pas vraiment là pour une livraison et qui savait, ayant vu le caducée sur le pare-brise que 1) c'était Andy Kelp qui avait amené cette voiture ici et que 2) ce macaque assis au volant n'était pas Andy Kelp, coupa le moteur de la camionnette, tira le frein à main, descendit dans l'allée et cria en direction de la maison :

– Andy ! SOS !

Wally, qui enjambait le siège du conducteur pour descendre du même côté que Stan, demanda :

– C'est qui ?

– Aucune idée.

– Qu'est-ce qui va se passer ?

– Aucune idée.

Il existe une règle dans la profession de Ken Warren : si vous êtes dans une voiture, elle est à vous. Il claqua donc la portière de la Cadillac, appuya sur le bouton qui commandait le verrouillage de toutes les autres et reprit son examen méthodique de toutes les clés. Une fois qu'il aurait réussi à faire démarrer ce véhicule, il s'en servirait pour pousser la camionnette.

Des gens sortirent précipitamment de la maison ; d'abord Andy Kelp, puis Dortmunder, May, Tiny et enfin Tom. Tandis que May et Tom restaient sur la véranda pour observer la scène, Kelp, Dortmunder et Tiny rejoignirent Stan et Wally qui regardaient le costaud à l'intérieur de la Cadillac.

– Qu'est-ce qui se passe ? demanda Kelp.

– Aucune idée, répondit Stan.

– Cet homme était dans la voiture quand on est arrivés ! s'exclama Wally avec une vive excitation.

– Il y est toujours, fit remarquer Kelp en tapant à la vitre du conducteur.

– Hé ! Ça veut dire quoi, ça ?

Ça y est ! Le moteur de la Cadillac démarra et Ken jeta un coup d'œil dans le rétroviseur de droite juste à temps pour voir un pick-up lourdement chargé s'engager dans l'allée derrière la camionnette, bloquant le passage et même le petit trottoir. Un beau gars blond, portant un short découpé dans un jean et un T-shirt sur lequel on pouvait lire LE BOULOT, C'EST POUR CEUX QUI NE FONT PAS DE SURF, en descendit et s'approcha d'un pas nonchalant, poussé par la curiosité.

– Qu'est-ce qui se passe ? demanda Doug.

– Aucune idée, répondit Stan.

Merde ! Pouvait-il pousser la camionnette *et* le pick-up ? Décidant qu'il n'avait pas le choix, Ken se dit qu'il devait essayer. Il enclencha la marche arrière et, au même moment, il vit un taxi vert et blanc s'arrêter face au trottoir, en biais, juste derrière le pick-up.

La maman de Murch descendit du taxi et rejoignit la foule massée autour de la Cadillac en demandant :

– Qu'est-ce qui se passe ?

– Aucune idée, répondit son fils.

Ken regarda le grillage devant lui. Passer à travers ? Il y avait peu de chances. Les poteaux métalliques étaient enfoncés dans le béton. Ça ne servirait à rien de rendre la Cadillac inutilisable.

La maman de Murch entra dans la maison pour chercher une pomme de terre. Kelp s'approcha de la vitre qui le séparait de cet inconnu.

– On va mettre une patate dans le pot ! cria-t-il. On va vous asphyxier !

Ken trouvait qu'on abusait de sa patience. Et en même temps, quand il y réfléchissait, il était un peu désorienté. Ces gens qui entouraient la Cadillac avaient quelque chose de bizarre. Aurait-il commis une erreur ?

Non. C'était bien la bonne voiture : marque, modèle, couleur. La plaque d'immatriculation correspondait. Il y avait un tambourin sur la banquette arrière.

Et pourtant, *quelque chose* clochait. En voyant la femme chauffeur de taxi ressortir de la maison avec une grosse pomme de terre à la main, Ken entrouvrit très légèrement sa vitre, juste assez pour permettre d'entamer une conversation et il dit, à travers l'interstice :

– Fou gête pach chichtan !

Kelp eut un mouvement de recul.

– Pach un de vouge ez chichtan !

– C'est un étranger, décréta Stan. Il ne parle pas anglais.

Ken le foudroya du regard.

– Fou fou moquez da moi ?

– C'est quoi comme langue ? demanda la maman de Murch, la patate à la main. Du polonais ?

– Ça pourrait être du lituanien, dit Tiny, sceptique.

Dortmunder se tourna vers lui en ouvrant de grands yeux.

– Du lituanien ?

– J'ai eu un compagnon de cellule lituanien une fois, expliqua Tiny. Il parlait comme...

Ken n'en pouvait plus. Il frappa du poing sur le volant.

– Ze chparle angletch ! s'exclama-t-il par la vitre entrouverte.

Ce qui ne servit à rien. Dortmunder s'adressa à Tiny :

– Dis-lui que c'est notre voiture. En lituanien.

– Je ne parle pas lit...

– Z'est pach vot' woiteur ! s'écria Ken. Al est à la *banqche !*

– Attendez ! Attendez ! dit Kelp. Ça, j'ai compris.

Dortmunder reporta son air perplexe sur Kelp.

– Ah bon ?

– Il a dit : « Elle est à la banque. »

– Il a dit ça ?

– Bordel, oui ! cria Ken.

La maman de Murch pointa la pomme de terre sur lui.

– *Ça,* c'était de l'anglais, dit-elle.

– C'est un récupérateur, dit Stan.

Wally intervint :

– Stan ? Qu'est-ce qui se passe ?

– C'est un type qui récupère ta bagnole si tu ne payes pas les traites, expliqua Stan. (Il se tourna vers Kelp.) Andy, tu as volé une voiture volée. Ce type vient la récupérer, pour le compte de la banque.

Ken hocha vigoureusement la tête, au point de se cogner le front contre la vitre.

– Oui ! La banque !

– Oh ! fit Kelp en levant les bras et en souriant au récupérateur. Fallait le dire plus tôt !

Ken le regardait d'un air méfiant.

– Franchement, mon gars, reprit Kelp en se penchant vers la vitre, y a pas de problème. Prenez-la. On n'en a plus besoin de toute façon.

Tendant la patate à Doug, la maman de Murch dit :

– Je vais déplacer mon taxi.

Tendant la patate à Stan, Doug dit :

– Je vais déplacer mon pick-up.

Tendant la patate à Wally, Stan dit :

– Je vais déplacer la camionnette.

Wally mit la patate dans sa poche et sourit à l'homme qui était dans la Cadillac. Il n'avait encore jamais vu de récupérateur.

Habité par le doute, Ken regarda ces gens déplacer tous les véhicules. Tout le monde lui adressait des sourires et des signes de tête. La deuxième femme et le vieux bonhomme à l'air mauvais descendirent de la véranda pour rejoindre les autres. Rien à craindre du côté de la femme, visiblement, mais le vieux type dit tout à coup :

– Tuons-le.

Il avait une petite voix aiguë et ses lèvres remuaient à peine quand il parlait, mais tout le monde l'avait entendu. Y compris Ken.

Les autres se tournèrent vers le vieux type et plusieurs d'entre eux firent :

– Hein ?

– Sortons-le de là par l'ouverture de la vitre, suggéra le vieux type. Et enterrons-le dans le jardin, dans une enveloppe cartonnée. *Il sait tout sur nous.*

Tout le monde demeura interloqué, puis Dortmunder demanda :

– Qu'est-ce qu'il sait sur nous ?

Le vieux type à l'air mauvais changea de position et se mit à compter les graviers dans l'allée, mais il n'avait rien à ajouter. Alors, tous les autres se retournèrent vers Ken avec leurs grands sourires.

Des sourires dont Ken se méfiait : ce comportement n'avait rien d'habituel. Il baissa un peu plus la vitre et demanda :

– Fou protechtez bêm pach ?

Kelp lui adressa un sourire aimable.

– Protester avec un gars qui a un tel bagout ? J'oserais pas. Allez, bonne route. Et portez-vous bien. (Il se pencha un peu plus et ajouta sur le ton de la confidence.) Écoutez-moi : les freins sont un peu mous.

Les autres véhicules étaient tous dégagés maintenant, mais les gens continuaient à tourner autour de la Cadillac. Le conducteur de la camionnette revint après avoir déplacé son véhicule et se pencha à son tour à la vitre de Ken.

– Vous retournez en ville ? demanda-t-il. Un conseil : passez par Palisades. Oubliez le Tappan Zee.

C'en était trop pour Ken. Essayant désespérément de reprendre le contrôle de sa destinée, il regarda autour de lui, s'empara du tambourin sur la banquette arrière et le fourra dans la main de l'homme à la camionnette.

– Tenez ! C'est pas à la banque !

Jamais il n'avait prononcé une phrase aussi claire.

Le blond s'était placé sur le trottoir et il faisait signe à Ken de reculer. Il l'aidait à faire sa manœuvre ! Au moment où Ken enclenchait de nouveau la marche arrière, la femme qui était restée un moment sur la véranda vint vers lui pour demander :

– Vous voulez un verre d'eau avant d'y aller ?

– Nan ! hurla Ken. Nan ! Laissez-moi partir !

Ils obéirent. Trois ou quatre d'entre eux le guidèrent pendant qu'il reculait jusqu'à la rue, et tous les neuf s'alignèrent sur le trottoir pour lui dire au revoir : une chose qui n'était jamais arrivée dans sa profession.

Ken Warren avait récupéré la Cadillac, et pourtant, il n'avait pas l'air très heureux. C'était comme si on lui avait volé une partie de son plaisir

58

Deux pleines semaines de beau temps. Des journées claires et ensoleillées, avec un taux d'humidité peu élevé, une température autour de vingt degrés, un air si pur que vous pouviez lire E PLURIBUS UNUM sur une pièce de dix cents d'un trottoir à l'autre. Des nuits claires et sans nuages, des températures frisant les dix degrés, et un ciel noir et doux comme un pelage de corbeau, un immense bol d'encre de poulpe saupoudré d'un million d'étoiles blanches cristallines et garni d'une énorme lune qui irradiait une lumière crue. C'était écœurant.

Le problème, c'était que pour s'aventurer en bateau à la surface du réservoir, ils avaient besoin d'obscurité, de nuages, et *pas* de lune. Ils n'avaient pas besoin de nuits si claires que vous pouviez lire le journal dans le jardin (ce que faisait Kelp, et ce qui insupportait Dortmunder). Ils n'avaient pas besoin de nuits si claires que le drive-in local avait dû fermer ses portes, car les gens ne voyaient rien sur l'écran. « Dans l'obscurité sont commis les actes les plus monstrueux/ Et tous les scélérats se retirent avant que s'éclairent les cieux », avait écrit le poète. Dortmunder ne connaissait pas ce vers, mais il aurait été d'accord.

C'était une grande maison, le 46 Oak Street, mais jamais elle n'aurait pensé héberger neuf personnes plus un ordinateur. Dortmunder et May occupaient la chambre principale au premier étage, au-dessus du salon. Stan et Tiny partageaient l'autre chambre sur le devant ; Stan dormait sur le sommier à ressorts, Tiny tournait et virait sur le matelas posé par terre. Kelp, Wally et l'ordinateur remplissaient la grande chambre de derrière, Wally couchant sur le matelas à même le sol (cela ne semblait pas le gêner), alors que Doug, lui, avait été introduit à l'aide d'un chausse-pied dans la dernière chambre avec Tom. Étant donné que ce dernier refusait de partager son lit, Doug avait monté un sac de couchage ; quand celui-ci était déplié, on ne pouvait plus ouvrir la porte. Pour finir, le petit débarras jouxtant la cuisine renfermait un lit de camp attribué à la maman de Murch. Les trois salles de bains – deux en haut, une en bas – étaient l'objet d'une lutte permanente.

L'inactivité à Dudson Center, ce n'est pas tout à fait comme l'inactivité à Metropolis. Wally avait son ordinateur, il pouvait donc passer ses journées et ses nuits à combattre des ennemis bien définis sur des galaxies lointaines, mais pour tous les autres, quelques ajustements avaient été nécessaires. Doug avait une petite amie sur place, qu'il tenait scrupuleusement à l'écart des autres (elle-même ne savait pas qu'il avait un pied-à-terre en ville), et avec laquelle il passait la plupart de son temps libre, quand il ne faisait pas l'aller et retour jusqu'à sa boutique de plongée, quatre jours par semaine, trois heures de route dans un sens, puis dans l'autre. Chaque soir, obstinément, il rentrait à Dudson Center au cas où le temps se dégraderait. Une fois sur deux, Tiny l'accompagnait jusqu'à New York, car il n'aimait pas rester longtemps loin de sa petite copine, J.C. Taylor.

À part ça, le temps passait très lentement.

Stan avait ramené à la maison une Lincoln Atlantis bleu marine, une sorte de vieux bateau à vapeur, qu'il « réparait » dans l'allée, sur le côté. Le troisième jour, May sortit sur la véranda avec un torchon dans les mains – une chose qu'elle ne faisait jamais auparavant et qu'elle faisait maintenant inconsciemment –, et elle regarda d'un air désapprobateur les dégâts que provoquait Stan, avec l'aide de Tiny. Sur des journaux étalés dans l'herbe était disposé un tas de pièces automobiles enveloppées d'une épaisse couche de crasse noire et grasse. L'énorme capot de la Lincoln avait été démonté et il reposait maintenant contre le grillage, tel un bouclier de titan. La vieille banquette arrière, rongée par les mites, gisait sur les graviers entre la voiture et la rue, aux yeux de tout le quartier.

– Stan, dit May. J'ai déjà reçu deux coups de téléphone aujourd'hui.

Stan et Tiny ressortirent la tête du moteur. Ils étaient aussi noirs que les pièces de mécanique.

– Ah bon ? fit Stan.

– Au sujet de cette voiture, précisa May.

– Elle n'est pas à vendre.

– D'abord, il n'y a pas de papiers, renchérit Tiny.

Stan s'apprêtait à replonger la tête dans le moteur démonté, quand May ajouta :

– J'ai reçu des *plaintes !*

Stan et Tiny la regardèrent avec étonnement.

– Des plaintes ? dit Stan.

– Les voisins estiment que ça jure avec le cadre.

Tiny gratta sa tête noire de graisse avec sa main noire de graisse.

– Le cadre ? Quel cadre ?

– La qualité de l'environnement, expliqua May.

– Tu parles d'une qualité ! répliqua Stan, un peu vexé. Là où je vis, à Brooklyn, j'ai toujours deux ou trois bagnoles sur lesquelles je bosse, et j'ai *jamais* eu une seule plainte ! Dans tout le quartier, y a des gars qui bricolent leur voiture. Et c'est un superquartier. Alors, c'est quoi le problème ?

– Regarde un peu autour de toi, lui conseilla May en lâchant son torchon d'une main pour désigner le quartier d'un geste vague. Ces gens aiment les choses bien nettes, bien propres.

Stan regarda la rue, d'un bout à l'autre.

– Et comment ils réparent leurs voitures ?

– Je pense, dit May avec prudence, qu'ils les conduisent au garage pour les confier à un mécanicien.

Stan semblait consterné.

– Tu veux dire qu'ils ne réparent pas *eux-mêmes* leur bagnole ? Et ils se plaignent de moi ?

Tiny intervint :

– Je sais ce qu'on va faire. À cause de la clôture, on peut pas mettre la voiture derrière la maison, mais on va tout poser devant, comme ça, on verra plus le fouillis et le reste de la rue. O.K. ?

– Ce serait merveilleux, Tiny.

Stan, lui, n'en revenait toujours pas.

– Confier sa voiture à un étranger, dit-il. Ces gens n'ont pas plus de cervelle que ce capot là-bas, et ils osent se plaindre à cause de *moi*.

– Allez, Stan, dit Tiny en ramassant les pièces de mécanique éparpillées dans l'herbe. File-moi un coup de main.

Stan s'exécuta, sans cesser de grommeler et de ronchonner. Avant de rentrer dans la maison, May se pencha à l'extérieur de la véranda pour observer le ciel. Pas un nuage.

En retard pour dîner, la maman de Murch entra d'un pas lourd dans la salle à manger, l'air renfrogné.

– Ils ne ripostent pas, nom d'un chien !

Ils étaient sept ce soir, serrés autour de la table ronde ; Doug et Tiny étaient partis en ville, ils rentreraient plus tard. Kelp observa la maman de Murch et dit :

– Je croyais que c'était justement pour ça que vous aimiez bien conduire ici.

– Je perds mon agressivité, grogna-t-elle. Je me ramollis, je le sens.

– Je te l'avais dit, lui lança son fils.

Elle lui jeta un regard noir.

– Ne commence pas, Stanley. Passe-moi plutôt ce machin blanc. C'est quoi ?

– De la purée, répondit Dortmunder en lui passant le plat.

– Ah bon ?

Elle regarda le petit monticule blanc comme de la crème dans le plat ovale, haussa les épaules et fit tomber deux cuillerées de purée dans son assiette.

La cuisine était assurée par une commission *ad hoc* que présidait May, secondée par Wally, Stan et Tiny ; les membres n'appartenant pas à la commission étaient chargés de l'entretien. L'ouverture de sachets constituait la principale méthode culinaire. Le résultat était acceptable, mais personne n'avait envie de prolonger l'expérience.

Tom brisa le silence composé de mâchonnements et de déglutitions pour demander :

– Quelqu'un a entendu le bulletin météo ?

– Oui, moi, dans le taxi, répondit la maman de Murch. Il va faire beau éternellement.

– Oh ! allons, maman, dit Stan.

– Bulletin complet, ajouta-t-elle, inflexible : soleil, lune, soleil, lune, soleil *et* lune. Passez-moi les machins verts et ronds.

– C'est des petits pois, dit Dortmunder en lui passant le saladier.

La maman de Murch fit rouler quelques petits pois dans son assiette et les immobilisa avec un peu de purée.

– J'ai fait la connaissance d'une vieille dame dans le taxi aujourd'hui. Elle habite dans la rue d'à côté. Je vais aller jouer à la canasta avec elle ce soir. Pas pour l'argent, juste pour le plaisir.

Elle mangea un petit pois (elle n'arrivait pas à faire tenir plus d'une seule de ces petites saloperies à la fois sur sa fourchette) puis leva la tête, face au silence et aux regards surpris.

– Quoi ? demanda-t-elle.

Dortmunder se racla la gorge.

– Peut-être que la météo se trompe.

Le plus terrible pour Doug, c'était qu'il n'avait aucun endroit où emmener Myrtle. Il ne pouvait pas l'emmener dans la maison d'Oak Street, évidemment, elle était pleine de monde en permanence, et en plus, il dormait dans un sac de couchage par terre dans la chambre de Tom. Le seul jour où il s'était retrouvé chez Myrtle en l'absence de sa mère, il y avait eu cet horrible incident provoqué par l'apparition inattendue de John.

Les salles de cinéma et l'intérieur du pick-up permettaient une certaine dose d'interactions personnelles, mais ce n'était pas suffisant. Et impossible de convaincre Myrtle de prendre une couverture un de ces jours pour aller faire un joli pique-nique avec lui dans les bois. C'était extrêmement frustrant.

Au moins n'était-il plus obligé de lui mentir ou, en tout cas, pas autant. L'intérêt de Myrtle pour cette association de protection de l'environnement pour laquelle il affirmait effectuer des recherches en tant que bénévole était si profond et permanent qu'il avait commencé par lui expliquer qu'il s'agissait d'une partie infime de sa vie, pas aussi importante qu'elle l'avait cru tout d'abord; il était avant tout moniteur de plongée à Long Island. Par la suite, il lui avait expliqué qu'il avait finalement laissé tomber ce boulot de bénévole au sein de l'association, car il n'appréciait pas l'attitude de ces gens. (Dans son scénario, John était devenu un responsable régional de l'association, un idéologue autocrate qu'il ne supportait plus. La scène sur la véranda de Myrtle avait été la goutte d'eau qui avait fait déborder le vase.)

Désormais donc, aux yeux de Myrtle, Doug était celui qu'il était réellement et s'il effectuait trois ou quatre fois par semaine l'aller et retour entre Dudson Center et Long Island, c'était simplement parce qu'il était *fou* d'elle. Étant donné que Myrtle paraissait plus ou moins folle de lui également, tout aurait dû marcher comme sur des roulettes, si seulement il y avait eu un endroit où ils auraient pu se retrouver seuls.

Ce soir-là, après une nouvelle séance de frustration, douce et terrible, au cinéma – l'unique salle du coin n'était toujours qu'à moitié remplie, principalement par des personnes âgées ou des gamins, des gens qui n'avaient pas de magnétoscope –, ils rentraient à la maison en se donnant la main et Doug cherchait encore un moyen de se retrouver seul avec Myrtle.

Si seulement le temps se dégradait pour qu'il puisse descendre avec les autres au fond du réservoir afin de récupérer le butin de Tom, la vie serait plus simple. Doug n'aurait plus rien à cacher à Myrtle et pouvant enfin consacrer tout son temps et ses efforts à son projet, nul doute qu'il parviendrait à ses fins. L'été approchait à grands pas; c'était la pleine saison dans sa profession. Du week-end du 4 juillet au Labour Day, il serait très occupé, beaucoup trop occupé pour faire six heures de voiture à cause d'une fille.

C'était une belle nuit à Dudson Center, claire et sèche, avec un ciel de velours et une grosse lune comme un verre de lait, une température d'environ quinze degrés et aucune humidité. Une brise badine agitait les branches chargées de feuilles vert foncé et sous les voûtes mystérieuses de ces arbres, les lampadaires à l'ancienne répandaient une légère lueur jaune sur les trottoirs flanqués de pelouses bien taillées. De la musique douce s'échappait des fenêtres ouvertes ici et là; des arroseurs automatiques murmuraient leurs secrets sur un rythme saccadé, et le romantique qui se cachait en Doug débordait d'extase sensuelle.

Mais en approchant de la véranda de Myrtle, avec l'espoir de passer au moins un petit instant avec elle sur la balancelle, il vit que la lumière de dehors était allumée et qu'il y avait déjà quelqu'un. Deux personnes, plus précisément. Avec une table entre elles, en train de jouer à une sorte de jeu.

Doug n'était pas présent au dîner l'autre soir quand la maman de Murch avait parlé de sa nouvelle copine, ce fut donc avec la plus grande consternation qu'il reconnut la personne assise sur la balancelle en compagnie de la mère de Myrtle. Oh ! mon Dieu, se dit-il. Suis-je censé la connaître ? Que fait-elle ici ? Myrtle est-elle au courant ?

– Ah ! vous voilà, dit sa mère. Alors, le film était bien ?

– Pas mal, répondit Myrtle avec une certaine apathie.

D'ailleurs, à y réfléchir, elle s'était montrée réservée et renfermée sur le trajet du retour.

– Gladys, dit la vieille bique à la maman de Murch (*Gladys ?*), je vous présente ma fille, Myrtle.

– Enchantée.

– Salut.

– Et un de ses prétendants. (Elle adressa un sourire de carnassier à Doug.) Je suis désolée, je crains de ne pas connaître votre nom.

Comme d'habitude. Doug avait vu la mère de Myrtle une demi-douzaine de fois, très brièvement, quand il venait la chercher ou qu'il la raccompagnait, et Myrtle le présentait à chaque fois, mais la vieille guenon s'empressait d'effacer le nom de Doug de sa banque de données.

Ce soir-là, avant que Myrtle ait le temps de dire quoi que ce soit, Doug gratifia la vieille sorcière d'un grand sourire et répondit :

– Ce n'est pas grave, madame Street. (Il s'adressa ensuite à la maman de Murch.) Jacques Cousteau. Ravi de vous connaître.

Les trois femmes lui jetèrent des regards étranges, qu'il fit mine de ne pas remarquer, et il reporta son sourire sur Myrtle en disant :

– On se voit après-demain ?

– D'accord, répondit-elle, mais elle avait toujours cet air perplexe.

– Je t'appellerai à la bibliothèque, promit-il.

Il lui serra la main comme s'ils venaient d'achever une réunion de travail très fructueuse et se retourna.

– Ravi de vous avoir revue, madame Street. Content de vous connaître, Gladys.

Sur ce, il partit dans l'obscurité en sifflotant.

– Un seul mot !

– O.K., O.K. !

– Un seul mot à *quiconque* au sujet de *Gladys* et je vous écrase avec mon taxi !

– O.K., O.K. !

La maman de Murch lâcha la chemise de Doug qu'elle avait roulée en boule dans son poing et recula d'un pas pour braquer son regard noir au-dehors, par la fenêtre de la cuisine.

– Si les nuages ne viennent pas rapidement, dit-elle, il se peut que je vous écrase quand même.

59

Alors qu'elle rentrait de son travail et qu'elle ramenait sa mère du Club pour personnes du troisième âge de Dudson, Myrtle ressassait des pensées concernant Doug Berry, et comme toujours, elle ne parvenait à en tirer aucune conclusion. Existait-il réellement une Alliance pour la protection de l'environnement, bien qu'elle n'en ait trouvé aucune trace nulle part? Ou Doug était-il complètement et totalement faux, une sorte d'escroc engagé dans quelque vile activité (autre que celle qui visait à conquérir son corps s'entend).

Le fait qu'il ait déclaré s'appeler Jacques Cousteau devant Edna et sa nouvelle amie l'autre soir avait fait resurgir le problème en pleine lumière. De plus en plus déprimée, Myrtle n'avait même pas conscience du changement survenu en elle, elle s'enfonçait dans la tristesse, tout cela parce qu'elle n'arrivait pas à se former une opinion au sujet de Doug Berry, évidemment. Il avait utilisé de faux noms, elle le savait bien, parce que sa mère refusait de se souvenir de son vrai nom, et ceci parce qu'*elle* se méfiait de lui, elle aussi. Or, Edna avait souvent le nez creux pour ce genre de choses.

Si Myrtle pouvait avoir la certitude que Doug n'était pas un menteur – ou du moins pour tout ce qui ne concernait pas ses extravagantes déclarations relatives au désir et à l'obsession qu'elle lui inspirait – ils auraient franchi depuis longtemps le stade où on fait connaissance. Le temps était idéal, par exemple, pour aller pique-niquer sur Hochawallaputtie Hill, au-dessus du réservoir. Mais comment pouvait-elle monter là-haut avec lui alors que son cœur était si plein de méfiance?

– Passe par Oak Street, ordonna soudain Edna, brisant leur long silence.

Surprise, Myrtle regarda sa mère, avant de reporter son attention sur le pare-brise en direction d'Oak Street, deux rues plus loin.

– Ce n'est pas le chemin, dit-elle.

– Des gitans se sont installés là, expliqua Edna. Ils ont mis une épave de voiture devant chez eux et ainsi de suite. Tout le monde appelle pour se plaindre. On va devoir faire circuler une pétition. On ne va quand même laisser des gitans faire la loi dans le quartier.

– Des gitans, répéta Myrtle en riant. Oh ! maman, qu'est-ce qui te fait dire que ce sont des gitans ?

– Mme Kresthaven a trouvé un tambourin dans leur poubelle. Allez, Myrtle, tourne. Je veux voir si cette affreuse voiture est toujours là.

Alors qu'elles tournaient dans Oak Street, le monde au-dessus de leurs têtes sembla s'assombrir et perdre ses couleurs. Myrtle se coucha sur le volant pour regarder le ciel.

– Un nuage, commenta-t-elle.

– Il ne faut *jamais* se fier à la météo, déclara Edna. Ralentis, c'est juste là, sur la droite. Tu vois cette voiture bleue ?

– Elle me semble parfaitement normale, dit Myrtle en ralentissant comme on le lui avait demandé, à l'approche de cette jolie maison ordinaire avec une automobile ordinaire garée à côté.

– Ils ont enlevé leurs cochonneries, dit Edna avec un mélange de satisfaction et de regrets.

Visiblement, elle se réjouissait que la pression de la petite communauté ait porté ses fruits et elle regrettait de ne plus pouvoir l'exercer.

– Mais on en aperçoit encore devant le grillage, ajouta-t-elle avec espoir.

– C'est caché par la voiture, répondit Myrtle.

Au moment où elles passaient au ralenti devant la maison, la porte s'ouvrit et des gens en sortirent brusquement. Un tas de gens. Ils jaillirent de la maison comme si elle était en feu, mais leurs visages étaient joyeux, enchantés, surpris. Ils dévalèrent les marches de la véranda et montrèrent le ciel en riant, gambadant et se donnant de grandes tapes dans le dos.

Stupéfaite, Myrtle regarda ces gens s'ébattre dans son rétroviseur. À ses côtés, Edna dit d'un air étonné et sceptique :

– C'était Gladys ?

Mais Myrtle ne l'écoutait pas. Elle avait reconnu d'autres personnes dans ce groupe.

Doug ? Et *Wally Knurr ?* Ensemble ? Se tenant par la main et dansant en rond, comme dans un tableau de Bruegel ? Que se passait-il ?

– Non, ça ne peut pas être Gladys, décréta Edna en se dévissant le cou pour regarder en arrière. Qu'est-ce qu'ils fabriquent ?

– Ils regardent le nuage, répondit Myrtle, la tête ailleurs.

Là-bas derrière, trop loin pour qu'on le reconnaisse, un vieil homme qui faisait certainement la sieste au premier étage sortit précipitamment de la maison, leva les yeux et hocha la tête comme pour féliciter le ciel.

– C'est peut-être des fermiers, dit Edna, mais elle semblait en douter.

60

Avec un sentiment mélangé, fait de soulagement et de culpabilité, Dortmunder regarda Kelp, dans le salon de la maison d'Oak Street, se glisser encore une fois dans une combinaison de plongée.

– Moi, je ne pourrais pas, Andy, dit-il.

– Je sais que tu ne pourrais pas, dit Kelp en tirant sur les fermetures éclair. C'est bon, John, t'en fais pas pour ça.

– Je ne pourrais pas.

– Tout se passera bien, dit Kelp. Doug est un vrai pro. On sera très bien tous les deux au fond. Et il a raison sur un point : même un vrai professionnel comme lui ne doit pas faire une plongée comme celle-ci tout seul.

– Une plongée, répéta Dortmunder.

Et il le regretta aussitôt, car Kelp n'avait peut-être pas encore songé à cette partie de la chose.

Et pourtant, la descente dans le réservoir serait bien différente cette fois, rien à voir avec ce que Dortmunder ou Kelp avaient fait. Lors des deux tentatives précédentes, ils étaient descendus *à pied*. Cette fois, Doug et Kelp allaient sauter d'un bateau au milieu du réservoir et *couler* au fond. Seulement, quand on est un professionnel, on dit *plonger*.

Tu parles.

Tiny, qui se trouvait sur la véranda, rentra après avoir terminé de transporter tout le matériel.

– Le camion est là, annonça-t-il.

– On est parés, dit Kelp.

Ses palmes coincées sous le bras, il suivit Tiny. Dortmunder leur emboîta le pas et tous les trois se retrouvèrent sur la véranda où May, la maman de Murch, Wally, Tom et Doug (lui aussi équipé pour plonger) regardaient Stan manœuvrer un gros camion, muni de planches sur les côtés et non bâché, pour lui faire monter l'allée à reculons dans le noir.

Un noir très noir. L'unique nuage de la journée s'était transformé en une couverture nuageuse qui s'étendait d'un bout à l'autre de l'horizon comme une épaisse couche de glaçage sur le gâteau d'anniversaire de la Terre. Pas un éclat de lumière venu des cieux ne réussissait à atteindre la surface de la planète. Le seul repère visuel de Stan, hormis les feux arrière du camion, était un lampadaire situé à une certaine distance. C'était en se fiant à cette faible lumière qu'il essayait d'amener l'arrière du camion le plus près possible de la véranda sans rouler dans l'herbe (sa maman l'avait bien mis en garde) ni rentrer dans la Lincoln qu'il n'avait pas fini de réparer (elle n'avait pas pris la peine de le mettre en garde). La lumière de la véranda lui aurait été utile, mais elle aurait également attiré l'attention sur toute cette activité qui se déroulait sur le coup de 1 heure du matin. En province, les gens sont *tellement* curieux.

Malgré les conseils déroutants et parfois contradictoires de Tiny, Stan parvint enfin à amener le camion là où il le souhaitait ; il descendit alors pour aider les autres à charger le matériel. Quand tout fut installé à bord du camion, Stan remonta dans la cabine, avec Tom cette fois, pendant que Dortmunder, Kelp, Doug et Tiny grimpaient à l'arrière où se mêlaient plusieurs odeurs : le sapin, sans doute le mouton et peut-être une ou deux autres choses moins agréables.

Dès que le camion eut disparu, May poussa un soupir et dit :

– J'espère qu'on sait ce qu'on fait.

– Non, dit la maman de Murch en hochant la tête dans la direction où était parti le camion. Espérons qu'ils savent ce qu'*ils* font.

Wally dit alors :

– Le problème dans la vraie vie, c'est qu'il n'y a pas de bouton « reset ».

Qu'est-ce qu'ils avaient à faire de la météo ? Quel pouvait bien être le point commun entre Doug Berry et Wally Knurr, et d'abord, comment se faisait-il qu'ils se connaissent ? Et était-ce bien la nouvelle amie d'Edna, Gladys, qui gambadait avec les autres dans le jardin sous le nuage ?

Myrtle n'arrivait pas à trouver le sommeil. Les chiffres lumineux de son réveil digital indiquaient 01 h 34. Jamais elle n'était restée éveillée aussi tard. Mais les questions étaient si nombreuses, et si insistantes, qu'elles refusaient de lui laisser un instant de répit.

Que signifiait tout cela ? D'abord, environ deux mois plus tôt, Edna avait vu un homme passer dans une voiture et elle était certaine qu'il s'agissait de Tom Jimson. Puis Wally Knurr avait pris contact avec Myrtle, d'une manière certainement délibérée et planifiée, elle s'en rendait compte maintenant. Puis Doug Berry avait fait la même chose et il lui était apparu suspect en donnant l'impression d'avoir un lien caché avec son père. Puis Gladys avait surgi à son tour pour lier connaissance avec Edna.

Pouvait-il s'agir de quatre coïncidences ? Quatre personnes n'ont apparemment rien en commun, et pourtant, trois d'entre elles se retrouvent en train d'exécuter une drôle de danse dans l'herbe en pointant le doigt vers un nuage.

Appartenaient-ils à une secte New Age ? Ils fêtaient la naissance de... Qu'est-ce qui venait après le Verseau ? Le Poisson. Un signe d'eau, voilà pourquoi ils désignaient le nuage. Ils attendaient la pluie.

Non, ses pensées nocturnes devenaient trop farfelues. Bientôt, elle allait se dire que c'étaient des extraterrestres qui complotaient contre la race humaine.

Hmmm...

Non. De manière plus réaliste, peut-être faisaient-ils partie d'un vaste complot. James Bond ou Robert Ludlum ? Aucun des deux ne semblait correspondre. La grosse Lincoln bleue dans leur allée n'était pas une Aston Martin et Myrtle n'imaginait pas ces gens en train de jouer au baccara ou un fume-cigarette à la main. D'un autre côté, Doug et Wally ne possédaient pas la virilité frénétique, cette assurance complètement dingue, le côté « je m'en occupe », des personnages de Ludlum.

Et le vieux bonhomme. Celui qui était sorti de la maison juste avant que Myrtle et sa mère aient tourné au coin de la rue, celui qu'elle avait à peine entrevu dans le rétroviseur... se pouvait-il que ce soit *son père ?*

Cette dernière pensée arracha Myrtle à son lit, mais quand elle se retrouva debout sur le plancher, avec sa chemise de nuit en coton blanc qui lui descendait jusqu'aux genoux, elle ne sut plus quoi faire. Désorientée, elle regarda par la fenêtre pour contempler l'obscurité de Dudson Center.

Et elle vit des lumières. Là-bas, dans la rue suivante, derrière la maison des Fleischbacker, il y avait des rectangles lumineux. Des fenêtres éclairées au premier étage. Dans Oak Street. Dans *cette* maison ?

Vite, les jumelles pour observer les oiseaux ! Où étaient-elles ? Cela faisait des années que... Rapidement, mais aussi silencieusement que possible pour ne pas réveiller Edna dans la chambre voisine, Myrtle fouilla les tiroirs de la commode dans le noir, jusqu'à ce que ses doigts se referment sur la forme contondante et lourde, comme une arme, des jumelles.

Vite ! Se précipitant vers la fenêtre, elle colla les jumelles à ses yeux, régla la mise au point, et là, elle vit apparaître, dans une lumière plate, des couleurs atténuées et des perspectives raccourcies comme un tableau de Hopper, étonnamment proche... Wally !

Que faisait-il ? Assis dans la pièce, penché en avant, l'air très concentré, il faisait courir ses mains sur... un clavier d'ordinateur. Regardez un peu la tension sur ce visage grassouillet ! Regardez les gouttes de sueur sur ce front large !

Un complot. Wally était-il le cerveau ? Ou était-il en contact à cet instant même avec le cerveau, dans un laboratoire secret caché à l'intérieur du mont Shasta (James Bond) ou dans une caverne enfouie sous le Pentagone

(Ludlum) ? Concentrée sur la concentration de Wally et éprouvant ce plaisir intime connu de tous les voyeurs du monde entier, Myrtle appuya l'avant des jumelles sur la vitre et observa ce visage rond, brillant, aux yeux humides et passionnés. Des extraterrestres ? Le SPECTRE ? Un complot au plus haut niveau de l'État ?

Oui bien... Se pourrait-il que ce soit... la Mafia ? Bon sang ! Allait-elle devoir lire *Jackie Collins ?*

Il semblait une bonne idée d'atteindre le réservoir par un endroit différent cette fois, loin des sites des deux premières tentatives, et loin du barrage lui-même, avec son équipe de nuit. Une petite route de campagne traversait Gulkill Creek grâce à un pont étroit, à proximité du bord supérieur du réservoir, et Gulkill Creek était une des quatre petites voies navigables qui serpentaient jadis à travers la vallée aujourd'hui engloutie et qui se rassemblaient pour former Cold Brook, nom qu'avait conservé le cours d'eau qui coulait au pied du barrage. À l'endroit où il passait sous le pont de la route de campagne, Gulkill Creek mesurait environ deux mètres de large et peut-être un mètre de profondeur. Il était bordé de pierres pas plus grosses que des beignets et l'eau était glacée toute l'année. Une quarantaine de mètres plus bas, après s'être élargi d'une cinquantaine de centimètres, le ruisseau passait sous la clôture qui entourait le réservoir ; il continuait à s'élargir et à devenir plus profond à mesure qu'il descendait une pente douce au milieu d'une forêt d'arbustes, et au bout d'une trentaine de mètres encore, il pénétrait dans le réservoir juste en face du barrage, à un endroit qui même au milieu de la journée et en plein soleil était à peine visible de là-bas. En pleine nuit, avec un ciel nuageux, ce n'était même pas la peine d'y penser.

Durant tout le trajet, Kelp et Doug, assis à l'arrière du camion, répétèrent leur plan d'action, y compris leur système de signes. Cette fois-ci, leurs principales sources de lumière seraient des sortes de lampes de mineur sous-marines qu'ils portaient sur le front, mais ils avaient également des torches normales accrochées à la taille. Pour communiquer sous l'eau, ils étaient convenus d'éteindre et d'allumer leurs lampes frontales en faisant face à l'autre. Un « éteint-allumé », ça voulait dire : « Viens m'aider », alors que deux « éteint-allumé » signifiaient : « On remonte à la surface. » Voilà, c'était tout. Pas de bavardage au fond du réservoir.

À cette heure tardive, il n'y avait aucune circulation sur cette petite route. Stan arrêta le camion sur le pont et tout le matériel fut déchargé sur le bas-côté envahi par les herbes. À ce stade, leur bateau n'était qu'un paquet encombrant qui ressemblait un peu à des couvertures de complément pliées sur une étagère dans une penderie, avec une bombe d'air comprimé. En se guidant à la lumière des phares et des feux arrière du camion, Doug et Tiny descendirent tout cet équipement au bord de la rivière. Doug déplia le canot, y inséra l'embout de la bombe d'air et un léger sifflement rapide et soutenu se produisit, accompagné par des petits bruits divers à mesure que le canot se dépliait, s'étirait et se contorsionnait tel le génie des *Mille et Une Nuits* qui se réveille.

Pendant ce temps, Stan repartit au volant du camion vide. Dès qu'il eut disparu, le ciel devint aussi sombre que la poche intérieure d'un costume qu'on porte uniquement pour les enterrements. Doug mit sa lampe frontale et l'alluma pour qu'ils puissent voir ce qu'ils faisaient.

Le souffle à l'intérieur du canot s'amplifia, les autres bruits aussi, et devant leurs yeux apparut le genre d'embarcation en caoutchouc dans laquelle des gens survivent miraculeusement pendant quatre-vingt-trois jours en pleine mer. Mais pas toujours.

Ils poussèrent le canot dans l'eau peu profonde et vive, et Tom le retint pendant qu'ils empilaient à l'intérieur plusieurs longues cordes, le cabestan, les bouteilles d'air, le moteur de dix chevaux, et un tas d'autres choses. Puis ils prirent la direction du réservoir. Doug tenait le canot par la corde, comme un gros chien qui folâtre au bout de sa laisse, et il se faufilait au milieu des buissons au bord de la rivière en braquant le faisceau de sa lampe frontale presque sur ses pieds. Les autres, qui marchaient derrière, étaient un peu moins chanceux quant à l'éclairage, et donc à leur progression. Leur avancée était ponctuée d'éclaboussures, de jurons, de chutes évitées de justesse, de bruits sourds et anonymes et de *ouille*.

Arrivé devant la clôture, Tiny se mit au travail avec les cisailles en disant :

– J'ai une impression de déjà-vu.

Il mit presque vingt minutes à découper une ouverture suffisante pour que le canot puisse passer sur la rivière et eux plus ou moins sur la terre ferme. Une fois qu'ils eurent tous franchi l'obstacle, Dortmunder dit à voix basse :

– Une seconde, Doug.

Celui-ci tourna la tête. Sa lampe frontale balaya la forêt obscure.

– Oui ?

– À partir de maintenant, il vaut mieux continuer sans lumière. On est trop près du réservoir.

Tom intervint :

– Al ? Comment on fait pour trouver le réservoir si on n'a plus de lumière ?

– Le bateau connaît le chemin, expliqua Dortmunder. Doug suivra le bateau, et nous, on suivra Doug. Chacun se tient à la chemise du gars de devant.

– Ça me semble bien, commenta Kelp.

Il s'avéra que ça semblait beaucoup mieux que ça ne l'était en réalité. Le niveau des éclaboussures, des jurons, des bruits sourds et des chutes sur un genou s'accrut de manière dramatique derrière le canot qui avançait en ballottant sur l'eau, heureux dans son élément, suivi de Doug qui essayait de tenir la corde tout en évitant de se faire décapiter par les branches qu'il ne voyait pas, suivi de Kelp qui agrippait le dos de sa combinaison, suivi de Tiny qui agrippait les épaules de Kelp, suivi de Tom qui avait passé son doigt crochu dans un des passants de la ceinture de Tiny, suivi de Dortmunder qui tenait timidement le col de la chemise de Tom.

Finalement, au comble de l'exaspération, Tiny s'écria :

– Est-ce qu'on avance dans la bonne direction ? Doug, où est ce foutu réservoir ?

– Euh... fit Doug en pataugeant quelque peu. Je crois que je suis dedans.

En effet. Pendant une ou deux minutes, ils furent tous dedans, mais ils finirent par s'orienter et par retrouver la terre ferme.

À cet endroit, là où la rivière rejoignait le réservoir, la rive était extrêmement humide, molle et boueuse. Ils durent se déplacer très loin vers la gauche pour trouver un endroit où Tiny pouvait installer le cabestan et le reste du matériel. Le bateau fut donc déchargé, le moteur fixé à l'arrière et pour finir, les trois marins d'eau douce – Doug, Kelp et Dortmunder – se préparèrent à lever l'ancre. Il fallait que quelqu'un reste dans le canot pendant que les deux autres plongeaient, et Dortmunder était le seul disponible pour cette tâche, malheureusement. Mais étant donné que Kelp s'était porté volontaire pour accompagner Doug au fond, Dortmunder n'avait pas tellement de quoi se plaindre.

Ils montèrent à bord du canot, qui se balança et gigota comme s'ils le chatouillaient. Mais il était totalement sec à l'intérieur, au grand étonnement de Dortmunder. Le fond était constitué d'une toile caoutchoutée qui bougeait mollement à chaque mouvement, comme un *waterbed*, mais les côtés rebondis, tendus par l'air, dégageaient une véritable impression de solidité.

Dortmunder s'assit sur le fond, au milieu, et il sentit le froid de l'eau remonter en lui, pendant que Kelp prenait place à l'avant et que Doug s'agenouillait à l'arrière à côté de la barre de gouvernail du moteur. Tiny leur donna une petite poussée pour les écarter de la rive, qui disparut immédiatement dans l'obscurité, et Doug fit démarrer le moteur. *Pockvrummmmm*. Un bruit très discret, finalement, après l'attaque explosive. Il ne s'entendrait pas de très loin.

– Tout le monde est prêt ? demanda Doug.

La nuit était si noire qu'on ne pouvait pas faire la différence entre l'eau et la terre.

Dortmunder dit :

– J'espère que vous voyez où on va.

– À vrai dire, répondit Doug, je vois que dalle.

Et il mit les gaz pour les conduire quelque part.

Regardez-le, pensait Myrtle, en observant Wally Knurr à travers les jumelles. Les yeux du petit homme, fixés sur l'écran de l'ordinateur, brillaient d'un éclat verdoyant.

Ceux de Myrtle étaient de plus en plus lourds. Elle savait qu'elle devrait retourner se coucher bientôt. Mais, même si la posture, le comportement et l'expression du petit homme restaient identiques, elle éprouvait une fascination répugnante à l'observer.

Regardez-le, se disait-il. Quel plan machiavélique est-il en train d'ourdir ?

`Mais j'ai déjà rencontré la princesse.`

Déguisé en roturier.

`Non, pas vraiment.`

Tu ne l'as pas rencontrée sous ta véritable apparence.

Wally s'enfonça dans son siège pour digérer cette pensée. Était-elle exacte ? Quand il avait rencontré Myrtle Jimson, il lui avait dit son vrai nom, et il lui avait dit la vérité au sujet de sa passion pour les ordinateurs, de l'endroit où il vivait et tout ça. Mais évidemment, il ne lui avait pas avoué qu'il connaissait son père, ni qu'il était impliqué avec celui-ci dans un important...

Vol ? Non, il ne s'agissait pas d'un vol, en fait, le vol avait été commis presque vingt-cinq ans plus tôt. Certes, il restait quelques éléments illégaux dans cette affaire, assurément, comme le fait de pénétrer sur la propriété privée du réservoir, et le fait que l'argent appartenait toujours, techniquement, à une banque quelconque, à une société de fourgons blindés, ou à *quelqu'un* d'autre que Tom Jimson, mais aux yeux de Wally, il s'agissait de crimes « techniques », du type de ceux qui obligeaient des fabricants de grille-pain à verser des amendes au tribunal fédéral, sans que les cadres soient envoyés en prison.

Ses doigts se remirent à pianoter sur le clavier.

`Je ne comprends toujours pas pourquoi je ne peux pas aller à la bibliothèque, juste pour la voir par hasard et lui dire bonjour.`

La princesse n'a pas besoin d'être sauvée pour le moment.

Pas pour la sauver. Juste pour lui dire bonjour. Je ne l'ai vue qu'une seule fois. J'ai envie de la revoir.

Si la princesse rencontre le héros sous son véritable aspect avant que soit venu le moment de la sauver, elle se méprendra sur son rôle et le rejettera.

Je ne crois pas que cette princesse ait besoin d'être sauvée de quoi que ce soit. Elle travaille à la bibliothèque, elle vit avec sa mère, dans une petite ville où tout le monde la connaît et l'aime bien. De quoi pourrais-je la sauver ?

Le héros attend son heure.

Mais je veux revoir Myrtle Jimson.

Elle ne doit pas te voir pour le moment.

(À une rue de là, des yeux fatigués se fermèrent derrière des jumelles qui piquaient du nez. Des pieds lourds se dirigèrent vers un lit.)

Pourquoi ne doit-elle pas me voir ?

Elle se méprendra et l'histoire s'achèvera par la défaite du héros.

Je prends le risque.

Souviens-toi des règles spécifiques du jeu de la Vraie Vie.

Évidemment que je m'en souviens. C'est moi-même qui te les ai introduites.

Je te les rappelle malgré tout :
La séquence ne se déroule qu'une seule fois.
Il n'y a ni corrections ni ajustements.
La défaite est irréversible.

Je sais. Je sais. Je sais.

Pourquoi un héros peut-il avoir envie de jouer à ce jeu, c'est une chose incompréhensible.

– En effet, murmura Wally et il regarda à travers la fenêtre, d'un œil triste, le village endormi.

Vrummmmmmmmmmmmmmmmmmmmmmmmmmmmmmm...

On distinguait quelques faibles lumières tout là-bas, sur le barrage. C'étaient les uniques repères terrestres dignes d'être mentionnés. Dès que les trois hommes dans un bateau se furent éloignés de la rive, ils purent tant bien que mal faire la différence entre la surface plus grise et plus plate du réservoir et le paysage plus sombre et plus touffu qui les entourait, voilà pour l'orientation.

Leur premier objectif était le lieu du deuxième désastre, près de la voie ferrée, qui se révéla extrêmement difficile à localiser en l'absence du reflet de la lune sur les rails.

– Je crois que c'est là, dit Kelp ou Dortmunder, quatre ou cinq fois chacun, avant que l'un d'eux semble avoir enfin raison.

Lorsqu'ils eurent effectivement localisé la voie ferrée, Doug les conduisit vers la rive, puis il mit le moteur au ralenti, tandis qu'il sautait par-dessus bord en douceur et avec élégance. Dans l'eau jusqu'à mi-cuisse, il chercha avec ses pieds à repérer un rail. L'ayant enfin trouvé, il se pencha pour y accrocher l'extrémité d'une grosse bobine de fil de pêche, fin, incolore et extra-résistant.

Après quoi, ils changèrent de position. Doug monta à l'avant du canot, Kelp glissa vers le milieu et Dortmunder recula jusqu'au moteur tout au fond, car Doug tenait à ce qu'il apprenne à piloter l'embarcation avant de se retrouver seul à bord.

– Euh, je ne sais pas si... dit Dortmunder en posant la main timidement sur la manette des gaz du moteur.

– C'est facile, dit Doug et il lui répéta encore une fois les instructions, en concluant ainsi : L'essentiel, c'est d'avancer lentement, c'est tout. Pour qu'Andy puisse dérouler le fil et pour éviter de rentrer dans une racine, un morceau de bois qui flotte ou dans la rive opposée.

– Je ne foncerai pas, promit Dortmunder.

Vrummmmmmmmmmmmmmmmmmmmmmmmmmmmmmmmmmmmm...

En veillant à conserver les lumières du barrage sur sa gauche, Dortmunder fit avancer le canot très lentement, effectivement, pendant que Kelp, penché par-dessus bord, laissait se dérouler le fil de pêche.

Localiser l'autre extrémité de la voie ferrée se révéla encore plus ardu étant donné qu'ils n'étaient jamais allés là-bas ; ils opéraient donc sans lumière et sans souvenirs, mais après plusieurs passages infructueux dans un sens et dans l'autre, Doug dit :

– Cet endroit semble dégagé. Essayons.

Et il avait raison.

D'après les anciennes cartes, la voie ferrée traversait la vallée quasiment en ligne droite, et donc, après que Doug eut attaché l'autre extrémité du fil de pêche aux rails de ce côté-ci, ils se retrouvèrent avec une ligne de surface plus ou moins parallèle à la voie ferrée qui passait au fond.

Dortmunder les ramena encore plus lentement vers leur point de départ, guidé par Doug qui tenait d'une main le fil de pêche.

– Ici, je pense, dit-il enfin quand ils se retrouvèrent au milieu du réservoir, sans doute juste au-dessus de Putkin's Corners.

– O.K., dit Dortmunder et il coupa les gaz.

Il commençait à entretenir de bonnes relations avec ce moteur, à vrai dire. Il était petit, discret et il faisait ce qu'on lui disait de faire. Que pouvait-il se passer ?

Doug se servit d'une petite corde blanche pour les arrimer au fil de pêche, puis il se pencha pour lâcher par-dessus bord un petit poids en fonte muni d'un anneau auquel était fixée une longue et fine corde en nylon. Il laissa filer la corde jusqu'à ce qu'il n'y ait plus de tension, ce qui signifiait que le poids était posé au fond. Examinant la longueur de corde restante, alors qu'il l'attachait à une autre corde solidement fixée sur le dessus du canot, il dit :

– Hmmm. On n'est pas loin des vingt mètres, je pense. Prêt, Andy ?

– Je crois que je ne suis jamais descendu aussi profond, dit Kelp.

Difficile de voir son expression dans le noir, mais il *semblait* nerveux.

– C'est rien, dit Doug d'un ton rassurant en se relevant pour aller s'asseoir sur un des boudins du canot, les pieds à l'intérieur. Andy, dit-il, vous vous souvenez de la meilleure technique pour sauter du bateau, hein ?

– À l'envers.

Ouais, il était nerveux, aucun doute.

– Exact.

Doug abaissa son masque, mit son détendeur en bouche et bascula en arrière. *Splash.* Disparu sans laisser de trace.

Dortmunder et Kelp se regardèrent, autant qu'ils le pouvaient dans le noir.

– Tu peux le faire, Andy, dit Dortmunder.

– Oh ! oui, c'est sûr. Pas de problème.

Encombré par la bouteille fixée dans son dos, il parvint à se redresser pour s'asseoir au bord du canot.

– À plus tard, John.

Oubliant de mettre son masque et son détendeur en place, il bascula à la renverse par-dessus bord.

Tous les gars étaient sympas avec Bob maintenant.

– C'est chouette de t'avoir de nouveau parmi nous, Bob, disaient-ils avec de grands sourires (un peu gênés) en lui tapant dans le dos.

– C'est chouette de se retrouver ici, répondit Bob avec son tout nouveau sourire. (Il balaya du regard le grand bureau à l'intérieur du barrage.) Ouah, je me souviens bien de cet endroit.

– Évidemment, Bob, dit Kenny, le patron, en souriant de plus belle et en lui tapotant le dos avec la plus grande douceur. Vous n'avez été absent que quelques semaines.

Bob hocha la tête : un petit mouvement lent et doux, semblable à son nouveau sourire.

– J'ai oublié un tas de choses, vous savez, leur dit-il. Un tas de choses d'avant. Mais le Dr Panchick dit que c'est normal.

– Si le docteur le dit, répondit Kenny en hochant la tête énergiquement.

Les autres gars hochèrent la tête et sourirent eux aussi, mais pas avec la même gentillesse que Bob. Ils dirent qu'ils étaient d'accord avec le Dr Panchick eux aussi, peu importait tous les anciens trucs que Bob avait oubliés.

Ah ! c'était chouette d'être de retour parmi tous ces gars sympas. Bob faillit leur confier qu'il avait même oublié cette fille, Machine, avec qui il était marié, mais le Dr Panchick lui avait dit qu'il se souviendrait d'elle très vite. Ça et un tas d'autres choses. Pas les mauvaises. Uniquement les bonnes.

Comme la fille, Machine. Elle était tout le temps dans la maison, avec ses yeux rouges et son grand sourire, comme si on lui avait attaché les coins de la bouche derrière les oreilles. À force de voir cette femme à côté de lui, qui l'appelait Bob et tout ça, il n'allait pas tarder à se souvenir d'elle, c'est sûr. Elle ne serait plus obligée de partir dans une autre pièce pour pleurer et de revenir ensuite avec son grand sourire. Un joli sourire, d'ailleurs, même s'il avait l'air un peu douloureux.

Bref, il était sur le point de mentionner cette perte de mémoire, qui incluait Machine, mais alors qu'il inspirait lentement et profondément, comme il le faisait chaque fois qu'il allait dire quelque chose désormais, il se souvint qu'il n'était pas censé parler de ses *symptômes* à d'autres gens.

Parfaitement. « Ils n'ont pas besoin de savoir que vous avez oublié XXX », ou quel que soit son nom, lui avait dit le Dr Panchick pas plus tard qu'aujourd'hui. Ou hier. Ou un jour quelconque. Alors, finalement, il ne dit rien au sujet de Machine ; il se contenta de sourire en relâchant lentement sa respiration et personne ne s'aperçut de rien.

– Euh... Bob, dit Kenny avec son sourire spasmodique, en se frottant les mains et en regardant le grand bureau dégagé autour de lui, nous avons pensé que peut-être vous pourriez, euh... vous remettre dans le bain en faisant du classement par exemple, en vous occupant de ces paperasses. Vous croyez que vous y arriverez ?

– Parfait, dit Bob en souriant de nouveau.

Il était très heureux.

Malgré son large rictus, Kenny paraissait sceptique. Dévisageant Bob comme s'il avait du mal à le voir à travers ce nouveau sourire si doux, il demanda :

– Euh... vous vous souvenez de l'alphabet, hein ?

– Évidemment, répondit Bob, très détendu et très heureux d'être ici, dans cet endroit sympa avec tous ces gars sympas. Tout le monde connaît l'alphabet.

– Oui, bien sûr, dit Kenny.

Soudain, la montre de Bob fit Beep et tout le monde sursauta, l'air horrifié. Tout le monde sauf Bob, s'entend. Il leva le bras gauche pour montrer sa montre aux gens et il regarda alternativement sa montre, les gens et sa montre, en disant :

– C'est le Dr Panchick qui me l'a donnée. C'est pour me rappeler de prendre mon médicament. Il faut que je prenne mon médicament.

– Alors, faites-le, dit Kenny.

– Oh ! oui, bien sûr.

Bob adressa un sourire à tous ces gars sympas et il alla chercher un verre d'eau aux toilettes pour avaler son médicament sympa.

(« Camé jusqu'aux yeux ! » commenta un gars prénommé Steve, et un prénommé Chuck dit : « On pourrait vendre ces pilules dans la rue à New York et partir à la retraite ! », et Kenny le patron dit : « Fichez-lui la paix, les gars. Souvenez-vous, c'est à nous d'aider Bob à se sortir la tête du cul ? » et tous les autres répondirent : « Oh ! oui, bien sûr, naturellement, c'est normal, vous avez raison. »)

Vite, le détendeur, *dans la bouche* ; respirer normalement : enfin, respirer, quoi. Et couler comme une pierre. Le masque *sur les yeux*... Non, il était plein d'eau.

Oh, bon sang ! Sentant l'eau s'engouffrer dans son nez alors que son corps fonçait vers le fond du réservoir, Kelp leva le bras gauche, appuya sur le bouton et remplit d'air le BCD. Immédiatement, il cessa de couler, pour se mettre à remonter, et il se retrouva brusquement à l'air libre.

Mais où ? Au milieu d'un réservoir dans le noir. Dortmunder et le canot étaient invisibles. « Non, je ne me perdrai pas », se dit Kelp d'un ton sévère. Ignorant la petite voix intérieure qui lui disait qu'il était déjà perdu, il vida l'eau de son masque, le remit, vérifia que la lampe frontale était bien en place, vida *un peu* d'air du BCD et s'enfonça lentement dans l'eau noir comme une lettre d'amour jetée.

Au cours de la descente, il alluma sa lampe frontale et tourna la tête dans tous les sens en espérant apercevoir la lumière de Doug ou montrer la sienne à Doug. Mais quand ses pieds palmés touchèrent le sol, il n'avait toujours rien vu, et surtout, il ne voyait même pas sur quoi il se trouvait, à moins de se plier en deux. C'est ainsi qu'à travers l'eau brune, il constata qu'il était sur une surface caillouteuse couverte de vase poilue. Beurk.

Malgré tout, en se redressant et en piétinant avec ses palmes, il sentit qu'il marchait sur quelque chose de solide, pas même très boueux. Une route ? Ce serait une sacrée chance !

Kelp fit quelques pas dans un sens puis dans l'autre, et constata que la surface était régulière et que ses mouvements provoquaient peu de turbidité ; il se demanda si, effectivement, il n'était pas dans une rue. Dans ce cas, où était le trottoir, pour qu'il puisse savoir où il se trouvait et vers où il devait aller.

Avançant lentement, obligé de lever les genoux de manière exagérée à cause des palmes, Kelp décrivit des cercles de plus en plus larges à la recherche du bord de la chaussée ou de cette chose sur laquelle il se trouvait. Un parking ? Il pouvait mettre une *heure* à trouver l'extrémité d'un parking.

Un mur. Un muret de briques, à mi-cuisse. Kelp se pencha en avant, les mains appuyées sur la surface vaseuse, pour essayer de voir à quoi ressemblait le fond de l'autre côté avant d'enjamber l'obstacle.

D'abord, il ne vit rien du tout. De l'eau marron qui dérivait et flottait, et les briques. Des rangées et des rangées de briques qui s'enfonçaient à perte de vue.

Ça alors ! Kelp se pencha davantage, ne tenant plus le muret que d'une main, la majeure partie de son corps était dans le vide, et il braqua la lampe frontale vers le bas pour essayer de voir, en suivant la surface de briques qui descendait, descendait... jusqu'à une sorte d'ouverture noire rectangulaire plusieurs mètres plus bas...

... Une fenêtre !

Aaahhhh ! Agitant furieusement les bras pour se rejeter en arrière et retrouver la sécurité du toit – *du toit ?* – Kelp décolla et remonta, en tournant lentement sur lui-même, totalement impuissant pendant quelques instants, avant de redescendre en douceur vers le toit et de s'y poser, *haletant* à travers son détendeur, regardant autour de lui avec des yeux écarquillés en se demandant ce qu'il allait bien pouvoir faire.

« Je suis sur un *toit !* Quel manque de chance ! Je ne connais même pas la hauteur de ce bâtiment. Comment vais-je pouvoir...

« Hé, attends une seconde. Je suis arrivé ici en flottant. Le toit était *sous* moi. Je m'en fous de connaître la hauteur de ce bâtiment ! »

Avançant maintenant par grands bonds successifs, comme un astronaute sur la lune, Kelp retourna au bord du toit, ajouta un tout petit peu plus d'air dans son BCD et s'envola dans l'espace, en écartant les bras sur les côtés à la manière d'un gamin qui joue à faire l'avion.

Superman ! Le sentiment d'euphorie fut si intense soudain que Kelp éclata de rire dans son détendeur. Battant des jambes, agitant les bras et baissant la tête, il exécuta une galipette complète dans l'eau, au-dessus du toit. Il se mit en position horizontale et regarda autour de lui ; sa lampe frontale éclairait tour à tour tel ou tel endroit et il ouvrait de grands yeux à travers son masque, comme un gamin dans la cour de récréation qui cherche quelqu'un pour faire de la bascule.

C'était tellement amusant ! Malgré toutes ces séances d'entraînement, et après être descendu deux fois au fond du réservoir, ni Dortmunder ni lui ne se doutaient que c'était aussi amusant. Oh ! si seulement John savait que c'était comme ça, se disait Kelp, il changerait totalement d'avis. Même John. Oui, même John.

Kelp gambada ainsi à côté du bâtiment de briques pendant cinq minutes environ, avant de repenser à Doug, à l'argent enterré et au travail qu'il était venu effectuer ici. Le moment était venu d'arrêter de faire l'école buissonnière et de se mettre au boulot.

De plus en plus maître de ses mouvements à chaque seconde qui passait, Kelp revint en nageant vers le mur de briques et se laissa descendre le long, ce qui lui permit de constater que le bâtiment avait deux étages et qu'il s'agissait sans doute d'un côté, car il n'y avait que des fenêtres, aucune porte.

Choisissant arbitrairement d'aller vers la droite, il nagea vers l'angle en battant des jambes calmement et régulièrement ; c'étaient les palmes qui le faisaient avancer. Il tourna à gauche et découvrit qu'il avait vu juste : c'était bien la façade du bâtiment, avec des marches en ardoise couvertes d'un magma infâme conduisant à une grande ouverture noire où avait dû se trouver jadis une double porte tarabiscotée. Et au-dessus de cette entrée, il y avait un linteau de pierre sur lequel des mots étaient gravés. Kelp s'en approcha en braquant sa lampe frontale sur les lettres remplies de mousse, et il lut :

BIBLIOTHÈQUE MUNICIPALE DE PUTKIN'S CORNERS

Bingo ! Il avait sauté du bateau et il avait atterri exactement sur le toit du bâtiment qu'ils cherchaient ! Le butin de Tom était enterré dans le champ juste derrière. Il n'avait plus qu'à retrouver Doug et ils iraient récupérer le fric.

Ça ne devrait pas être difficile. Leur objectif premier était la voie ferrée, qu'ils avaient l'intention de suivre jusqu'à la gare de Putkin's Corners, car la bibliothèque – cette bibliothèque-*là* – se trouvait juste en face de la gare. Donc, s'il allait dans cette direction, tôt ou tard, il tomberait sur Doug.

Parfait. Tournant le dos à la bibliothèque, Kelp traversa une rue qu'il ne voyait pas jusqu'à la façade de la gare de chemin de fer qu'il découvrit une fois qu'il fut juste dessus. C'était un grand et vieux bâtiment de pierre datant de l'époque où les gens ne savaient pas encore que le chemin de fer était une technologie de transition. Là encore, les fenêtres, les portes et d'autres parties réutilisables avaient disparu, mais les colonnes de pierre, symboles de l'architecture ferroviaire, étaient toujours là.

Répugnant à nager – voguer, voler – à l'intérieur du bâtiment, Kelp choisit d'en faire le tour, et découvrit le quai, plus très frais, et juste après, la voie ferrée. Il s'en approcha et descendit presque jusqu'au niveau du sol pour examiner les rails, avant de regarder autour de lui. Toujours pas de Doug. Ah ! la vache, ça aurait été amusant d'arriver ici en bagnole ! Kelp imaginait la scène.

Mais bon, tant pis, ça ne se ferait pas. « On est quand même arrivés ici, se dit-il. Quelle que soit la manière, on est arrivés. Moi, du moins. Et j'ai hâte de m'y mettre. »

Allez, Doug.

Voilà, pensa Dortmunder, ce que je n'aime pas dans la pêche. Entre autres choses. Rester assis comme ça dans un bateau, au milieu de la nuit noire. En ayant froid. Tout seul. Sans un bruit.

SPLASH !

Dortmunder faillit sauter par-dessus bord. Il jeta des regards affolés autour de lui et lorsqu'il découvrit la tête de Doug sous son coude droit, il n'avait aucune idée de ce que c'était. Une bombe ? Une noix de coco ?

La noix de coco ôta son détendeur, son masque et parla :

– Où est Andy ?

– Oh, mon Dieu, c'est Doug !

– Évidemment que c'est moi. Andy n'est pas là ?

– Non. Il est parti juste après vous.

– Merde, commenta Doug.

Dortmunder demanda :

– Vous pensez qu'il y a un problème ?

– Il ne s'est pas tenu à la corde, c'est tout, expliqua Doug en agitant, dans l'intérêt de la démonstration, la corde en nylon attachée au bateau, qui s'enfonçait dans l'eau et dont l'autre extrémité était attachée à un poids au fond.

– Oh ! fit Dortmunder en hochant la tête. Il était censé se tenir à la corde, c'est ça ?

– C'est comme ça qu'on peut rester ensemble. Et c'est comme ça que je vous ai retrouvé en remontant.

– Sans doute qu'il pensait surtout à son détendeur, dit Dortmunder.

– Son détendeur ?

– Et à son masque aussi. Il a oublié de les mettre avant de sauter.

– Oh, nom de Dieu ! Écoutez. S'il remonte ou je ne sais quoi, tirez deux petits coups secs sur la corde, O.K. ?

– Entendu, dit Dortmunder. Mais vous pensez qu'il lui est arrivé quelque chose ?

Doug était déjà reparti dans les profondeurs, comme un boulet de canon. Penché par-dessus bord, Dortmunder ne voyait rien. Pas même son propre reflet. Pauvre Andy.

« Ça pourrait être *moi.* »

Kelp était assis sur le banc en pierre du quai, tel l'ultime passager attendant un train qui ne viendra jamais. Les jambes et les bras croisés, légèrement plié en avant sous le poids de la bouteille, presque décontracté, on le distinguait à peine dans la lumière diffuse de sa lampe frontale au milieu de l'eau qui se balançait paresseusement autour de lui, et s'il avait pu se voir à cet instant, dans cette ville engloutie, dans cette eau brune, attendant sur un quai délabré un train qui n'existait pas, il se serait fichu une sacrée frousse, c'était certain.

Mais il ne pouvait pas se voir, et il n'y avait personne pour l'observer, assis sur son banc. Les minutes passaient et il n'y avait toujours personne d'autre, alors au bout d'un moment, Kelp commença à s'agiter, il commença à avoir un peu froid et à se sentir mal à l'aise sur son banc de pierre. À vrai dire, il commença à se sentir très *seul* à Putkins's Corners.

Où était Doug ? N'avait-il pas suivi la voie ferrée jusqu'à la gare ? N'était-ce pas la solution la plus logique, la seule ? Et soudain...

Une lumière. Vague, faible, à peine perceptible dans l'eau boueuse, et le faisceau de sa propre lampe n'arrangeait rien. Difficile même d'être sûr que cette lumière existait vraiment, qu'il ne s'agissait pas d'un reflet de sa propre lampe. Pourtant, cette chose là-bas, non pas le long de la voie ferrée, mais plus loin, au-dessus du quai d'en face, là où il ne s'attendait pas à voir quoi que ce soit, n'était-ce pas *une sorte* de lumière ?

« Je devrais éteindre ma lampe pour mieux voir cette lumière là-bas », se dit Kelp. S'il y avait véritablement une lumière. Le problème, c'était qu'il avait eu largement le temps de faire monter l'angoisse en lui, sans s'en rendre compte jusqu'à ce que cette autre lumière – si elle existait vraiment – s'approche en nageant, venant d'une direction totalement inattendue. Et si c'était un... Bon, d'accord, les fantômes n'existent pas, mais... Sous l'eau, on aurait dit que les règles courantes n'étaient pas les mêmes. Peut-être que tout ce qui voulait exister pouvait exister, ici, tout au fond, loin des gens. Peut-être que cette lumière était... Ce pouvait être n'importe quoi.

Kelp parvint à lever la main droite jusqu'à l'interrupteur de sa lampe frontale, mais il ne trouva pas le courage de l'éteindre. Il resta dans cette position, la main sur la tête, pendant que la lumière en face de lui flottait et se balançait, s'approchait sans vraiment apparaître, reculait, disparaissait complètement, pour soudain jaillir droit devant lui ! Oh, la vache, la vache !

C'était Doug. Kelp ressentit un tel soulagement qu'il se laissa faire quand Doug le mit debout brutalement et agita l'index devant lui d'un air sévère, avant de le pointer sur la corde en nylon enroulée autour de son autre poignet. La corde remontait vers la surface, dans le noir, et en la voyant, Kelp se souvint aussitôt de ce qu'il était censé faire dès qu'il avait sauté du canot.

Évidemment ! Quel idiot ! Avec application, il montra à Doug qu'il comprenait, qu'il était gêné et qu'il s'excusait, en levant les bras au ciel, en se donnant une gifle, en secouant la tête, en se donnant un coup de poing dans la mâchoire, en frappant dans sa paume avec son poing...

Doug lui agrippa les poignets. Voyant le regard interrogateur de Kelp, il le lâcha et lui fit signe de se calmer : relax.

Oh ! Oui, d'accord. Kelp hocha la tête, balayant Doug de haut en bas avec le faisceau de sa lampe.

Doug choisit une des cordes en nylon qui étaient fixées à sa ceinture de plomb et il attacha l'autre extrémité à la ceinture de Kelp. Désormais, ils pouvaient être séparés de deux mètres au maximum, mais au moins, ils ne se perdraient plus.

Génial. Kelp exprima sa satisfaction en serrant fermement la main de Doug entre les siennes. Celui-ci hocha la tête avec un certain agacement retira sa main et mima avec ses doigts quelqu'un qui marche.

Entendu. Kelp hocha la tête énergiquement et il aurait fait demi-tour pour retourner vers la bibliothèque en marchant, si Doug ne l'avait pas soulevé brutalement dans les airs – enfin, dans l'eau – pour s'éloigner en nageant. En toute hâte, avant que la corde qui les reliait se tende, Kelp sauta du bord du quai pour le suivre.

Évidemment, quand vous avez besoin d'un ciel nuageux pour faire ce que vous avez à faire, vous devez être prêt à accepter tout ce que cela implique.

Assis dans le canot gonflable, Dortmunder s'ennuyait, somnolait, grelottait un peu et se faisait du souci au sujet d'Andy Kelp. Est-ce que tout allait bien au fond ? Doug l'avait-il retrouvé ? S'il y avait un problème quelconque, Doug ne serait-il pas déjà remonté pour le prévenir ?

Ploc, sur sa main. Pensant qu'il s'agissait d'une éclaboussure provenant du réservoir, Dortmunder l'essuya d'un geste.

Ploc. Sur le front, cette fois. *Ploc-ploc-ploc.*

Oh ! non. Dortmunder leva les yeux vers le ciel totalement envahi par les nuages. *Plocplocplocplocploc...*

– Forcément, commenta Dortmunder et il rentra la tête dans les épaules pour se protéger de la pluie.

Ils évitaient autant que possible de se poser au fond pour limiter la turbidité, mais ils étaient *près* du fond en permanence. Tout d'abord, Doug se dirigea vers le coin droit de la bibliothèque en tenant l'extrémité de la corde à mesurer, celle où était accrochée un ruban rouge, pendant que Kelp s'éloignait, autant que le permettait la corde qui les reliait l'un à l'autre, pour trouver une pierre qu'il rapporta et dont il se servit pour maintenir en place la corde au ruban rouge. Puis ils se déplacèrent en longeant le mur de derrière, telles des abeilles sous l'avant-toit d'une maison, installant la corde au pied du bâtiment, jusqu'à ce qu'ils arrivent au nœud.

Cette fois, ce fut Kelp qui maintint la corde pendant que Doug faisait des allers et retours, exactement comme un poisson dans un aquarium trop petit, pour finalement revenir lui aussi avec une pierre, qu'il déposa sur le nœud.

La suite était plus délicate. Ils devaient calculer une certaine distance dans le champ, à angle droit par rapport au mur de la bibliothèque. Ils s'étaient entraînés en plein jour et sur la terre ferme dans le jardin du 46 Oak Street, mais le refaire dans ces conditions-là, c'était étrange. Par exemple, dans le jardin, ils ne passaient pas leur temps à flotter au-dessus du sol.

Pour commencer, Kelp plaça ses pieds de part et d'autre du nœud, le dos – ou plus exactement sa bouteille de plongée – appuyé contre le mur de la bibliothèque, regardant devant lui de façon que le faisceau de sa lampe frontale indique l'angle droit. Puis Doug nagea sur trois mètres en suivant le faisceau lumineux et en déroulant la corde, et il s'arrêta en coinçant la corde sur le sol. Kelp s'éleva dans l'eau, avança d'un peu moins de deux mètres en battant des pieds et posa sa deuxième lampe à côté de la corde. Il l'alluma et le faisceau courut parallèlement au reste de la corde. Cela étant fait, il rejoignit Doug qui attendait, chevaucha de nouveau la corde, et Doug recula lentement, en continuant à faire défiler la corde et en s'alignant sur les deux lumières jusqu'à ce qu'il ait parcouru trois mètres. Puis ils répétèrent l'opération.

D'après les calculs de Wally, le centre du cercueil enterré se trouvait à douze mètres du mur de la bibliothèque, ce qui signifiait qu'ils durent exécuter leur petite gavotte sous-marine cinq fois avant d'atteindre le deuxième nœud de la corde, celui qui disait : *Creusez ici*.

Enfin. Flottant au-dessus de l'endroit en question, presque tête contre tête, entourés d'un halo couleur sépia, Kelp et Doug échangèrent un large sourire autour de leurs détendeurs. La victoire était à portée de main.

Que se passera-t-il si le bateau se remplit d'eau de pluie ? Il ne peut pas couler, si ? Ces gros boudins en caoutchouc sont pleins d'air.

Mais cette saloperie s'y entendait pour ballotter. D'ailleurs, avec le poids de Dortmunder à l'intérieur, le canot semblait tout à fait prêt, s'il se remplissait, à s'offrir le plaisir de se prélasser entre deux eaux, sans hésiter à tremper Dortmunder et à bousiller le petit moteur de dix chevaux.

Premièrement, il n'était pas habillé pour ce genre de connerie. Il savait qu'il devait aller dehors, sur le lac du réservoir, dans un bateau, en pleine nuit, au mois de juin, alors qu'il faisait encore très frais, c'est pourquoi il avait mis de grosses chaussures, des chaussettes en laine, un pantalon en toile noire épaisse et un blouson imperméable. Mais ce n'était pas suffisant. Pas sous cette pluie. Pas *sous l'eau*.

C'était le point numéro deux. PAS SOUS L'EAU. Ils avaient conclu un arrangement cette fois, voilà pourquoi Dortmunder ne portait pas de combinaison comme Kelp et Doug. Il était prêt à suivre tout le monde, il acceptait même d'aller *sur* l'eau si cela pouvait rendre service, mais *dans* l'eau, non.

Problème numéro trois : le réservoir d'essence. Un petit bidon métallique rouge d'une vingtaine de litres relié au moteur par un tuyau souple noir ; jusqu'à présent, il s'était contenté de rester sagement couché sous un des boudins, vers l'arrière, là où le boudin était remplacé par une plaque en bois à laquelle était fixé le moteur.

Mais l'essence est plus légère que l'eau et à mesure que l'intérieur du canot se transformait inexorablement en pataugeoire, le réservoir avait envie de sortir. Dortmunder n'avait absolument rien pour écoper, excepté ses deux mains, et c'était à la fois horripilant et douloureux de se cogner constamment les mains contre le réservoir qui se baladait. Dortmunder n'arrêtait pas de le repousser dans son coin, comme un chiot espiègle qui a choisi le mauvais moment pour jouer, mais cette saloperie revenait sans cesse à la charge.

Le canot transportait de l'eau, voilà pourquoi il s'enfonçait si vite. C'était autour du moteur que ça se passait. Le haut de la pièce de bois à laquelle était accroché le moteur était un peu plus bas que le haut des boudins, et avec le poids du moteur qui faisait pencher le canot vers l'arrière, il était encore plus bas. Résultat, l'embarcation était à moitié submergée désormais et l'eau clapotait contre le moteur chaque fois que Dortmunder bougeait, et même quand il ne remuait pas, car le *canot* bougeait. Le *réservoir* bougeait. L'*air* bougeait. Et l'eau s'engouffrait en gloussant.

Il fallait qu'il inverse le poids, d'une manière ou d'une autre ; il devait faire en sorte que l'arrière du canot soit plus haut que le reste. Mais comment ? Le temps pressait ; l'eau ne cessait de monter à l'intérieur, et évidemment, plus elle montait, plus l'embarcation s'enfonçait, et plus vite l'eau s'engouffrait à l'arrière.

Il s'était déplacé vers l'avant, mais ce n'était pas suffisant. Le réservoir se promenait dans tous les coins, et ça ne changeait pas grand-chose. La seule chose vraiment lourde, celle qui causait tous ces problèmes, c'était le moteur. S'il le déplaçait, temporairement, s'il le mettait à l'avant, l'arrière remonterait, et il pourrait écoper plus facilement et peut-être même inverser la tendance, du moins jusqu'au retour de Doug et de Kelp.

Le plus important, se dit-il, c'était de ne pas laisser tomber ce foutu moteur par-dessus bord. Il aurait du mal à expliquer aux plongeurs ce qui s'était passé. Mais il avait vu Doug installer ce machin, et apparemment, il pouvait le « désinstaller » sans provoquer de désastre. Il se mit donc au travail, avant que le canot s'enfonce davantage.

Premièrement, il débloqua le bidule sur le côté pour pouvoir faire basculer le moteur vers l'avant et sortir l'hélice hors de l'eau, mais surtout, compte tenu des circonstances, pour transférer une partie du poids à l'intérieur.

Ensuite, il défit le tuyau qui était relié au moteur, devant, juste sous le boîtier, à l'aide d'une sorte de grosse aiguille en métal qui coulissait.

Puis, d'une main, pendant que l'autre tenait le moteur, très lentement et prudemment, il dévissa les deux écrous à ailettes qui maintenaient les pinces de chaque côté.

Puis, en serrant le plus possible le boîtier mouillé et glissant, il souleva le moteur hors de la glissière, se tourna vers l'intérieur, perdit l'équilibre à cause de cette saloperie de bordel de canot qui tanguait, bascula vers l'avant en serrant toujours dans ses bras ce foutu moteur pour ne pas le lâcher par-dessus bord, et s'étala de tout son long avec le moteur qui atterrit lourdement sur l'avant du boudin.

Quel était donc ce sifflement ?

Tout se passait parfaitement bien !

Comme l'avaient prédit Wally et Doug, avec leurs antécédents et leur expérience respectifs, le fond du réservoir dans le secteur du champ derrière la bibliothèque était si boueux qu'ils n'eurent pas besoin de faire appel à des outils compliqués pour creuser à leur place. Ils n'avaient qu'une seule chose à faire : ne pas craindre de se salir un peu les mains.

À vrai dire, ils se salirent *beaucoup* les mains, mais l'eau les lavait en permanence, et c'était amusant.

Flottant juste au-dessus de l'emplacement marqué par le nœud de la corde, en position inclinée, la tête plus basse que les pieds, ils plongeaient les mains dans la vase, l'une après l'autre, et ils la jetaient derrière eux comme des chiens qui s'apprêtent à enterrer un os. Au bout d'un moment, la turbidité devint si intense qu'ils ne voyaient presque plus ce qu'ils faisaient, même avec leurs deux lampes allumées, mais ça n'avait pas d'importance. Ils *sentaient* ce qu'ils faisaient : ils balançaient de la boue.

Boum-boum. Ils atteignirent leur objectif en même temps ; leurs doigts avides s'enfoncèrent à travers la vase et rencontrèrent soudain un obstacle solide. Lourd. En bois. Qui refusait de bouger.

Sous l'effet de la joie, ils s'oublièrent pendant un instant et ils commencèrent à dériver, mais ils se ressaisirent immédiatement en agitant leurs palmes et en piquant du nez vers le trou boueux qu'ils avaient creusé. Leurs doigts glissèrent sur la surface du bois et ils finirent par sentir les bords du cercueil. Ils passèrent encore un certain temps à enlever de la vase, jusqu'à ce que le haut du cercueil soit plus ou moins dégagé et qu'ils puissent passer en dessous la corde qui les reliait l'un à l'autre. Après cela, ils ajoutèrent un peu d'air dans leurs BCD et ils agrippèrent les bords du cercueil. Lentement, à contrecœur, après tant d'années de solitude et de sommeil dans les profondeurs, le cercueil commença à s'élever.

À ce stade, tout ce qu'ils voulaient, c'était sortir le cercueil de son trou et peut-être le traîner jusqu'à un endroit plus stable, comme par exemple les marches ou le trottoir devant la bibliothèque. Ensuite, ils attacheraient à une des poignées la corde qui les reliait au canot, et à partir de là, ce serait du gâteau.

Pour commencer, ils remonteraient à la surface, ils attacheraient la corde jalon au fil de pêche, puis ils se dépêcheraient de regagner la rive où les attendaient Tiny et Tom. Là, ils prendraient les bouteilles de plongée pleines, le BCD supplémentaire et l'extrémité de la corde du cabestan. Ils retourneraient à la corde jalon et l'attacheraient à celle du cabestan. Ensuite, Kelp et Doug redescendraient pour sangler le cercueil à l'intérieur du BCD qu'ils rempliraient d'air, et pendant que Tiny actionnerait le cabestan sur la rive, ils chevaucheraient le cercueil flottant. Simple.

La première partie était simple, assurément, même si elle n'était pas particulièrement facile. Ils avaient beau profiter de leur flottabilité, le cercueil était *lourd* et ils ne parvinrent jamais à l'extraire totalement de la boue, de plus la turbidité roula dans leur sillage. Mais ils réussirent à le traîner jusqu'à la bibliothèque en suivant la corde, puis ils firent le tour pour rejoindre le devant du bâtiment où ils déposèrent enfin leur fardeau sur le béton qui s'effritait entre le vieux trottoir et les marches.

Doug détacha la corde jalon de son poignet pour l'accrocher au cercueil, avant de se laisser glisser vers Kelp. Tous deux contemplèrent la boîte qui gisait devant eux. Capturée. Domptée. Tenue en laisse. Ils se regardaient en souriant, heureux de ce qu'ils venaient d'accomplir, lorsqu'une chaussure descendit lentement entre eux.

Une chaussure ? Naturellement ils suivirent sa longue descente et la chaussure demeura ainsi, dans la lueur ambrée de leurs lampes, jusqu'à ce qu'elle se pose sur le cercueil. Arrivée là, elle hésita, sembla trébucher, puis poursuivit sa chute au ralenti vers le sol.

Doug fut le premier à réagir : il plongea pour attraper la chaussure au vol et revint vers Kelp qui flottait un peu plus haut. Ils restèrent ainsi suspendus dans l'eau, à deux mètres au-dessus du cercueil, à examiner la chaussure que Doug faisait tourner lentement entre ses mains. Puis ils se regardèrent d'un air hébété.

Dortmunder. C'était sa chaussure. Aucun doute.

– Ils en mettent du temps, commenta Tom.

– Ça nous semble long parce qu'on fait rien, répondit Tiny. Et parce qu'il pleut.

Assis sur le sol humide, dans l'obscurité zébrée de pluie, il se retourna pour scruter la nuit détrempée et demanda :

– Pourquoi tu es derrière moi ?

Tom gloussa.

– T'inquiète pas pour moi, Tiny.

– Je ne m'inquiète pas pour toi, lui répondit Tiny. Viens donc t'asseoir ici, à côté de moi.

– C'est trop mouillé.

– C'est mouillé partout. Bon, d'accord, c'est moi qui vais venir m'asseoir à côté de toi.

– Non, laisse tomber, j'arrive.

Tiny entendit craquer les os du vieux salopard lorsque celui-ci se leva. On aurait dit des pistolets qu'on armait.

Tom émergea de l'obscurité dégoulinante tel un renard à demi affamé et vint s'asseoir à l'intérieur du champ de vision de Tiny, mais hors de portée de ses mains.

– C'est mieux comme ça, Tiny ?

– Je t'aime bien, Tom, mentit Tiny. J'aime bien te regarder.

Tom gloussa de nouveau, puis ils replongèrent dans le silence, assis tous les deux par terre, à côté de Gulkill Creek, face à l'étendue gris-noir et boueuse du réservoir, mitraillés par un million de gouttes de pluie.

– J'espère que tout se passe bien, dit Tiny.

Rien n'allait plus. Kelp et Doug suivirent la corde jalon jusqu'à la surface et quand ils arrivèrent là-haut, que découvrirent-ils ? Une pluie battante. Le canot, dégonflé et vide, mais toujours attaché au fil de nylon, s'enfonçait dans l'obscurité du réservoir. Le bidon d'essence flottait à côté, en toute liberté. Le moteur avait disparu. Dortmunder aussi.

Ayant gonflé à fond son BCD, Kelp put ôter le détendeur de sa bouche pour s'écrier :

– Où est John ?

– Aucune idée.

En état de flottabilité maximale lui aussi, Doug tournait sur lui-même en essayant de percer les ténèbres.

– Bon sang, Doug ! Qu'est-ce qui s'est passé ici ?

– La pluie a submergé le canot. Mais j'ignore où est passé le moteur. Et John.

– Il ne s'est pas noyé ! dit Kelp en regardant autour de lui. (Il ballottait violemment à la surface sous l'effet de l'affolement, et de l'eau lui entrait parfois dans la bouche.) On ne l'a pas vu couler, Doug. On a juste vu sa chaussure.

– Non, il ne s'est pas noyé, dit Doug. Il a un fil. Il lui suffit de s'y accrocher et de retourner jusqu'à la rive.

– Oui, tu as raison ! s'exclama Kelp en s'agitant de plus belle, sous l'effet du soulagement cette fois, car il avait beau dire, il pensait intérieurement que John s'était peut-être noyé.

– On va le rattraper et on va l'aider, ajouta Doug. Il ne doit pas avoir beaucoup d'avance.

– Bonne idée ! (Kelp regarda à droite et à gauche ; des deux côtés l'obscurité était aussi impénétrable.) Par où ?

Doug réfléchit au problème.

– Voici ce qu'on va faire. Toi, tu suis le fil dans cette direction ; moi, j'irai par là. Nage sous l'eau, ça ira plus vite. Et la lumière éclairera le fil.

– Entendu.

Kelp remit son détendeur dans la bouche. Vidant un peu d'air de son BCD, il plongea d'un ou deux mètres sous la surface, alluma sa lampe frontale et vit le scintillement du fil blanc aux reflets argentés s'éloigner dans l'eau noire. À petits coups de palmes, il suivit le fil, ravi de se sentir aussi à l'aise désormais et impatient de voir John s'agiter devant lui tel un morse blessé.

Espoir déçu. Kelp nagea presque jusqu'à la rive, suffisamment près pour voir la voie ferrée émerger de l'eau et gravir la pente, et toujours pas de John. Quand il fut assez près pour se tenir debout sur le ballast avec les épaules et la tête hors de l'eau, il risqua même un petit coup de lampe frontale en direction des buissons enchevêtrés qui bordaient la rive.

– John ? lança-t-il dans un demi-murmure.

Pas de réponse. John n'avait pas eu le temps d'arriver jusqu'ici de toute façon ; il n'avait pas pu avancer assez vite pour distancer Kelp qui avait fendu les flots. Cela voulait dire que Doug l'avait certainement retrouvé dans la direction opposé.

Non. Doug attendait de nouveau près du canot dégonflé, la tête hors de l'eau, et il était seul. Quand Kelp fit surface près de lui, Doug dit :

– Non ?

– Ouah, fit Kelp.

Oh ! Réveillée en sursaut, May regardait fixement le rectangle gris qui ne se trouvait pas à la bonne place dans l'obscurité et elle écouta la chasse d'eau des toilettes qui coulait, coulait, coulait... Que quelqu'un s'en occupe ! Et cette fenêtre, que faisait-elle là ?

En se tournant dans son lit, elle s'aperçut soudain qu'elle était seule, se rappela où elle était (voilà pourquoi la fenêtre était *là* et non pas *là*) et elle comprit que ce bruit qu'elle entendait à travers la fenêtre, c'était la pluie. Oh ! et les pauvres là-bas, au réservoir, ils allaient être trempés.

Bon, d'accord, Andy et Doug auraient été trempés de toute façon, mais les autres ? May se redressa en se demandant quelle heure il était et ce qui l'avait réveillée. Un cauchemar ? La pensée de John ? Un bruit ? Étaient-ils rentrés ? Avaient-ils enfin réussi à récupérer l'argent ? Quelle heure était-il ?

3 h 24.

Elle tendit l'oreille, mais à part le vacarme de la pluie, elle n'entendait rien. Ne devraient-ils pas être déjà rentrés ? Ils ne devraient pas tarder en tout cas, non ?

De toute façon, elle était réveillée comme en plein jour maintenant. Aucun espoir de se rendormir, pas tout de suite. Alors, elle se leva, trouva sa robe de chambre dans le noir et sortit dans le couloir qu'éclairait faiblement une veilleuse enfoncée à ras de terre dans une prise électrique, en haut de l'escalier. Elle se pencha au-dessus de la rampe : le rez-de-chaussée était plongé dans l'obscurité. Elle s'apprêtait à descendre quand elle remarqua le trait de lumière sous la porte de la chambre d'Andy et de Wally.

Wally était encore debout ? May traversa le couloir pour aller frapper tout doucement à la porte.

– Wally ? Tu ne dors pas ?

Elle entendit des sortes de raclements et de bruissements dans la chambre, puis la porte s'ouvrit et Wally apparut, toujours aussi petit, rond et moite. Et habillé. Il regarda May avec ses yeux humides en battant des paupières et demanda :

– Ils sont revenus ?

– Non. Je viens de me réveiller et j'ai eu envie de boire un verre de lait chaud. Tu en veux ?

Wally sourit.

– Ouah ! C'est aussi chouette que... (Il regarda autour de lui, à la recherche d'un point de comparaison.) C'est aussi chouette que cette maison, décréta-t-il. Avec plaisir. Oui, je veux bien un verre de lait chaud, Miss May, merci. J'éteins mon ordinateur et je descends.

Il passe trop de temps à jouer avec cet ordinateur, se dit May en descendant au rez-de-chaussée et en allumant les lumières sur son passage. Puis elle se dit : ça pourrait être pire. Puis elle se dit : Hé, attendez un peu ! Je ne suis pas sa *mère !*

C'est cette maison. Elle est en train de nous changer. Si on reste ici plus longtemps, on va finir par s'envoyer des cartes d'anniversaire !

Avant de mettre le lait à chauffer, May ouvrit la porte de derrière pour regarder le jardin. La pluie tombait de manière drue et ininterrompue, dans un monde sans vent. Ça va continuer comme ça pendant des jours et des jours, pensa-t-elle. Les pauvres. J'espère que tout se passe bien.

Deux tasses remplies de lait fumant étaient posées sur la table de la cuisine quand Wally entra ; son sourire humide luisait dans la lumière du néon au plafond.

– C'est vraiment très gentil, Miss May, dit-il et il s'assit en face d'elle, serrant sa tasse entre ses mains. Je me disais justement, ajouta-t-il, que c'était super de vivre tous ensemble ici, comme ça. On forme presque une famille.

– C'est à peu près ce que je me disais aussi, dit May

– Quand ce sera fini, ça me manquera.

Au lieu de répondre, May porta la tasse à ses lèvres et ils demeurèrent plongés dans un silence convivial – mais pas familial, nom d'un chien ! – pendant quelques minutes, jusqu'à ce que la maman de Murch fasse son entrée, dans de grosses pantoufles en fourrure grise et une longue robe de chambre miteuse, un tas de bigoudis verts dans les cheveux. Plissant les yeux d'un air menaçant dans la lumière vive, elle dit :

– J'ai cru qu'ils étaient rentrés.

– Non, toujours pas, répondit May.

– On attend, ajouta Wally gaiement. Et on boit du lait chaud.

– Ah ! c'est ça.

– Je peux vous en faire chauffer, proposa May.

– Ce serait du gâchis, répondit la maman de Murch.

D'un pas décidé, elle se dirigea vers le réfrigérateur, sortit une boîte de bière, l'ouvrit et but une gorgée. Après s'être essuyé les lèvres avec la manche de sa robe de chambre, elle se retourna vers la table et déclara :

– Il pleut.

– J'espère que tout se passe bien, dit May.

– La pluie n'a jamais tué personne. Un peu d'eau, ça fait du bien. (Elle vint s'asseoir à la table, entre May et Wally.) Maintenant que je suis levée, autant attendre leur retour.

May regarda Wally qui regardait la maman de Murch boire sa bière. Elle savait qu'il adorait ça : tous les deux avec leur tasse de lait chaud et la tante grincheuse – rôle incarné par la maman de Murch dans la famille que se construisait Wally – avec sa bière. S'il dit encore *comme une famille*, se promit May, je verse du bourbon dans son lait. Beaucoup de bourbon.

Heureusement, il s'abstint.

– J'ai jamais aimé la pluie, dit Tiny.

– C'est bon pour couvrir les traces, dit Tom.

Tiny essora l'eau de ses sourcils.

– Quelle traces ?

– Quand tu es poursuivi par les chiens.

Tiny éprouvait le besoin de mettre ses mains autour de quelque chose et de serrer.

– Ça fait trop longtemps que je fais ce boulot, murmura-t-il.

« ... *hé...* »

Tiny plissa le front, provoquant un ruissellement sur son visage. Tout en s'essuyant, il demanda :

– Tu as entendu ?

– Le moteur ? Non.

– Non, pas le moteur. On aurait dit une voix.

« ... *hehh...* »

– Tu risques pas d'entendre une voix, répondit Tom. Ce que tu as entendu...

– La ferme.

– Pardon ?

Tiny n'était pas d'humeur.

– Le sol est mouillé, Tom. Peut-être que je vais m'asseoir sur toi, finalement.

– On est tous un peu nerveux, dit Tom, qui décida de lui pardonner.

– Tais-toi donc, j'écoute cette voix.

– Jeanne d'Arc, commenta Tom, *sotto voce*.

Puis il se tut et Tiny put écouter, mais il n'entendit aucune voix.

Avait-il inventé ce bruit ? Était-ce la pluie ? On aurait pourtant dit une voix, là-bas sur l'eau.

Finalement, nerveux et inquiet, Tiny se leva et descendit d'un pas lourd la rive détrempée jusqu'au bord de l'eau et tendit l'oreille. Et tant pis si Tom était dans son dos.

« ... *hé...* »

Bon sang, c'était bien une voix.

– Hé ! hurla Tiny.

« ... *hé ?...* »

– Par ici !

Tiny aperçut une faible lueur à la surface de l'eau.

Tom l'avait rejoint au bord du réservoir. À cet instant, aucun des deux ne se méfiait de l'autre.

Tom demanda :

– C'est quoi, ce machin là-bas ?

– Le croque-mitaine.

– Non, dit Tom. Le croque-mitaine, c'est moi.

– *Tiny !*

– Par ici ! cria Tiny, et la lumière tressauta là-bas avant de disparaître.

– C'est lequel ? demanda Tom.

– Impossible à dire. Il avait la voix pleine d'eau.

Il y eut un bruit de barbotage, puis la voix s'éleva de nouveau :

– Tiny ! Où es-tu ?

– Ici ! Par ici ! Tu m'entends ! Hé, je suis là ! On est là tous les deux ! Est-ce que tu...

– Ils sont là, dit calmement Tom.

En effet. Andy Kelp et Doug Berry sortaient du réservoir en pataugeant et en trébuchant, avec leur tenue et leur matériel de plongée.

– J'ai cru, dit Doug, le souffle coupé, qu'on ne retrouverait jamais le bon endroit.

– Où est le canot ? demanda Tiny. Où est Dortmunder ?

Kelp et Doug continuaient à haleter devant lui. Doug dit enfin :

– On espérait qu'il serait ici.

Conduire toute la nuit *et* sous la pluie. Habituellement, Stan aimait bien conduire (il était chauffeur, après tout), mais rouler sur des petites routes de campagne, de nuit, sous la pluie, sans croiser aucune autre voiture, sans rien à regarder, sans rien à penser, sans passager à bord de la voiture, et sans avoir de destination, conduire sans but jusqu'à ce que tous les autres aient fini leur travail, ça pouvait devenir ennuyeux. Très ennuyeux.

Enfin. *Enfin.* Enfin, à 4 h 45 du matin, au moment où Stan passait une fois de plus sur le pont de Gulkill Creek, Andy Kelp apparut au bord de la route et lui fit signe. Stan s'arrêta juste après le pont.

Glissant sur le siège de droite, il ouvrit la portière du passager, sortit la tête au-dehors, sous la pluie, et vit Tiny et les autres sortir des bois et grimper à l'arrière du camion à plateau. Ah ! dommage qu'il n'y ait pas de toit à l'arrière.

– Alors, comment ça s'est passé ? lança-t-il.

Andy se précipita sous la pluie.

– Euh... Ça dépend. On a une bonne nouvelle et une mauvaise, comme on dit.

– Vous avez trouvé le fric ?

– Ça, c'est la bonne nouvelle, dit Andy. Il est toujours au fond, mais on l'a déterré et on l'a attaché avec une corde.

– Super. Ça, c'est donc la bonne nouvelle, vous avez trouvé le fric. Et la mauvaise ?

– On a perdu John.

Dès qu'elle vit le visage de Stan, May *sut*. Elle ne savait pas trop ce qu'elle savait, mais elle savait qu'elle savait. Ça, elle le savait.

– Ne perdons pas espoir.

Tels furent les premiers mots de Stan lorsque, peu après le lever du soleil, il entra dans la cuisine où May, Wally et la maman de Murch étaient toujours assis, les yeux troubles et chancelants, mais refusant d'aller se coucher avant que la nouvelle tombe. Et la nouvelle venait de tomber.

– Stan ? dit May. Ne perdons pas espoir à quel sujet ?

– Au sujet de John, dit Stan.

Sa maman intervint.

– Stanley, explique-toi tout de suite.

– Bah, ce qui s'est passé, d'après ce que j'ai compris...

– Tout de suite, j'ai dit !

– Le bateau a coulé. John était seul à bord. Personne ne sait où il est.

May se leva d'un bond, renversant son lait froid.

– Au fond du réservoir ! C'est là qu'il est !

– Euh, non, dit Stan. Du moins, c'est pas notre théorie de départ. En fait, on avait tendu un fil en travers du réservoir, au-dessus de la voie ferrée, mais à la surface, là où était John donc. Notre théorie, c'est qu'il s'est accroché à ce fil et qu'il l'a suivi jusqu'à la rive, d'un côté ou de l'autre, et qu'il est sorti du réservoir avant qu'Andy ou Doug le rattrapent. C'est pourquoi, Andy et Doug suivent maintenant la voie ferrée dans une direction, pendant que Tiny et Tom sont partis dans l'autre direction. Et moi, je suis revenu te prévenir.

– J'y vais ! déclara May.

– On y va tous, déclara la maman de Murch.

– Évidemment ! s'exclama Wally en se levant, les yeux brillants.

– Il pleut, May, fit remarquer Stan.

– J'espère seulement qu'il pleut aussi là où se trouve John.

Évidemment, Bob n'avait pas le droit de conduire, pas encore. Évidemment, il comprenait parfaitement bien ; d'ailleurs, tout le monde comprenait parfaitement bien, et c'est la raison pour laquelle Kenny, le patron, avait proposé d'aller chercher et de ramener Bob chez lui désormais. Jusqu'à ce que Bob soit de nouveau en état de conduire. De toute façon, Kenny avait l'habitude de servir de chauffeur à Chuck, car ils habitaient tout près l'un de l'autre à Dudson Falls, et Kenny expliqua que ça ne lui faisait pas faire un grand détour, et d'ailleurs, ça lui était égal, ça ne lui posait absolument aucun problème d'aller chercher Bob chez lui à Dudson Center, où il vivait avec... Machine, la fille avec qui il était marié, et de le déposer tous les matins après le travail. C'était donc décidé.

Bob était en train de classer les *W*, en prenant tout son temps, en sentant la texture de chaque feuille de papier, en se régalant du spectacle de ces rangées de mots bien alignés sur ces feuilles de papier – regardez toutes ces lettres qui font des tas de mots et qui remplissent toutes ces feuilles –, et il était en plein *W* quand Kenny vint lui dire :

– Hé ! salut, vieux, comment ça va, mon gars, tout se passe bien, Bob ? Bien, parfait. Il est bientôt 6 heures et...

Beep.

Kenny sursauta, puis il désigna la montre de Bob en riant nerveusement.

– Ah ! c'est l'heure du médicament, hein ?

– Oui, dit Bob. On ne sait pas ce qui arriverait, le Dr Panchick et moi, si je ne prenais pas mes médicaments.

– Vous en prenez beaucoup, hein ?

– On va diminuer. Mais pas tout de suite.

Sur ce, Bob alla chercher un verre d'eau aux toilettes pour prendre son médicament.

Quand il revint dans le bureau, il était 6 heures passées et tout le monde était prêt à partir.

– Me voici ! lança-t-il joyeusement à tous ces gars sympas.

Il aimait la bonne ambiance qui régnait entre ces bons copains qui travaillaient et passaient des chouettes moments ensemble.

– Je suis prêt, Kenny ! dit-il, rayonnant.

Les membres de l'équipe de nuit regagnèrent leurs voitures en mettant une sourdine à leur échange habituel de plaisanteries un peu lourdes à cause de la présence de cette créature éthérée parmi eux. Bob n'en avait pas conscience ; il était fasciné par la beauté de la pluie. Quand il levait les yeux vers le ciel, des gouttes tombaient dans ses yeux et l'obligeaient à cligner des paupières. C'était chouette !

– Prêt, Bob ?

– Hein ? Oh ! oui, bien sûr, Kenny.

Chuck était assis à l'avant à la place du passager, alors Bob monta à l'arrière avec l'homme nu sur le plancher.

– Bonjour, dit-il.

L'homme nu sur le plancher – enfin, pas entièrement nu : il portait un caleçon et une chaussette – ne semblait pas aussi heureux que les amis de Bob. À vrai dire, il le foudroya du regard et montra le poing, puis il posa son index sur ses lèvres et il se montra avec son autre main, avant de secouer violemment la tête.

Ah ! oui, d'accord. Pigé. L'homme nu ne voulait pas que Bob dise qu'il était là. Pas de problème. Le médicament qu'il venait d'avaler étouffait dans l'œuf toutes les étincelles de peur, d'excitation ou de panique à l'intérieur de son système neuronal, et Bob dit :

– O.K.

Kenny venait de s'installer au volant. Avant d'introduire la clé de contact, il regarda Bob dans le rétroviseur intérieur.

– Pardon, Bob ?

Chuck ricana.

– Il discute avec son copain imaginaire, à l'arrière.

Kenny adressa un regard de mise à garde à Chuck.

– Surveille tes paroles.

Mais l'homme nu sur le plancher hochait la tête avec insistance et il pointait le doigt en direction de Chuck. Ah ! C'était donc la bonne explication.

– Exact, dit Bob. Je discute avec mon copain imaginaire.

Kenny et Chuck échangèrent un nouveau regard. Kenny était exaspéré et conscient de sa responsabilité ; Chuck se sentait coupable, mais ça l'amusait terriblement. Kenny secoua la tête et se regarda avec un air mauvais introduire la clé de contact.

– Ça ira mieux bientôt, murmura-t-il.

Alors qu'ils roulaient en direction de Dudson Center, tournant le dos au barrage, Bob restait bien dans son coin à l'arrière ; son sourire était légèrement crispé sur les côtés et ses yeux lançaient de minuscules étincelles. Les extrémités de ses doigts tremblaient. Il n'aimait pas regarder l'homme nu sur le plancher, mais il était là en permanence, dans le coin de son œil.

Quand il regardait droit devant lui, tandis que la forêt de broussailles défilait derrière les vitres de chaque côté, Bob voyait l'arrière du crâne de Kenny et une petite partie du profil de Chuck. Celui-ci gloussait et ricanait, et parfois, il plaquait sa main sur sa bouche. Le dos de Kenny irradiait la solitude des responsabilités du commandement.

Bob était très heureux, évidemment, très placide. Toutes ces petites impressions qui le chatouillaient dans l'estomac, derrière les yeux, dans la gorge et derrière les genoux, ça ne comptait pas. Certes, ce serait plus facile si l'homme nu n'était pas couché par terre à ses pieds, mais ce n'était pas *important*. Ça ne changeait rien.

Après une longue période de silence dans la voiture, Bob se pencha légèrement en avant et s'adressa, sur le ton de la confidence, à l'arrière du crâne autoritaire de Kenny.

– Je n'ai encore jamais eu d'ami imaginaire.

Ce qui déclencha une nouvelle crise de la part de Chuck : plié en deux, appuyé contre la portière, il émit divers grognements et reniflements entre ses doigts qu'il plaquait sur sa bouche. Faisant comme si Chuck n'existait pas (de la même manière que Bob faisait comme si l'homme nu n'existait pas), Kenny regarda Bob dans le rétroviseur intérieur, avec douceur, et répondit :

– Ah bon ?

– Oui, dit Bob.

Il sentait qu'il aurait pu ajouter quelque chose, mais les mots refusaient de sortir.

Kenny lui sourit, comme un grand frère.

– Je parie que c'est amusant, dit-il. D'avoir un ami imaginaire.

Bob sourit à son tour au visage dans le rétroviseur.

– Non, pas tellement, dit-il.

(Du coin de l'œil, il vit l'homme nu brandir le poing de nouveau. Et il vit son expression de colère.)

Mais Kenny n'avait pas entendu la réponse de Bob. Il se concentrait sur sa conduite.

Bob avait envie de détourner la tête pour pouvoir regarder par la vitre et ne plus voir tout ce que contenait la voiture, mais c'était difficile. Le haut de son corps semblait taillé dans un bloc de bois, impossible d'en faire pivoter une partie indépendamment du reste. Lentement, très lentement, Bob parvint à tourner la tête ; les veines saillaient dans son cou. Il regarda par la vitre. Ils passaient devant les premières maisons de Dudson Center. Très intéressant. Très joli.

En centre-ville, Kenny s'arrêta à un feu rouge. Bob regardait fixement la devanture d'une quincaillerie. L'autre portière arrière claqua.

– C'était quoi, ce bruit ? demanda Kenny.

Bob fit pivoter sa tête sur son cou endolori.

– C'est le copain imaginaire de Bob qui est descendu, ironisa Chuck.

– Bon sang, Chuck !

– C'est exact, dit Bob. Il vient de sortir.

Chuck se retourna vers Bob, avec un grand sourire.

– Je parie qu'il est allé chez toi, dit-il. Il t'attend là-bas, avec Tiffany.

– Euh... fit Bob.

Les dents serrées, Kenny dit :

– Chuck, tu risques ta place.

Chuck regarda son chef en prenant un air exagérément innocent.

– Bob est heureux, dit-il.

Mais après cela, il regarda droit devant lui et il ne dit plus rien. Cinq minutes plus tard, ils arrivèrent devant chez Bob.

– Nous y voilà, Bob, dit Kenny.

Bob ne bougea pas. Le bas de son visage souriait, mais le haut, autour des yeux, était creusé par des rides d'inquiétude.

Kenny se retourna sur son siège et le regarda en plissant le front.

– Tu es arrivé chez toi, Bob. Allez, mon vieux. Je ne vais pas rester là.

– J'aimerais retourner à l'hôpital, s'il vous plaît, dit Bob.

Ce furent les seuls mots qu'il prononça pendant trois semaines.

L'habitude qu'avaient les habitants des petites villes de ne pas fermer leur porte à clé avait commencé à gagner les locataires du 46 Oak Street, et c'était très bien comme ça. En arrivant enfin, transi de froid, mouillé, nu, sous la pluie battante et trouvant la maison vide, sans personne pour écouter ses lamentations, Dortmunder aurait été capable de ronger la porte si elle avait été verrouillée.

D'ailleurs, il avait envie de mordre dans quelque chose. Quelle nuit ! Ce réservoir avait décidé de le tuer, cela ne faisait plus aucun doute. Chaque fois qu'il approchait de cette fichue étendue d'eau, elle tendait vers lui ses doigts humides pour l'entraîner dans les profondeurs. Il lui suffisait de *penser* à ce réservoir pour que l'eau commence à se refermer au-dessus de sa tête. Fini ! Terminé ! C'était la troisième et la dernière fois.

Il l'avait échappé belle, encore plus que les deux fois précédentes. Ce foutu canot qui s'était mis à rétrécir et à se dégonfler, et lui qui était assis au fond, sans savoir quoi faire, avec cette saleté de moteur dans les bras. C'était seulement quand le canot s'était retrouvé réduit à une serpillière en caoutchouc gris et qu'il s'était senti attiré vers les profondeurs qu'il avait enfin retrouvé ses esprits ; suffisamment pour lâcher le moteur et le laisser poursuivre sans lui sa route vers l'éternité.

Mais ensuite, c'étaient ses vêtements qui l'avaient entraîné vers le fond. Il avait commencé par ôter les chaussures, et une chaussette aussi, par inadvertance, puis le blouson, le pantalon et la chemise, qui avait emporté le T-shirt avec elle.

Une fois ce strip-tease sous-marin achevé, Dortmunder ne savait plus du tout où il était, si ce n'est dans le pétrin. Le canot et le fil de pêche avaient disparu. Seule sa tête dépassait de l'eau, à peine, et pas toujours. En décrivant des cercles de plus en plus frénétiques, il avait finalement perçu les lumières diffuses du barrage et il avait compris que c'était son unique espoir. S'il ne visait pas un objectif, il nagerait en rond dans l'obscurité, dans l'eau, sous la pluie et dans l'horreur jusqu'à épuisement.

Alors, il nagea, flotta, nagea encore, pataugea, battit des bras, et enfin, prit pied sur la rive en titubant, à l'extrémité du barrage, près du petit bâtiment de pierre doté de son parking. Une voiture dont les portières n'étaient pas verrouillées – personne ne fermait jamais rien à la cambrousse – lui offrit un abri contre le déluge et Dortmunder finit même par sommeiller, malgré le froid, l'humidité, la peur et la colère.

À vrai dire, il dormait à poings fermés quand le jeune gars bizarre avec son sourire figé était monté pour s'asseoir près de lui et l'avait regardé avec son air de drogué en disant simplement : « Bonjour. » Il ne va pas me dénoncer, s'était dit Dortmunder. Il ne va pas se mettre à hurler ni à gesticuler. C'est tout juste s'il sait que je suis là.

Alors, il avait tenu bon, il avait résisté à sa première impulsion qui était de jaillir de la voiture pour essayer vainement de s'enfuir. Résultat, ils l'avaient ramené à Dudson Center. Parcourir les quatre derniers pâtés de maisons après être descendu de la voiture presque complètement nu, en plein jour, alors que les gens partaient travailler, n'avait pas été facile. Mais ce n'était rien comparé au fait de se retrouver dans le... (Il ne prononcerait plus jamais le mot maudit, il n'y penserait même plus.)

Et enfin il était de retour à la maison. Où étaient donc passés les autres ? « Je n'ai même pas droit à un accueil chaleureux ? » se dit Dortmunder en se lamentant sur son sort, tandis qu'il se dirigeait vers la cuisine, pied nu et en chaussette. Il ouvrit une boîte de soupe à la tomate, ajouta du lait (pas d'eau !), la fit réchauffer, la but en entier après avoir rempli plusieurs fois une tasse, en engloutissant des crackers pour ajouter de la consistance. Commençant enfin à se sécher et à se réchauffer et sachant qu'il tombait de fatigue, il traversa de nouveau la maison déserte, monta au premier étage d'un pas lourd et se mit au lit sans même prendre la peine d'ôter sa chaussette.

Le retour des huit autres occupants de la maison, des heures plus tard, frigorifiés, trempés, découragés, choqués, malheureux et querelleurs ne le réveilla même pas. Contrairement au cri de May lorsqu'elle ouvrit la porte de la chambre et le découvrit dans le lit. Brièvement, du moins.

– Plus tard, May. D'accord ? dit Dortmunder.

Il se tourna de l'autre côté et se rendormit.

ET DE QUATRE...

61

Ensuite, ils rejetèrent tous la faute sur *lui*. Assis en rond dans le salon de la maison d'Oak Street, après que Dortmunder se fut enfin réveillé et qu'il fut descendu, ils rejetèrent la faute sur *lui*. Vous vous rendez compte ?

– Tu nous as donné beaucoup de souci, John, dit May, avec douceur, mais gravité.

– Moi aussi, j'étais un peu inquiet, répondit Dortmunder.

D'une voix ressemblant encore plus que d'habitude à une corne de brume, Tiny dit :

– Je crois que j'ai attrapé un rhume de cerveau, à force de marcher sous la pluie pendant que tu dormais dans ton lit.

La maman de Murch éternua et regarda Dortmunder d'un air entendu, mais sans rien dire.

– C'était dangereux, enchaîna son fils, de rouler en plein jour avec ce camion emprunté, pendant des heures. Et tout ça pour rien.

– Vous savez, John, dit Doug, j'ai du mal à comprendre comment vous avez fait pour ne pas voir ce fil de nylon tendu en travers du lac, alors qu'il était juste sous votre nez.

– C'est vrai ça, renchérit Kelp. *Moi*, je l'ai vu, sans problème.

Dortmunder le regarda en fronçant un sourcil.

– Dans la lumière de ta lampe frontale ?

– Euh, oui.

Wally intervint :

– John, pendant que vous dormiez là-haut, j'ai interrogé l'ordinateur. Lui non plus n'a pas prévu que vous iriez vers le barrage. C'est la seule direction à laquelle personne n'a pensé.

– C'est là où il y avait de la lumière, répondit Dortmunder. Parles-en à ton ordinateur la prochaine fois que tu le croiseras.

Tom ricana :

– On dirait que tout le monde regrette que tu t'en sois sorti, Al.

À partir de ce moment-là, ils changèrent tous de chanson et s'empressèrent de lui dire combien ils étaient heureux de le revoir, quelles que soient les circonstances, même à l'abri dans son lit, alors qu'ils s'attendaient à le retrouver mort au fond du réservoir ou à moitié mort juste à côté. Et cela mit fin à la discussion.

L'après-midi touchait à sa fin, Dortmunder ayant dormi presque toute la journée, et dehors, il pleuvait toujours des cordes. Le bulletin météo, plein de dépressions, promettait que la durée de ces orages égalerait, au moins, les semaines de journées ensoleillées et de nuits étoilées qui avaient précédé, avec peut-être même une petite dégradation supplémentaire pour faire bonne mesure.

Après que tout le monde eut surmonté son envie de reprocher à Dortmunder de ne pas avoir été enseveli par les eaux, le sujet de conversation suivant concerna le butin de Tom, enfin arraché à sa tombe sous-marine, mais pas encore sauvé des eaux.

– À partir de maintenant, dit Doug à l'assistance, c'est du gâteau. Il suffit de retourner au rés...

– Non, dit Dortmunder en se levant.

May leva les yeux vers lui, l'air étonné.

– John? Où vas-tu?

– À New York, répondit-il et il se dirigea vers l'escalier.

– Attends un peu!

– C'est du tout cuit maintenant!

– Du gâteau!

– On sait où est le cercueil!

– On tient le bon bout!

– On va l'avoir, John!

Mais Dortmunder ne les écoutait pas. Il monta l'escalier d'un pas lourd, un pied après l'autre, et pendant qu'il faisait sa valise, les autres essayèrent encore de le faire revenir sur sa décision bien arrêtée.

May fut la première. Elle entra dans la chambre et s'assit sur le lit à côté de la valise. Dortmunder continua de ranger ses affaires et, au bout d'une minute, elle dit :

– Je comprends ce que tu ressens, John.

– Tant mieux, dit-il, les mains pleines de chaussettes.

– Mais je me dis que je n'ai pas le droit de partir d'ici tant que cette histoire n'est pas réglée.

– Hmmm.

– Ce ne serait pas juste envers la maman de Murch.

– Hmmm.

– Et si on part maintenant, Tom peut *encore* se dire qu'il préfère utiliser sa dynamite.

– Hmmm.

– Alors, tu vois pourquoi je sens que je dois rester.

Dortmunder s'immobilisa, les mains dans le tiroir de la commode.

– Je vois, May. Et si tu prends la peine d'y réfléchir, tu verras toi aussi pourquoi je ne peux *pas* rester. Quand tu auras terminé ici, tu rentreras à la maison. J'y serai.

Elle l'observa, réfléchit, puis se leva.

– Très bien. Je vois que ta décision est prise.

– Je suis content que tu comprennes, May.

Ce fut ensuite au tour de Tom.

– Tu fiches le camp, Al ?

– Oui.

Wally suivit quelques minutes plus tard.

– Je sais bien que vous n'êtes pas le héros, John, vous n'êtes que le soldat, mais même le soldat ne quitte pas la *partie* en plein milieu.

– La partie a été annulée, répondit Dortmunder. Terrain impraticable.

Tiny, Stan et sa maman vinrent ensemble, tels les ouvriers agricoles accueillant Dorothy à son retour d'Oz.

– Dortmunder, dit Tiny, de sa voix grondante, on peut dire que c'est toi qui nous as conduits jusque-là.

– J'ai cru comprendre que c'était du gâteau à partir de maintenant, répondit Dortmunder en pliant avec soin un pantalon.

Stan intervint :

– Tu ne peux pas rentrer en voiture un mercredi. Une matinée en semaine, toutes les routes sont bouchées.

– Je prendrai le car.

La maman de Murch parut offusquée.

– Je déteste le car, déclara-t-elle. Et tu devrais en faire autant.

Dortmunder hocha la tête, réfléchit à cette suggestion et demanda :

– Vous me conduirez à la gare routière ?

– Les chauffeurs de taxi n'ont pas à avoir d'opinion sur les destinations, déclara la maman de Murch d'un ton sec, ce qui était peut-être une forme de « oui », et elle quitta la chambre d'un pas décidé.

– Tu sais, Dortmunder, reprit Tiny, je peux pas te le reprocher à cent pour cent. Sans rancune.

Dortmunder lui serra la main, puis Tiny et Stan sortirent à leur tour. Dortmunder avait presque retrouvé l'usage de sa main pour continuer à faire sa valise lorsque Doug entra en disant :

– Il paraît que vous partez pour de bon.

– Oui, je pars pour de bon.

– Vous savez, demain ou après-demain, très bientôt, je dois rentrer à Long Island pour m'occuper de ma boutique et prendre le matériel dont on aura besoin pour le prochain essai. Vous pourriez faire la route avec moi.

– Je pars aujourd'hui.

– Vous pouvez attendre un jour !

– Écoutez, Doug. Supposons que j'attende un jour, ou deux jours, et que tout le monde vienne me parler comme ça. Supposons que je monte dans ce pick-up avec vous pour rentrer en ville, et que vous ne puissiez pas résister à l'envie de me parler du plan, des détails, du matériel. Vous me parlerez du rés... de cet endroit là-haut, et tout ça. Et à un moment donné, Doug, dit Dortmunder en posant sa main endolorie sur le bras de Doug, dans un geste amical, à un moment donné, je serai peut-être obligé de voir si je sais faire un 360.

Dortmunder était en train de boucler sa valise quand Andy Kelp entra. Dortmunder le regarda et dit :

– Pas un mot.

– On m'a mis au courant, dit Kelp. Je te connais, John. Je sais quand c'est inutile de gaspiller sa salive. Viens par là.

– Par là où ?

– À la fenêtre, dit Kelp. T'inquiète pas, elle est fermée.

En se demandant ce que mijotait Kelp, Dortmunder contourna le lit pour s'approcher de la fenêtre et quand Kelp lui montra quelque chose dehors, il vit, au-delà du rideau et de la vitre ruisselante de pluie, de l'air rempli de pluie, de la pelouse imbibée de pluie et du trottoir luisant de pluie, une Buick noire qui brillait sous la pluie.

– Avec contrôle de vitesse, annonça fièrement Kelp. Et tout le reste. Il faut que tu rentres confortablement.

Dortmunder était touché. Pas suffisamment pour revenir sur sa décision, mais touché quand même.

– Merci, Andy.

– En vérité, dit Kelp en se penchant vers Dortmunder et en baissant la voix, je pense que tu as raison. Ce réservoir veut *vraiment* ta peau.

62

Au moins, il y avait un peu plus de place autour de la table pour dîner, même si personne n'osa le faire remarquer de peur de froisser May. Mais quand même, c'était agréable d'avoir deux ou trois centimètres pour porter à sa bouche le morceau de dinde planté au bout de sa fourchette.

D'un autre côté, lorsqu'il fallut évoquer les futurs plans, l'absence de Dortmunder à table devint aussitôt moins positive et agréable, même si cela n'apparut pas immédiatement de manière flagrante, quand Doug aborda la question au moment du café :

– À partir de là, c'est facile. On a *touché* le cercueil. On sait où il est.

– On lui a mis le grappin dessus, ajouta Kelp.

Doug confirma d'un hochement de tête et ajouta :

– On l'a attaché avec une corde dont l'autre bout est fixé à notre fil de pêche, que personne ne découvrira.

– Surtout avec ce temps, renchérit Tiny avant d'éternuer.

Tom intervint :

– Autre bon point : cette fois, vous n'avez pas laissé un peu partout des traces de votre passage.

Wally s'en mêla :

– L'ordinateur dit qu'il y a un *million* de façons de le récupérer maintenant. C'est fastoche.

– Oui, et c'est ce qu'on va faire, déclara Doug en haussant les épaules tellement c'était facile.

– Je suis bien content qu'on soit débarrassés, dit Kelp.

Il y eut ensuite un moment de silence; tout le monde sirotait son café, regardait le mur ou dessinait des cercles avec le doigt sur la nappe, mais personne n'osait croiser le regard des autres. La lumière de la petite salle à manger surpeuplée semblait plus vive tout à coup, la nappe plus blanche, les murs plus brillants, et le silence de plus en plus dense.

Finalement, ce fut May qui le brisa.

– Comment?

À cet instant, tout le monde s'anima de nouveau, les regards se tournèrent vers elle, ils avaient tous hâte de répondre à la question.

– C'est facile, May, dit Kelp. On va se servir du cabestan.

– On va attacher la corde à la corde, expliqua Doug.

– Mais évidemment, ajouta Tiny, il faudra un nouveau cabestan.

– Ah ! oui, dit Kelp en hochant la tête. Et une corde.

Stan demanda :

– Il ne faudra pas une sorte de bateau, aussi ?

– Un qui coule pas sous la pluie, suggéra Tiny.

– On fera ça quand ? demanda Wally. Vous voulez attendre qu'il arrête de pleuvoir ?

– Oui, répondit Tiny.

– Pas sûr, dit Doug. Ça dépend du temps que ça durera. Les ingénieurs du barrage font régulièrement un tour en bateau sur le réservoir, pour prélever des échantillons et tout ça. S'ils passent sur notre ligne, ils risquent de la couper avec leur hélice.

– Ça m'étonnerait qu'ils fassent une balade sur l'eau par ce temps, fit remarquer Tiny.

– Exact, concéda Doug.

May se racla la gorge et dit :

– Il me semble que, s'il était là, John ferait remarquer que dès que la pluie s'arrêtera, les gens du barrage vont s'empresser de mettre leur bateau à l'eau pour rattraper le temps perdu.

– C'est vrai aussi, concéda Doug.

Wally demanda :

– Miss May, que ferait remarquer John à part ça ?

– Je ne sais pas, dit May. Il n'est pas là.

Tout le monde s'attarda sur cette constatation.

– Le truc, dit Stan, c'est que quand John est là, vous n'hésitez pas à proposer des idées, car il vous dit tout de suite si elles sont bonnes ou mauvaises.

– Dortmunder est ce qu'on appelle le point central, ajouta Tiny d'un air songeur.

Avec son ricanement patenté, Tom dit :

– Dommage qu'il ait passé la main avant le partage.

Tout le monde semblait mal à l'aise. May dit :

– Je suis ici pour veiller sur les intérêts de John.

– Oh ? fit Tom. Al a encore des intérêts ?

La maman de Murch le foudroya du regard.

– Je ne vois pas ce que ça peut vous faire, dit-elle. Sa part n'est pas prélevée sur la vôtre. Vous aimez faire des histoires, rien que pour le plaisir, hein ?

– Du moment que tout le monde est content, lui répondit Tom, je le suis aussi.

– La question, dit May, c'est de savoir *quand* vous allez le faire, et *comment* vous allez le faire ?

– May, dit Kelp. J'ai touché le cercueil, avec cette main. (Il la tendit devant elle, paume en avant.) À partir de là, c'est *facile*.

– Très bien, dit May. Expliquez-moi.

Kelp se tourna vers Doug.

– Expliquez-lui, d'accord ?

– Eh bien voilà... On retourne accrocher la corde à la corde et Tiny actionne le cabestan.

Tiny demanda :

– Vous auriez pas un truc qui permette d'alléger un peu le cercueil, pour qu'on puisse le faire passer au-dessus des souches ?

– Oh ! c'est vrai, dit Doug. J'avais oublié ce détail.

– Et *quand ?* demanda May. Avec quel genre de bateau ? Et au niveau des *détails*, justement ?

– C'est pour ça qu'on a besoin de John ! s'exclama Kelp en tapant rageusement sur la table.

– John n'est pas là, fit remarquer May. Nous allons devoir régler les détails nous-mêmes. À commencer par : quand voulez-vous le faire ?

– Le plus tôt possible, répondit Stan. (Il se tourna vers Tiny.) Je suis navré de devoir dire ça, mais nous avons plus de chances sous la pluie. Du moment que nous y sommes préparés.

– Et du moment que le bateau ne coule pas, répliqua Tiny.

– Un nouveau bateau, ça va coûter cher, dit Doug.

Tout le monde regarda Tom, qui regarda tout le monde d'un air doux (enfin, pour lui).

– Non, dit-il.

– Allons, Tom, dit Kelp, on a besoin d'une certaine...

– Vous n'aurez plus de pognon venant de moi.

Tom semblait très sérieux en disant cela. Il s'adressa à Doug :

– À qui j'achète tout ce matériel ? À toi. Tu peux nous en faire cadeau.

– Pas le bateau.

– Vous n'avez qu'à le voler ce foutu bateau ! conseilla Tom.

Doug se mit à bredouiller, mais Stan vint à son secours en disant :

– Laissez tomber, Doug, on s'arrangera pour le bateau.

– O.K., dit Doug, mais il avait de nouveau des petites taches blanches sur les joues, comme quand il était tombé en état de choc.

Stan se tourna ensuite vers May.

– On va *tout* organiser, May. On n'est pas habitués, c'est tout.

May balaya la table du regard.

– Je vais refaire du café, décida-t-elle.

Elle se rendit dans la cuisine. Durant tout le temps où elle resta absente, elle les entendit se chamailler.

63

Ayant enfin retrouvé son lit dans sa maison, Dortmunder ne dormit pas comme un bébé; il dormit comme un adulte qui en a bavé. Il dormit à poings fermés, parfois bruyamment, la bouche ouverte, vautré dans toutes les positions, les draps entortillés autour des chevilles. Il fit de beaux rêves (soleil, argent, jolies voitures et femmes rapides) et des cauchemars (encore de l'eau!), entrecoupés de périodes de sommeil à faire pâlir d'envie un loir.

C'est au cours d'un sommeil un peu moins profond que Dortmunder fut légèrement dérangé par les cliquetis produits par une personne qui crochetait la serrure de l'appartement, ouvrait la porte, entrait sur la pointe des pieds (ces vieux parquets craquent, quoi qu'on fasse) et refermait la porte derrière elle avec le petit *clic* révélateur. À cet instant, Dortmunder remonta presque jusqu'à la surface de la conscience, mais son cerveau décida que ces bruits étaient ceux de Tom qui rentrait d'une de ses expéditions nocturnes pour se remplir les poches. Les petits bruits en provenance du couloir furent ainsi transformés dans l'usine à rêves en bruissement de vaguelettes, et dans ce rêve, Tom était un poisson géant avec des dents auxquelles Dortmunder essayait d'échapper en nageant, nageant, nageant...

En temps normal, l'intrus aurait eu du mal à s'orienter dans l'appartement sombre et presque sans fenêtres, mais les récentes expériences sous-marines de Dortmunder avaient incité ce dernier à laisser une lumière allumée dans la salle de bains, ce qui permit à l'intrus de se déplacer à sa guise, de s'assurer que le dormeur était l'unique occupant des lieux à cet instant et de se rendre ensuite dans la cuisine pour se faire un sandwich avec du beurre de cacahouète et de la confiture. (Le bruit du couteau dans le pot de beurre de cacahouète devint, dans le rêve de Dortmunder, celui des rames dans les tolets de la barque de Charon.)

L'intrus demeura silencieux pendant un long moment après avoir ingurgité son sandwich et une des bières de Dortmunder; à vrai dire, il piqua même un petit roupillon à la table de la cuisine. Mais un peu avant l'aube, il se rendit dans la chambre et balança par terre les vêtements qui se trouvaient sur la chaise, près de la porte, pour pouvoir s'y asseoir, à quelques dizaines de centimètres du lit et regarda Dortmunder dormir.

Le petit déclic métallique qui se produisit lorsque l'intrus arma le chien de son fusil fit froncer les sourcils à Dortmunder, dans son sommeil, et émettre des petits bruits de succion écœurants avec sa bouche ; il rêva qu'il était sous l'eau, à une grande profondeur, et soudain, sa bouteille se détachait dans son dos et se séparait de son détendeur avec un petit déclic métallique, juste avant que sa bouche, son estomac et son cerveau ne se remplissent d'eau. Mais ce cauchemar se dissipa et il rêva ensuite qu'il jouait au poker avec d'anciens copains de cellule du bon vieux temps ; il avait en main une quinte flush qui le contentait pleinement et il se renfonça dans le sommeil, de plus en plus profondément, si bien qu'il s'était presque écoulé deux heures quand il ouvrit enfin les yeux, se frotta le nez, fit un bruit avec sa bouche, se redressa, s'étira et regarda le canon du fusil pointé sur son front.

– GLEU ! s'écria-t-il en avalant sa langue.

Un fusil. Que tenaient des vieilles mains noueuses. Et derrière le viseur, il y avait un vieil œil ridé. L'ultime résident de Cronley, Oklahoma, était assis sur une chaise dans sa chambre.

– Eh bien, monsieur le Département de la récupération, dit l'ermite, vous allez pouvoir me dire où est Tim Jepson. Et *cette fois,* il n'y a personne dans mon dos avec une bouteille.

64

Avec une bouteille...

Quand le stylet effilé de l'aube enfonça sa pointe orange dans l'œil de Guffey à travers les fenêtres sans carreaux du bar de l'hôtel Cronley, il se réveilla avec une épouvantable migraine et une énigme. Soit le copain du type des infrastructures l'avait assommé avec trois bouteilles, ce qui semblait excessif, soit il se passait quelque chose de bizarre.

Trois bouteilles. Toutes les trois brisées sur le sol, avec les bouchons encore enfoncés dans les goulots. Et puantes. Pourtant, elles étaient sèches à l'intérieur, ce n'était donc pas le vin qui avait tourné avec le temps; d'ailleurs, l'odeur pestilentielle semblait émaner de la vase séchée autour de la bouteille.

La tuyauterie. Le deuxième envahisseur était descendu au sous-sol pour examiner la tuyauterie. C'est ce que fit à son tour Guffey, en titubant légèrement sous l'effet du coup reçu sur la tête, et lorsqu'il découvrit la trappe démontée, il comprit. Nom de Dieu, c'était bien Tim Jepson! Il était revenu chercher ses quatorze mille dollars comme l'avait prédit Mitch Lynch. Quatorze mille dollars cachés durant toutes ces années dans des bouteilles de vin, dans cette effroyable rivière de boue. N'était-ce pas du Jepson tout craché?

« Je l'avais entre les mains, exagéra Guffey, et je l'ai laissé filer. » Mais tout espoir n'était peut-être pas perdu. Il lui restait une piste : le numéro d'immatriculation de cette petite automobile blanche. Il pouvait toujours essayer.

Ce jour-là, avant midi, Cronley devint enfin ce qu'elle semblait être depuis si longtemps : une ville déserte. Rasé de près, vêtu des plus beaux vêtements volés aux professeurs, avec dans son sac à dos son fusil démonté et des affaires de rechange, Guffey quitta Cronley d'un pas décidé et traversa le désert parsemé de rochers vers son destin depuis longtemps différé.

En début de soirée, il avait marché et fait du stop jusqu'à une ville dotée d'un poste de police, où il avait dénoncé le chauffard qui l'avait renversé et qui avait pris la fuite, en donnant le signalement du véhicule et le numéro d'immatriculation et en montrant la cicatrice sur son crâne en guise de preuve. Les policiers entrèrent ces informations dans l'ordinateur, prirent en photo la cicatrice sur son crâne et le conduisirent à l'hôpital où il eut droit à la meilleure nuit de sommeil et au meilleur repas de toute sa vie ; à tel point qu'il faillit renoncer à sa quête. Finalement, se dit-il, pour vivre ainsi dans le luxe, il suffisait de traverser devant un bus sept ou huit fois par an.

Mais le devoir l'appelait, principalement le lendemain matin lorsque les policiers vinrent le voir à l'hôpital pour lui annoncer qu'ils savaient qui l'avait renversé, mais il n'y avait pas grand-chose à faire. (Guffey comptait sur cette indifférence des fonctionnaires.) Apparemment, il s'agissait d'une voiture de location, prise à l'aéroport d'Oklahoma City le jour de l'accident et rendue le lendemain. Les mécréants – « des New-Yorkais, évidemment » – avaient fichu le camp depuis longtemps. La voiture ne portait aucune trace, il n'y avait pas de témoin et les examens du crâne de Guffey n'avaient révélé aucun traumatisme (stupéfiant) ; autrement dit, il n'y avait pas de quoi justifier une enquête fédérale.

Guffey, toujours très humble, accepta tout ce qu'on lui dit ; il ne demanda qu'une seule chose en échange : pourrait-il avoir, si c'était possible, le nom et l'adresse de la personne qui avait loué la voiture.

Un des policiers sourit en entendant cette requête.

– Vous n'envisagez pas de vous faire justice vous-même, par hasard ?

– Je n'ai jamais quitté l'Oklahoma depuis que je suis né ! s'écria Guffey en toute sincérité. Je veux juste écrire à cette personne pour lui dire que je lui pardonne, en bon chrétien que je suis. Gloire à Notre Seigneur !

Craignant de voir Guffey se lancer dans un long prêche, les policiers lui donnèrent *deux* noms – Tom Jimson, qui avait loué la voiture, et John Dortmunder, qui l'avait conduite – et une seule adresse pour les deux hommes. (Tom Jimson, hein ? Tim Jepson. Tom Jimson, hein ? Hein ? *Hein ?*)

Il y eut un petit hic quand l'hôpital insista pour garder Guffey quelques jours en observation, mais quand ils découvrirent qu'il n'avait pas d'assurance, ils s'aperçurent qu'ils l'avaient observé suffisamment longtemps, et il put repartir. Alors, pour la première fois de sa vie, le pouce dressé, Guffey quitta l'Oklahoma.

Le voyage vers le nord-est fut long et aventureux, ponctué par un certain nombre de crimes de la plus lâche et la plus méprisable espèce : troncs d'église pillés, handicapés agressés et délestés de leurs sacs de provisions... Et enfin, New York. L'adresse en question. Et John Dortmunder.

Tim Jepson n'était pas là, malheureusement (le tuer dans son sommeil constituait la méthode la plus sûre, tout compte fait), mais tant pis. John Dortmunder était là, et John Dortmunder pourrait lui dire où trouver Tim Jepson.

Et il le lui dirait. Oh ! oui.

65

– Euh, non, dit Dortmunder en essayant d'avoir l'air d'un individu raisonnable, maître de lui-même et de son environnement, et non pas d'un lapin terrorisé qui vient d'être réveillé par un fou armé d'un fusil. Non, je ne sais pas où est Tom... Tim.

– Il vit ici, dit le fou. C'est vous qui l'avez dit quand vous avez loué la voiture.

Dortmunder ouvrit de grands yeux, stupéfait par les informations que possédait le fou, et celui-ci ricana, un peu à la manière de Tom, sauf qu'il ouvrait la bouche suffisamment grand pour laisser voir ses gencives ratatinées, noircies et sans dents.

– Tu savais pas que je savais ça, hein ?

Le fusil ne tremblait pas entre ses vieilles mains ridées.

– Non, je ne savais pas.

– Je sais un tas de choses, monsieur le Département de la récupération. Tim Jepson se fait appeler Tom Jimson maintenant. C'est lui qui a payé la location de la voiture. Et toi, tu conduisais.

– Ouah, vous êtes doué, dit Dortmunder en réfléchissant à toute vitesse.

– Tu sais pour quoi je suis vraiment doué ? demanda le fou.

– Non. Quoi ?

– Le tir.

Le dingue lui fit un grand sourire, la joue appuyée contre le métal froid du fusil. Ça fait des années que je tire pour remplir la gamelle.

Voyant l'air perplexe de Dortmunder, le vieux bonhomme s'énerva.

– Ça veut dire que je chasse pour me nourrir ! Je tue des coyotes, des lapins, des taupes, des serpents et des rats ! Que je mets dans ma gamelle ensuite. Pour les manger !

– Désolé, je n'avais pas compris, dit Dortmunder, en toute sincérité. Je suis un gars de la ville, je ne connais pas toutes ces choses.

– Moi, si, dit le campagnard susceptible. Et je vais te dire un truc, monsieur le Gars de la ville : je suis rudement doué pour remplir la gamelle.

– J'en suis sûr, dit Dortmunder en chargeant sa voix de tonnes d'admiration.

– Imagine, tu as un petit écureuil devant toi, dit le fou. Va pas croire qu'il reste sans bouger le temps que tu vises, pas comme *toi*. Il arrête pas de bouger, de sauter partout. Et pourtant, tu peux me croire, à chaque fois que je presse sur la détente, j'atteins cette bestiole exactement là où je veux. J'aime pas gâcher la viande.

– C'est bien.

– C'est plus que bien !

– Oui, c'est super.

– Alors, reprit le fou en retrouvant son calme, à ton avis, combien j'ai de chances de réussir mon coup si je décidais, par exemple, de t'arracher le lobe gauche ?

– Euh... fit Dortmunder.

Son lobe gauche se mit à le démanger furieusement. Et sa main gauche se mit à trembler furieusement, frustrée dans son désir de gratter son oreille gauche. Son œil gauche se mit à couler.

– Euh... je crois que vous ne ferez pas ça.

– Et pourquoi ?

– À cause du bruit, des voisins...

– D'après ce que je sais de New York, quand les voisins entendent un coup de feu dans ces quartiers-là, ils montent le son de leur télé et ils font semblant d'avoir rien entendu. C'est ce qu'on m'a dit.

– Oh ! ça c'est les gens de la campagne qui disent du mal de New York. En fait, cette ville est un endroit très chaleureux, à visage humain. Par exemple, les visiteurs retrouvent toujours les portefeuilles qu'il ont laissés dans le taxi.

– Moi, je laisse pas mon portefeuille dans le taxi. Je répète seulement ce que j'ai entendu. Et je dis que ça vaut la peine de tenter le coup.

– Attendez ! s'écria Dortmunder. Pourquoi... pourquoi est-ce que vous feriez ça ?

– Pour m'entraîner, répondit le fou. Et pour que tu me prennes au sérieux.

– Je vous prends au sérieux ! Très au sérieux !

– Tant mieux. (Le fou hocha la tête d'un air satisfait, mais garda son fusil braqué sur l'oreille de Dortmunder.) Alors, où est Tim Jepson ?

66

– Euh... fit l'homme sur le lit.

Guffey le regarda en fronçant les sourcils.

– Euh ?

– Je n'en sais rien !

– Si vraiment tu n'en sais rien, c'est dommage pour toi, dit Guffey en toute sincérité, parce que tu vas perdre une oreille.

– Attendez une minute ! s'exclama l'homme nommé Dortmunder en agitant les bras et en battant des jambes sous la couverture. Je le sais, mais attendez une minute, d'accord ?

Guffey faillit baisser le canon de son fusil tellement il était surpris.

– Tu le sais, mais je dois attendre une minute ?

– Écoutez-moi. Vous connaissez Tom Jimson, hein ? Ou Tim Jepson ou peu importe comment vous l'appelez.

– Comme je veux, répondit Guffey en serrant si fort le fusil qu'il faillit faire sauter prématurément l'oreille du gars d'en face.

– Réfléchissez un peu, lui proposa Dortmunder. Y a-t-il sur cette terre quelqu'un qui ait envie de *protéger* Tom Jimson ? Qui risquerait son oreille pour lui ?

Guffey réfléchit donc.

– N'empêche, dit-il. Tim Jepson vit ici avec toi, tu sais où il est, mais tu veux pas me le dire. Peut-être que tu es dingue ou un truc comme ça et ce qu'il te faut, c'est un traitement de choc, genre je te fais sauter l'oreille, puis quelques doigts, puis...

– Non, non, laissez-moi juste une chance ! s'exclama Dortmunder en faisant des bonds dans son lit. Je ne vous en veux pas, sincèrement. Je sais ce que vous a fait Tom. Il m'a tout raconté.

Un grognement sourd monta de la gorge de Guffey.

– Ah bon ?

– Comment il vous a bloqué dans l'ascenseur et tout ça. (Dortmunder secoua la tête d'un air compatissant.) Même que ça le faisait rire ! Moi, j'avais du mal à entendre ça.

Guffey aussi.

– Alors, comment ça se fait que tu fréquentes ce gars-là ? demanda-t-il. Et que tu le protèges ?

– Je ne protège pas Tom ! Simplement, il y a d'autres personnes impliquées, auxquelles je tiens, vous comprenez ?

– Moi, y a que Tim Jepson qui m'intéresse.

– Oui, je sais. Et je comprends. Vous avez attendu pendant des années. Vous pouvez bien attendre un ou deux jours de plus.

Guffey accorda à cette suggestion le ricanement qu'elle méritait.

– Pour que t'ailles le prévenir ? Tu me prends pour un idiot ou quoi ?

Dortmunder regarda autour de lui, le front plissé par une intense cogitation.

– J'ai une idée, dit-il. Vous n'avez qu'à rester ici.

– Rester ici ?

– En attendant que je reçoive mon coup de fil.

– Quel coup de fil ?

– Des amis qui doivent me dire qu'ils ont fini de faire ce qu'ils sont en train de faire et...

Guffey se sentait un peu perdu.

– En train de faire quoi ? Qui ça ? Qu'est-ce qu'ils font ?

– Je ne peux pas le dire.

– Bon sang, tu peux dire adieu à ton oreille !

– Non, non. Je ne peux pas non plus vous dire qui est en train de faire quoi, ni où, ni rien d'autre. Mais si vous me faites sauter les oreilles, je ne pourrai pas répondre au téléphone et vous ne pourrez jamais mettre la main sur Tom Jimson.

– Dans ce cas, je crois que je vais laisser tomber ton oreille et te tirer un pruneau dans la cervelle. J'attendrai le coup de téléphone tout seul.

– Ils ne vous parleront pas. Et vous avez vraiment envie de rester assis à côté d'un cadavre ?

– Ils me parleront, dit Guffey. Je leur ferai croire que je suis ton oncle et ils me croiront. Et si je préfère rester assis à côté d'un cadavre, c'est que si tu es vivant, je pourrai pas dormir ni me retourner ni aller aux chiottes ni *rien* pendant deux ou trois jours, jusqu'au coup de téléphone. D'ailleurs, ajouta-t-il après s'être convaincu de sa propre logique, c'est ce que je vais faire sans plus attendre. (Il modifia la direction du canon en conséquence.) Adieu.

– Attendez !

– Arrête de crier comme ça ! s'exclama Guffey avec colère. Tu me déconcentres, je risque de viser à côté. Je t'offre une mort rapide et indolore, tu devrais me remercier..

– Vous n'êtes pas obligé !

Guffey savait qu'il était malpoli de rire d'une personne qu'on s'apprête à tuer, cela ne fait qu'ajouter l'insulte à la blessure, mais c'était plus fort que lui.

– Qu'est-ce que tu vas faire ? Me donner ta parole d'honneur ?

– J'ai des menottes !

Guffey baissa son arme, intrigué malgré lui.

– Des menottes ? Comment ça se fait que tu as des menottes ?

– Bah, ça peut être pratique, des fois, répondit Dortmunder avec un petit haussement d'épaules.

– Ton idée, c'est que je t'attache au lit et...

– Sur le canapé dans le salon, plutôt, suggéra Dortmunder. C'est plus confortable et je pourrai regarder la télé si j'en ai envie.

S'agissait-il d'une ruse ? D'après l'expérience de Guffey, *tout* était une sorte de ruse.

– Elles sont où, ces menottes ?

Dortmunder désigna la commode à gauche de Guffey, le long du mur.

– Dans le tiroir du haut.

Debout à côté de la commode, le dos contre le mur, Guffey put surveiller Dortmunder pendant qu'il ouvrait le tiroir et examinait son contenu en lançant des petits coups d'œil rapides. Et quel contenu ! Au milieu des peignes édentés, des boutons de manchette dépareillés, des lunettes de soleil cassées et des tubes de diverses pommades pressés et aplatis, il y avait un coup-de-poing américain usé, un masque de bal rouge, un masque de Mickey, un passe-montagne, trois gants en caoutchouc pour la main droite, une fausse moustache dans un sac en plastique, quelques jetons de métro et, comme annoncé, une paire de menottes chromées avec la clé dans la serrure.

D'une main, l'autre lui servant à pointer le fusil sur Dortmunder, Guffey sortit les menottes du tiroir, les laissa tomber sur la commode et retira la clé, qu'il glissa dans sa poche. Puis il lança les menottes à Dortmunder.

– O.K. Mets-les donc toi-même.

– Euh... Je viens de me réveiller. Est-ce que... je pourrais m'habiller ? Ou au moins aller aux toilettes ?

– Attends une minute. Bouge pas.

Dortmunder ne bougea pas, alors que Guffey marchait en crabe jusqu'à la porte, sortait de la chambre à reculons, jetait un coup d'œil à droite (la porte de l'appartement) et à gauche (la cuisine, avec la cuisinière qu'on apercevait), avant de dire :

– O.K., monsieur Dortmunder. Je vais aller dans la cuisine pour me faire un café. En gardant un œil par ici. Et si jamais ta tête franchit cette porte avant que je te le dise, je te la fais sauter. C'est pigé ?

– Oui, oui. Je reste ici jusqu'à ce que vous me disiez de sortir.

– Exact.

Guffey commença à reculer vers la cuisine, mais il s'arrêta. À contrecœur, il demanda :

– Tu veux du café ?

– Oui, merci.

– O.K.

Guffey recula de nouveau, mais Dortmunder leva la main comme un gamin qui connaît la réponse. Guffey s'arrêta de nouveau.

– Ouais ?

– Si ce n'est pas trop demander, je pourrais avoir du jus d'orange ?

67

La tête rentrée dans les épaules à cause de la pluie battante, Myrtle plaqua sa poitrine contre le côté de la maison d'Oak Street et se hissa sur la pointe des pieds. Par la fenêtre de la cuisine, elle aperçut Doug debout à côté du réfrigérateur, le téléphone collé à l'oreille. Au-delà du jardin, de l'autre côté de Myrtle Street, elle percevait faiblement la sonnerie de son téléphone à elle.

Quand arrêtera-t-il enfin ? se demanda-t-elle, et juste au même moment, la sonnerie cessa dans la rue voisine. Doug raccrocha le téléphone mural en secouant la tête et il se retourna pour lancer une remarque d'un air stupéfait (« Elle n'est *jamais* chez elle ! ») à Gladys qui venait d'entrer dans la cuisine vêtue d'un blouson et coiffée d'une casquette. Gladys lui répondit par un haussement d'épaules indifférent, ouvrit le réfrigérateur, sortit une boîte de bière et elle s'apprêtait à l'ouvrir quand quelqu'un tapota sur l'épaule de Myrtle.

Myrtle fit un tel bond en sentant cette main que les deux personnes présentes dans la cuisine se tournèrent vers la fenêtre, attirées par le mouvement, et quand elle retomba, elle s'affala contre le mur ruisselant de la maison comme une clématite qu'on a trop arrosée. Horrifiée, elle leva les yeux vers cette sorte d'abominable homme des neiges qui se dressait devant elle, vêtu d'un ciré et d'un chapeau de pluie jaunes qui le faisaient ressembler à un stand de tacos ambulant. La créature écarta ses bras massifs terminés par des gants de joueur de base-ball pour l'encercler et l'empêcher de fuir (comme si les jambes de Myrtle avaient la force de courir, et même de la soutenir s'il n'y avait pas eu le mur !), la créature émit un grognement rauque et dit (en anglais ! Comme une vraie personne, un être humain !) :

– Vous ressemblez pas à l'idée que je me fais d'un voyeur, madame.

– Je ne... Je... Je...

Le monstre leva une main et l'agita devant elle. Myrtle se tut aussitôt.

– Vous, vous, vous, j'ai compris. Essayez de passer au mot suivant.

Jamais Myrtle ne s'était sentie si fragile, si frêle, si vulnérable et sans défense. Elle bredouilla les seuls mots qui lui semblaient convenir aux circonstances :

– Je suis désolée.

– C'est bien, dit le géant. Très bien. Un bon point pour vous. D'un autre côté, « désolé », c'est pas une explication.

Pendant que le cerveau de Myrtle courait en tous sens à la recherche d'un bouquet de mots pour apaiser ce monstre, celui-ci leva les yeux vers la fenêtre, haussa ses sourcils monstrueux, pointa sur Myrtle un doigt monstrueux, gros et solide comme un rat, et dit en articulant avec exagération :

– Tu la connais ?

Myrtle tourna la tête et leva les yeux. Sous cet angle extrême, Doug vu à travers la fenêtre dégoulinante de pluie semblait aussi effrayé qu'elle l'était. Il avait peur, *lui aussi ?* Oh, Seigneur ! Et quand Doug hocha la tête de manière spasmodique en réponse à la question du monstre, Myrtle sentit que son dernier espoir, dont elle ignorait l'existence jusqu'à cet instant, venait de s'envoler.

– O.K., dit le monstre en reportant son regard froid sur Myrtle. Il pleut dehors, petite madame. Soyons intelligents. Allons nous mettre à l'abri.

– Je veux rentrer chez moi, dit Myrtle de sa plus petite voix.

En guise de réponse, le monstre leva la main droite pour lui faire signe d'avancer. Ne sachant pas quoi faire d'autre, Myrtle obéit. Précédant le monstre, elle fit le tour de la maison pour entrer par la porte de derrière et elle se retrouva dans la cuisine où Doug et Gladys la regardèrent avec un mélange d'étonnement et de désapprobation.

Le monstre referma la porte et Doug demanda :

– Myrtle, que fais-tu ici ?

Désespérée, trahie, se disant que *Doug* au moins aurait dû être de son côté, Myrtle répondit :

– Et *toi,* que fais-tu ici ? Avec l'homme à l'ordinateur et le soi-disant protecteur de l'environnement et Gladys et mon p-p-p-... et tous les autres ? Tu habites ici depuis le début, tu m'as menti, tu attendais la pluie !

Les regards que lui adressèrent les trois personnes présentes firent comprendre à Myrtle, un peu tardivement, qu'elle avait peut-être dévoilé plus de choses qu'elle n'aurait dû en savoir. (Au moins avait-elle assez de jugeote pour ne pas parler de son père.) Confirmant cette crainte, le monstre dit :

– Ton amie en sait beaucoup sur nous, Doug.

Doug secoua la tête et protesta avec un tremblement dans la voix.

– Pas par moi, Tiny ! Juré !

Tiny ? se dit Myrtle, mais elle fut tirée de ses réflexions sur les dénominations incorrectes par la soudaine apparition de son père dans la cuisine.

Aucun doute. Elle le sut aussitôt. Et presque aussi rapidement, elle comprit également, en voyant ces yeux de glace et ce visage gris, décharné et dur, que ce n'était pas un père dans les bras duquel on pouvait se jeter. À vrai dire, aussi instinctivement qu'elle avait deviné leur filiation, elle se dit que ce serait une très mauvaise idée de l'en informer.

C'était déjà une mauvaise idée d'avoir attiré son attention. Après avoir posé sur elle un regard bref mais pénétrant, son père se tourna vers le monstre et dit, sans bouger ses lèvres exsangues :

– Tiny ?

– Elle matait par la fenêtre, résuma Tiny. C'est la petite amie de Doug. Seulement, elle était pas censée savoir qu'on était ici, dans cette maison, ni ce qui se passait. Pas vrai, Doug ?

– Je le croyais, répondit Doug d'un ton affolé. (Levant les bras dans un geste de supplication, il s'adressa au père de Myrtle.) Tout ce qu'elle sait, Tom, c'est pas moi qui lui ai appris. Juré !

– Et elle sait un tas de choses, dit le monstre nommé Tiny. Y compris qu'on attendait la pluie.

Surpris, son père dévisagea Myrtle (elle comprenait maintenant pourquoi sa mère avait réagi de manière si extrême en revoyant cet homme après tant d'années) et il dit :

– Tu sais tout, hein ? Où tu as appris tout ça ?

– Je... je vous ai vus sortir dans le jardin, répondit-elle de sa petite voix. Vous aviez tous l'air si heureux quand les nuages sont arrivés.

Tiny dit :

– Cette fille nous espionne.

Le père de Myrtle lança à Doug un regard rempli d'un mépris glacé et dit :

– Tu nous as fait repérer. Tu es aussi stupide que tu en as l'air.

Tandis que Doug se demandait s'il devait répondre ou non, le père de Myrtle se tourna vers elle et dit :

– Qui d'autre est au courant ?

(Ne pas mêler Edna à cette histoire !)

– Personne.

Doug intervint :

– C'est sûrement vrai, Tom. Ça m'étonnerait qu'elle en ait parlé à sa mère et elle ne fréquente personne d'autre. Elle est bibliothécaire, c'est tout !

(À l'entendre, ma vie est vide, se dit Myrtle. Et je ne compte pas pour lui.)

Son père hocha lentement la tête, il réfléchissait. Finalement, il dit :

– Le jardin de derrière est bien détrempé avec toute cette pluie. On ira la planter dès qu'il fera nuit.

Toutes les personnes présentes saisirent le sens de cette remarque avant Myrtle, et le temps qu'elle comprenne, ils s'étaient lancés dans une série d'objections qu'elle approuvait chaleureusement.

Gladys fut la première à protester, d'un ton outragé :

– Vous ne pouvez pas faire ça !

Puis Doug, d'un ton paniqué :

– Je ne veux pas être mêlé à ça !

Et finalement, Tiny, d'un ton calme mais persuasif :

– On n'est pas obligés de faire ça, Tom.

– Ah bon ? (Son père – Tom Jimson – les regarda tous les trois en secouant la tête.) Et où elle va aller en sortant d'ici ? Direct chez les flics ?

– On va la garder ici, dit Tiny. De toute façon, on fait le coup demain soir. Ensuite, on s'en fout de ce qu'elle fait ou de ce qu'elle dit.

– C'est sa *mère* qui va aller chez les flics si elle la voit pas rentrer, dit Tom Jimson. (C'était plus facile de penser à lui de cette façon.)

Gladys intervint :

– Elle n'a qu'à appeler sa mère pour dire qu'elle passe la nuit avec Doug.

Myrtle étouffa un hoquet et Doug eut la décence de paraître gêné, mais Gladys se tourna vers Myrtle pour lui jeter un regard mauvais en disant :

– C'est mieux que de passer la nuit nulle part.

Myrtle savait qu'elle avait raison.

Mais Tom Jimson n'avait pas renoncé à son idée.

– Et où on va la mettre ? demanda-t-il. Qui va la surveiller toute la nuit ? Où qu'on l'enferme, elle peut filer par la fenêtre.

– Non, pas dans le grenier, dit une voix sur le seuil.

Ils tournèrent tous la tête. Wally (si c'était bien son nom) était là. Depuis combien de temps ? Était-ce le génie du crime que Myrtle avait imaginé ou bien le petit homme rond et inoffensif qu'il semblait être ? Ou quelque chose entre les deux ?

Myrtle le dévorait des yeux, mais Wally ne croisa pas son regard. Il avança dans la cuisine et s'adressa à Tom :

– Il y a une pièce dans le grenier, avec une porte qui ferme à clé. De toute façon, la nuit, je ne dors presque pas, je peux aller la surveiller de temps en temps pour vérifier qu'elle essaye pas de s'enfuir ou un truc comme ça.

– Elle peut appeler à l'aide par la fenêtre, fit remarquer Jimson.

Wally repoussa cette objection avec un petit sourire. C'est certainement un génie du crime, se dit Myrtle. Il est le seul à ne pas avoir peur devant Tom Jimson.

– Sous cette pluie ?

– Wally a raison, dit Gladys. Il n'y a personne dehors, et de toute façon, personne ne l'entendrait.

Wally était donc son vrai nom, au moins.

Tiny intervint :

– Essaye de comprendre, Tom. Pour l'instant, on n'a rien fait qui puisse inciter la police à nous courir après. Mais si on commence à buter les gens du coin, c'est une autre histoire.

– Je refuse de faire ce genre de choses, déclara Doug avec une insistance tremblante. Je suis un plongeur ! Je suis ici pour ça et c'est tout.

Il s'ensuivit une discussion agitée, tout le monde s'opposant à la soif de sang de Tom Jimson, et pendant ce temps, dans le dos de la conversation pourrait-on dire, Wally regardait fixement Myrtle, comme s'il essayait de lui transmettre un message par la pensée. Mais lequel ? Était-ce une menace ? Une mise en garde ? Peut-être ne voulait-il pas qu'elle dise aux autres qu'ils se connaissaient.

Pas de problème. Elle ne voulait rien dire à qui que ce soit. Tous ces gens lui faisaient peur, y compris Gladys.

La discussion continuait à faire rage quand trois autres personnes vinrent encombrer la cuisine. Les nouveaux venus exigèrent de savoir ce qui se passait et les autres évoquèrent de nouveau la capture de Myrtle et la controverse concernant son sort. Il y avait deux hommes et une femme, mais aucun des deux hommes n'était celui qui était venu chercher Doug sur la véranda de Myrtle, avec fureur. Ils étaient nombreux dans ce...

... gang.

C'est un gang, se dit Myrtle. J'ai été kidnappée par un gang. Mais que vient faire un gang à Dudson Center ?

La femme qui venait d'arriver, plus grande, plus jeune et visiblement plus sympathique que Gladys, dit :

– Je devrais peut-être appeler John pour voir s'il a une idée de ce qu'on doit faire.

– *Mon* idée, lui répondit Tom Jimson, c'est qu'Al n'est plus dans le coup.

– Le grenier, dit Tiny, calmement mais avec emphase. Wally a raison.

Tout le monde était d'accord, sauf Tom Jimson évidemment, qui dit :

– Je vais vous dire une chose, alors ouvrez bien vos oreilles. Si jamais elle fiche le camp, c'est la dynamite. *Illico.*

– O.K., O.K., O.K., dirent les autres et ils firent signe à Myrtle, avec un certain agacement. Allez, venez, venez, dirent-ils.

Tout le monde l'escorta jusqu'en haut.

Le seigneur de la guerre et la princesse ne se reconnaissent pas !

La princesse, volée par des gitans/des corbeaux/Merlin/la paysanne sans enfant, portera une marque de naissance à un endroit intime.

Pas dans la Vraie Vie. Même si c'est le cas, ça n'a aucune importance, car il n'y a pas d'héritage.

Une princesse possède le royaume de son père. Un seigneur de la guerre possède un butin caché.

Oh ! l'argent dans le réservoir. Je crois que Tom a l'intention de l'emporter. En vérité, la princesse est en danger.

Évidemment.

J'ai fait en sorte de la placer sous ma protection.

Évidemment.

Et maintenant, j'attends. Je suis patient. On verra ce qui se passe, c'est bien, non ?

Évidemment.

69

Quand Dortmunder ouvrit un œil, *tout* allait de travers. Le fait d'ouvrir le deuxième œil n'améliora pas les choses. Il était toujours dans la même situation, allongé par terre dans le salon face à la télé, sur l'écran de laquelle Raquel Welch vêtue d'une blouse blanche de scientifique parlait de microbiologie. Raquel Welch. De microbiologie !

Des pieds. Des pieds entrèrent dans le salon, habillés de vieilles bottes marron éculées et d'un blue-jean délavé et effiloché. En voyant ces pieds, Dortmunder comprit que c'était l'ouverture de la porte de l'appartement qui l'avait réveillé, puis tout le reste lui revint : 1) Guffey ; 2) Tom/Tim Jimson/Jepson ; 3) les menottes ; 4) la pizza, que Guffey était allé acheter.

– Et voilà ! annonça Guffey de tout là-haut, au-dessus des pieds.

– Super.

Dortmunder se servit de sa main gauche pour se redresser en position assise, étant donné que son poignet droit était passé dans un des bracelets des menottes, dont l'autre était fixé autour du radiateur. Il avait la tête qui tournait et il se souvint que Guffey était sorti acheter une pizza car ils avaient commencé à sentir qu'ils avaient ingurgité un peu trop de bière le ventre vide.

Sympathiquement, Guffey ouvrit le carton de pizza par terre, à portée de main de Dortmunder, et il dit :

– Je nous ai pris des bières aussi.

– Super.

Guffey s'assit par terre lui aussi, démocratiquement, et tous les deux s'adossèrent contre le canapé pour manger de la pizza, boire de la bière et regarder Raquel Welch courir à l'intérieur des vaisseaux sanguins de quelqu'un. Elle portait une combinaison maintenant, ce qui était plus logique, mais elle continuait à parler de microbiologie.

Au bout d'un moment, Guffey dit, d'une voix émue :

– Tu sais, John, c'est ma fête la plus chouette depuis... quarante... attends voir, quarante-quatre ans.

– Ce n'est pas vraiment une fête, fit remarquer Dortmunder. On est tous les deux.

– Pour moi, ça fait beaucoup de monde.

– Ah ! oui, évidemment.

Ils replongèrent dans un silence détendu et puis, pendant une publicité pour la National Guard – il était vraiment très tard, on approchait du petit jour –, Guffey dit, sur un ton hésitant :

– C'est peut-être Matt.

– Tu crois ?

– Je sais pas. Essaye.

Prenant un ton enthousiaste et joyeux – sans grande conviction –, Dortmunder dit :

– Hé, Matt, quoi de neuf ? Comment ça va, Matt ? Hé, les gars, regardez, c'est Matt Guffey !

Guffey écouta mourir les échos de la voix, réfléchit un instant, puis secoua la tête.

– Non, je crois pas, dit-il.

– Ça finira par te revenir.

– Ouais, sûrement.

Il y avait eu un moment embarrassant beaucoup plus tôt dans la soirée lorsque Dortmunder avait tenté, grâce à une fine ruse psychologique, d'inciter Guffey à relâcher son attention et à baisser sa garde, en disant : « Puisqu'on doit passer quelques jours ensemble, essayons au moins de sympathiser. Je m'appelle John. » Il s'était avéré que Guffey ne se souvenait pas de son prénom.

On ne pouvait pas vraiment lui en vouloir. Pendant au moins deux décennies, personne ne s'était adressé à lui, et avant cela, durant les années passées en prison, les gars s'appelaient tous par leurs noms de famille pour bien montrer combien ils étaient virils, malgré les pratiques sexuelles auxquelles les avait contraints l'incarcération. En fait, la dernière fois que quelqu'un avait appelé Guffey par son prénom, ça devait remonter à la fin de la Seconde Guerre.

Guffey avait honte, évidemment, de ce trou de mémoire, et Dortmunder avait proposé de l'aider à retrouver le prénom disparu, si bien que, depuis, Guffey passait une partie de son temps – quand il n'était pas occupé à apprendre la microbiologie – à passer en revue la liste des prénoms, et chaque fois qu'il lui semblait tomber sur un prénom potentiel, Dortmunder devait le tester sur lui. Sans succès jusqu'à présent.

Le film sur la microbiologie s'acheva et Guffey parvint à se remettre debout après la seconde tentative, pour aller changer de chaîne jusqu'à ce qu'il retombe sur Raquel Welch. Cette fois, elle ne parlait de rien du tout, car elle était une femme des cavernes.

Mais cette absence de discussion ne semblait pas nuire à l'impact du film.

– Essaye « Sam ».

– Hé, Sam ! Sam Guffey ! Viens ici, Sam !

– Non. J'ai l'impression d'être un chien.

Après un autre laps de temps, Dortmunder émergea d'un demi-sommeil pour s'apercevoir qu'il devait faire de la place pour une autre bière. (Il n'y avait plus de pizza, mais il restait des bières.)

– Guffey, dit-il.

Guffey s'arracha à la contemplation des paysages préhistoriques.

– Hmm ?

– Il faut que j'aille aux toilettes.

– Oui, moi aussi.

– Mais moi, j'ai ce... truc, là. Le bidule.

– Ah, ça ! fit Guffey en fronçant les sourcils.

Précédemment, dans des circonstances similaires, Guffey, assis à l'autre bout de la pièce, avait lancé les clés à Dortmunder qui avait ôté les menottes et relancé la clé à Guffey, avant que celui-ci l'autorise à se rendre aux toilettes. Ensuite, il était incombé à Dortmunder de se menotter lui-même à son retour, sous l'œil vigilant et le fusil menaçant de Guffey.

Mais cette fois-ci, Guffey ne fit aucun geste pour se lever et récupérer son fusil, appuyé contre le fauteuil à l'autre bout de la pièce.

– Euh, Guffey... Ça urge.

Guffey regarda Dortmunder en plissant le front, ce qui doubla le nombre de ses rides.

– Tu vas pas essayer de t'enfuir, hein ?

– M'enfuir ? Je tiens à peine debout.

– Tiens, prends ça.

Guffey sortit la clé des menottes de sa poche et les posa brutalement dans la paume de Dortmunder.

– Merci, Guffey.

La gravité de la situation empêcha Dortmunder de prêter suffisamment attention au geste que venait de faire Guffey. Il se débarrassa simplement des menottes, se mit debout avec l'aide du canapé et celle du mur et suivit en titubant un itinéraire sinueux jusqu'aux toilettes.

La voix de Guffey résonna à travers la porte.

– Essaye « Jack » !

– Hé, Jack ! beugla Dortmunder tout en s'efforçant de viser droit face à cette cuvette qui bougeait sournoisement. J'ai le ventre rempli de bière ! Toi aussi, Jack Guffey ?

Pas de réponse. Dortmunder finit, tira la chasse, se lava les mains et ouvrit la porte. Guffey était juste derrière, hochant lentement la tête, les yeux à moitié en berne.

– Non, dit-il... Et oui.

Dortmunder retourna dans le salon et se rassit par terre devant le canapé, mais sans remettre les menottes. Son regard s'attarda sur les néandertaliens – quel casting ! –, puis sur le fusil appuyé contre le fauteuil. Il réfléchit. Il *pouvait* tenter quelque chose s'il voulait, aucun doute là-dessus. Seulement, il ne voulait pas, voilà tout.

Au bout d'un moment, Guffey revint dans le salon, en rebondissant contre l'encadrement de la porte. Il regarda Dortmunder d'un œil trouble. D'un ton peut-être inquiet, peut-être menaçant, mais assurément éméché, il dit :

– T'as pas remis les menottes.

– Non. Et j'ai pas pris le fusil, non plus. On s'en fout, Guffey. Les ennemis de Tom sont mes amis. Viens donc voir le film.

70

Doug était terrorisé. Pétrifié. Il avait tellement de raisons d'être terrorisé qu'il était pétrifié rien qu'en essayant d'en dresser la liste. Par exemple, il avait peur qu'après avoir été relâchée, Myrtle aille le dénoncer aux autorités. Ou qu'ils ne la relâchent pas et lui réservent à la place un sort effroyable, dont il serait complice. Ou que Tom réserve un sort effroyable à tous les autres au dernier moment, afin de garder l'argent pour lui tout seul. Ou qu'après toutes ces attaques dont avait été victime le réservoir, les autorités surveillent le périmètre et arrêtent tout le monde au moment où ils se présenteraient pour la quatrième tentative. Que Stan Murch, une fois au volant du pick-up (Doug était bien trop nerveux pour conduire) décide de refaire un 360, juste pour le plaisir. Qu'Andy Kelp, assis à côté de Doug à bord du pick-up durant le trajet jusqu'à Long Island, s'aperçoive qu'il était suffisamment expérimenté désormais pour finir le travail tout seul, qu'il n'avait plus besoin de Doug et se débarrasse de lui sans lui verser sa part, en utilisant des méthodes diverses consistant à l'envoyer sur les roses ou à le tuer.

Mais toutes ces peurs n'étaient rien comparées à la grosse, la principale peur, celle qui, à cet instant, le terrifiait le plus : il allait voler un bateau.

Un crime. Un délit. Un véritable vol, dont il était *le principal acteur*. Du moins, c'était ainsi qu'il apparaîtrait aux yeux de la justice. Certes, ses compagnons étaient des criminels endurcis à côté desquels il ressemblait à un agneau qui vient de naître, mais en fait, *ses* connaissances étaient nécessaires pour choisir le bon bateau, c'était *son* matériel, provenant de *sa* boutique, qui serait utilisé, et *son* pick-up qui remorquerait le bateau volé à travers la moitié de l'État de New York. Et *il* serait présent durant toute l'opération.

Bien malgré lui, Dieu en était témoin. Il ne voulait pas être impliqué dans cette affaire. Et pourtant, il l'était. À peu près au moment où – sans que les passagers du pick-up s'en doutent – Dortmunder et Guffey regardaient confortablement et amicalement Raquel Welch dans ce salon douillet de Manhattan, Doug était assis au milieu de la banquette de son pick-up, flanqué de ces criminels endurcis, en route vers son premier grand crime, sous une pluie battante qui martelait le toit du véhicule comme un tocsin.

Tout à fait banalement, à la suite d'un itinéraire tortueux et sans but dont il se souvenait à peine et qu'il n'avait jamais compris, la toute première fois que Doug avait acheté à Mikey Donelli (ou Donnelly) de la marchandise « tombée du camion » avait conduit, par paliers minuscules et après une succession de dérapages imperceptibles, à *ça* : le piratage. Sur la terre ferme.

Enfin, pas si ferme que ça, en vérité. Il pleuvait aussi fort ici à Long Island que là-bas dans le nord.

– C'est bon pour nous, commenta Andy. Personne ne sera dehors pour nous observer.

– Tout le monde le sait bien, ajouta Murch en fonçant sur la voie express de Long Island, quasiment déserte pour la première fois de toute son existence de route surchargée, les flics ont peur de l'eau. Ils ne sortent jamais avec un temps pareil. C'est pour ça qu'on peut rouler si vite.

Très vite même, malheureusement. Le panneau annonçant le Sagtikos Parkway jaillit de l'obscurité humide et Murch s'engouffra sur la rampe de sortie sans ralentir d'un iota, laissant derrière eux un double sillage et un million de gouttes d'eau en suspension dans l'air détrempé.

À partir de là, ils n'étaient plus très loin de la rive sud, le domaine de Doug, où ils trouveraient leur bateau. (Ça pouvait paraître idiot d'accomplir son premier grand acte criminel dans son propre jardin, mais d'un autre côté, ce serait encore plus idiot de choisir un territoire qu'il ne connaissait pas. En outre, c'était l'occasion de se venger d'un vendeur de bateaux qui l'avait arnaqué une demi-douzaine d'années plus tôt; c'était trop ancien pour que quiconque fasse le rapprochement avec Doug.)

Le Sagtikos Parkway les conduisit jusqu'à l'autoroute Merrick et Doug les guida le long de cette artère marchande qui changeait plusieurs fois de nom en traversant diverses petites villes identiques (même de jour, même quand il ne pleuvait pas), jusqu'à ce qu'il pointe le doigt vers la gauche, de l'autre côté de la route déserte.

– Ce salopard est là !

Il eut une révélation en voyant la manière dont les professionnels se comportaient dans ce genre de situation. Un peu, se dit-il, comme il se comportait lui-même sous l'eau. Le danger vous rendait plus méthodique.

Tandis que Murch attendait à bord du pick-up, Andy et Doug sortirent sous la pluie battante et Andy récupéra le petit escabeau à l'arrière. Après quoi, Doug et Andy se dirigèrent vers le magasin de bateaux, un bâtiment d'un étage avec une immense salle d'exposition et un atelier de réparation au rez-de-chaussée et des bureaux au premier, ainsi qu'un vaste enclos derrière où se trouvaient un certain nombre de bateaux neufs ou en réparation, protégés par un grillage surmonté de fil de fer barbelé acéré.

Andy s'arrêta devant le portail doté d'un triple verrou, scruta l'obscurité à travers la grille et demanda :

– Où est son chien ?

– Peut-être qu'il a peur de l'eau, suggéra Doug. C'est un chien policier.

– Il va rappliquer, dit Andy.

Il déplia l'escabeau et grimpa tout en haut. Sous le regard de Doug, il se servit des pinces crocodile enveloppées de caoutchouc pour court-circuiter le système d'alarme et permettre l'ouverture du portail.

Le chien, mélange de berger allemand et d'alligator, sortit en trottinant de sous la coque d'un grand bateau au moment où Andy s'attaquait au premier verrou. Il n'aboya pas et ils restèrent à se jauger, tels des boxeurs avant le combat.

– Joli toutou, dit Andy en sortant de sa poche la petite boule de papier d'aluminium.

Il la posa par terre et du bout de sa botte, il expédia la boulette de viande hachée sous la grille, dans le royaume du chien.

Celui-ci renifla le paquet avant de se jeter dessus à belles dents ; la viande et la moitié du papier d'aluminium disparurent.

Doug fit la grimace.

– Comment peut-il faire ça ? Vous avez déjà mâché du papier d'alu ? C'est horrible.

– Vous savez ce qu'il y a de pire encore ? répondit Andy en s'attaquant de nouveau au verrou. Manger un pamplemousse et boire du lait en même temps.

Ouille ! C'était pire, en effet. Doug décida de ne pas surenchérir et Andy finit de crocheter les verrous en silence, pendant que le chien retournait en titubant sous le bateau et s'endormait.

Quel moment complexe pour Doug lorsque Andy ouvrit le portail à double battant ! Une joie immense faisait la ronde dans son cerveau avec une terreur redoublée, le laissant si tremblant qu'il faillit perdre l'équilibre et tomber en pénétrant sur la propriété du vendeur de bateaux. Heureusement, il se retint au portail, se ressaisit et étudia les bateaux disponibles pendant qu'Andy allait ranger l'escabeau à l'arrière du pick-up, et que Murch approchait de l'enclos en marche arrière.

– Celui-ci, décida Doug lorsque Andy le rejoignit.

Andy leva les yeux vers le bateau.

– Hé, on veut pas aller en Europe !

– Ce bateau ne coulera pas sous la pluie. Et c'est plus silencieux qu'un hors-bord. On pourra même installer le cabestan dessus.

– Pour faire monter le cercueil à bord ?

– Oui. Ce sera beaucoup plus facile.

– Ouah, Doug. Je crois que vous avez raison, dit Andy. De nuit, sous la pluie, personne ne nous verra de toute façon. Alors, pourquoi ne pas prendre ses aises, hein ?

– Il y a un couchage pour deux, précisa Doug sans pouvoir réprimer un gloussement.

L'allégresse mélangée à une excitation inattendue commençaient à prendre le pas sur sa peur.

– C'est vrai ? On peut coucher à deux ?

Andy recula pour admirer le bateau avec une sorte de fierté de propriétaire.

– Bon choix, Doug. Très bon choix.

En effet. Le bateau sélectionné par Doug, déjà posé sur une remorque, était un cabin-cruiser Benjamin de huit mètres avec un dessus en fibre de verre et des bords en Lucite autour du poste de pilotage situé au milieu, un pont découvert à l'arrière et en dessous, une étroite cabine renfermant deux couchettes, une minuscule cuisine et des toilettes réduites au minimum. Comparé au *Queen Elizabeth II*, ce n'était qu'un minuscule bateau de plaisance, mais comparé à leur précédent canot en caoutchouc, c'était le *Queen Elizabeth II*.

Andy hochait joyeusement la tête sous la pluie.

– C'est Stan qui va se régaler pour remorquer ce machin.

Stupéfait, Doug dit :

– Andy ? Stan ne va... mon pick-up...

Andy lui tapota le bras pour le rassurer.

– Vous en faites pas, Doug. Stan ira doucement. Je lui dirai d'y aller doucement.

– Hmm, dit Doug.

71

Myrtle fut réveillée par un bruit de grattement. Ouvrant les yeux, elle constata qu'il ne s'agissait finalement pas d'un mauvais rêve. Tout cela était bien réel. Le monstre nommé Tiny, les gangsters impitoyables et son père au regard glacé ; et elle se trouvait entre leurs mains, emprisonnée ici, dans le grenier de la maison d'Oak Street, sur un vieux lit de camp étroit, sous un drap troué et une unique couverture élimée, avec un oreiller bosselé sous la tête et un verrou à la porte.

D'ailleurs, qu'elle ait réussi à dormir tenait du miracle. Le matelas était totalement défoncé, avec en particulier une grosse bosse toute dure au niveau des reins, qu'elle n'avait pas réussi à aplatir ni à ignorer. Sans parler de sa situation, évidemment, aussi désespérée que possible, à cause de ce gang dont elle avait cru à un moment que deux des membres – Doug et Wally – étaient ses amis, chacun à sa manière. Du moins se montraient-ils amicaux.

Le fait qu'elle ait fini par trouver le sommeil au cours de cette nuit prouvait donc à quel point elle était épuisée face à ce péril ! Et voilà qu'elle avait été réveillée par une sorte de grattement. Des rats ? Oooh !

Balayant du regard le plancher brut et nu, Myrtle n'aperçut aucun rat, ni rien d'autre de vivant. Puis elle comprit d'où venait ce bruit : la pluie. L'unique fenêtre percée dans le mur du fond laissait passer une très faible lueur au-dehors ; l'aube venait sans doute de se lever, et dans cette lumière grise, Myrtle regarda les gouttes de pluie cribler violemment les carreaux, sans interruption.

Ce n'était que ça : la pluie. Il était trop tôt pour se lever ; Myrtle ferma les yeux et tendit l'oreille. Elle entendit de nouveau le grattement, mais maintenant, il venait *de l'autre direction.* Pas du tout de la fenêtre. De l'autre côté.

À contrecœur, Myrtle ouvrit les yeux et tourna la tête de ce côté, vers la cloison inachevée qui fermait cette pièce située à l'extrémité du grenier. Au centre de la cloison se découpait la vieille porte en bois avec sa vieille poignée en cuivre usée.

Scritch. Scritch... Il y avait quelqu'un à la porte.

Myrtle se redressa dans le vieux lit grinçant. Bien qu'elle ait dormi tout habillée – vous n'en feriez pas autant ? –, elle remonta le drap et la couverture élimés jusqu'à son menton en regardant fixement la porte avec des yeux écarquillés.

Qui est-ce ? se demandait-elle.

– Qui est-ce ? demanda-t-elle en chuchotant.

Scritch. Scritch.

En fait, elle n'avait pas dormi *tout* habillée. Balançant timidement ses jambes sur le côté du lit de camp, elle tâtonna sur le plancher de la pointe des pieds, trouva ses chaussures et les enfila. Voilà, maintenant elle était tout habillée. Protégée par cette armure, elle marcha à pas feutrés sur les planches en bois brut du parquet et colla son oreille à la porte.

– Il y a quelqu'un ?

– Myrtle !

Un murmure non identifiable, mais débordant d'excitation.

– Qui est là ?

– Wally !

Elle eut un mouvement de recul. Le cerveau ! Son propre murmure se fit plus sifflant, avec quelques couacs de fausset.

– Que voulez-vous ?

– J'ose pas vous sauver pour l'instant !

Elle regarda la porte en plissant le front.

– *Hein ?*

– Ce soir, dit le murmure, quand ils seront tous partis... Myrtle ?

– Oui ?

– Vous m'entendez ?

– Il me semble.

– Approchez-vous du trou de la serrure.

Du gaz empoisonné. Une fléchette dans l'œil. Elle se pencha vers le trou de la serrure, sans toutefois se placer juste devant, et elle murmura :

– Je vous entends.

– Ce soir, ils vont tous aller au réservoir.

Messes noires, cultes sataniques. Empoisonnement collectif.

– Pourquoi ?

Il ignora cette question (évidemment !). Seules May et la maman de Murch resteront ici. L'ordi...

– Qui ça ?

– Les deux dames. (Son murmure était plus proche, plus pénétrant, comme si tout son être astral se glissait par le trou de la serrure pour grimper sur l'épaule de Myrtle, et il demanda :) Elle s'appelle vraiment Gladys ?

– Je ne sais plus rien, se lamenta Myrtle de sa voix de fausset. Je ne sais pas ce que font les gens. Je ne connais pas leurs vrais noms...

– Vous connaissez le mien.

– Ah bon ?

– Et je connais le vôtre.

Cette affirmation la pétrifia. Elle appuya sa paume contre la porte, dont le bois était étonnamment chaud et réconfortant sous ses doigts. Son esprit dégoulinait comme de l'aquarelle.

– Myrtle ?

Il ne faut faire confiance à *personne,* se dit-elle avec désespoir. Pas même à moi. Approchant son visage du trou de la serrure, elle murmura :

– Non, c'est faux.

– Quoi donc ?

– Vous ne connaissez pas mon vrai nom. Mon vrai nom est Myrtle Street.

– C'est votre adresse, ça.

– C'est en partie à cause de ça que j'ai menti. Et aussi parce que, avant de vous rencontrer, je venais de découvrir que Tom Jimson était mon... mon... mon... père.

– Vous venez de l'apprendre ?

– Vous êtes le seul à qui je l'ai dit. Et maintenant que j'ai *vu* Tom Jimson...

Dans un murmure débordant de compassion, Wally dit :

– Il ne correspond pas trop, je suppose, à ce qu'imaginent les gens quand ils pensent au mot « père ».

– J'espère que non.

– Écoutez-moi. L'ordinateur dit qu'on peut se venir en aide mutuellement !

– Wally, murmura-t-elle en se rapprochant de plus en plus du trou de la serrure. (Tant pis !) À qui parlez-vous quand vous interrogez l'ordinateur ?

– Que voulez-vous dire ?

– À quoi est-il relié ?

– Il est branché, c'est tout, répondit-il perplexe. Comme n'importe quel ordinateur.

– Vous ne donnez pas des ordres à un gang ? Vous ne recevez pas de consignes d'un chef ?

– Oh, non ! Ce n'est pas un VDT comme votre terminal à la bibliothèque, il n'est connecté à aucun ordinateur central.

– Ah bon ?

– Non, je vous assure. C'est mon ordinateur individuel personnel.

Pouvait-elle le croire ? Que pouvait-elle croire ? Et compte tenu de la situation présente, quelle importance qu'elle croie ou ne croie pas telle ou telle chose ?

– Wally, murmura-t-elle, je ne sais pas ce qui se passe.
– Je vais vous expliquer. Ce soir, ils vont tous monter au réservoir pour récupérer de l'argent qui s'y trouve caché. Une fois qu'ils auront le butin, je pense que Tom va essayer de rouler tout le monde.
Voilà qui paraissait plausible.
– Et ensuite ? murmura Myrtle.
– Tom risque de revenir ici pour, euh... faire des histoires.
Myrtle eut le sentiment de comprendre ce qu'il voulait dire. Elle se vit de manière fugitive en train de demander grâce – *Je suis ta fille !* – et elle se plaqua contre la porte en imaginant de l'autre côté la petite silhouette ronde, trapue, moite et *fiable* de Wally Knurr.
– Que dois-je faire ?
– Quand tout le monde sera parti, murmura-t-il, je viendrai vous libérer et on ira chez vous. De là, on pourra voir ce qui se passe.
Chez moi. Chez *moi !* Le reste du plan importait peu.
– C'est merveilleux, Wally, répondit Myrtle en caressant la porte. J'attendrai. Je serai là. Quand vous voulez.

72

– Encore un peu de café ?
– Oui.
– Un autre muffin ?
– Oui.
– Encore un peu de marmelade ?
– Oui. Oui. Oui. Pigé ? Oui !
– O.K. O.K. O.K. Essaye « Frank », pour voir.
– Frank ? Tu crois ? Bon. Hé, Frank ! Je veux toujours de la marmelade sur mon muffin, Frank ! Tu piges, Frank Guffey ?

Guffey, qui regardait les muffins brunir lentement dans le toaster, réfléchit et réfléchit encore, avant de secouer la tête.

– Non, dit-il. Je ne suis pas un Frank.
– Je m'en doutais, dit Dortmunder.
– J'aurais sûrement eu une meilleure vie si j'étais un Frank, décida Guffey en sortant les muffins du toaster pour les tartiner de marmelade. J'aurais été plus sûr de moi. Moins dupe.

Il apporta les assiettes à la table de la cuisine devant laquelle Dortmunder était assis, appuyé sur ses deux coudes, la tête dans les épaules, contemplant sa gueule de bois. Guffey retourna chercher les tasses de café, revint à table et les déposa sur le Formica avec deux *toc* bruyants qui firent tressaillir Dortmunder.

Ils restèrent assis en silence, tandis que la pendule de la cuisine passait de 15 h 20 à 15 h 40, sans que personne ne le remarque ni ne s'en soucie. Finalement, Dortmunder leva la tête et tout en buvant le reste de son café tiède, il remarqua la pendule et se surprit à se demander ce qui se passait, ou ne se passait pas, à cet instant dans le nord de l'État. Il reposa sa tasse (aïe !) et déclara :

– Je crois que je vais les appeler.

Guffey était plus ou moins éveillé.

– Ah ouais ?

– Refais du café, lui ordonna Dortmunder. Je dois aller passer un coup de fil dans le salon.

– Oh, dis, Dortmunder ! protesta Guffey. (Il refusait d'appeler Dortmunder par son prénom, avait-il annoncé, tant qu'il n'aurait pas retrouvé le sien.) C'est pas juste.

– Je ne cherche pas à être juste, répliqua Dortmunder en se levant avec difficulté. J'essaye de défendre mes intérêts.

– Moi aussi, j'ai des intérêts ! s'exclama Guffey.

– C'est pas ceux que j'essaye de défendre. Je t'interdis d'écouter pendant que je téléphone. (Voyant Guffey regarder autour de lui dans la cuisine mine de rien, il eut un petit sourire, autant que le lui permettait sa gueule de bois.) Non, ajouta-t-il, il n'y a pas de deuxième poste, même si un de mes amis essaye en permanence de m'en fourguer un. J'ai toujours dit non, je ne voulais pas de ces saloperies-là, et maintenant, je vais me faire un plaisir de lui expliquer *pourquoi*.

Toujours assis à table, Guffey secoua la tête et dit :

– Je ne sais pas comment, mais j'ai perdu l'avantage. Pourtant, je l'avais. J'avais un fusil dans les mains, je t'avais pris par surprise, tu étais mort de trouille...

– Quand même !

– Y a pas de « quand même ». Tu étais mort de trouille, avoue-le.

– Disons que tu m'as un peu inquiété pendant un moment, reconnut Dortmunder. Mais nous sommes des gens raisonnables, on a fini par s'entendre. Comme maintenant : je vais passer mon coup de téléphone et, toi, tu vas faire du café.

– C'est pas que je sois raisonnable, dit Guffey, alors que Dortmunder quittait la pièce. Ça se passe toujours comme ça. Je perds *toujours* l'avantage. C'est pas facile de vivre avec ça, crois-moi.

Dans le salon, Dortmunder appela le numéro de Dudson Center en espérant que May décrocherait, et chose assez stupéfiante, ce fut May qui décrocha.

– May, c'est moi.

– John ! Où es-tu ?

– À la maison, comme je te l'avais dit.

– En sécurité à la maison, dit-elle avec un soupçon de nostalgie.

En regardant le fusil toujours appuyé contre le mur à côté du téléviseur, Dortmunder dit :

– Plus ou moins en sécurité. Plus maintenant. Alors, quoi de neuf, là-bas ?

– Oh ! John, répondit May, excitée tout à coup, et même admirative. Stan, Andy et Doug sont revenus avec un *bateau !* Il est *énorme !* Tu n'en croirais pas tes yeux.

– Ah bon ?

– Il y a deux couchages, John !

– Deux couchages ? Qu'est-ce qu'ils vont faire avec ça ? Ils vont s'en servir pour aller dans le réservoir ?

– Ce ne sera pas plus gros qu'un jouet dans une baignoire, John. Mais Doug dit que c'est mieux, ça fait moins de bruit qu'un hors-bord et ils peuvent installer le cabestan à bord pour remonter directement la caisse et la rapporter sur terre.

– Ouais, ça m'a l'air bien, admit Dortmunder.

– Par contre, reprit May en baissant la voix, on a eu un petit problème ici.

– Tom ?

– Pas encore.

– Quoi, alors ?

– C'est une fille. Tiny l'a surprise en train d'épier par la fenêtre de la cuisine. Il se trouve que c'est la fille avec qui Doug sortait ici. Elle nous a espionnés et elle sait un tas de choses sur nous. Et sa mère, c'est la femme avec qui la maman de Murch jouait à la canasta. Dis, John, tu savais que la maman de Murch s'appelait Gladys ?

– Arrête !

– Si, je t'assure. En tout cas, c'est ce qu'elle a dit à la mère de la fille, avec qui elle jouait à la canasta.

– Attends un peu, May. Tiny a surpris la fille en train d'espionner ?

– Par la fenêtre de la cuisine.

– Et ensuite ?

– De fil en aiguille, elle s'est retrouvée enfermée dans le grenier en attendant qu'on ait fini.

– Et ensuite ?

– *On* a dit qu'on la laisserait partir. Mais je ne sais pas ce qu'en pense Tom.

Dortmunder avait une petite idée.

– Et sa mère ? demanda-t-il. Elle ne risque pas d'appeler la police en ne voyant pas sa fille rentrer ? Et est-ce qu'ils ne vont pas commencer par inspecter le quartier ?

– On l'a obligée à appeler chez elle hier soir, pour dire qu'elle passait la nuit avec Doug. Je l'ai écoutée sur le deuxième poste et...

– Hmm hmm, fit Dortmunder.

– Quoi ?

– Non, rien. Il faudra que je te parle des deuxièmes postes. Alors, que s'est-il passé ensuite ?

– Franchement, John, cette mère m'a laissée baba ! La fille... elle s'appelle Myrtle *Street !* Incroyable, non ?

– Pourquoi ?

– Parce qu'elle habite dans *Myrtle* Street.

– Oh ? Sans rire ?

– Bref, sa mère lui a répondu : « Très bien. Il est temps que tu remues un peu. » Tu as déjà entendu ça ?

– Bizarre, reconnut Dortmunder.

– Ensuite, elle a voulu parler à Doug. Alors, Doug a pris le téléphone, il croyait que la mère allait lui recommander de respecter sa fille et ainsi de suite, mais en fait, elle voulait lui parler de *préservatifs*.

– Ah !

– Je ne sais pas qui était le plus gêné : la fille ou Doug. Surtout que c'était pas du tout le programme prévu. Apparemment, Doug n'a pas eu beaucoup de succès avec la fille. Elle ne devait même pas passer la nuit avec lui, elle devait la passer enfermée dans le grenier.

– Il faut que je te l'avoue, May : tout ça ne me dit rien qui vaille.

– Il n'y en a plus pour longtemps. Tu sais, John, ajouta May, je comprends ce que tu éprouves vis-à-vis de tout ça et je ne vais pas discuter avec toi ni essayer de te faire changer d'avis, mais on aurait bien besoin de toi ici.

– Si tu veux mon avis, May, je pense que tout le monde ferait mieux de laisser tomber immédiatement.

– C'est impossible, John, tu le sais. Ils vont faire le coup ce soir, et ensuite, ce sera terminé. D'une manière ou d'une autre.

– C'est l'autre manière qui m'inquiète. Reste bien le dos contre le mur, May.

– Promis. À demain, John.

Dortmunder était extrêmement songeur quand il revint dans la cuisine, où Guffey lui proposa une tasse de café tout chaud, plus deux autres prénoms à essayer : Harry et Jim. Aucun des deux ne faisait l'affaire. Puis Dortmunder déclara :

– Guffey, il va falloir que je monte là-haut.

Guffey s'anima aussitôt.

– Où ça là-haut ?

– Pas près de l'eau. En ville, simplement.

– Quelle ville ?

– Voilà ce que je te propose, dit Dortmunder. Si tu attends que Tom ait récupéré son argent, peut-être qu'il fichera le camp ensuite et, comme ça, tu ne le rencontreras pas. Ce qui est peut-être aussi bien.

Guffey posa son poing décharné sur la table de la cuisine.

– Cet homme a détruit ma vie. Ce n'est pas une façon de parler, Dortmunder. Je n'étais qu'un jeune gars quand il m'a mis le grappin dessus, et il a détruit ma vie. Mon *destin*, c'est de retrouver ce salopard. Sinon, pourquoi est-ce que vous auriez été jusqu'à Cronley, toi et lui ? Ce qui se passera une fois que je l'aurai retrouvé, c'est entre lui et moi, mais il *faut* que je l aie dans mon viseur une fois avant de mourir.

– Oui, je crois que je comprends, dit Dortmunder. Alors, voici ma proposition : tu me donnes ta parole d'honneur que tu ne tenteras rien contre Tom tant que cette autre affaire ne sera pas réglée, et en échange, je te laisse venir avec moi.

– Où ça ?

– Tu dois d'abord jurer de ne rien tenter avant que tout soit réglé.

Guffey réfléchit.

– Et si je jure pas ?

– Je vais chercher ton fusil dans le salon, je reviens ici avec, je te l'enroule autour du cou et je t'emmène de force avec moi.

Guffey réfléchit de nouveau.

– Si je jure et que je mens ?

– J'ai un tas d'amis là où on va, Guffey. Et toi, tout ce que tu as, c'est un ennemi.

73

Andy Kelp avait eu du mal à trouver un break possédant à la fois un caducée *et* un attelage pour une remorque, mais il avait persévéré, refusant les pis-aller, et il était maintenant assis à l'avant d'une grosse et solide Chrysler Country Square avec un habillage en simili bois, tandis que Stan Murch, installé au volant, quittait la route, une heure après le semblant de coucher de soleil en cette soirée humide, tractant le gros bateau (à bord duquel se trouvait Doug qui se familiarisait avec le tableau de bord), pour s'engager sur ce même chemin de terre qu'ils avaient emprunté lors de leur premier assaut du réservoir, des mois plus tôt. Il s'arrêta.

– Cette fois, on va l'avoir ! dit Kelp. Je le sens !

Tiny, qui partageait (façon de parler) la banquette arrière avec Tom, descendit sous la pluie battante. Muni de sa cisaille, il brisa le nouveau cadenas de la même vieille barrière, qu'il souleva pour la déplacer sur le côté.

– Encore une impression de déjà-vu, marmonna-t-il en remettant la barrière en place après le passage de la voiture et du bateau, avant de regagner sa place.

La dernière fois qu'ils avaient emprunté ce chemin, avec le camping-car, c'était Kelp qui conduisait, à l'oreille essentiellement, tous phares éteints et les fenêtres ouvertes pour entendre le frottement de la carrosserie contre les buissons. Mais ce soir, à cause du déluge, personne dans la voiture n'avait envie d'ouvrir les fenêtres, et de toute façon, Stan estimait qu'il pouvait rouler avec les feux de position, car la pluie atténuait la lumière et diminuait le risque de tomber sur un curieux se promenant dans les parages. Les essuie-glaces allaient et venaient, projetant des gerbes d'eau à droite et à gauche, et à travers le pare-brise, ils distinguaient par intermittence le chemin creusé d'ornières, les arbres et les buissons qui le bordaient, le tout baigné d'une lueur ambrée et opaque.

Finalement, ils atteignirent la deuxième barrière qui délimitait l'entrée du réservoir, celle que Kelp n'avait pas tout à fait percuter la première fois. Tiny descendit de nouveau pour ouvrir la voie de nouveau, et lorsqu'il remonta à bord du break, en balançant la cisaille dans le coffre découvert et moquetté à l'arrière, il dit :

– Je pourrais aller sous l'eau cette fois. Je serais pas plus mouillé.

– C'est bien fini, dit Kelp.

– Exact, répondit Tom, mi-figue mi-raisin.

– D'après l'ordinateur, dit Wally, dès qu'ils auront mis la main sur l'argent, Tom va essayer de trahir tout le monde.

– J'ai peur que ce soit vrai, dit May.

La maman de Murch renifla avec mépris.

– Pas la peine d'être une machine plus intelligente qu'un être humain pour piger ça.

May ajouta :

– Les gars qui sont partis là-bas avec Tom savent bien qu'il mijote quelque chose. Ils l'auront à l'œil.

– Parfaitement, renchérit la maman de Murch. Ils sont pas nés de la dernière pluie. Mon Stanley sait se défendre.

– Tiny aussi, dit May. Et Andy, pareil.

Wally se racla la gorge.

– C'est juste au cas où...

La maman de Murch lui jeta un regard noir.

– Tu dis du mal de mon Stanley ?

– Non, non. Ce que je dis, c'est qu'on devrait envisager toutes les possibilités. C'est ce que conseille l'ordinateur et je suis d'accord avec lui.

– Tu es toujours d'accord avec cet ordinateur. Vous avez une sorte d'admiration mutuelle l'un pour l'autre, c'est pour ça que tu ne t'en sépares jamais.

– Où veux-tu en venir, Wally ? demanda May. De quelles possibilités tu parles ?

– Eh bien... supposons que Tom fasse quelque chose de vraiment sournois et méchant...

– C'est possible, dit la maman de Murch.

– Et supposons, reprit Wally, qu'il réussisse son coup. Il récupère l'argent et il... fait du mal à nos amis.

– Il les tue, tu veux dire, précisa May.

– Je ne voulais pas vraiment *dire* ça.

– Mais tu l'as dit quand même.

Wally grimaça.

– Hmmm.

– Pfft, fit la maman de Murch. (Mais elle secoua la tête et ajouta :) O.K., vas-y, qu'est-ce qui va se passer ?

– Toute la question est là, répondit Wally. Tom va-t-il simplement prendre l'oseille et se tirer ? Ou bien va-t-il se dire : « Je ne veux pas laisser de témoins » ?

May regarda les fenêtres martelées par la pluie.

– Tu veux dire qu'il pourrait revenir ici ?

– L'ordinateur le pense.

– Et tu es d'accord avec lui, dit la maman de Murch.

– Moi aussi, dit May qui paraissait très inquiète.

– Et puis, il y a Myrtle, dit Wally.

Les deux femmes furent surprises par ce brusque changement de sujet.

– Myrtle ? répéta la maman de Murch. Cette petite gourde, là-haut ? Qu'est-ce qu'elle a à voir là-dedans ?

– Justement, dit Wally. Rien.

– C'est bien ce que je pensais.

– Ce que je veux dire, ajouta Wally, c'est que nous autres, on s'est retrouvés impliqués dans cette histoire parce qu'on l'a voulu, on a choisi d'être ici. Pas Myrtle. Et si son père revient...

– Qui ? demanda May.

– Tom est son père, expliqua Wally. (Il se tourna vers la maman de Murch.) Cette femme avec qui vous jouez à la canasta, Edna...

– C'est la mère de cette fille, je sais.

– Elle travaillait à la bibliothèque de Putkin's Corners quand Tom a enterré le cercueil derrière. C'est elle qui lui a appris qu'ils n'allaient pas construire le parking finalement. Et son père était le croque-mort de la ville, c'est par lui que Tom s'est procuré le cercueil.

May demanda :

– Pourquoi Tom n'a-t-il rien dit quand Tiny l'a surprise en train de nous espionner ?

– Il ne sait pas. Et à mon avis, il s'en fiche.

Hochant la tête d'un air songeur, la maman de Murch dit :

– Tom n'est pas du genre sentimental.

– Wally ? dit May. Ton ordinateur et toi, vous avez une idée de ce qu'on devrait faire ?

– Aller chez Myrtle.

Les deux femmes le regardèrent avec de grands yeux.

– Pourquoi ça ? demanda May.

– C'est dans la rue d'à côté. On voit cette maison-là de chez Myrtle. Si on éteint toutes les lumières et si on va là-bas, on pourra surveiller cette maison, et quand les lumières se rallumeront, je viendrai jeter un coup d'œil par la fenêtre pour m'assurer que tout va bien.

May demanda :

– Ça ne veut pas dire mettre Myrtle et sa mère au courant de tout ?

– Myrtle sait déjà beaucoup de choses, fit remarquer Wally. Et sa mère connaît déjà Gladys, alors...

– Je n'aime pas particulièrement ce nom, dit la maman de Murch entre ses dents.

– Oh ! (Wally se mit à battre des paupières.) Désolé. Bref, vous connaissez la mère de Myrtle et *elle* sait que Tom est en ville. Elle l'a vu passer en voiture ; c'est d'ailleurs ce qui a incité Myrtle a tenté de découvrir des choses.

May et la maman de Murch se regardèrent. Cette dernière demanda :

– Alors ? Qu'en penses-tu ?

– J'aimerais que John soit là, dit May.

– Il n'y a *jamais* personne dans cette foutue baraque, dit Dortmunder un quart d'heure plus tard, lorsque Guffey et lui s'arrêtèrent devant le 46 Oak Street. Assis au volant de la Peugeot empruntée trois heures plus tôt dans une petite rue du quartier des théâtres à New York, Dortmunder observait d'un air mécontent, à travers le rideau de pluie, la maison où était censée habiter la moitié des personnes qu'il connaissait et où pas une seule lumière n'était allumée. Pas une.

– Un problème ?

La nervosité de Guffey n'avait cessé de croître au cours du trajet, ce qui ne pouvait s'expliquer qu'en partie par le misérable état de la route et les piètres talents de conducteur de Dortmunder. Il n'avait proposé aucun prénom depuis qu'ils étaient sortis au niveau de Palisades Parkway. (George ? Non.) Et maintenant, assis à côté de Dortmunder, la tête rentrée dans les épaules, il regardait la nuit, la pluie et la vieille maison obscure en clignant des yeux. On aurait dit un des trois petits cochons guettant le loup ; celui qui vivait dans la maison en paille.

– Oui, je crois qu'il y a un problème, répondit Dortmunder. Un problème *inhabituel*. Alors, voici ce qu'on va faire : tu vas rester à côté de moi, on va entrer dans la maison, mais *sans* allumer les lumières.

– Hmm.

– Et on verra bien.

Guffey fronça les sourcils.

– Sans lumière ?

– Oui. Allez, on y va.

Ils descendirent de voiture sous la pluie battante et coururent jusqu'à l'abri relatif de la véranda. Guffey sursauta en voyant la balancelle qui se balançait toute seule. Alors qu'il s'approchait de la porte, Dortmunder marmonna :

– La dernière fois qu'ils sont sortis, ils ont tout laissé ouvert. Pas de bruit à partir de maintenant.

Guffey, qui n'avait rien dit, resta muet.

Dortmunder ouvrit doucement la porte grillagée, tourna doucement la poignée de la porte intérieure, qu'il poussa doucement et la porte bâilla.

Dortmunder se faufila à l'intérieur, suivi de Guffey, et ils refermèrent délicatement les deux portes.

– Reste près de moi, articula Dortmunder à l'oreille de Guffey, et celui-ci hocha la tête, un mouvement à peine perceptible dans la faible lumière du lampadaire le plus proche qui parvenait difficilement à franchir le rideau de pluie.

Ils parcoururent toute la maison, sans rien trouver, ni âme qui vive ni explication.

– J'aurais dû m'en douter, commenta Dortmunder à voix haute en retournant dans le salon.

Guffey était tellement collé à son coude droit qu'il avait l'impression de porter une manchette.

– De quoi tu aurais dû te douter? demanda Guffey.

– Que je devrais affronter une fois de plus ce réservoir.

Le sol était mou. Et le bateau était lourd. Stan avait enfin réussi à effectuer un demi-tour avec le break et le bateau dans l'espace exigu de la clairière à l'extrémité du chemin d'accès, mais lorsqu'il voulut descendre la pente boueuse jusqu'au bord de l'eau, tout s'enlisa immédiatement. Les deux roues arrière de la remorque disparurent presque entièrement dans la boue et celles du break se mirent à tourner dans le vide, salement.

– Merde, dit Stan. Tout le monde descend.

– Merde, en effet, dit Tiny.

Tout le monde, à l'exception de Stan, sortit sous la pluie, dans l'obscurité, la boue et un sale petit vent cinglant.

Le break était plus léger, mais le bateau était toujours aussi lourd et toutes les roues étaient enlisées. Kelp et Tiny poussèrent l'avant du break pendant que Tom les observait sur le côté. Les gémissements et les râles du puissant moteur rivalisèrent avec ceux de la tempête, mais rien ne se produisit, si ce n'est que les deux pousseurs se retrouvèrent maculés de boue.

Finalement, Stan se mit au point mort, baissa sa vitre et appela Kelp et Tiny. Ils firent le tour du véhicule d'un pas lourd; on aurait dit la ligne défensive d'une équipe de football au cours d'un quart de finale particulièrement disputé. Et Stan déclara :

– Ça ne sert à rien.

– Tu as remarqué, toi aussi? dit Tiny.

– Ce qu'il faut, dit Stan, c'est remonter sur la terre ferme et recommencer.

– Il n'y a pas de terre ferme, dit Kelp.

– Plus sèche, disons, répondit Stan. Un peu plus stable, quoi. Si j'arrive à remonter jusque là-haut, au niveau de la route, à l'entrée de la clairière, je pourrai prendre de la vitesse et descendre en marche arrière le plus vite possible, pour balancer ce putain de bateau dans la flotte avec de l'élan.

– Sans déraper, souligna Kelp.

– Faut bien essayer.

– Pas facile sur une surface aussi glissante.

Tiny intervint :

– Je déteste avoir ce genre d'idées, car ça veut dire que je me tape tout le boulot, mais je pense qu'on devrait peut-être tirer l'ensemble jusqu'à l'entrée de la clairière, comme tu le disais, et ensuite, faire faire demi-tour à cette foutue bagnole et attacher la remorque à l'avant plutôt qu'à l'arrière, comme ça, tu pourras avancer en marche avant, tout doucement.

– Voilà une idée ! s'exclama Stan.

– C'est bien ce que je craignais, dit Tiny. Et j'en ai une autre : Doug pourrait descendre du bateau pour nous aider à pousser.

Cette idée fit sourire Kelp.

– Doug va être enchanté.

– Et nous aussi, dit Tiny.

Ils se plantèrent devant la proue du bateau pour appeler Doug, et après avoir fait semblant pendant quelques instants de ne pas comprendre ce qu'ils voulaient, Doug descendit à contrecœur de son grand bateau pour les aider.

Tout d'abord, le break ne voulut pas avancer non plus, puis les roues arrière réussirent à s'arracher aux trous qu'elles avaient creusés et les roues de la remorque suivirent en ronchonnant sur la pente boueuse. Arrivé en haut de la clairière, Stan arrêta le break et le bateau. Ils décrochèrent la remorque de l'attelage, puis Tiny s'allongea dans la boue, pendant que Kelp, debout à ses côtés, lui tendait les outils. Éclairé par les feux arrière du break, Tiny parvint, non sans mal, à ôter l'attelage crotté du pare-chocs crotté. Après quoi, Tiny effectua un demi-tour avec le break et Tiny se pencha vers l'avant du véhicule avec l'attelage dans les mains pour étudier la situation.

– Ça va pas rentrer, dit-il.

– Arrange-toi pour que ça rentre, conseilla Kelp.

– Oui, c'est bien ce que je pensais.

Soudain, la voix effrayée de Doug couvrit le grondement permanent de l'orage :

– Stan, éteignez les phares !

Stan ne posa pas de question. Avec le talon de la main, il donna un coup sur le bouton des phares. La clairière devint noire tout à coup, d'un noir d'encre, et ils tournèrent tous la tête pour regarder les lumières qui descendaient le chemin à travers la pluie, la nuit et les arbres dégoulinants.

– Toujours pas de lumière, annonça Myrtle en revenant dans le salon après être allée dans sa chambre, d'où elle avait la meilleure vue sur la maison d'Oak Street.

– Oh ! je pense qu'ils en ont encore pour une heure, peut-être plus, dit Wally.

– Vous avez donc largement le temps de me raconter ce qui se passe, dit Edna. Myrtle, commence.

– Je crois que j'aperçois une voiture, dit Dortmunder en scrutant à travers le pare-brise la nuit chahutée par la tempête. Sans doute qu'ils sont tous sur le réservoir dans ce gros bateau dont m'a parlé May.

Il freina et arrêta la voiture à l'orée de la clairière. Difficile de voir quelque chose avec ce rideau de pluie, malgré les phares, car les milliards de gouttes d'eau vous renvoyaient la lumière dans les yeux.

Guffey demanda :

– Combien ça fait trois mille sept cent cinquante dollars à 8 % d'intérêt pendant quarante-trois ans ?

– Je donne ma langue au chat, dit Dortmunder. Combien ?

– J'en sais rien. C'est pour ça que je te pose la question.

– Ah ! Je croyais que c'était une sorte de devinette.

– C'est ce que Tim Jepson me doit, dit Guffey avec détermination. Alors, je suppose qu'une grande partie du fric qui se trouve au fond de ce réservoir, d'après ce que tu dis, me revient.

– Tu en discuteras avec Tom, dit Dortmunder. Mais n'oublie pas une chose, la moitié est à nous.

– Oui, oui. Bien sûr.

Dortmunder éteignit les phares.

– On n'y voit rien, dit-il.

– Évidemment, répondit Guffey, tu as éteint les phares.

– J'essaye de repérer les *leurs*. On ferait mieux de descendre de voiture.

Le plafonnier s'alluma quand ils ouvrirent les portières, éclairant l'intérieur de la voiture, mais rien d'autre, et l'obscurité environnante parut encore plus obscure une fois les portières refermées.

Dortmunder et Guffey, deux silhouettes épaisses et compactes dans la nuit, se retrouvèrent devant la voiture et Dortmunder tendit le doigt juste devant le nez de Guffey pour que celui-ci puisse voir sa main.

– Le réservoir est par-là et il m'a semblé apercevoir une voiture dans cette direction. On va aller jeter un coup d'œil.

– Hmm, répondit Guffey et il s'écroula.

– Hmm ?

Dortmunder se retourna et se pencha pour voir ce qui était arrivé à Guffey, échappant ainsi au coup de Tiny. La matraque lui frôla la tempe, manquant de lui arracher l'oreille, et rebondit douloureusement sur son épaule.

– Ouille ! cria-t-il. Bon sang, qui est là ?

– Dortmunder ? demanda Tiny dans le noir. C'est toi ?

– Qui tu attendais ?

– On n'attendait personne, répondit Tiny, apparemment contrarié. C'est qui le gars avec toi ?

Dans les ténèbres s'éleva la voix de Tom :

– C'était plus fort que toi, hein, Al ?

– Oui, on dirait, avoua Dortmunder.

– C'est *qui* ce gars ? insista Tiny en poussant du bout du pied Guffey allongé sur le sol.

Conscient de l'état impuissant de Guffey et de la présence de Tom, Dortmunder répondit :

– Euh... c'est un auto-stoppeur.

Les autres s'étaient rassemblés et ce fut Kelp qui dit :

– John ? Tu as amené un auto-stoppeur sur un coup ?

– Je ne pouvais pas laisser ce pauvre gars au bord de la route, répondit Dortmunder.

Intérieurement, il était furieux après lui-même. « Pourquoi ai-je dit *auto-stoppeur ?* pensait-il. Mais que pouvais-je dire d'autre ? »

– T'inquiète pas, Andy, dit-il. Fais-moi confiance, je sais ce que je fais. Alors, les gars, vous avez fini ?

Cette question changea le sujet, radicalement. Tout le monde se battit pour lui répondre qu'ils s'amusaient comme des fous, y compris Tom.

– Hmm hmm, fit Dortmunder. Voyons ce bateau géant.

Après tout ce qu'on lui avait raconté, quand il se retrouva face au léviathan, Dortmunder ne le trouva pas si gros que ça. D'un autre côté, on avait le sentiment qu'une personne pouvait survivre à un voyage à bord. En l'observant dans la lumière diffuse des phares du break, pendant que Tiny arrangeait un mariage éclair, et forcé, entre l'attelage et le pare-chocs avant, Dortmunder dit :

– Les bateaux de ce genre ont souvent de drôles de noms. Celui-là aussi ?

Il s'ensuivit un bref silence gêné. Dortmunder se tourna vers Kelp, qui était le plus près.

– Oui, il a un nom, dit Kelp.

– Ah oui ?

Tom, qui se trouvait de l'autre côté de Dortmunder, émit son petit ricanement et dit :

– Il s'appelle *Ça me dépasse.*

– Hmm.

Doug s'approcha et dit :

– Euh, John, votre auto-stoppeur...

– Ouais ?
– Il n'est pas mort.
– Évidemment, dit Tiny. Je lui ai juste chanté une berceuse.
– Mais il est évanoui, dit Doug. Et j'ai peur qu'il se noie.
Dortmunder plissa le front.
– Dans l'eau ?
– Sous la pluie. Qu'est-ce qu'on fait de lui ?
– Laissons-le là, dit Kelp. Il va se réveiller.
– Et il foncera direct à la police, dit Tom, avant même qu'on en ait terminé ici. Franchement, Al, je ne te comprends pas des fois. Peut-être qu'on devrait l'aider à se noyer.
– Euh... Hé... dit Doug.
– Il peut venir avec nous, répondit Dortmunder.
Cette idée déplaisait à tout le monde. Dortmunder écouta tous les arguments, en regrettant de ne pas avoir trouvé une autre explication à la présence de Guffey, et quand ils eurent tous fini de jacasser, il dit :
– C'est simple. Je ne veux pas le tuer. On ne peut pas le laisser ici. Conclusion, il vient avec nous. J'ai des raisons, je vous expliquerai plus tard. Tiny, tu en es où ?
– J'ai fini, répondit celui-ci en se relevant. Dortmunder, tu as des idées bizarres parfois.
– Oui, possible. On le mettra dans le bateau avec Doug.
Tiny souleva le corps mou et léger de Guffey et le remit à Doug, qui devait piloter le bateau dès qu'il serait dans l'eau pour éviter qu'il leur échappe une fois largué.

Ce qui arriva enfin. Dortmunder, Kelp, Tiny et Tom se tenaient sur le côté, pendant que Doug agrippait le gouvernail du *Ça me dépasse,* et que Guffey gisait à ses pieds comme un sac de linge sale. Stan enclencha la marche avant du break, écrasa l'accélérateur et le double véhicule dévala la pente. La remorque tangua et ralentit en arrivant dans la boue ; elle avait envie de chavirer, mais Stan corrigeait la trajectoire en donnant de petits coups de volant, et de manière régulière, inexorable, le bateau recula dans la boue et le limon, jusque dans le réservoir.

Stan ne relâcha l'accélérateur que lorsque les phares du break se retrouvèrent sous l'eau et que des vaguelettes vinrent lécher le capot. Dès qu'il ôta son pied, le moteur cala, sans doute pour toujours. Mais le *Ça me dépasse* était dans l'eau, juste assez pour flotter.

Doug entreprit de détacher les cordes qui maintenaient le bateau sur la remorque. Stan ressortit du break enlisé par le hayon arrière et alla attendre dans la voiture de Dortmunder. Pendant ce temps, Kelp, Tiny et Tom pénétrèrent dans l'eau pour grimper à bord du bateau. À mi-chemin, Kelp se retourna :

– Tu ne viens pas, John ?

La pluie battante tombait toujours. Le sale petit vent plaquait les vêtements mouillés sur la peau glacée. On ne *voyait* même pas le réservoir. Mais un homme doit... Vous voyez.

– Merde, dit Dortmunder et il entra dans l'eau.

Edna dit :

– Quand je pense à la jeune idiote que j'étais, je pourrais me mettre des claques. Et quand je pense, Myrtle, à la jeune idiote que tu n'as *jamais* été, je pourrais nous mettre des claques à toutes les deux. Je sais que c'est en partie ma faute, car j'ai étouffé dans l'œuf les envies que tu as pu avoir de quitter le nid, et je sais que c'est en partie la faute de Tom Jimson qui a fait de moi une vieille femme amère avant l'heure, mais nom d'un chien, petite, tu n'as donc pas une once de révolte en toi ? Où est passée l'hérédité ? Ne m'interromps pas quand je parle. Ce que je veux dire, c'est que Tom Jimson a peut-être, j'ai bien dit peut-être, fait une chose bien pour une fois dans sa vie, même si ce n'était pas volontaire, et même s'il n'en sait rien. Si cette histoire n'avait pas eu lieu, toi et moi on aurait continué à suivre le même chemin, jour après jour, année après année, jusqu'à la tombe. Une vieille fille de la campagne, obéissante, qui s'occupe de sa vieille maman acariâtre – laisse-moi terminer, je te prie –, mais on nous a arrachées à cela, toutes les deux, et c'est *tant mieux*. Ce plongeur n'est pas un garçon pour toi, Myrtle, et tu le sais aussi bien que moi. C'est un Tom Jimson édulcoré, rien de plus, avec moins de sang-froid mais aussi peu digne de confiance. Si tu veux te laisser tourner la tête par un beau gosse, vas-y, mais je t'en supplie, essaye de vérifier qu'il y a un cerveau fiable derrière le joli minois. Ce qui m'amène à parler de vous, Wallace. N'allez pas croire que je ne connais pas les garçons de votre genre. J'en voyais plein des petits garçons comme vous quand je dirigeais la bibliothèque de Putkin's Corners. Des petits garçons intelligents qui ne sont pas doués en sport, des garçons dont se moquent les autres et qui viennent à la bibliothèque pour trouver un refuge et de l'évasion. Mais vous n'êtes plus un enfant, Wallace. Certes, vous avez une drôle de tête, mais comme la plupart des adultes. Il est temps que vous sortiez de votre coquille. L'imaginaire vous a entraîné dans des dangers que vous ne pouvez pas affronter. Non, non, il y a des choses que votre ordinateur ne sait pas lui non plus. Moi, je dis que c'est New York qui vous a rendu comme ça, qui vous a obligé à vous barricader en permanence pour vous protéger. Ce que vous devriez faire maintenant, c'est vous installer dans un endroit *vrai*, une agréable petite ville où vous pourriez rencontrer et connaître des gens, faire partie du monde réel. Nous avons justement une chambre libre en haut. Myrtle et moi, ça fait des années que nous parlons de l'aménager pour la louer – parfaitement, Myrtle, ne sois pas idiote – et je connais M. Kempheimer, le directeur de la banque ; je suis sûre qu'ils auraient bien besoin d'un spécialiste en informatique, il se plaint tout le temps des avancées du progrès, vous savez comment sont les hommes. Enfin, vous verrez ça une fois que vous serez décidé.

La maman de Murch intervint :

– Edna...

– Parlons de l'argent, maintenant. C'est de l'argent sale. Je me fiche de savoir qu'il est resté longtemps sous l'eau, il est toujours sale. Myrtle et moi, on n'en veut pas, et vous devriez faire comme nous, Wallace. D'ailleurs, vous n'en aurez pas besoin si vous travaillez à la banque, et comment faire figurer cette somme sur votre feuille d'impôts, d'abord ? Gladys, j'ai cru comprendre que votre fils était un professionnel de ce genre de choses et j'en conclus qu'il voudra sa part du butin. Je veux bien le tolérer si vous m'affirmez que ce n'est pas un monstre pervers comme Tom Jimson, mais simplement un excellent chauffeur. Néanmoins, il n'aurait jamais dû se retrouver mêlé à cette affaire, j'en ai peur. Tom Jimson va émigrer au Mexique, bon débarras, mais il partira en emportant *tout* l'argent. John, l'ami de Mlle Bellamy, a eu raison de partir, et je pense que votre fils, Stanley, aurait dû en faire autant, car la cruauté de Tom Jimson est sans limites. Je suis certaine qu'à l'heure qu'il est, là-bas, sur cette étendue d'eau noire, il a commencé à faire une chose horrible.

Tom descendit dans la cabine du *Ça me dépasse* pour jeter un coup d'œil. Les rideaux avaient été tirés devant les hublots et dans la faible lumière dispensée par l'unique lampe allumée, au-dessus de l'évier, il vit qu'ils avaient étendu l'auto-stoppeur de Dortmunder, toujours évanoui, sur le canapé où Tom avait planqué l'Ingram Model 10 lorsqu'il était sorti de la maison, brièvement et subrepticement, beaucoup plus tôt dans la journée. Pas de problème : le moment venu, l'auto-stoppeur pourrait être la cible numéro un.

L'Ingram Model 10, du nom de son créateur, Gordon Ingram, était fabriqué depuis 1970 aux États-Unis par la Military Armament Corporation. C'était un pistolet mitrailleur mesurant moins de trente centimètres et pesant moins de trois kilos, qui tirait des projectiles de calibre .45 contenus dans un chargeur de trente balles qu'on introduisait dans la crosse. Il était muni d'un silencieux.

Tom avait supprimé la crosse en fer rétractable qui, lorsqu'on la tirait, multipliait presque par deux la longueur de l'arme. Il ne pensait pas l'utiliser sur des cibles éloignées de plus d'un ou deux mètres, il n'aurait donc pas besoin d'épauler pour viser. Sur un bateau, une cible ne pouvait pas aller très loin.

Tom s'arracha à la contemplation de l'auto-stoppeur endormi et du flingue caché sous sa tête quand Doug dévala l'escalier étroit, emplissant la cabine de toute son énergie autant que de sa simple présence physique.

– Faut que je me mette en tenue, expliqua-t-il.

– Dans ce cas, je te laisse la place, Popeye, dit Tom.

– Non, vous ne me gênez pas, Tom, dit Doug. C'est l'horreur là-haut, la bâche n'est pas assez grande pour abriter tout le monde. Vous n'avez qu'à vous asseoir sur l'autre couchette.

– Bonne idée, dit Tom et il s'exécuta.

Doug regarda le dormeur en fronçant les sourcils.

– Ça fait un moment qu'il est dans les vapes. Tiny ne connaît pas sa force.

– Oh! je crois que si, répondit Tom.

– Vous croyez qu'il va s'en tirer?

– On va tous s'en tirer, Popeye. Très vite maintenant.

Si Doug n'appréciait pas le surnom que venait de lui trouver Tom, il n'avait fait aucune remarque jusqu'à présent. Mais peut-être qu'il n'avait pas compris; Tom avait découvert, au cours de sa longue vie, qu'un nombre de gens ahurissant ne possédait aucun sens de l'humour.

Doug continuait à regarder d'un air soucieux l'ami évanoui de Dortmunder.

– Le truc, dit-il, c'est que pour l'instant on a peut-être enfreint quelques lois, en entrant sur une propriété privée et en volant ce bateau par exemple, mais rien de vraiment *grave*, vous comprenez? Par contre, si on se fait prendre...

– Vous ne vous ferez pas prendre, dit Tom. Je peux vous l'assurer.

– J'espère que vous avez raison.

Doug reporta son attention sur la combinaison qu'il devait enfiler, rangée dans les casiers sous les couchettes, avec le reste du matériel.

Pendant ce temps, sur le pont, Dortmunder s'était vu confier le gouvernail par Doug, avec l'aide de Kelp et de Tiny qu'il jugeait superflue.

– N'oublie pas, lui dit Kelp pour la millième fois, que tu ne dois pas couper le fil de nylon.

– Le bateau ne bouge même pas, fit remarquer Dortmunder.

Tiny intervint :

– On peut pas dire qu'il ne *bouge* pas. Le tangage et le roulis, ça compte.

– Je garde la position, répondit Dortmunder, avec juste une pointe d'exaspération dans la voix. Doug m'a demandé de garder la position, je garde la position.

– Nous, on disait ça comme ça, dit Kelp.

Doug réapparut sur le pont. Il avait enfilé sa combinaison de plongée ; il était donc la seule personne sur ce bateau correctement vêtue pour affronter le temps. Il demanda :

– Vous gardez la position ?

– Oui, répondit Dortmunder à la place d'un tas d'autres choses.

– Parfait. Allons-y, on sera débarrassés.

Doug prit une corde dont une extrémité était fixée au bastingage. Il s'assit au bord du bateau et, avec sa main libre, il chaussa ses palmes, ajusta son masque, son détendeur, agita la main comme la reine Elizabeth et bascula à la renverse par-dessus bord.

– Ouah, fit Kelp. Pas une hésitation.

– Je vois sa lumière sous l'eau, dit Tiny en penchant la tête brièvement sous la pluie battante. Ça y est, elle a disparu.

Il revint se coller à Dortmunder et à Kelp sous la bâche.

La position que gardait Dortmunder faisait face au vent, quelque part entre l'endroit où devaient se trouver le fil en nylon et le barrage. Tant qu'il maintenait le *Ça me dépasse* face au vent de cette façon, le poste de timonerie en toile et Lucite offrait une certaine protection contre les éléments.

Le but était de rester à cet endroit pendant que Doug nageait juste sous la surface du réservoir en braquant sa lampe frontale devant lui pour guetter le reflet de la fine ligne blanche dans l'eau noire. Une fois qu'il l'aurait trouvée, il la suivrait jusqu'à ce qu'il tombe sur la corde jalon conduisant au cercueil au fond du réservoir. Il attacherait alors la corde qu'il avait emportée avec lui au fil de nylon, au même endroit que la corde jalon, puis il reviendrait jusqu'au bateau et il les guiderait très lentement vers le bon emplacement.

Dès que le bateau et la corde jalon auraient été réunis, le reste serait un jeu d'enfant. Ils utiliseraient le propre winch motorisé du *Ça me dépasse* pour remonter le cercueil à la surface, et ils le hisseraient à bord telle Moby Dick. À ce stade, les talents particuliers de Tiny seraient mis à contribution. Ensuite, ils retourneraient vers la rive où les attendait Stan, ils échoueraient le bateau, balanceraient le cercueil à terre, l'emporteraient à la maison, partageraient l'argent, enfileraient des vêtements secs et boiraient une bière.

Voilà un plan précis.

Là ! La ligne presque droite du fil de nylon, à une cinquantaine de centimètres sous la surface, luisait d'un éclat pâle dans la lumière de la lampe de Doug. Suivant ce tracé brillant, il tomba rapidement sur la corde jalon, toujours à sa place.

Sans perdre de temps, il attacha la nouvelle corde au fil de nylon puis observa la corde jalon qui s'enfonçait dans les profondeurs boueuses, et il ne put résister. À grands coups de palmes, il plongea dans les ténèbres en éclairant la corde avec sa lampe frontale, et il atteignit le fond. *Il* était là, il attendait.

Debout, un cercueil possède un aspect moins reposant, plus énigmatique, que dans son habituelle position couchée. Dressé à la verticale par vingt mètres de fond dans une eau boueuse, devant un mur de briques couvert de limon, lui-même terni et sali par une matière visqueuse, ce cercueil ressemblait à une porte donnant sur un autre monde. Qui n'était pas meilleur.

Doug s'imaginait ouvrant cette porte.

Superstitions ! pensa-t-il en ignorant les petits frissons glacés qui le parcouraient à l'intérieur de sa combinaison. Les prémonitions n'existent pas, se dit-il. C'est un jeu d'enfant maintenant. Emportant la lumière avec lui et quittant les ténèbres, il remonta vers la surface en nageant énergiquement.

Assis sur la couchette étroite à bord du bateau qui se balançait en douceur, adossé contre la cloison avec un oreiller, Tom tendait l'oreille. Doug n'était pas encore revenu. Ce n'était pas le moment de passer à l'action.

À côté de lui sur la couchette, appuyé contre sa hanche osseuse, il y avait le marteau qu'il avait trouvé dans un tiroir à côté de l'évier, au cas où l'auto-stoppeur reviendrait à lui avant que Tom soit prêt. Mais il ne pensait pas en avoir besoin ; le souffle régulier et le visage détendu de l'auto-stoppeur indiquaient qu'il était passé directement de la perte de connaissance au sommeil. Il était parti pour roupiller jusqu'au matin si rien ne le réveillait.

Tom changea de position sur la couchette et arrangea l'oreiller dans son dos. Il estimait qu'il lui restait environ une demi-heure ou plus à attendre. Le timing devait être parfait.

Le problème, c'était que Dortmunder et ses potes s'attendaient à ce qu'il tente quelque chose. C'était toujours pareil, ça faisait partie de l'équation. La tâche de Tom consistait à deviner à partir de quel moment ils s'attendaient à ce qu'il agisse, et à estimer le moment antérieur à partir duquel il *pouvait* agir de manière efficace, et à choisir un moment entre les deux.

En l'occurrence, ils ne s'attendraient certainement pas à rencontrer des problèmes avant que le butin ait été ramené à terre, mais ils commenceraient à devenir nerveux et méfiants dès que le cercueil se retrouverait à bord. Maintenant qu'ils avaient un bateau muni d'un winch motorisé, ils n'avaient plus besoin de Tiny pour remonter le cercueil à la surface, et l'instant potentiel où Tom pouvait agir était bien antérieur.

Pas quand Doug découvrait la corde.

Pas quand il conduisait le bateau jusqu'au bon emplacement.

Pas quand il détachait la corde du fil de nylon pour la tendre à quelqu'un sur le bateau.

Mais quand la corde serait attachée au winch. *À cet instant.*

Dortmunder, Kelp et Tiny étaient penchés l'un vers l'autre au-dessus du gouvernail pour pouvoir se parler sans être obligés de crier à cause de la tempête, de peur que Tom ne les entende dans la cabine en dessous.

– Quand on aura débarqué la caisse, disait Kelp, il ne faudra pas quitter Tom des yeux, car on sait bien qu'il va tenter quelque chose.

– Avant cela même, si vous voulez mon avis, dit Tiny. Dès qu'on aura remonté le cercueil à bord et dès qu'il le verra, il pourra pas se contrôler. C'est à ce moment-là qu'on doit être sur nos gardes.

– Si vous voulez mon avis, renchérit Dortmunder, il faut être sur ses gardes en permanence avec Tom.

– *Pfllft !* dit Doug en crachant son détendeur au moment où il surgissait hors de l'eau.

Ils tournèrent tous la tête pour le regarder se hisser sur l'étroit marchepied qui s'avançait à l'arrière du bateau, enjamber le bastingage et s'arrêter un instant sur le pont, dégoulinant sous la pluie. Puis il ôta son masque, dévoilant un large sourire, et il s'approcha de Dortmunder. Sa présence imposante et mouillée obligea Tiny à reculer de deux pas à l'intérieur de la cabine.

– Je l'ai, annonça Doug. Vous n'avez plus qu'à nous faire avancer tout doucement. O.K ?

Doug avait donné un rapide cours d'orientation et de pilotage à Dortmunder pendant qu'ils quittaient la rive ; pas de quoi effectuer une croisière autour du monde, mais assez, peut-être, pour lui permettre de faire avancer le bateau pendant quelques minutes.

– Pas de problème, répondit Dortmunder.

– Je vais me mettre à l'avant, dit Doug. Vous me verrez à travers le pare-brise. Si vous devez aller à droite ou à gauche, j'agiterai le bras comme ceci.

– Pigé.

– Vers l'avant, je pointe le doigt par là. Stop, je lève la main comme ça.

– Pigé.

– Allez-y doucement et en douceur, surtout, car je vais rembobiner la ligne au fur et à mesure.

– Très lentement et en douceur, répéta Dortmunder.

Tom s'était redressé sur la couchette ; il écoutait la conversation par l'étroite porte ouverte devant laquelle se tenait maintenant la partie inférieure de Tiny. Il entendit les pas de Doug s'éloigner sur le pont, au-dessus de sa tête, et il vit les jambes de Tiny remonter vers la timonerie. Un à l'avant, se dit-il. Un sur la couchette à côté de moi. Trois autour du gouvernail.

Assis en tailleur à l'avant du bateau, Doug fit signe à Dortmunder d'avancer lentement et il commença à ramener la ligne en l'enroulant sur ses genoux pour éviter qu'elle glisse sous la coque. À ce stade, et de son point de vue, le plus grand risque était qu'ils se retrouvent empêtrés dans une de leurs lignes.

Alors qu'ils glissaient depuis moins de dix minutes à la surface du réservoir criblé de gouttes de pluie, Doug qui continuait à tirer régulièrement sur la ligne, vit le nœud se dresser hors de l'eau et se balancer devant eux. À cause de l'obscurité, le fil de nylon était invisible et la corde blanche semblait en état de lévitation. Il fit signe à Dortmunder de s'arrêter, accrocha rapidement la corde autour du bossoir à la proue et regagna la timonerie.

(Un en bas, quatre autour du gouvernail.)

Dortmunder dit :

– Et maintenant, je garde la position, c'est ça ?

– Exact ! Tiny, je vais vous montrer comment fonctionne le winch.

– Ça veut dire que je dois retourner sous la pluie ?

Doug se dirigea vers l'arrière du bateau et Tiny le suivit. (Un en bas, deux à la barre et deux à l'arrière.) Après avoir soulevé un panneau sur le pont, Doug braqua sa lampe frontale vers le bas pour éclairer la machinerie.

– Ça, c'est l'interrupteur. Ça, c'est le tambour. Il fonctionne avec le même arbre que l'hélice ; ça veut dire que John peut le faire tourner plus ou moins vite de là-bas.

– Pigé, dit Tiny.

– Je reviens avec la corde.

Doug se releva, remit son masque et son détendeur et sauta dans l'eau.

Tom se décolla de la couchette et posa les deux pieds sur le plancher qui tanguait légèrement. Un ici en bas, deux à la barre, un à l'arrière et un dans l'eau.

Doug nagea jusqu'au fil de nylon, détacha la corde, la noua autour de son poignet et revint vers le bateau. Il se hissa sur le marchepied, mais Tiny regardait de l'autre côté.

– Oh, Tiny ! Je l'ai !

Parfait, se dit Tom. Il se leva, se pencha en avant par-dessus l'auto-stoppeur endormi, glissa la main sous le matelas et... il n'était plus là.

Hein ? Tom déplaça la main vers la droite, vers la gauche... Une sensation de froid autour de son poignet. *Clic.*

Tom sursauta et l'auto-stoppeur se redressa, laissant apparaître l'Ingram derrière lui sous son oreiller. Les yeux écarquillés, l'air triomphant et brandissant leurs deux poignets droits attachés l'un à l'autre, le fou s'écria :

– *À nous deux,* Tim Jepson !

– Oh, merde ! s'exclama Dortmunder. C'est parti.

Kelp cria :

– Qu'est-ce que..

Mais la fin de sa phrase fut couverte par une rafale d'arme automatique.

Tout le monde se regarda. Doug semblait prêt à sauter dans l'eau de nouveau. À vrai dire, ils semblaient *tous* prêts à sauter dans l'eau, même Dortmunder.

– Al ?

Oubliant le gouvernail, Dortmunder veillait à demeurer à l'écart de l'entrée de la cabine.

– Oui, Tom ?

– Je me rends, Al, dit la voix de Tom. Tu as été plus malin que je le croyais.

Dortmunder ne voyait pas en quoi il avait été si malin.

– Et maintenant, Tom ?

– Je vais sortir. J'embêterai personne et personne ne m'embêtera.

– Attends une seconde, Tom.

Dortmunder poussa frénétiquement Kelp en lui faisant signe de monter sur le pont avant, au-dessus de la cabine. Tiny rendit l'extrémité de la corde à Doug et vint se placer rapidement de l'autre côté de la porte de la cabine, face à Dortmunder. Doug, tenant la corde dans une main et le garde-fou dans l'autre, s'accroupit sur le marchepied à l'arrière du bateau.

– Bon sang, Al ! s'exclama Tom. Combien de temps il te faut ? Je te le répète, je ne suis pas une menace.

– Tu avais pourtant l'air d'une menace il y a une minute, répondit Dortmunder. Commence donc par balancer ton Uzi ou je ne sais quoi.

– Ah ! toujours aussi farceur, Al. Je monte.

Et il monta, en se déplaçant curieusement, en crabe, tel Quasimodo rejoignant ses cloches. Il tenait à la main gauche l'Ingram qui ressemblait à un méchant accessoire de plomberie, le bras tendu devant lui comme pour assurer son équilibre. Sa main droite pendait derrière lui, au niveau de sa cheville, comme s'il tirait quelque chose.

De fait, quand il émergea totalement de la cabine, les autres découvrirent qu'il tirait effectivement quelque chose : un poids mort nommé Guffey qui saignait sur les marches. Dès que Tom l'eut hissé au-dehors, la pluie chassa le sang de son visage.

D'un pas énergique, Tom passa rapidement entre Dortmunder et Tiny, tirant toujours Guffey derrière lui. Puis il se retourna, déjà trempé, et regarda Dortmunder, Kelp et Tiny qui formaient un triangle devant lui.

– Où est Popeye ?

Il était obligé de crier pour couvrir le vacarme de la tempête.

– Il plonge, répondit Dortmunder en hurlant de la même manière.

Tom agita l'Ingram au-dessus de sa tête, tel un terroriste annonçant sa victoire, mais en l'occurrence, ce n'était que de la frime, car il dit :

– Je te propose un échange, Al. Ça contre la clé.

C'est alors seulement que Dortmunder constata que c'étaient ses propres menottes que Guffey avait emportées, à son insu, et avec lesquelles il s'était attaché à Tom. Mais Guffey avait gardé la clé. Priant pour que Doug profite du fait que Tom ignorait qu'il y avait quelqu'un derrière lui, mais sachant foutrement bien que Doug ne tenterait jamais quoi que ce soit, Dortmunder répondit :

– Et si on ne fait pas l'échange, Tom ?

Bouillonnant de rage, Tom grimaça ; ses dents brillaient sous la pluie.

– Je vous tue tous ! Et ensuite, je me sers du couteau à pain qui est en bas pour couper la main de ce débile !

– Tu n'auras pas tes sept cent mille dollars, fit remarquer Dortmunder.

– Exact, Al. Mais vous non plus. Et je serai le seul à pouvoir me lamenter. Bordel de merde ! Débarrasse-moi de ce taré ! La moitié du fric te reviendra, Al, je m'en fous, mais...

Guffey, qui n'était pas encore mort, se leva et bondit tout à coup, la main gauche tendue vers le cou décharné de Tom, autour duquel elle se referma. L'Ingram que tenait Tom cracha de nouveau une volée de projectiles, tandis qu'il donnait des coups de crosse sur la tête de Guffey. Dortmunder et Tiny plongèrent dans la cabine et Kelp sauta tête la première dans le réservoir.

Doug, terrorisé, se dressa sur le marchepied, tandis que Tom et Guffey, luttant au corps à corps, basculaient par-dessus le garde-fou et lui tombaient dessus. Tous les trois vacillèrent et basculèrent dans l'eau. Tom laissa échapper l'Ingram, Doug laissa échapper la corde.

Affaibli et avalant de l'eau, incapable de flotter, Guffey s'enfonça sous la surface. Tom, empêtré avec lui, hurla d'une voix éraillée :

– Al ! La clé ! La clé, pour l'amour du ciel !

– La corde ! s'écria Doug d'une voix stridente.

Il fourra son détendeur dans sa bouche et rabaissa son masque. Il donnait de grands coups de palmes, tandis que ses mains fébriles cherchaient le bouton de la lampe frontale. Ayant réussi à l'allumer, il regarda autour de lui et ne vit que de l'eau sale. Elle devait être plus loin, plus bas, là-bas, droit devant. Il plongea.

Dortmunder et Tiny émergèrent de la cabine en titubant.

– Mais où... Où ils sont tous ? demanda Tiny.

– Au secours !

Ils se précipitèrent vers le garde-fou et découvrirent Kelp qui s'agitait dans l'eau. Tiny se pencha, saisit Kelp par le poignet et le tira à bord d'un coup sec. Puis, pendant que Kelp, assis sur le pont trempé, haletait et toussait, Dortmunder et Tiny scrutèrent la surface noire et mouchetée du réservoir.

Personne.

Je ne dois pas perdre la corde, je ne dois pas perdre la corde, je ne dois pas perdre la corde. Tel un poisson affamé, Doug fendait les flots boueux en essayant d'apercevoir cette foutue corde qui flottait quelque part, attachée à sept cent mille dollars, l'unique lien avec sept cent mille dollars.

Et je l'avais dans la main !

Il perçut un mouvement dans l'eau. Tournant la tête, il vit descendre une jambe, puis une autre, puis un entrelacs de membres.

Les deux corps passèrent devant lui, entremêlés. Le visage de Tom était quasiment méconnaissable avec ses yeux écarquillés et sa bouche grande ouverte.

Doug préféra détourner le regard, en frissonnant. Ça fera plus d'argent pour nous. Plus d'argent pour nous. La corde, la corde, la corde.

– Dortmunder, dit Tiny, c'est la catastrophe.

– Je ne m'attendais pas à autre chose.

Ils étaient tous les deux devant le gouvernail, alors que la pluie faisait rage autour d'eux, et Dortmunder gardait la position en attendant que Doug réapparaisse. Ils avaient deviné qu'il était parti chercher la corde qui les reliait à l'argent et qu'il avait laissé échapper dans l'excitation générale. Kelp, allongé dans la cabine, récupérait de son plongeon inattendu. Tom et Guffey avaient disparu, cela ne faisait aucun doute.

Dortmunder avait expliqué à Tiny qui était Guffey, et Tiny dit :

– Ce n'était qu'une question de temps, avec Tom, avant qu'un de ses passés le rattrape.

– Il était plus en sécurité derrière les barreaux, dit Dortmunder. Ce qui me chagrine, c'est que Guffey n'a pas retrouvé son prénom.

– Tom le connaissait sûrement, dit Tiny. Peut-être qu'il le lui a dit pendant la descente.

Kelp émergea de la cabine à ce moment-là, beaucoup plus vert qu'à l'accoutumée.

– Hé, les gars. C'est normal que le plancher soit plein d'eau en bas ?

Trouve d'abord la voie ferrée. Ensuite, tu trouveras la ville. Puis la gare. Puis le cercueil et la corde.

Pour la première fois dans sa vie de plongeur, Doug se comportait stupidement sous l'eau. L'appât du gain et la panique s'étaient combinés pour lui faire oublier tout ce qu'il savait. Pour commencer, il était seul sous l'eau, ce qui était incroyablement dangereux. Il n'était pas équipé pour le genre de recherche qu'il avait entrepris soudainement. Et surtout, il ne prêtait pas attention au temps qui passait.

Quand il avait commencé, il avait de l'air pour une heure.

– Ce putain de bateau est en train de couler ! dit Dortmunder. Je n'ai pas le temps de rester ici à discuter !

– John, John, dit Kelp, je te demande juste de réfléchir. Tu ne sais pas comment on pilote un bateau et...

– Bien sûr que si.

– Non, tu sais garder la position et avancer tout doucement un tout petit peu. Doug, lui, il connaît tout. Et même si on est en train de couler...

D'un ton amer, Tiny dit :

– Tom et sa saloperie de mitraillette ! Il a fait des trous dans le plancher !

– Même si on coule, reprit Kelp, on coule *lentement*. On peut attendre Doug.

– Pas question, dit Dortmunder.

– Il a besoin de nous.

– C'est un pro. Il est habillé en conséquence. Quand il sortira de l'eau et qu'il verra qu'on n'est plus là, il nagera jusqu'au rivage. *Moi*, je ne peux pas, je ne peux *plus*.

Pour mettre fin à tout ce bavardage et foutre enfin le camp, Dortmunder s'approcha du gouvernail et poussa brutalement la manette des gaz. Le bateau bondit droit devant, sectionnant à la fois le fil de nylon et la corde que Doug avait soigneusement enroulée à l'avant. Cette même corde qui fit une douzaine de fois le tour de l'hélice et de l'arbre, solidement, immobilisant le *Ça me dépasse* au milieu de l'eau.

Debout sous la pluie battante, Stan avait beau tendre l'oreille, il n'entendait plus de coups de feu. Que se passait-il, là-bas ? Une main appuyée sur la vitre arrière du break, il regarda par-dessus le toit incliné vers l'avant et le capot immergé, mais il ne vit rien. Rien du tout.

Ainsi, Tom était passé à l'action avant qu'ils reviennent à terre ? Avait-il réussi son coup ?

Celui ou ceux qui atteindraient le rivage, le ou les gagnants autrement dit, voudraient une voiture. Pour eux et pour l'argent. Pas ce break, car ce tas de ferraille n'irait plus jamais nulle part tout seul, mais la voiture de Dortmunder, la Peugeot.

Au cas où... Juste au cas où Tom aurait réussi à prendre tout le monde par surprise, Stan devait trouver un moyen de se défendre. Il fit demi-tour et gravit la pente en direction de la Peugeot ; il s'installa au volant et fit démarrer le moteur. Il restait plus de la moitié du plein : parfait. Il alluma les phares, descendit de voiture et courut dans la boue vers le côté droit de la clairière pour se cacher parmi les arbres.

Il n'y avait plus aucun endroit sec après deux jours et deux nuits de pluie ininterrompue. Trempé et frigorifié, mais refusant de jouer les cibles faciles, Stan s'accroupit derrière un arbre d'où il voyait les phares de la Peugeot, la clairière et même un bout du break.

Sacrée position pour un chauffeur.

– Je l'ai ! s'exclama Tiny. Sortez-moi de là !

Dortmunder et Kelp tirèrent sur la corde. L'autre extrémité était attachée autour de Tiny, sous les aisselles, et Tiny était allongé sur le marchepied à l'arrière du *Ça me dépasse,* à moitié dans l'eau à moitié au-dehors. Il s'était penché au maximum sous le bateau pour essayer de trouver le bout de la corde ou, de préférence, celui du fil de nylon. Et il avait enfin réussi. Lorsque les efforts combinés de Dortmunder et de Kelp parvinrent à le ramener entièrement sur le marchepied, Tiny se releva en brandissant dans sa main gauche un amas de fil semblable à une platée de cheveux d'ange.

– Magnifique, commenta Kelp.

Tiny attacha le fil au garde-fou, puis il grimpa sur le pont et défit la corde qui l'entourait.

– Tiny, je suis désolé, dit Dortmunder.

Tiny pointa sur lui un doigt épais.

– Dortmunder, je veux que cela te serve de leçon. Voilà ce qui arrive aux gens malpolis. Tu as interrompu une discussion avant qu'elle soit terminée, avant que tout le monde ait fini de parler. Peut-être que tu aurais pu apprendre une chose que tu ne savais pas.

– C'est juste que je n'aimais pas l'idée d'être sur un bateau qui coule.

– Et sur un bateau qui coule sans pouvoir aller nulle part ?

– C'est pire, reconnut Dortmunder.

Kelp intervint :

– Mais on va pouvoir repartir, hein ? Maintenant qu'on a récupéré le fil.

– Que *j'ai* récupéré le fil, lui rappela Tiny.

– Oui, c'est ce que je voulais dire. Et l'autre bout est attaché à la voie ferrée près du rivage, si je ne m'abuse ? Là où on a essayé la première fois. On n'a plus qu'à se remorquer.

– Si le fil ne casse pas, souligna Tiny. Il est rudement fin.

– Il est censé être très résistant, dit timidement Dortmunder. Pour pêcher des gros poissons comme des thons, des marlins et tout ça.

– On verra bien.

Tiny se pencha par-dessus bord, prit le fil, l'enroula autour de son poing et tira doucement.

– Non, pas à mains nues, dit-il. Ce machin va m'arracher les doigts.

– Je vais te chercher un torchon ou un truc comme ça, proposa Dortmunder.

Il descendit dans la cabine où l'eau montait presque à hauteur de genoux maintenant, malgré les efforts laborieux de la pompe automatique. Sans y prêter attention, en essayant du moins, Dortmunder regarda autour de lui et trouva deux gants pour le four accrochés à côté de la cuisinière. Il remonta sur le pont et tendit les gants à Tiny.

– Tiens, essaye ça.

Non sans mal, Tiny parvint à enfiler la moitié de ses mains dans les gants, puis il reprit le fil de nylon et tira en exerçant une traction lente et régulière.

– C'est beaucoup mieux, Dortmunder.

– Merci, Tiny.

Un bruit de barbotage monta de la cabine. L'air surpris, Kelp dit :

– Je crois qu'on bouge.

– Pour l'instant.

Tirant une main après l'autre, Tiny ramenait le fil de nylon.

Kelp jeta un coup d'œil par-dessus bord.

– Doug aurait dû remonter depuis le temps, non ?

Des souches, des souches, des souches. Telle une chauve-souris aquatique, Doug survolait les collines englouties ; le faible faisceau de sa lampe projetait une lumière sépia sur ce spectacle de dévastation. Il y avait forcément un repère quelconque par ici, quelque part, mais Doug avait beau regarder de tous les côtés, il ne voyait que ces souches pourrissantes.

En vérité, ses mouvements étaient plus lents, moins coordonnés, à mesure que la fatigue due à la pression de l'eau se faisait sentir. En temps normal, il aurait remarqué ces signes inquiétants, mais à cet instant, il n'y avait de place que pour une seule chose dans son cerveau :

J'ai vu le cercueil rempli d'argent. Je l'ai vu ce soir, j'ai nagé jusqu'à lui il n'y a pas si longtemps. J'ai tenu la corde dans ma main. Je dois être capable de tout récupérer. Autrement, ce ne serait pas juste.

Plus de souches. Dans son état d'épuisement, Doug faillit passer au-dessus de l'emplacement, mais son cerveau à la traîne finit par rattraper ses yeux et il fit demi-tour, pesamment, tel un lamantin. Il braqua de nouveau sa lampe frontale sur l'endroit en question. Il n'avait pas rêvé : un chemin bien net traversait la forêt de souches en décomposition.

Une route ; ce devait être une route jadis. Elle conduit forcément quelque part, et une fois là-bas, je pourrai m'orienter.

Par ici ou par là ? Ça doit être par là ? Doug repartit en suivant le tracé de la route et en agitant ses palmes avec obstination.

Stan n'avait entendu personne approcher, et soudain, voilà que des gens allaient et venaient dans les phares de la Peugeot. Des gens. Pourtant, le bateau n'était pas revenu, il en était certain. Alors, qui étaient ces gens ?

Peut-être que la police surveillait effectivement le réservoir. Prudent, dubitatif et inquiet, Stan abandonna douloureusement sa position accroupie et s'approcha furtivement de ces gens qui se déplaçaient dans la clairière. Qui étaient-ils ? Que manigançaient-ils ?

Ce fut la silhouette de Tiny qu'il reconnut d'abord, puis juste après, le son de la voix de John en train de se plaindre :

– Où est passé Stan, nom de Dieu ?

– Je suis là ! s'exclama Stan en surgissant à découvert, les faisant sursauter tous les trois comme des gamins dans une maison hantée. Que se passe-t-il, les gars ? Où est le bateau ?

– Là-bas, près de la voie ferrée, expliqua Andy avec un geste vague en direction du rivage. On a fini en marchant.

– En pataugeant, précisa Tiny.

Il avait coincé ses mains sous ses aisselles et il pressait ses bras contre ses côtes comme s'il avait froid ou mal aux mains.

– Bon, on peut y aller maintenant ? demanda Dortmunder.

– Y aller ? (Stan regarda autour de lui.) Il ne manque pas quelques personnes ?

– *Et* sept cent mille dollars, ajouta Tiny.

– C'est une longue histoire, dit Andy.

Dortmunder renchérit :

– On la racontera demain, d'accord. Pour aujourd'hui, c'est terminé.

74

– Les lumières sont allumées ! s'écria Myrtle, en proie à une vive excitation.

Alors, Wally s'approcha discrètement de la maison pour voir ce qui se passait, et ensuite, tout le monde, y compris Myrtle et Edna, se rendit dans Oak Street et il fallut finalement raconter la longue histoire sans attendre le lendemain. Mais au moins, ils étaient à l'abri et au chaud, et ceux qui étaient restés à la maison acceptèrent d'attendre que les revenants aient enfilé des vêtements secs. Entre-temps, May avait fait de la soupe, Myrtle avait fait des toasts et Edna avait fait un pichet de « Bloody Mary capable d'amidonner vos chaussettes ». Dans ces conditions, il était possible de narrer les événements de la nuit sans trop d'appréhension ni d'expressions de dégoût. Ce fut surtout Kelp qui parla, parfois interrompu par des précisions de Tiny ou des anecdotes pittoresques de Dortmunder.

L'amie et la fille de Tom Jimson supportèrent très bien la nouvelle de sa mort.

– Ce n'est pas trop tôt, commenta Edna. Je croyais être débarrassé de ce type depuis des années déjà, maintenant c'est fait.

– J'avais tellement envie de connaître mon père, dit Myrtle avec un petit frisson, et je l'ai rencontré. J'aime mieux qu'il reste un souvenir.

La nouvelle concernant Doug fut un peu plus dure à affronter.

– Je n'ai guère d'affection pour ce jeune homme, dit Edna, comme Myrtle le sait...

– Maman !

– ... mais je ne souhaite pas qu'il lui arrive malheur.

– Doug est un pro, dit Dortmunder pour la millième fois. Il ne craint rien. Mais ça ne servait à rien de s'attarder. Il ne nous aurait pas trouvés de toute façon.

– Ça, c'est vrai, dit Kelp.

– Et John est bien rentré tout seul la dernière fois, dit May

– Parfaitement ! dit Dortmunder. Sans combinaison, ni bouteille d'air, ni rien de tout ça.

– On ne peut qu'espérer que tout se passera bien, dit Edna.

– *Moi*, j'espère, dit Myrtle.

– On espère tous, dit Wally, mais il regardait Myrtle en disant cela.

75

L'aube grise s'insinuait de nouveau dans un monde trempé jusqu'aux os et ils n'étaient toujours pas couchés. Dortmunder était pourtant prêt, plus que prêt, mais on aurait dit que tous les autres voulaient parler de *l'avenir*.

– Il n'y en a pas, déclara Dortmunder de manière aussi définitive que possible. Pas entre moi et ce réservoir en tout cas.

– Le problème, dit Tiny, c'est qu'on a déjà beaucoup investi dans cette affaire.

– Y compris, répondit Dortmunder, deux personnes, voire trois. Je ne suis pas pressé de les rejoindre.

Kelp intervint :

– J'ai touché ce cercueil avec mes mains. C'est ça qui m'excite.

– D'autant plus, ajouta Stan, qu'on n'a plus de souci à se faire à cause de Tom.

– On n'a plus rien d'autre non plus, souligna Dortmunder. Doug a perdu la corde qui conduit au cercueil, et *moi*, j'ai perdu le fil de nylon. Et on n'a plus de bateau. Ni de plongeur professionnel.

– Peut-être qu'il va réapparaître, dit la maman de Murch.

– Même, dit Dortmunder. Si j'ai accepté de participer à tout ça, c'est uniquement pour empêcher Tom de faire sauter le barrage et de noyer tout le monde...

– Je le reconnais bien là, dit Edna.

– Ce danger est écarté, reprit Dortmunder. Ce fric appartient à Tom. Il est allé le rejoindre au fond de l'eau. Laissons-les ensemble. Je vais me coucher. Ensuite, je rentrerai à New York. Et je penserai à autre chose durant le restant de ma vie.

La fabrique de cercueils Batesville est fière, à juste titre, de son cercueil en acier baptisé Système cathodique. Une barre de magnésium est fixée au fond du cercueil et munie d'une résistance qui détecte l'apparition de taches de rouille à la surface du cercueil et envoie du magnésium à cet endroit. Le magnésium finira par s'altérer, mais Batesville garantit néanmoins la protection interne de ses cercueils Système cathodique à l'air libre ou dans la terre pendant vingt-cinq ans minimum.

À l'air ou dans la terre. Et dans l'eau ?

76

Le matin. Toute la matinée la pluie tomba à verse, comme les jours précédents. Les gars de l'équipe de nuit quittèrent le barrage la tête baissée et le menton rentré, coururent jusqu'à leurs voitures et partirent aussitôt sans échanger les habituelles plaisanteries. Les gars de l'équipe de jour coururent en sens inverse et s'engouffrèrent en masse dans le havre sec du barrage, des jurons sur les lèvres uniquement. Les semaines de beau temps étaient oubliées. « Cette saloperie de pluie va s'arrêter un jour ? »

Durant la matinée, seules trois voitures passèrent sur la route du barrage et Doug ouvrit les yeux juste à temps pour voir la dernière passer juste au-dessus de lui. Je suis vivant, se dit-il, allongé sur les rochers à l'extrémité est du barrage, presque dans l'eau, et il n'en revenait pas.

Il avait raison de ne pas en revenir. Son dernier souvenir vivace de la nuit précédente était ce moment jubilatoire où il avait vu *la voie ferrée !* Jubilatoire en partie seulement car, il le comprenait maintenant, son cerveau avait déjà commencé à souffrir de la privation d'oxygène. Mais jubilatoire quand même après cette longue recherche désespérée, lorsque le chemin qu'il suivait avait subitement croisé ces deux lignes noires rouillées conduisant vers sept cent mille dollars.

Et la mort.

Il avait suivi les rails, il s'en souvenait. Et même si dans un coin encore rationnel de son cerveau privé d'air il s'était dit qu'il ne devait pas rester au fond une seconde de plus, il avait continué à palmer avec obstination, mais pas vers la surface, vers le bas, plus près de la voie ferrée.

Il ne se souvenait pas de la suite. À un moment donné, il avait dû perdre connaissance, au moins en partie, et une fois que sa conscience stupide et cupide avait été mise sur la touche, son professionnalisme et son instinct de plongeur avaient pris le dessus, et enfin, il avait fait ce qui s'imposait.

Un plongeur en difficulté doit remonter pour réduire la pression et s'offrir un peu d'air ; ce n'est pas grand-chose, mais c'est déjà ça.

Quoi qu'il en soit, Doug avait sans doute effectué, à un moment ou à un autre, une remontée d'urgence en soufflant lentement pour éviter que ses poumons gonflent trop rapidement à mesure que la pression diminuait ; il n'avait plus sa ceinture de plomb ni sa bouteille. Son BCD à moitié gonflé avait dû accélérer sa remontée et le maintenir à la surface ensuite. Quelque vestige d'intelligence l'avait alors incité à nager en direction du barrage (comme John la dernière fois) et à se traîner ensuite jusqu'au rivage, où il gisait depuis.

Sa combinaison l'avait protégé de l'hypothermie, mais il était de plus en plus épuisé, il avait mal partout, faim, froid et, maintenant qu'il prenait le temps d'y réfléchir, peur aussi. « J'aurais pu mourir tout au fond ! »

« *J'aurais* dû mourir tout au fond. Comment ai-je pu être aussi stupide ? »

Doug se redressa lentement pour s'asseoir, avec des gémissements de douleur. Chaque articulation, chaque muscle le faisait souffrir. Malgré la combinaison, il était transi jusqu'aux os. « Je veux de la chaleur. » De la chaleur, à manger, un lit. Dommage que ça n'ait jamais vraiment marché avec Myrtle ; se mettre au lit avec une femme, voilà *exactement* ce que le médecin lui aurait recommandé.

Aussi raide que l'Homme en fer-blanc qui avait besoin d'un bon coup d'huile, Doug se pencha en avant pour ôter ses palmes. Puis, à quatre pattes, il escalada la pente rocailleuse jusqu'au parking devant l'entrée du barrage. Après avoir effectué des exercices d'assouplissement quelques minutes (en espérant voir passer une voiture pour pouvoir faire du stop), il se mit à marcher sur la route. Dommage qu'il ne possède pas le talent d'Andy Kelp pour réquisitionner des voitures.

Au moins, il avait moins froid en marchant. D'un autre côté, ses pieds nus n'aimaient pas du tout cette surface rugueuse. Mais il était vivant et c'était le plus important.

Il avait parcouru un peu moins d'un kilomètre quand il entendit une voiture arriver dans son dos. Il se retourna en essayant son plus beau sourire comme un sympathique et inoffensif auto-stoppeur, en tendant le pouce, et à son grand étonnement, une Chevrolet Chamois s'arrêta.

Son étonnement redoubla lorsque, ouvrant la portière du côté passager, il découvrit une jolie fille assise au volant. Une *très* jolie fille.

– Merci beaucoup, dit-il en fermant la portière. Il fait un temps de cochon dehors.

– Vous êtes habillé en conséquence, répondit-elle en regardant la combinaison avec un sourire en coin, tandis qu'elle redémarrait.

Oh ! quel bonheur de regarder la campagne défiler à soixante kilomètres à l'heure au lieu de sept.

– *Personne* ne devrait être dehors avec un temps pareil, dit Doug.

– Vous avez raison, dit la fille. D'ailleurs, je ne serais pas là, croyez-moi, si je n'étais pas une bonne petite épouse.

Le mot « épouse » envoya un signal à Doug, mais le ton ironique lui en envoya un autre. Observant plus attentivement la femme, il demanda :

– Votre mari vous envoie dehors par ce temps ? Pour quoi faire ? Pour aller lui acheter un pack de bière ?

– Non, il ne m'a pas *envoyée*. Il n'envoie plus personne nulle part, croyez-moi. Je vais lui rendre visite à l'hôpital.

– Oh ! désolé.

– L'hôpital psychiatrique, précisa-t-elle, nullement affligée. Il est maboul.

– C'est affreux. Une jolie fille comme vous, mariée à un cinglé.

Elle lui adressa un sourire joyeux.

– Vous trouvez que je suis jolie ?

– Allons, vous le savez bien.

– Pourriez-vous imaginer que je suis enceinte ?

– Non ! Sans blague !

– Ça ne se voit pas, hein ?

– Pas du tout, répondit Doug en toute franchise, se demandant s'il pouvait lui caresser le ventre.

Non, sans doute pas. Pour le moment, le plus important, c'était d'être pris en stop.

La fille poussa un soupir emphatique.

– Je crois que j'aime trop le sexe, dit la pauvre fille.

– Hmm, fit Doug d'un ton compatissant. C'est comment, votre nom ?

77

Dortmunder leva sa tasse.

– Mon dernier café avant un an, déclara-t-il et il but.

May, qui se trouvait avec lui dans la cuisine de la maison d'Oak Street, demanda :

– Pourquoi ça?

– Parce que je retourne en ville, expliqua-t-il, et là-bas, je ne boirai plus rien qui sorte du robinet avant un bon bout de temps.

– Et pour prendre des douches?

– Là, je n'ai pas encore trouvé de solution.

– John, dit May, ils font un tas de trucs pour purifier l'eau avant qu'elle arrive en ville. Il y a plein d'animaux, d'oiseaux, de poissons et d'autres choses qui meurent dedans.

– N'empêche, répondit Dortmunder. Chaque fois que j'ouvrirai le robinet et que l'eau coulera dans l'évier, tu sais ce que j'entendrai? *Al... Al... Al...*

La maman de Murch entra et dit :

– Wally s'en va.

Dortmunder et May se rendirent au salon. La porte de la maison était ouverte, laissant entrer l'air froid et humide et offrant une vue magnifique sur le monde détrempé au-dehors. Tiny transportait les éléments de l'ordinateur de Wally dans des sacs poubelle pour les protéger de la pluie, et Wally portait son gros sac vert en nylon. Il arborait un large sourire s'étendant d'une oreille à l'autre, qui le faisait ressembler plus que jamais à un article fantaisie dans une boutique de souvenirs.

– Miss May, John, dit-il, j'ai passé un moment merveilleux. J'ai appris un tas de choses avec vous tous.

– Heureux de t'avoir connu, Wally, dit May.

– Toi et ton... ordinateur, dit Dortmunder en se raclant la gorge, vous avez été très utiles.

– Je déteste les longs adieux, dit Tiny. Surtout quand je porte cent kilos de saloperie.

Il n'y eut donc pas de longs adieux ; Wally et tout son matériel se dirigèrent vers le taxi de la maman de Murch pour aller jusqu'à Myrtle Street. Euh... Myrtle Street *dans* Myrtle Street.

Un peu plus tard, Kelp et Stan Murch revinrent avec des moyens de transport pour retourner en ville : Stan avait choisi une Datsun S.E.X. 69 pour sa maman et lui ; Kelp une Pontiac Prix Fixe avec un caducée pour lui, Dortmunder, May et Tiny. Ils chargèrent les bagages dans les voitures en courant sous la pluie et quand ils furent prêts à partir, Dortmunder ferma la porte à clé et, en se retournant, il vit que May regardait d'un air inquiet le pick-up de Doug toujours garé dans l'allée de graviers devant la maison.

– Quoi ? demanda Dortmunder.

– J'aimerais être sûre que Doug va bien. Et ne me dis pas : « C'est un pro. »

– Je n'allais pas dire ça, mentit Dortmunder. J'allais dire que c'est un grand garçon. Allez, viens May. Il pleut.

ET DE CINQ ?

78

11 février. Voilà des mois que Dortmunder ne repensait même plus à l'échec du coup du réservoir...

– Il fait trop moche pour sortir ce soir, dit May.

– Oui, tu as raison, dit Dortmunder et il avait raison.

Une tempête hivernale charriait des bourrasques de neige fondue qui tourbillonnaient dans les canyons de New York en quête de victimes.

– Il y a un docu à la télé sur les lieux de vacances aux Caraïbes, dit May. On peut rester là et regarder.

– J'aimerais qu'on puisse *aller* là-bas, May.

– On y est déjà allés, fit-elle, et on y retournera. Cette année, on se contentera de regarder.

Alors, ils regardèrent. Et vingt minutes plus tard, à moitié endormis, l'esprit ailleurs, s'intéressant à peine à ce qu'ils voyaient, ils furent tous les deux réveillés en sursaut par...

Doug.

– *Nom de Dieu!*

– Chut, John!

« ... nouveau propriétaire Douglas Berry, un ancien New-Yorkais, possède de grands projets pour cet hôtel de luxe et son centre de plongée, situés directement sur la plage, face aux récifs de corail. »

Doug, bronzé, en maillot de bain, arborant un large sourire, posait sur le sable devant un grand hôtel blanc ; son bras gauche enlaçait une jolie jeune femme qui tenait un bébé.

« C'est un endroit formidable pour la petite Tiffany. C'est chouette de pouvoir grandir ici quand on est gamin. Je suis un gamin, moi aussi. J'adore ça ! »

On voyait ensuite Doug faisant de la planche à voile, avec un sourire de babouin, sur l'océan immense, sous le ciel bleu fantastique et un soleil presque blanc. Pendant que le présentateur disait en voix off : « Moniteur de plongée qualifié, Berry se charge personnellement des cours de plongée sous-marine. C'est un farouche partisan des vacances actives. »

Venait ensuite une image de Doug jaillissant de l'océan, en gros plan, avec tout son matériel de plongée ; il ôtait son masque et son détendeur, et il adressait un grand sourire débile à la caméra. « Venez me rejoindre ! »

– C'est ce que je vais faire ! rugit Dortmunder.

Il s'était levé et semblait prêt à plonger dans la télé.

– John, John, John.

May se leva à son tour pour se dresser devant lui et lui tapoter la poitrine comme on calme un cheval effrayé.

– Il l'a eu, le salopard ! Il a récupéré les sept cent mille dollars ! « Le nouveau propriétaire ! ! ! ! »

– N'y pense plus, John, le supplia May.

– C'était où cet endroit ? C'était sur quelle île ?

La télé diffusait une publicité pour un médicament contre le rhume.

– Que peux-tu y faire, John ? Rien.

– Rien ? Je peux aller là-bas et...

– Et quoi ? S'il a acheté cet hôtel, il a sûrement trouvé un moyen de blanchir cet argent. Il a dit que c'était un héritage, qu'il l'avait gagné au jeu ou je ne sais quoi. Il a payé des impôts dessus et, avec le reste, il a acheté l'hôtel.

Mais Dortmunder ne voulait pas se calmer, il en semblait d'ailleurs incapable.

– Oui, évidemment, dit-il. Mais *quand même*, May...

– Cet argent n'était pas à toi. Tu ne peux pas traîner Doug devant un tribunal. Même si tu vas là-bas, même si on trouve où il est, il ne sera pas obligé de te donner quoi que ce soit. (May se retourna vers la télé, qui diffusait maintenant une publicité pour un spray nasal.) On a renoncé trop vite, c'est tout.

Dortmunder grinça des dents.

– Son propre hôtel... (Il quitta la pièce en grognant.) Tu veux une bière ?

– Au moins.

Au moment où Dortmunder s'engageait dans le couloir, le téléphone sonna. Il s'arrêta, se retourna et désigna l'appareil.

– Dis à Andy que je ne veux pas parler de ça.

Dans la même collection

Cesare Battisti, *Terres brûlées* (anthologie sous la direction de)
Cesare Battisti, *Avenida Revolución*
William Bayer, *Labyrinthe de miroirs*
William Bayer, *Tarot*
Marc Behm, *À côté de la plaque*
Marc Behm, *Et ne cherche pas à savoir*
Marc Behm, *Crabe*
Marc Behm, *Tout un roman !*
James Carlos Blake, *Les Amis de Pancho Villa*
James Carlos Blake, *L'Homme aux pistolets*
James Carlos Blake, *Crépuscule sanglant*
Edward Bunker, *Aucune bête aussi féroce*
Edward Bunker, *La Bête contre les murs*
Edward Bunker, *La Bête au ventre*
Edward Bunker, *Les Hommes de proie*
James Lee Burke, *Prisonniers du ciel*
James Lee Burke, *Black Cherry Blues*
James Lee Burke, *Une saison pour la peur*
James Lee Burke, *Une tache sur l'éternité*
James Lee Burke, *Dans la brume électrique avec les morts confédérés*
James Lee Burke, *Dixie City*
James Lee Burke, *La Pluie de néon*
James Lee Burke, *Le Brasier de l'ange*
James Lee Burke, *Cadillac Juke-Box*
James Lee Burke, *La Rose du Cimarron*
James Lee Burke, *Sunset Limited*
James Lee Burke, *Heartwood*
Daniel Chavarría, *Un thé en Amazonie*
Daniel Chavarría, *L'Œil de Cybèle*
Daniel Chavarría, *Le Rouge sur la plume du perroquet*
George C. Chesbro, *Bone*

George C. Chesbro, *Les Bêtes du Walhalla*
Christopher Cook, *Voleurs*
Robin Cook, *Cauchemar dans la rue*
Robin Cook, *J'étais Dora Suarez*
Robin Cook, *Le Mort à vif*
Robin Cook, *Quand se lève le brouillard rouge*
David Cray, *Avocat criminel*
Pascal Dessaint, *Mourir n'est peut-être pas la pire des choses*
Tim Dorsey, *Florida Roadkill*
Tim Dorsey, *Hammerhead Ranch Motel*
Wessel Ebersohn, *Le Cercle fermé*
James Ellroy, *Le Dahlia noir*
James Ellroy, *Clandestin*
James Ellroy, *Le Grand Nulle Part*
James Ellroy, *Un tueur sur la route*
James Ellroy, *L.A. Confidential*
James Ellroy, *White Jazz*
James Ellroy, *Dick Contino's Blues*
James Ellroy, *American Tabloid*
James Ellroy, *Crimes en série*
James Ellroy, *American Death Trip*
Davide Ferrario, *Black Magic*
Barry Gifford, *Sailor et Lula*
Barry Gifford, *Perdita Durango*
Barry Gifford, *Jour de chance pour Sailor*
Barry Gifford, *Rude journée pour l'Homme-Léopard*
Barry Gifford, *La Légende de Marble Lesson*
Barry Gifford, *Baby Cat Face*
James Grady, *Le Fleuve des ténèbres*
James Grady, *Tonnerre*
James Grady, *Comme une flamme blanche*
James Grady, *La Ville des ombres*
Vicki Hendricks, *Miami Purity*
Tony Hillerman, *Le Voleur de temps*
Tony Hillerman, *Porteurs-de-peau*
Tony Hillerman, *Dieu-qui-parle*
Tony Hillerman, *Coyote attend*
Tony Hillerman, Les Clowns sacrés
Tony Hillerman, *Moon*
Tony Hillerman, *Un homme est tombé*
Tony Hillerman, *Le Premier Aigle*
Tony Hillerman, *Blaireau se cache*

Tony Hillerman, *Le vent qui gémit*
Craig Holden, *Les Quatre Coins de la nuit*
Thomas Kelly, *Le Ventre de New York*
Thomas Kelly, *Rackets*
William Kotzwinkle, *Midnight Examiner*
William Kotzwinkle, *Le Jeu des Trente*
Terrill Lankford, *Shooters*
Michael Larsen, *Incertitude*
Michael Larsen, *Le Serpent de Sydney*
Dennis Lehane, *Un dernier verre avant la guerre*
Dennis Lehane, *Ténèbres, prenez-moi la main*
Dennis Lehane, *Sacré*
Dennis Lehane, *Mystic River*
Dennis Lehane, *Gone, Baby, Gone*
Dennis Lehane, *Shutter Island*
Elmore Leonard, *Zig Zag Movie*
Elmore Leonard, *Maximum Bob*
Elmore Leonard, *Punch créole*
Elmore Leonard, *Pronto*
Elmore Leonard, *Beyrouth-Miami*
Elmore Leonard, *Loin des yeux*
Elmore Leonard, *Viva Cuba libre!*
Elmore Leonard, *Dieu reconnaîtra les siens*
Bob Leuci, *Odessa Beach*
Bob Leuci, *L'Indic*
Jean-Patrick Manchette, *La Princesse du sang*
Dominique Manotti, *À nos chevaux!*
Dominique Manotti, *Kop*
Dominique Manotti, *Nos fantastiques années fric*
Tobie Nathan, *Saraka Bô*
Tobie Nathan, *Dieu-Dope*
Jim Nisbet, *Prélude à un cri*
Jack O'Connell, *B.P. 9*
Jack O'Connell, *La Mort sur les ondes*
Jack O'Connell, *Porno Palace*
Jack O'Connell, *Et le verbe s'est fait chair*
Hugues Pagan, *Tarif de groupe*
Hugues Pagan, *Dernière station avant l'autoroute*
David Peace, *1974*
David Peace, *1977*
Andrea Pinketts, *La Madone assassine*
Andrea Pinketts, *L'Absence de l'absinthe*

Michel Quint, *Le Bélier noir*
John Ridley, *Ici commence l'enfer*
Édouard Rimbaud, *Les Pourvoyeurs*
John Shannon, *Le Rideau orange*
Pierre Siniac, *Ferdinaud Céline*
Les Standiford, *Johnny Deal*
Les Standiford, *Johnny Deal dans la tourmente*
Richard Stark, *Comeback*
Richard Stark, *Backflash*
Richard Stratton, *L'Idole des camés*
Paco Ignacio Taibo II, *À quatre mains*
Paco Ignacio Taibo II, *La Bicyclette de Léonard*
Paco Ignacio Taibo II, *Nous revenons comme des ombres*
Ross Thomas, *Les Faisans des îles*
Ross Thomas, *La Quatrième Durango*
Ross Thomas, *Crépuscule chez Mac*
Ross Thomas, *Voodoo, Ltd*
Jack Trolley, *Ballet d'ombres à Balboa*
Andrew Vachss, *Le Mal dans le sang*
Y. S. Wayne, *Objectif Li Peng*
John Wessel, *Le Point limite*
John Wessel, *Pretty Ballerina*
Donald Westlake, *Aztèques dansants*
Donald Westlake, *Faites-moi confiance*
Donald Westlake, *Histoire d'os*
Donald Westlake, *361*
Donald Westlake, *Moi, mentir ?*
Donald Westlake, *Le Couperet*
Donald Westlake, *Smoke*
Donald Westlake, *Le Contrat*
Donald Westlake, *Au pire, qu'est-ce qu'on risque ?*
Donald Westlake, *Mauvaises Nouvelles*
J. Van de Wetering, *Retour au Maine*
J. Van de Wetering, *L'Ange au regard vide*
J. Van de Wetering, *Le Perroquet perfide*
Charles Willeford, *Miami Blues*
Charles Willeford, *Une seconde chance pour les morts*
Charles Willeford, *Dérapages*
Charles Willeford, *Ainsi va la mort*
Charles Willeford, *L'Île flottante infestée de requins*
Daniel Woodrell, *Sous la lumière cruelle*
Daniel Woodrell, *Chevauchée avec le diable*

Cet ouvrage a été réalisé par

FIRMIN DIDOT

GROUPE CPI

Mesnil-sur-l'Estrée

pour le compte des Éditions Payot & Rivages
en octobre 2003

Imprimé en France
Dépôt légal : novembre 2003
N° d'impression : 65518